KB263431

제4판 한국문학통사 1

원시문학 ~ 중세전기문학, 고려전기까지

조 동 일

계명대학교, 영남대학교, 한국정신문화연구원,
서울대학교 교수, 계명대학교 석좌교수 역임.
현재 서울대학교 명예교수.
　　　대한민국 학술원 회원.
《국문학의 자각 확대》,《우리 옛글의 놀라움: 여기 새로운
길이 있다》,《대등한 화합: 동아시아문명의 심층》 등
저서 70여 종.

제4판 **한국문학통사 1**

제4판 1쇄 발행 2005. 3. 1.
제4판 28쇄 발행 2024. 6. 30.

지은이 조동일
펴낸이 김경희
펴낸곳 ㈜지식산업사
　　　　본사 경기도 파주시 교하읍 문발리 520-12
　　　　　　전화(031)955-4226~7 팩스 (031)955-4228
　　　　서울사무소 서울시 종로구 통의동 35-18
　　　　　　전화 (02)734-1978　팩스 (02)720-7900
한글문패 지식산업사
영문문패 www.jisik.co.kr
전자우편 jsp@jisik.co.kr
등록번호 1-363
등록날짜 1969. 5. 8.

책값은 뒤표지에 있습니다.

ⓒ 조동일, 2005
ISBN 978-89-423-4034-2 94810
ISBN 978-89-423-0047-2 (전6권)

이 책을 읽고 지은이에게 문의하고자 하는 이는
지식산업사 전자우편으로 연락 바랍니다.

제4판 머리말

이 책은 《한국문학통사》 제4판이다. 1982년부터 1988년에 걸쳐 낸 제1판을 고쳐 1989년에 제2판을 만들고, 다시 손질한 제3판을 1994년에 낸 뒤에 많은 시간이 경과했다. 다시 한 번 쓰는 일을 더 미룰 수 없어 이제 제4판을 내놓는다. 내 자신이 다시 한 작업의 성과를 밑그림으로 삼고, 새로운 자료와 연구 성과를 받아들이면서 문장을 모두 손보아 전면 개고판을 만들었다.

제3판에서 제4판에 이르기까지 너무나 많은 시간이 경과한 것은 한참 동안 다른 작업을 한 탓이다. 문학사 이해의 영역을 대폭 확대해 멀리까지 갔다. 한국문학사 서술에서 얻은 원리와 밝힌 사실이 동아시아문학사에 어떻게 적용되고 세계문학사의 새로운 이해에 얼마나 기여하는지 검증하는 작업을 다각도로 했다. 사회사나 사상사를 포괄해 문학사 이해의 범위를 확대하는 것도 긴요한 과제로 삼았다.

기존의 세계문학사에 대한 비판을 《세계문학사의 허실》(지식산업사, 1996)에서 전개하고 그 대안을 《세계문학사의 전개》(지식산업사, 2002)를 써서 제시하기까지 여러 저서에서 한국문학과 세계문학사의 관계를 다각도로 고찰한 결과, 이 책에서 문학사 탐구를 바르게 시작했다는 사실을 확인했다. 출발을 잘 한 덕분에 멀리까지 순조롭게 나아갈 수 있었다. 문학사의 시대구분, 구비문학·공동문어문학·민족어문학의 상관관계, 문학사와 다른 역사의 얽힘을 적절하게 파악해 세계문학사에 대한 그릇된 이해를 바로잡기까지 했다.

그 성과를 받아들여 책을 다시 쓰면 문학사 일반론 정립의 성과가 더욱 분명해지지만, 출발점을 도달점으로 바꾸어 놓아 혼란이 생기는 것은 피하기로 한다. 서술체계는 그대로 두고, 최소한의 보완작업만 하는 데 그친다. 한국문학만 다룰 때에는 미처 발견하지 못했거나 미진하게 남겨둘 수밖에 없었던 문제점이 해결되었다고 생각되는 경우에는 세계문학사와의 관련을 언급하기로 한다. 세계화 시대에 우리문학 연구가 나아가야 할 길을 찾는 기본 지침을 제시하고 더 자세한 내용은 위에서 든 여러 책으로 넘긴다.

이 책을 처음 내놓을 때에는 들어보지도 못한 세계화라는 말이 지금에 와서는 나날이 들리면서 거부할 수 없는 과제를 제시하고 있다. 아무 대책 없이 가만있다가 불행한 희생자가 되지 말고 세계화를 바람직하게 이끄는 주체적인 노력을 해야 한다. 그렇게 하는 데 반드시 필요한 의식 각성을 감당하는 연구 업적의 한 본보기를 보이면서 다른 분야의 연구도 분발하기를 촉구한다.

한국문학은 다른 민족의 문학과 겹치지 않은 배타적인 단일체라고 하는 것은 잘못된 생각이다. 동아시아 다른 여러 민족과 함께 한문학을 공동문어문학으로 이룩해온 과정과 그 의의를 제1판에서부터 소중하게 다루었다. 그 점에 관한 고찰을 《동아시아문학사비교론》(서울대학교출판부, 1993) ; 《하나이면서 여럿인 동아시아문학》(지식산업사, 1999) ; 《공동문어문학과 민족어문학》(지식산업사, 1999) ;《문명권의 동질성과 이질성》(지식산업사, 1999)에서 확대한 성과를 지면이 허락하는 대로 받아들이고자 했다. 민족의 경계가 상대적이고, 시대마다 달라져왔다는 사실을 말하고, 귀화인의 기여를 주목한 것도 이번에 새로 들어간 내용이다.

세계화는 지방화와 함께 닥쳐왔다. 문학사를 다원체로 이해하면서 지방문학의 의의를 평가하는 것이 새로운 방향이다. 《지방문학사 연구의 방향과 과제》(서울대학교출판부, 2003)를 써서 전환의 필요성을 말하고, 구체적인 방안을 제시하고자 했다. 그런 작업 또한 여기서 만족스럽게 진행하지는 못하지만, 몇 가지 노력은 했다. 제주문학을 소중하게 다루는 데 특히 힘쓰고, 다른 지방의 문학의 독자적인 전개도 주목해서 다루려고 했다.

세계화·지방화와 함께 또 하나의 새로운 지표가 평등화이다. 상하와 남녀를 구분해 우월한 위치에 있는 상층남성이 문학사두 지배해온 것이 당연하다고 하는 잘못을 시정하고, 누구나 서로 대등한 위치에서 창조하는 역량을 발휘해온 과정을 낱낱이 밝히는 데 힘썼다. 문학의 범위를 확대해 말과 글의 쓰임새를 널리 살피면서 명작 또는 정전이라고 평가된 것들의 독주를 막는 작업을 처음부터 했다.

그래서 구비문학을 모두 받아들이고, 민중문학을 소중하게 다루는 것을 작업의 출발점으로 삼았다. 《카타르시스·라사·신명풀이》(지식산업사, 1997) ; 《동아시아 구비서사시의 양상과 변천》(문학과지성사, 1997)에서 구비문학의 의의를 고찰의 범위를 대폭 확대해서 확인했다. 그런 노력을 지속하면서, 이번에는 상하관계와 함께 남녀관계를 또한 소중하게 여겼다. 여성문학을 더 많이 찾아내 적극 평가하면서 평등화의 다른 측면에도 기여하고자 했다.

문학사를 이해하고 서술하려면 대립과 공존, 투쟁과 화합의 관계를 정당하게 파악해야 한다고 처음부터 생각하고 실제 작업을 그렇게 하다가, 이제 그 이론을 생극론(生克論)이라고 일컫고 전면에 내세운다. 이치를 그 자체로 따지는 작업을 거듭 하고, 《철학사와 문학사 둘인가 하나인가》(지식산업사, 2000) ; 《소설의 사회사 비교론》(지식산업사, 2001)에서 세계문학사를 이해하는 데 널리 적용해서 검증한 결과를 받아들여 이번 개고본에서는 명시된 지침으로 삼는다.

관점 재정비만 소중하지 않고, 수록 내용 보완이 더욱 긴요한 과제인 줄 알아 많은 노력을 했다. 그러나 개별적인 연구 성과를 모두 파악할 수 없고, 너무 많은 것들을 갖다놓으면 전체가 흐려진다. 관점과 사실이 긴밀하게 호응되게 하고, 사실을 더 보태 관점의 타당성을 한층 분명하게 하는 이상을 달성하지 못해 안타깝다.

제3판이 나오고 십 년 가까운 시간이 경과하는 동안에 힘들여 연구한 성과를 정리한 무게 있는 저서가 계속 출간되고, 의욕에 찬 신진이 대거 등장해 학계의 면모를 일신했다. 많은 학회가 활발하게 활동하고 있어 연구의 전성기를 맞이했다고 할 수 있다. 보충할 내용이 지나치다고 할 정도로 많아 고민이다. 많이 받아들여야 수정하고 증보하는 의의가 커질 수 있으나 자제하지 않을 수 없다.

쓸 것은 다 써서 놀랄 만큼 방대한 문학사를 이룩하자는 유혹을 물리치고 반드시 필요한 일을 최소한 하는 데 만족하기로 한다. 면수가 많이 늘어나 이용하기 불편해지지 않도록 하려고 추가하는 분량에 제한을 두고, 지나치게 늘어났다고 생각되는 대목은 가능한 대로 줄인다. 자세한 내용은 이 책에서 감당하지 못하고 더욱 전문적인 업적으로 미룰 수밖에 없다. 많은 사람이 함께 쓴 더욱 방대한 문학사가 나와서 내가 하지 못한 일을 감당하기 바란다.

참고문헌을 대폭 간추려 요긴한 것만 제시하기로 한다. 논문보다는 저서를, 선구적인 업적보다는 기존 연구를 수렴한 최근 작업을 우선적으로 선택한다. 같은 책이 수정이나 증보를 거쳐 다시 출판되었을 때에는 나중 것을 취한다. 내 자신의 논저는 본문에서 편 특별한 주장의 근거를 대기 위해 자주 들지 않을 수 없고, 혼동의 염려가 없으면 필자 이름을 생략한다.

이번 판은 입문서의 성격을 더욱 분명하게 지녀 누구나 쉽게 접근해 즐겨 읽을 수 있게 한다. 독자의 수준을 낮추자는 것은 아니다. 문학사를 알고자 하거나 전공으로 택하려고 하는 사람들이 많은 것을 보고 생각의 차원을 높일 수 있는 기회를 마련하고자 한다. 전공 세분화의 폐단을 시정하고 전체를 조망하는 자리를 만드는 것도 긴요한 과제이다.

문학사는 시대순 서술의 흐름을 멈추고 필요한 논의를 자세하게 할 수 없는 한계를 지닌다. 일정한 축척에 따라 전국을 다 보여주어야 할 지도에 어느 특정 지방은 더 자세하게 그리지 못하는 것과 같다. 이론적인 쟁점이 있고, 내 자신이 특별한 견해를 마련한 사안에 관해서도 상론은 피하고 토론의 자리를 참고문헌으로 옮긴다. 여기서 다룬 내용이 미비하다고 나무라기만 하지 말고 다른 책도 찾아 읽기 바란다.

작품 인용 방식이 제3판까지와 달라졌다. 원전이 특별한 의의를 가지는 경우가 아니면 작품 인용에서 현대 표기법을 사용한다. 뜻이 통하시 않는 내목은 교감을 하지 않을 수 없어 원문이 손상될 염려가 있는 것을 각오하고 고전을 현대화해 널리 개방하는 데 기여하고자 한다. 그때문에 전문적인 연구를 위한 자료집 노릇은 하지 못하는 점에 대해서 양해를 구한다.

1945년 이후의 문학을 제6권을 써서 다루겠다고 한 계획은 이번에도 실행하지 못한다. 남북이 하나가 되게 하겠다는 다짐만으로 자료와 관점 양쪽의 난관을 극복할 수 없다. 남북을 쉽게 오갈 수 있는 해외동포 학자들 가운데 누가 그 일을 해줄 것을 기대하고 부탁하기까지 했다. 그런 성과가 둘 출간되어, 나로서는 감당하지 못할 짐을 덜 수 있게 해 주었다.

이 책이 완결판일 수는 없다. 다시 뒤져보니 불만이 크고 다시 할 일이 수없이 많다. 그러나 내가 할 수 있는 작업의 한계를 겸허하게 인정해 더 고쳐 쓰는 것은 단념하고 이것으로 끝낸다. 계속 보태고 고쳐 완벽한 책을 만들겠다는 생각은 망상이다. 내가 한 작업에 대해서 불만을 말하고 비판을 전개한 사람들이 적지 않았고 앞으로 더 많아질 것이다. 그러나 이제 내게 더 기대할 수 없으니 요구 사항을 자기 자신에게로 돌려 새로운 작업을 스스로 하기 바란다.

수정하고 보충할 지침을 마련해준 분들의 성함을 존칭은 생략하고 지적 사항 도착순으로 적는다. 최귀묵, 오양호, 이동하, 김석회, 김명호, 최명환, 신동흔, 현길언, 임치균, 이혜순, 황위주, 정병설, 이종묵, 서인석, 이복규, 김일렬, 성호경, 신재홍, 사진실, 윤용식, 신연우, 안

동준, 심혜정, 서종문, 윤주필, 이강옥이다. 개고본을 보고 수정안을 보내준 분들은 박미영, 김성룡, 안장리, 김신연, 이경하, 김예령, 정소연, 류준경, 이민희, 서영숙, 이진오, 나수호이다. 조해숙은 이 책을 전담하는 편집위원이 되어 출판사에서 일하면서, 처음부터 끝까지 잘못을 찾아 고치면서 문장을 다듬고 색인을 작성했다.

이 책은 혼자 쓰지 않았다. 직접 도와준 분들뿐만 아니라 자료를 찾고 연구를 한 수많은 동학이 공저자이다. 그 성과를 모두 거두어들이려고 노력했지만 제대로 되지 않아 송구스럽다. 미처 감당하지 못한 일까지 보태 모두 다음 일꾼들에게 넘기고 물러나니 용서하기 바란다.

문학사를 쓰는 대장정을 끝낸 감회가 각별해 마음을 들뜨게 한다. 준비 기간까지 합치면 30여 년에 걸친 작업이다. 만족스러운 결과를 얻었다고 할 수는 없지만, 아쉽다고 여기지는 않는다. 완벽에 대한 헛된 기대를 버리고, 내 나름대로 최선을 다해 완주한 기쁨을 모든 독자와 함께 나누고자 한다.

36년 6개월 동안 계명대학교·영남대학교·한국학대학원·서울대학교에서 교수 노릇을 하다가 때가 되어 물러나는 2004년 8월 31일에,

조동일 쓴다.

차   례

제4판 머리말 ··· 3

1. 문학사 이해의 새로운 관점

1.1. 한국문학통사 ··· 15
1.2. 문학의 범위 ··· 19
1.3. 문학갈래 ·· 27
1.4. 시대구분 ·· 34
1.5. 생극론의 관점 ·· 44

2. 원시문학

2.1. 구석기시대의 언어예술 ·· 51
2.2. 신석기시대로의 전환 ·· 54
2.3. 민족 형성의 연원과 과정 ·· 59

3. 고대문학

3.1. 건국신화 · 국중대회 · 건국서사시 ·· 65
3.2. 고조선 ·· 70

3.3. 부여·고구려계 전승 ·· 76
3.4. 삼한·신라·가락 쪽의 사정 ···························· 83
3.5. 탐라국 건국서사시 ·· 91

4. 고대에서 중세로의 이행기문학

4.1. 시대 설정의 근거 ·· 95
4.2. 전설·민담시대로의 전환 ······························ 100
4.3. 짧은 노래 몇 편 ·· 104

5. 중세전기문학 제1기 삼국·남북국시대

5.1. 한문학의 등장과 그 구실 ······························ 109
  5.1.1. 한문 사용과 중세화 ······························ 109
  5.1.2. 나라의 위업을 알리는 금석문 ·················· 118
  5.1.3. 국내외의 정치문서 ······························· 126
  5.1.4. 이른 시기의 한시 ································· 130

5.2. 노래의 새로운 모습 ······································ 135
  5.2.1. 고구려 노래 ····································· 135
  5.2.2. 백제 노래 ··· 139
  5.2.3. 신라 노래, 이른 시기의 모습 ·················· 143
  5.2.4. 향가·사뇌가 ····································· 149
  5.2.5. 향가의 율격 ····································· 153

5.3. 향가의 작품세계 ·· 158
  5.3.1. 민요 계통의 노래 ································· 158
  5.3.2. 정치상황과 관련된 노래 ························ 164

5.3.3. 월명사와 충담사 …………………………………… 170

5.3.4. 불교를 따른 노래 …………………………………… 177

5.4. 불교문학에서 문제된 이치와 표현 ……………………… 183

5.4.1. 불교사와 문학사 …………………………………… 183

5.4.2. 원효 ……………………………………………………… 187

5.4.3. 의상과 그 전후의 학승 …………………………… 192

5.4.4. 게송과 염불 …………………………………………… 197

5.4.5. 혜초의 기행문 ………………………………………… 202

5.5. 설화에 나타난 상하·남녀 관계 ………………………… 205

5.5.1. 신화적 상상의 유산 ………………………………… 205

5.5.2. 고승의 신이한 행적 ………………………………… 208

5.5.3. 영웅담의 성격 변화 ………………………………… 215

5.5.4. 하층민의 소망과 시련 ……………………………… 220

5.5.5. 설화의 정착과 변모 ………………………………… 224

5.6. 연극의 자취를 찾아서 …………………………………… 227

5.6.1. 중세의 굿·놀이·연극 ……………………………… 227

5.6.2. 고구려·백제의 놀이와 연극 ……………………… 229

5.6.3. 신라 쪽의 상황과 처용극 ………………………… 233

5.6.4. 다섯 가지 놀이 ……………………………………… 237

5.7. 남북국시대의 상황과 문학 ……………………………… 242

5.7.1. 동아시아문학의 판도 ………………………………… 242

5.7.2. 발해문학의 위치 ……………………………………… 244

5.7.3. 발해문학의 작품 ……………………………………… 247

5.7.4. 신라문학과 대외 관계 ……………………………… 253

12

5.8. 신라 한문학의 성숙 ································ 259

   5.8.1. 신문왕과 설총 ································ 259

   5.8.2. 전성기에 이룬 작품 ························ 262

   5.8.3. 말기의 상황과 왕거인 ···················· 267

   5.8.4. 최치원의 성공과 번민 ···················· 270

   5.8.5. 최광유·박인범·최승우·최언위 ·········· 277

6. 중세전기문학 제2기 고려전기

6.1. 쟁패와 창업의 신화적 표현 ·················· 285

   6.1.1. 건국신화의 재현 ·························· 285

   6.1.2. 고려의 건국신화 ·························· 289

   6.1.3 왕실 혈통의 위기 ·························· 296

6.2. 향가 전통의 행방 ···························· 300

   6.2.1. 고려전기의 향가 ·························· 300

   6.2.2. 균여의 〈보현시원가〉 ···················· 302

   6.2.3. 예종의 〈도이장가〉 및 관련 작품 ·········· 309

   6.2.4. 정서의 〈정과정곡〉 ······················ 314

6.3. 과거제 실시와 한문학 ························ 318

   6.3.1. 고려 한문학의 출발점 ···················· 318

   6.3.2. 과거제 실시 ······························ 321

   6.3.3. 조익·왕융·최승로 ························ 327

   6.3.4. 현종·최충·박인량 ························ 332

   6.3.5. 김황원 ·································· 337

6.4. 불교문학의 재정립 ·· 341
  6.4.1. 고려전기 불교의 판도 ·· 341
  6.4.2. 균여와 제관 ··· 343
  6.4.3. 의천 ··· 348
  6.4.4 계응·혜소·탄연 ··· 352

6.5. 설화와 역사 사이 ··· 356
  6.5.1. 민간전승의 서류 ·· 356
  6.5.2. 화풍과 국풍 ··· 357
  6.5.3. 비범한 인물의 탄생 ·· 360
  6.5.4. 〈가락국기〉 ··· 365
  6.5.5. 〈수이전〉 ··· 367
  6.5.6. 〈삼국사기〉 ··· 372

6.6. 고려전기 귀족문학의 결산 ·· 380
  6.6.1. 예종 시절의 풍류 ··· 380
  6.6.2. 동조자와 비판자 ·· 384
  6.6.3. 격동의 와중에서 ·· 388
  6.6.4. 김부식의 시대 ··· 397
  6.6.5. 무신란 직전의 상황 ·· 401
  6.6.6. 제주시인 고조기 ·· 404

1. 문학사 이해의 새로운 관점

1.1. 한국문학통사

이 책에서 다루는 문학사는 '국문학사'라고 할 수도 있지만, '한국문학사'라고 하는 것이 바람직하다. 그 두 말은 뜻하는 바가 같지 않다. 나라 안에서는 '국문학사'라고 하면 되지만, 밖으로도 알리려면 '한국문학사'라고 하는 것이 마땅하다. 나라 안에서 우리끼리 전승하고 연구하던 문학에 세계 도처의 외국인들도 함께 관심을 가지는 시대가 되었으므로 '국문학사'를 '한국문학사'라고 고쳐 일컫는 것이 마땅하다.

그 둘과 구별되는 또 하나의 이름은 '우리문학사'이다. '한국문학사'보다 한 걸음 더 나아간 것이 '우리문학사'라고 규정한다. '한국문학사'는 다른 나라 사람들과 함께 공동의 관심사로 삼는 '국문학사'라는 뜻만 지니지 않고, '대한민국 시대에 쓴 문학사'라는 뜻도 지닌다. 그 점에서 북쪽에서 쓰는 '조선문학사'와 구별된다. 취급내용은 거의 같아도 관점에서는 거리가 있는 것을 부인할 수 없다. 그 둘을 함께 포용하면서 넘어서는 것이 '우리문학사'이다.

통일후의 국호를 '우리나라'로 하자고 나는 주장한다. '대한'이나 '조선'이, 대안으로 삼자고 하는 '고려'와 함께 모두 다 좋은 말이지만, 이름을 두고 불필요한 논란을 벌일 필요는 없다. 아무런 논란 없이 함께 받아들일 수 있는 국호가 '우리나라'이다. 로마자로는 'Urinara'라고 표기하는 새로운 국호를 널리 알려 뜻을 모르더라도 기억하고 사용하도록 하자. 'Korea'는 관습적인 별칭으로 남겨두면 된다.

'우리나라'는 국가를 지칭하는 경우가 아니면 '우리'라고 하는 것이 마땅하다. 말은 '우리나라말'이 아닌 '우리말'이다. 문학은 '우리나라문학'이 아닌 '우리문학'이다. 문학사는 '우리문학사'이다. '국문학사' 다음에 '한국문학사'가, '한국문학사'·'조선문학사' 다음에 '우리문학사'가 오는 것이 순서이다. 명칭의 변화와 함께 인식 내용이 풍부해지고 관점 설정에서 발전이 있게 된다.

쓰고 싶은 문학사는 '우리문학사'이다. 본문 서술에서 '조선'이나 '한국' 대신에 '우리'라는 말을 쓰면서 통일시대의 발상을 준비하고자 한다. 그러나 책 이름을 '우리문학사'로 바꾸지는 못한다. 다음 시대를 예견하고 준비할 수는 있어도 앞당기지는 못한다. 나는 '한국문학사'를 쓰지 않을 수 없는 한계를 지닌 사실을 부인할 수 없다. 내가 지금 할 수 있는 일은 '우리문학사'에 최대한 근접한 '한국문학사'를 마련하는 것이다.

내용에서는 '우리문학'을 다루고자 하면서 표제는 '한국문학사'라고 하는 책을 써야 하는 것은 불행이다. 그 때문에 겪어야 하는 차질을 괴롭게 여기면서 더욱 분발한다. 감당하기 어려운 작업을 거듭 다시 하면서 '우리문학사'를 준비하는 데 더 많은 기여를 할 수 있기를 기대한다. 다음에 누가 '우리문학사'를 쓰면서 이 책이 가장 많이 참고가 되었다고 한다면 그 이상의 영광이 없겠다.

'한국문학통사'라고 한 이 책 이름에 있는 또 한 가지 말 '통사'에 대해서도 해명이 필요하다. 고전문학과 현대문학, 또는 근대 이전의 문학과 근대문학을 별개의 것으로 취급하던 관례를 청산하고 양쪽을 함께 다루어 연관관계를 밝히는 것이 소중한 과업임을 명시하려고 '통사'라는 말을 붙였다. '국문학사'를 불구로 만든 식민지시대의 상처를 치유하는 것이 '한국문학사'에서 감당해야 할 소중한 과업이었다.

이제는 상황이 달라져서 '통사'라는 말이 필요하지 않게 되었다고 안이하게 판단하지 말자. 대학의 교과과정도, 전공구분도 전혀 바뀌지 않고 있다. 많이 뒤떨어진 사람들과의 싸움이 아직도 힘들게 전개된다. 지금 할 수 있는 일을 철저하게 해서 '통사'를 명실상부하게 만드는 수고를 '우리문학사'에 온통 떠넘기지 않도록 해야 한다.

'국문학사'나 '한국문학사'는 그 대상을 다른 나라의 문학사와 엄격하게 구별하고, 독자적인 전개를 그 자체로 살펴서 써야 한다는 것을 기본전제로 삼았다. 그 둘 가운데 취급대상의 구분은 '우리문학사'에서도 이어나갈 것이다. 그러나 그것은 어디까지나 편의상의 구분이다. 문학사 자체는 인식의 편의를 위한 구획을 넘어서서 공통되게 전개되었다. '우리문학사'는 문학사 전개의 보편적인 과정을 한층 폭넓게 확인하는 사명을 지닌다.

'한국문학사'를 서술해서 밝혀낸 사실이 동아시아 다른 민족의 문학에, 다른 여러 문명권의 문학에 함께 나타나는 것을 확인하는 작업을 오랫동안 했다. 이제 다시 한 번 개고를 하면서 그 성과를 받아들여 새로운 서술체계를 마련하고 싶은 생각이 간절하지만 자제하기로 한다. 제1세계와 제2세계의 서로 다른 관점을 제3세계의 견지에서 함께 받아들이고 둘 다 넘어서야 한다는 주장은, 그 과업을 '우리나라'가 역사 창조 전반에서 실제로 수행할 때 비로소 전면적인 타당성을 가지게 된다. 미래를 위한 설계도를 작성하는 데 그치고 시공은 맡을 수 없는 한계를 인정하면서 불행을 한탄하지 않기로 한다.

조윤제, 《한국문학사》(동국문화사, 1963) 이래로 남쪽의 문학사는 1945년 이전의 문학을 취급하는 것을 관례로 삼고 있다. 문학연구소 외, 《조선문학사》 1~5(과학백과사전출판사, 1977~1981)의 4~5 ; 정홍교 외, 《조선문학사》 1~15(사회과학출판사, 과학백과사전종합출판사, 1991~2000)의 10~15에서는 1945년 이후 북쪽문학만 다루었다. 권영민, 《한국현대문학사》 1~2(민음사, 2002)에서는 1945년 이후의 남쪽문학사를 400면쯤 서술한 다음 북쪽문학에 관한 논의를 50면쯤 첨부했다. 김병민 외, 《조선-한국당대문학사》(연변대학출판사, 2000)에서

북·남, 김춘선, 《한국-조선현대문학사 1945~1989》(월인, 2001)에서
는 남·북의 1945년 이후 문학을 같은 비중으로 취급하고 동일항목에
서 교대로 고찰했다. 김열규 외, 《한국문학사의 현실과 이상》(새문사,
1996) ; 토지문학재단 편, 《한국문학사 어떻게 쓸 것인가》(한길사,
2001)에서 문학사 서술의 새로운 방향에 관한 논의를 했다.

1.2. 문학의 범위

한국문학사를 쓰려면 우선 다루는 대상의 범위부터 살펴야 한다. 한국문학의 범위는 두 가지 각도에서 문제가 된다. 첫째는 문학의 범위가 경우에 따라서 달라질 수 있으므로, 무엇을 문학이라고 하고 어디까지를 문학의 범위에 포함시켜야 마땅한지 따져보지 않을 수 없다. 둘째는 한국문학의 범위이다. 문학의 범위를 정하면 문학 가운데 한국문학인 것과 한국문학이 아닌 것을 구별하는 과제가 다음 순서로 제기된다. 지금까지는 이 둘이 서로 상관없는 논란거리인 듯이 각기 다루어왔지만, 한꺼번에 고찰해야 양쪽 다 타당하게 해결할 수 있다.

문학은 언어로 이루어진 예술이다. 문학을 이렇게 규정하고 보면, 문학이 언어로 이루어졌다고 하고 문자로 이루어졌다고는 하지 않는 점부터 문제가 될 만하다. 문학의 기본적인 요건은 글이 아니고 말이다. 말문학이 앞서서 글문학도 생겨났으며, 글을 쓰게 되면서부터 문학이 비로소 나타난 것은 아니다. 문학은 말문학 또는 구비문학과 글문학 또는 기록문학, 이 두 가지로 존재한다. 둘 다 문학인 점에서는 서로 같아 둘 가운데 어느 것은 문학이 아니라고 해야 할 이유가 없다.

'문학'(文學)이라는 용어는 원래 글로 적어서 하는 문화활동 전반을 뜻했으며, 지금도 그렇게 쓰이는 경우가 있다. 그러나 언어예술을 문학이라고 하는 협의의 개념이 이미 오래 전에 나타났고, 그 범위와 특징에 관한 논란이 계속되었다. 논란의 과정에서 기록문학뿐만 아니라 구비문학도 문학이라고 해야 한다는 견해가 나타나 문학관의 변혁을 요구했다. 그런 내력을 살펴 문학의 범위를 설정하고 개념을 규정해야 한다. 외국의 기성품 이론을 받아들여 문제를 일거에 해결하려고 하는 것은 마땅하지 않다.

16세기 성리학자 이이(李珥)는 "사람이 내는 소리 가운데 뜻을 가지고, 글로 적히고, 쾌감을 주고, 도리에 합당한 것"이 문학이라고 했다.

그런 견해는 "글로 적히고"를 문학의 기본 요건의 하나로 들어 문자문화를 일방적으로 존중하고, "도리에 합당"해야 문학일 수 있다고 한 점에서 유학의 교훈주의 사고방식을 나타내기도 했으나, 문학이 무엇인가 간략하면서 명확하게 밝힌 의의가 있다. 문학을 사람이 내는 소리의 하나라고 규정하고 다른 여러 소리와 견주어 그 특징을 살핀 방법은 지속적인 의의를 가질 수 있다.

17세기의 문인 김만중(金萬重)은 "사람의 마음이 입에서 나오면 말이 되고, 말이 절주(節奏)를 가지면 가(歌)·시(詩)·문(文)·부(賦)가 된다"고 했다. "절주"는 장단과 가락인데, 여기서는 문학의 형식을 뜻한다. "가·시·문·부"는 형식에 따라 나누어져 있는 문학갈래이다. 사람의 마음을 나타내는 말이 일정한 형식을 가지면 문학이라 하고, 형식의 차이에 따라서 문학갈래가 나누어져 있다고 했다. 그 가운데 "가"는 국어시가이고, "시"는 한시이다. 문학이 말이라 하고 글이라 하지 않아 구비문학을 문학에 포함시키고, 국어문학과 한문학을 함께 포괄하는 문학론을 전개한 것이 주목할 만한 변화이다.

18세기에 이론과 실제 양면에서 문학 혁신을 주도한 박지원(朴趾源)은 문학이 언어예술임을 깊이 깨닫고, 문학에서 사용하는 언어의 두 가지 성격을 밝혀 논했다. "천하가 천하인 연유에 두루 통달하고, 만물이 각기 지닌 느낌을 다 나타내는 것이 언어이다"라고 했다. 언어표현과 그 대상의 근원적 일치가 보장되어 있다는 말이다. "언어란 분별이어서, 분별하고자 하면 형용하지 않을 수 없으며, 형용하고자 하면 저것을 원용해서 이것을 증명해야 한다"고 했다. 그래야만 표현효과를 실제로 거두는 창작을 할 수 있다.

20세기초에 이광수(李光洙)는 "문학"이라는 말을 "literature"의 번역어로 사용하고, 그 특성을 규정하는 이론도 수입해야 한다고 했다. 그러나 그 때문에 문학관이 단절된 것은 아니다. 오늘날 문학에 대한 전통적인 이해가 서양 전래의 견해와 공존하고 있다. 비평적인 논의를 보면 갖가지 수입된 이론이 크게 행세했으나, 문학을 창작하고 향유하는 사람들의 의식에서는 지난날의 문학관이 지속되어왔다. 서양 전래의 문학이론에 대한 비판적인 수용이 이루어지고 문학사상의 전통이 재인식되면서, 그 둘 사이의 간격이 좁혀지고 동서문학관의 융합이 시도되고 있다.

문학은 언어예술이며, 예술은 형상과 인식의 복합체이다. 문학은 형상이라는 점에서는 일상에서 쓰는 실용적인 말과 구별되고, 인식이라는 점에서는 재미있기만 한 말장난과도 다르다. 무엇을 만들어서 내보이면 형상이다. 형상은 실제로 존재하는 대상 또는 현실에서 일단 떠나는 즐거움을 누리게 한다. 모르고 있던 진실을 알아차리는 행위가 인식이다. 인식은 실제로 존재하는 대상 또는 현실과 만나 무엇을 발견하는 보람을 찾게 한다. 형상이면서 인식인 문학은 현실을 떠나면서 현실로 되돌아오고, 떠나는 즐거움과 발견하는 보람을 함께 경험하게 한다.

이치가 그렇다면, 문학과 문학 아닌 것을 구별하는 기준은 우선 형상 여부에 있다. 말이나 글이 일상생활에서 쓰일 때에는 지니지 않던 긴장된 질서를 갖추고 있어서 그 때문에 관심을 끈다면 형상이라고 인정된다. 비유나 상징, 사건의 구성, 인물 대립의 구조 같은 것들이 모두 그러한 질서의 예이다. 시·소설·희곡 따위를 문학이라고 해온 가장 간단한 이유가 바로 그런 것들을 갖춘 데 있다. 그러나 문학은 형상만으로 이루어져 있지 않으며, 형상으로써 관심을 끄는 정도가 문학의 가치를 평가하는 척도도 아니다.

말로 된 형상이라고 해서 모두 다 문학일 수는 없듯이, 인식을 나타낸 말이 곧 문학이라는 등식이 성립되는 것도 아니다. 논리적이고 과학적인 인식만 전하는 말이나 글은, 형상을 배제해야 뜻하는 바를 오해 없이 전달할 수 있어 문학과는 거리가 멀다. 일상생활에서 사실을 알리는 데 쓰이는 말이나 글도 형상을 필수적인 요건으로 하지 않으므로 문학은 아니다. 문학은 인식 내용을 제시하면서도 변동 불가능한 사실 이상의 것을 이해하고 상상하고, 진실을 새롭게 발견하도록 해준다. 사생활, 역사, 사상 등을 다룬 글이라 하더라도 그런 조건을 갖추었으면 형상이면서 인식이므로, 문학이라고 해야 마땅할 것이다.

그렇지만 문학의 범위는 시대에 따라서 달라져왔다. 한문학에서 '문'(文)이라고 하던 것은 '시'(詩)와 함께 참으로 큰 비중을 차지하고, 실용적인 글도 적지 않게 포함했다. 정치를 하는 데 소용된 공문, 주장을 펴서 밝힌 논문, 사생활을 말한 편지글도 있다. 옛사람들은 내용뿐만 아니라 표현이나 문체도 세심하게 배려하면서 글을 써서 인식과 형상 그 어느 쪽도 손색이 없게 하려고 했다. 몇 줄로 나타낼 수 있는 용건이라도 정성을 기울여 문학작품이 되도록 다듬어 썼다.

문학의 범위를 좁게 잡는 것은 나중에 나타난 새로운 관습이다. 시대가 변하면서 '문'이라는 개념은 뒷전으로 밀려나고, 시·소설·희곡이 아닌 것 가운데는 수필이라고 이름을 구태여 따로 붙이는 글만 문학세계의 준회원 정도로 인정하기에 이르렀다. 근래에 와서 사람이 하는 활동을 세분하면서 무엇이든지 전문화할 때 문학 고유의 영역을 좁게 잡았다.

문학의 범위를 좁게 잡는 오늘날의 관점으로 과거의 문학을 일제히 재단하지 말아야 한다. 문학의 범위가 좁아진 과정은 문학사 서술에서 반드시 살펴야 할 중대한 사안이다. 그렇게 하려면 문학의 범위에 관한 오늘날의 통념을 반성해야 한다. 현재마저 역사적인 관점에서 다루어 미래를 내다보기까지 해야 하므로, 문학의 범위에 결론이 났다고 생각하는 것은 부당하다.

여러 시대 사람들이 각기 자기네 나름대로의 기준에 따라 설정한 문학의 개념을 받아들이면 무난할 듯하지만, 문학사 서술은 자료를 열거하는 것 이상의 작업을 요구한다. 문학의 범위가 넓어질 수 있는 폭을 한껏 인정하고 각 시대마다 문학이라고 인정했던 영역은 그 폭보다 얼마나 축소되었던지 정확하게 확인해야 한다. 변화의 이유를 찾는 데까지 나아가야 한다.

한국문학의 범위를 정하는 데 문제되어온 것이 구비문학과 한문학이다. 구비문학에 대한 시비는 일단 결말이 났다. 문학이 언어예술이라는 기본 전제를 수정하지 않는다면 구비문학이 문학이 아니라는 반론이 제기될 여지가 없다. 한문학은 문학이 아니라고 한 적 없으나, 과연 한국문학일 수가 있는가 하는 의문이 계속 남아 있다. 한국한문학은 한국문학이라고 하는 데 동의하는 사람들이 늘어나 결론에 가까워지고 있다고 할 것은 아니다. 그 이유가 무엇인가 분명하게 하지 않으면 문제가 해결되지 않는다.

한문은 중국글이므로 한문학은 중국문학이라는 것은 사리가 명백해 반론 제기의 여지가 없는 것 같다. 그러나 중국의 백화가 아닌 한문은 동아시아 사람들이 함께 사용해온 '공동문어'이다. 여러 민족이 함께 쓴 '공동'의 자산이고, 구어의 변화를 거부하고 어법이 고정된 '문어'이다. 공동문어를 사용한 문학은 공동문어문학이다. 한문학은 어느 나라 사람이 창작했든 동아시아 공동문어문학이다. 산스크리트문학이 남아시아의 공동문어문학이고, 라틴어문학이 유럽의 공동문어문학인 것과 같다. 문명권마다 공동문어가 있어 공동문어문학을 창작한 시기를 인류는 함께 겪어왔다.

그러면서 한문은 다른 공동문어와 차이점이 있다. 써놓은 한문은 서로 같지만, 소리 내어 읽는 한문은 나라마다 다르다. 우리는 우리 음으로 읽으면서 구결을 지어냈고 토를 단다. 우리 독법으로 읽는 한문은 우리말 문어체이다. 한문은 다른 공동문어보다 민족적 특성을 더 많이 지녔다. 다른 공동문어는 구두어이기도 해서 국제적인 교류에 활발하게 사용되었다. 멀리까지 나다니면서 문학활동을 하는 다국적 작가가 많은 것이 그 때문이었다. 한문학은 어느 한 곳에서 창작되고 밖으로 전해질 수 있는 기회가 드물어 국적을 가진 것으로 이해되었다. 동아시아 각국 한문학이 각기 그 나름대로 지닌 특성이 소중한 연구 과제이다.

한국 작가가 한국 독자를 상대로 해서 한국인의 생활을 다룬 문학을 한국문학이라고 한다면, 한국한문학이 한국문학이라고 하는 데 아무런 문제가 없다. 한문학은 제외하고 구비문학과 국문문학만 다루어서는 문학사의 실상이 드러나지 않는다. 문학사를 작품의 역사로 이해하는 데 머무르지 않고 문학생활 전반을 중요시하는 쪽으로 나아가고 있어, 한문학의 창작과 수용을 힘써 연구해야 한다. 공동문어문학과 민족어문학의 관계를 동아시아 인접국가나 다른 문명권의 여러 민족과 비교해 고찰하는 넓은 시야를 가지지 위해서도 우리 한문학에 대한 깊은 이해가 필요하다.

한문학은 동아시아의 공동문어문학이면서 동시에 한국문학이라는 이중의 성격을 지니고 있다. 공동문어문학이라는 이유에서 한국문학임을 부인하지 말고, 한국문학이기 때문에 공동문어문학은 아니라고 할 것은 아니다. 한국문학에는 말로 된 문학인 구비문학, 문어체 글로 된 한문학, 구어체 글로 된 국문문학이 있다. 한국문학은 세 가지 문학의 복합체이다. 한국문학사는 세 가지 문학이 상호관계를 가져온 역사이다. 셋 가운데 어느 것은 문학사에서 논외로 한다면 커다란 차질이 생긴다. 그러나 셋의 비중을 어떻게 취급할 것인가는 문학사를 쓰는 시점 또는 관점에 따라서 달라질 수 있다.

지금까지 이루어진 한국문학사는 거의 다 국문문학의 역사였다. 한문학은 배제한다고는 하지 않았지만 대강 다루는 데 그치고, 구비문학에는 관심을 갖지 않는 것이 예사였다. 처음에는 그렇게 하는 것이 잘못이 아니었다. 한국문학 연구를 시작해 한국문학사를 내놓기 전에는 문학이라면 으레 한문학 중심으로 이해되었고, 국문문학을 평가하자는 주장이 널리 인정될 수 없었다.

식민지 통치에 맞서 싸우는 민족문화운동의 하나로 문학의 유산을 찾아 연구하면서, 한국문학을 민족문학으로 인식하고 평가하는 시기에 이르러서는, 한문학 중심의 낡은 사고방식을 청산하고 국문으로 이룩한 문학을 적극 평가했다. 국문문학이 발달된 문학임을 강조하려는 의도가 있어, 문자화되지 못하고 형식이 다듬어지지도 않은 구비문학은 무엇인가 모자라는 문학으로 보아 민속학의 소관으로 돌렸다. 두 가지 모두 그 시대로서는 선진적인 처사였다.

연구에 종사하는 사람 수가 아주 한정되어 있었던 기간 동안에는 우선 국문문학이라도 전후의 맥락을 이해할 수 있도록 정리해놓는 것이 급선무였다는 점도 이해해야 한다. 고전시가 분야부터 어느 정도 정리해놓고 고전산문으로 관심을 돌리다가 현대문학도 연구의 대상으로 끌어들인 것이 타당한 선택이었다. 문학사를 서술할 때에도 고전시가의 역사를 중심으로 잡고 국문문학의 여러 양상을 두루 파악하려고 하고, 한문학은 그 외곽에 배치하고, 현대문학은 부록 정도로 곁들이는 것이 연구상황에 맞는 방식이었다.

그러나 지금에 와서는 사정이 달라졌다. 국문문학이 정통임은 재론의 여지가 없이 분명해져 구비문학이나 한문학을 국문문학과 같은 비중으로까지 다루어도 혼란이 생길 염려가 없다. 연구 인력도 재배치가 가능할 만큼 늘어났다. 한문학 해독 능력을 전수하고, 구비문학 자료를 제대로 조사할 수 있는 거의 마지막 시기를 충분히 활용해야 하는 사정이 긴박하다. 구비문학과 한문학의 의의를 강조하고 연구를 힘써 해야한다. 한국문학은 구비문학·한문학·국문문학의 총체임을 분명하게하고, 그 셋을 대등하게 다루면서 상관관계를 해명하는 것이 문학사 서술의 새로운 과제이다.

민족문학을 이해하는 관점의 변화 또한 깊이 의식할 필요가 있다. 그동안 한국문학을 보는 틀은 일본에서 이식했거나 바로 가져왔거나 유럽문학의 전례로부터 깊은 영향을 받았음을 부인하기 어렵다. 그런데 지금에 와서는 한국문학 자체가 지닌 폭과 깊이를 두루 밝혀 그것대로 이해하는 데서 한 걸음 더 나아가고 있다. 유럽문명권중심주의에 대한 반성과 함께 동아시아 전래의 문학관을 재평가하면서 한문학을 새롭게 인식하고, 제3세계 민족문학에 대해 적극적인 관심을 가지면서 우리 구비문학도 무언가 모자라는 문학이 아니며 새로운 창조의 자랑스러운 원천임을 인정하기에 이르렀다.

한국문학에서 구비문학·한문학·국문문학이 대등한 비중을 가진 것은 문화 축적의 자랑스러운 성과이며, 오늘날 계승하고 발전시켜야 할 전통의 폭이 넓다는 증거이다. 문화 축적의 내부구조를 해명하는 작업에서 문학 일반에 관한 이론적인 이해가 심화될 수 있을 것으로 기대한다. 전통의 폭을 오늘날의 세계사적 문제의식과 관련시켜 재인식하는 과정에서 제3세계 문학사 서술의 좋은 본보기를 제시할 수 있다. 한국문학사에서 시작해 세계문학사 전반을 새롭게 이해하는 시야를 열고 이론을 정립할 수 있는 것이 그 때문이다.

앞으로 계속 구비문학과 한문학을 국문문학과 대등하게 다루어야 할 것은 아니다. 앞으로는 구비문학의 구실이 상대적으로 약화되고, 한문학은 다시 일어나지 않을 것이다. 국문문학이 그 둘의 유산을 계승하면서 발전한 성과가 더욱 확대될 것이다. 그 단계에 이르면 국문문학이 압도적인 비중으로 문학사의 주역 노릇을 하고 있음을 분명하게 하는 것이 문학사 서술의 새로운 과제가 되어야 한다.

그렇다고 해서 국문문학을 들어 민족문학의 배타적인 의의를 강조하는 것은 적절하지 못하다. 한국문학의 대외적인 진출이 활발해지고, 외국문학 수용도 다변화될 것이다. 한국문학사가 세계문학사에서 차지하는 위치와 구실을 더욱 적극적으로 다루기 위해 둘 사이의 경계를 허무는 것이 바람직하다. 한국문학사이면서 세계문학사인 문학사가 출현하는 것이 마땅하다.

문학을 형상과 인식의 복합체로 규정하자고 《문학연구방법》(지식산업사, 1980)에서 말했다. 앞으로 계속 필자 자신의 논저는 쓴 사람의 이름을 생략하고서 거론한다. 〈한문학과 라틴어문학의 문학사 서술 비교〉, 《한국문학과 세계문학》(지식산업사, 1989)에서 양쪽의 관습 차이를 비교해서 고찰하고, 통일된 방법을 찾아야 한다고 했다. 《동아시아문학사 비교론》(서울대학교출판부, 1993)에서는 한국문학사 서술의 경과를 유럽·일본·중국·월남의 경우와 비교해 고찰했다. 《공동문어문학과 민족어문학》(지식산업사, 1999)에서 여러 문명권 공동문어문학과 민족어문학이 어떤 관계를 가졌는지 비교해서 고찰했다.

1.3. 문학갈래

　문학사를 쓰려면 문학을 다루는 적절한 단위가 있어야 한다. 작가나 작품을 거론하면 된다고 하지만 너무 많아 처리하기 어렵다. 있는 대로 다 다룰 수는 없고 중요하다고 생각되는 대상을 택할 수밖에 없는데, 그렇게 하면 택하지 않은 것들은 고려조차 하지 않을 염려가 있다. 그래서 같은 성격의 작가나 작품을 한데 묶어서 살피는 방법이 필요하게 된다. 한데 묶는 단위가 설정되면 그 단위 자체를 문제 삼을 수도 있고, 어떤 작가나 작품을 대표적인 예증으로 삼는 근거를 제시하는 것도 가능하다.

　작가를 한데 묶어서 다루려면 사회 어느 집단의 작가인가를 문제 삼아야 한다. 귀족인가 사대부인가 시민인가, 귀족이면 어떤 귀족인가 살피면서, 가령 신라 육두품 귀족인 누구는 무슨 생각을 하면서 어떤 문학을 이루었던가를 일반적인 성향으로까지 들어 해명할 수 있어야 한다. 그러나 문학연구가 그 일을 맡아 놓고 감당하기는 어렵다. 문학과 사회에 관한 논란이 복잡하게 얽혀 있는 문학담당층에 관한 이해를 문학사 일반론 수립의 선결 과제로 삼을 수는 없다.

　작품을 묶어서 다루는 이론은 다른 데서는 관심을 가져주지 않는 문학연구 고유의 과제이다. 공통적인 성격을 가진 작품을 한데 묶은 것을 '갈래'라고 하자. '장르'라는 외래어를 이해하기 쉬운 순우리말 '갈래'로 바꾸어놓기로 한다. 문학의 갈래는 여러 각도에서 거론할 수 있을 것 같다. 소재를 살펴서 전원문학, 전쟁문학, 역사문학 등을 열거할 수도 있고, 사상에 기준을 두고 무속문학, 불교문학, 유교문학 등을 말할 수도 있다. 그러나 소재나 사상 같은 것들에 의거하지 않고서도 갈라지는 갈래가 문학을 문학으로 다루는 데 더욱 소중하다.

　문학갈래는 작품형성의 원리에 따라서 문학이 나누어져 있는 양상이므로 소중하다. 그렇게 해서 추출된 개념인 시조니 가사니 소설이니 하는 것들이 문학의 갈래로 널리 알려져 있다. 문학사 서술에서 그런 갈래 개념을 적극 활용하지 않을 수 없다. 우리 고전문학에는 시대와 작가를 알 수 없는 작품이 적지 않아 갈래의 특징을 들어 위치와 가치를 논하는 정교한 방법을 힘써 개발해야 한다. 갈래에 대한 이해가 제대로 되지 않으면 문학사 서술방법의 발전을 기대할 수 없다.

문학갈래는 대부분 연구를 하기 전에 이미 존재한다. 누가 언제 따져서 규정하지 않았어도 시조·가사·소설 따위가 어떤 것인지 잘 알려져 있다. 잘 알려져 있는 것은 자명하니 묻지 말아야 한다고 할 수는 없다. 관습 자체에서도 혼란이 있을 수 있고, 아직 무어라고 이름조차 짓지 않은 갈래도 있다. 갈래에 관한 설명을 하나씩 따로 하고 말 수는 없다. 그 모두를 함께 파악해 체계적으로 설명하기 위해서는 갈래이론이 요망된다. 그동안 거듭된 모색과 논의가 있었어도 우리 갈래이론은 실상을 제대로 파악하기에는 역부족이었다.

갈래이론은 수입해오면 된다고 여겨 힘써 개발하지 않았다. 한문학의 갈래론은 중국 전래의 규범에 내맡겼다. 현대문학에서는 유럽문명권의 전례를 따르면 된다는 생각 때문에 갈래가 문제되지 않았다. 구비문학은 그것대로의 관습에 따라서 처리하면 된다고 여겼다. 갈래 구분과 해명에 관한 고민을 국문 고전문학의 범위 안에서만 해왔으며, '국문학개론'이라는 교과목에서 그 내용만 취급했다. 그래서 한국문학의 총체성은 행방을 감추어, 구비문학·한문학·고전문학·현대문학을 한꺼번에 다룰 수 없게 되었다.

우리 문학 전체를 포괄하는 이론을 마련해 갈래 분화의 양상을 일관된 원리에 따라 납득할 수 있게 해명해야 하는데, 지금까지 나온 몇 가지 제안은 그럴 수 없었다. 시가와 산문 양분법은 모든 문학을 포괄하지만, 갈래는 형식 이상의 것이다. 서정·서사·희곡 구분론을 수입해서 고전문학까지 다스리려고 하는 것은 무리한 짓이다. 시가·소설·희곡·가사가 각기 독립되어 있다고 하는 절충론은 이론적인 허점을 감추지 못한다. 시가라고 하는 것은 성격이 모호하고, 가사를 따로 내세운 점도 납득하기 어렵다. 그 두 체계 모두 서사 또는 소설이 아닌 산문은 수필마저도 문학의 범위 밖으로 내보내야 한다.

그런 난점을 해결하는 새로운 방안을 찾아, 서정·교술·서사·희곡이 서로 달라 문학갈래가 크게 나누어진다고 하는 4분법을 제시했다. 구분의 기준은 자아와 세계의 관계이다. 서정은 작품외적 세계의 개입이 없이 이루어지는 세계의 자아화이다. 교술은 작품외적 세계의 개입으로 이루어지는 자아의 세계화이다. 서사는 작품외적 자아의 개입으로 이루어지는 자아와 세계의 대결이다. 희곡은 작품외적 자아의 개입 없이 이루어지는 자아와 세계의 대결이다.

가사나 수필은 교술이어서, 서정인 시조, 서사인 소설과 다르다. 유럽문학도 교술을 포함한 넷으로 크게 구분되다가 교술의 몰락을 겪으면서 근대문학에 들어서는 변화를 다른 곳보다 먼저 보여주었다. 그 결과를 합리화해 문학의 범위를 줄여 잡은 갈래체계를 일반론이라고 오해하지 말아야 한다. 서정·교술·서사·희곡을 인정하고 상호관계의 변천을 말해야 문학사의 전개를 이해할 수 있다. 유럽 전래의 근대 갈래이론과는 다른 통시대의 새로운 갈래이론을 마련해야 유럽문명권중심주의와 근대지상주의를 극복하는 세계문학사의 이론을 마련할 수 있다.

서정·교술·서사·희곡은 개별갈래가 택할 수 있는 네 가지 기본 성향이다. 기본 성향은 어디서나 항상 그 넷이지만, 개별갈래는 경우에 따라 다르다. 모노래·오언절구·향가·시조·현대시 같은 것들이 서정을 구체화한 우리문학의 개별갈래이다. 이것들은 서정을 공통되는 성격으로 삼아 교술·서사·희곡에 속하는 갈래들과 크게 구별되면서 모두 그것대로의 고유한 특징을 갖추고 있으며 일정한 역사성을 지닌다. 다른 나라의 문학에는 그 나름대로의 서정 개별갈래들이 있어 서정이라는 공통점을 매개로 삼아 우리 것과 비교될 수 있다.

서정·교술·서사·희곡의 상관관계가 그것들의 특징을 구체화한 개별갈래들의 흥망성쇠로 구현되어 문학사가 전개된다. 시조가 나타나서 오랫동안 존속하고 있다는 사실은 시조가 서정시라는 점을 계속 주목하면서 고찰해야 한다. 그러나 개별갈래의 특징이 모든 작품에 동일하게 나타나는 것은 아니다. 개별작품은 소속 갈래의 공통적인 특징을 그 나름대로 구체화하면서 부분적인 일탈을 보일 수도 있다. 시조에 교술적 성향을 지닌 것들도 있고, 서정적 소설이나 서사적 희곡도 이따금 발견된다. '교술적', '서정적', '서사적' 등의 관형사는 특정작품의 이차적 성향을 지칭하는 데 쓰인다.

문학갈래는 다른 것들과 관련을 가지고 생겨나고, 변화를 겪고, 없어지기도 한다. 그 점을 파악하기 위해서 갈래체계라는 용어를 사용할 필요가 있다. 갈래의 역사는 갈래체계 변천사이다. 그런 관점을 수립해 지나치게 엄밀한 논의를 전개하려고 하는 것은 마땅하지 않다. 체계는 유동적이어서 느슨해질 수도 있다. 체계에서 이탈하고자 하는 개별갈래도 있다. 문학사의 전환기에는 신구의 갈래체계가 공존한다. 교술적, 서정적, 서사적 등의 관형사로 지칭되는 이차적 특징을 함께 지닌 작품군의 출현은 체계 이탈의 징후이다.

구비문학의 갈래는 서로 얽혀 있다. 굿을 길게 하면서 늘어놓는 노래나 말은 갈래로 나누어져 있지 않다. 서정·교술·서사·희곡이 거기에 다 들어있다. 그 가운데 서사무가는 서사시의 역사를 이해하는 데 긴요한 의의가 있어 일찍부터 특히 주목되었다. 민요는 서정민요·교술민요·서사민요로 구분해 인식할 수 있어야 그 가운데 어느 것을 받아들여 형성된 시가갈래를 살필 수 있다. 논란이 많은 판소리는 서사무가·서사민요의 뒤를 이은 또 하나의 서사시라는 사실을 분명하게 해야 문학사적 위치를 바로 이해할 수 있다.

구비문학의 갈래는 항상 같은 양상을 지녀온 듯하지만 그렇지 않다. 문학사의 어느 단계에서 특정 갈래가 활발하게 창조되었다. 구비문학이 기록문학으로 전환되거나 기록문학과 관련을 가지는 데서도 많은 변화가 있었다. 직접적인 증거를 찾기 어려워도 구비문학을 기록문학과 함께 다루어야 문학사 이해가 온전할 수 있다. 구비문학사에서는 작가를 고찰의 대상으로 삼을 수 없고 작품론에도 난점이 있어 갈래 개념을 긴요하게 여겨야 한다.

한문학의 갈래는 중국에서 이미 마련한 전례에 따라서 관습화되어 있어 새로운 갈래이론의 적용을 좀처럼 허용하지 않는 것 같다. 그러나 한문학의 갈래는 별도라고 해버린다면 한국문학을 총체적으로 이해하는 데 결정적인 장애가 생긴다. 갈래는 어느 것이나 관습이지만 관습의 숨은 논리를 밝히는 작업이야말로 모든 갈래이론의 한결같은 목표여서 한문학만 예외라고 해야 할 이유가 없다. 한문학도 서정·교술·서사로 이루어져 있다. 희곡이 없는 것이 한문학의 특수성인데, 그 점은 갈래의 일반이론에 비추어보아야 확인될 수 있다.

한문학 갈래론에서 특히 문제가 되는 것은 서정과 교술, 교술과 서사의 관계이다. '시'(詩)는 '사'(辭) 또는 '부'(賦)와 구별되어왔다. 그 근거가 무엇인가를 두고 말이 많았지만, '시'는 서정인데 '사' 또는 '부'는 교술이라고 하면, 시조와 가사의 차이점을 밝히는 것과 상통하는 이론이 한문학에서도 정립된다. 한문학사도 갈래체계 변천사이다.

가전체나 몽유록이 과연 소설인가 하는 문제도 그것들이 서사적인 표현형식을 받아들여 이루어진 특이한 교술임을 밝혀 해결할 수 있다. '문'(文)이라고 통칭되는 것들의 기본영역을 넘어서서 그런 교술 갈래가 다채롭게 나타난 일탈현상이 한 시기 문학의 특징이었다. 한문학 서사를 대표하는 한문소설의 등장은 문학사가 다시 새로운 단계로 들어선 증거이다.

국문 고전문학의 갈래론에서 오랫동안 문제의 초점이 되어온 것은 가사이다. 교술이라는 개념은 가사가 서정이 아님을 명확하게 하자는 데서 마련되었다가 갈래체계를 전반적으로 재검토하는 데까지 쓰이게 되었다. 가사뿐만 아니라 경기체가, 악장, 창가 등이 모두 교술시이다. 교술시의 맥락을 서정시의 경우와 견주어서 살피는 관점을 지닐 수 있어야만, 서정시와 교술시가 함께 존재하던 시기의 문학이 서정시만 남기게 된 시기의 문학과 근본적인 차이점이 있다는 사실을 총체적으로 이해할 수 있다.

　　현대문학이라는 것도 한문학과 함께 갈래론의 예외 영역인 것처럼 인정되어왔으나 그럴 수는 없다. 수입해온 갈래는 논의의 대상으로 삼지 말자고 하는 것은 잘못이다. 현대문학 내부의 문제점, 고전문학과의 관계를 새롭게 다루려면 갈래이론을 정비해야 한다. 유럽의 전례까지 포함해 갈래이론 전반을 다시 마련하는 더 큰 과제를 감당해야 한다. 일반이론 수립이 우리 학문의 과제임을 명심해야 한다.

　　교술을 대폭 약화시키고 서정·서사·희곡만 공존하는 갈래체계를 표방하기에 이르러, 시는 으레 서정시라고 하고 서사라는 말은 소설로 대치되었다. 그런 변화의 양상은 세계 어디서나 기본적으로 동일하면서 차이점도 있다. 우리 경우에는 희곡·서정시·소설 순서로 개변이 많이 나타났다. 소설에서는 전대의 것이 긍정적으로도 계승되어온 사실을 주목할 필요가 있다. 고금의 갈래를 비교해 고찰해야 그럴 수 있다.

　　시·소설·희곡의 갈래체계가 문학개론류에 확고하게 자리잡고, 갈래 문제에 관한 오랜 논란의 결론으로 행세한다. 과거의 모든 문학을 논단하는 척도가 되기도 하고, 문학사의 새로운 전개를 부정하는 구실을 하기도 한다. 그러나 서사시를 살리려고 하는 시도가 거듭되고 있다. 제명처분을 한 것이 무효가 되어, 교술은 죽지 않았다. 수필이라고 하는 것으로 명맥을 유지하는 데 만족하지 않고 제도권 밖에서 위세를 떨친다. 갈래체계를 바꾸어놓으려는 지각변동이 계속 일어난다.

　　오늘날의 규범으로 문학갈래에 관한 오랜 시비를 끝낼 수 있는 것은 아니다. 중세에는 규범을 더욱 엄격하게 만들었어도 변화를 막지 못했다. 제도권 밖의 문학이라고 할 수 있는 것들의 동향까지 파악하면서 문학갈래의 체계가 어떻게 달라지는지 인식하려면 문학의 범위를 넓게 보고 큰 갈래를 넷으로 나누는 관점을 버리지 말아야 한다. 오늘날의 문학을 문학사의 한 단계로 파악하면서 근대 다음의 시대를 예견하고 준비하려고 노력해야 한다.

　　'갈래'라는 용어는 김수업, 《배달문학의 길잡이》(금화출판사, 1978)

에서 처음 쓴 것을 《문학연구방법》(지식산업사, 1980)에서 받아들였다. 갈래 이론 정립을 위한 노력의 자취가 《한국문학의 갈래이론》(집문당, 1992)에 정리되어 있다. 김준오, 《한국현대장르비평론》(문학과지성사, 1992)에서 그 내역을 검토하고 ; 김흥규, 《한국문학의 이해》(민음사, 1986)에서는 수정안을 냈다.

1.4. 시대구분

구비문학·한문학·국문문학의 관계는 시대에 따라서 변했다. 어문생활이 달라지면서 문학의 양상이 바뀐 사실에서 명확한 증거를 찾아 문학사의 전개를 구체적으로 이해할 수 있다. 문학사의 시대구분을 두고 여러 견해가 대립되어 복잡한 논란을 벌였으나, 어렵게 생각할 것 없다. 어문생활사에 근거를 두고 구비문학·한문학·국문문학의 관계를 살피면 선명한 결과를 얻어 혼란에 빠지지 않는다.

처음에는 구비문학만 있었다. 기원 전후의 시기에 한문을 받아들이고 5세기까지 한문학을 정착시켜 고대에서 중세로 넘어왔다. 중세는 공동문어문학인 한문학의 시대였다. 한문학의 등장에서 퇴장까지 중세문학이 지속되었다. 중세가 되자 상층과 하층, 남성과 여성으로 지체가 구분된 사람들이 어문생활에서도 차등을 겪었다. 상층남성이 한문을 독점해서 사용하면서 상층여성·하층남성·하층여성에 대한 문화적인 우위를 확립했다. 중세전기 동안에는 독점을 제어한 경쟁자가 거의 없었다.

한문학은 국문문학과 공존했다. 처음에는 한자를 이용한 향찰을 통해서, 15세기에는 한국어를 직접 표기하는 훈민정음을 창안해 국문문학을 육성할 수 있었다. 상층남성은 한문학에서 이룩한 규범을 국문문학으로 옮기는 작업을 하고, 한문 사용에서 제외되어 있던 상층여성이 국문을 자기 글로 삼아 생활 전반에서 널리 사용하기 시작했다.

중세후기에 나타난 그런 변화가 그 뒤에 더욱 확대되어, 중세에서 근대로의 이행기에는 상층남성의 한문, 상층여성의 국문에 하층남성의 국문이 추가되었다. 국문을 익혀 문자생활을 하기 시작한 하층남성이 독자나 작가로 참여해 작품이 늘어나고 다루는 내용이 다채로워졌다. 상층남성의 한문학이나 상층여성의 국문문학도 그런 추세에 자극을 받아 복합적인 성격을 띠게 되었다. 그것이 중세에서 근대로의 이행기의 특징이다.

한문학이 물러나고 국문문학이 최상의 문학이 된 시기가 근대이다. 한민족은 단일민족이고, 한국어는 방언 차이가 적어, 민족어를 통일시키고 표준화해서 근대민족문학을 일으키는 과업을 쉽사리 수행할 수 있었으나 현실적인 여건에 장애가 있었다. 과거제를 폐지하고 국문을 공용의 글로 삼은 1894년의 개혁은 철저하게 시행되지 못했다. 하층여성도 국문 사용에 동참해 어문생활의 평등을 이룩해야 한다는 주장이 1919년 이후에 널리 인정되었으니, 일제의 식민지 통치 탓에 실현에 상당한 어려움이 있었다.

문학사 시대구분에서 그 다음 순서로 고려해야 할 증거는 문학갈래이다. 구비문학·한문학·국문문학이 각기 그것대로 특징이 있는 문학갈래를 제공해 문학갈래가 서로 경쟁하는 역사가 전개되고, 문학사의 실질적인 변화가 나타났다. 시대에 따라서 주도적인 문학갈래가 교체되고 갈래체계 전반의 양상이 달라진 경과를 살피면, 어문생활사를 파악해 얻은 성과를 한 차원 높일 수 있다.

구비문학의 시대는 원시와 고대의 두 시기로 나누어진다. 원시시대의 신앙서사시나 창세서사시를 대신해 건국의 영웅을 주인공으로 한 건국서사시가 나타나면서 고대가 시작되었다. 건국서사시 자체는 사라지고 말았지만, 그 흔적은 남아 있다. 한문으로 기록된 건국신화가 그 개요라고 생각된다. 나라굿을 하면서 영웅의 투쟁을 노래하던 방식은 서사무가로 이어지고 있다. 그 둘을 합쳐 보면 건국서사시의 모습을 짐작할 수 있다.

한문학이 등장하면서 서사시를 대신해 서정시가 주도적인 구실을 하게 되었다. 한문학의 정수인 한시가 세련되고 간결한 표현을 자랑하는 서정시이듯이, 국문문학 또한 서정시를 가장 소중한 갈래로 삼았다. 향가는 민요에 근거를 둔 율격을 한시와는 다른 방식으로 가다듬어 심오한 사상을 함축한 서정시로 발전했다. 국문문학이 향가에서만 이룩되었다는 사실이, 바로 그 시기에 서정시가 다른 어느 갈래보다 소중한 구실을 했다는 증거이다.

향가를 대신해서 시조가 생겨나면서 갈래체계가 개편되었다. 향가 시대에는 서정시가 홀로 우뚝했던 것과 다르게, 시조는 가사와 공존했다. 시조는 서정시이지만, 가사는 교술시이다. 가사뿐만 아니라 경기체가, 악장 등도 교술시이다. 교술시들끼리의 내부 경쟁에서 가사가 승리해 시조와 가사가 상보적이면서 경쟁적인 관계를 가진 시대가 오래 계속되었다.

서정시와 교술시가 공존한 것은 중세전기와는 다른 중세후기의 갈래체계이다. 중세전기의 향가는 세계를 자아화해 '심'(心)의 이상을 멀리까지 나아가 추구하기만 했다. 중세후기의 시조는 세계를 자아화해서 '심'의 이상을 추구하는 범위를 일상생활의 영역 안으로 한정했다. 그래서 자아를 세계화해서 '물'(物)의 실상을 탐구하는 가사와 상보적이면서 경쟁적인 관계를 가졌다.

한문학에서는 사(辭)나 부(賦), 그리고 문(文)이라고 한 것이 모두 교술이므로 교술이 새삼스러운 의의를 가지지 않았다. 그런데 국문 교술시가 여럿 등장한 시기에, 한문학에서도 실용적인 쓰임새는 없으며 서사적인 수법을 빌려 흥미를 끄는 교술문학 갈래인 가전이나 몽유록이 생겨났다. 교술이 활성화되는 변화가 국문문학과 한문학 양쪽에서 나타나 문학의 판도를 전과 다르게 바꾸어놓았다.

국문문학이 한문학과 대등한 위치로 성장한 중세에서 근대로의 이행기에 이르러서는 소설이 발달해 서정·교술·서사가 맞서게 되었다. 소설에는 한문소설도 있고 국문소설도 있어 서로 경쟁하고 자극했다. 국문소설의 발전으로 국문문학의 영역이 확대되고, 작품의 수와 분량이 대폭 늘어났다. 시조에서 사설시조가 나타나고 가사는 더욱 장편으로 늘어나, 생활의 실상을 자세하게 다루게 된 것도 주목할 만한 일이다. 그것은 서사문학 발달에 상응하는 변화가 다른 영역에서도 일어난 결과이다.

그 시기에 구비문학 또한 활기를 띠고, 새로운 문학갈래를 산출했다.

민요와 설화의 재창조가 적극적으로 이루어졌다. 서사무가를 기반으로 해서 판소리가 생겨나 서사문학을 쇄신했다. 판소리는 영웅서사시를 범인서사시로 바꾸어 놓고, 교훈과 풍자가 서로 부딪치는 복합적인 구조를 만들었다. 당대의 논쟁을 수렴하고, 공연 방식 또한 뛰어나 흥행에서 크게 성공했다. 오랜 내력을 가진 농촌탈춤이 더욱 규모가 커지고 사회비판에 더욱 적극적인 도시탈춤으로 발전했다. 구비문학까지 고려하면, 서정·교술·서사·희곡이 경쟁하는 시대에 들어섰다.

근대문학이 시작되면서 문학갈래의 체계에서 나타난 가장 큰 변화는 교술의 몰락이다. 한문학이 퇴장하면서 교술의 커다란 영역이 사라졌다. 근대 국문문학에서는 교술산문 가운데 수필이라고 하는 것만 문학에 속한다고 인정되었다. 시조와 가사는 운명이 서로 달라, 시조는 부흥하려고 애쓰면서, 가사는 구시대 문학의 잔존 형태에 지나지 않도록 해서 교술의 퇴장을 공식화했다. 그 대신에 희곡이 기록문학의 영역에 들어서서, 서정·서사·희곡의 갈래 삼분법이 확립되었다.

한국 근대문학 형성에 한국의 전통과 서양의 영향이 어떻게 작용했는가 하는 것이 오랜 논란거리이다. 그런데 그 양상이 서정·서사·희곡의 세 영역에서 각기 다르게 나타났다. 서사 쪽의 소설에서는 고전소설의 성장이 근대소설로 거의 그대로 연장되어, 언어 사용, 사건 전개, 독자와의 관계 설정 등에서 단절이 거의 없었다고 할 수 있다. 서정시에서는 고전시가의 전통이 이면에서 계승되고, 표면에서는 서양의 전례를 따르는 근대자유시를 이룩하려는 노력이 두드러졌다. 희곡에서는 사정이 달라, 구비문학으로 전승되는 데 그친 탈춤과는 이질적인, 기록문학이고 개인작인 희곡이 이식되었다.

문학갈래의 체계가 지금까지 살핀 바와 같이 변한 것은 문학담당층이 교체되었기 때문이다. 문학을 창조하고 수용하는 집단이 문학담당층이다. 문학담당층은 여럿이 공존하면서 서로 경쟁한다. 사회의 지배층, 그 비판 세력, 피지배 민중이 모두 문학담당층으로서 각기 그 나름대로의 구실을 하면서 서로 경쟁했다. 문학사를 문학담당층끼리 주도권 경합을 벌여온 역사로 이해하는 작업을 언어와 문학갈래에 기준을 둔 지금까지의 고찰에다 보태야 이차원을 넘어서서 삼차원에 이를 수 있다. 작가를 들어 논할 때 문학담당층의 특성을 어떻게 나타냈는지 살피는 것이 긴요한 과제이다.

앞에서 어문생활사에 관해 고찰하면서 상층남성·상층여성·하층남성·하층여성이라고 한 것도 문학담당층이기는 하지만 막연한 기준에 의해 개념화되어 있는 한계가 있다. 개념이 아닌 실체를 더욱 분명하게 할 수 있어야 문학담당층에 관한 논의가 제대로 이루어진다. 그 넷이 항상 같은 특성을 지니고 있었던 것은 아니다. 여성 쪽보다 남성 쪽에 논란거리가 더 많다. 상층남성은 시대에 따른 변화를 특히 많이 보여주어 세분화된 이해가 필요하다. 하층남성 또한 구성이나 특성이 복잡하다.

원시시대에는 무당이 문학을 주도해 신앙서사시나 창세서사시를 노래했다. 고대의 건국서사시는 정복전쟁의 주역인 군사적인 귀족의 문학이었다. 정치의 지배자가 종교의 사제자이기도 해서 문학을 직접 관장하다가 전문가에게 넘겨주었어도 기본 성격은 변하지 않았다고 생각된다. 건국의 시조가 하늘의 아들이고, 지배자가 하늘과 통하고 있어 자기 집단이 배타적인 우월감을 가져 마땅하다는 고대자기중심주의를 건국서사시에서 나타냈다.

한문학을 받아들이고 격조 높은 서정시를 창작해야 하는 중세에 이르자, 문학을 관장하는 전문가 집단이 있어야만 했다. 신라에서는 육두품(六頭品)이 바로 그런 임무를 맡았다. 육두품은 최고 지배신분인 진골(眞骨)의 지위에는 오를 수 없는 하급귀족이었다. 글을 읽고 쓰는 능력으로 나라를 다스리는 데 실제로 기여하는 기능인이면서, 한문학과 불교 양면에서 중세보편주의의 이상을 추구하는 갈등을 겪었다. 신라와 당나라를 오가면서 겪은 최치원(崔致遠)의 번민을 그렇게 이해할 수 있다.

10세기에 신라를 대신해 고려가 들어설 때에는 중세문학 담당층이 그런 지위에서 벗어나 스스로 지배신분으로 올라서고, 과거를 보아 인재를 등용하는 제도를 마련했다. 그렇지만 누구나 실력을 기르면 과거에 급제할 수 있다는 원칙이 그대로 실현되지 않고 몇몇 가문이 기득권을 누렸으므로, 고려전기의 지배층을 문벌귀족(門閥貴族)이라고 일컫는다. 그때 가장 두드러진 활동을 한 김부식(金富軾)의 문학 창작과 역사 서술에서 문벌귀족의 의식을 명확하게 확인할 수 있다.

12세기말에 무신란이 일어나고, 이어서 몽고족이 침입하는 동안에 오랜 내력을 가진 문벌귀족은 밀려났다. 그 대신에 등장한 권문세족(權門世族)이라고 일컬어지는 새로운 집권층이 생겨나, 이념 수립의 능력은 없으면서 횡포를 일삼았다. 문벌귀족에 눌려 지내던 지방 향리(鄕吏) 가운데 한문학을 익혀 실력을 쌓은 인재가 중앙정계에 등장해 신흥 사대부(士大夫)로 성장하면서 권문세족과 맞서서 사회개혁을 요구하고 나섰다. 그래서 중세전기문학에서 중세후기문학으로 넘어올 수 있었다.

그 선구자 이규보(李奎報)가 민족을 생각하고 민족을 옹호하는 문학을 하는 길을 열었다. 안축(安軸)이나 이색(李穡)의 세대에 이르러서 방향 전환을 더욱 뚜렷하게 하고, 경기체가와 시조를 창안해 국문시가를 혁신하기도 했다. 사대부는 '심'(心)을 일방적으로 존중하는 이상주의를 거부하고 사람은 '처사접물'(處事接物)을 하면서 살아간다는 사고방식을 지녔다. 그래서 중세보편주의를 독자적으로 구현하는 방향으로 나아가고, 서정시와 교술시를 공존시키는 문학을 했다.

사대부가 스스로 권력을 잡고 조선왕조를 창건해 신유학(新儒學)의 이상을 실현하려고 한 15세기 이후의 시기에 노선 대립의 진통이 생겨났다. 문(文)과 도(道)는 불가분의 관계를 가져야 한다는 것을 공동의 강령으로 삼으면서, 서거정(徐居正)을 위시한 기득권층 훈구파(勳舊派)는 '문'을 더욱 중요시하고, 이황(李滉)이 이론적인 지도자 노릇을 한 비판세력 사림파(士林派)는 '도'에 힘쓰는 것이 더욱 긴요하다고 했다. 김시습(金時習)의 뒤를 이은 방외인(方外人)들은 사대부로서의 특권이나 우월감을 버리고 민중과의 동질성을 느끼면서, 조선왕조의 지배질서에 대해서 반발하는 문학을 했다.

17세기 이후의 중세에서 근대로의 이행기에 이르러 신유학의 이념과 한문학의 규범을 더욱 배타적으로 옹호하려고 하는 집권 사대부들의 노력이 강화되었으나, 시대가 바뀌는 것을 막을 수 없었다. 사대부문학 내부의 분열이 확대되고, 사대부의 주도권이 흔들렸다. 지배체제의 모순을 절감하는 사대부 지식인들 가운데 박지원(朴趾源), 정약용(丁若鏞) 등의 실학파 문인들이 나타나 사회를 비판하고 풍자하는 새로운 한문학을 이룩했다. 남성이 독점해온 사대부문학이 남녀의 문학으로 나누어졌으며, 여성 쪽에서 국문문학의 작자와 독자로서 앞 시대보다 더욱 중요한 구실을 하게 되었다.

그 시기에 연행활동을 직업으로 삼는 광대가 크게 활약해 판소리의 발달을 보게 되었다. 농민도 구비문학의 재창조에 힘써 민중의식 성장의 저변을 튼튼하게 했다. 중인(中人) 신분을 지닌 사람들이 한시를 짓고, 시조를 전문적으로 노래하는 가객(歌客) 노릇을 하고, 판소리의 애호가가 되기도 하면서 다양한 활동을 했다. 가객으로서 김천택(金天澤)과 김수장(金壽長)이 두드러진 활동을 하면서, 시조를 창작하고 시조집을 엮기도 했다. 신재효(申在孝)는 판소리를 후원하고 판소리 사설을 다듬었다.

중인 또는 그 이하 신분층에서 장사를 해서 돈을 모은 '시민'(市民)층이 형성되어 문학의 양상을 크게 바꾸어놓았다. '시민'이라는 말은 번역어이기 이전에 '저자 사람'을 뜻하는 재래의 용어이다. 저자 사람은 흥밋거리의 문학을 이룩하고 상품화하는 방식을 마련했으며, 소설의 발전에 적극 기여했다. 소설을 빌려주고 돈을 받기도 하고, 목판본으로 간행해 시장에 내놓아 널리 판매했다. 그것이 근대 시민문학의 직접적인 선행형태이다.

그러다가 사대부가 퇴장하고 시민이 지배세력으로 등장하면서 근대문학이 시작되었다. 염상섭(廉想涉), 현진건(玄鎭健), 나도향(羅稻香) 등은 서울 중인의 후예인 시민이어서 근대소설을 이룩하는 데 앞장설 수 있었다. 오래 축적한 역량이 있어 그럴 수 있었다. 이광수(李光洙), 김동인(金東仁), 김소월(金素月) 등 평안도 상민 출신 시민층도 근대문학 형성에서 큰 몫을 담당했다. 그 고장 사람들은 중세 동안 천대받은 전력이 있어 새 출발을 위해 적극 나섰다.

근대문학의 주역인 시민은 자기 계급의 이익을 배타적으로 옹호하는 데 그치지 않고 더 넓은 활동을 해야 했다. 한편으로는 사대부문학의 유산을 계승하고, 다른 한편으로는 민중문학과 제휴해, 중세보편주의와는 다른 근대민족주의의 문학을 발전시키는 의무를 감당하는 것이 마땅했다. 그런데 근대화를 위한 스스로의 노력이 좌절되고 식민지시대가 시작되어 그런 과업을 수행하는 데 차질이 생겼다.

민족자본가를 대신해 매판자본가가 시민의 주류를 이루게 되면서, 중세에서 근대로의 이행기 동안의 축적이 망각되고, 근대문학을 일본을 거쳐 서양에서 수입하려는 움직임이 표면화했다. 문단의 주도권 따위에는 관심을 두지 않고 창작에 몰두하는 작가들은 이미 형성된 기반을 충실하게 이용해 뚜렷한 성과를 거두었으나, 해외문학파로 자처하는 비평가들은 서양문학 이식을 요구해서 혼선을 일으켰다. 그래서 전통 계승에 차질이 생기고, 시민문학이 민중문학에서 멀어졌다.

시민문학을 배격하고 무산계급문학을 해야 한다는 운동은 하층에서 겪는 고난을 심각하게 다룬 공적이 있으나, 민족문학의 공동노선을 버린 것이 문제였다. 또한 지난 시기 민중문학을 이으려 하지 않고, 일본을 통해서 서양의 본보기를 받아들이는 데 급급해 혼선을 빚어냈다. 지난 시기 사대부문학 · 시민문학 · 민중문학의 전통을 폭넓게 계승한 근대민족문학을 확립하면서 서양문학의 영향을 주체적으로 활용하는 것이 오늘날까지 이어지는 지속적인 과제이다.

시대구분은 서론에서 완결할 수 없다. 문제점을 본론 서술에서 자세하게 검토해야 필요한 작업을 제대로 할 수 있다. 다만 각 시대의 시작과 끝, 시대 내부의 변화를 미리 말해 본문 서술이 어떤 순서로 이루어지는지 예고하는 것은 여기서 할 일이다.

원시문학은 몇 만 년 전에 시작되었다. 자료 부족으로 자세하게 다루기 어려우나, 구석기시대에서 신석기시대로 넘어오면서 양상이 달라져 제1기와 제2기의 구분이 필요하다. 천지창조에 관한 신화와 서사시가 신석기시대에 출현했다고 생각된다.

고대문학은 기원전 천년 경 단군신화(檀君神話)에서 시작되어 기원후 몇 세기까지 지속되었다. 기원 전후에 나타난 후발국가의 건국신화는 시대적 위치에서 제2기에 해당한다고 할 수 있는데, 자료가 더 잘 남아 있다. 탐라국 건국신화와 건국서사시를 그 좋은 본보기로 들 수 있다.

고대문학과 중세문학 사이에 고대에서 중세로의 이행기문학이 있었다고 보아 마땅하다. 고대문학이 해체과정에 들어서고, 한문을 받아들였으나 아직 활발하게 사용되지는 않은 기간이 오래 계속되었다. 자료 부족으로 자세한 사정은 알기 어려우나 살피지 않을 수 없다.

중세전기문학이 시작된 명확한 증거는 414년에 세운 〈광개토대왕릉비〉(廣開土大王陵碑)이다. 삼국시대에서 통일신라시대까지의 문학이 그 제1기이고, 고려전기의 문학이 그 제2기이다. 군사적 귀족의 통치를 보조하던 위치에 있던 문인이 지배세력으로 등장하는 변화가 중세전기가 지속되는 동안에 일어났다.

중세후기문학으로 들어서게 된 계기는 12세기말에 일어난 무신란이다. 그 뒤 13세기초에 이루어진 경기체가 〈한림별곡〉(翰林別曲)이 시대가 바뀐 양상을 분명하게 보여주었다. 문학 혁신의 주역인 사대부가 비판적인 세력 노릇을 하던 고려후기에서 새로운 왕조를 건국한 조선전기로 넘어오면서 문학의 양상이 많이 달라져, 제1기와 제2기의 구분이 필요하다.

중세에서 근대로의 이행기문학은 임진왜란을 겪고 나타났다. 17세기초에 허균(許筠)이 국문소설 〈홍길동전〉을 창작한 것을 구체적인 기점으로 잡을 수 있다. 제1기에 해당하는 조선후기문학과는 다른 제2기의 문학이 1860년에 최제우(崔濟愚)가 〈용담유사〉(龍潭遺詞)를 이룩하면서 시작되었다.

근대문학은 1919년의 삼일운동을 계기로 해서 이룩되었다. 일제강점기 동안의 제1기를 지나 1945년 이후에 제2기에 들어섰다. 근대문학 전체를 또는 그 제2기를 현대문학이라고 하는 것은 편의상의 명칭이다. 근대문학의 시기가 지속되면서 내부적인 변화가 나타나고 있을 따름이다.

한국문학사의 시대구분을 세계문학사에 적용해 검증하고 발전시키는 작업을 《동아시아문학사비교론》(서울대학교출판부, 1993) ;《세계문학사의 허실》(지식산업사, 1996) ;《카타르시스·라사·신명풀이》(지식산업사, 1997) ;《동아시아 구비서사시의 양상과 변천》(문학과지성사, 1997) ;《하나이면서 여럿인 동아시아문학》(지식산업사, 1999) ;《공동문어문학과 민족어문학》;《문명권의 동질성과 이질성》(지식산업사, 1999) ;《세계의 철학사와 문학사》(지식산업사, 2000) ;《소설의 사회사 비교론》(지식산업사, 2001) ;《세계문학사의 전개》(지식산업사, 2002)에서 했다. 〈한국문학사의 시대구분〉, 《한국음악사보》 24(한국음악사회, 2000)에서 세계문학사와의 관련을 정리해 논했다. 그 성과를 종합해 시대구분의 이론을 재정리할 필요가 있으나, 서두를 너무 길게 늘이는 것이 마땅하지 않아 그만둔다. 문학담당층에 관한 고찰을 고전문학회 편, 《문학과 사회집단》(집문당, 1995) ; 국제어문학회 편, 《한국문학사의 전개과정과 문학담당층》(국학자료원, 2002)에서도 했다.

1.5. 생극론의 관점

한문과 국문, 시조와 가사, 상층과 하층 같은 것들은 어떤 작용을 하면서 문학사를 이루어왔는가? 이런 의문에 대한 해답은 구체적인 자료를 들어 개체의 특성을 자세하게 검토하는 실증작업을 하면 얻을 수 있는 것은 아니다. 개체 인식을 축적하면 전체가 해명된다는 귀납법에 기대를 걸지 말자. 개체와 전체의 관계에 관한 어떤 일반적인 이해가 실증이나 귀납 작업의 전제가 되어 있어 드러내놓고 문제 삼아야 한다. 입각점에 대한 검토가 없으면 관측해서 얻은 결과가 모두 빗나갈 수 있다.

개체와 전체의 관계에 관한 일반적인 이해는 몇 가지로 나눌 수 있다. (가) 개체들은 표면화되어 있지 않은 총체의 일부라고 한다. 이것은 한문과 국문, 시조와 가사, 상층과 하층이 모두 어떤 정신 또는 민족정신을 보여준다는 것을 알아야 한다는 정신사관 또는 민족사관이다. (나) 개체들은 각기 배타적인 독립체를 이룬다고 한다. 이것은 한문학과 국문문학, 시조와 가사, 상층문학과 하층문학은 서로 섞지 말고 되도록 세분해서 고찰해야 한다는 실증주의이다.

그 둘 가운데 어느 쪽을 택할 것인가 하는 논란이 오래 계속되었다. 실제로 쓴 내용을 보면, (가)는 개체에 투영되어 있는 전체에 관한 일관된 언급의 반복이고, (나)는 각기 독립되어 있는 개체에 관한 정보의 열거여서 전체는 관심 밖으로 밀려나 있다. 그 어느 쪽도 개체들이 어떤 관계를 가지고 전체를 이루는지 밝혀 논할 수 없어 문학사 전개의 다면적이고 역동적인 모습을 보여주는 데 이르지 못한다. 그런 상태에 머무를 수 없어 비약을 시도해야 한다.

(다) 개체들은 대립적인 관계를 가지고 투쟁해 승패를 나눈다고 한다. 이것은 한문과 국문, 시조와 가사, 상층과 하층 사이의 투쟁을 밝혀 논하는 것이 문학사 서술의 과제라고 하는 변증법이다. 변증법은 개체

들의 투쟁에서 전체가 이루어진다고 해서 전체에만 치우친 (가)의 잘못, 개체에 매인 (나)의 잘못을 함께 시정한다. 그렇지만 개체들의 관계가 투쟁이라고 하는 것은 일방적인 진단이다.

(라) 개체들은 대립적이면서 상보적인 관계를 가지고 투쟁하면서 화합하고 화합하면서 투쟁한다고 한다. 생성이 극복이고 극복이 생성이라고 한다. 이것은 한문과 국문, 시조와 가사, 상층과 하층의 관계를 상생(相生)이 상극이고 상극(相克)이 상생이라는 관점에서 파악하는 생극론(生克論)이다. 생극론은 (가)와 (나)의 잘못을 시정한 (다)의 결함인 상극 편향을 바로잡는다.

민족사관·실증주의·변증법에 대해서는 알고 있으나 생극론은 생소하다고 하는 사람들이 많아 토론을 진행하는 데 지장이 있다. 이해를 구하기 위해 최소한 필요한 설명을 이 자리에서 하지 않을 수 없다. 그 연원이나 유래를 밝히는 것은 긴요하지 않고 원문을 인용하면서 전개하는 논의는 난해하다고 할 수 있으나 피하지 않기로 한다.

생극론의 원천은 〈주역〉(周易)과 〈노자〉(老子)에서 발견된다. 원효(元曉)가 〈금강삼매경론〉(金剛三昧經論)에서 "融二而不一"(둘을 아울렀으면서 하나가 아니며), "不一而融二"(하나가 아니면서 둘을 아울렀다)라고 한 데서 발상이 더욱 분명해졌다. 여러 가닥으로 나누어져 있는 기존의 논의를 아울러 생극론의 기본명제를 정리한 사람은 서경덕(徐敬德)이다. 서경덕에서 시작된 한국의 기일원론 또는 기철학은 동아시아 공동의 유산인 생극론을 더욱 가다듬고 한층 풍부하게 하는 데 특별한 기여를 했다.

서경덕은 〈원리기〉(原理氣)에서 "一不得不生二 二自能生克 生則克 克則生"(하나는 둘을 생하지 않을 수 없고, 둘은 능히 스스로 생극하니, 생하면 극하고, 극하면 생한다)이라고 했다. '생극'(生克)이라는 말이 거기 있다. 하나인 기(氣)가 둘로 갈라져 음양이 되고, 음양이 둘이면서 하나여서 상생하고, 하나이면서 둘이어서 상극하는 것이 생극의 이치이다.

음양의 관계를 시각화해서 ☯으로 나타낸 것을 보고 생극의 이치를 확인하자. 외곽의 동그라미는 하나인 기이다. 가운데 들어 있는 두 도형은 음양이다. 하나가 둘로 갈라졌으며, 둘로 갈라진 것이 또한 하나이다. 음양은 맞서서 움직여 상극의 관계를 가진다. 그 둘이 같은 방향으로 움직여 충돌하지 않고, 하나는 아래로 다른 하나는 위로 서로 반대 방향으로 나아가 상생의 관계를 가진다.

생극은 철학이기 이전에 역사의 실상이다. 민족사관·실증주의·변증법은 실상과 맞지 않는다는 것을 밝혀 논하려면 생극론의 대안을 제시해야 한다. 문학사에서 그 점을 분명하게 하려고 이 책을 쓴다. 본문 전체가 과연 그런가 하는 의문에 대한 해답이다. 그러나 관점의 타당성에 대해 예비적인 고찰을 하지 않을 수 없어 그 일부를 펼쳐 보인다.

우리문학사는 구비문학과 한문학이 만나 국문문학을 산출하고 발전시킨 역사라는 점을 검토의 대상으로 삼아보자. 민족사관이나 실증주의뿐만 아니라 변증법도 이 명제에서 말하는 바를 온통 감당하지 못하고 각기 어느 측면을 맡아 해명해줄 수 있을 따름이다. 그 성과를 모두 모아 문학사의 실상을 제대로 밝히는 작업은 생극론이라야 할 수 있다.

구비문학만으로 문학을 이룩하다가 한문학을 받아들인 것은 엄청난 변화였다. 그 둘은 이질성이 두드러져 갈등의 관계에 있었다. 둘이 충돌한 결과 구비문학에 대해 한문학의 승리가 관철되었다. 구비문학의 한계를 한문학으로 극복하고 상층이 기록문학을 마련하는 획기적인 전환이 일어났다. 다른 한편으로는 구비문학이 완강하게 지속되고 재창조를 거듭하면서 한문학과 대결했다. 상극과 상생, 상생과 상극이 그렇게 겹치면서 문학사가 전개되었다.

한문학은 설화나 민요 같은 구비문학을 받아들여 작품화하고, 구비문학으로 표현되던 민족의 삶을 맡아 나서서 구비문학에 대한 승리를 관철했다. 건국신화 이래의 설화를 기록하고, 민요를 한시로 옮기는 것이 바로 그런 작업이었다. 승리하기 위해서는 상대방을 받아들여야 했다. 그것이 바로 극복이면서 생성이다. 한문학이 구비문학과 싸워 이긴 것은 극복이고, 한문학과 구비문학의 결합이 한문학 안에서 이루어진 것이 생성이다. 생성을 이루지 않고서는 극복을 관철시킬 수 없다. 극복하고자 하면 생성의 과업을 완수해야 한다. 생극론으로 해명한 문학사는 실천의 지침을 제공할 수 있다.

중세에서 근대로의 이행기에는 한문학이 구비문학을 더욱 적극적으로 받아들여 민족의 문학, 민중의 문학으로 다시 태어나려고 하는 노력을 적극화했다. 민요를 따르는 악부시나 설화를 활용한 야담이 그래서 이루어졌다. 그런 작품에서 한문학은 구비문학과의 결합을 통해서 최상의 생성을 이룩한 것이 이유가 되어, 극복의 대상이 되었다. 같은 시기에 다른 한편에서 판소리나 탈춤을 통해서 구현된 양반풍자는 한문학에 대한 구비문학의 적극적인 반격이다. 한문투의 표현을 가져다가 뒤집어엎기를 즐겨 사용해서 풍자의 효과를 높였다. 생성처럼 보이는 것이 바로 극복의 방법이다.

구비문학과 한문학은 그런 극복의 관계만 가지지 않고, 생성의 관계를 또 한편으로 넓게 펼쳐나갔다. 한자를 이용해서 구비문학의 언어를 표기하고, 한문학의 규범과 구비문학의 표현을 결합해서 기록문학을 만드는 작업이 이루어져 향가가 태어날 수 있었다. 한자를 이용한 차자표기 대신에 훈민정음으로 국어를 표기하게 되자 한문학에서 가져온 규범과 구비문학의 표현을 결합시켜 국문문학을 생성하는 작업이 한층 세차게 진행되었다.

국문문학은 구비문학을 어머니로 하고 한문학을 아버지로 해서 태어난 자식이라고 할 수 있다. 문학의 특성은 어머니에서 더 많이, 가치 규범은 아버지에게서 더 많이 물려받았으므로 그렇게 말할 수 있다. 그러나 양쪽의 유산이 따로 놀지 않고 복합적으로 얽혀, 여러 층위에 걸친 생극의 작용을 빚어냈다.

국문문학 안에서도 구비문학과 한문학이 서로 다투었다. 한편으로는 한문학에서 제공하는 차원 높은 규범으로 구비문학의 저급한 수준을 극복하는 상층 취향의 문학이, 다른 한편에서는 구비문학의 생동하는 발상을 활용해서 한문학의 경직된 사고를 극복하는 민중 취향의 문학이 이루어져, 그 둘이 국문문학 안에서 서로 대립되었다. 평시조와 사설시조의 차이점이나, 〈구운몽〉과 〈춘향전〉의 대조적인 성격에서 그런 사실을 분명하게 확인할 수 있다.

〈구운몽〉과 〈춘향전〉에 각기 표면적 주제와 이면적 주제가 마련되어 서로 대립되는 관계에 있다. 표면적 주제는 조화로운 생성을 미화하는 사고방식을 내세우고, 이면적 주제는 갈등을 새롭게 극복하는 것이 마땅하다는 주장을 나타냈다. 애정 성취를 둘러싼 남녀의 경쟁을 여성 주도로 해결하는 것이 마땅하다고 하는 〈구운몽〉의 이면적 주제는, 여성은 정절을 지켜야 한다는 〈춘향전〉의 표면적 주제보다 더욱 흥미롭고 참신하다. 그래서 생성과 극복이 여러 겹의 표리 관계를 가지고 얽혀 있다. 그런 얽힘의 층위가 많은 작품이 거듭되는 논란을 불러일으키는 문제작이다.

한문학은 구비문학뿐만 아니라 국문문학과도 생극의 관계를 가졌다. 아버지와 아들 같은 관계라고 규정한 한문학과 국문문학은 문학 발전을 함께 이룩하면서, 대립하면서 다투었다. 소설을 예로 들어보면, 한문학과 국문문학 사이의 생성과 극복의 관계가 선명하게 드러난다. 상층사회 남성의 글인 한문과 여성의 글인 국문은 상보적인 관계를 가지고 소설 생성에 관여하면서 또한 서로 경쟁했다. 소설 발전이 가속화되면서, 국문소설과 한문소설이 한 작품에서 만나는 생성의 작용보다 서로 다른 작품군을 이루어 다투는 극복의 관계가 더욱 두드러졌다. 생성에서 발전이 이루어지는 단계도 있고, 극복에서 발전이 이루어지는 단계도 있다.

한문소설과 국문소설은 이중으로 서로 상반된 특성을 가지고 대결했다. 한문소설은 당대의 현실을 직접 다루면서, 교술적 설정에서 벗어나지 못하고 단편에 머물렀다. 대장편으로 늘어난 국문소설은 복잡한 사건을 흥미롭게 전개하는 수법을 개발하고서도, 과거의 중국을 무대로 삼아 상층 가문의 번영을 그려 가치관의 변화를 막고자 하는 보수적인 가치관을 지녔다. 진보적인 성향이 발전해서 보수성을 극복하는 변화가 그 내부에서 일어나고, 양쪽의 진보적인 성향을 하나로 합치는 생성의 과정을 거쳐야 근대소설이 창조될 수 있었다. 표현에서는 국문소설에서 개발한 성과로 한문소설의 한계를 극복하고, 사상에서는 한문소설에서 이룩한 바를 들어 국문소설이 미흡한 점을 극복하는 것이 그 구체적인 과제였다.

근대문학에 이르면 구비문학·한문학·국문문학의 경쟁에서 국문문학이 승리했다. 구비문학과 한문학의 중세적인 성격을 국문문학의 근대적인 성격으로 극복해서 문학사의 커다란 전환을 이룩했다. 그런데 구비문학과 한문학이 끼친 전통을 국문문학에서 받아들여 계승하는 생성의 작업을 충실하게 해야만 극복의 과제가 완수될 수 있다. 지금 생성이 미흡해서 극복이 제대로 이루어지지 못하고 있다.

이제부터 하는 작업은 모두 생극론의 관점에서 이루어지고 문학사 전개 자체의 생극을 파악하는 것을 목표로 한다. 입각점에 관해 관심을 환기하는 용어 사용은 되도록 삼가고 서술 내용 자체가 생극론이게 한다. 생극의 총체는 너무 복잡해 한꺼번에 말하기 어렵다. 이해의 편의를 위해 어느 측면을 들어 논하는 것이 그 대안이 되는 방법이다. 죽어야 산다는 것이 생극론의 이치이다. 생극론은 생극론이 아니어야 생극론이다.

생극론에 관한 전반적인 고찰은 《한국의 철학사와 문학사》(지식산업사, 1996)의 〈생극론의 역사철학 정립을 위한 기본구상〉에서 처음 시작하고, 몇 가지 중간 과정을 거쳐 《하나이면서 여럿인 동아시아문학》(지식산업사, 1999)의 〈동아시아 학문의 전통 계승〉;《소설의 사회사비교론》1(지식산업사, 2001)의 〈논의의 시작〉에서 다시 했다. 《세계문학사의 허실》(지식산업사, 2002)에서 《세계문학사의 전개》에 이르는 일련의 작업이 모두 생극론에 입각해 전개되고, 생극론이 문학사 이론으로서 어떤 의의를 가지는지 밝혀 논하는 구실을 했다.

2. 원시문학

2.1. 구석기시대의 언어예술

오늘날의 우리 국토에는 선사시대 문화의 자취가 차례대로 남아 있다. 전기·중기·후기 구석기문화가 빠짐없이 발견되어, 역사서술의 상한선을 많이 끌어올리게 한다. 예술의 기원을 찾고 문학의 발생을 문제 삼으면서 문학사 서술을 시작해야 한다. 세계문학사 서두에 쓸 내용을 우리문학사에서 마련할 수 있게 되었다.

구석기시대 문학의 자료는 남아 있지 않지만 그 모습을 추정해 볼 필요가 있어 가능한 방법을 찾아야 한다. 생활방식을 말해주는 유물이나 조형예술의 흔적을 이용하고, 후대까지 이어진 문학형태에서 얻을 수 있는 방증까지 보태면, 사라지고 없는 문학의 모습을 어렴풋하게나마 추정하는 길이 열린다. 세계적인 범위의 비교연구에서 도움을 얻어 추정의 신빙성을 높일 수 있다.

구석기시대 사람들은 사냥을 하면서 살았다. 사냥거리인 짐승이 많고 잘 잡히기를 바랐다. 누구나 사냥꾼이어서 사냥이 잘되도록 하는 주술이나 의식이 공동의 관심사였다. 2만여 년 전의 유적이라고 추정되는 공주 석장리의 집자리에서 개·곰·멧돼지 따위를 조각한 돌이 발견되었다. 울산 반구대 암각화에 새겨놓은 여러 가지 짐승의 모습, 짐승 잡는 광경, 남근과 꼬리가 달린 사람이 춤추는 모습 같은 것들도 이른 시기의 생활상을 보여준다. 그런 형상을 만들거나 그리는 것이 사냥꾼이 하는 생업의 일부였다. 형체를 만들거나 그려놓으면 짐승을 많이 잡을 수 있게 된다고 여겨 그런 조형예술을 남겼다.

조형예술이 동작예술이나 언어예술과 얽혀 이른바 원시종합예술을 이루고 있었다. 조각이나 그림을 보면서, 사라지고 없는 춤이나 노래를 짐작하는 것은 어렵지 않다. 짐승의 모습이나 움직임을 정확하게 나타내고 사냥하는 과정을 실제와 흡사하게 재현하는 데 춤이나 노래는 아주 긴요한 구실을 했을 것이다. 사냥춤과 사냥노래는 실제 사냥과 구별되지 않아, 일상생활의 일부이면서 특별한 계기가 있으면 열광해서 벌이는 의식이기도 했다.

그 광경을 상상해보자. 짐승 가죽을 덮어쓰고 춤을 추며 노래를 불렀다. 사람이 짐승이기도 하고 짐승이 사람이기도 하다고 여겼다. 짐승춤을 추면 짐승이 모여든다고 믿었다. 사람이 성행위를 하는 광경을 보여주어 짐승의 번식이 왕성해지도록 하려고 했다.

춤과 노래는 기억 전승의 방법이기도 했다. 사냥에서 겪은 시련과 승리 가운데서 자랑할 만한 것은 공동의 전승으로 남길 수 있게 두고두고 재현했다. 자기 집단의 역사를 기록하는 것과 같은 구실을 하는 춤과 노래도 있고, 거기 이야기가 삽입되기도 했다. 노래와 이야기 또는 민요와 설화의 오랜 형태는 이미 그 단계에서 형성되었을 것이다.

사람이 짐승이기도 하고 짐승이 사람이기도 하다는 생각이 사회제도와도 관련을 가지면서 관습화한 것이 이른바 토테미즘이다. 모든 자연물이 생명을 지녔다고 하는 애니미즘도 널리 퍼져 있었다. 토테미즘·애니미즘 같은 원시종교의 사고형태는 후대까지 전승되어 상상력이나 수사법의 원천으로서 지속적인 영향을 끼쳤다.

구석기시대에 신화나 서사시가 생겨났던가는 의문이다. 이야기나 노래를 길게 할 수 있는 여유는 없었고, 사고형태가 복잡하지 않았다고 보는 것이 마땅하기 때문이다. 그러나 구석기시대에 이미 있던 사고형태를 다음 시기 사람들이 이어받아 더욱 구체화한 것은 인정할 수 있

다. 제주도에 전하는 서사무가 〈서귀포본향당본풀이〉를 그런 본보기로
들 수 있다.

그것은 수렵민의 신앙서사시이다. 바람운이라는 바람의 신이 늙은
처를 버린 다음 그 대신 젊은 첩을 데리고 한라산으로 건너왔다. 부부
가 동침하는 곳에 다다른 김봉태라는 사냥꾼에게 자기를 수렵의 신으
로 모시라고 했다. 바람의 신이 수렵을 관장하는 것은 수렵의 성패가
풍향과 밀접한 관련을 가지기 때문이다. 바람이 짐승 쪽에서 사람 쪽으
로 불어야 짐승을 잡을 수 있다. 수렵의 신이 젊은 첩과 동침해야 짐승
의 번식이 왕성해진다. 그런 신을 모셔야 사냥꾼이 사냥을 잘 할 수 있
다. 지구 전체를 다 돌아보아도 찾기 어려운 소중한 자료가 오늘날까지
제주도에 전승되고 있다.

짐승춤은 오늘날에도 볼 수 있다. 구룡포에서 범굿을 할 때면 무당이
포수로 분장하고 범을 잡는 과정을 춤과 사설로 나타낸다. 양주의 〈소
놀이굿〉도 오랜 내력을 가졌다고 생각되는 굿이고 놀이이다. 〈통영오
광대〉에서는 사자와 담보가 나와서 춤을 춘다. 〈북청사자놀음〉이나
〈봉산탈춤〉에서는 사자가 재앙을 물리치는 구실을 한다. 짐승춤의 의
미가 달라지고 전에 없던 요소가 덧보태지는 변화가 계속되었지만, 그
연원은 구석기시대까지 소급될 수 있다고 생각된다.

이융조 외, 《우리의 선사문화》1~3(지식산업사, 1994~2002)에서
원시문화를 연구한 고고학계의 업적을 확인할 수 있다. 황수영·문명
대, 《반구대 : 울주 암벽조각》(동국대학교출판부, 1984)에서 새로운
자료를 조사해 보고했다. 역사민속학회 편, 《한국의 암각화》(한길사,
1996)에서 암각화를 고찰했으며, 특히 전호태, 〈울수 대곡리·전전리
암각화〉 ; 이상길, 〈패형 암각의 의미와 그 성격〉에서 소중한 도움을
얻을 수 있다. 《동아시아 구비서사시의 양상과 변천》(문학과지성사,
1997)에서 이른 시기 서사시에 관해 논했다. 김헌선, 《양주소놀이
굿》(화산문화, 2001)이 있어 도움이 된다.

2.2. 신석기시대로의 전환

　신석기시대가 언제 시작되었는지 아직 확실하지 않다. 7천여 년 전이거나 그보다 더 오래 되었다고 한다. 구석기시대에서 신석기시대로 넘어오면서 일어난 가장 큰 사건은 농사가 시작된 것이다. 농사의 시작은 워낙 파급효과가 커서 농업혁명이라는 용어를 사용한다. 생활이나 사고방식 전반에서 일어난 변화가 문학에서도 나타났다.

　조형예술에 나타난 변화를 찾자면, 빗살무늬 또는 기하학적 무늬 토기의 등장을 중요시할 필요가 있다. 토기는 신석기시대에 와서 나타났다. 그런 무늬는 신석기시대의 토기를 청동기시대의 토기와 구별할 수 있게 한다. 빗살은 단순한 장식이 아니고 어떤 상징적인 의미를 지녔을 것이다. 직선으로 뻗어나는 모습은 농작물의 성장을 나타낸다고 생각되어, 신석기시대 농사꾼이 무엇보다 소중하게 여겼다고 할 수 있다.

　암각화의 모습도 달라졌다. 경북 고령군 양전동 알터라는 곳에 있는 것을 보면 가운데 동심원을 그려놓았다. 그것은 농사를 좌우한다고 믿던 태양일 수도 있고 생명의 근원이라고 하던 알일 수도 있다. 동심원 주위에는 방패무늬라고 할 수 있는 아래위가 긴 직사각형에 중간을 구획하고 점을 찍고, 위에 금을 긋기도 한 형상이 있다. 신의 얼굴일 수도 있고, 악령을 막는 갑옷이나 방패일 수도 있다. 제사 용구, 거울, 무당 옷 등과 같은 것들을 나타냈을 수도 있다. 추상적인 사고를 복잡하게 하게 되어 그런 것들을 새겨놓았다.

　후대 문헌에 보이는 바이지만, 마한에서 오월에 씨를 뿌리고 난 다음 한 차례, 시월에 농사를 끝낸 다음 또 한 차례 농사짓는 사람들이 손발을 맞추면서 높이 뛰기도 하고 낮게 뛰기도 하는 춤을 추었다고 한다. 흥이 나서 한 동작만은 아니고, 농작물이 빨리 자라도록 하는 동작을 한 것이다. 씨를 뿌리고 그런 동작을 하고 곡식을 거두어들인 뒤에 이룬 성과를 자축하면서 한 번 더 놀이를 벌이는 것이 신석기시대부터 시작되었을 농업사회의 오랜 풍속이다. 농악에 바로 그 흔적이 남아 있다.

밭을 갈고 씨를 뿌리고 곡식을 거두는 일을 여럿이 함께 하면서 손발을 맞추고 흥을 돋우는 데 노래가 긴요한 구실을 했다. 사냥을 할 때보다는 여유가 있어 농사 노래는 부르는 방식을 적절하게 정할 수 있고 가락이나 사설을 길게 늘일 수 있었다. 갈이노래·심기노래·거두기노래가 따로 있고, 가창방식이 교환창, 선후창, 제창이나 독창으로 갈라져 있는 것은 신석기시대에 이미 이루어진 관습이었을 것이다. 심기노래의 하나인 모노래는 남녀가 사랑의 사연을 주고받는 교환창으로 부르는데, 농작물의 번식을 축구하는 의례의 기능을 물려받았기 때문이라고 생각된다.

노동요는 농사에 관한 것들만은 아니다. 생활이 복잡해지면서 노래의 종류가 늘어났다. 고기잡이를 하고, 나무를 베어 넘어뜨리고, 무거운 것을 운반하며, 집을 짓고, 맷돌질이나 절구질을 할 때도 노래를 부른다. 그런 노래도 대부분 신석기시대에 생겨나서 오늘날까지 전해졌을 것이다. 노래의 사설보다 되풀이되는 여음이 더욱 긴요한 노동요는 최초의 모습을 거의 그대로 간직하고 있다고 보아 마땅하다.

노동요와 신화는 성격이 많이 다르지만 같은 시기에 생겨났다고 할 수 있다. 신석기시대에 이르러 나타난 새로운 사고, 농사가 어떻게 이루어지고 생명이란 무엇이며 천지는 어떻게 생겨났는가 하는 의문을 푸는 조형예술과 행위예술도 필요하지만, 언어예술이 더욱 긴요한 구실을 했다. 세 영역에 모두 걸쳐 있는 신화의 사고형태 가운데 언어예술인 것만 특별히 신화라고 하는 것이 마땅하다.

신화에는 건국신화 이전의 것과 이후의 것이 있다. 건국신화 이전의 신화는 신석기시대에 나타난 원시문학이고, 건국신화는 청동기시대에 창조된 고대문학이다. 원시신화의 주인공은 거대한 모습을 한 여신이어서 고대신화에서 내세우는 건국의 주역 노릇을 한 남성영웅과 다르다. 자료가 분명하지 않아도 원시신화를 힘써 찾아내야 신화의 역사가 제대로 이해된다.

설문대할망, 안가닥할미, 또는 마고할미라고 하는 거인 여신이 있어, 산천을 온통 만들기도 하고, 스스로 움직이면서 다닌 흔적을 거대한 규모로 남기기도 했다는 말이 여기 저기 남아 있다. 그것은 세계 여러 곳에서 일제히 확인되는 거인신화이다. 거인의 신체가 천지만물이 되었다는 것이 공통된 내용이다. 그런데 신화시대에서 멀어진 후대인은 납득하기 어려워 말을 보태고 고쳐야 했다.

거인이 흙을 먹고 바닷물을 마시다가 쏟아놓은 배설물이 산이 되고 강이 되었다고 한다. 몸집이 너무 커서 드리우는 그늘 때문에 곡식이 되지 않는 잘못이 있어 만주로 쫓겨나고, 거기 가서는 먹을 것이 없어 배가 너무 고픈 탓에 그런 참사를 벌이게 되었다고 한다. 그런 설명을 덧붙여 신화를 전설로 만들어도 시대의 간격을 메울 수 없어 이해 가능하지 않다.

어느 정도 구체적인 내용을 갖춘 유형도 있다. 큰 홍수가 났을 때 죽지 않고 남은 남매가 하늘의 뜻에 따라서 혼인을 해 그 후손이 이 세상에 퍼졌다고 한다. 힘이 장사인 오누이가 성을 쌓는 등의 과제를 두고 힘내기를 하다가 패배자는 죽어 불행하게 되었다고 한다. 애초에 거인의 시대가 있었음을 말해주는 단편적인 증거가 그런 형태로 남아 있어 이해하기 어려운 전설 노릇을 한다.

특정지역에서 숭앙을 받는 선도산(仙桃山)이나 가야산의 정견모주(正見母主) 같은 여신은 모계사회의 신앙 대상인 지모신(地母神)이라고 할 수 있다. 선도산 성모가 신라 건국시조 혁거세(赫居世)를, 가야산 정견모주는 가락 건국시조 수로(首露)를 낳았다고 하는 것이 특히 중요한 행적이다. 웅녀(熊女)와 유화(柳花)가 단군이나 주몽(朱蒙)의 어머니라고 하는 것도 함께 상통한다. 어머니 대신 아들이 등장한 것은 모계사회가 가고 남성 지배자가 권력을 장악한 것을 의미한다. 지리산 성모(聖母)를 고려 태조의 어머니라고 한 데가 있어 같은 발상이 후대까지 이어졌다.

신화는 모든 사람이 할 수 있는 이야기이지만, 서사시는 특별한 자격을 가진 사람이 맡아서 노래하는 점이 서로 달랐다고 생각된다. 그런 사람은 무당이다. 처음에는 사냥꾼이나 농사꾼이 스스로 무당 노릇을 하다가, 생산물이 비축되어 사회조직이 복잡해지면서 무당이 따로 생겨나 종교적인 권능을 가지고 지배력을 행사했다. 무당이 노래하는 서사시는 그런 신화와 상통하는 내용을 한층 복잡하게 갖추었다.

원시신화와 고대신화의 차이점이 창세서사시와 건국서사시에서도 확인된다. 그러면서 신화와 서사시는 거리가 있다. 창세서사시는 신앙 서사시의 단순한 형태에서 벗어나 고도로 조직화된 창조물이다. 천지만물이 어떻게 해서 생겼는가 하는 의문에 대답하면서, 자연을 움직이고 인간의 삶을 보호하는 무당을 신뢰하고 따르도록 하는 내용을 갖추었다. 건국서사시보다 등장인물이 더 많고 전개되는 사건이 여러 단계에 걸쳐 제시되었다.

제주도의 〈천지왕본풀이〉를 보자. 천상에서 내려온 천지왕이 지상의 부인과 결연해 낳은 대별왕과 소별왕이 서로 싸우고, 해와 달이 여럿 나타난 것을 활로 쏘아 지금과 같이 조정했다고 한다. 그렇게 해서 탁월한 능력을 가진 지배자는 하늘과 연결되는 혈통을 가져 천체의 괴변을 해결할 힘을 가졌다고 하면서, 그런 권력자들 사이에 다툼이 있었음을 알려준다.

대별왕과 소별왕의 싸움에 이승 차지하기가 있다. 천지왕은 대별왕에게는 이승을, 소별왕에게는 저승을 다스리라고 했는데, 소별왕이 부정한 수단으로 내기에 이겨 이승을 차지한 까닭에, 저승은 법도가 엄정하지만 이승은 질서가 어지럽다고 한다. 사회가 잘못된 내력을 설명하는 말이어서 후대에 첨가되었을 것 같지만 그렇지 않다. 몽골의 창세신화에 같은 내용이 있어, 오랜 전승을 공유하고 있다고 보는 편이 타당하다.

대표적인 신화 입문서는 장주근, 《풀어쓴 한국의 신화》(집문당, 1998)이고, 연구서는 홍기문, 《조선신화연구》(사회과학도서출판사,

1964) ; 서대석, 《한국의 신화》(집문당, 2001)이다. 김헌선, 《한국의 창세신화》(길벗, 1994) ; 박종성, 《한국의 창세서사시 연구》(태학사, 1999) ; 천혜숙, 〈한국신화의 성모상징〉, 《인문과학연구》 1(안동대학교 인문과학연구소, 1999) ; 권태효, 《한국의 거인설화》(역락, 2002)에서 이른 시기 신화를 고찰했다. 《동아시아 구비서사시의 양상과 변천》; 김재용·이종주, 《왜 우리 신화인가》(동아시아, 1999) ; 노로브냠, 〈한국과 몽골의 창세신화 비교연구〉(서울대학교 석사논문, 1999)에서 비교연구를 했다.

2.3. 민족 형성의 연원과 과정

구석기시대 사람들이 후대의 우리 민족과 어느 정도 연결되는가는 의문이다. 그때에는 육지의 분포가 오늘날과 달랐다. 구석기인은 오늘날의 국경을 마음대로 넘어 다닐 수 있었다. 더구나 현생인류는 후기 구석기시대에 이르러서야 나타나고, 인종을 크게 나눌 수 있는 특징이 소급될 수 있는 한계도 그 시기까지라고 한다.

다음 차례로 등장한 신석기인은 우리 민족과 혈통이 이어진다고 보는 것이 통설이다. 빗살무늬의 토기를 사용한 사람들은 고아시아족이 아니었던가 추정된다. 고아시아족은 동북 시베리아 일대에서 수렵이나 어로로 살아가다가 청동기를 가진 이주민이 들어오자 밀려나기도 하고 동화되기도 한 것으로 보인다. 그런 추정이 사실이라면 우리 문학의 저층에 고아시아족과 공유하는 유산이 남아 있을 가능성이 있다. 곰을 숭상하는 굿이나 신화가 그런 요소에 해당한다고 보는 견해가 있다.

언어의 계통을 살피면, 우리말은 알타이어계통에 속한다고 한다. 그 가설을 역사적인 맥락에서 다시 해석하면, 청동기를 가진 알타이어족의 한 갈래가 남부 시베리아, 몽고고원, 북부 중국을 거쳐 만주와 한반도로 들어왔으리라는 추정이 가능하다. 그렇다면 우리 민족은 알타이어계 다른 민족인 만주·몽골·터키인과 밀접한 관련을 가졌다. 그 가운데 읍루(挹婁), 말갈(靺鞨), 여진(女眞) 등으로 일컬어진 만주민족과는 특히 가까웠다.

중국문헌을 보면 동이족(東夷族)에 관한 기록이 일찍부터 나타난다. 동이족은 중국 본토의 동북방 지역, 만수, 한반노에 설쳐 살고, 일본열도까지 진출했다. 중국 본토의 동이족은 한족(漢族)과 치열하게 경쟁했다. 동이족의 땅인 산동(山東)을 한족이 차지하기까지 오랜 기간이 소요되었다. 오늘날의 북경지방에서 산동반도를 거쳐 양자강 어귀에 이르는 넓은 땅에 살면서 서국(徐國)이라는 나라를 세워 한족의 주나라와 치열하게 싸운 동이족의 문화는 우리와 직접 연관된다고 볼 수 있다. 건국신화에서도 특히 부여족과 상당한 공통점이 보이고 민족이동에 의한 연관도 인정될 것 같다.

그러나 동이족이 바로 우리 민족이라고 할 것은 아니다. 우리 민족의 선조와 그 친척들을 포함한 더 큰 집단이 동이족이다. 동이족의 여러 지파 가운데 우리만 온전하게 남아 자기 문화를 잇고 민족국가를 지켜왔다. 산동반도 일대의 동이족은 경쟁 상대였던 한족이 통일제국을 만들 때 일부가 한반도 쪽으로 와서 우리 민족의 일부가 되었다고 생각된다. 범동이족의 역사를 우리가 돌보는 것은 마땅하지만, 그 전체가 우리 민족의 역사라고 확대하지는 말아야 한다.

우리 민족의 선조는 예맥(濊貊)이라고 지칭되었다. 예맥이 분화되어 조선(朝鮮)과 한(韓)이 나타나고, 부여, 고구려, 옥저, 예, 마한, 진한, 변한 등으로 갈라지기도 했다. 그런 집단이 각기 이루어 생겨난 수많은 나라 가운데 고조선이 특히 강성하고 넓은 강역을 차지해 민족통합의 가능성을 보여주었다. 고구려와 백제를 아우른 신라의 과업을 고려의 재통일에서 더욱 다져, 동질적인 문화를 가진 민족공동체를 형성했다.

민족은 혈통, 언어, 생활영역 등의 객관적 조건에 의해 형성되어 불변의 실체를 가지는 것은 아니다. 민족의식이라는 내면적인 조건이 더욱 긴요한 작용을 해서 객관적 조건들의 가치를 평가하고, 기능을 통합하고 확대해야 민족이 민족다울 수 있다. 그 점을 살펴 시대에 따라서 민족의식이 달라지고 민족의 성격 또한 바뀐 양상을 이해해야 한다. 우리문학사를 민족문학사로 이해하고 서술하는 작업의 내역이 단계별로 달라진다는 사실을 미리 알아야 한다.

원시시대 사람들은 작은 집단을 이루어 살기만 하고 더 큰 집단을 이루는 동질성은 생각하지 않아 민족이라고 할 만한 것이 출현하지 않았다. 민족문학의 영역을 구분할 수 있는 기준도 없다. 후대에 우리 역사가 전개된 터전에 일찍부터 살고 있던 사람들을 우리 민족이라고 보고, 후대의 자료를 이용해 어떤 문학을 이룩했던지 가능한 대로 짐작해보는 것이 적절한 대책이다.

다음 시기에 이르러, 고대의 정복전쟁에서 승리한 집단은 자아의식을 확대했다. 고조선이나 부여를 건국한 집단이 자기네는 선조가 하늘에서 내려온 천신족이라고 자부하는 자기중심주의를 내세운 것을 최초의 민족의식이라고 할 수 있다. 그것은 패배한 집단이나 피치자와의 동질성을 거부하는 배타적이고 폐쇄적인 사고형태여서 상당한 결격사유가 있다. 가락국이나 탐라국을 포함한 여러 집단이 각기 남긴 자취를 모아 서로 견주어 살피면서 서술의 범위를 정하고 내용을 마련한다.

중세에는 치자와 함께 피치자도 같은 사람이라고 하는 보편주의의 사고가 나타나고, '민본'(民本)의 방침으로 다스려 백성이 순종하도록 해야 한다고 했다. 공동문어를 같이 쓰고 세계종교를 함께 받드는 데 참여하는 상층치자들끼리의 정신적 유대가 민족의 구분을 넘어서서 소중한 의의가 있다고 한 것이 중세보편주의의 대외적인 의의였다. 민족 상위에 문명권이 있다고 하는 이중소속의 시대가 삼국에서 조선전기까지 오래 지속되면서, 그 둘 사이의 관계 인식이 조금씩 달라졌다. 그 내역을 자세하게 살피는 것이 긴요한 과제이다.

조선후기에 중세에서 근대로의 이행기로 들어서자 하층피치자가 들고일어나, 민을 객체로 한 민본을 민을 주체로 한 '민주'(民主)로 바꾸어놓고자 하는 운동을 다각도로 벌였다. 그런 요구를 상층치자가 받아들이지 않을 수 없어, 안으로 평등사회가 이루어지도록 노력하면서, 밖으로는 문명권의 유대를 버리고 국가는 배타적인 주권을 행사해야 한다고 하게 된 시대가 근대이다. 그럴 때 외세의 침략이 닥쳐와, 민족의 유대를 집약해 나타낸 "이천만 동포"가 항거의 주체가 되어야 한다고 했다.

근대민족은 민족국가의 국민이어야 한다는 것이 중세보편주의와는 다른 근대민족주의의 기본 이념이다. 그래서 국가를 되찾는 것을 절대적인 과제로 삼아 투쟁해왔으며, 남북으로 갈라진 국가를 반드시 하나로 합쳐야 한다고 한다. 그런 경과를 지닌 근대민족주의의 성립과 시련에 대해서, 정치사의 단순논리를 넘어서 고찰을 다각화하고 심화하는 데 문학사가 크게 기여할 수 있다.

우리 민족의 해외이주는 19세기말부터 시작되어 20세기에 들어와서 부쩍 늘어났다. 식민지 통치를 피하고, 새로운 삶의 터전을 찾고자 하는 의도도 있어, 세계 여러 나라를 찾아가는 사람들이 나날이 늘어나 그 수가 5백만을 헤아리게 되었다. 어디 가든 문학을 한다. 중국, 전에는 소련을 이루던 독립국연합의 여러 나라에서는 우리말을 사용하고 우리말로 작품을 쓴다. 일본, 미국 등의 다른 나라에서는 그 나라말로 창작한다.

이룩한 사람의 민족 계통을 구분의 기준으로 하는 우리 민족문학사에는 그 모든 문학이 포함된다. 그러나 민족국가를 경계로 하는 우리문학사는 국내에서 이루어진 문학만 다룬다. 외국에 잠시 나간 망명자의 문학은 우리문학사의 일부이지만, 삶의 터전을 아주 옮긴 이민문학은 제외하는 것이 마땅하다.

고대민족, 중세민족, 중세에서 근대로의 이행기의 민족, 근대민족은 각기 그 나름대로의 의의와 특징이 있다. 한 단계씩 발전했다고 할 수 있지만, 근대에 이르러 민족 형성이 완성된 것은 아니다. 중세보편주의를 거부하고 고대자기중심주의를 계승한 근대민족주의가 민족 문제에 대한 최종 해답일 수 없다. 자기 민족의 배타적 우월성을 주장하면서 충돌을 일으키는 잘못을 시정하기 위해 인류 전체의 보편주의를 이룩하는 다음 단계의 과업이 절실하게 요망된다.

민족은 단일체여야 한다는 것이 근대의 이념이다. 그 때문에 이질적인 요소들이 무시되거나 평가절하되었다. 이제 그런 잘못을 되풀이하지 말고, 민족은 복합체임을 인정해야 한다. 다른 민족들과 더불어 살아온 내력을 되돌아보고, 귀화인의 기여를 인정해야 한다. 제주도는 물론 본토의 여러 지역에서도 서로 다르게 이룩해온 문화유산을 자랑스럽게 여기는 것이 마땅하다. 문학사 이해의 관점도 달라져야 한다.

근대는 역사의 종점이 아니다. 근대를 넘어선 다음 시대가 온다. 그

때는 민족의 성격이 어떻게 되고, 민족끼리의 관계가 어떻게 되어야 할 것인가 예견하고 바람직한 방향으로 나아가도록 하는 데 문학사가 적극 기여해야 한다. 민족의 갈등을 넘어서 문명권의 동질성을 회복하고 인류가 화합하는 것이 근대를 넘어선 다음 시대에 이룩해야 할 과제이다.

김정배, 《한국 민족문화의 기원》(고려대학교출판부, 1973) ; 신용하, 《한국민족의 형성과 민족사회학》(지식산업사, 2001)에서 민족형성의 문제를 논의했다. 《한국사》1(국사편찬위원회, 2002)이 나와, 〈한민족의 기원〉을 고고학에서 최몽룡, 민족학에서 이기동, 문헌자료는 이성규가 고찰했다. 국어의 계통을 이기문, 《개정 국어사개설》(민중서관, 1973) ; 김방한, 《한국어의 계통》(민음사, 1983) ; 최학근, 《한국어계통론에 관한 연구》(명문당, 1988) 등에서 거듭 논의했으나 확실한 결론에 이르지 못했다. 김수경, 《세 나라 시기 언어 역사에 관한 남조선 학계의 견해에 대한 비판적 고찰》(평양출판사, 1989)에서는 알타이어 사용자들의 이주를 부인하고 우리말은 우리 국토에서 계속 살아온 사람들의 말이라고 했다.

3. 고대문학

3.1. 건국신화 · 국중대회 · 건국서사시

고대문학이 시작된 명백한 증거는 건국신화가 나타난 것이다. 위대한 영웅인 건국의 시조를 주인공으로 내세워 창업의 과정을 서술하고 칭송하는 신화는 고대에 이르러서 생겨났다. 국가가 생겨난 시기는 고고학의 시대구분을 따르면 청동기시대이다. 청동제 무기를 든 정복자들이 자기 집단 안에서 지배와 복종의 관계를 가지는 사회구조를 이룩하고 밖으로 다른 집단을 쳐서 복속시키는 단계에 이르러, 나라라고 할 수 있는 것이 출현하고 각기 자기 나라를 높이는 건국신화를 만들어냈다.

건국신화는 거인신화, 지모신신화, 창세신화 등의 원시신화와 많이 달랐다. 탁월한 능력을 가진 남성이 하늘에서 부여한 권능을 실현해 나라를 세운 위업을 칭송하는 기본 설정에서 계급이 분화되고 역사가 시작된 변화를 확인할 수 있다. 경쟁자와 투쟁하기도 하고 거주지를 이주하기도 한 내력을 말하면서, 많은 어려움을 이겨내고 자기네 집단이 마침내 승리를 거두었다고 자랑하는 우월감이 고대자기중심주의라고 일컬어 마땅한 새로운 사고방식이다. 투쟁과 승리의 주역인 군사적 귀족 가운데 제사장이라고 할 수 있는 사람이 있어 종교 · 예술 · 문학을 모두 주관했다고 생각된다.

국중대회(國中大會)에 관한 기록도 시대 변화를 말해준다. 많은 인원이 모여들어 함께 어울리는 굿놀이는 어느 때든지 있던 일이다. 마한 사람들이 오월과 시월에 손발을 맞추면서 노래 부르고 춤추었다는 것은 파종과 수확에 으레 따르는 굿놀이라고 할 수 있어 새삼스럽지 않다. 그러나 부여에서 정월에 거행한 영고(迎鼓), 고구려와 예(濊)의 시월 행사인 동맹(東盟)과 무천(舞天)은 그런 것들과 구별되는 특징이 있다. 고유한 이름이 있고, 국중대회라고 명시한 점을 주목할 필요가 있다.

놀이 내용은 크게 달라지지 않았더라도, 주최자가 마을 공동체에서 국가로 바뀌어 국중대회가 생겨났다. 행사를 특별하게 계획하니 고유한 이름이 필요했다. 많은 사람이 무리를 지어 노래 부르고 춤추고 술 마시면서 논다고 한 말은 생산 증대보다 주민 단합에 더욱 힘쓴 증거라고 생각된다. 농사일은 하지 않고 통치자 노릇만 하는 세력이 나타나 횡포를 자행하는 탓에 심각해진 사회적 갈등을 완화하는 것이 굿의 새로운 기능이었다.

부여의 옛 풍속에 농사가 잘되지 못하면 임금을 죽이거나 바꾸어야 한다고 했다. 다른 기록에서는 영고를 거행할 때면 형벌과 감옥에 관한 업무를 중단하고 죄수를 풀어주었다고 했다. 이 둘은 상이한 시대의 사정을 말해준다. 처음에는 임금이 무당의 권능을 가지고 통치하다가, 제사장과 통치자가 분리되었다. 새로운 시대의 통치자는 형벌로 나라를 다스려 불만이 누적되었으므로 화해하고 단합하는 날이 필요해 국중대회를 거행했다고 생각된다.

국중대회를 할 때 하늘에 제사를 지냈다고 한다. 그것은 천신을 섬기는 굿을 했다는 뜻이다. 생산의 신보다 우위에 다른 신이 없던 시기를 지나, 최고의 신으로 설정한 천신을 받들게 된 것이 건국신화에 잘 나타나 있는 새 시대의 사고형태이다. 보편적인 신앙의 대상인 천신이 자기네와 어떤 특별한 관련을 가지는가를, 신화에서 말로 설명하고 국중대회의 굿에서 행동으로 보여주었다. 천신의 아들이 지상에 내려와 건국 시조의 아버지가 되었다고 하는 것이 기본설정이다. 지금까지 널리 받들던 지모신이 천신의 아내이고 건국 시조의 어머니라고 해서, 재래의 신화를 새로운 창조의 발판으로 삼았다.

고구려의 경우에는 천신의 아들은 해모수(解慕漱), 지상의 여인은 유화(柳花), 그 둘 사이에서 태어난 자식은 주몽(朱蒙)이라고 알려져 있지만, 이름이나 호칭이 경우에 따라 달라지기도 했다. 나무로 깎은 신상 둘을 모시는데 하나는 부여신(夫餘神)이라 하는 부인의 상이고, 또 하나는 부여신의 아들인 고등신(高登神)이라고 하는 기록도 보인다. 동맹이라는 이름의 국중대회를 거행하면서 수신(襚神)을 맞이했다고 한다. 부여신은 유화, 고동신이니 수신은 주몽을 다르게 일컬은 말이라고 할 수 있다. 신상을 모시고 맞이하고 하면서 건국신화의 내용을 행동으로 보여주는 방식이 후대의 굿과 그리 다르지는 않았으리라고 생각한다.

굿은 맞이 · 놀이 · 풀이로 이루어져 있다. 신을 모셔와 함께 놀고 또한 신의 내력을 풀이한다. 국중대회를 할 때에도 건국시조의 내력을 풀이하는 노래를 불렀다고 생각된다. 나라무당이라고 할 수 있는 사람이 행사를 주도하면서 어떤 순서에 이르렀을 때 오늘날 제주도에서 마을 무당이 마을신의 본풀이를 길게 노래로 부르듯이 건국시조신의 내력을 서사시로 들려주었을 것이다. 그 내용이야 누구나 알고 있고, 맞이와 놀이에 동참하면서 거듭 확인하는 바이지만, 일정한 격식을 갖추어 사건의 서두에서 결말까지를 다 노래하는 풀이 절차는 나라무당이 독점적인 권능을 가지고 맡았으리라고 보아 마땅하다.

신화와 서사시는 같은 내용을 다른 방식으로 다룬다. 신화는 누구나 어느 때든지 할 수 있는 이야기이지만, 서사시는 특별한 자격을 가진 사람이 일정한 시기에 고정된 절차를 밟아 부른 노래이다. 이른 시기의 신화가 구전되기도 하고 문헌기록에 올라 있기도 한 것을 보면 내용이 너무 미비해 이해하는 데 많은 지장이 있다. 그런 형편을 타개하는 데 오늘날까지 남아 있는 서사무가가 큰 도움을 준다. 서사무가를 책임진 무당은 믿을 만한 전승자이다. 서사시의 내력을 서사무가에서 찾아 신화와 비교하는 것이 가능하고 필요하다.

거인신화나 지모신신화는 처음 출현한 신앙서사시에 상응하는 위치에 있다고 할 수 있으나 근접된 비교는 가능하지 않다. 창세신화는 별도의 구전이 없고 창세서사시에서 간직하고 있다. 그 다음 단계에 등장한 영웅서사시에서, 적대자를 물리치고 권력을 장악해 국가를 창건한 남성 영웅은 원시인이 아닌 고대인이다. 신앙서사시는 원시서사시이고, 창세서사시는 원시에서 고대로의 이행기서사시라면, 영웅서사시는 고대서사시이다.

영웅서사시를 창조한 고대의 귀족은, 토지나 신분을 세습하기 때문에 무능해도 그만인 중세의 지배층과 달랐다. 나서서 싸우면서 용맹을 발휘해야 특권을 유지할 수 있었다. 말을 달리면서 활을 쏘는 솜씨가 놀랍고 물러설 줄 모르며 패배를 가장 부끄럽게 여겼다. 문무를 갈라서 말하면 무를 숭상하고 문의 가치는 인정하지 않았다. 그런 기풍을 중세인은 야만스럽다고 했으나, 중세의 나약함을 통렬하게 비판하면서 근대 민족주의를 주창하는 단계에 이르자 민족의 기상을 드높인 영웅적인 쾌거로 인식되었다.

고대의 이념은 중세의 보편주의와는 많이 다른 자기중심주의였다. 후대의 개념을 들어 말한다면 자기중심주의를 주체성이라 할 수 있으나, 피지배층에 대한 멸시가 대외적인 적대감과 표리를 이루고 있는 그 내부구조를 알면 평가가 달라지지 않을 수 없다. 중세보편주의를 배격하고 근대민족주의를 지향하고자 하는 과정에서 고대자기중심주의를 주체성의 원천으로 이해해 크게 찬양한 것은 전환의 논리로서는 의미가 있지만 역사의 실상에 대한 재인식은 아니다.

고대에는 민족문화라고 부를 만한 공동의 영역이 마련되어 있지 않았다. 어느 정복 집단이든 각기 자기 나름대로 건국서사시를 내세우고 서로 배타적인 선민의식을 가졌다. 천신족의 나라라고 주장하는 집단이 어디든지 있었지만, 천신이 누구든지 함께 받들 수 있는 보편적인 신은 아니었다. 어느 쪽에서 말하는 천신이 더 위대한가 하는 시비는 이치를 들어 가릴 수 없고 전쟁을 해서 결판내야 했다.

지배층 귀족만 하늘과 연결된다는 자랑을 독점하고, 피지배층은 종족이나 계통이 이질적인 무리는 물론 자기 집단에서 분화되었어도 억압과 약탈의 대상이었다. 그런 사고가 사회구조와 밀접하게 연결되었던 증거가 순장에서 발견된다. 부여에서 지위 높은 사람이 죽으면 여름에도 시체를 얼음으로 보존했다 하고, 죽여 무덤에다 순장을 한 인원이 백여 명에 이른다고 했다. 치자와 피치자의 거리가 그렇게까지 멀었던 시대가 고대이다. 백성의 괴로움을 이해하고 덕치를 하는 것이 치자에게 이롭다는 생각은 다음 시기인 중세에 이르러야 나타날 수 있었다.

임재해, 《민족신화와 건국영웅들》(천재교육, 1995) ; 장주근, 《한국신화의 민속학적 연구》(집문당, 1995) ; 이지영, 《한국신화의 신격 유래에 관한 연구》(태학사, 1995) ; 《한국 건국신화의 실상과 이해》(월인, 2000) ; 서대석, 《한국신화의 연구》(집문당, 2001)에서 건국신화에 대한 전반적인 논의를 다시 폈다. 《동아시아 구비서사시의 양상과 변천》(문학과지성사, 1997)에서 서사시를, 조현설, 〈건국신화의 형성과 재편에 관한 연구〉(동국대학교 박사논문, 1997)에서 건국신화를 인접민족의 것들과 비교해 고찰했다. 이성시, 《만들어진 고대》(삼인, 2001)에서 근대인의 고대사 만들기를 비판했다.

3.2. 고조선

〈삼국유사〉(三國遺事) 서두에 고조선 건국신화가 전한다. 그것이 최초의 건국신화이고, 고조선이 가장 오랜 나라라고 하는 것은 의문의 여지가 없지만, 기록이 자세하지 않아 고조선이 어떤 나라이고 건국신화에서 무엇을 말했는지 상세히 알기 어렵다. 고고학의 자료를 보태고, 후대의 기록이나 전승과 연결시켜 이해해도 해결되지 않는 문제점이 많아, 근거가 부족한 추론을 전개하지 않을 수 없다.

고조선은 건국연대가 기원전 2천 년 이전이라고 기록되어 있지만, 기원전 천여 년경 청동기 시대의 시작과 더불어 성립된 국가라고 보는 것이 예사이다. 강역은 요동반도에서 대동강 유역에 걸쳐 있었다. 그곳에서 청동기문화를 기반으로 해서 등장한 정치권력이 주변의 군소세력을 통합하고 국가를 창건한 내력을 나타내면서, 정치권력의 이상형을 제시하고 내부적 결속을 강화한 것이 건국신화의 내용이고 기능이라고 말할 수 있다.

등장인물을 보면 환인(桓因)·환웅(桓雄)·단군(檀君)의 삼대기이다. 환인은 초자연적 존재인 하느님이기만 하다. 환인의 서자라고 하는 환웅은 땅으로 내려와 역사적 시간 속으로 들어왔다. 서자는 장자가 아니라는 뜻이다. 장자는 하늘을 맡고, 서자는 땅으로 내려왔다는 말이다. 인간과 자연의 관계만 문제되던 단계에서는 환인만 섬기면 그만이었지만, 나라를 세워야 하는 단계에 이르자 환웅의 하강이 필요하게 되었다고 추정해볼 수 있다. 단군은 지상에서 태어난 통치자이며 역사적인 인물로 이해된다. 삼대기의 전개에서 신화가 역사와 겹치다가 역사로 이해되는 데 이르는 변화를 확인할 수 있다.

환웅은 환웅족이라고 부를 수 있는 집단의 시조로 인정되는 수호신이라고 생각된다. 환웅이 웅녀(熊女)와 혼인을 한 것은 천신족과 지신족의 결합을 뜻한다고 하겠으며, 그런 전개는 해모수와 유화의 경우에서 다시 볼 수 있다. 환웅과 웅녀가 혼인해서 낳은 단군은 순탄하게 왕위에 올라 오래 통치하다가 나중에 산신이 되었다고 하는 일대기가 나타나 있다. 그런 이유에서 주인공을 단군이라고 보고 단군신화라고 일컫지만, 환웅 이야기가 더욱 중요한 내용을 갖추고 있다.

환웅은 천부인(天符印) 셋을 가지고 풍백(風伯)·우사(雨師)·운사(雲師)를 거느리고 태백산신단수(太伯山神壇樹) 아래에 내려와 신시(神市)를 열었다고 했다. 천부인은 무당 임금의 권능을 상징하는 신물(神物)일 것이다. 후대 무속의 자료를 이용해 추정하면, 방울·칼·거울 같은 것들이 아닌가 한다. 거느리고 온 세 사람의 도움을 받아 무당임금은 농사를 좌우할 수 있는 주술적인 힘을 행사하면서 지배권을 장악하고, 정복전쟁을 벌일 수 있는 물질적 기반도 농업에서 구축했음을 알 수 있다.

태백산신단수는 태백산의 신단수로 이해하는 것보다 태백산신을 섬기는 단수, 즉 당나무로 보는 편이 더 자연스럽다. 태백산 산신을 섬기는 당나무는 사람들이 모여 사는 마을에 있었을 것이다. 그곳의 신시는 제정일치 단계에서 임금으로서의 권능과 무당으로서의 주술을 동시에 발휘하는 신성장소이다. 환웅은 그런 능력을 함께 지녀 환웅천왕이라고 일컬어졌다. 그런 권능을 단군이 이어받아 건국사업을 완수하고 왕권을 정착시킬 수 있었다.

지상에 내려와 사람으로 살아가게 된 환웅이 배우자를 구하고자 할 때 곰과 범이 후보자로 나섰다. 땅에서 사는 곰이나 범은 사람이 되기 위해서는 시련을 겪어야만 하고, 그 가운데 곰만 목적하는 바를 달성했다고 한다. 굴속에 들어가서 햇빛을 보지 않고 삼칠일을 지냈다는 것은 죽음의 시련을 겪고 다시 태어남을 뜻한다고 볼 수 있다. 신단수라는 생명의 나무와 죽음을 경험하는 굴이 상하에 배치되어 대조를 이루면서, 천신족과 지신족이 결합해 새로운 시대를 연 과정의 상징적인 의미를 풍부하게 했다.

고조선의 경우에는 국중대회에 관한 기록이 남아 있지 않다. 중국 쪽에서 부여나 고구려의 국중대회에 관심을 가질 때 고조선이 이미 망하고 없었던 것이 그 이유가 아닌가 한다. 직접 거론할 수 있는 자료는 없어도, 고조선의 국중대회를 상상해볼 수 있다. 환웅의 하강, 웅녀의 시련, 환웅과 웅녀의 혼인, 단군의 출생은 굿놀이로 나타내보이기에 알맞은 내용이다. 유사한 설정이 해모수·유화·주몽의 관계에서 되풀이되고, 혁거세나 수로의 경우에도 일부가 다시 나타나다가 후대의 민속에 그 흔적을 남겼다. 맞이·싸움·혼인·출산이 마을굿의 기본적인 절차가 되어 계속 이어진다.

고조선 건국신화의 환웅과 상통하는 천상인의 하강을 벽화에다 그려놓은 것이 중국 산동 동남부에서 발견되었다. 기원전 2세기에 있었던 그림을 기원후 2세기에 다시 그린 것이라 한다. 고조선의 판도가 거기까지 미친 증거가 나타난다고 보기는 어렵다. 전해들은 바를 보여주었을 따름이라고 하는 것은 마땅하지 않다. 고조선과 같은 시기에 그쪽에 있던 동이족(東夷族) 왕국의 건국신화가 유사한 내용을 지녔다고 보는 편이 타당하다.

산동에서 양자강 어귀까지는 원래 동이족의 땅이었다고 중국의 여러 문헌에 기록되어 있다. 서이(徐夷)니 회이(淮夷)니 하는 집단의 명칭이 발견되고, 서이가 강성해서 서국(徐國)이라는 나라를 세워 중국인의 여러 왕조와 싸운 내력이 확인된다. 위에서 말한 벽화가 발견된 곳과 서국의 수도였다고 생각되는 서주(徐州)는 가까운 거리에 있다.

서국은 주나라와 치열하게 싸웠다. 기원전 1천 년경에 서국 언왕(偃王)이 구이(九夷)를 모아 침공하자 주목왕(周穆王)은 견디지 못하고 동쪽의 제후들은 모두 그쪽을 섬기도록 용인할 수밖에 없었다는 기록이 〈후한서〉(後漢書) 〈동이전〉 서두에 있다. 그 뒤 서국은 전국시대의 초와도 싸우다가 진시황이 육국을 통일할 때 중국판도 안에 들어갔다. 나라를 잃은 백성들 가운데 일부는 한반도로 이주해온 것으로 생각된다.

주와 서의 싸움은 〈시경〉(詩經)에 여러 차례 나타나 있다. 〈대아〉(大雅)나 〈노송〉(魯頌) 편에서 주나라 건국서사시의 단편들을 실으면서 서국을 크게 무찌른 것이 대단한 자랑이라고 했다. "벼락이나 천둥같이 서국이 뒤흔들리네" 하면서 자기네의 용맹스러운 군사들이 서국을 무찔러 바다에까지 이르렀다고도 했다. 그런 노래를 서국 쪽에서도 불렀으리라는 것은 의문의 여지가 없다. 주나라 사람들이 자기네의 무왕(武王)을 칭송하듯이, 서국에서는 걸출한 영웅 언왕의 탄생·투쟁·승리를 자랑하는 노래를 불렀을 것이다.

서국의 건국서사시는 전하지 않지만, 뛰어난 영웅 언왕의 탄생설화는 줄거리가 남아 있어서 잃어비린 유산을 재구해볼 수 있게 한다. 궁녀가 알을 낳자 상서롭지 못하다 해서 버렸더니 개가 물고 와서 죽지 않았다. 어머니가 따뜻하게 해주자 알에서 아이가 태어났다. 그 아이가 자라나 위대한 군주 언왕이 되었다고 했다. 알로 태어나 버림받았던 아이가 자라나 임금이 되었다는 것이 부여계 건국신화의 공통된 내용이다. 고조선의 건국신화와 상통하는 천상인의 하강은 한 대 앞서 있었던 일이라고 하면 해모수 다음의 지배자가 주몽이었다는 것과 흡사하다.

그런 유사성이 있어 양쪽이 같은 계통임을 인정할 수 있다. 주민 이주로 생긴 관련까지 고려한다면 동질성이 더욱 확실해진다. 동질성은 상호조명을 가능하게 하는 논거가 된다. 〈시경〉을 증거로 삼아 서국 서사시를 추정하는 작업은 고조선이나 부여계 전승의 결락 부분을 보충하는 데 도움이 된다. 여러 곳에 조금씩 남아 있는 자료를 모아 서로 연결시켜 건국신화와 건국서사시를 실상대로 재구하는 것이 가능하다.

고대에는 어느 집단이든 대등한 위치에서 싸우고 각기 자기의 건국서사시를 자랑하다가 중세가 되자 사정이 아주 달라졌다. 주나라 건국서사시를 수록한 〈시경〉이 우리 쪽에 와서도 문학의 보편적 규범으로 이해되고 경전으로서의 자리를 굳혔다. 서국은 주공(周公)의 덕회를 따르지 않는 오랑캐라고 규정되고, 서국에서도 〈시경〉에 전하는 것들과 같은 건국서사시를 노래했으리라는 사실은 아무도 생각하지 않게 되었다. 중세의 보편주의 때문에 고대의 자기중심주의는 아주 잊혀지고 말았다.

같은 시기에 황해 양쪽에 있던 두 고대왕국 서국과 고조선은 경중이나 우열을 가리기 어려웠다. 그런데 서국의 내력은 아주 잊혀지고, 고조선은 오늘날까지 크게 존중된다. 서국의 후손은 없어지고, 고조선의 유민이라고 하는 사람들이 민족사를 이어왔다고 자부하기 때문에 그런 차이가 생겼다. 역사는 사실 자체가 아니고 후대인의 기억임을 알려주는 사례로서 이보다 더 분명한 것을 찾기 어렵다.

고조선에 대한 이해와 평가는 줄곧 이어지면서 시대에 따른 변화를 보였다. 중세에는 유교의 침해를 받았다. 성인의 반열에 드는 기자(箕子)가 중국에서 와서 단군의 왕위를 이어받아 새로운 통치를 시작한 것이 최초의 건국보다 더욱 자랑스럽다고 했다. 그 때문에 평가가 절하된 단군을 〈삼국유사〉뿐만 아니라 〈제왕운기〉(帝王韻紀)를 위시한 다른 여러 문헌에서도 힘써 등장시키면서 관심을 촉구했다.

더 들 수 있는 자료는 없어, 관점을 바꾸는 것을 설득력을 높이는 방법으로 삼았다. 환인과 환웅에 관해서는 말하지 않고 단군을 전면에 부각시켜, 단군은 기자 이전의 요(堯) 임금과 대등한 위치에 있었다고 하는 주장을 거듭 폈다. 그런 견해를 이어받아 고조선 건국신화를 단군신화라고 하게 되었다. 단군신화가 민족사의 자랑스러운 출발을 말해준다는 견해가 일반화했다.

민간전승에서는 기자는 누군지 알려고도 하지 않고, 고조선 건국신화를 다채롭게 이어받았다. 황해도 구월산의 어느 사당에 가보니 북벽에는 단웅(檀雄)천왕을, 동벽에는 단인(檀因)천왕을, 서벽에는 단군천왕을 모시고 치성을 드리더라고 조선 초기의 기록에 올라 있다. 그 비슷한 신당이 전국 도처에 있었다. 단군을 무속의 창시자라고 하는 믿음도 널리 퍼져 있다. 〈무당내력〉(巫堂來歷)이라는 도본에서는, 단군이 신을 섬기는 교리를 창안해 장자인 부루(扶婁)에게 가르쳤다고 하고 단군이 바로 출산을 관장하는 삼신제석(三神帝釋)이라고도 했다.

일제의 침략을 받고 민족 자존심에 상처를 받을 때에는 회복의 논거를 단군에서 찾자는 운동이 일어났다. 기자는 부정하고 단군만 인정하면서, 단군의 내력은 역사적인 사실이라고 강력하게 주장해 새로운 신화를 만들어냈다. 중세에 대한 부정의 부정을 거쳐 고대를 재인식하는 작업이 큰 범위로 전개되었다. 단군이 지은 비기가 고구려와 발해를 거쳐 후대로 전해졌다고도 하고, 단군왕조의 계보가 발견되었다고도 했다. 단군을 섬기는 종교, 여러 중세의 신앙형태가 생겨났다. 단군이 민족의 시조라고 받드는 남북 양쪽의 공동노선의 의의를 북에서 더욱 강조하고 있다.

노태돈 편저, 《단군과 고조선사》(사계절, 2000)에 최근의 논의를 모아놓았다. 거기에 실린 서영대, 〈단군신화의 의미와 기능〉에서 신화연구를 위한 노력을 정리해 논했다. 산동의 벽화는 김재원, 《단군신화의 신연구》(정음사, 1947)에서 고찰했다. 서국 및 언왕에 관한 연구는 김상기, 《동방사논총》(서울대학교출판부, 1974)에서 자세하게 했다. 구월산 신당에 관한 기록은 《세종실록》 10년 6월조에 있다. 서대석, 〈'무당내력'의 성격과 의의〉, 《구비문학연구》 4(한국구비문학회, 1997)에서 자료를 검토했다.

3.3. 부여·고구려계 전승

고조선 다음 순서로 등장한 나라는 부여(夫餘)이다. 기원전 3세기의 중국문헌에 이름이 나타난 것을 보면, 그보다 앞서 건국되었던 것 같다. 북부여, 동부여, 졸본(卒本)부여 등으로 나누어져 있었으며, 고구려(高句麗)와 백제(百濟)가 그 뒤를 이었다. 이리저리 이주하면서 여러 차례 나라를 세우고, 왕조교체를 이따금씩 겪었던 것으로 보인다. 건국신화에 공통점과 차이점이 발견되어 비교해 살필 필요가 있다. 그 여러 갈래 가운데 북부여가 근간을 이루어, 부여의 사회나 문화에 관한 자료가 대체로 북부여에 관한 것이라고 생각된다.

부여의 성장을 알아볼 수 있는 좋은 자료가 읍루(邑婁)와의 관계에 관한 기사이다. 부여 동북쪽 더 추운 곳의 읍루는 농사를 지을 줄 알았으나, 마을마다 대인(大人)이 있을 뿐 따로 대장군은 없었다고 했다. 법속이 미비하고, 기강이 서지 않았으면서, 용맹스럽고 독화살을 잘 쏘아 주위의 다른 종족을 괴롭혔다. 그런 읍루가 일찍부터 부여에 복속되었으며, 수탈이 심해 반란을 일으켰다가 다시 정복되었다.

부여는 전국을 다스리는 임금이 있는 나라였다. 저가(豬加)라고 일컬어지던 귀족이 싸움터에 나갈 때면 하호(下戶)라는 예속민을 시켜 양식을 조달했다고 한다. 국가 조직이 잘 정비되어 있었다는 말이다. 읍루와 부여의 관계에서 국가 이전의 추장사회에 대한 국가체제의 우위를 확인할 수 있다.

서로 싸울 때면 양쪽 모두 자기 집단의 용맹을 자랑하는 노래를 불렀겠는데, 노래의 성격에 차이가 있었을 것이다. 읍루 쪽에서는 마을끼리 용맹을 다투면서 누구나 거의 같은 자격을 가진 전사임을 확인하는 노래를 전과 다름없이 불렀으리라고 추정할 수 있다. 부여에서는 하늘의 아들인 임금을 중심으로 한 귀족세력이 나라 안의 하호나 외부의 야만인에게는 인정될 수 없는 배타적인 자부심을 나타내는 노래가 필요했을 것 같다. 그런 차이 때문에 건국서사시는 부여에서만 있었다고 생각한다. 건국서사시는 추장 지배사회의 단계를 넘어서서 고대국가가 이루어질 때 모습을 드러낸 새 시대의 문학이다.

부여의 국중대회는 어느 정도 자세한 내용이 알려져 있다. 영고(迎鼓)라는 이름의 국중대회(國中大會)를 열어 남녀노소가 여러 날 동안 먹고 마시며 노래하고 춤추었다고 한다. 영고라는 말은 '영'과 '고'로 이루어져 있어, 신을 맞이하면서 북을 치고 풍악을 울렸던 절차를 말해준다. 하늘에 제사를 시냈다고 했으니 맞이한 신이 하느님이었을 것이다. 하느님의 아들이 곧 나라의 시조라고 하고, 그 후계자인 임금이 무당으로서의 권능을 행사하면서 다스리는 나라를 모두 함께 경축하는 나라굿이 국중대회이다.

농사가 잘되지 않으면 임금을 죽이거나 바꾸는 단계는 지났어도, 제정분리가 바로 일어났다고 볼 수는 없다. 겨울에서 봄으로 넘어가는 분기점인 정월에 예전과 같이 나라굿을 하면서 농사가 잘되게 하고, 국가적인 안녕과 단합을 꾀하는 새로운 목표도 실현하는 행사를 무당 임금이 주도해 진행했을 것이다. 전쟁이 일어나면 또한 하늘에 제사를 지내고 소를 죽여서 그 발굽 모습을 보고 길흉을 점쳤다고 했다. 제사라고 한 것이 실제로는 굿이었을 것이다. 굿은 정치를 하고 전쟁을 하는 데 반드시 필요했다.

길을 가면서 낮이나 밤이나 늙은이나 어린이나 할 것 없이 모두 노래를 불러 그 소리가 끊어지지 않았다는 기록도 전한다. 누구나 늘 부르는 노래는 갈래가 다양했을 것이다. 그러나 백성의 노래와 통치자의 노래가 다르고, 여느 때 부르는 노래와 의식을 거행하면서 부르는 노래가 구별되었을 것이다. 국가적인 의식의 굿놀이인 영고를 거행할 때 일정한 절차를 갖추어 부른 노래의 하나가 건국서사시였다고 보아 마땅하다. 제정일치 단계에는 국왕이 스스로 부르던 건국서사시를 나라 무당, 후대의 문헌에서 국무(國巫)라고 한 이가 직책을 맡으면서 전문가의 기량을 발휘해 내용을 더욱 풍부하게 했을 것이라고 볼 수 있다.

건국신화의 내용은 여러 문헌에 조금씩 다른 내용으로 전해져서 면밀하게 비교·검토하려면 많은 작업이 필요하다. 부여건국신화와 고구려건국신화에 관한 기록이 분리되어 있기도 하고 겹쳐져 있기도 해서 어떤 관계에 있었던지 판단하기 어렵다. 지나치게 복잡한 논의를 피하고 대표적인 문헌 셋을 들어 고찰하기로 한다.

가장 오랜 자료는 1세기 중국 서적 〈논형〉(論衡)에 있다. 북이(北夷) 탁리국(橐離國) 임금의 시비가 혼자 임신을 하자 임금이 죽이려 하니, 시비는 달걀처럼 생긴 기운이 하늘에서 내려와 임신을 하게 되었다고 했다. 낳은 아이를 돼지우리에 버렸더니 돼지가 따뜻하게 해주어서 살아났다. 어머니가 아이를 길러 이름을 동명(東明)이라 했다. 동명은 말 치는 일을 시키자 말을 잘 다루고 활을 잘 쏘았다. 왕위를 엿볼 것 같다는 이유로 죽이려 하자, 남쪽으로 도망치면서 고기떼가 다리를 놓게 해 추격하는 군사를 물리치고, 강 남쪽에 부여라는 나라를 세워 임금이 되었다 한다. 그 비슷한 이야기가 다른 여러 문헌에도 전하면서 나라 이름을 고리국(槀離國) 또는 색리국(索離國)이라고도 했다.

5세기초에 세운 〈광개토대왕릉비〉(廣開土大王陵碑) 서두에는 이렇게 적혀 있다. 시조 추모(鄒牟)는 북부여에서 나왔다. 천제의 아들이고 어머니는 하백(河伯)의 딸이다. 알을 가르고 세상에 나와 처음부터 성스러운 기상을 지녔다. 수레를 몰아 남쪽으로 내려올 때 강이 앞을 막자, 소원을 말하면서 빌었더니 갈대가 이어지고 거북이 뜨는 이적이 일어났다. 도읍을 정하고 나라를 다스리다가, 황룡의 머리를 밟고 승천했다.

12세기 〈삼국사기〉의 기록을 보자. 북부여 왕 해부루(解夫婁)가 자식이 없어 근심하다가 개구리 모양의 아이 금와(金蛙)를 얻어 왕위를 물려주었다. 금와는 하느님 천제가 명하는 바에 따라 동부여로 자리를 옮겼다. 북부여에는 천제의 아들이라고 하는 해모수가 나타나 하백의 딸 유화(柳花)를 겁탈하고 사라졌다. 아버지가 내쫓은 유화를 금와가 데려다 보호했더니 햇빛을 받고 임신해 알을 낳았다. 알을 내다버리니 돼지나 다른 짐승이 보호했다. 알을 깨고 태어난 아이가 활을 잘 쏘아 주몽(朱蒙)이라고 했다. 금와의 아들과 신하들이 해치려고 하자 주몽은 남쪽으로 도망을 치면서 고기떼가 다리를 놓게 해 추격하는 군사를 물리치고 강 남쪽에서 고구려를 건국했다.

건국의 시조가 하느님의 혈통을 받았다는 것은 공통된 내용이고, 단군신화의 경우와 같다. 천제라고 일컬은 하느님의 아들 해모수가 지상에 내려와 유화라는 여자를 아내로 삼아 낳은 아들이 나라를 세웠다고 하는 것은 환웅 · 웅녀 · 단군의 삼대기와 같아, 천신족 건국신화의 기본형을 재현했다고 할 수 있다. 웅녀나 유화 쪽의 지신족이 천신족에 이끌려 건국사업의 조역으로 등장하는 역사가 계속되어 같은 이야기가 되풀이되었을 수 있다.

환웅이나 해모수는 없고, 달걀처럼 생긴 기운 또는 햇빛이 내려와 임신을 하게 했다고 하는 방식으로 하늘과 연결시킨 전승이 계보를 제대로 갖추기 전에 있었던 원래의 형태가 아닌가 한다. 건국의 시조에게 어머니만 있고 아버지는 없다고 한 것은 모계사회에서 부계사회로 넘어온 초창기의 사정을 반영했다고 볼 수 있다. 부계 혈통에 의한 권력 승계가 정착되는 단계에 이르면 시조에게 아버지가 있어야 했으므로 환웅이나 해모수를 설정할 필요가 있었을 것이다. 고구려의 경우에는 부자 계보 작성이 철저하게 이루어지지 않아 유화의 임신은 해모수 탓이기도 하고 햇빛 때문이기도 하다고 했다.

아이가 알로 태어나 버렸더니 짐승들이 보호해 살아나고, 천대를 받고 자라다가 다른 곳으로 가서 새로운 나라를 세웠다고 한 것은 두 가지 의의가 있다. 탁월한 능력을 지니고 비정상적으로 태어난 아이가 시련을 투쟁으로 극복해 마침내 승리를 거두었다는 것이 세계 도처에서 보이는 '영웅의 일생'이다. 오래된 나라에서 갈라져 나와 새로운 나라를 세웠다는 것은 역사적 사실을 반영한다고 이해된다. 신화의 유형을 가지고 역사를 이야기하는 것이 건국서사시나 건국신화의 특징이다. 건국의 역사는 그 나라 사람들이 특별히 받들었고, 신화적 유형인 영웅의 일생은 서사무가를 거쳐 소설로까지 이어졌다.

새로 세운 나라를 부여라고도 하고 고구려라고도 했다. 부여에서 갈라져 나온 나라가 고구려라고 하는 것을 역사적 사실로 인정하고 있는데, 부여 또한 다른 데서 갈라져 나온 나라이며 건국시조의 내력이 고구려의 경우와 같다고 했다. 그것은 자료에 착오가 있어 생긴 혼란이 아니고, 부여·고구려계 사람들 가운데 불만세력이 원래의 고장을 떠나 다른 곳으로 이주해 새로운 나라를 세우는 작업을 거듭 해온 과정을 신화적 발상을 갖추어 이야기했다고 보는 것이 마땅하다.

건국시조의 이름을 '동명'이라고도 하고, '추모' 또는 '주몽'이라고도 했다. '동명'은 백제까지 포함한 부여·고구려계 사람들이 함께 받드는 시조를 지칭하는 보통명사이고, '주몽'은 고구려 건국시조의 이름인 고유명사라고 보는 것이 마땅하다. 부여·고구려·백제 등의 여러 분파가 각기 자기네 '동명'을 숭앙했는데, 그 가운데 고구려의 '동명'인 '주몽'의 이야기가 구체화된 내용을 특히 많이 갖추어 전해진 것은 고구려가 강성해져 그 갈래 전체를 대표할 수 있는 위치로 올라섰기 때문이라고 할 수 있다.

〈광개토대왕릉비〉에서 추모왕은 황룡을 타고 승천하면서 왕자 유류(儒留)를 돌아보고 자기가 한 바와 같이 나라를 다스려 백성을 잘살게 하라고 당부했다. 제2대 유류왕 또는 유리왕(瑠璃王)도 건국신화에서 한 몫을 했다. 유리는 주몽이 동부여에다 버리고 온 자식이었는데, 아버지가 낸 수수께끼를 풀어 감추어둔 물건을 찾아낸 다음 아버지를 찾아와서는 공중으로 날아오르는 능력으로써 부자 관계를 입증하고 태자가 되었다는 사연이 별도로 전한다.

해모수, 주몽, 유리, 다시 그 다음 여러 왕의 계보를 갖추면서 신화가 역사로 이어졌다. 그러나 신앙의 대상에서는 유화와 주몽의 모자 관계가 계속 중요시되었다. 고구려의 국가체제를 정비했다고 평가되는 제6대 태조왕이 121년(태조왕 69)에 부여로 가서 태후묘에, 그 다음 다음의 제8대 신대왕은 167년(신대왕 3)에 졸본으로 가서 시조묘에 제사를 지냈다고 하고, 그런 일은 그 뒤에도 있었다. 태후는 유화이고, 시조는 주몽이다. 부여신과 고등신의 신상이라고 하는 것이 유화와 주몽을 나타내는 상징물이다. 당나라 군사의 침략으로 고구려가 망하게 되자 동명왕모의 신상에서 사흘 동안 피눈물이 흘렀다는 〈삼국사기〉의 기록에서 유화가 고구려 말기까지 수호신으로 숭앙되었음을 알 수 있다.

백제는 부여·고구려 계통의 주민이 지배층이 되어 세운 나라이고 건국신화 또한 그 맥락을 이었다. 건국하자 바로 기원전 18년(온조왕 원년)에 동명왕묘를 세웠다 한다. 부여계 공동의 시조 동명과 백제의 창업주가 어떻게 연결되는가 하는 의문에 대한 해답은 여러 자료에 서로 다르게 나타나 있다. 주몽의 아들인 비류(沸流)와 온조(溫祚)가 백제를 건국했다고도 하고, 북부여 왕 해부루의 손자 우태(優台)가 비류의 아버지라고 하기도 한다. 동명의 후손인 구태(仇台)가 백제의 시조라 하기도 한다. 백제가 국가의 체제를 갖추고 발전하면서 그처럼 서로 다른 전승 가운데 어느 하나를 택해 건국신화를 구체화했을 것 같은데, 그 내역을 알 수 있는 자료는 전하지 않는다.

599년에 즉위한 백제 무왕을 〈삼국사기〉에서는 법왕의 아들이라고 하고, 〈삼국유사〉에서는 지렁이의 아들이라고 했다. 한쪽은 사실을 말해 믿을 만하고, 다른 쪽은 허황한 이야기이라고 할 것은 아니다. 못에 사는 지렁이가 밤에 사람이 되어 근처에 사는 과부와 관계해 낳은 아들 서동(薯童)이 어려서부터 비범한 기상을 보이더니 백제의 임금이 되었다고 한 것은 또 한 가지 유형의 건국신화이다.

시조의 아버지가 하늘과는 관련이 없는 지상의 동물이라고 하는 지신족의 전승이, 부자의 연계를 중요시하기 전의 사고형태를 보여주어 주목할 만하다. 그런 것이 마한의 건국신화였는데, 마한의 후예가 뒤늦게 백제의 중심세력으로 등장하자 백제 건국신화의 수정판으로 등장했다는 견해가 있다. 후백제의 창업주가 같은 유형의 건국신화를 재현해 민심을 모으고자 한 것은 뿌리가 깊었기 때문이었다고 할 수 있다.

　이복규, 《부여·고구려 건국신화 연구》(집문당, 1998)에서 연구사와 자료에 관해 소상하게 알렸다. 무왕 설화를 건국신화로 이해하는 견해를 서대석, 《한국신화의 연구》에서 제시했다.

3.4. 삼한·신라·가락 쪽의 사정

마한(馬韓)·진한(辰韓)·변한(弁韓)으로 이루어진 삼한(三韓)은 나라를 수십 개 세웠다지만 모두 규모가 그리 크지 않았다. 그 어느 것도 정복국가로서 나설 만큼 성장하지는 못했다. 다스리는 사람이 도읍에서 일반 백성과 섞여 살고, 지배층과 피지배층을 갈라놓는 격식도 뚜렷하게 마련되지 않았다.

마한에 관한 기사가 비교적 자세하게 남아 있다. 천신에게 제사를 지내는 사람을 천군(天君)이라고 했다. 소도(蘇塗)라고 하는 별도의 장소를 정해 큰 나무를 세우고, 거기다가 방울과 북을 달아 귀신을 섬겼다. 나라 무당이라고 할 수 있는 종교적 지배자가 있어서 굿을 주관했지만 굿을 하면서 부르는 노래에 건국서사시가 포함되는 단계로까지는 나아가지 않았던 것 같다. 오월과 시월 두 차례 벌인 농사굿을 국중대회라고 하지 않았다.

신라 건국에 앞서서 육촌이 있고, 가락국 전에 구간(九干)이 추장 노릇을 하고 있었다는 것이 삼한시대의 상황이다. 육촌은 촌장이라고 부르는 지배자가 다스렸다. 육촌 촌장은 모두 하늘에서 어느 산봉우리로 내려왔다고 한다. 한 예를 들면 육촌 가운데 첫째인 알천(閼川) 양산촌(楊山村) 촌장은 알평(謁平)이고 처음에 표암봉(瓢嵓峯)에 내려왔다고 했다. 나머지 다섯 촌에 관해서도 같은 기사가 되풀이해 나타난다. 그렇다면 육촌을 이루는 집단도 모두 천신족으로서의 자부심을 가졌다는 말이지만 건국신화를 마련하는 단계까지는 나아가지 못했다.

육촌의 지배자들은 지석묘에 묻혔다. 다음 시기에 지석묘가 아닌 석관묘를 구축하는 세력이 등장하면서 혁거세나 탈해를 내세우는 건국사업을 이룩했다. 육촌 촌장이 산봉우리에 내려왔다고 하는 데서는 산신신앙이 나타나 있다. 산신이 모두 남신이다. 그런데 다음 시대가 시작되는 데 깊이 관여한 산신은 여신인 선도산성모(仙桃山聖母)이다.

선도산성모는 웅녀나 유화와 마찬가지로 나라 전체의 지모신 구실을 한 것 같은데 환웅이나 해모수에 해당하는 남성 상대역이 보이지 않는다. 그런데도 웅녀가 단군을, 유화가 주몽을 낳은 것과 같은 과업은 수행해, 혁거세(赫居世)와 알영(閼英)의 어머니가 되었다고 했다. 선도산성모가 비단을 짜 조복을 만들어 남편에게 입혀 온 나라 사람들이 그 신이함을 알게 되었다고도 하는 데서는 혁거세의 부인 알영과 동일시되었다.

선도산성모가 낳았다고 하는 혁거세와 알영이 결혼해 신라 건국의 시조가 되었다. 알영도 단순한 보조자가 아니고 신화의 주인공이다. 관련양상이 복잡하고 이해할 수 없는 부분도 있지만, 전반적인 특징은 어렵지 않게 지적할 수 있다. 여신의 시대에서 남신의 시대로 넘어오는 점차적인 변화의 과정을 거쳐 신라 건국이 이루어지고, 건국 후에도 여신이 계속 존중되었다.

선도산성모가 계속 숭앙된 것은 아니다. 육촌 촌장이 건국과정을 주도했다고 하는 별도의 전승이 정통의 위치를 차지했다. 육촌의 촌장이 나라 전체를 다스리는 군주가 있어야 한다고 하면서 적임자를 찾아 나섰다가, 양산(楊山) 아래의 나정(蘿井) 곁에 흰 말이 꿇어앉아 있어 가보니 알이 하나 있었고 그 알에서 혁거세가 태어났다고 했다. 사량리(沙梁里)라는 곳의 알영정(閼英井) 가에 계룡(鷄龍)이 나타나 왼쪽 옆구리에서 알영을 낳았다고 했다.

하늘로 다시 올라간 천마(天馬)는 혁거세를, 나타났다 사라진 계룡은 알영을 낳은 어머니노릇을 했다고 볼 수 있다. 아버지에 관해서는 말이 없다. 육촌 촌장이 혁거세와 알영을 발견해 양육하고 결혼시켜 왕과 왕비로 삼기까지 해서, 아버지가 할 일을 대신 했다고 할 수 있다. 천마와 계룡은 단군의 어머니 웅녀와 상통한다. 육촌 촌장은 동부여 금와왕과 흡사하다. 혁거세와 알영은 어머니를 잃고 양육자 손에서 자라나기까지 아무런 갈등도 겪지 않았다. 촌장들의 통치권을 물려받은 군주가 육촌을 통합해 국가를 창건하는 과업이 순조롭게 이루어졌다고 할 만하다.

천마는 혁거세를 받드는 집단이 말을 타고 정복전쟁을 벌이면서 천신족의 자부심을 나타낸 상징물이다. 천마총(天馬塚)에서 발굴한 그림에서 그 모습을 볼 수 있다. 우물가에서 알영을 낳았다고 하는 계룡은 닭이면서 용이다. 처음에는 알영의 입술이 닭부리 같다가 목욕을 시키자 떨어졌다고 한 데서는 닭의 특징이 나타난다. 알영의 특징을 말해주는 상징소들은 날아오르는 데 쓰이면서 물과 깊은 관련을 가진 이중의 성격을 가졌다. 천신족일 수도 있는 집단이 지신족의 위치에서 혁거세의 천신족과 결합되었음을 말해준다.

알영과 같은 집단 출신의 남성 알지(閼智)는 천신족의 특징을 갖추고 등장해 그 후손이 왕위에 오를 수 있었다고 했다. 지금 계림(鷄林)이라고 하는 곳의 나무에 황금궤가 걸려 있고, 흰 닭이 울었다고 했다. 왕의 측근인 호공(瓠公)이 발견하고 궤를 열어보자 그 속에 들어 있었던 아이가 알지이다. 황금궤는 혁거세가 들어 있었다는 알과 상통한다. 흰 닭은 천마나 계룡처럼 아이의 어머니는 아니고, 아이가 하늘에서 내려왔음을 암시한다.

혁거세 집단 박씨족 알영과 알지 집단 김씨족은 건국신화의 내용에서 밀접한 관련을 가졌다. 또 하나의 신라 왕족인 석(昔)씨 집단 시조 탈해(脫解)의 유래는 아주 다르다. 탈해 쪽은 바다를 건너왔다고 했다.

왜국 동북쪽 천 리나 되는 곳 용성국(龍城國)에서 잉태된 지 7년 만에 알로 태어난 왕자를 버렸다. 궤에다 넣어서 바다에 띄웠더니 신라까지 와서 갯가의 늙은 할미에게 구출되었다. 자라서는 토함산(吐含山)에 올라가 돌무덤을 만들고 그 속에서 이레 동안 머물렀다. 자기 집안은 원래 대장장이었다고 하면서, 숫을 묻어놓은 것이 소유권을 판별하는 증거라고 하고 호공의 집을 빼앗았다. 다른 자료에 가락국에 가서 수로(首露)왕과 크게 싸우다가 왔다고 했다. 임금의 사위가 되었다가 왕위를 이었다. 죽은 뒤에 뼈로 소상을 만들어 토함산에 세우게 하고, 토함산의 산신이 되었다고 한다.

호공과 싸울 때는 자기 집안이 대대로 대장장이였음을 입증하는 술책을 써서 승리를 거두었다. 정복의 무기인 쇠를 다룰 줄 아는 것이 놀라운 기술인 그 시대에는 대장장이가 무당의 권능까지 지닌 지배자였다. 수로와는 힘으로 싸우다가 견디지 못하고 도망친 것으로 되어 있다. 김해 쪽에서는 성공을 거두지 못한 탈해 집단이 경주지방에 이르러서 토함산 근처에 근거지를 두고 세력을 굳힌 것 같다.

탈해의 일생은 시련과 투쟁으로 연속되어 있다는 점이 혁거세나 알지와 많이 다르다. 비정상적으로 태어나서 버림받았다가 투쟁을 승리로 이끈 영광을 차지한 과정에 주몽의 경우와 상통하는 '영웅의 일생'이 보인다. 궤에다 아기를 넣어 바다에 띄웠다는 것은 후대의 서사무가에 되풀이해서 나타난다. 토함산 돌무덤 속에서 시련을 겪었다는 것은 웅녀의 변신 과정과 상통한다. 토함산의 산신이 되었다는 결말은 단군의 경우를 다시 생각하게 한다.

신라의 국중대회를 말해주는 직접적인 자료는 없다. 그러나 혁거세 다음 제2대 남해왕은 무당을 뜻하는 차차웅(次次雄)으로 일컬었다는 데서 암시를 얻을 수 있다. 왕이 무당이어서 나라굿을 스스로 주도했을 것이다. 제49대 헌강왕이 남산신의 춤을 추면서 주위의 다른 사람들은 볼 수 없는 그 신의 모습을 나타냈다고 한 것이 바로 무당 노릇이다. 헌강왕만 그런 임금이었다고 할 것은 아니다. 오랜 관습이 특별한 사유가 있어 나중에 기록되었다고 보는 것이 타당하다.

남해왕은 시조 혁거세의 사당을 세우고 친누이 아로(阿老)가 제사를 주관하도록 했다는 기록도 보인다. 임금의 누이 아로가 권력자와는 분리된 무당이 되어 혁거세의 유래나 행적을 굿이나 노래로 부른 사실을 그렇게 기록했을 것이다. 굿에서 부른 노래가 바로 건국서사시였다는 추론을 신라의 경우에도 전개할 수 있다는 점은 새삼스럽지 않으나, 임금의 누이가 나라 무당 노릇을 했다는 것은 다른 데서 볼 수 없는 자료이다.

가야(伽倻) 또는 가락(駕洛)의 건국신화는 두 가지로 전한다. 하나는 〈신증동국여지승람〉 고령 대목에서 최치원(崔致遠)이 쓴 이정(利貞)이라는 승려의 전기를 인용해서 말한 것이다. 가야산신 정견모주(正見母主)가 천신 이비가(夷毗訶)에게 응감되어 대가야의 왕 뇌질주일(惱窒朱日)과 금관국의 왕 뇌질청예(惱窒靑裔)를 낳았다고 했다. 뇌질주일은 이진아시왕(伊珍阿豉王)의 별칭이고, 뇌질청예는 수로왕(首露王)의 별칭이라고 했다.

정견모주는 웅녀, 유화, 선도산성모와 상통하는 지모신이다. 환웅이나 해모수 같은 남성 상대역은 등장하지 않고 천신에게 응감되어 자식을 낳았다고 한 점에서는 선도산성모 쪽과 가깝다. 둘 다 지모신 숭앙의 단계에서 남성을 건국시조로 받드는 단계로 바로 넘어온 것을 말한다고 할 수 있다. 선도산성모가 어떻게 해서 임신하게 되었다는 말이 없는 것은 그 부분이 전승과정에서 탈락한 탓이라고 할 수 있다.

〈삼국유사〉 가야 대목에서는, 하늘에서 자주색 끈이 한 가닥 내려와 둥근 알 여섯을 내려놓았다고 했다. 알에서 깨어난 아이 하나가 수로왕이 되고, 나머지 다섯에서도 각기 다섯 가야의 시조가 태어났다고 했다. 그것은 건국시조가 하늘과 바로 연결된다는 말이다. 여섯 가야의 시조 가운데 수로왕의 내력만 자세하게 말한 것이, 〈삼국유사〉 다른 곳에 수록된 별도의 기록 〈가락국기〉(駕洛國記)이다.

두 가지 신화는 선후를 가릴 수 있다. 정견모주가 등장하는 쪽이 먼저 있다가, 혈통 계승이 모계에서 부계로 넘어오면서 건국시조를 하늘과 바로 연결시켰을 것이다. 고유어 이름 뇌질청예가 한자를 쓰는 수로왕으로 바뀌었다고 할 수 있다. 여러 가야의 유래를 함께 말하다가 자기네 경우만 독립시켰다. 혁거세의 등장을 선도산성모는 배제하고 설명한 것과 같은 새로운 건국신화가 금관가야(金官伽倻)에서도 이루어졌음을 〈가락국기〉가 알려준다. 혁거세가 등장할 때 육촌 촌장이 했다는 구실을 구간이 맡아 자기네를 건국시조 추대자로 만들었다.

사건의 개요는 이렇다. 구간이 하늘에서 금합이 내려오는 것을 보고 맞이해, 그 속에 들어 있는 알에서 깨어난 아이 수로를 임금으로 삼았다. 수로는 그 뒤에 침입자 탈해의 도전을 물리치고, 배를 타고 멀리서 찾아온 허황옥(許黃玉)을 맞이해 배필로 삼았다. 혁거세의 경우와 견주어보면, 알이 금합과 상통한다. 침입자가 탈해여서 신라건국신화와 이어진다. 배필 맞이는 다음에 살필 탐라국 건국신화와 비슷하다. 그 경과를 행동 묘사의 방법으로 기술해놓아 〈가락국기〉는 독특한 가치를 가진다.

김해 지방을 지배하고 있던 구간이 3월에 거행하는 봄굿, 중국의 용어를 사용해 계욕(禊浴)이라고 한 행사를 하려고 구지봉(龜旨峰)의 신성장소에 올라갔을 때 하늘에서 부르는 소리를 듣고 꼭대기의 땅을 파면서 노래를 불렀다고 했다. 농사짓는 동작을 미리 해서 풍년을 가져오고자 하는 굿을 되풀이해서 하다가 어느 해에는 나라를 세울 임금을 맞이했다. 그것은 역사발전의 당연한 요청이지만, 기존의 관습에 사로잡혀 있는 사람들은 납득하게 하기 어려웠다고 생각된다. 농사를 관장하는 지모신이 아들을 낳아 세대교체가 불가피하게 되었다고 하는 것이 이해를 가능하게 하는 적절한 방법이다.

龜何龜何	거북아, 거북아,
首其現也	머리를 내어라.
若不現也	내어놓지 않으면,
燔灼而喫也	구워서 먹으리.

그때 구간들이 불렀다고 하는 이 노래 〈구지가〉(龜旨歌)는 다양한 의미를 지니고 있다. 물에서 사는 장수동물 거북은 생명력을 상징한다. 거북이 머리를 내어놓아야 생명력이 발현되어 농사가 잘 된다. 어서 빨리 그렇게 되라고 물과는 상극인 불로 위협해 거북을 구워 먹겠다고 했다. 지모신을 거북으로 나타냈다고 보면 머리를 내놓는 것은 출산 행위이다. 태어난 아들의 이름을 '머리 내놓기'라고 하고 한자로 '수로'(首露)라고 적었다. 거북더러 머리를 내어놓으라고 하면서 대왕을 맞이하는 기쁨을 춤으로 나타냈다고 하는 말이 무엇을 뜻하는지 이런 맥락에

서 이해해야 한다.

수로가 지모신의 아들이기만 해서는 새 시대가 시작되는 전환의 비약적 성격이 충분히 입증되지 않는다. 하늘에서 내려왔다고 하는 것이 더욱 긴요하다. 하늘에서 들려오는 소리가 시키는 대로 노래 부르고 춤추었다고 하는 데 그치지 않고, 하늘에서 내려온 줄에 붉은 색 보자기에 싼 금합이 달려 있고, 거기 들어 있는 알에서 아이가 태어났다고 했다. 알이 여섯이어서 아이가 여섯 태어나 여섯 가락국의 시조가 되었다고 했다. 지모신은 어머니이고, 아버지는 천신이라고 해야 천신족의 건국이 입증된다. 으뜸가는 위치에 있는 수로뿐만 아니라 다른 아이들도 창업주라고 인정되려면 천신족이라고 해야 했다.

거기까지 이르는 과정이 생생하게 묘사되어 있는 것은 굿하면서 재현하는 행위를 옮겨놓았기 때문이라고 생각된다. 수로가 허황옥을 맞이하는 장면을 지방의 백성과 서리 · 군졸들이 말을 달리고 배를 띄우면서까지 행동으로 보여주는 관습은 〈가락국기〉를 작성하던 11세기에도 되풀이되었다고 했다. 건국신화를 말하고 노래하는 언어전승이, 굿놀이로 보여주는 행위전승과 일체를 이루고 있었던 사실을 금관가야에서 확인할 수 있다.

건국신화에 일본 쪽과의 관련이 나타나는 점에도 관심을 가질 필요가 있다. 그쪽에서 왔다는 인물도 있지만 그쪽으로 갔다는 것이 일반적인 추세이다. 158년(아달라왕 4)의 일이라고 하면서, 연오랑(延烏郎)과 세오녀(細烏女)라는 신라 해변의 백성이 바위 같은 것에 실려 일본으로 가서 그곳 왕과 왕비가 되었다고 했다. 그 때문에 해와 달이 빛을 잃자 세오녀가 짠 비단을 가져와서 제사를 지냈더니 재앙이 사라졌다고 했다. 일본으로 이주해 지금은 알지 못할 어느 나라를 세운 집단의 건국신화가 그런 모습으로 남아 있다고 할 수 있다.

일본 신화에는 한반도에서 건너갔다는 신이 적지 않고, 한반도에 대한 회귀의식과 함께 경쟁의식이 두드러지게 나타나 있다. 건국시조 가운데 하나는 하늘에서 내려오면서 신라를 거쳐 일본으로 들어가서는

원시적인 혼돈을 타개하고 그곳에 신라의 문물로 문명을 열었다고 한
다. 우리 민족의 갈래가 일본 열도로까지 진출한 것은 잘 알려진 사실
이어서 신화에도 그 흔적을 남기고 있다.

김열규, 《한국의 신화》(일조각, 1976) ; 김승찬, 《한국상고문학연
구》(제일문화사, 1978) ; 성기열, 《한국설화의 연구》(인하대학교출판
부, 1988)에서도 소중한 논의를 전개했다. 황패강, 《일본신화의 연
구》(지식산업사, 1996) ; 김화경, 《일본의 신화》(문학과지성사, 2002)
에서 한국신화와 일본신화의 관련양상을 고찰했다.

3.5. 탐라국 건국서사시

제주도에서도 탐라(耽羅)라는 나라를 이룩하는 사업이 진행된 내력을 〈고려사〉의 기록에서 확인할 수 있다. 건국시조가 셋이나 되어 고을라(高乙那)·양을라(良乙那)·부을라(夫乙那)라고 하고, 하늘에서 내려오지 않고 땅에서 솟았다고 한 점이 특이하다. 세 사람이 솟아났다는 곳은 삼성혈(三姓穴)이라고 한다. 그 말을 따서 〈삼성신화〉라고 이름 지은 신화가 탐라국 건국신화이다.

세 사람이 사냥을 하면서 살고 있는데, 어느 날 나무로 만든 함이 바다로 떠왔다. 함 속에는 처녀 셋과 망아지·송아지 그리고 오곡의 씨앗이 들어 있었다. 처녀 셋은 일본국 공주라고 하면서 아버지의 분부를 받들어 세 사람의 아내가 되기 위해 그곳에 왔다고 말했다. 세 부부가 땅을 나누어 가지고 농업과 목축에 종사하면서 후손을 퍼뜨렸다고 한다. 원주민과 이주민이 결합해 새로운 생업을 개척한 것이 탐라국 건국의 기초이다.

서사무가에서 자료를 보탤 수 있다. 서사무가에는 신앙서사시·창세서사시·영웅서사시라고 할 것이 있다. 앞의 둘은 원시문학이고, 뒤의 것은 고대문학이다. 제주도 역사가 원시시대를 벗어나 고대에 들어서서 탐라국을 건국할 시기에 영웅서사시를 창조했다고 생각된다. 위에서 든 〈삼성신화〉를 구전되고 있는 영웅서사시와 비교해보면 그런 추정이 더욱 분명해진다.

영웅서사시의 모습을 잘 갖추고 있는 〈김녕괴내깃당본풀이〉나 〈송당본향당본풀이〉 같은 당본풀이에는 〈삼성신화〉와 상통하는 부분이 보이고, 그 전후에 다른 내용이 더 있다. 여성 시조도 남성 시조처럼 땅에서 솟아났으며, 자기 스스로 판단해 제주도에 와서 배필을 구했다고 했다. 원주민과 이주민 사이에서 태어난 아들이 아버지의 미움을 사서 버림받아 무쇠상자에 실려 바다를 표류하게 되었다. 그 시련을 이겨내고 커다란 전공을 세우고 귀환해 도망친 아버지 대신 통치권을 장악했다고 한다.

두 자료를 비교해보면, 구전이 고형이고 완형이며, 기록은 축약이고 개작이다. 일본국 공주이고, 아버지의 분부가 있어 오게 되었다고 하는 것은 고대인의 사고를 이해하지 못하는 후대 사람들이 납득할 수 있게 고친 내용일 것이다. 후반부는 너무 허황되다고 여겨 기록에 올리지 않았다고 생각된다.

부모의 만남에 이어서 자식의 출생을 말하는 것은 고조선이나 부여·고구려계 건국신화에서도 확인되는 공통된 설정이다. 버림받았다가 살아나 통치자가 된 자식에 서국 언왕, 고구려 주몽, 신라 탈해도 있다. 자식을 버릴 때 상자에 넣어 바다에 떠내려 보낸 것은 탈해의 경우와 일치한다. 주몽이나 탈해는 멀리 가서 나라를 세웠는데, 괴내깃또는 자기 고장으로 되돌아와 자기를 버린 아버지에게 도전했다.

그런 내용을 갖춘 〈김녕괴내깃당본풀이〉나 〈송당본향당본풀이〉는 고대국가의 창업주를 기리는 영웅서사시의 전형적인 모습을 국내외의 어느 자료보다도 더 잘 보여주고 있다. 세계를 두루 돌아보아도 고대 영웅의 일생을 말하는 서사단락을 그만큼 온전하게 갖추고 있는 유산을 찾아내기 어렵다. 탐라국은 작은 나라이지만 필요한 과정을 제대로 밟아 이루어진 증거를 분명하게 남겼다. 탐라국이 망한 것을 원통하게 여긴 제주도민은 고대문학의 보고를 자랑스럽게 지켜왔다.

상층과 하층이 그 일을 함께 한 것은 아니다. 탐라국이 476년 백제의 침공으로 망한 뒤에, 왕족의 후예는 중앙정부에서 부여하는 중세귀족의 지위를 받아들였다. 건국서사시를 온통 전승할 필요는 없다고 여겨, 그 전반부만 적출해 중세의 사고방식에 근접하도록 개작해 기록한 〈삼성신화〉를 자기네 성씨 유래담으로 삼았다. 중앙정부에 복속되어 고난이 가중된 데 불만을 가진 하층민은 탐라국 건국서사시 전편을 이어받아 항거의식의 연원으로 삼았다.

탐라국 중심지가 〈삼성신화〉의 현장이 되자, 서북쪽 변두리 마을을 항거의 근거지로 삼았던 것 같다. 그곳의 당본풀이에서 후반부까지 갖

추어져 있는 건국서사시를 전승했다. 탐라국을 세 집단이 함께 이루었
던 사실은 전승에서 제외해 삼성 존중과 결별하고, 삼성 가운데 누가
으뜸인가 하는 시비에서 벗어났다. 그 대신 아버지의 횡포에 대한 아들
의 항거를 되새기는 데 특히 힘썼다.

〈송당본향당본풀이〉를 보자. 아버지에게 버림받아 죽을 고비에 이르
렀던 아들이 모든 고난을 극복하고 당당하게 되돌아오는 광경을 다음
과 같이 노래했다.

> 일천병마 삼천군병을 거느리고 제주에 입도했다.
> 청기·적기·백기·흑기·황기 오색기를 내어 달고,
> 안종달이 밖종달이로 들어올 때에,
> "왜, 일곱살 적에 무쇠철갑에 담아 물에 띄운 자식이
> 살아 올 리가 있겠느냐?"
> 문곡성은 부인을 거느리고
> 일천병마 삼천군병을 거느리고
> 한라영산에 올랐다.
> 이때 어멍은 겁나 웃송당으로 달아나버리고
> 아방은 아래송당 고부니마루로 달아나버리고
> 둘째 동생은 산방산으로 달아나 산방산신이 되었다.
> 문곡성은 한라영산 바람목에 앉아서 아래 동생들에게
> "내가 여기 앉았으니 너희는 나를 받들기나 하여라."

군사를 거느리고 제주도로 들어오는 경로를 구체적으로 밝혀 실감
을 가중시켰다. 깃발을 흔들고 들어오는 광경을 생생하게 그렸다. 그
런 장면은 가상적인 사건 현장의 묘사이면서 또한 굿을 하는 광경이
다. 승리자가 된 영웅은 한라영산을 차지해 제주도 전체의 지배자가
되었다고 했다. 부모와 동생들은 스스로 도망치기도 하고 새로운 통치
자의 지시를 따르기도 하면서 사방으로 흩어지다가 각기 한 곳씩 차지

해 좌정했다. 탐라국 국왕이 지방의 통치자들을 거느리는 관계를 그렇게 나타냈다.

어려서 버림받은 아들이 큰 규모의 병마를 거느리고 귀환해, 부모는 도망치게 하고 아우들은 각기 한 곳을 차지하게 한 것은 정권교체와 임무 재배치를 뜻하는 내용이다. 정권교체가 부자의 싸움을 거쳐 이루어지는 것이 당연하다고 고대인은 생각했다. 그런 일은 중세에도 있었으나 되도록이면 덮어두려고 하고 찬양의 대상으로 삼지는 않았다. 이 노래에서는 힘이 있으면 영웅이고, 영웅이 하는 일이면 무엇이든지 경탄의 대상이 되었다. 그것은 중세가 시작된 뒤에는 없어진 고대의 가치관이다.

현용준, 《무속신화와 문헌신화》(집문당, 1992) ; 장주근, 《한국신화의 민속학적 연구》(집문당, 1995) ; 《제주도 무속과 서사무가》(역락, 2001)가 소중한 선행연구이다. 그런 기반 위에서 다른 곳의 자료와 비교연구를 하는 작업을 《동아시아 구비서사시의 양상과 변천》 ; 〈탐라국건국서사시를 찾아서〉, 《제주도연구》 19(제주학회, 2001)에서 시도했다.

4. 고대에서 중세로의 이행기문학

4.1. 시대 설정의 근거

고대 · 중세 · 근대의 삼분법은 넷 이상의 시대가 있다는 것을 인정하지 않는다. 그러나 나누어야 할 시대는 더 많다. 그 때문에 삼분법을 버리고 다른 구분 방법을 마련하는 것은 노력에 비해 성과가 적은 시도이다. 셋은 그대로 두고 다른 것들을 보태 더 많은 시대를 처리하는 방법을 선택하는 편이 현명하다.

이미 그 방향으로 나아가고 있다. 고대보다 앞서 원시시대가 있었다고 하는 것은 이미 널리 인정되고 있다. 고대와 중세 사이, 중세와 근대 사이에 각기 한 시대가 있다고 보아 마땅하다. 지칭하는 용어를 두고 논란이 많아도 사실 자체는 부인하기 어렵다.

고대와 중세 사이의 시대는 '고대만기'라고 하고, 중세와 근대 사이의 시대는 '전기근대'라고 하는 말을 유럽에서 흔히 사용한다. 유럽의 '전기근대'가 자기네 역사에서는 '근세'였다고 일본에서는 말한다. 어디서나 공통되게 인정될 수 있는 시대 명칭이 필요하므로 고대와 중세 사이에는 '고대에서 중세로의 이행기'가, 중세와 근대 사이에는 '중세에서 근대로의 이행기'가 있었다고 하는 것이 적절하다.

고대에서 중세로의 이행기는 고대가 끝나가고 있으면서 중세는 아직 시작되지 않은, 고대의 특징과 중세의 특징을 공유한 시대이다. 시대변화가 양면에서 촉구되었다. 고대의 사회체제·이념형태·문학갈래에 대한 비판이 일어나 무언가 달라지지 않을 수 없게 되었다. 중세화를 먼저 이룩한 곳에서 보내는 외부의 충격이 내부의 변화와 맞물려 다음 시대로 나아가게 했다.

내부의 변화가 보이기만 한 곳은 고대에서 중세로의 이행기까지 나아가다가 말았다. 일본 북쪽의 아이누인, 필리핀군도의 여러 민족, 하와이 원주민이 그런 경우라고 할 수 있다. 내부의 변화에 외부의 충격이 추가된 경우에는 중세를 이룩했다. 한문, 산스크리트, 아랍어, 라틴어 등의 공동문어가 중세화를 위한 외부 충격의 핵심이다.

우리 경우에 내부에서 일어난 변화는 연구가 모자라고 양상이 미묘해 드러내 말하기는 어렵지만, 외부의 충격이 무엇인가는 분명하게 할 수 있다. 한문이 들어와 시대를 바꾸어놓았다. 한자를 사용하기 시작하면서 비롯한 고대에서 중세로의 이행기가 한문을 제대로 구사해 한문학을 일으키자 끝나고, 그 다음 시대인 중세로 들어섰다.

중국에서 한자가 들어오기 전에 이미 우리 글자가 있었다고 할 수 있다. 중국 사서 〈양서〉(梁書) 〈신라전〉에서, 신라에는 원래 "글자가 없고 나무를 깎아서 신표로 삼았다"고 한 말을 증거로 들 수 있다. 후대의 훈민정음 비슷한 자형을 가진 고유문자를 일찍부터 사용했다는 주장도 완강하다. 그러나 실체는 알기 어렵다. 선행 고유문자가 있었다 하더라도 한자를 받아들여 문자생활의 시대에 들어선 것은 부인할 수 없는 사실이다. 북유럽에는 룬(Run)이라는 독자적인 문자가 있었지만 라틴어를 받아들이자 사용하지 않았다.

한자는 원래 동이족의 문자였던 것 같다. 그러나 중국인의 선조인 한족이 글자를 늘리고 용법을 가다듬고 발전시킨 한문을 마련해 여러 이웃 나라에 전해주었다. 그 성과를 받아들여 우리 어문생활을 혁신한 것은 바람직한 선택이었다. 중국의 범위를 넘어선 동아시아 여러 민족 가운데 우리가 한문 사용에 앞장서서 동아시아가 공동문어의 시대로 들어서게 했다.

한문은 익히기 어려운 점이 불만이라고 하지만, 그 대신 산스크리트나 라틴어를 받아들이는 것은 지리적인 여건상 가능하지 않았다. 표음문자인 산스크리트라면 민족문화 발전에 더욱 기여했으리라고 쉽게 상상할 수 없다. 오늘날의 월남 땅에서는 북쪽의 한문문명국과 남쪽의 산스크리트문명국이 수백 년 다투다가 북쪽이 이겨 양자 비교를 가능하게 하는 논거를 제공한다.

한자가 수용된 시기는 분명히 잘라서 말할 수 없다. 은나라가 망하자 기자(箕子)가 우리 땅으로 왔다는 설은, 처음 받아들인 한자가 은나라 글지이고 고조선이 수용의 주체였으리라는 추정을 가능하게 하는 방증일 수 있다. 이른 시기에 중국에서 유입된 것으로 보이는 명도전(明刀錢)과 방족포(方足布)라는 이름의 화폐, 진과(秦戈)와 동사(銅鉇)라는 무기에 명문(銘文)이 있는 것들이 여러 곳에서 출토되었는데, 제작 연대는 기원전 300년 전후로 고증된다. 25자의 명문이 새겨져 있는 진과는 명문에 적힌 연대에 의거해 기원전 222년(진시황 25)의 것으로 판명되었다. 그 시기는 기자조선 말기에 해당한다.

기원전 221년에 진나라가, 기원전 202년에 한나라가 통일전쟁에서 승리하기까지 중국대륙은 혼란이 계속되어 많은 유망민이 생겼으며, 상당수가 한반도로 밀려들어왔다. 그 가운데 한자를 아는 사람들이 있어 한자 전래에 상당한 기여를 했으리라고 생각된다. 기원전 194년에 시작된 위만조선 시대에는 중국과의 왕래가 더욱 활발해져 한자 사용이 확대되었을 것이다.

기원전 108년에 한나라가 위만조선을 무너뜨리고 한사군을 설치하자, 로마제국 통치지역에 라틴어가 이식되는 것과 같은 변화가 일어났다. 한사군 지배 아래 들어가 통치행위에 참여한 우리 민족의 일부는 한문 사용을 생활화했을 것이다. 그런 사람들이 보착사회의 지배자들에게도 환영을 받아 문화형태를 바꾸어놓는 구실을 하기 시작했을 것으로 생각된다.

한자가 적힌 인장, 화폐, 칠기(漆器) 등이 발견되어 구체적인 증거를 제공한다. 실용적인 목적에서 글자를 사용하다가 글쓰기를 하는 데까지 나아갔다. 동경(銅鏡)에 새긴 글자는 30자가 넘기도 하고, 문장을 제대로 갖추고 문학성을 띤 것도 있다. 평안남도 용강군에 있는 비석은 더욱 주목할 만한 자료이다.

그 비석은 "점선장"(粘蟬長)이 세워 신명을 섬긴 말을 적은 것이어서, 〈점선장신사비〉(粘蟬長神社碑)라고 일컫는다. '점선'은 고장 이름이고, '장'은 그 고장의 지배자를 뜻한다. 비문의 내용은 산신을 섬겨 제사를 지내고서 날씨가 고르고 농사가 잘되며 도적이 없도록 해달라고 한 것이다. 비를 세우게 된 내력을 간단하게 적고, 기원하는 말은 넉 자씩 모아서 문구를 만들었다. 한문으로 글을 짓는 격식이 어지간히 갖추어진 셈이다. 무당을 시켜 굿을 하면 될 것인데, 한문으로 글을 써서 비를 세웠다. 한문을 받아들이면서 토착사회가 변모하는 과정을 나타냈다.

그런 단계에 근접한 토착사회의 지배자는 여러 곳에 있었다고 생각된다. 그 가운데 부여·마한·가야 등을 이루는 집단이 특히 두드러진 위치를 차지해 넓은 영역을 관장하면서 큰 세력을 떨쳤다. 후발주자인 고구려·백제·신라는 불리한 조건에서 어렵게 성장하다가 역사의 주역으로 등장해 삼국시대를 열었다.

한문을 받아들여 사용하고자 하는 열의가 서로 달라 그렇게 되었을 것이다. 고대의 선진이었던 부여·마한·가야는 한문을 시험하다가 말아 고대에서 중세로의 이행기까지만 나아갔지만, 고구려·백제·신라는 뒤떨어진 처지에서 벗어나기 위해 중세화를 서둘러 한문 사용을 국력 향상의 방법으로 삼아야 했다고 생각된다. 그런 것이 선진이 후진이 되고 후진이 선진이 되는 이치이다.

'고대만기'라는 용어는 《공동문어문학과 민족어문학》(지식산업사, 1999)의 〈라틴어문학과 민족어문학〉 대목에서 고찰했다. 외부의 변화만 있고 공동문어문명은 받아들이지 않고서 고대에서 중세로의 이행기에 들어서다가 만 곳의 몇몇 사례를 《동아시아 구비서사시의 양상과 변천》(문학과지성사, 1997)에서 고찰했다. 황위주, 〈한문자의

수용시기와 초기 정착과정〉(1),《한문교육연구》10(한국한문교육연구회, 1996) ; 같은 논문 (2),《대동한문학》13(대동한문학회, 2000)에서 소중한 연구를 했다. 이병도,《한국고대사연구》(박영사, 1976)에서는,《후한서》제사지를 보면 85년에 국내 산천의 여러 신 가운데 미처 제사를 지내지 못한 신이 있으면 찾아서 추가로 제사를 지내라고 한 기사가 있어 〈점선장신사비〉도 그때 한사군에서 세웠으리라고 하고, 그렇기 때문에 "粘蟬"은 중국 고음을 따라서 "염제"라고 읽어야 한다고 했다.《후한서》의 기사와 그 비를 연결시키는 것은 무리이고, 비 이름을 중국음으로 읽어야 한다는 것은 더욱 부당하다.

4.2. 전설·민담시대로의 전환

　설화는 신화·전설·민담으로 이루어져 있다. 셋이 처음부터 함께 있었는지, 그 가운데 어느 것이 먼저 생기고 어느 것은 나중에 생겼는지 분명하게 알기 어렵지만, 역사적 의의를 발현한 선후관계는 말할 수 있다. 처음에는 신화가 중요한 구실을 하다가 다음 단계에 이르러서는 전설과 민담이 신화를 대신해, 새롭게 문제된 자아와 세계의 관계를 표현하는 데 아주 적합한 갈래로 등장했을 것 같다.

　신화가 특히 중요시된 시대를 신화시대라 하고 전설과 민담이 그 뒤를 이은 시대를 전설·민담시대라고 하자. 고대는 신화시대였다가 신화에 대한 불신이 일어나면서 전설·민담시대로 들어서는 변화가 나타난 시기가 고대에서 중세로의 이행기이다. 전설·민담시대는 중세이고, 전설·민담을 소설로 개조하는 새로운 작업을 시작한 시기가 중세에서 근대로의 이행기이다.

　설화는 의식구조의 집약이다. 신화·전설·민담이 서로 다른 것은 상이한 의식구조를 나타내기 때문이다. 고대에서 중세로의 이행기로 들어서는 변화를 내부에서 살피는 데 신화·전설·민담의 상관관계가 최상의 증거를 제공한다. 우리 사회 내부에서 무엇이 달라져 한자를 수용하게 되었는가 알아야 역사 이해가 제대로 이루어진다. 문학사가 아니고서는 그 작업을 할 수 없다.

　신화시대는 자아와 세계가 동질적이거나 상호 보완적인 관계를 가지고 있다고 여기던 시대이다. 사람이 자아라면, 자연은 세계이다. 주체가 되는 사람이 자아라면, 객체가 되는 사람은 세계이다. 자아와 세계가 대결해 동질적인 관계를 확인하는 것이 신화의 특징이다. 신화를 존중하던 사람들은 그런 사고방식을 가졌다. 사람과 자연 사이에서 생기는 마찰은 주술로, 인간사회 내부의 불화는 공동체적인 유대 강화로 해결하면 된다고 여겼다.

신화시대가 행복한 시대라고 하는 것은 아니다. 자아와 세계의 동질성은 그것을 보장해주는 신화를 자기 것으로 하는 지배자가 일방적으로 누리는 특권이었다. 피정복자나 예속민은 사람이 아니라고 여겨 함부로 죽일 수 있는 근거가 건국신화 주인공의 위대한 업적과 능력이라고 했다. 합리적 검증을 거부하는 자기중심주의의 일방적 논리를 갖추고 횡포를 자행할 수 있게 하는 것이 신화의 한 특징이다.

신화를 내세우는 통치가 언제까지나 지속될 수 있었던 것은 아니다. 단군의 지위를 이어받은 기자가 팔조금법(八條禁法)을 내놓았다는 것은 사회적 대립을 해결하는 새로운 방식인 법률에 의한 통치가 필요하게 된 사정을 말해준다. 약탈의 대상으로 취급되고 주인과 함께 죽어서 순장되는 신세여야 하는 예속민이 들고 일어났던 사정도 짐작할 수 있다. 이치를 따질 것은 따져 불합리를 제거하고, 피치자도 사람이라고 인정해야 통치를 계속할 수 있을 것 같은 사태가 벌어졌다. 〈삼국사기〉 고구려본기 서두에 그런 관점에서 이해해야 할 기사가 연속해 실려 있다.

고구려 건국신화에 마지막으로 등장한 제2대 유리왕은 감당하기 어려운 사태에 계속 봉착했다. 기원 9년(유리왕 28)에 왕이 새 도읍으로 옮아간 뒤, 옛 도읍에 남은 해명태자가 무용을 뽐내면서 이웃나라 왕이 보낸 센 활을 꺾어버렸다는 것이 사건의 발단이다. 유리왕이 그 말을 듣더니 백성을 편하게 하고 나라를 튼튼하게 하려는 판국에 이웃나라의 원한을 샀다고 하면서 자기가 보낸 칼로 자살을 하라고 했다. 이름이 해명(解明)인 태자는 자기 입장을 해명하려 들지도 않고 주위의 만류도 뿌리친 채, 창을 땅에다 꽂아놓고는 말을 달려와 그 창에 찔려 죽었다. 그런 기이한 연유가 있어 그 땅을 창원(槍原)이라 부르게 되었다고 했다.

해명의 자살과 흡사한 사건이 다시 일어나 제3대 대무신왕 때인 32년(대무신왕 15)에 호동(好童)왕자가 죽었다. 사건을 몇 단락으로 간추릴 수 있다. 호동은 낙랑왕(樂浪王)의 딸과 사랑하는 사이였다. 낙랑국에는 적군이 쳐들어오면 스스로 우는 북이 있어 고구려를 막았다. 호동을 사랑하는 공주가 그 북을 찢어버렸다. 호동이 거느린 군대가 낙랑국으로 쳐들어가자, 낙랑왕은 회복 불가능한 사태에 이른 것을 비로소 알아차리고 딸을 죽이고 항복했다. 호동 또한 불행하게 되어, 태자의 자리를 엿본다는 모함을 받고 억울한 사정을 해명하려고도 하지 않은 채 자살하고 말았다. 낙랑공주와 호동왕자 양쪽의 비극인 이 이야기는 널리 알려져 많은 사람을 감동시키면서 새로운 창작이 거듭되게 하는 소재 노릇을 해왔다.

〈삼국사기〉에서는 이 두 기사 뒤에 각기 논평을 달아 아버지와 아들을 함께 나무랐다. 아버지는 아버지의 도리를 저버렸으며, 아들이 취한 행동 또한 마땅하지 않다고 했다. 고대신화를 근거로 삼은 질서관이 무너지고 중세의 윤리는 아직 이루어지지 않아 그 어느 쪽에서도 이해하기 어려운 기이한 혼란상이 나타난 것이 사태의 본질이다.

부왕과 아들 사이의 동질적인 관계를 아버지가 깨면 아들이 나서서 회복해 새로운 지배질서를 이룩하는 것이 고대인의 행동양상이다. 두 왕자는 자살을 택해 고대영웅에 대한 기대를 배신했다. 부자관계를 바르게 하는 효가 백행의 근본이라고 하는 중세의 윤리관에서는, 부왕이 올바르지 못한 명령을 내리더라도 아들은 그대로 따르지 말고 충간해 바로잡아야 한다. 그런데 아버지의 처사가 부당하다는 것을 더욱 부각시키기나 했다.

신화적 질서가 흔들려 납득할 수 없는 무질서가 나타났다. 부왕의 부당한 명령을 그대로 받아들여 죽으면서까지 상례에 벗어난 용맹을 자랑한 해명의 행위는 아주 괴이하다. 호동 또한 누명을 쓰고 자살한 것도 말이 되지 않는다. 서로 당착된 삽화들이 인정할 수 있는 증거와 관련을 가져, 창원이라는 지명의 유래, 낙랑국의 멸망 같은 사실을 설명하는 구실을 하는 점에서 최소한의 합리성을 얻었다.

그것이 전설의 특징이다. 자아와 세계의 신화적 동질성이 흔들리자, 세계의 전설적 횡포가 전면에 부각되었다. 전설은 자아와 세계의 대결

을 세계의 우위에 입각해서 다루어 자아의 패배를 귀결로 삼으며, 합리
성을 추구하다가 감당할 수 없이 커다란 불합리에 부딪히고 마는 이야
기이다. 탁월한 능력을 가지면 무엇이든지 이룰 수 있는 시대는 갔다.
영웅의 능력을 가져도 원통하게 죽고 마는 사태가 벌어졌다. 고대에서
중세로의 이행기 가치관의 혼란이 중세인의 도덕관을 마련해 사람의
행실을 합당하게 규제할 때까지 계속되었다.

전설이 그런 방식으로 대두하는 다른 한편에서 민담이 또한 중요한
구실을 하게 되었다. 전설에서 세계의 횡포를 문제 삼고, 민담에서 자
아의 가능성을 크게 내세우는 것은 표리관계에 있다. 자아와 세계가 깊
은 유대관계를 가진다는 신화의 믿음이 퇴색되자, 전설과 민담이 양자
택일의 관계를 가지고 함께 등장했다. 그런데 전설은 세계의 횡포에 관
해 말한 것이 사실이라고 인정되어 역사서에 자주 올랐지만, 민담에서
보여주는 자아의 가능성 실현은 공상에 지나지 않아 기록할 가치가 없
다고 취급되었다.

이따금 예외는 있다. 미천한 처지에서 고생하다가 마침내 위대하게
되었다는 이야기의 주인공을 실제인물과 동일시하는 민담은 역사서에
서 거부하지 못했다. 고구려의 미천왕이나 백제의 무왕이 원래 미천한
인물이었다고 하는 이야기는 민담으로 진행된다. 그런 것이 사실인 듯
이 받아들여 기록에 올릴 때 전하는 내용을 많이 바꾸어놓지 못했다.

신화시대에서 전설·민담시대로의 이행은 《한국소설의 이론》(지
식산업사, 1977)에서 다루었다. 천혜숙, 〈전설의 신화적 성격에 관한
연구〉(계명대학교 박사논문, 1987)에서는 원래 신화였던 설화 유형
몇 가지가 전설로 바뀌어 전하는 양상에 대해 깊이 있는 분석을 했다.

4.3. 짧은 노래 몇 편

〈구지가〉(龜旨歌)・〈공무도하가〉(公無渡河歌)・〈황조가〉(黃鳥歌)는
이른 시기에 이루어지고, 짧은 형식이며, 한문으로 기록되어 있어 함께
거론된다. 흔히 고대가요라고 하는데, 적합한 명칭이 아니다. 선입견을
없애기 위해 짧은 노래라고만 하는 것이 좋다. 짧은 형식의 우리말 노
래가 이른 시기에 한문으로 기록되어 전하는 이유를 힘써 찾으면 고대
에서 중세로의 이행기문학의 한 측면을 이해할 수 있다.

〈구지가〉는 가락국 건국신화에서 거북더러 머리를 내놓으라고 하면
서 불렀다는 노래이다. 전후에 말이 있어 길게 이어지는 노래의 한 대
목이라고 할 수 있지만, 별도로 들어내 한역해 소개한 것을 보면 어느
정도 독립성이 있었던 것으로 보인다. 신라 성덕왕 때 수로(水路)라는
이름의 부인이 해변에서 용에게 납치되자 일반 백성을 모아 불렀다는
〈해가〉(海歌)가 〈구지가〉와 흡사해 함께 고찰할 필요가 있다.

〈구지가〉는 〈해가〉처럼 굿노래의 한 대목이지만 굿을 하지 않을 때
무당이 아닌 예사 사람도 부르는 노래로 떨어져 나오지 않았나 싶다.
그것은 고대문학의 총체성이 해체되는 조그마한 변화라고 할 수 있다.
따로 떨어져 나온 짧은 노래는 오래 전승되는 동안에 원래의 기능을 상
실할 수 있다. 상대방을 위협하면서 소원을 이루려고 하는 동요가 오늘
날도 흔히 있어 오랜 전승의 후대적인 변모가 아닌가 한다.

〈공후인〉(箜篌引)이라고 일컬어온 노래를 다시 이름 지어 〈공무도하
가〉라고 한다. 공후라는 악기를 타면서 부른다는 것보다 서두에 있는
말을 따서 노래 이름을 짓는 것이 더욱 적합하다고 여기기 때문이다. 3
세기에 이루어진 후한 채옹(蔡邕)의 〈금조〉(琴操), 진(晉) 최표(崔豹)
의 〈고금주〉(古今註)를 위시한 여러 중국 문헌에 전하는 것을 〈해동역
사〉(海東繹史)에 옮겨놓아 널리 알려졌다. 성격 해명을 두고 많은 논자
가 다양한 주장을 펴고 있다.

유래는 이렇다. '조선'의 '진졸'(津卒) 곽리자고(霍里子高)가 어느 날 새벽에 머리가 새하얀 미치광이 사나이, 백수광부(白首狂夫)라고 기록되어 있는 위인이 머리를 풀어헤친 채 술병을 끼고 비틀거리면서 강물을 건너는 것을 보았다. 아내가 따라가면서 말려도 듣지 않고, 사나이는 마침내 물에 빠져 죽었다. 아내는 강을 건너지 말라는 뜻으로 "공무도하"(公無渡河)라는 말로 시작되는 노래를 지어 불렀는데 소리가 아주 슬펐다. 노래를 다 부르자 아내도 빠져 죽었다.

곽리자고가 집에 돌아와 자기 아내 여옥(麗玉)에게 그 이야기를 했더니, 여옥은 그 노래를 다시 불렀다. 노래를 듣고 눈물을 흘리지 않는 사람이 없었다고 했다. 노랫말을 옮기면 이렇다.

公無渡河	님더러 물 건너지 말래도,
公竟渡河	님은 건너고 말았네.
墮河而死	물에 빠져서 죽었으니,
當奈公何	님이여, 어찌 하리오.

물을 건너다 죽은 사람 때문에 이 노래가 생겼으니, 그 사람이 누구며 왜 죽었는가 하는 의문부터 풀어야 하겠다. 그동안 제기된 많은 견해 가운데, 모습이나 거동이 예사롭지 않은 점을 보아 죽은 사람이 무당일 것이라고 하는 것이 주목된다. 머리를 풀어헤치고 술병을 들고 미치광이 짓을 하면서 강물에 뛰어들기도 하는 것은 황홀경에 든 무당의 모습이라야 이해가 된다. 공후를 탄 아내도 무당인 것 같다. 그래서 굿노래 가락에 얹어 넋두리를 했다고 볼 수 있다.

무당이 강물에 뛰어든 것은 죽음을 이기고 새로운 권능을 확인하는 의식이라고 하겠는데, 실패했으니 문제이다. 새하얀 머리를 풀어헤친 채 술병을 끼고 비틀거리면서 강물에 뛰어들었으니 실패는 예고되어 있었다. 실패를 자초한 자살이다. 서투른 무당이라고 할 것은 아니다. 특이한 개성으로 설명할 수 있는 사태도 아니다.

실패에서 의미를 더 심각하게 찾으면서 새로운 견해를 덧보탤 필요가 있다. 무당의 권위가 추락했기 때문에 죽음에 이른 것이 아닌가 한다. '조선'이라고 한 곳은 고조선일 것이다. 노래가 기록된 시기가 3세기이니 창작된 시기는 몇 백 년 전일 수 있다. 고조선의 노래이지만 건국서사시의 일부는 아니다. 그것과는 성격이 아주 다른 후대의 노래이다. 단합이 깨어진 파탄을 말한다.

기자조선이나 위만조선 이후에 고조선이 지배체제를 바꾸기 시작하면서, 나라 무당으로 인정되지 못한 민간 무당은 불신받고 배격되는 사태가 벌어졌을 수 있다. 팔조금법을 제정하고 한자를 사용하는 통치를 하자 무당 노릇이 타격을 받았을 수 있다. 그 어느 쪽이든지 사회가 변하고 있어 희생당한 쪽의 비극이 애절한 노래에 실려 후대까지 전해진다고 볼 수 있다.

백수광부의 죽음을 목격하고 백수광부의 아내가 부른 노래를 전한 곽리자고는 '진졸'이라고 했다. '진졸'은 관청에 매여 있는 노예 처지의 뱃사공이었다고 생각된다. 목격한 사태를 보고 전달자가 된 것은 백수광부 내외의 죽음이 남의 일이라고 여겨지지 않았기 때문이었을 수 있다. 뱃사공이 하는 말을 듣고 아내는 백수광부의 아내가 남긴 노래를 다시 부르면서 거기 담긴 사연을 자기의 슬픔인 양 되씹었다. 죽은 사람들의 처지가 자기네와 상통하는 바 있다고 여긴 것이 공감과 재창작의 이유였을 것이다. 노래를 듣고 눈물을 흘리지 않는 사람이 없었다는 것은 비슷한 처지에 있는 사람들 사이에 공감이 확산되었다는 말이다.

노래의 작자를 두고 논란이 거듭되는데 어느 한쪽이라고 할 수는 없다. 백수광부의 아내가 첫 번째 작자라면 뱃사공의 아내 여옥이 두 번째 작자이다. 여옥의 이름이 명시되어 있는 것은 재창작의 의의를 중요시했기 때문이다. 민간에 전하는 노래를 관장하는 관청인 중국의 악부(樂府)에서 이 노래를 채록해 한문으로 옮기면서 〈공후인〉이라는 이름을 붙인 것이 세 번째 창작물이다. 이 노래를 부를 때 공후를 타면서 반주를 한 것은 세 번째 창작에서 생겼을 관습이라고 하겠는데, 첫 번째와 두 번째 창작까지 소급해 말했다.

이 노래가 우리 것이냐 중국 것이냐 하는 점도 더러 시빗거리가 되어 왔다. 유래 설명에서 말한 '조선'이 고조선을 지칭한다는 점을 인정한다면 〈공무도하가〉라고 일컬어 마땅한 두 번째 창작까지는 우리문학이라고 보는 데 무리가 없다. 그렇다면 어째서 중국 쪽으로 전해졌겠느냐 하는 의문은 고조선의 판도가 후대의 중국 땅 안쪽까지 깊숙이 들어가 있었다는 사실을 들어 풀어야 할 것이다.

〈삼국사기〉에 유래와 노랫말이 전하는 〈황조가〉는 짧은 노래가 부각되게 된 사정을 다시 살필 수 있게 한다. 노래를 지은 사람은 고구려 제2대 유리왕이라 했다. 유리왕에게는 골천(鶻川) 사람의 딸인 화희(禾姬)와 한나라 사람의 딸인 치희(雉姬)라는 두 아내가 있었는데, 화희와 다툰 끝에 치희가 자기 고장으로 돌아가버렸다. 유리왕이 찾아갔어도 돌아오지 않겠다고 했다. 슬픔에 잠긴 왕이 정답게 날고 있는 꾀꼬리 한 쌍을 보고서 이 노래를 지었다. 기원전 17년(유리왕 3)의 일이었다고 한다.

翩翩黃鳥	펄럭 펄럭 나는 꾀꼬리
雌雄相依	암수 서로 어울리는데.
念我之獨	생각하니 나는야 외롭구나,
誰其與歸	누구와 함께 돌아가리.

이런 노래는 원래 청춘남녀가 짝을 찾으면서 불렀을 것 같다. 노래를 부르면서 짝을 찾는 행사가 실제로 있었음을 인정할 수 있다. 그렇다고 해서 유리왕과의 관련을 우연으로 돌릴 수는 없다. 사춘기 소년이 아닌 일국의 제왕인 유리왕이 이런 노래를 따와서 자기 심성을 호소한 데는 그만한 이유가 있었을 것이다. 어울리지 않는 짓을 한 것은 어떤 파탄이 있었기 때문이라고 보아 마땅하다.

유리왕은 바로 주몽의 아들이고 건국신화의 마지막 대목에서 주인공 노릇을 한 것으로 소개되어 있으나, 주몽처럼 신화의 위광을 지닌 동명왕일 수는 없었다. 〈삼국사기〉를 보면 나라 안팎에 많은 시련이 있었다. 시련의 근본 이유는 신화적인 질서가 무너지면서 가치관의 전반적인 혼란이 일어난 데 있었다. 해명태자를 죽음으로 몰아넣게 된 것과 같은 이해의 단절이 〈황조가〉에서도 나타난다. 자아와 세계의 동질성이 흔들려 어떻게 해야 하는지 알지 못하게 되었다. 사랑노래를 일방적으로 불러 해결할 수 있는 사태가 아니다.

노래는 원래 길게 이어지고, 이것저것 부를 수 있었다. 그런데 짧은 노래가 몇 편 따로 등장해 한역된 것은 주목할 만한 사건이다. 국중대회를 통해서 유지되던 사회적 유대나 건국신화가 보장해주는 질서가 흔들리면서 문학의 양상이 달라진 증거를 보여준다. 〈공무도하가〉는 일반 백성 쪽에서, 〈황조가〉는 최상층이 겪은 위기를 서로 다른 방향에서 하소연했으면서도 뚜렷한 공통점이 있다.

〈구지가〉뿐만 아니라 〈공무도하가〉나 〈황조가〉도 굿노래에서 가져왔는데, 부르는 사람의 심정을 절실하게 나타냈다. 세계를 자아화하는 방향을 택해 서정시로 가는 길에 들어서서, 서정시의 시대인 중세를 준비하는 구실을 했다. 한문 사용이 시작되자 한역된 것은 뒷시대에서 받아들일 수 있는 유산이기 때문이다.

서수생, 《한국시가연구》(형설출판사, 1970) ; 김학성, 《한국 고전시가의 연구》(원광대학교출판국, 1980) ; 김승찬, 《한국상고문학연구》(제일문화사, 1978) ; 현종호, 《조선국어고전시가연구》(교육도서출판사, 1984)에서 도움을 얻을 수 있다. 신연우, 〈제의의 관점에서 본 유리왕 '황조가' 기사의 이해〉, 《한민족어문학》 41(한민족어문학회, 2002)에서 작품 이해를 새롭게 했다.

5. 중세 전기문학 제1기 삼국·남북국시대

5.1. 한문학의 등장과 그 구실

5.1.1. 한문 사용과 중세화

고구려(高句麗)·백제(百濟)·신라(新羅) 삼국을 건국한 지배층은 군사귀족이다. 말을 달리며 활을 쏘고 철제 무기를 사용해 전쟁을 하는 데 뛰어난 능력을 발휘했다. 건국서사시를 전승하고 주술적인 힘을 발휘하면서 통치력을 행사하고자 했다. 그러나 국가의 지배체제가 확립되어가는 과정에서 차차 사정이 달라졌다. 통치제도를 정비해 안정을 얻고 중요한 일을 기록에 올려 널리 알리는 것이 나라를 다스리는 효율적인 방법임을 깨닫게 되었다. 율령을 반포하고, 불교를 수용하고, 한문을 사용하는 것이 불가피하게 요청되어 중세화의 길에 들어섰다.

고대에서 중세로의 이행기에 등장한 많은 나라 가운데 중세화에 성공한 쪽은 고구려·백제·신라만이다. 고대에서 중세로의 이행기에는 특별히 두드러진 위치에 있지 않고 국력이 미약했던 그 세 나라가 인접국을 병합해 강역을 넓히고, 국경을 맞대고 서로 싸워 통일의 주체가 되겠다고 경쟁하게 된 것은 중세의 역량을 지녔기 때문이다. 부여, 마한, 가야, 탐라 등의 다른 여러 나라는 중세로 들어서지 못해 결국 패망하고 말았다.

중세화가 어떤 사회변동을 거쳐 이루어지는지 밝히기 위해 먼저 고구려 쪽을 살펴보자. 28년(대무신왕 11)에 대무신왕에게 측근이 "덕에 의지하는 자는 창성하고, 힘에 의지하는 자는 망한다"고 했다고 한다. 백성을 덕으로 다스려 민심을 얻어야 나라가 부강해질 수 있다고 한 말이다. 32년(대무신왕 15)에는 왕이 명령을 내려, 백성을 괴롭히는 대신 세 사람을 내쫓아 서인이 되게 했다.

28년(유리왕 5) 같은 해에 신라에서도 주목할 만한 변화가 있었다. 유리왕이 국내를 순행하다가 굶주리고 얼어 죽어가는 노파를 발견하고 자기가 잘못한 탓이라 하며 가여운 백성을 구제하는 방책을 세우도록 하니, 이웃나라 백성까지 모여들었다고 했다. 그 해 민속이 즐겁고 편안하게 되었다 했다. 신라는 사회발전이 늦은 것으로 알려져 있지만, 피치자를 대우하고 돌보아야 한다는 생각은 일찍부터 했음을 알 수 있다.

신라에서는 다시 502년(지증왕 3)에 왕이 순장을 금지하라는 명령을 내렸다. 순장이란 지배자가 피지배자를 소유물이라고 여겨, 저승에 가서도 계속 부리려고 죽여서 자기 무덤에 함께 묻도록 하는 제도이다. 그때까지 계속된 순장을 없앤 것은 획기적인 조처이다. 순장이 없어진 사회가 중세사회라 해도 좋을 것이다. 지배자와 피지배자는 지위의 차이가 있어도 같은 사람이라고 인정하는 것이 중세보편주의 사고였다.

지배자가 너그러운 마음을 지녀 양보를 한 결과 그렇게 되었다고 할 것은 아니다. 노예에 비해 신분상의 차별이 크게 줄어든 자유민이 자발적으로 일하도록 하는 것이 생산량 증대에 유리해 지배자가 더 큰 이익을 얻고 국력을 증대할 수 있었다. 덕치를 해서 민심을 얻어야 변화가 촉진되고 능률이 증대되었다. 그런 줄 알아 중세화를 이룩하는 방향으로 나아간 나라는 흥하고 그렇지 못한 쪽은 망했다.

새로운 사회체제의 출현은 혁명이었다. 정착시키려면 많은 것을 바꾸어야 했다. 지난 시대의 관습을 청산하고 새로운 이념과 지표를 설정해야 했다. 사고방식을 바꾸고, 제도를 정비하고, 문자생활을 해야 했다. 불교 공인, 율령 반포, 한문 사용이 거의 같은 시기에 일제히 이루어진 것이 그 때문이었다.

고구려에서는 372년(소수림왕 2)에 불교를 공인하고 다음해인 373년에 율령을 반포했다. 경당(扃堂)이라는 이름의 서당은 그전부터 있었던 것 같고, 불교를 공인한 해에는 태학(太學)이라는 국립대학이 설치되었다. 백제에서는 260년(고이왕 27)에 율령국가의 면모를 갖추는 중앙정부의 관제를 정비했다. 384년(침류왕 원년)에는 불교를 공인했다.

신라의 경우에는 변화가 늦었으나 그 과정은 더 잘 알 수 있다. 이미 말한 비와 같이 순장을 금한 지증왕은 그 다음해인 503년(지증왕 4)에 신라라는 국호를 확정 짓고, 신라국왕이라고 선포했다. 거서간(居西干), 차차웅(次次雄), 이사금(尼師今), 마립간(麻立干) 등을 버리고 '왕'이라는 말을 택한 것은, 통치자의 호칭에서 고대에서 중세로의 이행기까지의 관습을 버리고 중세화를 단행한 것을 의미한다. 한문 사용을 공식화하고 천자와 책봉관계를 가지겠다고 한 것이다. 그 뒤를 이은 법흥왕은 520년(법흥왕 7)에는 율령을 반포하고, 528년(법흥왕 15)에는 불교를 공인했다.

신라에서 나타난 변화의 의의를 좀더 명확하게 인식하기 위해 가야와의 비교론을 조금 전개할 필요가 있다. 가야는 무덤에 철제 갑옷을 다수 넣고, 또한 순장한 사람들이 많은 것을 특징으로 한다. 그것은 고대 강국의 양면이었다. 극소수의 유물에 한자 명문 몇 자를 남긴 것이 문자문화 전부이고, 한문은 사용하지 않았다. 불교가 들어온 흔적이 있으나 지속적인 발전은 하지 못했다. 고대에서 중세로의 이행기에 들어서기만 하고 더 나아가지 않았기 때문에 그랬다고 생각된다.

가야의 위세에 눌려 어렵게 성장하던 신라가 비약적인 발전을 하더니 562년(진흥왕 22)에는 마침내 가야 전역을 차지하게 된 것은 고대에 대한 중세의 승리를 의미한다. 그 내력을 밝힌 비를 한문으로 써서 세워 두 나라가 다른 점을 명확하게 했다. 그러면서 신라는 가야에서 많은 것을 받아들였다. 망명자 우륵(于勒)을 환대해 새로운 음악을 만들게 했다. 가야의 왕위 계승자 김유신(金庾信)이 군사를 지휘하도록 했다. 가야에서 축적한 고대의 능력을 중세화를 더욱 진전시키는 데 활용해 신라는 백제나 고구려보다 앞설 수 있었다.

신라는 혁신을 위한 진통을 많이 겪었다. 불교를 공인할 때 귀족들의 반대가 있어, 법흥왕은 "백성을 위해서 복을 닦으며 죄를 없앨 처소를 세우겠다"고 해야 했다. 이차돈(異次頓)이 순교하면서 이적을 보여 왕이 뜻을 이룰 수 있었다. 백성을 위해서 복을 닦으며 죄를 없애겠다고 한 말은 공연한 구실이 아니고 왕권강화를 위한 수단만도 아니다. 일반 백성까지 사람은 누구나 다 같은 사람이라고 하고서 통치체제를 정비하는 것이 진보적이고 효율적인 통치를 하자는 혁명이었다.

불교가 사람은 다 같은 사람이라는 명분론을 담당했다면, 통치체제를 정비하는 작업은 유학의 소관이었다. 그 어느 쪽이든지 한문을 알아야 이해하고 활용할 수 있었다. 처음에는 실무 기술적인 면에서나 소용되던 한문이 이념 표현이나 문학 창작을 담당하는 데까지 기능이 확대되면서, 삼국이 모두 중세로 들어섰다. 고대는 우리말 문학의 시대이고, 중세는 한문학과 우리말 문학이 공존한 시대이다. 한문이 공동문어로, 한문학이 상층의 공식적인 문학으로 등장하고, 우리말 문학은 기층문학으로 격하된 시대가 중세이다. 2·3세기경부터 시작해서 19세기까지 2천 년에 가까운 기간 동안 한문이 지배적인 위치를 누리는 중세가 지속되었다.

중세 동안 상하남녀(上下男女)로 구분된 사람들이 문자생활에서 차별을 겪었다. 상층남성이 한문을 사용하면서 중세에 들어섰다. 상층여성이 국문을 자기 글로 삼기 시작한 시기가 중세후기이다. 하층남성도 국문을 익혀 사용하게 되는 것이 중세에서 근대로의 이행기에 나타난 변화이다. 근대에 이르면 상층남성이 한문을 버리고 하층여성도 국문을 사용해, 상하남녀의 차별이 없어졌다.

한문 사용의 과정과 양상을 살펴보는 데 국사서는 특별한 의의가 있다. 국사서는 건국의 내력을 말하는 신화나 서사시를 대신해서 나타난 문자 표현 형태이고, 한문을 사용하는 점에서 중세의 시작을 분명하게 입증해준다. 삼국이 모두 국사를 갖추는 과업에 일찍부터 힘을 기울인 데서 그 의의를 구체적으로 확인할 수 있다.

고구려는 "건국초에 문자를 처음 사용할 때 어떤 사람이 기사 100권을 지어 〈유기〉(留記)라고 했다"고 한다. '문자'는 물론 한자이다. 건국초 이른 시기에 이미 한문을 사용해 방대한 분량의 역사책을 저술했다는 말이다. 600년(영양왕 11)에는 태학박사 이문진(李文眞)이 〈유기〉를 개작해 〈신집〉(新集) 5권을 만들었다고 했다. 〈유기〉는 고대의 전승을 거의 그대로 옮겨다놓지 않았던가 싶고, 한문 문장도 우리말에 가깝게 뜻만 통하도록 한 정도였을 듯하다. 그 때문에 분량이 많았을 것이다. 이문진이 〈신집〉을 편찬하면서 서술내용과 문장을 추리고 가다듬었으리라고 볼 수 있다.

고구려와 밀접한 관련을 가진 백제는 일찍부터 고구려의 한문 구사 능력을 나누어 가졌을 것이다. 375년(근초고왕 30) 박사 고흥(高興)이 〈서기〉(書記)를 편찬했다고 하고, 그 밖에 〈백제기〉, 〈백제본기〉, 〈백제신찬〉(百濟新撰) 등도 있었다고 한다. 관련되는 자료조차도 남아 있지 않아 백제에 관해서는 더 알 수 없다. 백제의 문사들이 일본에 가서 그곳 역사서 편찬에 관여했다는 사실을 들어 이해를 보충할 수 있을 따름이다.

신라의 경우에는 한문을 하는 능력을 가진 사람이 등장한 과정부터 알 수 있다. 251년(첨해왕 5)에, 집이 곤궁하지만 아첨하지 않고 살아가면서 공(工) · 서(書) · 산(算)을 잘 하는 부도(夫道)라는 사람을 등용해 아찬을 삼고 물품 보관하는 창고의 일을 맡겼다고 한다. 아찬은 성골이나 진골이 아닌 사람이 오를 수 있는 최고의 관등이다. 지체가 낮아도 글씨를 쓰고 계산을 할 줄 아는 기능을 가진 그런 인재를 등용할 필요가 있게 되었던 것이다. 그런 기록에서 한문 구사력을 밑천으로 진출한 육두품 지식인의 유래를 확인할 수 있다.

545년(진흥왕 6)에 거칠부(居柒夫)가 문사를 널리 모아서 국사를 편찬했다 한다. "국사란 군신의 선악을 기록해서 잘하고 못한 일을 만대에 보이는 것이다"라고 했다. 국력이 크게 신장되어 독자적인 연호를 내걸고 장차 화랑으로 바뀌는 원화제도를 마련할 무렵이었다. 그 단계에서 국사가 필요했다는 것은 새 시대의 관점에서 역사를 재평가할 이유가 있고, 선악을 분별하는 새로운 기준을 마련하게 되었음을 뜻한다. 그런데 고구려·백제·신라 삼국의 국사는 하나도 남아 있지 않다.

국사편찬에 종사한 사람을 태학박사 또는 박사라고 하고, 신라에서는 문사라고 했다. 모두 군사귀족은 아니고 글하는 것을 업으로 삼은 문신이었다. 고구려와 백제에서는 그 직위가 제도적으로 보장되어 있었지만, 신라는 그 단계까지 나아가지 못하고 있다가 육두품(六頭品)의 등장을 보게 되었다. 진골 귀족에는 미치지 못하는 신분인 육두품 가운데 한문에 능통하고 유학을 익힌 전문가들이 나타나 통치체제에서 일역을 담당하면서 고급문학 담당자 노릇을 했다.

건국서사시를 노래하던 시대를 지나 한문을 쓰는 시대에 들어서서 문학담당층 구성에 커다란 변화가 일어났다. 문학을 한다는 것은 행동을 한다는 뜻이 아니게 되었다. 한문을 하려면 글 공부를 무술 연마 못지않게 열심히 해야 했다. 문인 노릇을 하는 것은 자랑스러운 일이었다. 그러나 문인이 자기 뜻을 글로 나타낼 수 있는 시대는 아니었다. 나라에서 시키는 일을 잘 하는 기능인으로 살아가야 했다.

한문을 수용해서 한문학을 일으킨 것이, 우리말 문학에 의한 자기중심주의가 기층문화의 영역으로 내려가서 한문학을 상대로 힘겨운 경쟁을 할 수밖에 없도록 만든 점에서는 불행이었다. 그러나 문명권 전체의 공동문어와 세계종교를 받아들여 고대에서 중세로 넘어온 것은 문명이 발달된 곳이라면 어디서든지 나타난 공통된 과정이었다. 그렇게 해서 인류는 지혜를 서로 나누며 고대의 폐쇄성·불평등·비논리를 시정하는 사회변화를 겪고, 이념적·예술적 향상을 이룩할 수 있었다.

공동문어는 민족어를 말살하거나 부당하게 침해하지 않았다. 민족어가 통합되고 정비되고 서사어로 발전하면서 보편주의 고급문화의 내용을 갖추도록 하는 작용을 했다. 그 때문에 고유한 어휘나 어법이 많이 사라진 것이 안타깝다고 하는 근대인의 주장이 역사의 실상을 이해하는 데는 도움이 되지 않는다. 공동문어를 받아들이지 않고서 민족어를 국어로 육성할 수 있었던 곳은 하나도 없다. 필리핀이나 사하라 이남의 아프리카를 부러워할 일이 아니다. 그런 곳은 근대에 유럽열강의 침략을 받고 침략자의 언어를 공용어로 사용할 수밖에 없었다.

문명권 전체의 공동문어와 세계종교를 이룩하는 데 어느 민족의 조상이 주도적인 구실을 했던가를 문제로 삼을 수 있다. 우리 선조가 일찍이 커다란 활약을 보였으면서도 그 둘을 스스로 이룩하는 기회는 왜 갖지 못했던가 하고 안타깝게 여길 수 있다. 그러나 그것은 근대민족주의의 발상이다. 중세보편주의는 세계제국의 유산을 공유했다. 근대민족주의의 개념을 소급 적용해서 중세의 세계제국이 어느 민족의 나라였는지 가리는 것은 적합하지 않다. 민족국가로 나누어 문명권을 부정하는 것은 더욱 부당하다.

동아시아의 중세를 중국에서 한족이 세운 거대제국이 만들었다고 보는 것은 잘못이다. 나라의 통일을 거쳐 다시 한 제국이 들어섰어도, 고대에서 중세로의 이행기까지 나아가기만 하고 아직 중세가 된 것은 아니었다. 공동문어도 보편종교도 아직 준비단계에 있었기 때문이다. 북방의 이민족이 중원에 들어가 제국을 세울 때 중세화를 실현하는 안팎의 협동작업이 이루어졌다. 안에서는 북위(北魏)가, 밖에서는 고구려가 선두에 서서 한문을 공동문어로 만들고 불교를 정착시킨 것이 결정적인 전환점이다.

그 뒤 남북조의 여러 왕조를 거쳐 수·당제국에 이르는 과정에 참여한 수많은 민족이 공동작업을 해서 중세문명을 풍요롭게 만늘었다. 그 성과를 다른 여러 나라에서 가져다 쓰면서 더욱 발전시켜, 다른 어느 문명에도 뒤지지 않는 동아시아문명을 자랑스럽게 이룩했다. 국가를 들어 말한다면, 중국의 여러 왕조, 중국 서남쪽의 남조(南詔), 한국의 삼국, 그리고 일본은 처음부터 동아시아문명권 정회원이었다. 중국의 오랜 지배에서 벗어난 월남, 뒤늦게 중세화한 유구(琉球)가 추가되어 집안이 더 커졌다.

중세문명의 공유재산을 어느 민족국가의 사유물로 보는 것은 잘못이다. 다른 문명권에서는 그런 착각을 하지 않는다. 동아시아에서만은 중세의 세계제국이 해체되지 않고 내려와 오늘의 중국이 된 특수성이 있어 중세와 근대가 혼동되고 있다. 혼동된 것을 갈라놓아 중세는 근대가 아니고 중세임을 분명하게 하는 데 문학사가 적극 기여해야 한다.

중세는 천자와 왕이 구분되는 시대였다. 천자는 문명권 전체에서 함께 받드는 최고신의 지상 대리자이므로 한 문명권에 하나만 있었다. 그래야만 하늘과 땅을 연결시키는 구실을 맡아 문명권 내부의 동질성을 보장하고 정치질서나 도덕의 근본을 분명하게 해서 혼란을 막았다. 어느 곳의 왕이든지 천신족의 위세를 내세울 수 있는 고대의 유습이 중세에도 더러 남아 있었으나, 중세보편주의를 부정할 만한 설득력을 가지지는 못했다.

왕은 천자의 책봉을 받아야 통치권이 정당화되었다. 동아시아에서는 천자가 곧 황제였지만, 그 둘이 구별되는 곳에서는 천자는 황제를 책봉하고, 황제는 왕을 책봉했다. 책봉으로 맺어지는 관계는 종교적이고 정신적인 의의를 가지며 정치적 주종관계인 것은 아니다. 왕이 다스리는 나라는 주권국가가 아니라고 하는 것은 잘못이다. 천자는 문명권 전체의 정신적 주권을, 왕은 자기 나라의 정치적 주권을 상징하는 존재이다. 중세는 이중주권의 시대였다. 왕 아래의 통치자가 자율성을 가지는 경우에는 삼중주권의 시대였다.

공동문어는 그런 질서관을 확고하게 하는 데 필수적인 구실을 했다. 천자와 왕이 주고받는 외교문서는 공동의 문어로 쓴 글 가운데 특히 격조가 높고 수식이 화려했다. 서식과 문체가 일정해 같은 문명세계에 함께 속한 동질성을 확인해주었으며, 작법의 미세한 차이로 그 내부의 우열을 가렸다. 천하동문(天下同文)이라고 한 것이 참으로 적절한 말이다. 그 영역 안의 지배층에 속하는 문인이라면 누구나 같은 격식의 시문을 지을 수 있었다. 서로 만나면 말은 통하지 않아도 필담을 할 수 있었다.

한문은 말이 아니고 글이며, 읽는 법이 나라마다 달라 다른 공동문어에 비해 이질성을 더 많이 가졌다. 한문과 우리말이 어순이나 문법이 많이 다른 점이 두고두고 고민거리였다. 한문을 이용해 우리말도 글이 되게 할 수 없는가 하고 고심했다. 한문으로 쓰는 글에 우리말 어법이 들어가게 하려고 애쓰기도 했다. 한자를 이용해 우리말을 표기하고자 하는 것은 더욱 적극적인 시도이다.

612년(진평왕 34)에 이루어진 것으로 보이는 〈임신서기석〉(壬申誓記石)은 한문 문장을 우리말의 어순과 어법에 따라서 썼다. 두 사람이 하늘에 맹세해 3년을 기약하고 〈시〉(詩)·〈상서〉(尙書)·〈예〉(禮)를 열심히 공부하겠다고 한 내용이니, 능력 부족으로 그런 문장을 쓴 것 같지 않고, 흔히 있는 문체를 따랐으리라고 생각된다. 그런 글을 서기체(誓記體)라고 한다.

그 정도까지는 가지 않고 어순이나 어휘가 부분적으로 우리말에 근접한 한문은 더 많았다. 〈삼국유사〉에 보이고, 야담에서도 사용했다. 그런 것들까지 포괄하기 위해서 한문에 정격과 변격 두 가지 문체가 있다고 하는 것이 적합하다. 정격한문을 제대로 써야 한문학일 수 있었지만, 변격한문도 그 나름대로 소중한 의의가 있다. 변격한문으로 쓴 글도 문학작품으로 다루기 위해서는 광의의 한문학이라는 개념을 다시 설정해야 한다.

한자를 이용해 우리말을 표기하는 작업도 계속해서 해왔다. 차자표기(借字表記)라고 총칭되는 그런 방법에 향찰(鄕札)·구결(口訣)·이두(吏讀)가 있다. 향찰은 한자의 음과 뜻을 따서 우리말을 온전히 표기하는 방식이다. 향찰 덕분에 기록문학인 우리말 노래 향가(鄕歌)가 이루어졌다. 구결은 한문 문장을 우리의 어순과 어법으로 풀어 읽도록 하는 부호를 한자를 간략하게 해서 적은 것이다. 이두는 한문 문장 가운데 우리말을 한자로 적어 삽입한 것이다. 구결과 이두는 출현 시기가 향찰과 같다고 생각되는데 더 오래 두고 사용했다.

중세는 한문의 시대이지만, 한문이 모든 것을 지배하지는 않았다. 본래의 격식을 그대로 갖춘 한문과 민족구어의 모습을 보여주는 한문이 이중구조를 가지고 병존한 것 또한 중세문명의 특징이다. 이중구조가 국문이 나타나면서 더욱 확대되다가 마침내 근대에 이르러서 극복되었다.

이기동, 〈고대국가의 역사 인식〉, 《한국사론》 6(국사편찬위원회, 1979)에서 삼국의 역사서에 관해 고찰했다. 《공동문어문학과 민족어문학》(지식산업사, 1999)에서 다른 여러 문명권의 경우와 비교해 고찰했다. 《문명권의 동질성과 이질성》(지식산업사, 1999)에서 책봉체제 비교론을 전개했다.

5.1.2. 나라의 위업을 알리는 금석문

삼국은 중세적인 통치체제를 이룩하면서 국력이 급격히 성장하고, 땅과 백성을 더 차지하기 위해 서로 치열하게 다투게 되었다. 백제는 4세기 후반 근초고왕 때 고구려의 평양성까지 침공하는 능력을 보여 전성기를 맞이했다. 고구려는 5세기 광개토왕과 장수왕 시절에 영역을 최대한 넓혀서 남쪽으로 백제와 신라를 억누르게 되었다. 신라는 뒤늦게 6세기 진흥왕 때 고구려 남쪽 영토를 대거 차지하기에 이르렀다. 그런 전쟁은 재물을 약탈하고 노예를 늘이기 위한 고대의 정복전쟁과는 성격이 달랐다.

백성이 스스로 농사를 지어 거두는 곡식의 일부를 어느 쪽에 내는가에 따라서 국적이 결정되었다. 어느 쪽의 군사로 많이 동원되는가에 따라서 국력의 균형이 달라졌다. 삼국의 뛰어난 군주는 전승을 자랑하는 데만 도취하지 않고 자기야말로 백성을 위하는 데서 상대방보다 앞선다고 선전할 필요가 있었다. 그렇게 하는 최상의 방법이 돌에다 글을 새긴 비를 세우는 것이었다.

그렇게 하는 데 고구려가 앞섰다. 414년(장수왕 2)에 세운 〈광개토왕릉비〉(廣開土王陵碑)는 사실을 기록한 자료로 소중한 의의를 가지기만 하지 않고, 훌륭한 문학작품인 점을 잊지 말아야 한다. 우리문학사에서 한문학이 출현해 중세문학이 시작된 증거를 제공할 뿐만 아니라, 한문학이 동아시아의 공동문어문학이 된 시기를 명확하게 한다.

비문에 나타나 있는 왕의 정식 시호는 "국강상광개토경평안호태왕"(國岡上廣開土境平安好太王)이다. 국토를 크게 넓히고 나라를 평안하게 한 훌륭한 대왕이라는 말이다. 비 이름도 그렇게 불러야 하지만, 약칭을 사용하는 것이 관례이다. 높이 6미터가 넘는 우람한 자연석 사면에다 글을 새겨, 고구려의 웅대한 기상을 유감없이 보여주었다. 글씨체도 중국의 전례를 그대로 따르지 않는 고구려의 기풍을 잘 나타냈다.

고구려 수도 환도성 옛 터전인 남만주 집안(集安)에 그 비가 아직도 서 있다. 1,775자로 헤아리는 비문이 오랜 세월을 견디느라고 일부가 마멸되었다. 탁본을 놓고 해독을 하면서 의견이 엇갈린다. 사료로만 여기고 일본과의 관계를 언급한 부분에 대한 해독과 해석이 첨예한 논란거리가 되어 널리 관심을 가지는데, 비문 전체를 문학작품으로 살펴 특징과 의미를 찾는 데 힘써야 한다.

비문은 세 부분으로 이루어져 있다. 첫 부분에서는 시조 추모(鄒牟)왕이 부여에서 내려와 고구려를 건국할 때부터 광개토왕이 세상을 떠나기까지의 내력을 간략하게 적었다. 그 다음에는 광개토왕이 주위 여러 나라와의 싸움에서 거듭 승리를 거두고 국토를 크게 넓히고 고구려의 위세를 떨친 공적을 길고 자세하게 서술했다. 끝으로 능을 지키는 수묘인(守墓人)의 임무 수행이 후대에라도 차질이 없어야 한다고 했다.

전대의 전승을 이어 건국시조의 내력을 광개토왕과 연결시켜 역사이해의 근간으로 삼았으나, 표현 매체가 아주 달라졌다. 건국신화를 말하고 건국서사시를 노래하던 시대가 가고 한문으로 역사를 기록하는 시대가 시작된 것을 명시한다. 영웅적인 승리를 거둔 행적을 길게 다루었다는 점에서 건국서사시의 기백을 물려받았다고 할 수 있으나, 초인간적인 상상은 버리고 사실을 구체적으로 서술했다. 문장을 화려하게 수식한다든가 고사를 동원해 격조를 높인다든가 하는 수법에는 관심이 없고 사실 자체가 설득력을 가질 수 있도록 한 점에서 후대의 장식적인 비문과는 뚜렷이 구별되는 특징을 지닌다.

문체를 보면, 형식에는 관심을 가지지 않고 쓴 산문이다. 그러면서 넉 자씩 짝을 맞추어 쓴 대목이 더러 있다. 변려문의 격식을 따른 결과는 아니고, 노래를 글로 적은 것과 같은 느낌을 주려고 했다고 생각된다. 후대에 정착된 비문의 격식에는 서술한 내용을 율문으로 요약하면서 찬양하는 말을 넣는 '명'(銘)이 결말 부분에 있다. 이 비에는 그런 것이 두 번째 대목에서 왕의 행적을 구체적으로 서술하기 전에 있다.

恩澤□于皇天	은혜로운 혜택을 하늘에서 받으시어
威武振被四海	위엄 있는 무력을 사해에 떨쳤노라.
掃除□□	나쁜 무리를 쓸어서 제거하시니,
庶寧其業	뭇사람이 편안히 생업에 종사하도다.
國富民殷	나라 가멸고 백성이 잘살게 하는
五穀豊熟	온갖 곡식 풍성하게 익었도다.

왕의 공적을 이런 말로 총괄했다. 글자 수가 일정하고 뜻하는 바가 분명해, 읽지 못하게 된 글자가 있어도 이해에 지장이 없다. 위엄 있는 무력을 사해에 떨친 것을 그 자체로 자랑하지 않았다. 하늘에서 베푸는 은덕을 널리 폈다고 했다. 나라를 가멸게 하고, 백성이 잘살도록 한 것이 이룬 공적이라고 했다. 온갖 곡식이 풍성하게 익은 평화로운 광경을 들어 가장 큰 찬사로 삼았다.

살벌한 정복을 일삼으며 승리에 도취하는 고대영웅이 아닌 중세제왕의 모습을 부각시키면서 평화·백성·농업을 새로운 가치로 제시했다. 그렇다고 하는 것은 중세의 이념이다. 중세의 이념을 실현하기 위해 방해자들과 싸웠다. 광개토왕이 정복자이기만 하고, 고대자기중심주의 화신인 듯이 칭송해마지 않는 근대인은 사실 판단을 잘못하고 진정한 가치를 훼손시킨다.

이와 함께 고찰할 것이 〈모두루묘지〉(牟頭婁墓誌)이다. 광개토왕을 도와 무공을 떨친 모두루라는 인물의 행적을 적어서 무덤에다 넣었던 묘지인데, 고구려는 하백의 손자이자 일월의 아들인 시조가 세운 나라임을 자랑하는 말이 보여 주목된다. 국왕뿐만 아니라 귀족들도 그런 자부심을 함께 지녔음을 알 수 있게 한다. 두 자료를 비교해보면, 〈광개토왕릉비〉는 그런 생각에 미물지 않고 새로운 시대의 이념을 제시한 의의가 크다는 점을 재인식할 수 있다.

충청북도 중원군에 있어 〈중원비〉(中原碑)라고 하는 것도 고구려의 비이다. 자연석을 그대로 이용하고 마멸이 심해 실상을 알기 어려우나, 사면에다 글을 새겼던 것으로 보여 〈광개토왕릉비〉의 축소판 같다. 한 면은 거의 판독되고 또 한 면은 일부만 알아볼 수 있으며, 나머지 면은 마멸되었다. 건립연대를 명시하지 않아, 장수왕 때인가 아니면 그 다음의 문자왕 때인가를 두고 논란이 있다.

고구려가 한강을 넘어서 남쪽까지 영토를 확장한 시기에 신라와의 새로운 관계를 서술한 내용이다. 비 앞면이라고 생각되는 곳 서두에 "오월에 고려대왕이 신라 매금(寐錦)을 돌려보내도록 명을 내리면서 대대로 형처럼 아우처럼 지내며 상하가 서로 하늘의 도리를 지키는 일을 알도록 했다"고 했다. 두 나라의 위치가 평등하지 않다. 한쪽은 '대왕'이고 다른 쪽은 '매금'이다. '매금'은 '마립간'의 다른 표기이다.

'매금' 앞에 '동이'(東夷)라는 말을 붙여 고구려가 신라를 동이로 생각했음을 나타냈다. 고구려는 군사적으로뿐만 아니라 문화적으로도 우월한 입장에서 신라를 복속시켰다. 신라의 군신 상하에게 의복을 내렸다고 한 말도 비문에 보인다. 고구려가 신라와 책봉관계를 가졌음을 확인할 수 있는데, 그런 관계는 오래 가지 않았으며, 신라가 성장하면서 곧 파기되었다.

비문의 그런 내용을 적은 문장은 이두가 섞인 변격한문이다. "五月

中"라고 적었는데, "…中"은 "오월에"의 "…에"를 나타낸 이두이다. "高麗大王祖王"이라고 하는 데는 말이 한마디 더 붙어 있다. 고려대왕의 할아버지 임금을 지칭한 것은 아니다. "고려 큰 임금 한아비 임금"이라고 하여 고구려왕을 거듭 높인 말을 그렇게 적었다고 보아 마땅하다. 우월한 위치에 있다고 자부한 고구려가 변격한문을 쓴 것은 뒤떨어져 있는 신라의 수준에 맞추려고 한 처사였을 수 있다.

고구려에서도 국가 지방행정을 위해 필요한 처사를 글로 새겨두는 비를 세웠을 것 같은데 자료가 남아 있지 않다. 그런 비문이 신라에서는 몇 개 발견되었다. 영일의 〈냉수리비〉(冷水里碑)라는 것은 계미년에 세웠다고 하는데, 443년(눌지왕 27) 또는 503년(지증왕 4)이 아닌가 한다. 지방에서 일어난 재물에 관한 분쟁을 국가가 판정한 내용임을 알 수 있다. 울진 〈봉평비〉(鳳坪碑)는 524년(법흥왕 12)에 건립했다. 예속민의 마을이 국가에 지는 의무를 규정한 노인법(奴人法)을 반포하고 시행한다고 한 것이다.

단양에서 발견된 〈적성비〉(赤城碑)는 건립연대가 550년(진흥왕 11)으로 보이는데, 고구려에 대한 신라의 반격을 알려준다. 넓적한 자연석 한 면에다 비문을 새겨, 신라가 죽령을 넘어서 북쪽으로 진출하는 데 큰 공을 세운 지방 토착세력 협력자들의 공적을 표창하고 계속 충성할 것을 권유했다. 문체는 고구려 〈중원비〉보다 더 많은 이두를 사용한 변격한문이다. 작품으로 평가할 요건은 갖추지 않았다. 그 이유가 실력부족은 아니다. 한문에 능하지 않은 사람들이 이해하기 쉽도록 하기 위해 구어표현을 사용했다고 생각된다.

591년(진평왕 13)에 세운 〈남산신성비〉(南山新城碑)는 구어를 거의 그대로 적는 향찰에 가까운 표기법을 사용했다. 공사를 잘못해 성이 무너지면 처벌을 받는다고 일꾼들에게 경고한 내용이어서 그래야 했다. 일꾼들에게 글을 읽지 못하지만 읽어 들려주는 말은 들을 수 있었다. 노역에 종사한 하층민에게 다짐하는 말은 구어로 적어 충성을 굳게 하고자 하는, 크메르 같은 데서 보이는 방식을 신라에서 먼저 사용했다.

진흥왕은 신라의 영토를 크게 넓히고 네 곳에 순수비(巡狩碑)를 이룩했다. 561년(진흥왕 22)에는 〈창녕비〉(昌寧碑)를, 568년(진흥왕 29)에는 〈마운령비〉(摩雲嶺碑)와 〈황초령비〉(黃草嶺碑)를 세웠다. 〈북한산비〉(北漢山碑)도 그 무렵의 것이다. 네 곳 순수비는 모두 문장이 제대로 된 한문이고 이두는 고유명사 포기에서만 사용했다. 표현뿐만 아니라 내용에서도 신라의 문화 수준을 한껏 과시해서 설득력을 높였다. 신라가 강토를 크게 넓힌 위업을 자랑하면서 현지의 백성이 이제 신라를 따르도록 권유하는 밀을 최상의 정치철학을 갖추어 나타냈다.

무릇 순풍(純風)이 불지 않으면 세도(世道)가 진실과 어긋나고, 현화(玄化)가 이루어지지 않으면, 사특한 행위가 다투어 일어난다. 그 때문에 제왕이 (나라를 세워) 연호를 세우려면 먼저 자기 스스로를 닦아 백성을 편안하게 한다. 그러나 짐(朕)은 마땅한 도리를 거듭 갖추고서 태조가 창업한 기틀을 받들어 이어 왕위에 올라서, 스스로 몸을 조심하면서 하늘의 도리를 어길까 염려하노라. 또한 하늘의 은혜를 입고서 움직이고 기록하기를 시작하고, 귀신과 통하면서 점을 쳐서 판단한 바와 부합되게 하노라. 그렇게 해서 사방의 경계를 확장해, 백성과 땅을 넓게 얻고서, 이웃나라와는 신뢰를 맹세하고, 평화의 사절을 보내 교류하도다. 머리 숙여 생각하건대, 신구의 백성을 어루만지면서 기르면 교화하는 도리가 실현되리라.

〈황초령비〉 앞 대목이 이렇게 전개된다. 말한 바를 일곱 가지로 간추릴 수 있다. (1) 정당한 통치가 이루어져야 천지만물의 이치가 바로 실현된다. (2) 통치자는 먼저 자기 자신을 바로잡기 위해서 힘써야 한다. (3) 선조가 세운 나라를 이어받아 더욱 발전시키는 것이 마땅하다. (4) 하늘에서 베푸는 은혜를 받고, 귀신의 도움을 얻어 뜻한 바를 이룬다. (5) 영토를 넓히고 백성을 늘리는 것이 자랑스러운 과업이다. (6) 그 때문에 이웃 나라와 불화한 것은 아니고, 평화스러운 관계를 유지한다.

(7) 전부터 다스리던 백성뿐만 아니라 새로 얻은 백성도 어루만져 기르면서 교화하는 것이 나라를 다스리는 도리이다.

통치자가 자기를 '짐'이라고 일컬어 황제라고 자처했다. 하늘이 베푸는 은혜를 받아 땅에 편다고 했으니 천자일 수도 있다. 그것은 모두 정신적으로 높은 위치에 있다는 말이다. 다른 누구를 억누르거나 멸시하지는 않았다. 신라에 대한 고구려의 우위를 나타낸 〈중원비〉와 많이 다르다. 신라는 이상적인 통치를 하고 있는 최고 수준의 나라임을 격조 높은 표현을 갖추어 나타냈다.

신라의 비문이 모두 그런 것은 아니다. 그 뒤에는 말을 잘 꾸며 명문을 쓰고자 하는 생각이 앞서 건실한 내용을 상실했다. 당나라를 의식해 주체성 선양을 제한하기도 했다. 〈문무왕릉비〉(文武王陵碑)나 〈김인문비〉(金仁問碑)는 제대로 남아 있지 않아 잔문을 볼 수 있을 따름인데, 수식이 지나친 결함을 지니고 있다.

백제는 국가의 위업을 자랑하는 비문을 남기지 않았다. 그 이유가 무엇인지 알기 어려우나 추론은 가능하다. 백제가 3세기 전후에 고구려나 신라보다 앞서서 영토를 크게 확장한 시기에는 비문을 써서 그 공적을 알릴 만큼 한문 사용이 일반화하지 않았고, 그 뒤에 한문학이 발달했지만 패배의 기록을 남들이 보라고 알릴 이유는 없었을 것 같다.

백제는 비문이 없는 것은 아니다. 〈사택지적비〉(砂宅智積碑)라는 것이 하나 부여 읍내에서 발견되었는데, 고구려나 신라의 비문과 성격이 많이 다르다. 사택지적은 일본에 사신으로 간 적 있는 백제의 귀족이다. 〈일본서기〉에서는 대좌평의 지위에 있었다고 했다. 비문 서두에서는 "내지성"(奈祗城)의 사람이라고 했는데, 그곳은 수도 사비 서쪽 30리 밖의 외성이다. "□寅"이라는 연대는 "甲寅"으로 볼 수 있어 654년(의자왕 14)으로 추정된다. 전문을 들면 다음과 같다.

慷身日之易往
慨體月之難還

穿金以建珍堂

鑿玉以立寶塔

巍巍慈容

吐神光以送雲

峩峩悲貌

含聖明以□□

　　안 단어를 둘로 갈라 양쪽에 배열한 것이 많다. 두 구절을 하나로 합쳐 번역해야 무슨 말인지 알 수 있다. □□는 "迎雨"가 아닌가 한다. 번역하면서 풀이해보자.

　　"慷慨身體日月之易往難還"은 "신체와 일월이 쉽게 가고 돌아오기 어려운 것을 슬퍼하고 개탄한다"는 말이다. 자기 나이가 많아져 서글퍼진다는 것을 그렇게 말했다. "穿鑿金玉 以建立珍堂寶塔"은 "금과 옥을 뚫어 진기한 집과 보배로운 탑을 세웠다"는 것이다. 소중한 자재를 사용해 정성 들여 불사를 했다는 말이다. "巍巍峩峩慈悲容貌"는 "높고도 높도다, 자비로운 용모여"이다. 새로 모신 부처의 모습을 형용한 말이다. "吐神光以送雲 含聖明以迎雨"는 "신령스러운 빛을 토하며 구름을 보내고, 성스러운 밝음을 머금고 비를 맞도다"이다. 부처가 날씨를 조절해주기를 기원하는 말이다.

　　비문을 길게 쓰지 않고 말을 줄였다. 글자수를 6자와 4자로 고정시켜놓고 앞뒤 두 구절이 대구를 이루도록 하는 변려문의 수법을 지나치게 사용했다. 형식의 아름다움을 너무 추구해 무리하다고 할 정도로 대우법을 사용한 변려문이다. 난숙한 경지에 이른 백제 말기의 문학이 화려한 수식 위주의 미문 취향에 빠지는 폐단이 있었던 것 같다.

　　국가의 위업을 나타낸 금석문을 여러 나라의 사례를 들어 비교해 고찰하는 작업을 《문명권의 동질성과 이질성》에서 했다. 〈광개토왕릉비〉는 박시형, 《광개토왕능비》(사회과학원출판사, 1966) ; 이진희,

《廣開土王陵碑の硏究》(東京 : 吉川弘文館, 1972) ; 이형구·박노희, 《광개토대왕릉비 신연구》(동화출판공사, 1985) ; 박진석, 《고구려호태왕비연구》(아세아문화사, 1996) 등 많은 논저에서 거듭 연구했으나, 해석상 쟁점이 있는 부분을 집중해서 다루고 전편의 성격은 논외로 했다. 〈중원비〉와 〈적성비〉를 해독하고 연구하는 작업을 단국대학교 사학회, 《사학지》 12~13(1978~1979)에서 여러 사람이 했다. 주보돈, 《금석문과 신라사》(지식산업사, 2002)에서 새로운 고찰을 했다. 〈사택지적비〉는 조종업, 〈백제시대 한문학의 경향에 대하여〉, 《백제연구》 6(충남대학교 백제문화연구소, 1976) ; 안동주, 《백제문학사론》(국학자료원, 1997)에서 논의했다.

5.1.3. 국내외의 정치문서

삼국은 서로 긴밀한 관련을 맺고 각기 중국 및 일본과의 교섭도 전개했다. 그렇게 하는 데 한문으로 된 국서가 반드시 필요했다. 국서는 외교상의 용건을 전하는 데 그치지 않고 문화적 역량을 과시하는 구실까지 했다. 나라의 위업을 알리는 비문은 필요에 따라 쓰면 되었으나, 국서는 이미 인정되고 있는 공동의 규범을 따라야 했다. 그런 조건을 준수하는 범위 안에서 각기 하고자 하는 말을 했다.

고구려는 당당한 자세를 가지고 수준 높은 문장의 외교문서를 작성했으리라고 짐작된다. 572년(고구려 평원왕 14, 敏達天皇 1)에 고구려 사신이 가져간 국서를 일본 조정의 문사들이 사흘이 지나도록 읽을 수 없어 특별한 능력을 가진 사람을 초빙해야 했다고 〈일본서기〉에 기록되어 있다. 글은 전하지 않고 관련 기사뿐이다. 중국·백제·신라에도 국서를 보냈을 것인데 하나도 남아 있지 않다.

백제의 경우에는 국가의 위업을 나타내는 금석문은 남기지 않았지만 외교문서에 관한 자료는 몇 가지 전한다. 일본과의 관계를 말해주는 것도 있으며, 중국에 보낸 국서를 〈삼국사기〉에 여러 편 수록했다. 고구려가 무력을 떨칠 때 백제는 글하는 능력을 키우는 것으로 대응방법을 삼았다고 할 수 있다.

일본과 가까운 관계를 가지고, 4세기 근초고왕 때에는 아직기(阿直岐)와 왕인(王仁)을 보내 한문을 전수했다. 백제에서 일본에 보낸 칠지도(七支刀)가 아직까지 남아 있다. 백 번 달군 강철로 칠지도를 만들어 백병을 물리칠 수 있게 한 것을 왜왕에게 준다고 한 요지의 명문이 거기 새겨져 있다. 제작 시기는 369년(근초고왕 24) 11월 16일로 판명된다. 태자였던 근구수왕 기(奇)가 "辟百兵"(백 가지 전란을 피한다)의 소망을 가지고, 그 칼을 "爲倭王旨造傳示後世"(왜왕 지를 위해 만들어 후세에 전한다)라고 했다.

백제는 고구려와의 싸움에서 거듭 패하고 궁지에 몰리게 되자 472년(개로왕 18)에 북위의 효문제에게 장문의 국서를 보냈다. 〈삼국사기〉에 거의 전문이 인용되고 답서도 첨부되어, 당시에 동아시아 전역에서 통용되던 국서의 형식과 내용을 구체적으로 파악할 수 있게 한다. 정해진 격식을 따르면서 명문을 쓰는 데 힘쓰면서 장황한 표현을 늘어놓고 용건을 앞세우지 않아 글쓰는 능력으로 외교를 했다.

백제왕이 자기를 '신'이라 하고 상대방은 '황제'라고 하는 사대외교의 격식을 차렸다. 황제의 나라를 사모하는 마음이 간절하다는 말을 네 자와 여섯 자를 교체하는 변려문으로 적으면서 고사를 최대한 동원했다. 북위는 북방민족이 세운 나라이지만 중국 화북지방을 차지하고 있는 천자국이어서, 그런 국서를 보내야 외교관계를 가질 수 있었다. "승냥이 무리"라고 비난한 고구려가 길을 막고 있으니 제거해달라고 한 것이 용건인데, 북위가 응락하지 않자 관계를 끊었다.

신라는 중국과 뒤늦게 외교 관계를 튼 다음에 중국의 힘을 빌려 고구려와 백제를 치고자 했다. 사대외교의 격식에 맞는 문서를 작성하는 데 지혜를 동원하지 않을 수 없었다. 문무왕은 당나라와 함께 삼국통일을 이룩하는 과정에서, 수차 상대방을 높이고 자기를 낮추는 국서를 보내야만 했다. 당나라 장수에게 준 〈답설인귀서〉(答薛仁貴書), 당나라 황제에게 바친 〈걸죄표〉(乞罪表) 같은 것들이 남아 있다. 〈걸죄표〉는 치욕적인 글이다. 문무왕이 하는 말로, 자기는 당나라 황제에게 죄를 지었으므로 어떠한 모욕과 형벌을 받아도 원망하지 않겠다고까지 한 사연을 온갖 수식을 갖추어 전했다.

그러나 문면에 나타나 있는 말이 양국 관계의 실상이라고 보는 것은 잘못이다. 그 글을 쓴 해는 672년(문무왕 12)이다. 4년 전인 668년(문무왕 8)에 고구려를 멸망시키고, 당나라와 신라 사이에 쟁패가 시작되었다. 신라는 고구려 유민과 합세해서 당나라에 대항하는 싸움을 벌였다. 국서에서 한 말과 실제 행동을 다르게 하는 양면작전을 써서 당나라 군사를 공격해 몰아내 백제와 고구려 옛 땅을 온통 차지하려는 당나라의 야망을 꺾었다.

외교문서를 작성하자면 글을 잘 쓰는 문인이 있어야만 했다. 신라에서는 강수(强首, ?~692)의 이름이 높았다. 강수는 그리 대단하지 않은 가문에서 태어난 육두품 정도의 신분이었는데, 일찍이 유학에 관심을 두고 문장수련에 힘쓴 능력 때문에 발탁되어 크게 활약했다. 문무왕은 삼국통일을 이루는 데 외교문서를 맡은 강수의 공적이 컸다고 칭찬하고, 17관등 가운데 8등인 사찬의 직위와 세조(歲租) 2백 석을 내렸다. 문인이 글을 써서 기여한 바가 무장의 전공 못지않다고 평가했다.

강수의 글이 남아 있지 않은 것은 당연하다. 왕의 이름으로 내보낸 외교문서를 대필했기 때문이다. 이미 정해진 용건을 받아들여 문장을 만들고 수식을 하는 능력을 최대한 발휘해, 상대방의 마음을 움직이는 임무를 맡았다. 〈답설인귀서〉나 〈걸죄표〉는 작전이 성공한 증거이다. 강수와 같은 시대에 여섯 문장가가 있었다고 하는데, 다른 인물은 내력이나 행적을 알 수 없다.

외교뿐만 아니라 내정을 위해서도 한문으로 된 글이 필요했다. 임금이 내리는 명령을 일정한 격식을 갖춘 한문으로 지어 반포하고, 신하가 임금에게 올리는 말을 한문 수식을 갖추어 나타내는 중세의 정치형태가 이미 삼국에 정착되었다. 그런 글을 자료로 남겨 역사서에 수록하고 후대의 평가를 기다리는 것도 중세 특유의 관습이다.

신하가 쓴 글을 먼저 보자. 임금의 잘못을 간하는 상소문이 가장 긴요한 것이다. 백제 의자왕의 잘못을 간하던 성충(成忠)이 656년(의자왕 16)에 굶어 옥사하면서 왕에게 올린 글이 〈삼국사기〉에 수록되어 있다. "충신은 죽어도 임금을 잊지 못 한다" 하고서, "신이 늘 때를 보고 변화를 살피니 틀림없이 전쟁이 있을 징조이니 무릇 군사를 쓸 때에는 반드시 지리를 살펴야" 한다 하고, 구체적인 방책까지 제시했다.

그런 글이 신라에도 있었다. 580년(신평왕 2)에 병부령(兵部令)이 되었던 김후직(金后稷)이 왕이 사냥이나 다니고 국정을 돌보지 않는 잘못을 간한 말이 〈삼국사기〉에 있는데, 〈동문선〉에다 〈상진평왕서〉(上眞平王書)라는 제목으로 수록해 상소문의 한 본보기로 삼았다. 원래부터 있던 글인지 〈삼국사기〉를 저술할 때 글이 되게 다듬었는지는 알기 어려운데, 임금이 지켜야 할 바른 도리를 말하는 전형적인 표현을 갖추고, 어떤 박해를 받더라도 임금의 잘못을 말려야 하는 것이 신하의 도리임을 일찍 보여주었다.

국왕의 이름으로 반포한 글도 〈삼국사기〉에 여기저기에 남아 있다. 그 가운데 특히 주목할 만한 것들은 신라 문무왕 때 이루어졌다. 문무왕은 삼국통일을 이룩하고 나서 민족의 단합을 꾀하고 민심을 안정시키기 위해 진력했다. 생각하는 바를 글로 써서 널리 알려야 목적을 달성할 수 있었다.

669년(문무왕 9)의 〈대사교서〉(大赦敎書)를 보자. 삼국통일을 이룩하느라고 편안한 세월이 잠시도 없었음을 말한 다음, 전사들은 뼈를 부숴 들판에 쌓으며 몸을 강토에 내놓았고, 백성도 참혹한 지경에 이르렀다고 했다. 이제 싸움이 끝났으니, 공이 있는 자에게 상을 내리고 죽은 혼령을 위로하고, 죄를 짓고 갇힌 무리는 모두 용서한다고 했다. 모든 원한을 풀고 민족의 단합을 이룩하자고 했다.

신라가 백제 및 고구려와 싸워 이긴 것은 지난 시기의 정복전쟁이 아니었다. 민족의 통합을 이룩하기 위해 그 두 나라의 백성도 온전히 아우르려고 했다. 670년(문무왕 10)에는 고구려 유민의 지도자 안승(安勝)을 고구려왕으로 봉한다는 책문을 내렸다. 고구려는 시조가 덕을 산에다 쌓고 공을 바다에서 세워 위풍을 청구에 떨쳐 천리의 땅을 개척해 8백 년에 가까운 역사를 이룩해왔다고 찬양하고, 후손은 빛나는 전통을 자랑하며 신라인과 함께 영원토록 우의를 다짐하자고 했다. 680년(문무왕 20)에는 다시 왕의 누이를 안승의 아내로 삼는 교시를 내렸다. 안승이 이에 답례한 글도 남아 있다.

죽음을 앞둔 문무왕은 〈유조〉(遺詔)를 반포했다. 전쟁을 끝내고 평화를 이룩해서 무기를 녹여 농기구를 만들게 하며, 인구가 늘어나고 민생을 안정시킨 공적을 재삼 강조하고서는, 자기가 죽으면 검약한 장례를 치러 시신을 화장하고, 국방을 튼튼하게 하고 과세를 감축하며 율령을 편리한 대로 고쳐서 시행할 것을 당부했다. 그 뒤에도 계속 보이는 유조는 정치철학이랄까 하는 것을 담은 글이면서 죽음을 앞둔 임금의 개인적인 회고까지 곁들여 정감에 호소하는 설득력까지 지녔다.

삼국의 정치문서에 관한 문학적 연구는 아직 없는 것 같다. 칠지도 명문에 관한 논란을 김정배, 〈칠지도 연구의 새로운 방향〉, 《동양학》 10(단국대학교 동양학연구소, 1980) ; 木村誠, 〈백제사사료로서의 칠지도 명문〉, 《서강인문논총》 12(서강대학교 인문과학연구원, 2000) 외 여러 논문에서 벌였다.

5.1.4. 이른 시기의 한시

한문 사용이 정착되면서 문과 함께 시도 창작했을 것이다. 시문을 다 갖추어야 한문학을 한다고 할 수 있다. 그렇지만 이른 시기의 한시는 남아 있는 것이 얼마 되지 않는다. 반드시 기록해두어야 할 필요가 적었기 때문이다. 한시집도 없지 않았으리라고 생각되는데 전하지 않는다. 개인적인 정서를 나타내는 서정시가 출현하고 성장하는 변화를 향가보다 한시가 먼저 보여주었다고 생각되지만 자료 결핍으로 입증이 어렵다.

한시가 관심의 대상이 된 것은 국가대사와 관련을 가진 경우이다. 을지문덕(乙支文德)의 〈여수장우중문시〉(與隋將于仲文詩)가 바로 그런 것이다. 을지문덕은 무장이면서 한시 창작에서도 능력을 발휘했다. 전투능력으로 외적의 침입을 막으면서 한시를 이용한 심리전을 곁들였다. 혼자 우뚝했다고 하는 것보다 고구려의 문화 역량을 잘 보여주었다고 하는 편이 타당하다. 다른 사람들과 함께 갖추고 있는 한시 창작 능력을 특별하게 활용한 덕분에 가장 오래된 한시를 남길 수 있었다고 생각된다.

612년(영양왕 23)의 일이다. 고구려를 침공한 수나라 군대가 평양성 근처까지 와서 병사들이 굶주리고 피로한 기색을 보였다. 그러자 을지문덕은 다음과 같은 시를 지어 보냈다. 적장에게 자기 생각을 전달하는 최상의 방법이 한시였다. 겉으로 내세우는 말과 속뜻이 다를 수 있는 문학작품의 이점을 몇 마디 되지 않은 시구에서 충분히 살렸다.

神策究天文　　귀신같은 책략이 천문을 밝히고,
妙算窮地理　　묘한 계산으로 지리를 꿰뚫었도다.
戰勝功旣高　　싸워서 이긴 공이 이미 높았으니,
知足願云止　　만족함을 알아서 그치기를 바라노라.

아직 중국에서 근체시가 생겨나지 않은 시기에 짜임새를 잘 갖춘 5언시의 본보기를 보여주었다. 겉에 드러난 말로는 적장의 전공을 치하하고 이제 물러가도 부끄러울 것이 없다고 했다. 칭송의 이면에 강한 기상이 느껴지게 하면서 상대방의 허세를 비꼬았다. 시를 써 보낸 것은 일단계 작전이었다. 적이 어떻게 해야 할지 판단하지 못하고 있을 때 일제히 공격해 큰 승리를 거두었다.

나중에 이규보(李奎報)는 시화집 〈백운소설〉(白雲小說) 서두에다 이 시를 인용해놓고, "글 지은 법이 기이하고 고고하며 화려하게 아로새기거나 꾸미는 버릇이 없으니, 어찌 후세의 졸렬한 문체로써 미칠 수 있겠는가"라고 했다. 한문학이 모화적인 기풍과 함께 자리를 잡았던 것은 아니다. 침략자와 맞서 이겨낸 장수가 지은 이 시는 자주적 기상을 살리는 한문학이 후대에도 계속 나오도록 하는 시발점을 마련했다.

그러나 그 반대의 경향도 있었다. 650년(진덕여왕 4)에 신라 왕이 직접 지어 수를 놓은 형태로 당나라 고종에게 보냈다고 하는 5언 장시 〈태평송〉(太平頌) 일명 〈직금헌당고종〉(織錦獻唐高宗)은 당나라의 환심을 사서 지원을 얻고자 한 작품이다. 산문으로 써야 할 외교문서를 시로 옮겨 공감을 더 크게 하고자 한 것이다. 서두에서 한 말을 보자.

大唐開鴻業	대당이 큰 업을 열었으니
巍巍皇猷昌	높은 황제의 운이 창성하도다.
止戈戎衣定	전쟁을 그치고 의복을 정했도다.
修文繼百王	글을 닦아 여러 임금들이 대를 이으셨다.

당나라가 세계제국의 위엄을 갖춘 것을 칭송한 말이 품격이 높고 법도에 맞다. 신라는 한문학이 대단한 수준에 이른 문명국임을 알리는 것이 말하고자 하는 내용 못지않게 긴요했다. 작품의 가치를 후대 중국의 문인들이 계속 인정해, "고상하고 예스러우며 웅장하고 막힘이 없다"하고, '고고웅혼'(高古雄渾)하다고 평을 했다. 한시 창작에서 가장 중요한 것이 중국과 견주어도 손색이 없는 표현의 격조라고 여기는 사람들은 두고두고 칭송하면서 모범으로 삼을 만하다.

삼국의 한시는 이밖에 한두 가지 더 있을 뿐이다. 6세기경 고구려 승려 정법사(定法師)가 지었다고 하는 〈영고석〉(詠孤石)이 있다. 작자 미상의 〈인삼찬〉(人蔘讚) 또한 고구려의 한시인데 인삼을 칭송한 내용이다. 둘 가운데 〈영고석〉 전문을 들어본다.

迥石直生空　　멀리 있는 돌 하늘에 곧추 솟았고,
平湖四望通　　평호는 사방으로 통했네.
巖根恒灑浪　　바위 밑에는 언제나 물결 치고,
樹杪鎮搖風　　나무 끝은 늘 바람에 흔들린다.
偃流還漬影　　물결에 기우니 그림자 잠기고,
侵霞更上紅　　노을 침노하니 위가 붉어졌다.
獨拔群峰外　　홀로 우뚝해 뭇 봉우리 밖,
孤秀白雲中　　외로이 빼어났구나 흰 구름 속.

　　외로운 자태로 우뚝 서서 시련을 견디고 있는 바위의 모습을 그리면서, 자기 자신 또한 그렇다고 했다. 그처럼 굳건한 기상을 나타낸 것이 고구려 문학의 특징이라고 할 수 있다. 아직 고시라고 해야 할 것이지만 근체시에 가까운 형식을 사용하고 대우의 솜씨가 뛰어나다. 한시에서 개인적인 서정시가 출현한 점에서 소중한 의의가 있다.

　　백제의 한시는 문헌이 상실되어 전하는 것이 없다. 그러나 잘 찾아보면 아주 없는 것은 아니다. 국립부여박물관에 진열되어 있는 부여 능사(陵寺)에서 출토한 목간에 적혀 있는 다음 글을 보자.

宿世結業　　여러 번 살면서 맺은 업으로
同生一處　　한 곳에 태어나지 않았는가.
是非相問　　시비할 일 있어 묻고 답하라면
上拜白來　　올라가 절하며 아뢰리라.

　　이두라고 하는 견해가 있으나 한문이라고 보는 편이 타당하다. 너무 간략해 이해에 지장이 있으나, 두 사람이 부부가 된 인연을 두고 하는 말이라고 보는 것이 적절하다. 앞의 두 줄에서는 여러 생을 거치면서 각기 맺은 업이 모여 마침내 한 곳에 태어났다고 했다. 다음 두 줄에서는 잘잘못을 가려 다음 생에서는 헤어지게 하려고 한다면 부처가 있는

불당에 올라가 절하면서 다시 함께 태어나게 해달라고 기구하겠다고
한 것 같다.

　앞에서 든 〈사택지적비〉와 함께 살피면 두 가지 공통점이 있다. 불교
를 깊이 믿으면서 개인적인 소망을 나타낸 것이다. 부족한 자료를 가지
고 일반화된 논의를 펴는 것은 무리이지만, 백제의 한문학은 고구려나
신라보다 더욱 난숙한 경지에 이르러 그런 특징을 나타냈다고 할 수 있
다. 그래서 진취적인 기상을 잃었다고 하는 것도 가능한 진단이다.

　진덕여왕의 〈태평송〉은 서수생, 《고려조한문학연구》(형설출판사,
1971) ; 이구의, 〈진덕왕 대의 '태평송'〉, 《신라한문학연구》(아세아문
화사, 2002)에서 고찰했다. 이병주 외 《한국한문학사》(반도출판사,
1991) ; 김창룡, 《고구려문학을 찾아서》(박이정, 2002)에서 〈영고석〉
과 〈인삼찬〉을 소중한 자료로 삼았다. 김영욱, 〈백제 이두에 대하여〉,
《국제학술회의 발표논문집》(구결학회, 2003)에서 능사 출토 목간의
위의 글을 소개하고 고찰했다.

5.2. 노래의 새로운 모습

5.2.1. 고구려 노래

국중대회를 하면서 남녀나 귀천의 구별 없이 함께 어울려 춤추며 노래하는 풍속은 쉽사리 사라지지 않았다. 고구려에서 유화와 주몽을 받드는 굿이 오래 지속되었다. 봄이면 삼월 삼짇날 낙랑의 언덕에 모여 사냥을 한 다음에 하늘 및 산천의 신에게 제사를 지냈다고 하는 행사 또한 가무로 거행한 굿의 전통을 이었다.

그것은 왕이 참가한 자리에서 귀족 신분의 무사들이 용맹을 자랑하고 즐거움을 나누는 행사이고, 상하층이 함께 즐길 수 있는 기회는 아니었을 것이다. 지배체제가 정비되어가는 과정에서 상층의 나라굿과 일반 백성의 민간굿이 분화되었다. 나라굿은 율령에 따라 제도화되고, 민간굿은 제도화 이전의 전통을 이으면서 질서유지보다는 생산기원을 더욱 중요한 구실로 삼았을 것이다.

고구려 율령에는 제사령이 있어서 굿이나 제사를 제도화했으며, 악령(樂令)도 포함되어 있어 악제를 정비하고 악기 편성을 새롭게 하면서 기악은 물론 성악까지도 규제했던 것 같다. '악'(樂)이란 전에 없던 새로운 개념이다. 기악 연주, 무용, 성악 가창을 아우른 종합적인 공연이면서, 통치체제를 상징하고 나라의 위엄을 자랑하며, 밖으로 문화수준을 드러내고 안으로 백성을 감복하게 하는 것이 바로 '악'이다. 중심이 어느 쪽이냐에 따라 '무악'(舞樂)과 '가악'(歌樂)이 구분되었다. 질서유지를 목표로 삼은 점에서는 '예악'(禮樂)이라고 통칭되었다.

악 또는 예악을 힘써 이룩하면서 위로는 천지의 조화에 동참하고 아래로는 백성의 마음을 감복하게 하자는 것이 중세 지배질서의 필수적인 요건이다. 그런 사고방식과 제도가 중세사회가 시작되었을 때 나타나서 중간에 몇 차례 재정되는 과정을 거쳐 중세에서 근대로의 이행기가 청산되기까지는 지속되었다. 예악의 재정비는 중세 지배질서의 위기를 극복하려는 노력으로 이해될 수 있어 문화사 시대구분의 중요한 기준이 된다.

중세문화가 이룩되는 과정에서 음악문화의 교류는 전에 볼 수 없는 활기를 띠었다. 자기 나라 음악이냐 남의 나라 음악이냐 하는 것이 그리 큰 관심사는 아니었다. 어디서 생긴 것이든 가져다가 하층민간음악과는 구별되는 상층음악을, 국가의 질서와 위엄을 상징하는 예악을 힘써 이룩했다. 그런 보편적인 작업을 고구려에서 수행한 방향에는 독자 노선이 있었다. 중국에서 가져온 당악(唐樂)과 자기 것인 향악(鄕樂)을 병존시키는 관습을 마련하면서, 향악에 더 큰 비중을 두고 힘써 육성했다.

향악 발전의 방법을 과감하게 개발해, 자기 밑천을 적극 활용하는 데 그치지 않고, 중국이나 서역에서 가져온 것들을 개조해 새로운 자산으로 삼았다. 왕산악(王山岳)이 진(晋)나라 칠현금을 개조해서 거문고를 만들었다는 것이 그 좋은 예이다. 고구려의 향악이 이웃 나라에 전해진 자취는 더욱 뚜렷하다. 수나라의 칠부기(七部伎)나 당나라의 십부기에 '고려악'이 반드시 포함되어 있었다. 일본에 전해진 '고려악'은 더 큰 구실을 하면서 오늘날까지 전승되었다. 음악문화 교류에서 고구려는 거의 중심적인 위치를 차지했다.

고구려악에 대해 자세하게 알 수 있는 자료는 남아 있지 않다. 당나라 군대가 고구려를 유린한 다음 고구려 문적이 자기네 나라 것보다 많아 태워버렸다고 했다. 웅대한 문화는 사라지고 폐허만 남았다. 그러나 고분 벽화를 보자. 사냥하는 무리, 춤추는 무리, 행진하면서 악기를 연주하는 무리가 줄줄이 늘어서 있다. 악기가 다양하고, 등장인물이 아주 많다. 안악 3호고분에는 여러 벽면에 음악 연주 행렬도가 그려져 있으며, 회랑 동벽의 대행열도에는 보행악대가 있고 다시 기마악대가 있어서 고구려는 온통 음악의 나라였던 것처럼 생각되게 한다.

벽화를 자세히 살피면 더 많은 사실을 알아낼 수 있다. 추측을 보태도 좋다. 나라굿을 거행하고, 장례를 치르며, 잔치를 벌이는 데도 악이 두루 소용되었을 것이다. 나라굿을 거행할 때는 건국서사시의 유산이라고 할 수 있는 것이 오랫동안 큰 비중을 차지했다고 보아 마땅하다. 장례를 치를 때에는 건국서사시와는 직접 연결되지 않더라도 죽은 사람의 행적을 칭송하는 노래를 서사시와 상통하는 격식으로 불렀을 수 있다. 잔치를 할 때 부르는 노래는 무엇이든 재미있고 흥겨운 가락이고 사설이면 그만이었을 터이다.

〈삼국사기〉에서 말했다. 온달(溫達)이 싸움터에 나가 죽어 장례를 치르려 하자 영구가 도무지 움직이지 않았는데, 평강공주(平岡公主)가 관을 어루만지면서 "죽고 사는 것은 이미 결판이 났으니 마음 놓고 돌아가소서"라고 하자 비로소 관이 움직였다. 그런 사설을 상두소리에 실으면서 온달을 칭송하는 노래를 길게 불렀다고 상상해보아도 좋다.

고구려 사람들이 부른 노래에 관한 자료가 〈고려사〉 악지에만 남아 있다. 고려의 궁중악으로 쓰이던 삼국의 속악 가운데 〈내원성〉(來遠城), 〈연양〉(延陽), 〈명주〉(溟州) 세 편이 고구려의 것이라고 했다. 셋 다 노래 제목은 지명이다. 각기 그 지방에서 노래가 생겨난 유래와 함께 내용을 설명했으며 원문은 없다. 지명에 관한 설명은 〈고려사〉를 편찬한 조선시대에 한 것이다.

자료의 신빙성에 의문을 가질 수 있다. 고구려의 노래를 고려 때에도 계속 불렀다는 것은 납득하기 어렵다고 할 수 있다. 민간에 전해지다가 통일신라나 고려에서 채택한 노래를 연원을 찾아 고구려의 것이라고 했을 수도 있다. 어느 쪽인지는 자료를 검토하면서 판단해야 한다.

〈내원성〉은 정주(靜州) 물 가운데 있는 성 이름인데, 오랑캐가 귀순해오면 거기 머무르게 했으므로 "멀리서 왔다"는 말로 이름을 삼고, 노래를 지어 기념했다고 한다. 정주는 압록강변의 고을이고, 물은 압록강이다. 통일신라나 고려의 강역은 거기까지 미치지 못했으니, 고구려 때 이미 궁중악으로 채택된 노래가 통일신라를 거쳐 고려로 전해졌다고 보는 것이 순리이다. 군사들이 지어 부른 민요를 나라의 위엄을 자랑하는 데 소용된다고 판단해 행렬음악에 편입하지 않았던가 한다.

〈연양〉 또한 지명으로 노래 이름을 삼았다. 그곳 연산부(延山府)는 오늘날의 평안북도 영변인데, 통일신라나 고려의 영역에는 포함되지 않았다. 노래의 사연은 어떤 사람이 남에게 쓰이는 바 되어, 죽기를 무릅쓰고 열심히 일하면서 자기 신세를 나무에다 비해서 노래했다는 것이다. "나무가 불을 도우면 스스로를 해치는 화를 불러오지만, 긴요하게 쓰이는 것이나 다행으로 여겨 재가 되어 다 없어질망정 사양하지 않으리"라고 한 대목은 노랫말의 번역이라고 보아도 좋겠다.

남에게 쓰이는 바 되었다는 것은 노비의 신세로 떨어졌다는 뜻이 아닌가 한다. 노비의 신세를 한탄하면서 부른 노동요일 것 같은 이 노래를, 충직하게 주인을 섬기는 사설이 들어있다고 평가해 고구려 때 궁중악으로 채택했을 듯하다. 노랫말에 원래는 비꼬는 뜻이 있었던 것을 나타난 그대로 이해했을 수 있다.

〈명주〉도 땅이름을 노래 제목으로 삼았다. 명주는 지금의 강릉이다. 어느 서생이 명주에 갔다가 양가집 처녀와 사랑을 맺고 과거에 급제해 입신한 다음 부모에게 청혼할 것을 기약하고 서울로 돌아갔다. 그 처녀는 다른 사람에게 시집가지 않을 수 없게 되자 편지를 보냈다. 서생은 물고기의 뱃속에서 나온 편지를 보고 급히 달려가 노래를 불렀다. 처녀의 부모는 기이한 일에 감동되어 서생을 사위로 맞았다. 이렇게 요약해 볼 수 있는 사연은 바로 시련을 극복하고 사랑을 성취한 설화이다. 노래 또한 사랑의 노래이다. 민간에 전승되던 사랑노래를 궁중악으로 채택해 잔치 때 흥을 돋우면서 불렀을 법하다.

이 노래가 고구려 때의 것인가 의심스러운 점이 있다. 명주는 고구려 땅일 때에 수도와는 거리가 멀었으며, 삼국시대 후반에 신라 땅이 되어 서라벌과 긴밀한 관계를 가지지 시작했다. 후대의 다른 자료에서는 신라 경덕왕에서 혜공왕 사이의 인물인 어떤 사람이 그 서생이라 하기도 했다. 이 노래는 통일신라 때 궁중악으로 채택되었다가 고려로 전해졌다고 보는 편이 타당할지도 모른다. 과거 급제를 기약하고 이별을 했다는 것은 고려 때에나 가능한 일이다. 그런데도 고구려악이라고 한 것은 명주가 원래 고구려땅이었을 때의 정서를 이어온다고 인정했기 때문이라고 생각된다.

이혜구, 《한국음악서설》(서울대학교출판부, 1975) ; 사회과학원 고고학연구소, 《고구려문화》(사회과학원출판사, 1975) ; 노중국, 〈고구려 율령에 관한 일고찰〉, 《동방학지》 21(연세대학교 국학연구원, 1979) ; 송방송, 《한국음악사연구》(영남대학교출판부, 1982) 등 인접 분야 연구에서 많은 도움을 얻을 수 있다.

5.2.2. 백제 노래

백제악 또는 예악이 이루어진 과정이나 그 모습은 고구려의 경우와 그리 다르지 않았으리라고 생각된다. 일본에 전해진 내력은 고구려의 경우보다 더욱 구체적으로 나타난다. 554년에 일본에 가서 음악을 가르치던 백제인 악사들 선후임자가 교대를 했다는 기사가 〈일본서기〉에 보인다. 백제사람 미마지(味摩之)가 기악(伎樂)을 일본에 전했다는 것도 함께 주목할 만하다.

그러나 백제는 고분벽화의 주악도 같은 것을 남기지 않았다. 그 밖의 다른 자료도 찾을 수 없다. 오직 고구려의 경우처럼 〈고려사〉 악지 삼국속악 조항에 백제노래가 소개되어 있어서 잃어버린 역사의 일부나마 재구해볼 수 있을 따름이다. 소개된 노래는 〈선운산〉(禪雲山), 〈무등산〉(無等山), 〈방등산〉(方等山), 〈정읍〉(井邑), 〈지리산〉(智異山), 이 다섯 편이다.

고구려의 경우처럼 지명을 노래 이름으로 했나. 통일신리를 거쳐 고려로 전해지는 동안에 원래의 발생지와 관련된 향토적 정서가 이 경우에도 줄곧 중요시되어왔다. 산 이름을 딴 것이 넷이나 되는 점이 특별하다. 백제 땅에 산이 많아서 그런 것은 아니다. 산으로 들어가 살아야만 했거나, 산에 올라가서 원통한 사연을 하소연했다는 데서 백제에서 유래한 정서의 독특한 기풍이 있다.

〈무등산〉은 그 산에 성을 쌓자 지방 사람들이 편안하게 살 수 있게 되었다고 기뻐한 노래라고 했다. 수고한 대가가 백성에게 돌아간다고 알도록 하려고 한 것이 통치자의 희망사항이다. 노역에 징발된 일꾼들이 부른 원망의 노래를 가락을 다듬고 사설은 바꾸어 퍼뜨리면 그럴 수 있다고 생각했을 수 있다. 민요를 개작하고 기능을 바꾸어놓는 것은 예악을 처음 제정할 때부터 하던 사업이다.

〈지리산〉은 구례현 사람의 딸이 지리산에서 가난하지만 착하게 살고 있었는데, 백제왕이 보고 미모를 탐내 차지하려 하자 죽음을 각오하고 항거하면서 부른 노래이다. 백제왕의 폭정을 규탄한 것을 어떤 연유로 궁중의 악곡으로 채택해 관련 사연과 함께 후대까지 전했는지 궁금하지만, 주제를 바꾸면 그럴 수 있다. 민간전승에서는 폭정을 문제 삼았지만, 궁중악은 정절을 내세웠다고 생각된다. 바른 행실을 가르쳐 백성을 교화한다고 표방하기 위해서 정절을 기릴 필요가 있었을 것이다. 노래의 유래가 도미(都彌)라는 사람의 아내가 개루왕의 겁탈에 항거하다 가까스로 살아났다는 것과 유사해, 같은 사실에 대한 두 가지 전승이라는 견해가 있다.

〈방등산〉은 신라 말에 있었다는 사건에서 유래했다는 노래이다. 장성지방 방등산에 근거를 둔 도적떼가 양가 여자들을 많이 잡아갔다 하고, 잡혀간 여자 가운데 하나가 자기 남편이 와서 구해주지 않는 것을 풍자하느라고 이 노래를 지어 불렀다고 했다. 풍자는 원망이라고 하는 편이 적합하다. 이 노래는 후백제 시대의 것이라고 보아야 마땅하다. 도적이라고 일컬은 무리는 후백제의 군사일 수 있다. 후백제 정권이야말로 도적 같은 짓이나 해서 생긴 노래라고 하면 고려의 입장이 유리해진다.

〈선운산〉은 지금은 고창군에 편입된 고을 사람이 부역을 나갔다가 기한이 지나도록 돌아오지 않아서, 아내가 산에 올라가 기다리며 부른 노래라고 했다. 민요가 생겨날 수 있는 상황이다. 부역을 나가 돌아오지 않는 수난은 천한 백성이라면 으레 겪어야만 했다. 남편과 이별한 아내의 노래는 되풀이되었을 만하다. 남편을 위하는 아내의 마음을 기린다는 명분을 내세우고서 궁중 사람들도 그 애처로움에 귀를 기울였을 것이다.

〈정읍〉 또한 아내가 남편을 기다리면서 부른 노래이다. 정읍 사람이 행상을 하면서 오랫동안 돌아오지 않자, 아내가 산 위의 바위에 올라 멀리 바라보면서 남편이 밤길을 가다가 해를 입을까 두려워해, 진창의 더러움에 부쳐 노래를 불렀다고 했다. 아내가 올라가서 남편을 기다린 바위 망부석이 실제로 있다는 말이 유래 설명에 첨가되어 있다. 남편이 먼저 겪은 시련은 잊고 남편을 애절하게 기다리는 아내의 심정에 관심을 모아 함께 안타까워하자는 증거물이 망부석이다. 민간전승에서는 여성수난에 많은 의미를 부여했다.

정절을 기리고자 하는 의도에서 궁중악으로 채택한 것들 가운데 하나이지만, 말이 아름답고 가락이 뛰어나 특별한 애호를 받았다고 생각된다. 조선시대에도 궁중악으로 불려져 국문으로 표기될 수 있었다. 그 사이에 워낙 오랜 세월이 흘렀으니 원형이 그대로 보존되었다고 보기는 어렵지만, 이 노래가 원래 백제시대의 것이고, 처음에는 백제의 민요였다는 사실은 부인할 수 없다.

1493년에 편찬된 〈악학궤범〉(樂學軌範)에 수록되어 있는 〈정읍사〉(井邑詞) 원문을 들고 현대역을 한다. 원문 가운데 말뜻이 없는 반복구라고 생각되는 대목은 괄호를 치고, 현대역에서 제외한다.

둘하 노피곰 도두샤	달하 높이 높이 돋으시어
(어긔야) 머리곰 비취오시라	멀리멀리 비치게 하시라.
(어긔야 어강됴리 아으 다롱디리)	
즌져재 녀러신고요	온 저자에 가 계신가요
(어긔야) 즌디를 드디욜세라	진 데를 디딜세라.
(어긔야 어강됴리)	
어느이다 노코시라	어디에다 놓고 계시는가?
(어긔야) 내 가논디 졈그롤세라	내 가는 데 저물세라.
(어긔야 어강됴리 아으 다롱디리)	

줄을 바꾸어 적은 곳마다 여음이 있어서 율격 분석을 쉽사리 해낼 수 있다. 한 줄이 두 토막씩이고, 모두 여섯 줄이다. 첫줄에서는 "둘하"라고 부르고서 한참 뒤에 "노피곰 도드샤"라고 할 터이니, 두 토막씩으로 보는 데 예외가 없다. 두 줄씩 합쳐보면 네 토막 석 줄인 점에서 시조와 상통한다. '광의의 시조'라고 일컬을 수 있는 이런 형식이 오래 두고 전승되어오다가 시조를 이룩했다고 보아 마땅하다.

노랫말을 어떻게 새겨야 하는지 지나치게 많은 논란을 해왔다. 너무 어렵게 생각할 것은 없다. 서두에서는 멀리 가서 소식이 없는 남편을 바라볼 수 있게 달이 높이 돋아 멀리까지 비추라고 기원했다. "全져재"는 "온 저자"로 보는 것이 무난하다. 진 데를 디딘다는 말은 해를 입는다는 뜻으로 생각된다. 마지막 대목에서는 자기가 살아가는 데 어둠이 없기를 바랐다.

고난의 노래이지만 희망을 잃은 것은 아니다. 남편의 신상을 염려하고 남편이 자기를 저버리지 않을까 근심하는 마음을 모두 달에다 하소연했다. 달이 높이 솟아 멀리까지 비추어달라고 하는 기원은, 달이 광명의 상징이며 안녕의 수호자라는 사고방식에 근거를 두고 있다. 강강수월래를 부르고 춤을 추면서 달을 향해 풍년을 기원하고 소원성취를 바라는 풍속과 연결시켜 이해할 수 있다.

백제 노래의 특징은 여성의 노래라는 데 있다. 〈무등산〉을 제외한 나머지 네 편은 모두 여성이 지어 불렀다고 하면서 여성이 겪은 고난을 애절하게 나타냈다. 백제의 여성은 고구려나 신라 쪽보다 더 불행해서 그런 노래가 성행하지는 않았을 것이다. 다른 데에도 흔히 있던 여성 시련의 노래를, 백제에서만은 국정을 담당한 남성들이 대단한 관심을 가지고 받아들여 나라 노래로 삼아 후대까지 전했다고 보는 편이 타당하다.

국정 담당자가 고난을 겪는 여성을 동정한 것이 그 이유라고 생각되지는 않는다. 노래의 가락이 특별해서 궁중에서도 익혀 부르도록 했을 가능성이 더 크다. 여성의 노래를 백제의 터전에서 살아가는 사람들이 계속 이었다. 남성 시인이 여성화자의 노래를 즐겨 짓는 것이 오늘날까지도 계속 발견되는 호남문학의 특징이다.

〈지리산〉의 여인이 바로 도미의 아내일 것 같다는 견해는 이병기・백철,《국문학전사》(신구문화사, 1957)에서 보이고, 조재훈, 〈지리산가소고〉,《백제문화》11(공주사범대학 백제문화연구소, 1978)에서 재확인되었다. 〈정읍사〉를 최정여,《한국고시가연구》(계명대학교출판부, 1989)에 의거해서 해석했다. 안농주,《백제문학사돈》(국학자료원, 1997)에서 노래에 대한 전반적인 고찰을 했다.

5.2.3. 신라 노래, 이른 시기의 모습

신라 유리왕이 기원 28년(유리왕 5)에 백성을 돌보는 조처를 하자 민속이 즐겁고 편안하게 되었다 했다는 것은 앞에서 이미 말한 바이다. 그 해에 〈도솔가〉(兜率歌)를 처음 지었다고 하고, "이것이 가악(歌樂)의 시작이다"라고 했다. 기원 32년(유리왕 9)에는 육부의 이름을 고치고 성을 내렸다고 했다. 여기까지는 〈삼국사기〉의 기록이다. 〈삼국유사〉에서는 육부의 이름을 고치고 성을 내린 사실을 먼저 들었다. 〈도솔가〉를 처음 지었는데 '차사사뇌격'(嗟辭詞腦格)을 갖추었다고 했다. 보습・창고・수레를 만들었다는 말을 덧붙였다.

유리왕은 혁거세・남해의 뒤를 이은 신라 제3대 통치자이다. 혁거세는 건국신화의 주인공이고, 남해는 차차웅(次次雄)이라고 하면서 무당의 권능으로 나라를 다스렸는데, 유리왕은 다만 연장자를 뜻한다는 이사금(尼師今)이기만 했다. 시조묘를 관장하는 임무를 누이에게 맡겼다고 한 데서, 신화적 질서나 무당으로서의 권능이 아닌 더욱 합리적인 통치방식을 마련하고자 했음을 확인할 수 있다. 그것이 중세화를 향해 나아가는 독자적인 노선 개척이었다.

제도 육부의 이름을 고쳤다고 한 것은 행정조직의 정비를 의미한다.

성을 내렸다는 것은, 성을 한자로 표기할 만큼 한문 사용이 진전된 시기는 아니므로 주민을 혈통에 따라 분류한 조처를 했다는 말로 이해된다. 생산용구의 개발 또한 삶의 질을 향상시키는 데 반드시 필요했다. 가장 결정적인 변화는 백성을 사람으로 대우해 편안하게 살게 하려고 한 것이다.

〈도솔가〉를 짓기 전에도 노래가 많이 있었음은 물론이다. 나라의 노래도, 백성의 노래도 있었다. 〈도솔가〉는 그런 노래와는 성격이 다른 최초의 '가악'이라고 했다. '가악'이란 '가'로 이루어진 '예악'(禮樂)이다. '예악'은 백성을 교화해 국가의 통치에 감복하도록 하기 위해서 특별히 제정한 공연예술을 총칭하는 용어이다. '예악'의 정신을 구현하고 그 일부로 부른 노래가 〈도솔가〉였다. 〈도솔가〉를 지은 것이 중세로 넘어오는 데 필요한 일련의 개혁 가운데 하나였다.

'도솔가'라는 말이 무슨 뜻이냐를 두고 논란이 많은데, '두릿노래'로 보는 견해가 설득력 있다. 그 말은 '편안하게 하는 노래'를 뜻한다. 나라를 편안하게 하자는 의도에서 공식적으로 불렀기에 그렇게 이름 지었을 것 같다. 〈도솔가〉를 처음 지었다고 한 것은 나중에 다시 지었기 때문에 한 말이라고 생각된다. 월명사(月明師)가 지은 〈도솔가〉도 있으니 그런 추정이 타당하다.

'도솔가'는 작품 이름이면서 갈래 이름이다. 고대의 유산인 건국서사시도 아니고, 민간에서 부르는 굿노래나 일노래도 아닌, 중세국가에서 숭상하는 새로운 노래 갈래를 만들어냈다. 후대의 것과 견주면 성격 이해에 도움이 된다. 고려왕조나 조선왕조는 악장(樂章)이라는 노래를 제정해 건국이념을 밝혀 민심을 계도하는 데 썼다. 그런 노래는 오늘날에도 있다.

'도솔가'는 바로 신라의 악장이다. 후대의 악장이 모두 그렇듯이 신라의 악장도 교술시였다고 보아 마땅하다. 유리왕 때의 것은 남아 있지 않아 알 수 없으나, 월명사의 〈도솔가〉는 주술적인 성격이 강하다. 무가의 경우에도 주술의 기능을 가진 노래가 교술시의 범주에 든다. 주술의 기능을 수행하는 사설이 서정시처럼 보일 수 있다. 신라의 악장은 그런 특성을 가지다가 고려 이후에는 사실 설명을 앞세우는 쪽으로 바뀌었다고 할 수 있다.

〈삼국유사〉에서 유리왕 때의 〈도솔가〉는 '차사사뇌격'(嗟辭詞腦格)을 갖추었다고 한 말이 또한 문제이다. '사뇌격'을 사뇌가 형식으로 보고 '차사'는 감탄구라고 한다면, 감탄구를 갖춘 이른바 10구체 또는 다섯 줄 형식의 사뇌가가 그때 이미 생겨났다고 할 수가 있겠으나 과연 그랬던가는 의문이다. '가악'인 〈도솔가〉는 '가'이기만 한 후대의 사뇌가와 같을 수 없다고 보아 '차사'를 악기 반주에 맞추어서 되풀이한 여음으로 이해하고, 그런 여음이 삽입되었으니 〈도솔가〉는 장이 나누어진 노래인 듯하다는 견해가 어느 정도 설득력을 가진다. 그렇다면 월명사의 〈도솔가〉와는 아주 달라, 민요에 있는 형식을 사용했다고 볼 수 있다.

〈삼국사기〉에는 〈도솔가〉에 이어 〈회소곡〉(會蘇曲)이 소개되어 있다. 유리왕이 육부를 개편한 다음에 육부의 여자들이 두 패를 이루고, 왕녀 둘이 각기 우두머리가 되어 칠월 보름께부터 팔월 한가위까지 길쌈경쟁을 하도록 했다 한다. 그래서 진 쪽이 가무백희를 갖추어서 이긴 쪽을 대접하는 자리에서 어떤 여자가 "회소 회소" 하는 감탄구를 가진 노래를 불러, 그 소리에 연유해서 노래 이름을 〈회소곡〉이라 했다는 것이다. 길쌈을 위한 행사를 나라에서 조직한 것은 통치자가 백성과 함께 힘쓰자 하면서 생산력 증대를 꾀하고자 했기 때문이다. 민간의 길쌈노래를 그때 나라의 '가악'으로 삼았다.

유리왕 때에는 〈회악〉(會樂)·〈신열악〉(辛熱樂)도 있었다고 한다. 이름만 전하고 있어 어떤 것들인지 알기 어려우나, '악'을 다채롭게 갖춘 증거로 삼을 수 있다. 그 뒤의 통치자들도 같은 사업을 계속해 신라악의 자산이 고구려나 백제보다 못하지 않게 되었다. 국제적인 교류가 빈번하지 않은 조건에서 자체의 유산을 적극 활용하고 늘여나간 것이 그 두 나라와 다른 점이었다.

'악'이라고 한 것만이 아니고, '무'(舞)·'곡'(曲)·'가'(歌)라고 한 것들도 있었다. '무'는 춤이고, '곡'은 기악곡이어서 사설을 갖춘 노래인 '가'와 구별되었던 것 같다. '악'이라고 한 데는 그 셋이 함께 들어 있어 필요에 따라서 '무악'이나 '가악'이라고 일컬어지다가, 하나씩 분화되기도 했던 것으로 보인다. 3세기초 내해왕 때에는 물계자(物稽子)가 〈물계자가〉를 지었다. 4세기 후반인 내물왕 때에는 〈가무〉(茄舞)가 있었다. 5세기 전반인 눌지왕 때에는 〈우식곡〉(憂息曲)이 이루어졌다.

〈물계자가〉는 〈도솔가〉 다음 차례로 등장한 '가'인데 성격이 아주 다른 개인 서정시이다. 가문이 대단치 않은 인물인 물계자는 싸움터에 나가 많은 공을 세웠으나 논공에서 제외되었다고 한다. 215년(내해왕 20)에 그런 처우를 다시 받자, 머리를 풀고 산에 들어가 대나무의 곧은 성벽을 슬퍼하면서 거기 기탁해 노래를 지어 불렀다고 한다.

〈우식곡〉은 〈우식악〉이라고도 한 것인데, 눌지왕이 지었다. 일본에 볼모로 사로잡혀 있던 아우가 박제상(朴堤上)의 노력으로 418년(눌지왕 2)에 귀국하자, 크게 기뻐 노래를 부르고 춤을 추었다고 한다. 사사로운 정감을 나타내는 데 그치지 않고 나라의 위기를 극복한 기쁨을 널리 알리는 사연을 지녔기에 예악에 편입하고, 나중에는 기악곡으로 전승되거나 기악부분이 더 중요시되었으므로 '곡' 또는 '악'이라고 한 것 같다.

신라는 국력이 커지고 국토를 넓히자 문화수준을 높여 나라를 빛내야 하는 과제가 또한 긴요해졌다. 6세기 중엽에 진흥왕이 가야의 우륵을 맞아들여 그렇게 하는 데 큰 진전을 이룩했다. 신라 자체로는 모자라는 역량을 외부에서 보충한 것이 현명한 시책이었다. 순수비에서 신구의 백성을 어루만지면서 교화하겠다고 한 포부 실현의 한 방책을 새로 얻은 백성으로부터 받아들였다.

원래 가야의 가실왕이 가야금을 만들고 우륵에게 부탁해 12곡을 제정하라고 했다 한다. 지금 남아 있는 이름을 보면 모두 지방 음악이다. 자기 나라 판도 안에 있는 각 고을의 전승을 수집하고 정리해 가야 나름대로 국가의 악을 제정했다. 그런데 우륵은 가야에서 뜻을 이루지 못하고 신라에 망명해 진흥왕의 환영을 받았다. 망한 나라 가야국의 음악을 받아들이는 것이 잘못이라는 주장이 조정에서 있었지만, 왕이 나서서 나라는 망해도 음악은 죄가 될 것이 없다고 했다.

신라에서 우륵의 업적을 그대로 받아들인 것은 아니다. 악기나 연주 솜씨는 뛰어났으나, 품격이 신라가 요구하는 수준에는 미치지 못해 개조가 필요했다. 진흥왕의 명령을 받고 우륵을 스승으로 삼은 세 악사 법지(法知)·게고(階古)·만덕(萬德)은 12곡이 "번거롭고 음란하며 아정(雅正)하지 못하다" 하고 5곡으로 개편해, 〈대악〉(大樂)이라고 일컫은 종합적인 궁중악의 근간으로 삼았다.

우륵은 세 사람의 처사를 불만스럽게 여기다가, 연주를 들어보고는 눈물을 흘리면서 감탄하기를 "즐거우면서도 난잡하지 않고 애조를 띠면서도 비통하지 않으니 바르다 이를 것이다"라고 했다 한다. 그것이 중세 예악의 이상적인 경지이다. 고대 선진국 가야의 역량을 받아들여 자기가 바라는 대로 이용한 결과 신라는 중세문화를 높은 수준으로 발전시킬 수 있었다.

그러나 국가에서 마련한 예악 공연물이 모든 노래를 지배한 것은 아니다. 굿노래를 부르며 주술을 행하던 전통 또한 새롭게 계승되었다. 화랑제도가 창안되자 산천을 찾아 심신을 수련할 때 춤을 추기도 하면서 부르는 노래가 필요했다. 일반 백성의 민요도 그것대로의 오랜 전통을 이으면서 시대에 따른 변모도 보였다. 향가가 생겨난 것은 더욱 적극적인 변화였다. 그렇게 해서 나라의 '곡'(曲)과 민간의 '가'(歌)나 '요'(謠)가 나란히 성장했다.

진평왕은 진흥왕의 뒤를 이은 임금이다. 둘 사이에 진지왕이 있었지만 재위 4년 만에 폐위되고, 진평왕이 그 자리를 차지해 진흥왕의 위업을 이었다. 576년(진흥왕 37)에 원화제도를 두고, 이어서 국가 공인의 화랑제도를 정착시켰다. 원광(圓光)법사가 세속오계(世俗五戒)를 마련해서 화랑의 지침으로 삼은 것이 그때의 일이다. 질서 확립에 특별히 힘쓴 것은 갈등이 많았다는 말이다. 나라에 위기가 닥치기도 하고 불만을 가진 개인이 계속 나타났다. 시련에 자기 나름대로 대처하고자 하는 사람들이 세계의 자아화인 서정시 창작을 갖가지로 시험했다.

지금까지 남아 있는 최초의 향가 융천사(融天師)의 〈혜성가〉(彗星歌)에서 그런 사정을 엿볼 수 있다. 594년(진평왕 16)에 혜성이 나타나 노래를 지어 물리치자 일본병이 돌아갔다고 한 것은 내부적인 위기 해결의 의미도 지녔으리라고 생각된다. 618년(진평왕 40)에는, 아버지가 백제와 싸워서 전사한 공로로 대나마의 지위에 오른 해론(奚論)이 백제와의 싸움에서 전사하자, 왕이 슬퍼하고 애도의 뜻을 나타내는 장가(長歌)가 생겨났다고 하며 〈해론가〉라고 일컬었다. 이 두 사례는 나라의 결속을 다지는 데 노래가 소용되었음을 말해준다. 융천사는 화랑 집단의 정신지도자였다. 해론도 화랑인 듯하니 〈해론가〉 또한 화랑의 무리 가운데 누가 지었다고 볼 수 있다.

그런가 하면, 갈등을 수습하지 못한 사례도 있다. 587년(진평왕 9)에는 내물왕의 7세손인 대세(大世)라는 이가 지조 있고 결백한 구칠(仇柒)과 함께 바다로 달아나서 간 곳을 모르게 되었다고 한다. 성질이 강직해서 옳지 못한 일에는 조금도 동조하지 않는 실혜(實兮)라는 사람이 참소 때문에 벼슬을 잃고 시골로 내몰리자, 〈실혜가〉라고 알려진 장가를 지어 불만을 나타냈다는 것도 진평왕 때의 일이다. 장가라는 노래가 몇 가지 있는데 하나도 전하지 않아 실상을 알 수 없다.

〈도솔가〉에 관한 연구로서는 정병욱, 《한국고전시가론》(신구문화사, 1977) ; 김승찬, 《한국상고문학연구》(제일문화사, 1978) ; 허남춘, 〈도솔가와 신라초기의 가악〉, 《고전시가와 가악의 전통》(월인, 1999)이 특히 도움이 된다. 노래 이름은 정병욱, 형식 논의는 김승찬에 의거했다. 우륵 12곡의 성격은 김동욱, 《한국가요의 연구 (속)》(선명문화사, 1975)에서 자세하게 고찰했다. 〈혜성가의 창작연대〉, 《국문학연구의 방향과 과제》(새문사, 1983)에서 한 작업을 수용했다.

5.2.4. 향가 · 사뇌가

향가가 어떤 노래인가 분명하게 규정하기에는 다소 어려운 점이 있다. 넓은 뜻으로 보아 '나라 노래' 또는 '우리말로 된 노래'라고 한다면, 그런 노래야 전부터 얼마든지 있었으며 신라에서 처음 생겨난 것도 결코 아니다. 향찰로 표기된 우리말 노래를 향가라고 한다면, 그런 노래는 지금 전하는 자료로서는 〈혜성가〉에서 비롯했다 하겠으나, 향찰표기법은 고구려나 백제에도 있었으리라고 생각되고, 신라에서 처음 쓰이게 된 시기도 진성왕 이전까지 소급된다고 볼 수 있다.

향가라는 말이 언제 어떤 뜻으로 쓰였는가 알아보면 개념 규정의 단서를 얻을 수 있다. 〈삼국유사〉〈월명사 도솔가〉(月明師兜率歌) 대목을 보면, 경덕왕이 월명사를 불러 노래를 지으라고 하자, 자기는 국선지도(國仙之徒)에 속해 있으므로 다만 '향가'(鄕歌)만 깨쳤고 '범성'(梵聲)은 모른다고 했다. '범성'이란 범패이거나 찬불가이다. '향가'는 그런 것들과는 이질적인 우리말 노래이고 국선지도가 지어 부르는 것이다. 월명사는 화랑 집단의 종교적 · 정신적 지도자여서 국선지도에 속한다고 했다.

그 다음 대목에는 월명사가 죽은 누이를 위해 재를 지낼 때 '향가'를 지었더니 문득 바람이 일어나 상 위에 놓아둔 종이돈을 휘몰아 서쪽으로 갔다고 했다. 기사 끝에는 〈삼국유사〉 저자의 말로 "신라 사람들이 향가를 숭상한 지 오래 되었다"고 하고, 향가가 "천지와 귀신을 감동시킨 일이 한두 번이 아니었다"고 했다. 향가는 어떤 신이로운 힘이 있다고 여긴 노래라는 특성이 추가된다.

향가는 어느 것이나 '가' 또는 '요'라 했고, '악'이나 '곡'은 아니다. 악기 반주는 없이 부른 노래가 아닌가 하고, 사설이 아주 소중하기 때문에 향찰로 표기했을 것 같다. 사설이 소중하다는 것은 뜻하는 바가 예사롭지 않아서 무언가 신이한 데가 있고 주술적인 힘을 지니기도 했다는 말이다. 〈삼국유사〉에 향가를 수록하면서 유래담을 반드시 곁들인 것은 바로 그 점을 납득할 수 있게 하자는 의도가 있었기 때문이라고 생각된다.

　이상에서 살핀 바를 아우르면 향가가 문학 갈래로서 어떤 특징을 가지고 있는지 규정할 수 있다. 향가는 불교의식요 및 한시와 구별되는 우리 고유의 우리말 노래이다. '향가'는 우리 고유의 노래임을 말한 용어이다. 향가는 또한 향찰로 표기된 기록문학이고, 사설이 중요시되며 개인작으로 받아들여진 서정시이다. 향가가 등장해 우리말 노래도 한시와 함께 중세로 들어섰다.

　개인작이고 서정시라고 한 요건이 후대에 흔히 볼 수 있는 바와 차이가 있었다. 국선지도의 종교적·정신적 지도자들이 부여된 임무를 수행하면서 창작한 작품이 향가의 본보기라고 인정되었다. 민요에서 유래했으면서 표기되고 정착되는 과정에서 개인작처럼 이해된 것들도 있다. 어떤 신이로운 힘이 있다고 여긴 작품이 적지 않았다. 집단적 개인작이고 주술적 서정시인 것은 향가가 고대문학과 철저하게 결별하지는 않은 중세전기문학이기에 지닌 특성이다. 중세후기의 시조는 집단적 성격이 사라진 개인작이고 주술적이지 않은 서정시이다.

　'향가'는 '사뇌가'(詞腦歌)라고도 했다. 그 둘이 어떤 관계였는지 자료를 찾아 검토해보자. 〈삼국유사〉에서는 경덕왕이 충담사(忠談師)에게 "찬기파랑사뇌가(讚耆婆郞詞腦歌)는 그 뜻이 아주 높다는데, 과연 그런가?"라고 했다. 〈균여전〉(均如傳)에서는 균여가 '사뇌'를 지은 것을 말하고, "뜻이 말에서 정교하므로 뇌라고 일컫는다"(意精於詞 故云腦也)는 주석을 달았다. 균여 작품 한역에 붙인 최행귀(崔行歸)의 서문에서는 "11수의 향가는 말이 맑고 구절이 아름다우므로 그 작품을 사뇌라고 일컫는다"(十一首之鄕歌 詞淸句麗 其爲作也 呼稱詞腦)라고 했다.

　〈찬기파랑가〉에 '사뇌가'라는 말을 붙인 것은 뜻이 높아 '사뇌가'의 특징을 잘 보여주고 있기 때문이라고 할 수 있다. 균여의 작품은 말이 맑고 구절이 아름다운 향가여서 '사뇌'라고 일컫는다고 했다. 신라에서 고려로 이어지면서 계속 사용된 것을 보면 '사뇌'는 작품을 평할 때 쓰는 용어가 아니고 갈래 이름이다. 사뇌가는 향가 가운데 상위의 것이다.

'사뇌'를 한자어로 보아 "뜻이 말에서 정교하므로 뇌라고 한다"는 것은 받아들일 수 없으나, 뜻이 높고 말이 정교한 것은 거듭 지적된 공통적인 특징이다. '사뇌'라는 말이 무슨 의미인지 알기 어려우나, '사뢰다'와 어원이 같다고 보는 견해를 받아들일 수 있다. 존엄한 대상을 향해 격조 높은 말을 사뢰는 노래를 '사뇌가'라고 했을 수 있다.

〈삼국사기〉 악지를 보면, 〈사내악〉(思內樂)·〈사내기물악〉(思內奇物樂)·〈덕사내〉(德思內)·〈석남사내〉(石南思內) 같은 것들도 '사뇌'의 의미를 그렇게 이해하는 데 장애가 되지는 않는데. '사뇌'는 기악 위주의 '사뇌악'일 수도 있고, 노랫말이 중요시되는 '사뇌가'일 수도 있었을 것이다. 신라의 귀족문화가 기층문화와 거리가 멀어지면서 세련되고 수준이 높아지는 과정에서 나타난 일련의 창조물 가운데 하나가 개인 창작의 서정시인 사뇌가였다고 할 수 있다.

사뇌가는 누구나 지을 수 있던 것이 아니라고 생각된다. 월명사와 같은 국선지도의 지도자가 지은 향가를 민요에서 유래한 것과 구별해서 말했는데, 그쪽이 바로 사뇌가이다. 월명사뿐만 아니라 충담사도 이름 뒤에 '사'(師)라는 말이 붙어 있다. '사'는 '스승'이라고 훈독해야 할 존칭이다. 승려의 자격을 가지고 국선지도를 정신적으로 지도하는 그런 스승들이 사뇌가 창작의 주역이었다고 생각된다.

사뇌가가 국선지도의 단체행동을 위한 의식요는 아니어서 노래 부르는 행사를 벌이는 데 직접 소용되지는 않았을 것이다. 그런 노래는 별도로 있었으나 특기할 것이 없어 언급의 대상이 되지 않고, 생각을 다시 가다듬는 창조적 시도의 구현물인 사뇌가는 오래 기억될 만한 충격을 주었다고 할 수 있다. 사뇌가 시인은 자기 시대의 사회적이며 정신적인 분열을 넘어서는 조화의 이상을 설정하고자 했다. 출발점이 되는 고민에 오래 머무르기도 하고, 도달점을 불교에 내맡기기도 했다.

888년(진성여왕 2)에 왕명으로 각간 위홍(魏弘)과 대구(大矩) 화상이 역대의 향가를 모아 책을 편찬하고 책이름을 〈삼대목〉(三代目)이라 했다는 말이 〈삼국사기〉에 전한다. 삼대란 상대·중대·하대를 뜻한

다. 〈삼대목〉이 〈삼국유사〉에는 언급되어 있지 않아 일연의 시대까지
도 전해지지 않았을 듯하다. 일연이 〈삼국유사〉에 실은 향가는 얼마나
많은 자료에서 어떤 기준에 따라 선택했는지 알기 어려우나, 역사 또는
사상 이해를 위해 긴요한 구실을 하는 공통점이 있어서 향가의 전모를
알려주는 무작위 추출의 표본은 아니라고 생각된다.

한자를 이용해 우리말을 적는 향찰(鄕札)을 만들어내 향가 기록에
사용한 것은 획기적인 처사이다. 기본원리는 뜻을 새겨서 훈독해야 할
글자를 앞세우고, 음독해야 할 글자를 뒤에다 붙이는 것이다. "川理"를
"나리"로, "月下伊"를 "돌아리"로 해독하는 근거가 거기 있다. 그런데 훈
독자와 음독자의 구분이 명확하지 않고 음독자 첨가 방식이 경우에 따
라 달랐다. 한자로 나타내지 못하는 소리가 많은 것이 더 큰 문제였다.

향찰은 사용하기 불편한 약점 때문에 널리 쓰이지 못했다. 고려 후기
까지 명맥은 유지하다가, 우리말을 온전하게 표기하는 훈민정음이 나
타나자 자취를 감추었다. 일본에서는 향찰과 유사한 차자표기법 가명
(假名, 가나)을 자획 간소의 방법으로 표음문자로 만들어 오늘날까지
사용하는 것과 아주 다르다. 일본어를 이루는 음절은 50개이지만, 모음
수가 더 많고 받침이 복잡한 우리말을 일본에서 하듯이 음절문자로 표
기하려면 글자가 3천 개 이상 있어야 한다. 그것들을 모두 한자에서 구
하려고 하는 것은 어리석다. 자음과 모음을 구별해서 음운문자를 스스
로 만들어내야 문제를 해결할 수 있었다.

향가와 사뇌가의 관계는 조윤제, 《한국문학사》(동국문화사, 1963)
의 견해를 따랐다. 전반적인 이해를 박노준, 《신라가요의 연구》(열화
당, 1982) ; 《향가여요의 정서와 변용》(태학사, 2001) ; 최철, 《향가의
문학적 해석》(연세대학교출판부, 1990) ; 김승찬, 《신라향가론》(부산
대학교출판부, 1999) ; 황패강, 《향가문학의 이론과 해석》(일지사,
2001)에서 다시 했다. 향가 해독의 여러 업적 가운데 양주동, 《증정
고가연구》(일조각, 1965) ; 서재극, 〈신라 향가의 어휘연구〉(계명대학

출판부, 1974) ; 김완진,《향가 해독법 연구》(서울대학교출판부, 1980),
《향가와 고려가요》(서울대학교출판부, 2000) ; 김선기,《옛적 노래의 새
풀이》(보성문화사, 1993)를 많이 참고로 한다. 지헌영,《향가여요신
석》(정음사, 1948), 홍기문,《향가해석》(여강출판사, 1990 재간행) ;
유창균,《향가비해》(형설출판사, 1994) ; 강길운,《향가신해독연구》
(학문사, 1995)에서도 해독 작업을 했다. 김준영,《향가문학》(형설출
판사, 1979) ; 양희철,《삼국유사향가연구》(태학사, 1997) ; 신재홍,
《향가의 해석》(집문당, 2000)에 해독과 작품론이 있다. 김종우,《향가
문학연구》(선명문화사, 1975) ; 윤영옥,《신라시가의 연구》(형설출판
사, 1980),《한국고시가의 연구》(형설출판사, 1995) ; 임기중,《신라
가요와 기술물 연구》(이우출판사, 1981) ; 김사엽,《향가의 문학적 연
구》(계명대학교출판부, 1985) ; 김문태,《삼국유사의 시가와 서사문
맥 연구》(태학사, 1995) ; 홍기삼,《향가설화문학》(민음사, 1997) ; 이
연숙,《신라향가문학연구》(박이정, 1999)에서 문학적 연구를 했다.

5.2.5. 향가의 율격

향가가 어떤 형식인지 알아보기 위해 〈삼국유사〉의 원문 표기를 보
면 분절이 각기 다르다. 분절하는 방식을 통일시키지 않았고, 율격의
양상에 따라서 나눈 것도 아니다. 음악을 위한 분절을 하지 않았던가
하는 의문을 가지고 다시 살펴도 얻는 바가 없다. 그렇더라도 율격은
있었으니 다른 방법으로 찾아내야 한다.

〈균여전〉에서 사뇌가는 '삼구육명'(三句六名)으로 이루어져 있는 점
이 한시가 '오언칠언'(五言七言)인 것과 대조를 이룬다고 했다. 그것이
무슨 뜻인지, 율격 분석에 어떻게 적용될 수 있는지 많은 논란이 있는
데, "제1구(1＋1명)＋제2구(1＋1명)＋제3구(1＋1명)"으로 이루어져 있
는 것이 3구6명이라고 보는 견해가 비교적 타당하다. 그런 관점에서 다
시 살피면, 구가 끝날 때에는 종결어미가 있다.

현대시처럼 줄 바꾸어 적으면 형식의 특징이 잘 드러난다. 제1구와 제2구는 한 명이 한 줄이어서 네 줄이다. 제3구는 두 명을 한 줄로 적어야 줄의 길이가 앞의 것들과 대등하게 된다. 그래서 다섯 줄이 된다. 제3구는 앞 두 구의 절반 길이이다. 제4구로 넘어가지 않고 제3구로 끝나게 하기 위해 그런 장치를 사용했다고 할 수 있다.

〈균여전〉에 등장한 '구'와 '명'이라는 용어는 이미 잊어버려 계속 사용하기 어렵다. '구'라는 말을 다른 뜻으로 사용해 혼란을 일으키는 것은 더욱 바람직하지 않다. 다섯 줄을 10구체라고 하고, 4구체와 8구체도 함께 드는 것이 그 경우이다. 시조는 세 줄을 삼장(三章)이라고 한다. 각기 그 나름대로의 용어를 사용하면, 함께 논의할 수 없다. 향가든 시조든 '줄'이라는 용어를 함께 써서, 향가는 정형이 다섯 줄이고, 시조는 세 줄이라고 하는 것이 일관성 있는 명명이다.

향가에는 다섯 줄 형식만 있지 않다. 4구체라고 하는 두 줄 형식, 8구체라고 하는 네 줄 형식도 있다. 두 줄 형식과 네 줄 형식은 민요에 있는 것을 그대로 가져오고, 다섯 줄은 민요를 개조해서 만든 특별한 형식이라고 보아 마땅하다. 해독이 아직 불완전해 정확하게 말하기 어렵지만, 한 줄은 네 토막씩으로 이루어져 있다고 생각된다. 그래서 다음과 같이 나타낼 수 있는 세 가지 형식이 있었다.

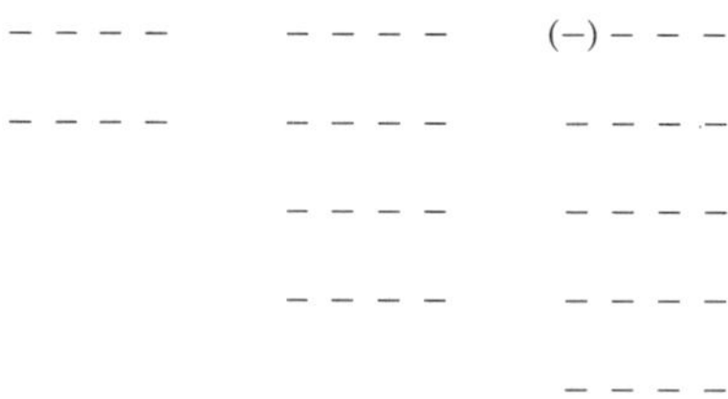

다섯 줄 형식이 민요와 다른 점은 둘이다. 맨 처음 한 토막은 흔히 생략해 서두의 긴장을 조성했다. 마지막 줄의 첫 토막에 '아아' 또는 '아으'라고 해독될 수 있는 감탄구를 두어 여섯 줄로 넘어가지 않고 다섯 줄로 마무리를 하면서 넉 줄까지 전개되어온 시상을 비약시킬 수 있게 한다. 그 비슷한 마무리 형식을 시조에서 다시 볼 수 있다.

율격을 그렇게 정비하는 데 한시가 상당한 자극이 되었으리라고 추정된다. 한시와 대등한 수준의 율격을 갖추어야 격조 높은 노래일 수 있다고 생각했을 것이다. 그런데 한시의 전례를 재현하려고 하지 않고 민요의 율격을 가다듬어 규칙화했다. 어디서나 그렇게 했던 것은 아니므로 비교연구가 필요하다. 한시와 맞서는 민족어시의 율격을 마련하기 위해 동아시아 여러 민족이 각기 택한 방식 가운데 우리 것이 민요와 가장 밀착되어 있다.

일본의 경우를 보자. 일본시가의 5 · 7자 형식은 한시에서 가져왔다. 우리 것과 유사한 일본 민요의 율격을 버리고 한시를 따르면서 5자와 7자를 교체하는 변형을 이룩했다. 음절수와 정보량이라는 용어를 사용해 한시와 한 · 일 민족어시가 어떤 관계를 가지는지 비교해보자. 언어구조의 차이 때문에, 한시와 민족어시 한 줄의 음절수와 정보량을 다 대등하게 하지 못하고 택일을 하지 않을 수 없었다는 것은 서로 같고, 선택한 것이 반대가 된다. 우리는 정보량을, 일본에서는 음절수를 택했다.

상층시가 창조자가 기층민중과 한국에서는 동질성을, 일본에서는 이질성을 더 많이 가져 그런 차이가 나타났다고 생각된다. 일본시가의 율격은 상층의 지혜를 발휘해 인위적으로 만들어낸 규칙이고 변형 가능성이 거의 없어 계속 그대로 지녀왔다. 우리 시가 율격은 바탕으로 삼는 민요와의 관계를 다시 형성하면서 거듭 개편되었다.

민요는 두 패로 나누어진 사람들이 한마디씩 주고받는 교환창, 앞소리꾼이 사설을 부르고 뒷소리꾼은 여음만 되풀이하는 선후창, 혼자서 사설을 이어나가는 독창 등의 다양한 방식으로 부른다. 가창 방식이 시가 형식을 결정한다. 교환창은 두 줄로 끝난다. 선후창에서는 사설이 몇 줄 이어지다가 여음이 삽입되곤 한다. 독창으로 부르는 것은 줄 수가 제한되어 있지 않다.

그 셋을 각기 '짧은 형식', '여음이 삽입되는 형식', '긴 형식'이라고 일컫자. 짧은 형식은 향가와 시조에서 받아들였다. 여음이 삽입되는 형식은 속악가사라고 하는 것들이나 경기체가에서 가져다 썼다. 긴 형식은 가사에서도 볼 수 있다. 짧은 형식과 긴 형식은 네 토막이고, 여음이 삽입되는 형식은 세 토막인 것이 예사이다. 한 토막을 이루는 음절수는 가변적이다. 토막 수조차 줄일 수도 있고 늘릴 수도 있다. 의도적인 변형도 있다.

향가, 경기체가, 시조, 가사 등의 형식을 한시에서 가져왔다고 하는 주장이 있었으나, 한시와의 차이를 설명하기 어렵고, 민요의 형성마저도 같은 방식으로 설명해야 한다. 향가가 일단 성립된 다음에 향가가 변해 후대의 시가 형태가 생겼다고 하는 것이 그 다음 가설로 등장했다. 그래서 무리를 줄였다고 할 수 있으나, 향가는 어떻게 해서 형성되었는지 말하지 못하고, 아버지격인 것과 아들격인 것이 아주 달라지게 된 사정을 설명할 수 없다.

민요에 있는 형식 가운데 어느 것을 택해 다듬어 향가, 경기체가, 시조, 가사가 이루어졌다고 하는 것은 자료 자체에 근거를 둔 대안이다. 기존의 시가에 불만을 가진 새로운 문학담당층이 민요의 형식 가운데 적절한 것을 다시 선택해 기록문학 영역의 시가 갈래를 재정립했다고 보면, 창조의 원천과 주체, 과정과 결과를 밝힐 수 있다. 문학사의 전개에 관한 많은 의문을 풀 수 있다.

본문에 서술된 율격론은 《서사민요연구》(계명대학출판부, 1970)에서 비롯하고, 《한국민요의 전통과 시가율격》(지식산업사, 1996)에서 정리되었다. 〈민족어시의 대응 방식〉, 《하나이면서 여럿인 동아시아문학》(지식산업사, 1999)에서 향가에서 비롯한 한국시가 율격의 특징을 동아시아 다른 나라의 경우와 비교해 고찰했다. '삼구육명'에 관한 최근의 논의가 최철, 앞의 책 ; 황패강, 앞의 책 ; 성호경, 《한국시가의 유형과 양식 연구》(영남대학교 출판부, 1995)에 있다. 율격에 관한

전반적인 논의가 홍재휴, 《한국고시율격연구》(태학사, 1983) ; 성기옥, 《한국시가율격의 이론》(새문사, 1986) ; 김대행, 《우리 시의 틀》(문학과비평사, 1989) ; 성호경, 《한국 시가의 형식》(새문사, 1999)에서 이루어졌다.

5.3. 향가의 작품세계

5.3.1. 민요 계통의 노래

〈서동요〉(薯童謠)는 서동이 지어 불렀다는 노래이다. 마를 캐서 팔아 서동 또는 마퉁이라고 일컬어지던 백제의 총각이 신라로 가서 이 노래를 지어 퍼뜨려, 진평왕(재위 579~632)의 딸 선화공주(善花公主)를 차지하기에 이르렀다고 했다. 그러나 유래 설명을 그대로 믿기 어렵다. 원래는 민요였던 것이 향가에 편입되지 않았던가 한다. 민요와 직접 닿고 있는 향가의 영역을 이해할 수 있게 하는 자료이다.

> 선화 공주님은 남 그윽히 얼어두고,
> 서동 방으로 밤에 몰래 안겨 간다.

노랫말을 해독하면 선화공주를 두고 이런 말을 했다는 것이다. "남 그윽히 얼어두고"라는 말은 다른 사람들은 모르도록 비밀스럽게 서방을 정해 사랑을 나누고 있다는 뜻이다. 아이들이 부르고 다녀서 마침내 임금의 귀에까지 들어갔다는 노래이므로 사설이 복잡할 수는 없다. 고유명사는 빼놓고 본다면, 이 노래는 여자가 남자와 남몰래 사랑을 맺어두고, 밤이면 남자에게 안겨 간다는 말이다. 무슨 소문을 듣고 누구를 놀리자고 부르는 동요의 짜임새를 오늘날에도 볼 수 있는 바와 같이 갖추고 있다.

그렇게 되기를 바라는 남자라면 전승되는 수법에 따라 노래를 지어낼 수 있다. 공연한 말이라도 소문으로 굳어지면 결과가 그렇게 되게 마련이라는 점을 노릴 만하다. 어쩌면 마음에 둔 여자를 배필로 삼기 위해 이런 노래를 지어 퍼뜨리는 풍속이 오래 전부터 있었을 듯하다. 노래가 퍼져 여자의 부모까지 듣게 되면 하는 수 없다는 듯이 딸을 내어주는 것이 널리 인정되는 관례였을 수 있다.

그런데 이 노래에서는 여자는 너무 존귀하고 남자는 아주 미천하다. 엄격한 계급분화가 이루어진 시대에, 마를 캐서 팔아 살아가는 총각이 해묵은 술책을 써서 존귀한 공주를 자기 아내로 삼겠다는 것은 허용될 수 없다. 그러나 문학적 상상력에서는 사회의 장벽을 쉽게 허문다. 마퉁이가 왕위에 올라 백제 무왕이 되었다는 데까지 이르러서 더욱 불가능한 것을 가능하게 만들었다. 그저 왕이라고 하면 실감이 부족하고 신라의 왕이라고 하면 사실이 아님이 바로 드러나니 백제의 무왕을 등장시켰을지 모른다. 미퉁이 이야기는 제주도 서사무가 〈삼공본풀이〉에도 있다. 얼마든지 다시 지어낼 수 있다.

이 노래는 진평왕 때 지은 것이라고 하기 어렵다. 전부터 있던 노래를 진평왕의 딸 선화공주와 관련되었다고 하는 사건에 넣으려면 진평왕 때가 지나고 시간이 얼마간 경과해야만 했을 것이다. 상하층의 관계를 갈라놓는 사회적 장벽에 불만을 나타내면서, 진평왕 때는 이런 일이 있었다고 마치 역사적 사건인 듯이 이야기를 꾸밀 때, 구전되던 노래가 향가에 편입되었다고 보는 편이 타당하다. 개인 창작의 시라고 해야 향가다울 수 있었다.

〈풍요〉(風謠)는 "풍요에 이르기를"이라고 한 설명에 이름이 나와 있다. 선덕여왕(재위 632~647) 시절에 양지(良志)라는 신통한 승려가 커다란 불상을 만드는 것을 거들어 온 성안 남녀가 다투어 흙을 운반하면서 불렀다고 한다. '풍요'라는 말은 민요를 뜻하고, 특정 노래 명칭은 아니다. 유래 설명을 받아들이면, 이 노래는 일을 하면서 부르는 노동요이다. 흙을 운반할 때뿐만 아니라, 후대에는 방아를 찧으면서도 불렀다고 했다.

노동요 또는 일노래는 노래 가운데 가장 먼저 생기고, 민요의 기본을 이루었다. 신라 때에 이미 가지 수가 많고, 사설이 다양해졌을 것이다. 일노래는 기능 유동적일 수 있고, 기능과 사설이 반드시 밀착되어 있지는 않은데, 이 노래 또한 그렇다. 흙을 운반할 때도, 방아를 찧을 때도 불렀다는 사설에서 노동에 관해 말하지는 않았다.

오도다 오도다 오도다, 오도다 서럽더라.
서럽더라 동무들아, 공덕 닦으러 오도다.

해독을 현대말로 옮기면 이렇다. <서동요>처럼 두 줄 형식이다. "동무"의 원말은 "의내"이다. 다른 말은 이해하기 어렵지 않고, 해독상의 문제점도 적다. 민요답게 단순하고 알기 쉽다. 여러 사람이 동무가 되어 함께 일하러 왔다고 한 것도 민요답다.

그런데 "서럽더라"고 하는 이유가 문제이다. 일하면서 사는 신세가 서럽다는 말이어서 원하지 않은 노동에 동원되는 괴로움을 하소연했다고 볼 수 있다. 그런 하소연을 민요의 사설로 삼았을 만했다. 그런데 다음 줄의 "공덕"과 연결시켜보면, "서럽더라"는 불교에서 하는, 인생이 무상하다고 한 말로 이해된다.

두 가지 의미 가운데 어느 하나를 배제할 것은 아니다. 이중의미에서 이 노래가 향가에 편입된 경위를 알아내는 단서를 찾아도 좋겠다. 예사 일노래라면 민요의 영역에 그대로 머물렀을 것이다. 양지스님이 불상을 만들 때 부른 토목노동요가 불교신앙요로도 이해되어 향가로 기록되었을 듯하다.

양지는 승려이지만 가문을 알 수 없는 신분이고, 지팡이와 자루를 보내 동냥을 했다고 했다. 일반 백성 단골들에 의지해서 살아가면서 스스로 조각을 하는 장인이었다. <삼국유사>의 저자는 말단 기예에 몸을 숨긴 이인이라고 평가했다. 그만큼 민중과 가까이에 있어서 노동과 불교신앙이 합쳐지도록 했다. <풍요>가 그 양면을 지닌 데 그런 연유가 있다.

<헌화가>(獻花歌)는 꽃을 꺾어 바치면서 부른 노래이다. 성덕왕(재위 702~737) 시절에 순정공(純貞公)이라는 사람이 부인 수로(水路)와 함께 강릉태수로 부임하는 도중 노래 두 편을 짓게 되는 사건이 일어났다고 한다. 처음에는 부인이 벼랑 위의 철쭉꽃을 탐내자 암소를 끌고 지나가던 노인이 꽃을 꺾어 바치면서 이 노래를 불렀다. 다음에는 부인이

바다의 용에게 잡혀가는 사건이 벌어지자 다시 어떤 노인이 나타나 경내의 백성을 모아 막대기로 바닷가를 두드리며 〈해가〉(海歌)라는 노래를 부르라고 했다. 〈헌화가〉는 향찰로 표기되어 전하고, 〈해가〉는 한시로 번역되어 있다.

〈삼국사기〉에서는 나라 동쪽 고을에 기근이 심해서 백성이 유랑하기 때문에 사자를 파견해서 구제한 일이 있었다고 했다. 그 해가 705년(성덕왕 4)이다. 백성이 유랑했다는 것은 부드러운 표현이고, 실제로는 민란이 일어나는 정도에까지 이르렀으므로 순정공을 파견해서 진압하고 수습한 것이 사태의 진상이 아닌가 한다. 같은 사실을 서로 다르게 서술해 차이점을 비교할 필요가 있다.

〈삼국유사〉에서는 순정공이 부인과 함께 갔다는 것을 긴요한 사실로 들었다. 부인 때문에 여러 가지 사건이 벌어진 데 관심을 가지게 했다. "물길"을 뜻하는 '수로'라는 기이한 이름을 가진 부인은 용모가 아름다워서 궁벽한 곳을 지날 때마다 귀신 따위에게 앗긴 바 되었다고 했다. 이 점은 수로부인이 무당이 아닌가 하는 추측을 자아내게 한다. 소란한 민심을 남편은 국가권력으로, 부인은 신통력으로 다스리기 위해서 두 사람이 함께 갔으리라고 생각된다.

그렇다면 〈헌화가〉와 〈해가〉는 굿을 하면서 부른 굿노래일 수 있다. 두 번이나 등장하는 노인도 그 정체를 두고 지나친 풀이를 할 것이 아니라, 굿에 등장한 가공의 인물이라고 보면 된다. 굿을 여러 차례 했을 것이며, 꽃거리라고 이름 짓고 싶은 대목에서는 〈헌화가〉를, 용거리라고 해야 할 대목에서는 〈해가〉를 불렀다고 보면 전후에 있었던 일을 쉽사리 이해할 수 있다.

굿노래야 대단한 것이 아니지만, 나라에서 보낸 무당이 정치적인 목적으로 활용했기에 향가에 편입되거나 한역되어 남아 있는 예외적인 처우를 받은 듯하다. 하나는 향가이고, 또 하나는 한역가인 차이점까지 이해하고자 한다면, 〈헌화가〉는 개인 창작시라고 소개할 만한 묘미를 갖추어 향가로 인정되고, 〈해가〉는 흔히 있는 굿노래를 다시 이용하는 데 그쳐 자료만 소개했다고 생각된다.

> 자줏빛 바위 가에 잡고 있는 암소 놓게 하시고,
> 나를 아니 부끄러워 하시면, 꽃을 꺾어 바치오리다.

〈헌화가〉는 이렇게 해독될 수 있다. 〈풍요〉와 같은 형식이다. 민요의 기본형이 일노래에서나 굿노래에서나 함께 쓰였음을 알겠다. 그러나 굿노래는 굿에서 벌어진 상황을 고려하면서 이해해야 하는 점이 일노래와 다르다. 수로부인이 벼랑 위에 핀 철쭉꽃을 꺾지 못해 애태우고 있을 때 암소를 몰고 가던 노인이 이 노래를 부르면서 꽃을 꺾어 바쳤다 한다. 흉년이 들어 민심이 이반된 사태가 수로부인이 해결해야 할 과제였다고 생각되지만, 그런 말은 하지 않고 꽃을 고난 해결의 상징으로 삼았다.

암소를 몰고 와서 자줏빛 바위 가에 놓아두었다고 한 노인은 자연의 풍요를 관장하는 신격이어서 꽃을 꺾어 고난을 해결해줄 수 있었다. 그 지방에서 섬기는 신의 도움으로 수로부인이 민심을 수습하게 되는 과정을 굿으로 보여주었다. 꽃거리는 원만한 결말에 이르렀다.

龜乎龜乎出水路	거북아 거북아, 수로를 내놓아라.
掠人婦女罪何極	남의 아내 앗았으니 그 죄가 얼마나 큰가.
汝若悖逆不出獻	네가 만일 거스르고 내어놓지 않으면,
入綱捕掠燔之喫	그물로 너를 잡아 구워서 먹겠노라

〈해가〉는 이렇다. 본디 넉 줄이고 네 토막이었던 것 같은데, 이런 것도 민요에서 흔히 찾아볼 수 있는 형식이다. 수로부인이 용에게 잡혀갔을 때 나타난 노인은 "뭇사람의 입은 쇠라도 녹인다"고 하면서 근처 백성들을 모아 이 노래를 부르라고 했다. 사설을 보면 〈구지가〉(龜旨歌)와 흡사한 데가 있어 오래 두고 전승하던 굿노래라고 할 수 있

다. 위협해서 뜻을 이루는 주술의 방식도 같다. 남의 아내를 빼앗아간 죄를 다스리겠다고 하는 말을 더 보태 더 크나큰 고난을 해결하는 데 썼다.

수로부인을 앗아갔다고 한 용은 악룡이며, 재앙과 반역을 상징한다. 희생자가 된 수로부인은 스스로 문제를 해결하지 못해 노인의 모습을 하고 나타난 신격의 도움을 받고, 근처 백성의 지지를 얻어 재앙과 반역을 물리칠 수 있었다. 그 과정을 희생의 제물이 되어 용에게 잡혀간 부인을 구출해내는 설화 유형을 이용해 흥미롭게 구체화했다.

용거리를 승리로 끝내지 않았다. 악룡이라고 해서 아주 퇴치해버린 것은 아니다. 수로부인이 용궁에서 돌아와 그곳을 찬양했다는 것은 타협하면서 화해를 이루려는 의도를 나타낸다고 할 수 있다. 그것은 굿의 결말과는 다른 정책적인 조처이다. 악룡 노릇을 한 지방의 불만 세력을 아주 제거하려고 하지 않고 적당한 선에서 용서하는 편이 유리하다고 판단한 것으로 보인다.

신라의 지배층은 불교를 최고이념으로 삼고 유교의 제도를 채택했으나 무속을 버린 것은 아니다. 위기를 타개하고 민심을 수습해야 할 때에는 굿을 했다. 강릉 태수 순정공의 수로부인만 그렇게 한 것은 아니다. 〈처용가〉(處容歌)의 유래 설명을 더욱 주목할 만하다. 처용이 굿을 하고, 헌강왕도 왕이 차차웅이었던 시기의 기능을 재현하고자 했다. 그런데 〈처용가〉는 굿노래일뿐만 아니라 연극대사이기도 하다고 보아, 놀이와 연극을 다룰 때 본격적으로 고찰하기로 한다.

〈서동요〉 해독은 김선기, 《옛적 노래의 새풀이》(보성문화사, 1993), 〈풍요〉는 양주동, 《증정 고가연구》(일조각, 1965), 〈헌화가〉는 김완진, 《향가해독법연구》(서울대학교출판부, 1980)를 따랐다. 작품해석은 《문학연구방법》(지식산업사, 1980)에서 시도한 것을 다시 이용했다. 지금부터 다루는 개별 작품에 관한 연구는 5.2.4.에서 든 저서에서 각기 갖추고 있으며, 연구사를 소상하게 밝힌 것도 있다. 하나씩 들어

살피는 것은 너무 번다한 작업이어서 생략한다. 원문과 해독 자체도 그쪽으로 미루고 현대역만 받아들여 이용한다.

5.3.2. 정치상황과 관련된 노래

〈혜성가〉(彗星歌)는 진평왕 때 융천사(融天師)가 지은 노래이다. 화랑 셋이 풍악에 놀러 가려고 할 때 혜성이 나타나 심대성(心大星)을 범했다. 불길한 사태를 꺼려 그만두려고 했다. 융천사가 이 노래를 지어 불렀더니 혜성이 사라지고, 일본병이 자기 나라로 돌아갔다. 기대 이상의 경사스러운 일이 벌어졌다고 진평왕이 기뻐하면서 세 화랑에게 산에 가서 놀게 했다고 한다. 이런 유래 설명과 함께 사설이 전하는 이 노래는 사뇌가의 특징과 구실을 알아볼 수 있는 첫 작품이라는 점에서 중요한 위치를 차지한다.

창작연대는 모르고 있었는데, 594년(진평왕 16)으로 고증된다. 〈삼국사기〉〈백제본기〉를 보면, 그 해인 백제 위덕왕 41년 겨울 11월에 혜성이 동녘 하늘에 나타났다는 기록이 있다. 동녘이면 신라 쪽이다. 신라에서는 그 혜성이 자기네 국왕을 상징하는 별을 침범하고 있다고 관측했다. 크게 우려할 사태이므로 비밀로 취급해 〈삼국사기〉에 오를 기록을 남기지 않았다고 생각된다.

혜성은 제5에서 제7까지 순번이 붙어 있는 세 화랑이 풍악에 가서 놀고자 할 때 나타났다 한다. 진흥왕 때 창설한 화랑 제도를 진평왕이 발전시켜, 제7화랑까지 인원을 늘리고 수련방법을 정비하는 등의 새로운 시책을 시행했던 것으로 보인다. 화랑이 산에 가는 행사에 진평왕이 직접 관심을 가진 것이 그 때문이었다고 할 수 있다.

"융천사"는 말뜻을 풀이하면 "하늘과 화합되게 한다"는 '융천'에 스승을 뜻하는 '사'가 붙어 있다. '사'는 화랑집단의 정신적 지도자 노릇을 하는 승려 스승이면서 하늘에서 일어나는 일을 관장하는 천문관이고 변괴를 물리치는 주술사이기도 했다고 생각된다. 세 화랑이 가는 길을 가로막은 변괴를 물리쳐 국왕의 고민을 해결해주는 것이 해야 할 일이다. 그 방법이 노래를 짓는 것이었다.

옛날 동쪽 물가 건달바의 논 성을랑 바라고,
왜군이 왔다 횃불 올린 어여 수풀이여.
세 화랑 산 보심을 듣고, 달도 갈라 그어 잦아들려 하는데,
길 쓸 별 바라고, 혜성이여 사뢴 사람이 있다.
아아, 날은 떠갔더리, 이에 어울릴 무슨 혜성을 함께 하리.

해독 자체에 문제가 있어 자세한 것은 알기 어려우나, 이 노래는 다섯줄임은 분명하면서 줄을 이루는 토막은 거의 불규칙하게 보인다. 첫째 줄, 둘째 줄은 네 토막으로 볼 수 있을 것 같으나, 셋째 줄, 다섯째 줄은 그렇다고 하기에는 너무 길다. 해독을 다시 하면서 다소 조절하더라도 정연한 형식이 드러날 것 같지는 않다. 사뇌가는 이처럼 처음에 형식이 산만하다가 차차 다듬어졌다고 볼 수 있다.

노래에서 말한 바는 핵심을 간추리면 "혜성이여" 하고 사뢴 사람이 있어도 그 말이 사실이 아니라는 것이다. 혜성이 없다고 하면 나타난 혜성이 사라진다고 믿는 주술의 원리가 작용하고 있다. 그렇게 말한 앞뒤에 다른 사설을 곁들여 주문이 시이게 했다. 주술적 서정시의 출현을 알린 작품이라고 문학사에서 차지하는 위치를 말할 수 있으나, 짜임새가 너무 교묘해 최초의 시도라고 보기는 어렵다.

처음 두 줄에서 건달바(乾達婆)가 놀면서 만들었다고 하는 환상의 성을 바라보고 왜군이 왔다고 봉화를 올린 수풀이 있었다고 했다. 건달바는 불교에서 말하는 음악과 놀이의 신이고, 건달바가 논 성은 바로 신기루이다. 혜성이 나타났다고 하는 것은 신기루를 보고 왜군이 왔다고 수풀에서 봉화를 올리는 것과 같다고 했다.

하늘의 혜성과 땅의 왜군이 서로 다른 이중의 위기를 조성한 것은 아니다. 하나는 위기의 징조이고, 다른 하나는 그 실상이다. 혜성이 심대

성을 범했다는 것은 왜군이 왕성 가까이 이른 사태이다. 그런데 시에서는 혜성 출현이 착각이고, 왜군 소식은 신기루를 보고 하는 말일 따름이라고 했다. 민심이 소란해지는 것을 막고, 굳건한 자세를 지니도록 한다.

셋째 줄에서는 달을, 넷째 줄에서는 다시 별을 말했다. 세 화랑이 산을 보러 간다는 소식을 듣고 달도 하늘을 갈라 그으며 잦아지려 하다가, 마침내 떠나가버렸다고 했다. 혜성이라고 하던 것이 길을 쓸고 가는 별에 지나지 않는다고 했다. 세 화랑은 달과 별을 무색하게 하는 해와 같이 우뚝한 존재이다. 그런 기백을 가지면 어떤 위기라도 극복할 수 있다.

혜성이나 왜군 자체를 물리친다는 노래는 주술이다. 혜성과 왜군 때문에 조성된 위기상황에 대처하는 자세를 말해주는 노래는 교훈이다. 그 둘이 하나이게 하는 작전을, 비유와 상징을 중첩시켜 의미의 층위가 여럿이게 하는 서정의 수법으로 수행했다. 그래서 최초의 사뇌가가 고도로 복합적인 심상을 갖추게 했다.

융천 같은 화랑집단의 스승이 자기 임무와 관련된 향가를 짓는 것은 그 뒤에도 얼마든지 있던 일이었을 것이다. 그 가운데 사뇌가 명편이라고 평가되는 것이 적지 않아 이상을 설정하고 사고의 차원을 높이는 데 기여했을 것이다. 통일전쟁이 진행되던 7세기가 그 전성기였을 것이다.

그러나 그때의 작품은 남아 있지 않다. 자료 상실의 아쉬움을 절감하지 않을 수 없다. 지금 볼 수 있는 화랑집단 스승의 노래는, 통일을 이룬 다음 화랑이 힘을 잃고 밀려난 8세기 중엽의 것들이어서 한창시절의 기백을 잃었다. 작자의 성격이 다른 작품도 몇 개 있어 논의의 대상으로 삼아야 하지만, 사뇌가의 중심영역과는 거리가 있다.

〈모죽지랑가〉(慕竹旨郎歌)는 죽지랑이란 인물을 찬양하고 사모한 노래이다. 죽지랑은 이름난 화랑이며 장군이었다. 진덕왕 때 김유신과 함께 국사를 논의하던 술종공(述宗公)의 아들이며, 신분은 진골이다. 아버지가 미륵상을 세운 뒤 그 공덕으로 태어났다고 한다. 삼국통일에 큰 공을 세우고, 벼슬이 17관등 가운데 제2등인 이찬에까지 올랐으며, 미륵의 화신으로 여겨질 정도로 높이 숭앙되었다. 노래를 지어 찬양할 만했다.

노래를 지은 사람은 득오(得烏) 또는 득오실(得烏失, 得烏谷)이다. 득오와 죽지랑의 관계는 세 시기에 걸쳐 서술되어 있다. 득오는 죽지랑이 화랑일 때 낭도 노릇을 했다. 그 뒤 자기 고장으로 돌아가 토착 지배자 익선(益宣)에게 매여 지내야 하는 처지가 괴로워 죽지랑의 도움을 청했다. 나중에 익선은 횡포를 저지른 내막이 밝혀져 조정에서 징벌했다.

그렇게 된 것은 지방에 대한 중앙정부의 통제가 강화되는 시대변화의 한 단면이다. 익선은 득오를 전래된 관습에 따라 지배하기만 했지만, 죽지랑은 득오를 육친과 같이 따뜻하게 대했다고 했다. 인간관계의 변화도 함께 일어났다. 득오는 익선을 징벌하도록 한 공로로 육두품으로 승격되고, 17관등 가운데 9등급인 급간의 지위에까지 올랐다.

득오가 죽지랑을 그리워한 〈모죽지랑가〉를 지은 것은 익선 사건이 일어나고 수십 년이 지난 효소왕(재위 692~702) 때의 일이다. 노래를 지은 연유는 밝혀져 있지 않으나, 아마도 죽지랑이 세상을 떠나자 추모하는 마음을 노래로 나타낸 것 같다. 젊은 시절의 고마웠던 일과 죽지랑이 자기에게 베푼 따뜻한 사랑을 생각하면서 서러움에 잠겼다.

지나간 봄 돌아오지 못하니 살아계시지 못해 울어 말라버릴 이 시름
눈두덩 볼두덩 좋으신 모습이 해가 갈수록 헐어가도다.
눈의 돌음 없이 저를 만나보기 어찌 이루리.
낭 그리는 마음의 모습이 가는 길 다복 구렁에 잘 밤 있으리.

가고 다시 오지 못하는 봄을 그리워하며 죽지랑이 없어 시름겨워 한다고 했다. 지난날의 좋은 시절을 봄이라 했다. 눈두덩과 볼두덩이 좋다는 말로 죽지랑의 아름다운 얼굴을 형용하고, 그 모습이 해가 갈수록

헐어갔다는 말로 노쇠했음을 나타냈다. "눈 돌림"이란 "그리움에 눈물이 핑 핑 돈다"는 말로 이해된다. 마지막 줄에서는 그리운 낭의 모습을 좇아 지향 없이 가려면 다복쑥 우거진 구렁에서 자야 할 때도 있으리라고 했다. 생사의 나뉨을 서러워하는 데 그치지 않고 저승까지라도 따라가고 싶은 절실한 마음을 나타냈다. 젊어서 화랑과 낭도의 관계를 가진 이래로 일생을 이어온 정이 그처럼 대단하다고 했다.

이 노래는 넉 줄이다. 넉 줄 향가는 이 노래와 〈처용가〉뿐이어서 안정된 형식이라고 하기 어렵다. 득오는 다섯 줄을 갖춘 사뇌가를 이룩하기에는 능력이 모자라, 민요의 기본을 이루는 두 줄 형식을 거듭하는 데 그치지 않았던가 한다. 신분 상승에 따르는 능력 향상이 제대로 이루어지지 않아 하층과 상층 중간 정도의 영역에 머물렀다고 해도 좋다.

죽은 사람을 추모한 노래는 더 있다. 진평왕 때 해론이 전사하자 추모하는 노래를 지었다는 것은 이미 살핀 바 있다. 다시 655년(무열왕 2)에 김흠운(金欽運)이 백제군과 싸우다 죽자 〈양산가〉(陽山歌)를 지어 불렀다. 김흠운도 진골이고 화랑이었으며, 나라를 위해 용맹을 떨쳤다. 그런 인물이 전사했으니 찬양하고 추모하는 노래를 지을 만했다. 〈해론가〉는 장가라고 했는데, 그런 말이 없는 〈양산가〉는 사뇌가였을지 모른다.

〈원가〉(怨歌)라고 이름 붙인 노래는 737년(효성왕 1)에 신충(信忠)이 지었다. 〈모죽지랑가〉와 상통하면서 대조적인 면이 있어서 함께 살필 만하다. 죽지랑 대신에 효성왕이 등장하고, 득오가 죽지랑과의 만남이 지속되지 못한 것을 안타까워했듯이, 신충은 효성왕과 헤어져 고민하면서 이 노래를 지었다. 존귀한 분과 따르는 이의 관계가 〈모죽지랑가〉에서는 추모로, 여기서는 원망으로 나타났다.

유래 설명을 보자. 효성왕이 등극하기 전에 신충과 함께 궁정의 잣나무 아래에서 바둑을 두면서 후일에도 신충을 잊지 않겠다고 잣나무를 두고 맹세했다. 왕이 되고서는 돌보지 않자, 신충이 노래를 지어 그 잣나무에 걸어 잣나무가 마르게 했다. 효성왕은 그렇게 된 다음에야 자기 잘못을 깨닫고 신충을 등용했다고 한다.

사건의 이면을 살펴보자. 효성왕은 둘째 아들인데 왕위를 계승했다. 그 과정에서 신충의 도움을 얻으면서 후일 잊지 않겠다고 맹세했다고 볼 수 있다. 신충은 739년(효성왕 3)에 집사부의 책임자인 중시가 되었다가, 그 다음 대의 경덕왕 757년(경덕왕 16)에는 상대등으로 승진했다. 양대에 걸쳐 왕당파의 중심인물 노릇을 하면서 관직생활을 화려하게 보내다가 나중에 승려가 되어 절을 짓고 왕의 명복을 빌었다.

물 좋은 잣이 가을에도 아니 그릇되이 지매,
너처럼 가자고 하신, 우러르던 얼굴 가시진 줄이야.
달이 비치고 잠잠한 못에 지나는 물결 언덕을 할퀴듯,
모습이야 바라나, 누리도 짓달리는구나.

〈원가〉 전문을 들면 이렇다. 넉 줄로 해독할 수 있는 대목만 남아 있고, "후구망"(後句亡)이라 해서 그 다음의 다섯째 줄은 전하지 않는다고 했다. 처음 두 줄에서는 효성왕이 잣나무를 두고 자기를 잊지 않겠다고 맹세하던 때의 일을 회상하고, 그 다음 두 줄에서는 그 뒤에 겪은 고난을 말했다.

둘째 줄의 "너처럼"은 효성왕이 잣나무를 두고 한 말이다. "가자고"는 살아가자고 했다는 뜻이다. 그때 한 말을 상기시켜 증거를 제시하는 데 그치지 않고, 못에 비친 달까지 등장시켜 우러르는 얼굴 모습을 나타내는 정교한 표현을 했다. 달의 모습은 변하지 않지만 자기 처지는 물결이 언덕을 할퀴듯 괴롭고, "누리"라고 한 세상 인심마저 함부로 달아난다고 한탄했다. 유래 설명을 보면 주술이기만 할 것 같은 노래가 서정시다운 표현을 잘 갖추었다.

최고관직에 오른 진골 귀족이 지은 향가는 이것 한 편뿐인데, 창작 동기가 떳떳하지 못하다. 주술을 서정으로 바꾸어 나타낸 솜씨가 뛰어나 표현 방법에서는 진전을 이룩했지만, 능란한 처세술의 하나로 향가까지 이용한 것은 비난받아 마땅하다. 득오는 미천한 처지에서 올라간 사람이어서 시작 수준이 낮은 것과 반대로, 신충은 너무 높은 곳에서 놀고 있어 자세가 진지하지 못했다.

〈혜성가〉와 〈모죽지랑가〉는 김완진, 《향가해독법연구》; 〈원가〉는 서재극, 《신라 향가의 어휘연구》(계명대학출판부, 1974)의 해독을 따랐다.

5.3.3. 월명사와 충담사

월명사(月明師)가 〈도솔가〉(兜率歌)와 〈제망매가〉(祭亡妹歌)를 지었다고 한다. 이름은 월명이고, '사'(師)는 존칭이다. 화랑의 무리를 지도하는 스승이어서 그렇게 일컬어진 것 같다. 노래 두 편 가운데 〈도솔가〉를 짓게 된 연유가 더 자세하게 나타나 있어, 그쪽부터 들 필요가 있다. 이미 언급한 자료이지만 앞뒤의 맥락까지 고려하면서 다시 검토하기로 한다.

760년(경덕왕 19) 사월 초하룻날, 해가 둘이 한꺼번에 나타나 열흘 동안이나 없어지지 않았다. 일관이 청하는 바에 따라서 경덕왕이 인연이 있는 승려를 맞이해 변괴를 퇴치하고자 할 때 월명이 지나갔다. 경덕왕이 기대했던 것은 불교의식이었던 듯한데, 월명이 "저는 국선지도(國仙之徒)에 속해 있으므로 향가만 알 뿐이고 범성(梵聲)은 모릅니다"라고 했다. 경덕왕은 "인연 있는 승려가 뽑혔으니, 향가만이라도 좋다"고 답했다. 월명사가 〈도솔가〉를 지어 부르자 변괴가 없어졌다고 한다.

무열왕의 4세손인 경덕왕은 강력한 권력을 장악하고, 화엄사상을 숭상하면서 지배질서를 공고하게 하려고 했다. 전국의 지명을 한자로 바꾸고, 지방통치 제도를 정비했다. 당나라 현종이 신라의 융성을 치하하는 시를 보내온 것이 그때의 일이었다. 지나친 개혁에는 저항이 있게 마련이었다. 내물왕계를 중심으로 하는 진골세력이 적지 않은 반발을 하고, 왕위를 위협하기까지 했다.

해가 둘이 나타나 열흘 동안 없어지지 않았다는 변괴는 정치적 위기 상황의 표출이었다. 해는 군주를 상징한다고 이해되었다. 해가 둘이 나타났다는 것은 왕위에 대한 도전이 생겼다는 뜻으로 받아들여졌다. 경덕왕으로서는 위기를 정치력으로 해결하는 데 그치지 않고, 주술적이고 종교적인 대응책도 마련해야만 했다.

경덕왕은 평소에 가까이 지내는 승려가 많았을 것인데, 우연히 만난 월명사에게 변괴를 퇴치하는 의식을 거행하라고 했다. 새로운 지지세력이 필요했기 때문에 특별한 조처를 하게 된 것이 아닌가 한다. 경덕왕과 월명이 묻고 답한 말에서 그런 사정을 엿볼 수 있다.

월명이 자기는 국선지도에 속해 향가만 알고 범성은 모른다고 한 말은 범성을 부르면서 거행하는 의식이 이미 제도화되어 있어, 향가를 부르는 국선지도는 참여할 수 없게 된 사정을 말해준다고 할 수 있다. 국선지도라고 일컬어진 화랑의 무리는 주변으로 밀려나 세력을 잃었던 것 같다. 화랑의 세력을 밀어낸 새로운 지배층이 권력을 장악해, 불교에서도 귀족불교의 특성을 지닌 화엄사상이 두드러진 위치를 차지했다고 생각되는 상황이었다.

월명처럼 미륵을 숭상하고, 향가를 지으면서 거리를 돌아다니는 시인은 화랑의 전통에 미련을 가지는 예외자가 되어 민간에서나 숭앙을 받았을 따름이었다. 달밤에 피리를 불면서 길을 지나가니 달이 가기를 멈추었다고 하는 신통력을 나라에서 인정하지 않았다. 그런데 경덕왕은 일이 다급하게 되자 월명을 불러들여 국선지도에 속하는 승려와 제휴하고자 했다. "인연 있는 승려"라고 한 것은 이미 기득권을 가진 쪽의 반발을 누르기 위한 구실이었다고 생각된다.

월명이 경덕왕을 위해 지은 노래가 〈도솔가〉이다. 노래 본문에 "산화"(散花)라는 말이 있어 〈산화가〉가 아닌가 하는 의문이 생길 수 있다고 보고 〈삼국유사〉의 저자 일연이 말했다. 이 노래는 〈도솔가〉이므로 〈산화가〉라고 하는 것은 잘못이라 하고, 〈산화가〉는 따로 있는데 말이

번거로우므로 싣지 않는다고 했다. 월명사는 기존의 〈산화가〉를 부르면서 산화의식을 거행하는 승려 집단에 속하지 않아 새 노래를 창작했을 것이다.

〈도솔가〉라는 노래는 유리왕 때에도 지어 불렀다. 나라를 편안하게 하는 노래를 다시 지어 '도솔가'라는 말을 거듭 사용했으면서, 나라를 편안하게 하는 방법은 서로 달랐다. 앞의 것은 통치이념을 선포하는 악장이었지만, 이번 것은 특정의 위기상황을 타개하는 데 소용되는 노래이다.

> 오늘 이에 산화가 불러, 솟아오르게 하는 꽃아 너는
> 곧은 마음의 명에 부리어 미륵좌주 모셔 나립하라.

두 줄이고 네 토막이다. 〈서동요〉·〈풍요〉·〈헌화가〉와 함께 민요에서 가져온 형식이다. 월명사의 창작 능력이 모자라 그렇게 한 것은 아니다. 말을 짧게 해야 뜻하는 바가 바로 이루어진다고 여겼을 수 있다. 주술시에서 서정시로 나아간 행적을 잠시 되돌릴 필요가 있었던 것 같다.

향가 가운데 이것만은 한역시가 함께 전해서 그 뜻을 이해하는 데 도움이 된다. 말뜻을 풀이해보자. 산화가(散花歌)를 불러 꽃이 솟아오르게 하고서는 당부했다. 꽃이여 너는 곧은 마음이 부리는 바를 받들어 미륵좌주(彌勒座主)를 모시고 와서 나립(羅立)하라고 했다. 꽃이 미륵불을 불러올 수 있다고 했다. 나립은 늘어선다는 말이다. 미륵에게 기원해 재앙을 해결하려고 한 불교신앙의 노래 같지만, 민간전승에서 가져온 주술이 더 큰 구실을 했다.

미륵에게 바친 공양물인 꽃이 미륵을 모셔오는 매개자가 되도록 하려고, "꽃아 너는" 하고 불러서 주술을 걸었다. 미륵은 다양한 성격을 가진 신앙대상이다. 이 노래에서는 불을 끌 수 있는 물의 상징으로 이해해 용을 뜻하는 '미리'와 동일시되는 신앙 대상이다. 한역시에서 "용루"(龍樓)에서 노래를 부른다고 했는데, 그 말이 대궐을 뜻한다고 이해하고 말 것

은 아니다. 용을 모신 누각이라는 것이 더욱 중요한 의미이다.

〈제망매가〉는 월명이 죽은 누이를 위해서 재를 올릴 때 지었다. 노래를 지어 부르자 문득 광풍이 일어나 제단에 놓인 종이돈이 서쪽으로 날려갔다고 했다. 죽은 누이가 그 돈을 노자로 삼게 되었다는 것이다. 그런데 노랫말은 주술이 아니고 서정으로 일관되어 있다.

> 생사 길은 이에 있으매 머뭇거리고,
> 나는 간다는 말도 못다 이르고 가는가요?
> 어느 가을 이른 바람에, 이에 저에 떨어질 잎처럼,
> 한 가지에 나고, 가는 곳 모르온저.
> 아아, 미타찰에서 만날 나, 도 닦아 기다리겠노라.

이 노래는 일찍부터 해독이 잘 되었다. 다섯 줄 형식인 사뇌가의 전형적인 모습을 보여준다. 모두 네 토막씩이되, 첫줄은 한 토막이 모자라는 것 같고, 마지막 줄의 "아아"는 별도로 첨부되어 있다. 처음 두 줄, 그 다음 두 줄, 그리고 마지막 한 줄이 하나씩 독립된 문장을 이루면서, 넉 줄 두 문장으로 전개되어온 시상이 마지막에 한층 더 높은 경지로 고양되는 짜임새가 널리 규범이 될 수 있게 갖추어져 있다.

처음 두 줄에서는 누이의 죽음을 말했다. 생사 길은 누이를 머뭇거리게 하며, 간다는 말도 못다 이르고 가게 했다. 머뭇거리는 것은 사람의 마음이고, 가지 않을 수 없는 것은 정해진 운수이다. 그 다음 두 줄에서는 누이와 자기의 관계를 말했다. 낙엽의 비유는 죽음에 따르는 이별의 서글픔을 아주 잘 나타내주는 적절하고 세련된 표현이다.

그런데 생사의 나뉨을 겪어도 재회가 가능하다고 믿어, 마지막 줄에서 미타불의 서방정토에서 만날 날을 도 닦아 기다리겠다고 했다. 마지막 줄에서 시상의 비약을 이룩하는 다섯 줄 향가 특유의 짜임새를 아주 잘 살려, 이별의 노래가 만남을 기약하는 노래가 되게 했다. 사사로운 정감을 나타내는 서정시가 종교시로 승화되게 했다.

　월명사와 함께 이름이 남은 충담사(忠談師) 또한 높은 경지에 이른 향가 시인이었다. 충담이라는 이름에 '사'라는 존칭이 붙은 것은 월명의 경우와 같다. 충담 또한 많은 노래를 지었을 것 같은데, 남아 있는 것은 〈안민가〉(安民歌)와 〈찬기파랑가〉(讚耆婆郎歌) 두 편뿐이다. 그 둘 가운데 〈안민가〉의 내력부터 보자. 〈찬기파랑가〉에 관한 말이 그 속에 포함되어 있다.

　경덕왕은 월명을 만나 〈도솔가〉를 얻은 6년 뒤 765년(경덕왕 24)에는 충담에게 부탁해 〈안민가〉를 지었다. 비슷한 상황이 그 사이에 더욱 악화되었다. 경덕왕은 후사가 없어서 근심하다가 의상(義湘)의 10대 제자 가운데 하나이며 화엄학의 고승인 표훈(表訓)에게 청해 아들을 얻을 수 있는 신통력을 발휘해달라고 했다. 그 결과 아들이 태어나기는 했지만 무리하게 아들을 원한 탓에 나라가 위태하게 되리라는 예언을 들었다.

　764년(경덕왕 23)에는 경덕왕을 반대하는 파의 거두 김양상(金良相)이 시중이 되는 정변이 일어나 경덕왕은 위치가 불안하게 되었다. 김양상은 나중에 선덕왕이 되어서 무열왕계를 대신한 내물왕계의 왕통을 연 인물이다. 〈안민가〉를 지은 시기는 그 다음해 3월이다. 6월에는 경덕왕이 세상을 떠나 여덟 살에 지나지 않는 아들이 왕위를 물려받았다.

　〈안민가〉를 짓도록 한 직접적인 동기는 이렇게 서술되어 있다. 경덕왕이 나라를 다스린 지 24년이 되자, 오악·삼산의 신들이 이따금 궁전 뜰에 모습을 드러냈다. 다른 여러 형태로 나타나는 천재지변과 함께, 그것은 위기의 예고였다. 그래서 삼월 삼짇날을 택해, 나라를 편안하게 하는 의식을 거행하려고 기다리고 있는데 충담사가 나타났다.

　충담사는 삼화령(三花嶺)에 가서 미륵에게 차를 끓여 공양하고 돌아오는 길이었다. 충담사 또한 월명사처럼 밀려나 있어 뜻을 펴지 못하고 지내는 국선지도의 승려였다. 화랑의 전통을 자기 나름대로 간직하면서 미륵을 숭상했다. 경덕왕은 다시 한 번 그쪽의 도움을 청했다.

임금은 아비요, 신하는 사랑하시는 어미요,

백성은 어리석은 아이라고 하시면, 백성이 사랑하리라.

탄식하는 뭇 창생, 이를 먹도록 다스릴지어다.

이 땅을 버리고 어디로 갈까 하면, 나라가 지녀지리라.

아아, 임금같이, 신하답게, 백성같이 하면 나라가 태평하리라.

모두 당연한 말인 것 같지만 깊이 새겨야 할 뜻을 지니고 있다. 탄식하는 뭇 창생을 먹고살 수 있게 보살펴, 자기 나라를 버리고서는 갈 곳이 없음을 알게 하자는 것은 애민 통치의 요체이다. 중세가 시작되면서 표방한 이상이 여기서 처음으로 명확하게 서술되었다. 국가는 가족과 같아 임금은 아비고, 신하는 어미여서 아이인 백성을 사랑한다고 하는 것이 삼자관계를 바람직하게 규정한 최상의 표현이다.

〈안민가〉를 새삼스럽게 지은 것은 백성의 불만을 누를 필요가 있었기 때문이 아니다. 신하가 임금의 자리를 위협하는 사태가 벌어지고 있어, 임금은 아비요, 신하는 어미라야 백성을 살릴 수 있다고 하면서, 백성 쪽의 사정을 들어 신하의 도전을 막는 명분을 삼았다. 애민통치의 이상을 실현하는 개혁을 한다면서 반대세력을 누르고자 했다. 그러나 이미 때가 늦어 뜻을 이루지 못했다.

충담은 〈안민가〉보다 먼저 〈찬기파랑가〉를 지었다. 충담을 처음 만났을 때 경덕왕은 "내 들으니 스님이 지은 〈찬기파랑사뇌가〉(讚耆婆郎詞腦歌)는 그 뜻이 매우 높다는데, 과연 그런가?" 하고 물었다. 그 노래는 경덕왕도 소문을 들어 알고 있을 정도로 크게 평가되었다. 충담이 이름난 향가 시인이 된 것이 그 작품 덕분이다.

〈찬기파랑가〉는 기파랑을 찬양한 노래이다. 기파랑이 누구며, 왜 그 노래를 지었는지 알 수 있게 하는 자료는 없어 추측해볼 수밖에 없다. 기파랑은 화랑임에 틀림없다. 고매한 인격을 지녀 널리 숭앙되고, 미륵의 하생으로 여겨졌을 것 같다. 그런 인물을 찬양하며 화랑집단이 결속을 다짐하고 공동의 목표를 설정하는 풍속은 이미 오래 전부터 있었을 것이다.

〈찬기파랑가〉는 그런 한창 시절의 노래는 아니다. 이미 월명의 경우를 통해서 살핀 바와 같이, 화랑이 변두리로 밀려나는 시대 변화를 겪었다. 화랑집단의 잔존인원들과 '사'로 지칭되는 스승 사이의 유대도 전과 같지는 않았으리라고 생각된다. 월명이 내면의 정서로 관심을 돌려 〈제망매가〉를 지었듯이, 충담은 이미 죽고 없거나 비참하게 된 기파랑을 자기 홀로 찬양하는 노래를 지었을 수 있다.

〈삼국유사〉에 전하는 향가 가운데 유독 〈찬기파랑가〉에만 '사뇌가'라는 말을 붙여 〈찬기파랑사뇌가〉라고 했다. 사뇌가의 요건인 높은 뜻을 잘 갖추고 있어 그랬던 것이 아닌가 한다. 높은 뜻이란 미적 범주를 들어 말하면 숭고한 이상을 추구하고 표현한다는 것이다. 그것이 사뇌가의 특징이다. 그런데 이 작품에서는 숭고가 비장과 이어져 있다. 전성기를 지나 화랑의 이상이 시련을 겪고 있는 상황을 나타냈기 때문이다.

> 열치매 나타난 달이,
> 흰 구름 좇아 떠감이 아니냐, 새파란 내에
> 기랑의 모습이 있어라, 이로부터 냇가 조약에서
> 낭이 지니시던 마음의 끝을 좇고자.
> 아아, 잣 가지 높아 서리 못 누울 화판이여.

해독하면 이렇다. 다섯 줄이 가지런하게 배열되어 있으면서 첫줄은 한 토막 모자라는 짜임새를 〈제망매가〉에 이어 다시 볼 수 있다. 그러면서 형식상으로는 앞줄에 속하면서 내용에서는 뒷줄로 건너가는 말이 거듭 보인다. 종결어미가 줄 가운데 오기도 한다. 그런 변형을 사용해 시상을 한층 더 오묘하고 복합적인 것으로 만든 수법은 다른 작품에서는 잘 나타나지 않는 것이다. 사뇌가의 전형이라기보다 사뇌가가 어디까지 갈 수 있는지 보여주는 작품이라고 하는 편이 더 적합하다.

기파랑의 모습을 보여주는 달이 흰 구름과 함께 어딘가로 떠나가, 자기는 물에 비친 그 모습이나마 찾아 사모하는 대상으로 삼는다고 했다. 냇가 조약돌에서 기파랑이 지니던 마음의 끝이라도 따르고자 한다고 했다. 처음 네 줄이 그렇게 전개되다가, 다섯째 줄에서는 기파랑이 잣 가지 높아 서리 못 누울 화판(花判)이라고 했다. 서리는 시련을 말한다. 서리가 내려도 높은 잣 가지는 항상 그 위에서 곧게 뻗어 있다. 화판은 꽃잎을 말하거나 고깔을 말하거나 화랑의 상징이다. 시련을 넘어서는 고결한 자세가 화랑답다고 찬양한 말로 이해된다.

경덕왕이 월명과 충담의 도움을 받아 왕통을 유지할 수 있었던 것은 아니다. 아들 혜공왕은 피살되었다. 그 뒤에는 무열왕계가 아닌 내물왕계가 왕위를 차지했다. 선덕왕 때의 과도기를 청산하고 등장한 원성왕은 스스로 신이한 능력을 발휘한다고 하면서 경덕왕과는 다른 노선을 택했다. 〈삼국유사〉에서 "대왕은 진실로, 못 되고 잘 되는 변화를 알았으므로 〈신공사뇌가〉(身空詞腦歌)가 있었다"고 했다.

그 말은 원성왕 자신이 제왕인 채로 융천·월명·충담 같은 '사'들이 하던 구실을 차지하고자 했음을 암시한다고 볼 수 있다. 노래가 남아 있지 않아 알 수 없지만, 잘 되고 못 되는 변화에 통달했다 하기 위해 무슨 이념을 내세우고, 지배질서를 재확립하기 위해 사뇌가가 필요했음을 깨달은 것은 주목할 만하다. 그렇지만 자기 몸의 안전을 지배질서와 동일시하지 않았나 하는 의심이 든다.

〈도솔가〉와 〈제망매가〉는 김완진, 〈안민가〉는 서재극, 〈찬기파랑가〉는 양주동의 해독에 따라 이해했다.

5.3.4. 불교를 따른 노래

향가는 화랑집단의 스승이 아닌 다른 누구도 지을 수 있었다. 작자의 자격이 아닌 작품의 성향이 문제였다. 민요의 정착이 아닌 창작 향가라면 숭고한 이상을 갖추어야 했다. 화랑과는 관계를 가지지 않으면서 숭고한 이상을 스스로 설정하는 것은 가능하지 않아, 불교의 성향을 받아들였다.

먼저 〈원왕생가〉(願往生歌)를 보자. 유래가 자세하게 소개되어 있다. 문무왕 때 광덕(廣德)이라는 사람이 신을 삼아서 생계를 꾸렸으며, 아내는 분황사 종이었다고 한다. 광덕의 벗 엄장(嚴莊)은 농사를 지으며 살아가는 처지였는데, 광덕이 죽자 광덕의 아내를 차지하려고 했다. 세 사람의 관계는 흔히 있을 수 있는 것이며, 하층민의 생활이 문헌에 전하는 희귀한 사례라는 점을 제외하고서는 특별히 주목할 바 없다고 할 만하다.

그런데 그런 상황과 전혀 상반된 진술이 함께 나타나 있다. 광덕은 불도를 열심히 닦는 승려이고, 더구나 아내는 관음보살의 화신이라 했다. 광덕과 아내는 한 번도 동침하지 않았다고도 했다. 어째서 그럴 수 있는가? 이 의문을 풀어야 광덕이 지었다는 노래를 이해할 수 있다.

분황사의 종이 관음보살의 화신이었다는 것은 관음보살이 그런 천한 몸을 하고 이 세상에 와서 중생을 제도했다는 말이기도 하다. 종노릇을 하는 천한 신분이라도 불도를 닦아 높은 경지에 오르면 관음보살일 수 있다는 생각을 그렇게 표현했다고 볼 수도 있다. 광덕이 고승의 경지에 이르러 서방정토로 갔다는 것은 더 쉽게 설명할 수 있는 믿음이다. 부부가 동침하지 않았다는 것은 생활의 실상과 정신적 지향 사이의 거리를 극단화해서 말했다고 이해된다. 신라 불교가 귀족불교의 한계를 넘어서 미천한 백성에게도 수용되자 현실 초극의 사고방식이 나타난 것이다.

미천한 백성은 신라가 불국토임을 믿고 미륵이 하생해서 나라를 이끌어간다는 자부심을 귀족과 함께 누릴 수 없었다. 화엄사상의 오묘하고도 치밀한 체계에 기대를 걸 수 있는 것도 아니었다. 관음이 출현해서 구원을 해주는 이적을 기다리고, 내세에는 서방정토에 태어나도록 열심히 염불을 하면서 나날의 고난을 잊고자 했을 것이다.

노래의 작자가 누군가 하는 문제를 두고서도 논란이 있지만, 광덕이 아니라고 해야 할 이유가 없다. 광덕의 처지를 보아 처음엔 신을 삼으면서 민요가락을 흥얼거렸다고 할 수 있지만, 그렇게만 살고 말 수 없다는 생각에서 불교가 받아들인 사뇌가의 전통을 체득하는 수련을 했을 듯하다. 사뇌가를 지을 수 있게 되어 불교수행이 높은 경지에 이르렀다고 믿었을 터이고, 그 증거를 제시하느라고 광덕의 아내가 그 노래를 엄장에게 들려주었을 것이다.

> 달아, 이제 서방까지 가려는가요?
> 무량수전에 뉘우침 오램을 함씬 사뢰소서.
> 다짐 깊으신 존전을 우러러 두 손을 모두어,
> 원왕생, 원왕생 그리는 사람이 있다고 사뢰소서.
> 아아, 이 몸을 남겨 두고 사십팔대원 이루실까.

사뇌가의 형식은 갖추었으나 사연이 간략한 편이다. 달에게 소원을 비는 방식으로 하고자 하는 말을 했다. 달이 서방까지 가거든 무량수불(無量壽佛)에게 빌어 서방정토에 태어나기를 갈구하는 사람이 있다고 사뢰어 달라고 했다. 중생을 제도하는 마흔여덟 가지 서원을 세운 부처가 자기 몸을 고난에 찬 현세에 그대로 남겨둘 수 있겠는가 하는 말로 결말을 삼았다.

이름이 나타나 있지 않아 〈천수대비가〉(千手大悲歌)라고도 하고 〈도천수관음가〉(禱千手觀音歌)라고도 하는 노래는 〈원왕생가〉와 관련시켜 이해할 필요가 있는 기원의 노래이다. 기원을 한 절은 역시 분황사이다. 거기 모신 "즈믄 손 즈믄 눈"을 가진 관음이 간절한 소망을 비는 가엾은 사람들을 구원해주는 영힘이 있다고 이 노래기 입증했다.

경덕왕 시절에 한기리(漢岐里)라는 동네에 산다고 소개한 여인 희명(希明)은 어느 날 갑자기 다섯 살 먹은 딸의 눈이 멀어 걱정이었다고 했다. 고유명사가 분명해야 신빙성이 생긴다. 아이를 안고 분황사 천수관음화상 앞으로 가서 아이로 하여금 노래를 지어 빌게 하니 눈을 뜨게 되었다고 했다.

다섯 살 먹은 아이가 노래를 지었다는 것을 시비의 대상으로 삼을 것은 아니다. 분황사에서 이미 만들어놓았던 사뇌가 형식의 기도문을 어머니에게 전해주고 아이가 스스로 지었다고 하면서 노래하게 했다면 잘못된 것이 없다. 아이가 노래를 짓는 이적 없이 관음이 눈을 뜨게 해 달라고 바랄 수는 없다.

> 두 무릎을 낮추며 두 손바닥 모아,
> 천수관음 앞에 비는 말씀 두노라.
> 즈믄 손에 즈믄 눈을 하나를 놓아 하나를 덜어,
> 두 눈 감은 나니, 하나를 숨겨주소서 매달리누나.
> 아아, 나라고 아실진댄 어디에 쓸 자비라고 큰고.

노래는 이처럼 사뇌가 형식은 갖추고 있지만, 관음보살더리 눈을 달라고 하면서 자기 사정을 알아주어야 커다란 자비를 베푸는 보람이 있다고 말하기만 해서 시상이나 표현이 단순하다. 같은 사연을 되풀이했으며, 마지막 줄에서 갖추어야 할 비약이 없다.

〈원왕생가〉에서나 이 작품에서나 현실을 이상 쪽으로 끌어올려 현실과 이상의 간격을 메우는 데 사뇌가를 쓴 것은 잘못이 아니다. 그러나 이상 추구가 기원이기만 하면 사뇌가다운 긴장이 파괴된다. 사뇌가 형식이 널리 알려져 누구나 사용할 수 있게 되면서 본래의 가치를 상실하는 변질의 징후가 이 작품에서 더욱 확대되었다.

도적을 만나 지었다고 해서 〈우적가〉(遇賊歌)라고 부르는 것은 위에서 다룬 것들과 다른 작품이다. 원성왕(재위 785~798) 때 영재(永才) 스님이 지었다고 하는 유래가 소개되어 있다. 영재는 향가를 잘 지어 이름이 널리 알려져 있었다고 했다. 영재는 이름에 '사'(師)라는 말이 들어가지 않았고 화랑도와도 아무런 관련이 없는 승려인데 향가를 잘 지었다고 하니, 신라말에는 월명사나 충담사와는 다른 성향의 시인이 나타났음을 알 수 있다.

영재는 세상일에 구애되지 않고, 성격이 골계스럽다고 했다. 무슨 이상을 추구하면서 고민하기보다는 세상을 조롱하는 것을 시 정신으로 삼았다는 말로 이해할 수 있다. 세상을 피해 남악이라고 한 지리산에 숨으러 가다가 길에서 도적을 만났다. 도적떼는 무려 60명이나 되었다고 하니 대단한 숫자이다. 도적이 늘어난 것은 살기 어려워진 탓이라고 생각된다. 그대로 있으면 굶어죽게 된 백성이 도적이 되는 것을 막을 수 없었다

도적들이 처음에는 영재에게 반감을 보이다가, 영재가 부르는 노래를 듣고 감복했다는 것은 불만층의 공감을 확인했기 때문이라고 생각된다. 영재가 도적들을 개심시켰다고 말해두었지만, 영재가 도적의 무리에 가담해 한 패거리가 되었을지 모른다.

> 제 마음의 모습이 못 보이려든,
> 일원조일(日遠鳥逸) 달이 난 것을 알고 지금 수풀로 갑니다.
> 다만 잘못된 것은 강호(强豪)님, 머물린들 놀라겠습니까?
> 병기를 마다하고, 즐길 법일랑 듣고 있는데,
> 아아, 조그만 선업(善業)은 아직 턱도 없습니다.

노랫말이 대강 이렇다고 할 수 있으나, 빠진 글자가 있고 해서 해독이 제대로 되지 않는다. 처음에 자기 마음의 모습을 볼 수 없다고 한 것은 본심을 잃고 있는 데 대한 개탄일 듯하다. 자기가 먼저 본심을 찾고자 해서 택한 길이 수풀 속으로 들어가는 것이었다. "일원조일"이 한문구라는 견해를 따른다면, 날은 멀고 새는 게으르다고 한 데 이어, 달이 돋아 오르는 정경을 그려볼 수 있다. 선가(禪家)의 기풍이 있다.

마음이 한가롭고 막힌 데 없으니, "강호"라고 한 도적의 무리가 나타나 병기로 위협한다고 해서 놀랄 이유가 없다. 너와 나의 구별이 본래 없지 않은가. 그 점을 깨닫지 못한다면 선업을 지으려 해도 미치지 못

하는 것이 당연하다고 했다. 생명이 위태로운 긴박한 상황에서 벗어나는 길을 위가 아닌 아래에서 찾았다.

〈원왕생가〉나 〈도천수관음가〉에서는 간절한 신앙의 대상이던 불교가, 여기서는 집착을 타파하는 방편이 되었다. 〈우적가〉는 창작 능력을 제대로 갖춘 전문가의 작품이어서 그 둘처럼 수준이 저하되거나 변질되지는 않았으면서 방향을 돌리는 일탈을 보였다. 사뇌가에서 줄곧 추구하던 숭고를 골계로 바꾸어놓았다.

〈원왕생가〉는 서재극, 〈천수대비가〉와 〈우적가〉는 김완진의 해독을 따랐다. 김학성, 〈필사본 '화랑세기'와 향가의 새로운 이해〉,《한국 고시가의 거시적 탐구》(집문당, 1997)에서 소개하고 고찰한 향가는 자료가 의심스러워 받아들이지 않는다.

5.4. 불교문학에서 문제된 이치와 표현

5.4.1. 불교사와 문학사

고구려는 372년(소수림왕 2), 백제는 384년(침류왕 원년), 신라는 528년(법흥왕 15)에 불교를 공인하고 세 나라가 모두 불교국가가 된 것은 획기적인 의의가 있다. 한문을 사용하고 유학을 받아들여 중세화의 길에 들어선 것만으로는 아직 부족한 내면정신 성장의 과업을 불교가 담당했다. 유학은 정치의 형태나 제도에 관한 지식을 제공하는 데 그쳐, 인생의 궁극적인 문제에 대답하는 과업은 불교가 맡아야 했다.

불교는 힌두교·이슬람교·기독교와 나란히 판도를 넓혀나간 보편종교이며 중세문명권을 형성하고 구분하는 구실을 함께 했다. 본산지인 인도는 힌두교에 내주고 동쪽으로 나아가 남북 두 곳에서 다시 태어나, 아시아의 사상과 예술이 높은 수준을 자랑할 수 있게 했다. 북방불교는 불경을 번역해 사용하는 경전어가 어느 것인가에 따라 티베트불교와 한문불교로 나누어진다. 우리는 한문불교의 영역을 선택하고 더욱 확장했다.

한문불교는 동아시아가 한 문명권이게 하는 정신적 실체를 제공했다. 한문이나 유교는 중국이 주도하고 한족이 앞서서 발전시켰지만, 불교는 그렇지 않다. 경전 번역과 불상 조성에 힘써 불교를 중국 땅에 정착시킬 때 여러 민족이 지혜를 모았으며, 북위(北魏)를 비롯한 여러 유목민족국가가 크게 기여했다. 한족이 내세우는 문자문명의 위세에 타민족은 불교미술로 맞서 운강(雲岡), 용문(龍門), 돈황(敦煌) 등지에 놀라운 유적을 남겼다. 한국, 일본, 월남, 유구 등이 동참해 여러 민족이 함께 이룩한 창조의 성과를 더욱 풍부하게 하자, 동아시아 전역이 불교문명권이 되고, 불교가 동아시아의 공동이념이 되었다.

고대의 자기중심주의를 버리고 중세의 보편주의를 이룩하는 데 필요한 최상의 논리를 불교가 제공했다. 불교는 모든 중생은 불성을 가지고, 누구나 노력하면 부처가 될 수 있다고 했다. 북방불교가 그 두 가지 명제를 더욱 분명하게 하는 데 앞섰다. 그렇다면 모든 사고가 달라져야 했다. 지배집단의 배타적인 우월성을 입증하는 건국신화나 서사시는 오랜 권위를 상실하게 되어, 이념 표현을 위한 문학형태를 새롭게 마련해야 했다. 불교미술에서 시각화해서 보인 사고의 혁신을 문자와 언어로 나타내기 위해 다각도로 노력해야 했다.

생각을 바꾸면 누구나 같은 사람이 된 것은 아니다. 당위와 현상은 구분해야 하므로, 불교에서 전개하는 논의는 스스로 부인하는 이원론의 성격을 지녔다. 이상 차원의 평등과 현실생활의 불평등, 피안의 화합과 나날이 경험하는 갈등이 어떤 관계에 있는가 하는 심각한 문제를 두고 수많은 논란을 벌어야만 했다. 방대한 분량의 불경에다 더 많은 주석과 논의를 붙이고 시문을 창작했다. 신앙을 해답으로 하기 전에 따질 것은 따져야 한다고 여겨, 불교가 이룩한 저작은 양과 질 양면에서 다른 어떤 보편종교보다 월등하다.

불교는 말이란 무엇인가 하는 문제를 심각하게 다루었다. 염불을 하고 주문을 욀 때에는 말에 주술적인 힘이 있다고 믿으면서 한편으로는 말을 극도로 불신했다. 불타가 깨달은 근본이치는 말로 나타낼 수 없고, 글로 써도 어긋나기만 한다고도 했다. 그러면서 말로써 말을 없애기 위해 말을 많이 했다. 분별하고 시비하는 이치를 넘어서야 깨달을 수 있다고 하는 이치를 치밀하게 논증하려고 했다.

불교의 승려는 국제인이었다. 해외여행을 하기 아주 어려운 시기에 일부의 상인을 제외하면 승려만 여행의 자유를 누렸다. 불교가 전해진 그 방대한 영역 어디를 가든 환영받고, 절에서 머물다가 노자를 얻어 떠나갈 수 있었다. 중국을 자기 집인 듯이 드나들고, 멀리 천축이라고 하던 인도까지 가서 불법을 탐구하고 고국으로 돌아오지 않은 채 일생을 마친 승려가 적지 않다.

그럴 때에도 동아시아는 하나이면서 여럿이었다. 민족과 언어가 구분되고 나라 사이의 이해관계가 대립되어 있었다. 삼국의 승려는 국제인이면서 또한 자기 나라 사람이어서 불교의 보편성과 자기 문화의 주체성 사이의 갈등을 의식해야만 하고, 받아들이는 문화를 스스로 창조하는 문화로 전환하는 데 고민을 겪지 않을 수 없었다. 문화적 보편주의 속에서 자기를 인식해야 하는 과제는, 불교의 위치를 유교가 차지한 다음에도 중세가 지속되는 동안에는 언제나 심각하게 제기되었다.

삼국의 승려는 불교에서 벌이는 논란에 뛰어들어 난해하기 이를 데 없는 내용을 잘들 이해하고, 자기 스스로 다시 따지는 글을 계속 썼다. 글에 대한 근본적인 회의가 글쓰기 방법을 예사롭지 않게 개척하게 하고, 사고 수준이나 표현 능력을 전례 없이 향상시킨다는 것을 잘 보여주었다. 문학을 한다고 표방하지 않으면서, 스스로 판단해 강구한 작전을 성과 있게 실행했다. 그 과정에서 제기된 문학사상의 근본문제는 불교를 비판하고 나선 후대의 유학에서도 계속 거론하지 않을 수 없었다.

한문으로 쓴 글을 모두 한문학이라고 해보자. 이렇게 규정될 수 있는 광의의 한문학에서 불교문학은 일찍부터 다른 분야를 압도할 수 있는 비중을 가졌다. 원효(元曉)를 위시한 승려의 저술이 최치원(崔致遠)에 이르러서야 격식과 규모를 갖추었다고 하는 일반 문인의 작품보다 먼저 자리를 잡고 훨씬 많으며, 도달한 수준이 월등하다. 승려는 중국이나 일본에 전해져 경전으로 숭앙된 명저를 남기고, 그 영향이 후대까지 광범위하게 확인되기도 하는데, 일반 문인의 작품은 설사 중국에서 상당한 정도로 인정받은 전력이 있다 해도 국제적인 평가를 누리기에는 미흡했다.

고구려의 불교는 가장 먼저 정착되고 지도적인 위치를 차지했다. 자료 부족으로 자세한 사정은 알기 어려운데, 요동성 사람인 5세기말의 승려 승랑(僧朗)이 고구려를 떠나 중국에 가서 삼론종(三論宗)을 탐구하고 선양해 높이 평가된 내력이 일부나마 전해지고 있다. 삼론이란 중론(中論)을 위시한 세 가지 논이며, 중관(中觀) 사상을 담고 있다. 승랑은 그 이치를 깊이 연구해, 유(有)를 내세우는 것과 공(空)에 매달리는 태도를 함께 배격하는 방법을 논리적이며 체계적으로 전개했다. 직

접 쓴 저술은 남아 있지 않지만 다른 사람들이 인용해서 거론하는 바에서 그 성과를 엿볼 수 있다

백제 불교는 고구려 불교에 못지않았으리라고 생각되지만, 승려의 저술은 남아 있는 것이 없다. 다만 몇몇 고승의 행적이 알려져 있을 따름이다. 겸익(謙益)은 526년(성왕 4)에 인도에서 귀국하면서 계율에 관한 경전을 가져와 번역했다. 그 뒤를 이어 담욱(曇旭), 혜인(惠仁) 등이 〈율소〉(律疏) 36권을 저술했다. 번역과 저술을 독자적으로 했다는 사실은 백제 불교의 수준을 입증해준다. 백제 불교는 계율을 존중하는 특징을 지녔던 것도 알 수 있다.

신라는 고구려나 백제보다 불교를 늦게 받아들이면서 많은 시련을 겪었다. 그러나 일단 공인된 다음에는 스스로 승려 노릇을 겸하기까지 한 법흥왕과 진흥왕의 적극적인 보호에 힘입어 불교가 신라에서 크게 발전했다. 진흥왕 때 원광(圓光, 555~638)이 이른바 세속오계를 마련한 것은 불교가 신라 귀족사회의 이념으로서 자리를 굳히고 현실 문제에까지 영향력을 행사하게 된 사정을 말해준다. 통일 전후의 시기에 국왕이 강력한 지배체제를 구축하고 국가적인 단합을 꾀하는 데 불교가 계속 적극적인 구실을 했다. 그 과정에서 신라는 원래 부처의 나라이고, 신라왕이 바로 부처라고 하는 불국토사상이 형성되었다.

불교사상 탐구가 활기를 띠고 심화된 성과를 얻어 수많은 저술이 이루어졌다. 여러 종류의 글이 다채롭게 등장해 방대한 분량을 이루었다. 기(記)라는 것에 경전을 공부하면서 갖게 된 생각을 적었다. 소(疏)는 경전을 풀이하고 고증한 글인데 상당한 경지에 이르러야 쓸 수 있다. 종요(宗要)라고 한 것은 경전의 내용을 간추려서 알기 쉽게 설명한 글이다. 논(論)은 경전을 풀이한 글이 경전의 일부로 편입된 것이다. 원효의 〈금강삼매경론〉(金剛三昧經論)은 원래 논이 아니고 소였는데 중국에 전해져 높이 평가된 결과 논으로 승격되었다. 이 밖에 일정한 격식을 따르지 않은 글도 있어 이름이 여러 가지로 붙었다. 글의 종류가 다양해진 것만큼 문학의 폭이 확대되었다.

　　승랑의 사상과 활동을 박종홍, 《한국사상사》(서문당, 1972)에서 한
국철학의 시발점으로 평가했다. 《한국불교사상사》(숭산박길진박사
회갑기념사업회, 1975)에서 유병덕은 승랑을 재론하고, 홍윤식은 백
제불교를 고찰했다. 보편종교와 중세문명의 관계를 《공동문어문학과
민족어문학》(지식산업사, 1999)과 《세계문학사의 전개》(지식산업사,
2002)에서 논했다.

5.4.2. 원효

　　원효(617~686)는 많은 저술을 남기고, 사상적인 면에서나 문학적인
면에서 특히 우뚝한 위치에 섰다. 그 당시 중요시되던 대표적인 경전을
두루 거론하고, 글쓰기의 여러 형태를 망라하다시피 한 점만 보아도 그
폭을 넉넉히 짐작할 만하다. 〈열반경종요〉(涅槃經宗要) · 〈대승기신론
소〉(大乘起信論疏) · 〈금강삼매경론〉 같은 것은 경전연구의 고전으로
국내외에 널리 알려져 깊은 영향을 끼쳤다. 그렇다고 해서 박학을 자랑
으로 삼은 것은 아니다. 근본원리를 철저하게 파헤쳐 깊은 깨달음을 스
스로 얻어 경쾌하면서도 다채로운 문장으로 서술한 것이 더욱 두드러
진 특징이다. 문학사상의 근본문제를 제기하고 철저하게 다룬 점 또한
주목하고 평가해야 한다.

　　원효가 살던 시대는 신라 통일 전후기이다. 그때 여러 고승이 나타나
불교사상의 수준을 크게 향상시켰다. 자장(慈藏)은 계율을 내세우며 엄
격한 질서를 수립하고자 했다. 원측(圓測)은 난해하기 이를 데 없는 유식
(唯識)의 이론을 심오한 경지까지 연구해 중국 교단을 지도했다. 의상
(義湘)은 화엄사상의 체계를 가다듬어 모든 사고의 지표가 되게 했다.
신라가 일어서고 있는 모습이 사상 창조에서 뚜렷하게 나타났다.

　　그렇게 한 것은 모두 귀족불교를 확립하고자 하는 노력이었다. 국왕
의 적극적인 옹호를 받고 진골귀족의 이념으로 자리를 굳힌 귀족불교

는, 지배체제를 옹호하는 구실을 하며 예사 사람으로서는 접근하기 어려운 고답적인 정신세계를 구축했다. 그런데 육두품 출신인 원효는 진골인 자장·원측·의상과는 생애가 다르고 생각하는 방향 또한 같지 않았다.

그 세 사람은 중국에 유학해서 남들에게 가르칠 수 있는 많은 것을 얻었으나, 원효는 스스로 깨닫는 것이 더욱 소중한 줄 알고 중도에서 돌아왔다. 하층과 유대를 가지고 사회적 장벽을 넘어서는 방안을 찾는 것이 원효가 택한 길이었다. 불교에서 제기한 문제를 불교 자체의 용어를 사용해 논의한 원효의 저작에는 현실인식과 실천에 관한 통찰이 함유되어 있다.

> 무릇 한 마음의 근원은 유와 무를 떠나서 홀로 깨끗하고, 삼공(三空)의 바다는 진과 속을 아우르며 맑다. 맑으니 둘을 아울렀어도 하나가 아니고, 홀로 깨끗하니 가장자리를 떠났으면서도 가운데가 아니다. 가운데가 아니면서도 가장자리를 떠났기에 유가 아닌 법이 무에 머무르지 않고, 무가 아닌 상이 유에 머무르지도 않는다. 하나가 아니면서 둘을 아울렀으므로 진(眞)이 아닌 것이 속(俗)이 되지 않고, 속이 아닌 이치가 진이 되지도 않는다.

〈금강삼매경론〉 서두에서 이렇게 한 말을 보자. 경전의 이치를 간추려 말하면서 유와 무 어디에도 치우치지 않은 중도(中道) 사상을 말했다. 중도 사상의 본보기를 만들어낸 용수(龍樹)의 〈중론〉(中論)과 견주어보면 많은 공통점이 있다. 유무와 진속은 용수에게서 물려받은 개념이고, 하나와 둘은 그 확장이라고 할 수 있으나, 가운데와 가장자리는 원효가 보탰다. 용수는 서로 구분되어 있는 것들이 둘이 아니고 하나임을 밝히는 데 힘쓰고, 원효는 하나가 아니고 둘인 점도 중요시한 차이점도 있다.

원효가 추가한 가운데와 가장자리는 유무와 같은 차원의 개념이 아니고 실체이다. 유의 양상이 차등의 원리에 따라 나누어져, 가운데는 존귀하고 가장자리는 미천하다고 하는 것을 문제 삼았다. 그런 관점에서 다시 보면, 하나와 둘, 진과 속은 물론 유와 무도 개념이면서 실체인 이중의 의미를 지녔다고 할 수 있다. 하나와 둘은 군주와 신하, 진과 속은 귀족과 평민, 유와 무는 부자와 빈자를 지칭하는 의미가 내포되어 있다고 할 수 있다. 그런 것들이 대립되어 있는 실상을 바로 알고 넘어서는 길을 찾자고 했다.

존재론이 실천론이게 했다. 유와 무의 구별을 넘어서고 진과 속을 아우르는 데 진정한 삶의 길이 있다고 하면서 분열과 갈등을 낳은 편견을 넘어서자고 했다. 협소한 주장에 사로잡히지 않은 자유로운 발상, 어느 극단에도 치우치지 않고 거리낌 없이 살아가는 자세를 찾자고 했다. 어느 시대든지 타당한 보편적 진리를 설파해 자기 시대의 문제를 근본적으로 해결하는 강령을 마련했다. 안으로는 귀족과 민중의 갈등이, 밖으로는 삼국 사이의 쟁패가 심각해진 상황을 진지하게 받아들여, 다툼이 생기는 원인 자체를 논파하는 데서 해결책을 찾았다. 다툼을 화해시킨다는 뜻의 화쟁(和諍)을 기본노선으로 삼고, 그 입각점과 방법을 다양한 방식으로 밝혀 논했다.

글쓰기 방법이 기발해 설득력이 가중된다. 말을 다듬겠다는 생각 없이 명문을 썼다. 오늘날의 용어를 들어 말한다면 철학과 문학이 둘이 아님을 보여주었다. 번거로운 주석이나 고증은 삼가고 뜻하는 바를 충격을 줄 만큼 명쾌하게 드러냈다. 경전에 적힌 말이니 숭앙하겠다는 태도를 버리고 이치를 철저하게 따지면서 넘어섰다. 이치를 넘어선 이치는 스스로 체득해야 한다고 했다. 발랄한 착상, 편견의 매듭을 깊숙이 찌르는 역설과 비유를 다채롭게 마련해 독자의 각성을 촉구했다.

원효는 말을 신뢰하지 않았다. 말은 헛된 집착에서 나왔다 하고, 진여(眞如)라고 일컬은 진실은 말을 떠나 있다고 했다. 그래서 침묵을 하자는 것은 아니다. 말을 떠난 ‘이언진여’(離言眞如)에 이르기 위해서는 말에 의지하는 ‘의언진여’(依言眞如)를 방편으로 삼을 수밖에 없다고 했다. 말로써 말을 없애는 말을 계속해 글로 나타냈다.

문학의 존재 가능성을 근본적으로 불신하기 때문에 문학의 새로운 경지를 개척할 수 있었다. 문학을 논한다고 표방하지 않으면서 문학이 무엇인가 하는 문제를 철저히 검토해 다시 해결했다. 말로써 말을 없애는 방법은 역설과 비유이다. 역설과 비유가 수사법이기 이전에 일상적인 언어를 넘어서서 진실에 도달할 수 있는 인식방법임을 밝히는 이론을 마련했다.

글을 잘 쓰자면 어떻게 해야 할 것인가 하는 방안은 후대에 두고두고 관심거리였다. 경전의 문장을 본받아야 한다, 널리 모범이 될 수 있는 명문을 따라야 한다, 격식을 존중하면서 글을 다듬어야 한다고 하는 등의 처방이 유행했다. 그런데 원효는 일찍이 남의 글을 본받는 것이 무의미하고 스스로 이치를 터득하는 것 이상으로 좋은 방도가 없음을 명백하게 했다.

아무 데도 치우치지 않고 진리까지도 불신하면서 스스로 결단을 내려야 난삽한 데로 치닫지 않으면서 심오하고도 절실한 깨달음을 드러내주고 독자를 사로잡는 설득력을 가질 수 있다는 것을 실제로 보여주었다. 원효의 글은 사상적 깊이와 절실한 호소력을 아울러 갖춘 표현의 모범적인 예로 평가되었다. 조선 초기에 〈동문선〉을 편찬하면서 원효의 글을 여섯 편이나 넣은 것은 유가적인 관점에서도 가치를 인정했기 때문이다.

원효는 사상을 논술하고만 있지는 않았다. 깨달음의 높은 경지에 이르렀다고 자부하는 자세를 버리고 광대 노릇을 하면서 민중 속으로 들어가, 말을 넘어선 깨달음을 몸으로 얻고 나타냈다. 광대 스승에게서 기괴하게 생긴 큰 박을 희롱하면서 추는 춤을 배워, 아무 것도 거리낄 것이 없는 사람은 생사를 벗어난다는 뜻에서 무애(無碍)라고 이름 지었다. 그 춤과 노래를 공연종목으로 삼고 천촌만락을 순회했다.

원효에 관한 이야기로는 그 밖에도 기발한 것이 적지 않다. 원효가 지녔다고 착각할 수 있는 위엄이나 격식을 무엇이나 우스꽝스럽게 만들어버리면서 진실을 드러낸다. 사복(蛇福)과의 관계를 말한 것이 그 가운데 하나이다. 근본이 확실하지 않고 바보로 자라난 정체불명의 인물 사복이 원효가 미칠 수 없는 경지에 이르렀다고 했다. 최고에는 항상 그 이상의 것이 있는 줄 알아 겸손해야 한다고 하는 설화 유형을 동원해서 원효를 논한 것이 민중의 지혜이다.

사복이 원효를 불러, 전생에 암소였던 자기 어머니 장례를 치르는 것을 거들어달라고 했을 때 원효가 생사에 관해 논하자 사복은 말이 많다고 나무랐다. 사복이 보기에 원효가 늘어놓는 언설은 번거로운 잡담에 지나지 않았다고 할 수 있다. 사복에 대해서는 더 알 수 없다. 사복의 경지를 따르려고 한 원효는 많은 저작을 남겨 진실에 이르기 위해 노력한 자취를 보여주었다.

경전을 연구하고 풀이하는 작업이야 불교에서는 으레 한다고 할지 모르나 그런 것만은 아니다. 불교를 받아들이고 백 년 남짓한 기간이 지나자 원효가 나타나 기존 종파의 주장을 합치고 넘어서서 동아시아 전체의 사상 수준을 고양시키는 창조 활동을 했다. 어째서 그럴 수 있었는가 묻는다면, 기층문화의 활력을 가지고 제기된 모든 문제에 대한 궁극적인 해답을 얻어, 상하의 지혜를 합치고, 나와 남이 하나가 되게 하고자 한 것이 그 이유라고 할 수 있다.

원효 시대의 작업이 지속된 것은 아니다. 신라 때에는 대단하던 불교철학이 고려에 들어서서 쇠퇴하기 시작하고, 조선시대에 이르면 몰락의 정도가 심해졌다. 신라 불교는 어떤 종파에 매어서 기존의 사상체계를 그대로 받아들이기보다는 여러 경전을 두루 연구하는 의욕을 가졌으며 신앙적인 성향과 이론적인 성향을 병존시켰다. 후대에는 그러한 기풍이 그대로 유지되지 못했다.

불교의 쇠퇴는 비판자인 유학의 발전과 병행되었다. 불교에 대한 내안을 제시하기 위해 유학은 이미 제기된 문제를 철저하게 검토해 새롭게 해결하는 데 힘써야 했다. 불교에서 이룩한 사상수준이 이어지고 향상되어 우리나라가 철학의 나라이게 했다. 철학의 사고를 문학에서 전개하는 데 남다른 열의를 가져 철학사와 문학사가 많이 겹치는 것도 특징이다.

이기영, 《원효사상 1 : 세계관》(홍법원, 1967) ; 김운학, 《신라 불교문학연구》(현암사, 1976) ; 이종찬, 《한국불가시문학사론》(불광출판사, 1993) ; 최유진, 《원효사상연구》(경남대학교출판부, 1998) ; 고영섭, 《원효 탐색》(연기사, 2001)을 비롯한 여러 논저에서 원효의 사상과 문학을 논했다. 용수와 원효의 차이점을 《철학사와 문학사 둘인가 하나인가》(지식산업사, 2000) ; 당대문학과 관련시켜 본 원효사상의 핵심과 원효설화의 의미와 변모를 《한국의 문학사와 철학사》(지식산업사, 1997)에서 고찰했다.

5.4.3. 의상과 그 전후의 학승

원측(613~696)은 중국에서 활동했다. 현장(玄奘)이 인도에서 돌아와 유식학에 대한 연구가 본격적으로 일어날 때 현장의 문하생들과는 별도로 유식학을 꿰뚫고 남보다 앞서 그 이치를 풀어 밝히는 업적을 이룩했다고 한다. 신라 사람이기에 하찮은 대접을 받으면서도 당시 최고 수준의 학문을 이루는 데 능동적으로 적극적으로 참여했다.

유식학이란 불교사상의 전개과정에서 거의 마지막으로 나온 사상이다. 유(有)에 집착하는 잘못을 시정하기 위해서 공(空)을 들고 나온 것이 지나쳐 또한 빗나가는 것을 막으려고 유도 아니고 공도 아니라고 하는 역설을 펴는 것이 능사가 아니라고 판단해 다른 길을 찾았다. 유와 무의 관계는 의식의 문제라면서 의식의 본질을 새롭게 파고들어서 복잡하고 난해한 이론을 전개하게 한 것이 유식학이다.

유식학은 학식이 많아야 이해해야 알 수 있는 난해한 이론이며 범어나 티베트어까지 해득해야 연구성과를 내놓을 수 있었다. 원측은 그 모든 능력을 갖추고 번잡하기 이를 데 없는 대목까지 소상하게 풀어 밝혔다. 남은 글은 많지 않고 그 가운데는 티베트어로 번역되어 전하기만 하는 것도 있으나, 오늘날까지 새삼스럽게 거론해야 할 의의를 지닌다.

의상(625~702)은 속성이 김씨라고도 하고 박씨라고도 하는데 어느 쪽이든지 진골이며 그렇게 혼동될 수 있는 점이 진골의 특징이기도 하다. 당나라에 유학하고 돌아와 화엄학(華嚴學)을 펴는 것을 자기 임무로 삼았다. 화엄학이란 모든 사물은 하나도 고립된 것은 없고 끝없는 시공에서 서로 원인이 되고 결과가 되어 계속 펼쳐진다고 논증한 사상이며 이론불교의 가장 발전된 양상을 유식학과 함께 보여주었다.

원측의 유식학은 먼 곳에서 피어나다가 잊혀졌지만, 의상의 화엄학은 신라에 뿌리를 내려 한 시대를 지배하는 영향력을 가졌다. 원효가 반론의 성격을 띤 혁신을 시도한 것과 거리를 두고, 의상은 사상의 주류가 무엇인가 핵심을 들어 보여주었다. 시도하는 바가 다양해 글을 많이 쓴 원효와 달리, 의상은 모든 논의를 한 데 모아 흔들릴 수 없는 체계를 수립했다. 의상의 화엄학에 이르러 신라의 불교문화가 정점에 이르렀다.

의상이 남긴 저술은 〈화엄일승법계도〉(華嚴一乘法界圖)라고 하는 것이 홀로 우뚝하다. 당나라에 가서 화엄학을 공부해 깨달은 바를 7언시 30행으로 나타내 특이한 모습의 기하학적 도형을 이루게 배열하고 그렇게 이름 지었다. 말을 줄이고 표현을 간결하게 해서 모든 것을 압축해 나타내려고 한 점이 방대한 저술을 다양한 형태로 남긴 원효와는 다르다.

최치원(崔致遠)의 〈의상전〉(義湘傳)에 있던 유래 설명을 균여(均如)가 〈일승법계도원통기〉(一乘法界圖圓通記)라는 해설서를 쓸 때 인용했다. 의상이 스승 지엄(智嚴)과 함께 부처 앞에 나아가, 글로 쓴 것을 불에 넣으니 부처의 뜻과 합치되는 것만 남게 해달라고 기원했다. 210자는 타지 않아, 여러 날 문을 닫고 들어앉아 앞뒤를 연결시켜 시 30행을 만들었다고 했다. 잡다한 내용은 제거하고 요체만 남겼다는 것을 강조해서 말한 전설이다.

그러나 시 앞에 서문이 있고, 이따금 주해를 첨부했다. 전에 없던 시도를 한 이유를 스스로 밝혀야 했으며, 어려운 용어, 복잡한 이론이 들어 있어 시만 읽고는 알 수 없어 설명이 필요했다. 그래도 의문을 없애지 못하고 더 많이 만들어냈다. 신라 당대부터 시작해 수많은 해설서가 나와 논란을 거듭해, 불에 타고 없어졌다고 하는 것보다 훨씬 많은 말을 계속 만들어냈다.

시 본문에 들어가기에 앞서 서두에서 창작 동기를 밝히면서 "이(理)에 의거하고 교(敎)에 근거를 둔 반시(槃詩)를 짤막하게 지어, 이름에 집착하고 있는 무리가 무명진원(無名眞源)에 돌아가게 하기를 바란다"고 했다. 이름에 집착하지 않고 궁극적인 진리로 되돌아가게 하는 깨달음의 길을 시로 나타낸다고 했다. 시가 사상 표현을 위한 최고의 방법이라고 여긴 중세전기의 사고방식을 모범이 되게 구현했다. 반시란 곡선이 되게 배열해 적은 시이다. 다른 데서는 볼 수 없는 신라 특유의 문학 형태를 처음 마련해 스스로 이름을 지었다.

시 본문을 보자. "法性圓融無二相"이라는 첫마디에서 시작해서 "舊來不動名爲佛"이라는 마지막 마디까지 차례대로 읽어나가면 원래의 자리로 되돌아온다. 한가운데 "法"자를, 그 위에 "衆"자를, 그 아래에 "佛"자를 두었다. 말의 의미, 말이 굴곡을 이루면서 연결되는 순서, 한꺼번에 볼 수 있는 도형 전체의 공간 배치가 사상을 표현하는 구실을 함께 하도록 했다.

法性圓融無二相	법성은 원융하여 두 상이 없으니,
諸法不動本來寂	모든 법은 움직임이 없어 본래 고요하다.
無名無相絶一切	이름도 없고 형상도 없어 일체 끊어져,
證智所知非餘境	증지로야 알 바이고, 다른 경지는 아니다.
眞性甚深極微妙	진성은 아주 깊고 지극히 미묘하니
不守自性隨緣成	자성을 지키지 않고 인연에 따라 이루어진다.
一中一切多中一	하나 가운데 일체, 많음 가운데 하나요,
一卽一切多卽一	하나가 곧 일체요, 많음이 곧 하나이다.

처음 여덟 줄을 들면 이와 같다. '법'이란 모든 존재이다. '법'의 특성인 '성'은 하나로 어우러져 있어 두 개의 '상'이 없다고 했다. '법'·'성'·'상'이라는 용어를 셋이나 등장시켜 놓고, 이름이나 형상을 말해서는 거기 이를 수 없다고 했다. 증득해서 아는 지혜인 '증지'를 스스로 갖추면 찾아낼 수 있는 것 밖의 다른 무엇은 아니라고 했다. 그것은 '진성'이지만 그 자체의 특성인 '자성'은 없고 인연 따라 이루어진다고 했다. 만물의 존재양상을 두고 여러 말을 하다가, '하나'·'일체'·'많음'이 서로 다르지 않다고 했다.

그것이 무슨 말인지 확인하는 데 원효와의 비교가 직접 도움이 된다. 원효와 거의 같은 말을 한 것 같지만, 자세하게 살피면 주목할 만한 차이가 있다. 원효는 둘로 구분되는 것들끼리 다툼을 문제로 삼고 넘어서는 방법을 찾았지만, 의상은 많음 자체가 하나이므로 고민할 이유가 없다. 원효는 구분을 하지 말고 다툼을 넘어서서 어디 머무르지 않아야 자유로울 수 있다고 했는데, 의상은 모든 것이 하나로 아울러져 있는 조화와 안정을 소중하게 여겼다.

원효는 상하층의 관계에 관심을 가지고 그렇게 말했다면, 의상은 최상층 주도의 질서관을 수립하고자 했다고 할 수 있다. '하나'는 통치자이고 '많음'은 피치자라고 자기 스스로 말한 것은 아니다. 그런 의미는 받아들이는 사람이 읽어내야 할 것이다. 철학이 현실과 대응하는 방식은 언제나 그렇다. 철학에 관한 논란을 심각하게 벌이는 것은 거기 함축되고 암시되어 있는 현실 문제의 진단과 해결에 심각한 의견차가 있기 때문이다.

철학은 상하관계뿐만 아니라 대외관계에 관한 주장도 함축하고 있다. 당나라의 화엄학은 세계제국의 이념 노릇을 해서 크게 숭앙되었다. 의상은 그것을 한층 정교하게 다듬어 신라의 군주를 받들면서 신라 중심의 세계관을 마련하는 이념으로 재해석할 수 있게 했다. 통일을 이룩한 군주 문무왕의 적극적인 지원을 받아 나라를 지키는 다섯 산인 오악(五岳)에 화엄학의 사찰을 창건하고 신라가 원래 불국토였다는 사상을 선양하고 체계화했다.

〈화엄일승법계도〉는 많은 후속 저작을 낳았다. 숭앙하면서 연구의 대상으로 삼고, 의문점이 많아 논의를 다시 해야 했다. 신라 당시에 〈법융기〉(法融記), 〈대기〉(大記), 〈진수기〉(眞秀記) 등의 주석서가 있다가 고려 때에 〈법계도기총수록〉(法界圖記叢髓錄)으로 집성되었다. 고려 초의 균여는 앞에서 이미 든 〈일승법계도원통기〉를, 조선초에는 김시습(金時習)이 〈대화엄일승법계도주〉(大華嚴一乘法界圖註)를 저술해 의상이 뜻한 바를 다시 밝히려고 거듭 애썼다. 난해한 것이 장점이 되어 그런 행운을 누렸지만, 비판하는 말도 적지 않았다.

의상이 〈화엄일승법계도〉를 강의하면서 표훈(表訓), 진정(眞定) 등 십여 인의 제자와 문답을 하면서 시를 주고받기도 한 것이 〈법계도기총수록〉에 기록되어 있다. 표훈이 지은 〈오관석〉(五觀釋)이라는 시는 의상의 사상을 칠언시 10행으로 다시 간추리고, 두 행마다 〈인연관〉·〈연기관〉·〈성기관〉(性起觀)·〈무주관〉(無住觀)·〈실상관〉이라는 제목을 달았다. 최소한의 언어를 이용해 근본이 되는 이치를 요약하려고 해서 시 형식을 사용했다.

의상 이후 신라에 여러 학승이 나타났다. 의상의 제자 의적(義寂)은 여러 경전을 풀이하는 저술을 했다. 일부가 남아 있어, 보살의 계율로 질서를 수립하고자 했음을 알 수 있게 한다. 경덕왕 때의 승려이며 왕의 요청을 받아 기우제를 지내기도 했다는 태현(太賢)은 원효 못지않게 많은 저술을 하면서 특히 유식학을 힘써 다루었다. 명효(明晶)는 생몰연대를 알 수 없는데 〈해인삼매론〉(海印三昧論)을 남겨 주목된다.

〈해인삼매론〉은 의상의 전례에 따라 다시 만든 반시이다. 칠언시 28행을 의상과는 반대가 되는 순서로 열거해서 전체적인 모습이 같아지도록 했다. 해설에서 '체·지·용'(體智用)을 구별하고, 마음의 '체'가 그 자체로서 깨끗하다 하더라도 무리부조(無理不照)와 무사부달(無事不達)의 '혜'를 갖추고 중생을 널리 교화하는 '용'에 힘써야 마땅하므로, 그렇게 하도록 하는 시를 짓는다고 했다. 단견(斷見)이나 상견(常見)

또는 변견(邊見)을 가진 사람이 잘못된 생각에서 벗어나야 시에서 말하는 바를 이해할 수 있다고 했다.

시 본문에서도 '체·지·용' 가운데 '지'가 지혜가 무엇인가 밝히는 데 특히 힘써 지혜론이라고 할 것을 전개했다. "智者一中解一切"(지혜로운 사람은 하나 가운데서 일체를 안다)라 하고, "智者了知卽一念"(지혜로운 사람은 바로 한 생각임을 분명하게 안다)이라고도 했다. 화엄의 이치가 그 자체로 어떤지 말한다고 할 일을 다 한 것은 아니다. 그것을 알아내는 지혜가 더욱 소중하다고 했다.

이기영, 《한국불교연구》(한국불교연구원, 1982)에 〈화엄일승법계도의 근본정신〉과 〈명효의 해인삼매론에 대하여〉가 있어 두 작품을 자세하게 살폈다. 이종찬, 《한국불가시문학사론》에서 의상의 시를 고찰했다. 《철학사와 문학사 둘인가 하나인가》에서 의상을, 《한국의 문학사와 철학사》에서 의상과 명효를 문제 삼았다.

5.4.4. 게송과 염불

불교는 원래 노래와 인연이 깊다. 불경 원문에는 산문 서술에 이따금씩 노래가 삽입되어 있다. 그런 노래를 지칭하는 산스크리트 용어 '가타'를 한문으로 음역해 '게'(偈), 의역해 '송'(頌), 둘을 합쳐 '게송'이라고도 했다. 게송은 불경을 풀이하는 글을 쓰면서 지을 수도 있고, 깨달음이나 서원을 나타내는 노래까지도 포괄한다. 불교와 관련된 승려의 시를 모두 게송이라고 일컫기도 했다. 게송과 일반 한시는 엄격하게 구별되지는 않는다.

우리 경우에도 불교문학이 일어나자 게송이 생겨났다. 경전을 풀이한 저술 원효의 〈금강삼매경론〉·〈대승기신론소〉 같은 것들에서 불경 본래의 격식에 따라 마지막 대목에 게송을 넣어 논의한 내용을 총괄하고 작업을 마치는 감회를 나타냈다. 불교의 이치를 시로 간추린 것들, 위에서 살핀 의상, 표훈, 명효 등의 작품은 넓은 의미의 게송의 본보기이다.

諸佛甚深廣大義	모든 부처의 아주 깊고도 넓은 뜻을
我今隨分總持說	나는 이제 차례로 모두 다 풀이하고,
廻此功德如法性	그 공덕을 돌려서 진리의 본성 그대로
普利一切衆生界	모든 중생을 두루 이롭게 하노라.

　원효의 〈대승기신론소〉 말미에 있는 것을 한 본보기로 들면 이와 같다. 일곱 자 넉 줄이 널리 사용된 형식이다. 불경에서 보고 배운 게송을 한시의 짜임새를 갖추어 다시 지었다. 불교와 한문학이 하나가 되게 하는 작업을 깊은 깨달음과 정교한 솜씨를 갖추어 이룩했다. 앞의 두 줄에서는 책을 저술하면서 해온 일을 요약했다. 뒤의 두 줄에서는 그 결과가 어떤 의의를 가지는가 말했다. 한 줄씩 살피면, 부처의 뜻, 자기가 한 풀이, 진리의 본성, 중생을 이롭게 하는 작용을 차례대로 들고 그것들이 어떤 관련을 가지는가 말했다. 이런 데서 시작된 사상시가 유학의 진리를 찾는 데까지 이어졌다.

　원효의 〈대승육정참회〉(大乘六情懺悔)는 산문처럼 보이지만 시이다. 한 줄이 네 자이고 네 줄이 한 연인 것이 71개 연속되어 있다. 마음을 바르게 해서 번뇌에서 벗어나는 길을 말한 내용이다. 이치를 따지는 것이 능사가 아니고, 실천을 위한 결단이 무엇보다도 소중하다고 여겨 말은 간략하면서 충격 효과가 큰 시를 썼다고 생각된다.

起諸煩惱	갖가지 번뇌 일으켜,
自以纒縛	스스로 얽어맨다.
長沒苦海	줄곧 고해에 빠져
不求出要	벗어날 길 찾지 않는다.
靜慮之時	고요하게 생각할 때도
甚可怪哉	참으로 괴이하구나.

猶如眠時　　마치 잠자는 때인 양
睡蓋覆心　　졸음이 마음을 가린다.

妄見己身　　자기 몸을 그릇 보고
大水所漂　　큰물에 떠내려간다네.
不知但是　　모르고 있구나, 그것을
夢心所作　　꿈 마음으로 지은 줄.

세 연을 본보기로 들어 작품의 실상을 살피자. 첫 연에서는 자기 스스로 일으킨 번뇌에 결박된 것이 고해에 빠진 원인이라고 했다. 둘째 연에서는 모처럼 생각을 가다듬으려고 할 때에도 졸음에서 벗어나지 못하는 미흡한 수준의 그릇된 시도를 나무랐다. 셋째 연에서는 헛된 꿈에서 벗어나면 자기 몸이 떠내려간다고 여긴 것이 착각인 줄 안다고 하면서 모든 문제를 한꺼번에 해결하는 궁극적인 각성을 촉구했다.

원효가 낭지(朗智)라는 고승에게 보냈다고 하는 시도 전한다. 낭지는 원효의 스승이라고 한다. 낭지는 자기 암자가 가섭불(迦葉佛) 당시의 절터인 영취산(靈鷲山)에 자리잡고 있다고 했다. 신라가 원래 불국토였다는 생각을 그렇게 표현한 데 동의하면서 원효는 낭지를 따랐다. 원효는 낭지의 권고에 따라 지은 글 말미에 다음과 같은 시를 적어서 낭지에게 보냈다.

西谷沙彌稽首禮　　서쪽 골짜기 사미가 머리 숙여 절하노라,
東岳上德高巖前　　동쪽 봉우리의 큰 스님 높은 바위 앞에.
吹以細塵補鷲岳　　잔 먼지를 불어 영취산에 보태오며,
飛以微滴投龍淵　　작은 물방울을 날려 용연에 던지노라.

서쪽 골짜기의 사미는 원효이고, 절하면서 칭송하는 대상은 낭지이다. 낭지를 바위에다 견주고, 다시 영취산이고 용연이라고 일컬으면서

높였다. 이런 게송은 예사 한시와 크게 다르지 않은 시상을 갖추었다. 높고 낮으며 크고 작은 것의 대조를 그림을 그리듯이 나타내고 있어 짜 임새가 선명하다.

사복이 원효와 함께 어머니의 장례를 치르자고 하고 상여를 메고 가 면서 불렀다고 하는 노래가 다음과 같다. 사복이 어떤 인물인지 알기 어려워 노래의 출처나 성격에 많은 의문이 있지만, 신라 게송의 하나로 들 만하다. 설화의 일부이니 구전되었다고 하겠으나, 쉽게 이해할 수 있는 것은 아니다.

往昔釋迦牟尼佛　　그 옛날 석가모니 부처님께서는

裟羅樹間入涅槃　　사라수 사이에서 열반하셨는데,

于今亦有如彼者　　지금도 그런 사람이 있어서

欲入蓮花藏界寬　　연화장 세계에 들어가려 한다.

시신을 매장하러 가면서 부른 상여소리의 사설이 이렇다는 것은 예 사로운 일이 아니다. 사복 자신이 어머니의 시신과 함께 땅 속으로 들 어가면서 왜 그렇게 하는지 설명한 말이라고 하겠는데, 무슨 뜻인지 알 기 어렵다. 석가의 열반을 연화장 세계에 들어가 다시 경험한다고 이해 할 수는 있으나 공감하지는 못한다. 이처럼 말이 되지 않는다고 생각되 는 게송이 적지 않아 미욱한 소견에서 벗어나게 한다.

원효가 아닌 다른 학승들도 경전 풀이에 게송을 첨부했다. 의적의 〈범망경보살계본소〉(梵網經菩薩戒本疏), 태현의 〈성유식론학기〉(成唯 識論學記), 〈보살계본종요〉(菩薩戒本宗要) 등 여러 곳에서 자료를 찾 을 수 있다. 사복의 노래처럼 이상한 말을 하지 않고, 격식이 일정하 고 내용이 정해져 있다. 이해하기 쉬우나 실천하기 어려운 교리를 말 했다.

我已隨順說　　　순서에 따라 말하기를 마치고

福德無量聚　　내가 얻은 무한한 복덕을
迴以施衆生　　모두 중생에게로 돌려
共向一切智　　일체의 지혜를 향해 함께 나아간다.

의적의 책 말미에 있는 것을 들면 이와 같다. 자기가 얻은 복덕을 중생과 나누어가지면서 지혜를 함께 얻는 것이 승려의 도리이다. 책을 쓰고 시를 지으면 그럴 수 있는 것은 아니다. 글 모르는 사람들에게 접근하려면 방법을 바꾸어야 했다. 원효가 광대 춤을 추면서 돌아다닌 것이 그 때문이라고 할 수 있다.

〈삼국유사〉에서 소개한 염불사(念佛師)는 그런 일을 하는 승려였다. 서라벌의 남산 동쪽 피리사(避里寺)의 어느 승려가 미타염불을 하며 성 안 곳곳을 돌아다녀 염불사라고 일컬어진다고 했다. 신도들에게 인기가 대단해서 특별히 소개했다고 생각된다. 미타염불이라고만 한 데 흥미를 끌 만한 노래가 포함되어 있었을 것이다.

대중은 예사롭지 않은 것이든 격식에 맞는 것이든 게송에는 흥미를 가지지 않고 이야기가 갖추어져 있는 공연물을 환영했을 것이다. 서사시를 노래하고 연극도 공연했으리라고 생각되지만 남은 자료가 없어 논의를 계속하지 못한다. 그런 것은 중국의 용어를 빌려 말하면 변문(變文)이다. 우리 쪽의 변문도 일찍부터 있어 후대 불교문학의 원천을 이루었다고 생각된다.

불교 조각이나 회화를 이룩하거나 불경을 베낀 유래를 기록한 조성기(造成記)에도 게송을 지어 넣는 것이 관례였다. 황룡사 연기(緣起)법사가 발원을 하고, 육두품에서 사두품까지에 속한 장인 17명이 참여해, 755년(경덕왕 14)에 완성한 〈화엄경〉 변상노(變相圖)가 원형 그대로 남아 있다. 이따금 이두도 섞어 작성한 조성기 말미에 게송이 있다. 모든 정성을 모아 베낀 경은 어떤 재난을 만나더라도 없어지지 않고, 불법을 탐구하는 중생이 큰 뜻을 이루게 하리라고 했다

승려의 전기에도 게송이 수록될 수 있었다. 〈부설전〉(浮雪傳)이라는

책에, 진덕여왕 때까지 살았던 승려 부설의 전기와 몇몇 벗과 함께 지었다는 시가 있다. 시는 표현이 가다듬어져 있는 수준작이고 형식이 칠언절구이다. 칠언절구로서는 최초의 작품이라고 평가되기도 하지만, 후대인의 위작일 가능성이 크다.

원효의 〈대승육정참회〉를 이종찬,《한국불가시문학사론》에서 시로 이해하고 평가했다. 김상현,〈원효의 '미타증성게'(彌陀證性偈)〉,《경주사학》6(동국대학교 국사학회, 1987)에서 13기 전반의 문헌에 인용되어 있는 원효의 게송 두 편에 관해 고찰했는데, 설명하기 번다해 본문에서는 다루지 않는다. 755년의 〈화엄경〉 조성기는 문명대,〈신라 화엄경과 그 변상도의 연구〉,《한국학보》14(일지사, 1979)에서 소개했다. 〈부설전〉에 관한 논의는 황패강,《신라불교설화연구》(일지사, 1975)에 있다. 김동욱,《한국가요의 연구 (속)》(선명문화사, 1975) ; 이두현,〈무애무와 공야염불(空也念佛)〉,《신라예술의 신연구》(신라문화선양회, 1985)에서 염불문학을 고찰했다.

5.4.5. 혜초의 기행문

중세 동안 동아시아 사람들은 여행할 기회가 적었다. 외교사절이나 서로 왕래했으며, 국경을 넘어 다니는 상인들의 활동이 그리 활발하지 않았으며, 다른 문명권을 찾아가려는 의욕이 없었다. 그러나 불교 승려는 불법을 구하기 위해 멀리까지 갔다. 5세기 이후 동아시아의 여러 승려가 인도를 다녀와 여행기를 남겼다.

신라 승려 혜초(慧超, 704~787)가 723년경에서 727년까지 인도를 여행한 내력을 적은 〈왕오천축국전〉(往五天竺國傳)도 그 가운데 하나이다. 밀교(密敎)에 관심이 많았던 혜초는 중국에 와서 밀교를 전한 인도 승려를 만난 것이 인연이 되어 인도로 갔다. 책 이름에 '오천축'이라고 한 말은 인도의 다섯 나라를 뜻한다. 그때 인도는 여러 나라로 나누어져 있고 불교가 쇠퇴하는 단계에 들어섰다. 기대가 성취되는 감격 대신 실망과 고난이 이어지는 기록을 남겨야 했다.

여행기가 온전하게 남아 있지 않다. 앞뒤가 없어진 채 돈황(敦煌) 문서 가운데서 발견된 책 내용을 보고 〈왕오천축국전〉이라고 일컫는다. 중부 인도의 마가다국에 이르렀을 때 있었던 일부터 당나라 안서도호부에 자리잡은 구자국(龜玆國) 견문을 적은 대목까지 남아 있다. 취급한 내용이 자세하지 않아 요약본이 아닌가 하는 의문이 생긴다.

그 정도의 자료라도 8세기의 인도나 중앙아시아 쪽의 사정을 아는 데 소중한 기여를 한다. 인종과 풍속을 달리하는 수많은 나라의 사정에 관한 흥미로운 관찰이 보인다. 자세히 살피면 간략한 서술에도 깊은 감회 같은 것이 서려 있다. 누구나 볼 수 있는 사실을 이것저것 가리지 않고 적어놓은 것 같지만, 말과 말 사이에 미처 나타내지 않은 느낌이 서리어 있다. 다른 사람들이 쓴 인도 구법여행기와 견주어보면 자기 나름대로 보고 느낀 점을 그대로 적은 특징이 있다.

산문으로 일관하지 않고 시가 다섯 편 있다. 인도 구법여행기 여럿 가운데 시가 들어 있는 것은 이것뿐이다. 아랍이나 유럽 사람들이 쓴 중세여행기까지 널리 살펴보아도 유사한 것을 찾을 수 없다. 혜초는 개인적인 감회를 절실하게 나타내고자 해서 산문으로 만족할 수 없었다. 불법을 구하는 길이 험난하다고 거듭 이르다가 생각이 뭉쳐 그대로 풀어낼 수 없으면 시를 지어야 했다. 불법을 구하러 인도까지 가는 승려도 예사 사람의 외로움과 괴로움을 떨쳐버릴 수 없음을 시에서 말해주었다.

첫째 시는 석가가 득도한 곳에서 구도의 자세를 다지면서 지었다. 악업의 바람이 두렵지 않다고 하고, 길이 멀고 험해도 근심하지 않고 가겠다고 했다. 탑은 모두 불타버렸어도 보아야 할 것은 보아야 한다고 했다. 둘째 시는 남천축국에서 나그네 길을 계속 가면서 고향 생각을 한 것이다. 깊은 감회가 서려 있어 인용해본다.

月夜瞻鄕路	달밤에 고향 길을 바라보니,
浮雲颯颯歸	뜬구름만 너울너울 돌아가네.
緘書參去便	가는 편에 편지라도 부치려 해도,
風急不聽廻	바람이 급해 말 듣겠다고 돌아보지 않네.
我國天岸北	내 나라를 하늘 끝 북쪽에 두고,
他邦地角西	다른 나라 서쪽 모퉁이에 와 있다니.
日南無有雁	남쪽은 따뜻해 기러기도 오지 않는데,
誰爲向林飛	누가 계림을 향해서 날아가리.

"고향", "북쪽", "내 나라", "계림"이라고 거듭 이른 그리운 곳을 "남쪽"의 "다른 나라"에서 애타게 생각하면서 연결의 통로가 없다고 한탄했다. 달밤이니 기러기를 생각할 수 있지만, 따뜻한 남쪽에는 날아오지 않는다고 했다. 흰 구름이 가는 편에 편지를 부치겠다는 불가능한 상상을 하고 바람이 급해 돌아다보지도 않는다고 원망했다. 인도에는 만날 수 없는 상대에게 사자(使者)를 시켜서 말을 전한다는 시를 짓는 전통이 있다. 상상을 해서도 사자를 구하지 못해 고독과 절망이 극도에 이르렀다.

셋째 시는 중국에서 왔던 중이 고향에 돌아가려다 갑자기 병이 나서 죽었다는 말을 듣고 마음 아파하면서 조상한다는 것이다. 승려라면 죽음을 대수롭지 않게 여기며 피안을 기약해야 할 듯한데, 옥골로 생긴 모습이 재가 되니 슬프다고 하면서 고향에 돌아가지 못하고 죽은 처지가 남의 일 같지 않다고 했다. 넷째 시는 서번(西蕃)으로 사신을 가는 중국인을 만나서, 다섯째 시는 눈보라를 헤쳐 나가야 하는 고생을 하면서 지었다.

전반적인 성격은 고병익, 《왕오천축국전해제》(문화재관리국, 1987) ; 문학적 고찰은 장덕순, 《한국수필문학사》(새문사, 1985) ; 이구의, 〈혜초시고〉, 《영남어문》 17(영남어문학회, 1990) ; 이진오, 〈왕오천축국전의 글쓰기 방식과 저술 의도〉, 《한국불교문학의 연구》(민족사, 1997)에서 했다.

5.5. 설화에 나타난 상하·남녀 관계

5.5.1. 신화적 상상의 유산

삼국이나 통일신라시대의 설화는 그 당시 문학의 다른 어느 영역보다도 큰 구실을 했다. 한문학은 필요한 수련을 하고 상당한 학식을 가져야 창작할 수 있고, 상층의 관심사라도 자유롭게 표현하기는 어려웠다. 향가는 생활의 모습을 나타낼 수 있는 폭이 좁고 전하는 것이 얼마 되지 않는다. 한문이나 향찰을 읽어 이해할 수 있는 독자는 그리 많지 않았다.

기록문학이 시작되기는 했지만 구비문학의 영역은 줄어들지 않았다. 향유자의 범위를 들어 말하면 민요나 설화가 주도하는 시대가 계속되었다. 민요와 설화를 비교하면 설화가 더 큰 비중을 가졌다. 설화는 상하층이 함께 만들어내고, 살아가면서 생기는 일은 무엇이나 다룰 만큼 폭이 넓다. 소설과 견줄 수 있는 포괄성을 가지면서 지지기반이나 유통 범위가 소설보다 더 넓다. 설화시대에서 소설시대로 넘어오면서 문학의 저변이 오히려 축소되었다.

설화는 살아온 내력이나 생각한 바를 이야기로 만들어 나타내 흥미를 끈다. 설화를 문학사 안으로 끌어들여야 당시 사람들이 자기 삶을 되돌아보면서 무엇을 생각하고 바랐던지 아쉽지 않게 알아낼 수 있다. 줄거리를 소개하면 그럴 수 있는 것은 아니다. 설화에서 사실을 찾으려는 관점과 상상을 평가하려는 관점을 하나로 통일시키는 작업을 문학사가가 감당해야 한다.

설화 자료는 오늘날까지 남아 있는 것이 적지 않다. 인정할 수 있는 사실을 정리해서 서술하려고 한 정사 〈삼국사기〉에도 설화라고 해야 할 것들이 이따금 보인다. 정확한 기록이 없으면 설화를 자료로 이용하지 않을 수 없었다. 〈삼국유사〉는 역사 이해의 범위에 구전을 대폭 포함시킨 야사여서 거의 전편이 설화집으로 이루어져 있다. 저자 일연(一

然)이 택한 방법을 받아들여 오늘날 우리도 삼국이나 통일신라시대 이해를 위해 설화를 적극 활용하는 것이 마땅하다.

설화는 동일한 양상을 유지하지 않고 역사적인 변천을 겪었다. 신화시대가 끝나가면서 전설과 민담이 긴요한 구실을 하기 시작한 고대에서 중세로의 이행기에 들어섰다고 이미 말했다. 시대정신의 서사적 표현을 전설과 민담이 맡은 것이 다시 일어난 변화이다. 자아와 세계를 아우르는 원리는 없어지고 둘 사이의 대결이 어느 한쪽의 일방적 우위에 입각해 전개된다고 여기게 된 시대가 중세이다. 전설과 민담의 독점적 지위는, 내부의 혁신자 소설이 중세에서 근대로의 이행기에 출현해 자아와 세계의 상호우위에 입각한 갈등을 나타내자 흔들리고, 근대소설이 서사문학을 지배하게 되면서 무너졌다.

신화시대가 끝났다고 해서 신화가 기억에서 사라진 것은 아니다. 신화적 상상을 이으면서 자아와 세계의 대결을 넘어서려고 하는 시도는 계속되었으나 뜻을 이루지 못했다. 신화이고자 한 이야기가 전설일 수밖에 없게 된 것이 우선 주목해야 할 변화이다. 건국시조 혁거세와 알영을 낳았다고 하고, 알영과 동일시되기도 하던 선도산성모(仙桃山聖母)를 두고 하는 이야기가 아주 달라진 것을 보자. 중국 제실의 딸이 신선술을 습득해 신라에 와서는 돌아가지 않았다고 하고, 부처를 장식할 금을 마련해주었다고 했다. 중세의 가치관에서 중요한 자리를 차지하는 중국 황제, 신선술, 부처가 함께 등장해 고대신화를 파괴했다.

민간신앙에서는 성모를 계속 숭앙했어도 고대의 영광을 잇지는 못하고, 중세인이 납득할 수 있는 설명을 해야 했다. 그런 사례를 몇 가지 더 들 수 있다. 천신에게 응감되어 대가야와 금관가야의 건국시조를 낳은 가야산신 정견모주(正見母主)를 두고, 그 자료를 전하는 같은 책 〈신증동국여지승람〉에서 다른 말을 하기도 했다. 해인사의 정견천왕사(正見天王祠)를 설명한 대목에서는 "대가야국 왕후 정견이 죽어서 산신이 되었다"고 했다. 지리산에 있다는 성모를 석가의 어머니라고도 하고 고려 태조의 어머니라고도 · 한 것도 같은 후대적 변모이다.

〈삼국유사〉〈기이〉편에 김알지 다음으로 연오랑(延烏郎)과 세오녀(細烏女)를 등장시켰다. 신화에 관한 논의를 계속하면서 신화가 달라진 모습을 보여주었다. 그 두 사람이 일본으로 가서 왕과 왕비가 되었다는 것은 건국신화의 이동으로 볼 수 있다. 그 때문에 신라에서는 해와 달이 빛을 잃자, 사자를 파견해 세오녀가 짠 비단을 가져다가 제사를 지내니 되살아났다고 했다. 그것은 오랜 내력을 가진 고대의 종교의 례였다고 생각되는데, 중세인은 이어받지 않고, 이해하려고도 하지 않았다. 해를 맞이하는 제사를 지낸 곳을 영일(迎日)이라 한다는 지명유래전설로 그 이야기가 남아 기이한 사건을 전할 따름이다.

그 다음에 수록된 미추왕의 죽엽군(竹葉軍)에 관한 이야기도 신화의 성격을 지니고 있는 전설이다. 김씨로서 처음 왕위에 오른 제13대 미추왕이 죽어 묻힌 무덤에 이따금 대나무 잎 군사가 나타나, 적병을 물리치기도 하고 나라의 잘못을 바로잡기도 하는 이적을 보여주었다고 했다. 14대 유례왕 때에는 이서국(伊西國)의 침입을 물리치고, 36대 혜공왕 때에는 김유신 혼령의 요청을 받고 그 후손이 몰려 죽게 된 원통한 사정을 해결해주었다고 했다. 미추왕과 김유신 혼령의 그런 활약상이 후손들에게는 가문신화라고 할 수 있고, 제삼자가 보기에는 전설이다.

혁거세·탈해·알지를 내세우는 이야기는 세 왕족 집단의 신화이면서 또한 신라 국가의 신화였으므로 그 의의를 누구도 부정할 수 없었다. 그런데 주도권을 오래 장악한 김씨네가 여러 집단으로 분화되고 서로 다투게 되어 신화 숭상에서도 분파 작용이 일어났다. 공동의 시조인 알지가 아닌 자기 가문의 직계 선조를 따로 내세울 필요가 있어 미추왕이 이적을 보였다고 했다. 그런 신화는 후손이 아닌 쪽에서 본다면 전설에 지나지 않았다. 자기 집단 안에서는 신화이고 그 범위를 벗어나면 전설이기만 한 것이 후대의 족보 서두 같은 데서도 흔히 볼 수 있는 가문신화의 공통적인 특징이다.

신라 왕권이 신성하다는 증거물들에 관한 이야기는 건국신화 이후의 시기에 생겨났다. 제31대 신문왕은 하늘에서 내린 옥대(玉帶)를 받고,

용이 알려주는 바에 따라 만파식적(萬波息笛)을 만들어 적군이 물러나
게 하고, 병이 낫게 하고, 비를 오게도 하고 그치게도 하는 이적을 행했
다고 했다. 통치의 법도를 상징하는 금척(金尺)이 고분 속에 묻혀 있다
고도 한다.

그런 신화는 후대로 이어졌다. 고려 태조는 그 옥대를 찾아내 신성왕
권을 물려받았다고 했다. 조선왕조는 하늘에서 내린 금척을 받아 천명
을 지상에서 실현한다고 했다. 두 왕조 다 오랜 전승에다 새로운 신화
를 보태 신이로운 나라를 자랑스럽게 세웠다고 찬양했다. 가문신화라
고 할 것들이 계속 만들어져 족보 서두에 올라갔다. 신화 전승의 더욱
중요한 통로는 민간의 하층 무당이 부르는 서사무가였다.

신화시대가 끝났다고 해서 신화는 없어지지 않았으며, 이어지고 다
시 만들어졌다. 그러나 구실은 축소되고 구조가 이지러졌다. 신화이면
서 전설인 이중의 성격을 지녀야 어떤 곳에 자리를 잡고 세월의 무게를
견디어낼 수 있었다. 뿌리가 뽑히면 민담이 되고 말았다. 종교를 창건
하면서 만들어내는 신화는 합리화된 교리를 갖추고 교단의 지원을 받
아야 생명을 누릴 수 있어 온전할 수 없었다. 그런데도 신화시대의 재
현을 꿈꾸는 사람들이 다시 나타났다.

장덕순, 《한국설화문학의 연구》(서울대학교출판부, 1970) ; 김현
룡, 《한국고설화론》(새문사, 1984)에서 전반적 고찰을 했다. 《한국설
화와 민중의식》(정음사, 1985) ; 《삼국시대설화의 뜻풀이》(집문당,
1989)에서 본문의 내용을 보충할 수 있는 작업을 했다.

5.5.2. 고승의 신이한 행적

불교는 재래의 신화를 새로운 사고체계에다 편입시키면서, 본래의
의의는 인정하지 않고 불교 정착에는 도움이 되게 했다. 수로왕을 두고
한 이야기가 좋은 본보기이다. 옛적에 하늘에서 바닷가로 떨어진 알이

사람이 되어 나라를 다스린 이가 수로왕이라 하고서, 나찰녀(羅刹女)가 독룡(毒龍)과 어울려 다니느라고 4년 동안이나 오곡이 여물지 않자, 수로왕이 주술로 금하려 했으나 뜻을 이루지 못했다고 한다. 결국 수로왕이 부처에게 설법을 청하니, 나찰녀가 불법을 받아들여 재앙이 없어졌다는 것이다.

수로왕을 등장시킨 것은 의도적인 선택이다. 수로왕처럼 신이한 통치자도 부처를 따르지 않을 수 없다고 하면서 재래의 신앙을 불교로 바꾸도록 하려고 불경에 수용되어 인도에서 온 이야기를 그렇게 변용시켰다. 불교신화를 내세워 건국신화를 부인한 점에서는 신화를 교체했다고 할 수 있다. 그러나 이야기의 주인공은 부처가 아니고 수로왕이다. 수로왕이 불법의 경이로움을 보고 충격을 받아 자기의 한계를 알아차렸다는 것은 전설의 전개방식이다. 그러자 동해의 어룡이 소리를 내는 돌로 변해 절 이름을 만어사(萬魚寺)라고 하게 되었다는 사찰 연기담까지 곁들여 세계의 전설적 경이를 더욱 확대했다.

불교신화가 등장하는 새로운 사태 때문에 신화시대가 재현된 것은 아니다. 가섭불(迦葉佛) 연좌석(宴坐石)을 두고 한 말을 들어보자. 황룡사에는 가섭불이 앉았던 연좌석이 남아 있다고 했다. 가섭불은 석가보다 먼저 있었다는 과거불의 하나이다. 신라는 전에 부처의 나라였다고 하는 신화를 이룩하고자 했으나, 가섭불의 행적이 구체화되지 않아 내용이 미비하다. 연좌석이라는 돌을 신이롭게 여기도록 하는 전설을 들려주는 데 그쳤다.

이곳저곳에 보살이 자리잡고 있고 모습을 나타내기도 했다고 말할 때에도, 그 보살에 관해 알려주려고 한 것이 아니었다. 특별한 장소를 찾아가 기내 이상의 경험을 한 승려를 주인공으로 삼아 인식의 한계를 넘어선 세계의 경이로움을 말하려고 했다. 그런 이야기 가운데 특히 자세한 내용을 갖춘 〈삼국유사〉의 〈대산오만진신〉(臺山五萬眞身) 대목은 자장(慈藏) 이하 여러 승려가 경험한 이적의 수많은 증거가 오대산의 산세와 사찰에 남아 있다고 하는 전설집이다.

불교설화의 주인공은 고승이다. 부처나 보살은 뒤로 물러나 조연 노릇만 하고, 불도의 높은 경지에 이르러서 신이한 능력을 발휘하는 고승이 주연으로 등장해야 전후를 갖춘 사건이 전개되고, 무엇을 말하는지 이해할 수 있다. 고승담은 밖에서 가져오지 않고 안에서 만들었다. 불교 교단에서 대중을 상대로 해서, 재래신앙에 대한 불교의 우위를 입증하고, 깨달음이 무엇인지 납득할 수 있게 하고, 바람직한 삶의 자세를 알려주려고 하는 이야기에 대중이 수용자로 머물지 않고 창작자로도 참여해 합작품을 만들었다.

고승담은 우리만 갖추지 않고 다른 여러 곳에서도 발견되는 중세문학의 보편적 갈래이다. 힌두교, 이슬람교, 기독교 등 다른 보편종교도 신격·교조·고승에 관한 이야기를 갖추었으며, 셋이 각기 지닌 특성에 상당한 공통점이 있다. 신격은 부처나 보살이 여럿이라고 하는 경우에도 구체적인 내용을 갖추기 어려웠다. 교조의 내력은 경전을 편찬할 때 한 차례 기록한 다음에 더 보태거나 고치지 못했다. 그러나 고승 이야기는 어디서든지 자국의 인물을 내세워 계속 다시 만들 수 있어, 보편종교를 민족문화이게 하고 대중화하는 데 적극 이용되었다. 교단과 민중이 합작, 기록과 구전의 병용도 널리 확인되는 공통점이다.

우리 고승담은 일찍 기록된 자료가 없다. 신라 당대에 김대문(金大問)이 지었다는 〈고승전〉(高僧傳)은 전하지 않으며, 내용이 어느 정도 구비되었던지 의문이다. 8·9세기까지 활동한 우리 승려들의 행적이 10세기 중국에서 이루어진 〈송고승전〉(宋高僧傳)에 더러 수록되었다. 13세기초의 〈해동고승전〉(海東高僧傳)은 일부만 전하고, 설화화한 내용이 적다. 13세기말의 〈삼국유사〉는 고승전은 아니어서 여러 승려의 생애를 망라하지는 않았으나, 민간전승에서 재창조한 고승 이야기의 좋은 본보기를 보여주었다.

기록이 늦었다고 나무랄 것은 아니다. 교단에서 지어 문헌에 정착시킨 고승전이 권위를 행사하지 않아, 민중이 참여해 구전의 고승담을 만드는 작업이 활발하게 진행될 수 있었다. 고승이 민중의 삶으로 되돌아와 고락을 함께 하는 삶이 깨달은 경지라고 하는 것이 다른 데도 있지만 우리 고승 이야기에 특히 두드러지게 나타난다. 〈삼국유사〉에 수록된 내용과 오늘날의 구전을 견주어살피면서 그 점을 확인해보자.

불교가 재래의 신앙보다 우월하다는 주장을 편 이야기를 먼저 들어보자. 보양(寶壤) 스님은 중국에서 돌아오면서 서해 용궁에 초청되어 환대를 받고, 용왕의 아들인 이무기를 데리고 왔다. 이무기는 절 옆의 작은 못에 살면서 불교 교화를 도왔다고 했다. 어느 해 날이 가물어 채소가 말라 죽게 되자 비를 내려 채소를 살렸다가 하늘에서 내리는 벌을 받게 되었다. 보양은 하늘에서 내려온 사자에게 뜰에 있는 배나무가 이무기라고 했다. 이무기 대신 벼락을 맞아 말라죽은 배나무를 이무기가 살려냈다고도 하고 보양이 살려냈다고도 했다.

이무기는 민간에서 받들던 용이다. 보양이 서해 용궁에서 이무기를 데리고 왔다고 한 데서부터 재래 용신신앙보다 불교가 우월하다는 주장을 내세웠다. 이무기를 상좌로 삼고, 벌을 받아 죽게 되었을 때 살려주었으니 스님이 대단하다. 말라죽은 배나무를 누가 살렸는지 확실하지 않다고 한 대목에는 도술시합의 흔적이 남아 있다. 〈삼국유사〉에는 스님의 일방적 승리가 기록되어 있지만, 경북 청도군 현지의 구전에서는 이무기가 서해 용궁에서 스님을 따라왔다고 하지 않았다. 스님이 자기 정체를 알아내자 화가 나서 꼬리로 거대한 바위를 치고는 다른 데로 가버렸다고 하며, 그 바위가 아직도 남아 있다.

고승이 절을 지을 때 방해자가 있어 도술로 물리쳤다고 하는 이야기가 여러 곳에 있다. 자장(慈藏)이 아홉 용을 물리치고 통도사를 세웠다는 것이 그 좋은 본보기이다. 용은 불교의 정착을 방해하는 재래 신앙의 신격이나. 그런네 의상(義湘)의 부석사 창긴을 지지하는 무리를 억누를 때에는 의상을 따르는 용이 불법수호자 노릇을 했다. 불교와 함께 외래의 용이 들어오면서 용의 성격이 달라졌다.

의상과 용의 관계에 관한 설화는 〈송고승전〉에 수록되어 있어 널리 알려졌으며, 증거물을 갖추고 별도로 전하는 구전도 있다. 의상이 당나라에 가 있을 때, 선묘(善妙)라고 하는 아리따운 소녀가 마음을 주어도 반응이 없었다. 의상이 떠나는 것을 알고 선묘는 의복 선물을 상자에 담아 바닷가로 갔으나 배가 이미 멀리 바다로 나아간 뒤였다. 의복 상자가 날아서 배에 실릴 수 있게 해달라고 기원했더니 그대로 되었다. 자기는 용이 되어 배를 부축하겠다고 하고서 몸을 바다에 던져 커다란 용이 되어서, 의상이 탄 배가 무사히 신라에 이를 수 있게 했다.

의상은 아무런 도술도 부리지 않고 자기 위치만 지키고 있는데 사모하는 중국 소녀가 사랑의 정염 때문에 용이 되어 불법을 수호하면서 세속에서는 이루지 못한 소망을 관철시키고자 했다. 깊은 감명을 줄 수 있는 뛰어난 상상이어서, 중국에 전해져 고승전에 수록되었다. 일본에서 그 내력을 두루마리 그림에다 그려 만들어 간직한 것도 있어 국보로 지정했다. 의상이 부석사를 지을 때 선묘는 다시 용의 모습을 하고 바위를 들어올려 방해자들을 제압했다고 하는 증거인 뜬 돌 부석(浮石)이 현장에 남아 있어 절 이름의 유래를 알려준다. 성스러운 모습의 소녀 화상을 모신 선묘각을 만들어 놓기도 했다.

〈송고승전〉에서나 일본의 두루마리 그림에서 의상과 원효를 함께 등장시켰다. 두 사람의 관계는 당대부터 커다란 관심사여서 설화 창작에서 즐겨 다루었다. 당나라 유학길에 함께 떠났다가 원효는 되돌아왔다는 사실을 두고 흥미로운 설화가 전한다.

원효는 당나라에 가다가 심한 폭우를 만나 토굴에서 비를 피하고 잠을 잤는데 깨어보니 옛 무덤이었다. 하룻밤 더 머물자 귀신이 나타나 놀라게 했다. 굴이라고 여기면 편안하게 자고, 무덤인 줄 알자 귀신이 나타나니 모든 것이 마음에서 생겨나는 줄 깨달아 이미 불법을 얻었으니 중국에 갈 필요가 없다면서, 원효는 의상과 헤어져 되돌아왔다고 했다.

〈송고승전〉에서 그렇게 말한 사건을 두고 다른 문헌에는 각색을 더 많이 했다. 몇 십 년 전의 〈종경록〉(宗鏡錄)과 백여 년 뒤의 〈임간록〉(林間錄)에서는 원효가 그 날 밤에 토굴 속의 샘물을 마셨는데 날이 밝고 보니 시체 또는 해골에 고인 물이었다고 했다. 구역질이 나서 토하려 하다가 모든 것이 마음에서 생기는 이치임을 문득 깨달았다고 했다. 원효의 학문이 의상과 다른 이유를 사실과 거리가 한층 멀어진 설화에서 더 설명했다.

〈삼국유사〉에서 동해안 낙산사에 관음보살이 나타났다 해서 찾으러 갔다고 한 이야기에서도 의상과 원효의 대조적인 성향이 잘 나타나 있다. 의상은 보살을 만나려고 목욕재계하고 온갖 정성을 다 갖추었다. 보살은 용의 무리가 옹위하고 수많은 보배로 장식되어 있어 모습이 쉽사리 드러나지 않았다. '진'(眞)과 '속'(俗)이라는 말을 써서 논의를 진행해보자. '진'은 '진'이라고 하니, 높이 받들면서 찾아야 할 것은 더욱 멀어졌다. 그러나 원효는 그렇지 않았다.

원효가 만난 보살은 벼를 베거나 개짐을 씻고 있는 여자였다. 만나서 장난짓거리 말을 나누었다. 그것은 '진'과 '속'이 둘이 아니라는 말이다. 원효가 수많은 저술에서 역설한 사상의 핵심을 이야기를 만드는 사람들이 꿰뚫어보고 누구나 알 수 있게 나타냈다. 그러면서 원효가 모자라는 점까지 지적했다. 물을 달라고 하니 여자가 개짐을 빤 물을 떠주자, 원효는 쏟고 다른 물을 떠서 마셨다고 했다. 더럽고 깨끗하다는 분별에서 아주 벗어나지 못해 원효의 깨달음이 온전하지 못하다고 지적했다.

그 이야기는 거기서 끝나지 않고, 신라 말의 선승인 범일(梵日)에게로까지 이어져 불교사를 꿰뚫었다. 범일이 찾아낸 보살은 시골 아낙네의 철없는 아들놈이 동무삼아 노는 상대라고 했다. '속'이라야 '진'이라는 논리에 이른 셈이다. 그것이 선종의 사상이다.

고승은 높은 경지에 이르렀다고 우러러보면서 칭송할 것은 아니라고 했다. 귀족불교에서 초탈을 내세우는 잘못을 타파하고 모든 격식을 깨는 것이 고승의 할 일이라고 했다. 원효와 비슷한 행적을 보인 다른 녯 사람의 이상스러운 승려들을 등장시켜 고답적인 불교를 불신하고 민중의 발랄한 삶을 긍정하는 것이 마땅하다고 했다. 숭고가 아닌 골계를 찾고, 격식을 버리고 비속을 택했다.

미천한 처지에 자취를 감추고 사는 승려들의 기이한 생애는 들으면 충격을 준다. 진평왕 때의 인물이라고 하는 혜숙(惠宿)은 화랑의 무리에 몸을 숨겼다가 그 짓마저도 그만두었다고 했다. 우두머리 화랑이 사냥 갈 때 따라가서는 자기 다리 살을 베어 구워먹도록 바쳤다 한다. 살생을 일삼는 것을 말리기 위해 그런 극단적인 방법을 썼다. 상식을 뒤엎는 기행을 계속하다가 죽어서 다시 나타나기도 했다고 한다.

혜공(惠空)은 남의 집에서 고용살이를 하는 노파의 아들이며 아버지가 누구라는 말은 없다. 여러 가지 이적을 보이고, 미친 듯이 취해서는 부개를 짊어지고 거리에서 노래 부르고 춤추기를 일삼았다고 한다. 부개는 물건을 운반할 때 쓰는 삼태기 따위이다. 일하면서 사는 삶을 떠나서는 불법이고 무엇이고 없다는 생각에서 자기 절 이름을 순우리말로 '부개절'이라고 했다. 원효와 만나 물고기가 똥이고 똥이 물고기라는 수작을 나누었다는 것은 더욱 파격적인 방법을 사용한 관념 타파이다.

불교에서 누구나 부처가 될 수 있다고 한 이상은 현실과 거리가 멀었다. 지체 낮은 사람들이 불법을 닦으려면 많은 어려움이 있었다. 그 점을 강조해서 말할 때에는 하층민은 격식에 구애되지 않는 자유를 누린다고 하지 않고 고난을 겪는다고 했다. 고난에서 벗어나기 어려운 사정을 말했다. 진정(眞定)은 생계를 잇지 못하는 어머니를 홀로 남겨두고 출가해 의상의 제자가 되었다고 했다. 살핀 바이지만 광덕(廣德)은 신을 삼아서 살아가는 처지이고 아내는 분황사의 종인 처지를 무릅쓰고 불법을 닦아 높은 경지에 이르렀다고 했다.

욱면(郁面)이라는 계집종이 겪은 고난은 더 컸다. 주인을 따라 절에 가서 염불을 하자, 주인은 분수에 어긋난 짓을 한다고 나무라고 일을 더 많이 시켰다. 일을 마치고 염불을 하니, 주인은 욱면의 두 손바닥을 노끈으로 꿰서 말뚝에다 묶어놓았다. 그러자 이적이 일어났다. 하늘에서 들리는 소리를 듣고 절간 안으로 들어간 욱면이 들보를 뚫고 나가더니, 부처로 변한 몸으로 연화대에 앉아 큰 광명을 발하면서 천천히 사라졌다고 했다.

《한국의 문학사와 철학사》(지식산업사, 1997)에서 원효설화를 고찰하고, 《문명권의 동질성과 이질성》(지식산업사, 1999)에서 한국의 고승담과 여러 문명권의 성자전을 비교했다. 황패강, 《신라불교설화 연구》(일지사, 1975) ; 김영태, 《삼국유사 소전의 신라불교사상 연구》(신흥출판사, 1979)에서 불교설화에 대한 전반적 고찰을 했다. 강정식, 〈보양이목설화 연구〉, 《백록어문》 6(제주대학교 국어교육연구회, 1989) ; 천혜숙, 〈삼국유사 부양이목 설화의 저승론적 검토〉, 《동계성병희박사화갑기념 민속학논총》(형설출판사, 1990) ; 이두현, 〈선묘와 광청아기설화〉, 《한국민속학논고》(학연사, 1984) 등의 개별 논문도 많이 있다. 오대혁, 《원효 설화의 미학》(불교춘추사, 1999) ; 정천구, 〈삼국유사와 중·일 불교전기문학의 비교연구〉(서울대학교 박사논문, 2000) ; 〈고승의 일생, 그 구조와 의미〉, 《어문연구》 36 (어문연구학회, 2001)에서 새로운 논의를 전개했다.

5.5.3. 영웅담의 성격 변화

영웅이야기는 계속 나타났다. 탁월한 지도력이나 남다른 용맹을 발휘해 실제적인 또는 가상적인 역사 창조에서 커다란 자취를 남겨 숭앙되는 인물이라면 어느 시대든지 영웅이라고 했다. 영웅이야기는 영웅의 예사롭지 않은 행적을 기발하고도 설득력 있게 전개하면서 공감을 촉구했으며, 공감하는 사람들의 범위에 따라서 성격이 달라졌다.

영웅서사시의 시대가 끝나자 주몽·탈해·수로처럼 집단 전체적인 표상인 영웅은 다시 나타나지 않고, 상하층의 생각이 갈라졌다. 삼국의 국위를 떨쳐 널리 공감할 수 있는 업적을 이룩한 인물은 하층에서도 영웅이라고 인정할 만했다. 그러나 통일전쟁의 시기를 지나자 상층은 위대한 기백을 잃어버리고 왜소하게 되었으며 서로 헐뜯으며 쟁패를 일삼기 일쑤여서 하층의 지지를 받기 어려웠다. 정권쟁탈을 위해 칼부림

하는 위인이라면 놀라운 승리를 쟁취해도 영웅으로 숭앙될 수 없었다. 하층의 민중이 사회적 지위에서나 의식을 통해서나 앞 시대보다는 상대적으로 성장하면서 영웅시대의 유산을 그 나름대로 이어 거의 가공적인 민중영웅의 이야기를 계속 만들어냈다.

김유신(金庾信)에 관한 전승을 들어 영웅이야기의 변이와 변모 양상을 살펴보자. 김유신은 가야 출신이라는 불리한 조건을 극복하고 최고의 지위에까지 올랐으며, 광범위한 지지를 받아 삼국통일의 위업을 성취할 수 있었다. 실제의 행적이 뛰어나 상하가 함께 평가하는 영웅이었다. 그렇다고 해서 하는 말이 같았던 것은 아니다. 평가하고 숭앙하는 관점이 상이한 사람들이 이야기를 서로 다르게 했다.

위대한 인물이 되려면 호국산신과 만나야 한다는 생각을 함께 나타내면서 산신의 성격에 차이가 있는 것을 특히 주목할 만하다. 〈삼국사기〉에서는 김유신이 열입곱 살 때 중악(中岳) 석굴에 홀로 들어가 적국을 물리치고 난리를 평정할 힘을 달라고 기원했더니, 어떤 노인이 나타나 그 정성을 시험한 다음 무슨 비법을 전해주었다고 한다. 〈삼국유사〉에서는 김유신이 고구려로 가다가 만나 친해진 세 여자가 숲 속에서 산신의 모습을 드러내면서, 김유신이 고구려 첩자에게 속아 동행하고 있다고 알려주었다.

간절하게 기원해서 노인의 모습을 한 산신을 만날 수 있었다고 한 데서는, 남성 중심의 권위주의 사고방식을 유교에 수용된 도교의 요소를 이용해 구현했다고 할 수 있다. 위대하게 되려면 높은 곳과 연결되어야 하니 경건한 자세를 가져야 한다. 그럴 수 있었던 김유신은 홀로 훌륭하다. 상층에서는 이런 영웅관을 내세웠다고 할 수 있다.

아리따운 여신이 친근하게 다가왔다는 것은, 유교를 내세우는 남성 중심 사회가 되기 전에 고유신앙을 근거로 마련한 사고형태이고 하층에서 전승했다고 할 수 있다. 차별하는 생각 없이 누구와도 서슴없이 친할 수 있으면 믿고 도와주는 사람들이 나타나 큰 힘이 생길 수 있다. 김유신이 대단하다고 한 것은 지위가 올라가도 본 마음을 잃지 않았기 때문이다. 영웅이 영웅일 수 있는 이유를 두고 민중은 이런 생각을 했다고 할 만하다.

두 가지 영웅관은 구비전승의 영역에서 여러 가지 형태로 이어져오다가 소설에도 모습을 나타냈다. 〈조웅전〉 같은 영웅소설은 상층의 전승을, 〈박씨전〉은 하층의 전승을 재현했다고 할 수 있다. 하층의 전승은 두드러진 자취를 남기지 못하고, 상층 지향의 영웅소설이 훨씬 많다. 소설이 기록문학으로 정착되면서 상승을 희망해 그렇게 되었다고 할 수 있다. 하층의 전승은 저류로 이어지면서 쉽사리 드러나지 않는 재창작을 이룩했다.

김유신을 도술을 구경하고 놀라는 목격자로 등장시킨 일련의 설화도 있어 함께 다룰 필요가 있다. 〈수이전〉(殊異傳)에 실렸다가 〈대동운부군옥〉(大東韻府群玉)에 인용되어 오늘날까지 남아 있는 〈죽통미녀〉(竹筒美女)와 〈노옹화구〉(老翁化狗)가 그런 것이다. 죽통에서 미녀가 나오고, 노인이 개로 변하는 장면을 보고 김유신은 어째서 그럴 수 있는지 전혀 이해하지 못하고 당황해 할 따름이었다고 했다. 전혀 사실일 수 없는 가공의 이야기에 김유신을 등장시켜 희화화한 것은 영웅의 한계를 보여주고, 영웅 숭앙에 제동을 걸고자 하는 뜻이 있었다고 생각된다.

민중영웅 이야기는 김유신 이야기에는 나타나지 않은 더 하층 전승의 민담을 본거지로 삼았다. 민담은 실제 형편에 구애되지 않고 자아가 세계보다 우위에 있다는 가정을 구체화된 사건의 형태로 제시할 수 있다. 고귀한 혈통을 타고나지 않고 오히려 그 반대로 미천하고 보잘것없는 인물이 대단한 투지를 발휘해 거듭되는 고난을 극복하고 승리의 영광을 차지하게 된다는 것이 이른 시기 민중영웅담의 대표적인 유형이라고 생각된다.

그런데 그런 것이 그대로 전하는 자료는 남아 있다고 기대하기 어렵다. 〈삼국유사〉조차도 역사 이해에 도움이 되는 설화를 선택해 수용하느라고 민간전승의 심층부에는 이르지 못했다. 남아 있는 자료에서 찾을 수 있는 민중영웅담은 어느 특정 시기 특정 인물과 결부

된 것들이며, 필요한 방증이 첨부되어 있어 전설로 바뀌었다고 할 것들이다.

향가 〈서동요〉의 유래 설화가 그 좋은 예이므로 다시 살피기로 하자. 서동(薯童)이라고 기록되어 있는 마퉁이는, 과부인 어머니가 못의 용과 사통해서 태어났다고 한다. 비정상적으로 출생했지만 고귀한 혈통을 타고났다는 말은 보이지 않는다. 주몽이나 탈해의 경우와는 달리, 미천한 처지가 강조되어 있다. 마를 캐서 살아가는 떠꺼머리총각이었으면서 지략이 뛰어나 공주를 유인해 아내로 삼았다. 마를 캐던 곳에 수없이 흩어져 있는 황금을 공주가 알아보아 큰 재산을 얻고, 마침내 왕위에 올라서 훌륭한 일을 해냈다.

이 이야기는 백제 건국신화에서 유래했을 것 같기도 한데, 그런 흔적이 일단 지워졌다가 서두의 출생담 부분은 후백제 시조 견훤(甄萱)의 내력을 말하는 데서 다시 이용되었다. 오늘날의 구전에서는 앞뒤가 나누어져 별개의 민담 유형을 이루고 있다. 밤에 찾아와 여자를 임신시킨 지렁이를 야래자(夜來者)라고 일컬어 유형 이름으로 삼는 것은, 기이한 일이 있었다고 하는 정도의 의미만 가진다. '숯구이 총각의 생금장'이라고 하는 또 하나의 유형은 모든 일이 뜻밖에 잘 되는 행운담이다.

미천한 인물이 뜻밖의 행운을 만나 고귀하게 되었다는 사건전개는 고구려 바보 온달(溫達)의 이야기에서도 볼 수 있다. 〈삼국사기〉 열전에 수록된 명문이어서 고려시기의 창작물로 다시 고찰할 필요가 있지만, 그 개요는 고구려 당시의 설화라고 생각된다. 나무꾼 노릇을 하면서 어머니를 봉양하면서 바보라고 놀림을 받던 온달이 공주를 아내로 맞이하고 신분이 상승하게 된 것이 마퉁이의 경우와 상통한다. 우연히 얻은 행운과 노력해서 얻은 결과가 서로 다르고, 장군이 된 것과 왕위에 오른 차이가 있지만, 미천한 사람도 위대해질 수 있다고 하는 소망을 함께 나타냈다.

영웅은 초인간적인 존재의 도움을 받지 않고 그런 상대까지 억누를 수 있을 때 더욱 위대하다. 영웅이 괴물을 퇴치했다는 이야기가 세계 도처에 일찍부터 있어 그 점을 분명하게 했다. 신라 때의 인물 거타지(居陀知)가 그런 영웅이라고 했다. 신라 진성여왕 시절에 있었던 거타지의 활약상이라고 하면서 다음과 같은 이야기가 〈삼국유사〉에 전한다.

신라의 왕자가 중국으로 가다가 배가 어느 섬에 이르자 풍랑이 크게 일어나 앞으로 나아갈 수 없었다. 어떤 노인이 왕자의 꿈에 나타나 활 잘 쏘는 사람을 하나 선발해 섬에 두고 가면 순풍을 얻으리라고 했다. 거타지가 선발되어 상륙하자 서해 용왕이라고 하는 노인이 나타나 자기 일족을 멸망시키려는 괴물을 퇴치해달라고 했다. 다라니를 외는 중을 활로 쏘았더니 늙은 여우가 되어 땅에 떨어졌다. 용왕은 자기 딸을 아내로 삼으라고 하면서 꽃가지로 변하게 했다. 거타지를 원래 타고 가던 배에 오르게 하고, 용을 시켜 배를 호위해 가라고 했다.

거타지는 활을 잘 쏘는 영웅이어서 주몽을 연상하게 한다. 그런데 싸움 상대는 사람이 아니고 괴물이다. 괴물은 복잡하게 설명했으나, 원래 악룡이라고만 했으리라는 것을 오히려 후대의 자료를 통해서 입증할 수 있다. 악룡을 퇴치하고 아내를 얻었다는 이야기에 악룡과 선룡의 싸움이 추가되고, 도와준 은혜에 대한 보답으로 선룡이 자기 딸을 주었다고 하는 변화가 일어났다. 그런 유형이 제주도 서사무가 〈군웅본풀이〉에 보이고, 고려 태조의 선조 작제건(作帝建)을 주인공으로 삼아 재현되었다가, 〈용비어천가〉로까지 이어졌다.

김열규, 《한국신화와 무속연구》(일조각, 1977)에서는 김유신을 무속적 영웅으로 다루었다. 김대숙, 《한국설화문학연구》(집문당, 1994)에서 서동 및 온달 전승을 후대의 구전과 관련시켜 고찰했다. 서대석, 《한국신화의 연구》(집문당, 2001)에서 서동 전승을 백제건국신화로 이해했다.

5.5.4. 하층민의 소망과 시련

하층 백성의 삶이 화제가 되고 기록에 남으려면 무언가 특이한 내용을 갖추어야만 했다. 그 내역은 두 가지로 집약된다. 하나는 왕과 백성의 관계이고, 다른 하나는 별나게 벌어지는 사랑의 갈등이다. 그 밖의 다른 사연을 문제 삼은 이야기도 허다했을 터이나 남은 자료가 거의 없다.

왕과 일반 백성은 엄격히 구별되어 쉽사리 어울릴 수 없었겠는데, 설화에서는 왕과 일반 백성의 관계를 정면으로 취급한 것이 적지 않다. 그 양상에 따라 말하고자 한 바가 달랐다. 미천한 인물이 왕이나 왕비가 되었다는 이야기는 그렇게 되기를 바라는 희망을 나타냈다. 권력의 횡포 때문에 희생되지 않으려면 지혜를 방어수단으로 삼아야 한다는 것들도 있다. 왕의 부당한 요구 때문에 참혹한 고난을 겪었다고 하면서 항거의 의지를 나타내기도 했다. 존귀한 여왕과 미천한 남자 사이의 사랑을 다룬 유형에서는 신분의 차별과 사랑의 갈등을 함께 다루었다.

미천한 백성이 왕이 되는 것이 설화에서는 가능했다. 설화가 들어서 꾸민 이야기를 역사서에 올릴 때에는 어느 왕이 실제로 그랬다고 해서 사실 기록처럼 보이게 했다. 마퉁이가 백제 무왕이 되고, 고구려 미천왕이 가련한 처지에서 떠돌아다니던 총각이었다고 하는 것이 그런 예이다. 미천왕의 경우를 자세하게 살펴보자.

고아로 자라난 아이가 남의 집에서 머슴살이를 하면서 낮에는 나무를 하고 밤이면 주인의 잠을 방해하는 개구리에게 돌을 던지는 짓을 했다. 그 뒤에는 소금장수로 나서서 관가에 잡혀가는 수모까지 겪었다. 마침내 왕손임이 밝혀져서 왕위에 올랐다고 한다. 〈삼국사기〉 고구려본기에 올라 있는 기사이지만 사실이라고 할 것은 아니다. 미천왕의 경력에 허점이 있어 가능한 상상을 민담의 유형을 받아들여 펼치면서 왕과의 간격을 줄이고자 하는 백성의 소망을 나타냈다고 볼 수 있다.

민간의 처녀가 고구려 왕비가 되었다고 하는 것도 비슷한 이야기이다. 이번에는 특별한 계기가 있어 전에 없던 일이 일어났다고 공상의 혐의를 줄였다. 나라에서 키우며 점을 치는 데 쓰는 상서로운 돼지가 도망쳐서 잡으려고 따라가다가, 산상왕은 시골 마을에 이르러 거기 사는 미천한 처녀를 아내로 삼게 되었다고 했다. 이 사건 또한 〈삼국사기〉 고구려본기에 버젓이 올라 있으나 사실 기록이라기보다 소망 표현으로서 더 큰 의의를 가진다고 생각된다.

권력의 횡포에 맞서는 가르침을 우화로 나타낸 것도 있다. 김춘추가 고구려에 갔다가 죽게 되었을 때 뇌물을 받은 고구려 권신이 일러주었다고 〈삼국사기〉에서 말한 〈구토지설〉(龜兎之說)이 그런 것이다. 토끼가 거북의 감언이설에 속아 용궁에 갔다가, 용녀가 병이 들어 자기 간을 약에 쓰려 한다는 사실을 알고는 간을 꺼내 바위 밑에 두었다고 속여 살아났다. 토끼가 위기를 벗어난 것이 지배자의 횡포에서 벗어나는 약자의 지혜를 암시하는 교훈을 지녔다고 이해되었다.

백제에서 도미(都彌)라는 사람의 아내가 당했다는 수난의 이야기는 왕의 횡포를 고발한다. 도미는 하층민이지만 자못 의리를 알았다고 서두를 꺼냈다. 도미의 아내는 아름다우며 행실이 곧아서 사람들이 칭송했다고 했다. 한쪽을 이렇게 소개했으니 그 상대역인 백제의 개루왕은 악역일 수밖에 없다. 왕이 자기 욕망을 채우기 위해서 백성을 괴롭힌 짓을 드러내 고발한 주요 부분은 아주 극적인 전개를 갖추고 있다.

도미 내외가 개루왕의 청을 물리치기 위해서 여러 차례 힘든 노력을 한 뒤에 끔찍한 사건이 벌어졌다. 왕은 자기가 속은 것을 알고 크게 노해 도미를 억울한 죄로 다스려 두 눈을 빼게 하고, 작은 배에 실어 강물에 떠우게 했다. 도미의 아내는 강제로 욕보이려고 하는 왕을 월경중이라는 구실을 대고 물리치고서 도망쳐, 하늘을 우러러 통곡하자 조각배가 나타나 타고 물을 건넜다. 목숨을 보존한 도미를 만나, 둘이 함께 고구려로 가서 살았다는 것이 결말이다. 왕이 천한 백성의 아내를 차지하기 위해서 애쓰다가 끝내 실패했다고 하면서 지배자의 횡포를 용납하지 않으려는 하층의 의지를 표현했다.

남녀 관계를 반대로 설정해, 미천한 백성이 여왕을 사모해서 생긴 사건을 다룬 이야기도 있다. 여왕은 신라의 선덕여왕이다. 여러모로 걸출한 선덕여왕을 하필 지귀(志鬼)라는 이름의 천하디 천한 역졸이 짝사랑해서 상상을 초월한 사건이 벌어졌다고 하면서, 설화 창작의 능력을 한껏 발휘했다.

선덕여왕은 처녀로 일생을 보냈다고 하지만 수줍음 같은 것은 없었다. 이름과 형상이 이상한 여근곡(女根谷)에 겨울에 개구리가 떼 지어 운다는 말을 듣고, 개구리는 병사의 모습을 하고 있어서 적군이 쳐들어온 줄 알겠으나 여근에 들어간 남근이야 움츠러들게 마련이니 염려 없다고 할 정도로 개방적인 성격이었다. 그러나 지귀의 사랑을 받아들이는 것은 있을 수 없는 일이었다.

지귀는 선덕여왕의 아름다움을 흠모해, 애달파 하고 눈물을 흘리면서 야위어갔다. 왕이 절에 온다는 말을 듣고서 탑 아래서 기다리다 잠이 들었다. 왕은 자기 팔찌를 빼 지귀의 가슴에 얹어놓고 가버렸다. 잠을 깬 지귀는 감당하기 어려운 충격을 받아 그만 불귀신이 되고 말았다. 사방에 나는 불을 선덕여왕이 지은 주문을 붙이고서야 끌 수 있었다고 했다.

이룰 수 없는 사랑이지만 마음은 오갔다. 지귀가 불귀신이 되어 낸 불을 선덕여왕이 껐다고 했으니, 사회적 장벽은 그대로 인정하고서도 아름답기 그지없는 상상을 해본 셈이다. 그런데 너무나도 허황된 이야기라고 여겼음인지 〈삼국사기〉에는 비치지도 않았고, 〈삼국유사〉에도 한마디로 언급한 대목이 보일 따름이다. 온전한 내용은 〈수이전〉에만 실어놓고 제목을 〈심화요탑〉(心火繞塔)이라고 했다.

남녀의 사랑은 양쪽을 모두 일반 백성으로 설정한 이야기에서도 흔히 다루면서, 사랑 때문에 수난이나 고통이 가중되는 것이 하층의 삶이라고 했다. 사랑의 고난이야말로 서사문학의 지속적인 소재인데 그 시발점이 신라 때 이미 마련되었다. 설화가 후대의 소설 구실을 했다는 사실을 거듭 확인할 수 있다.

설씨네 처녀이야기라고 하는 것을 먼저 들어보자. 설씨의 늙은 아버지가 군사로 뽑혀가야만 했다. 여자의 몸이니 아버지를 대신할 수 없어 고민일 때, 설씨를 사모하던 이웃 총각 가실(嘉實)이 나섰다. 설씨는 미천한 처지에서 태어났으나 용모가 단정하고 행실을 잘 닦았다고 했으며, 가실은 가난하고 누추하게 살았으나 뜻을 곧게 가졌다고 했다. 둘은 배필이 되기에 부족함이 없었지만, 시련이 가혹하게 닥쳐왔다. 설씨의 아버지를 대신해서 전장에 나간 가실이 좀처럼 돌아오지 않았다. 실제 상황은 그랬다고 보는 편이 적합하다. 어떤 유혹이 있어도 오직 가실만 믿고 기다리는 설씨가 마침내 돌아온 가실과 인연을 이루었다는 결말은 설화다운 창작이라고 할 수 있다.

〈김현감호〉(金現感虎)라고 하고, 김현이라는 인물이 호랑이 처녀와 사랑했다는 이야기는 특이하다. 호환을 막아달라고 기원하는 절을 세운 내력을 납득하기 어려운 사연을 갖추어 설명했다. 김현과 호랑이 처녀는 순수한 사랑을 하고, 서로 다른 처지임이 밝혀졌을 때에도 마음이 달라지지 않았다. 사랑을 지속시킬 수 없게 되자 호랑이 처녀는 자기를 희생시켜 상대방을 영화롭게 했다. 그래서 호환이 없어지고, 그 공로를 김현이 차지했다. 호랑이의 행동이 호랑이답지 않다. 어떤 불가능한 조건을 무릅쓰고서라도 사랑을 옹호하자는 의지를 나타냈다고 보면 비로소 이해되는 이야기이다.

사랑은 아름답다고만 하는 사고방식에 대해 불교는 반론을 제기했다. 사랑이란 번뇌와 고통의 원인이라고 하면서 조신(調信) 이야기를 들려주었다. 조신이라는 승려는 꿈속에서 사랑을 이루어 태수의 딸인 김씨 처녀를 아내로 맞이해 평생을 살면서 줄곧 고난을 겪었다고 했다. 걸식을 하면서 연명하는 처지에 낳은 자식들은 굶어죽기도 하고, 개에게 물려 고통받기도 했다. 결국 헤어졌다가, 마침내 꿈을 깼다. 도를 닦는 승려의 길을 칭송하기 위해 사랑을 저주로 여기고, 가난하고 비참한 생활에 혐오감을 가지게 했다.

하층민의 일상생활은 설화에서 다룰 만한 것이 아니었다. 그러나 예사롭지 않은 높은 뜻을 지닌 고결한 인물이 어렵게 살아간다고 하는 경우는 사정이 달랐다. 백결(百結)이 그런 인물이었다. 〈삼국사기〉 열전에서 백결을 소개하면서 "선생"이라고 일컬었다. 어떤 사람인지 알 수 없으나 옷이 누더기가 되도록 기워 입어 백결이라고 했다고 하면서 살아가는 모습을 말했다.

백결은 희로애락을 거문고로 나타내는 것 외에 더 할 수 있는 일이 없었다. 세밑이 되어 다른 집은 방아를 찧는다고 아내가 말하자 거문고로 방아 소리를 내면서 아내를 위로 했다. 〈대악〉(碓樂)이라고 하는 그 곡조가 지금도 전해온다. 대단한 뜻이나 능력을 지니고 있으면서 명리를 초월해 일반 백성으로 살아가는 일민(逸民)의 모습이다. 선비는 모름지기 본받아야 한다고 여겨 후대인이 시를 지어 칭송했다.

지귀이야기는 황패강, 《신라불교설화연구》에서 ; 〈김현감호〉는 임재해, 《민족설화의 논리와 의식》(지식산업사, 1992)에서 고찰했다. 임종욱, 〈백결선생 인물전승에 대하여〉, 《고려시대 문학의 연구》(태학사, 1998)도 있다.

5.5.5. 설화의 정착과 변모

삼국이나 통일신라시대 사람들은 설화를 글로 기록하는 데도 상당한 관심을 가졌으리라고 생각된다. 국사를 편찬할 때 설화 자료를 많이 이용했으리라는 것도 쉽사리 인정할 수 있다. 그러나 그 당시에 기록되어 전하는 설화는 하나도 없다.

지금 남아 있는 설화 기록본 가운데 가장 오랜 것은 〈수이전〉이다. 책 자체는 없어졌지만 거기서 옮겨놓은 글이 여기저기에 보인다. 어느 시대에 누가 편찬했는지 밝힐 수 없지만, 〈삼국유사〉에서 말한 〈고본수이전〉(古本殊異傳)은 신라 때의 것으로 생각된다. 최치원(崔致遠)이 손을 댔을 가능성이 있다. 그러나 후대의 문헌에 남아 있는 일문(逸文)에는 최치원을 주인공을 한 것도 있다.

〈삼국유사〉에 들어 있는 것들을 가장 소중한 자료로 삼아 설화 자체뿐만 아니라 설화 기록에 관한 고찰도 하는 것 외에 다른 대안은 없다. 그 가운데 상당수는 이미 있는 기록을 옮겼으리라고 생각되고 그 점을 밝힌 경우도 적지 않아 원래의 작업이 어떠했는지 짐작할 수 있다. 설화 기록이 자료 보고에 그치지 않고 작품 창작이기도 하다고 여긴 것이 여기서 특별히 관심을 가져야 할 사항이다.

김현과 호랑이 처녀 이야기를 〈삼국유사〉에 기록한 데 주목할 만한 대목이 있다. 김현이라는 인물이 자기가 겪었던 일에 대해서 입 밖에 내지 않고 있다가 죽을 무렵에 "깊이 느낀 바 있어서 붓을 들어 전(傳)을 지었다"고 했다. 그 말대로라면 김현이 자기의 전을 지었다고 해야 하겠는데, 그대로 믿기는 어렵다. 김현은 주인공이자 가탁된 작자이며, 이야기를 글로 써서 전을 만든 사람은 따로 있었을 것이다. 그러나 전을 지었다는 것은 주목할 만한 말이다. 설화를 기록하는 행위가 문학 창작으로 이해되었다는 증거이다.

조신이야기에는 좀더 특이한 점이 있다. 서두에서 "옛날 신라가 서울이었던 시절에"라고 했다. 그 말을 경계로 그 글이 앞 대목과 획연하게 구별된다. 〈삼국유사〉를 지을 때 이미 있던 〈조신전〉을 인용했던 것으로 생각된다. 서두에서 한 말은 그 작품이 신라가 아닌 고려 때에 된 것임을 입증하지만, 신라 때의 원본을 나중에 개작했을 수도 있다. 일연이 흔히 사용한 것과 아주 다른 문체이다. 세련된 글을 쓰려고 해서, 대구를 이루는 말이 많고, 변려문의 격식에 따라 글을 다듬느라고 애쓴 흔적이 역력하다. 멋진 창작을 하자고 해서 쓴 글임에 틀림없다.

이 두 사례는 신라말쯤에 '전기'(傳奇)가 나타났다고 볼 수 있는 증거가 된다. 작품의 예를 더 든다면 〈수이전〉에서 가져온 〈최치원〉이 있다. 최치원이 쌍녀분(雙女墳)에 묻혀 있는 두 여자와 만나 시를 주고받으면서 사랑을 나누었다는 사건을 아름다운 문장으로 길게 서술했다. 남은 작품은 세 편이지만, '전기'를 문학갈래로 인정할 수 있다.

'전기'는 문학적 수식을 의도적으로 가미해 글로 정착시킨 설화라고 규정할 수 있다. '전기'는 문학적 수식 때문에 설화의 단순한 정착과 구별되고, 자아와 세계의 대결양상은 설화의 범위를 벗어나지 않아 소설은 아니라고 하면, 문학사적 위치가 드러난다. 당나라에서나 신라에서나 전기는 소설의 선행 형태로서 공통적인 구실을 했을 것인데, 신라의 전기는 편린만 남아 주목의 대상이 되지 않았다.

설화를 글로 옮기면서 수식을 가다듬고 주제도 다소 손보는 작업이 계속되어, 패관잡기(稗官雜記) 또는 패설(稗說), 필기(筆記), 야승(野乘), 야담 따위가 생겨났다. 그것들도 설화와 소설의 중간적 형태라고 할 수 있으나 엄격하게 규정하기 어려운 잡다한 성격을 지닌다. 전기는 그 가운데 하나이면서 어느 정도 특이한 위치를 차지한다. 정통 한문학을 통해서 입신하거나 능력을 발휘하는 길이 막혀 울분을 느끼는 문인들이 전기 작가 노릇을 하면서, 설화를 적고 다듬는 일이 진지한 창작이라고 여겨 정성을 쏟았다.

신라말이나 고려초에 그럴 수 있는 상황이 마련되었으리라고 본다. 육두품 출신의 인재들이 한문학을 하는 역량을 길렀지만, 진출할 수 있는 길이 열린 것도 아니고 재야문인으로서 적극적인 발언을 할 처지도 아니어서, 전기 같은 것을 대단하게 여기는 풍조가 생길 만했다. 그러다가 과거를 실시하게 되자 정통 한문학이 아닌 잡문 변두리로 밀려난 것 같다.

지준모, 〈신라수이전연구〉, 《어문학》 35(한국어문학회, 1976)에서 〈수이전〉을 최치원이 처음 편찬했을 가능성을 말했다. 지준모, 〈전기소설의 효시는 신라에 있다 : '조신전'을 해부함〉, 《어문학》 32(1975) ; 임형택, 〈나말여초의 전기문학〉, 《한국문학사의 시각》(창작과비평사, 1984) ; 박희병, 〈나려(羅麗)시대의 전기소설〉, 《한국 전기(傳奇)소설의 미학》(돌베개, 1997) ; 소인호, 《한국 전기(傳奇)문학 연구》(국학자료원, 1998) 등 여러 논저에서 전기의 유래에 관해 논했다. 〈한국·중국·일본 소설의 개념〉, 《한국문학과 세계문학》(지식산업사, 1991)에서 '전기'를 소설로 볼 수 없는 이유를 중국 및 일본의 경우까지 들어 논했다.

5.6. 연극의 자취를 찾아서

5.6.1. 중세의 굿 · 놀이 · 연극

굿, 굿하면서 벌이는 놀이, 그것이 연극의 내용을 지닌 것은 원시시대부터 있었고, 고대에 이미 뚜렷한 모습을 드러냈다고 생각된다. 사냥이나 농사가 잘되게 하고, 거둔 바가 풍성하다고 즐거워하며 노래 부르고 춤추던 행사는 굿이면서 놀이였다 거기에 공연자들의 생활에 관한 사연까지 반영되어 있어 연극이라고 할 수 있는 것도 나타났다.

고대에 들어서면 고구려의 수신(隧神)굿이나 가락국의 수로(首露)굿에서 볼 수 있듯이 건국신화를 행동으로 표현하는 행사를 해마다 나라에서 거행하게 되었다. 그래서 굿 · 놀이 · 연극의 복합체가 더욱 큰 규모를 갖추었고 또한 분화의 길에 들어섰다. 그때 연극의 역사가 시작되어 오늘에 이르고 있다.

굿 · 놀이 · 연극은 마음에 지닌 사연을 행동으로 나타내는 점이 같으면서 지향하는 바가 달라 서로 구분된다. 생활을 위협한다고 생각되는 적대적인 존재들과의 갈등을 주술로 해결하려고 굿을 한다. 놀이는 참가자 일동이 정해진 공동의 절차에 몰입하도록 해서 화해와 단합을 이룬다. 사회 내의 갈등을 문제 삼아 몰입이 아닌 각성을 경험하게 하는 것이 연극이다.

수신이나 수로를 받드는 행사는 농사가 잘되게 하고 나라의 안녕을 꾀하는 굿이었다. 국중대회라는 이름에서 알 수 있듯이, 나라 사람들이 함께 즐거워하도록 하는 점에서는 놀이였다. 건국의 시조가 다른 누구와 싸우기도 하고 화해하기도 하는 모습을 보여주는 것은 연극이라고 할 수 있다. 그 셋이 복합되어 있으면서 상대적으로 구분되기만 했다. 최고 권력층에 속하는 나라무당이 모든 행사의 기획 · 감독 · 주연을 맡았다.

그런 시절 고대가 연극의 황금시대였다. 중세에는 연극이 굿이나 놀이에서 분리되어 발전을 이룬 것 같으나 전혀 그렇지 않다. 연극의 성장에 불리한 여건이 겹겹이 마련되었다. 나라에서 하는 굿은 없어지지는 않았지만 그 구실이 아주 축소되었다. 풍년을 기원하고 안녕을 도모하는 데 주술보다 종교가 더욱 긴요한 구실을 맡아 문화 전반의 변화가 일어났다. 종교적 기원을 담당하면서 고매한 철학까지 갖추고 주술도 이용한 불교는 재래의 굿·놀이·연극 복합체를 새로운 형태의 종교·철학·주술의 복합체로 대치했다.

유교 이념에 따라 예악을 정비하는 과정에서 더 큰 변화가 일어났다. 굿과 복합되어 거행되던 놀이가 굿을 떠나 놀이로만 지속되게 했다. 노는 사람과 보는 사람의 구별 없이 놀이를 함께 하면서 즐기던 전통을 버리고, 미천한 놀이패의 재주를 존귀한 좌상객이 바라보게 되었다. 인원수, 복색, 절차 등의 제반 격식을 엄격하게 갖추어야 예악다운 공연이 이루어진다고 했다. 그렇게 해도 놀이하는 데 연극이 포함될 수는 있었지만, 연극이 온 나라의 관심거리인 시대는 다시 오지 않았다.

중세왕조가 놀이를 멀리 한 것은 아니다. 대규모의 행사를 개최하고 갖가지 놀이를 벌여 즐기는 관습을 지속시켰다. 민간전승을 받아들이고 외국 것을 보태어 그 내용을 풍부하게 하는 데 계속 관심을 가졌다. 노래, 악기 연주, 춤, 곡예 등을 담당하는 기능인 육성을 소홀하게 하지 않았다. 그러나 그 모든 것이 국가 통치의 장식물일 따름이었다. 천한 무리가 하는 놀이에 상층은 스스로 신체를 움직이면서 참여하지는 않는 것이 중세의 관습이었다.

누구나 참가해 함께 어울려 노는 국중대회의 유산은 하층에서 거행하는 마을굿으로 이어졌다. 하층 농민이 농사가 잘되게 하는 굿을 하면서 상층과 맞서는 단결력을 다지고 신명풀이를 하는 데서 민속극이 시작되었다. 민속극은 굿·놀이·연극의 복합체이면서 상층에 대한 비판과 풍자에서 생기를 얻었다. 삼국이나 통일신라시대에도 하층 민속극은 이미 연극의 저류이자 주류인 위치를 차지했다고 보아야 표면에 나타난 현상을 바르게 설명하는 데 도움이 되고, 민속극의 발전을 무리

없이 이해할 수 있다.

연극을 산출한 굿에 농악대가 하는 굿도 있고, 또 하나는 무당이 하는 굿도 있다. 농악대굿에서는 탈춤이 생겨났고, 무당굿에서는 무당굿놀이라고 하는 또 하나의 민속극이 자라났던 것이 후대의 자료에서 확인되는 바이다. 그러나 민속극이 처음 나타나던 단계에는 농악대가 바로 마을무당이어서 탈춤과 무당굿놀이가 구분되지 않았을 것이다. 전국 대부분의 지역에서 무당이 마을무당의 지위마저 잃고 필요하면 초청되는 외래자로 밀려난 것은 후대의 사회변화 때문이 아니었던가 한다.

《카타르시스·라사·신명풀이》(지식산업사, 1997)에서 밝히고, 《세계문학사의 전개》(지식산업사, 2002)에서 재확인한 바와 같이, 고대까지 굿·놀이·연극 복합체가 이어진 것은 세계 도처에서 확인되는 공통된 현상이고, 연극이 상대적으로 독립되어 창작품을 공연하기까지 이른 것은 그리스에서만 보이는 특이한 사례이다. 중세는 유럽에서도 연극이 잡다한 놀이에 밀려 쇠퇴하고, 인도의 산스크리트극이 홀로 빛을 내던 시기였다.

5.6.2. 고구려·백제의 놀이와 연극

고구려의 가무가 대단했다는 직접적인 자료는 고분벽화이다. 노래를 다룰 때 이미 거론한 안악 3호분의 음악연주 행렬 그림을 다시 기억할 필요가 있다. 춤추는 모습, 씨름하는 장면 같은 것들을 그려놓은 고분은 여럿 있다. 그런 놀이를 얼마나 즐겼으면 무덤에다 그려놓고 죽은 다음에도 보셨다고 했던가?

그림이란 정지된 모습이어서 연극의 한 장면인지는 판별하기 어려우나, 몇 가지 추측이 가능하다. 안악 3호분에는, 콧대가 유난히 높으며, 다리를 꼬고, 두 손바닥을 마주 대고 있는 인물이 있어서 탈을 쓰고 연극을 하는 것처럼 보인다. 무용총 벽화에서 춤추고 있는 사람의 차림은

〈봉산탈춤〉의 팔목을 연상하게 한다.

고구려의 가무에 관한 국내의 기록은 없어 논의를 계속하는 데 지장이 있다. 그러나 이웃나라에서 알고 있는 바를 적어놓은 자료가 있어 공백을 메워준다. 〈수서〉 악지에는 고구려에 〈지서〉(芝栖)라는 이름의 놀이가 있었다고 했다. '지서'라는 말은 오늘날의 '짓'에 해당하는 것이고 연극을 뜻했으리라는 견해가 있다. 중국에 전해진 고구려 놀이에 대한 기록은 더욱 구체적이다.

〈구당서〉 악지에서는 고구려 춤을 추는 사람은 "머리 위에 상투를 틀어 올리고, 이마에 곤지를 찍었으며, 황금 귀걸이를 달고, 누런 더그레와 벌건 바지를 입은 차림으로, 아주 긴 소매를 날리며 쌍쌍이 움직인다"고 했다. 당나라 시인 이백(李白)이 고구려 놀이를 읊은 시에서는 "바람에 날리는 모자에 금빛 꽃을 꽂고, 백마는 천천히 돌고 있는데, 넓은 소매를 날리며 춤을 추니 바다 동쪽에서 새가 날아오는 것 같다"고 했다. 궁중에 전해진 것이든 민간에서 공연하던 것이든, 중국에서 공연한 고구려 가무희는 노는 모습이 서로 비슷했음을 알 수 있다. 그 어느 쪽이거나 후대의 탈춤과 연결될 수 있을 것 같은 느낌을 준다.

〈구당서〉에 고구려와 백제의 '기악'(伎樂)에 관한 기사가 나온다. '기악'이라는 말은 원래 불경에 자주 나오는 것으로서 부처를 공양하는 데 쓰는 가무를 뜻했는데, 특정의 공연물을 지칭하는 것으로 바뀌었다. 고구려와 백제의 기악을 남북조 시대 송(宋, 420~478)은 갖추고, 북위(北魏, 386~533)는 갖추지 못하고, 북주(北周, 557~580)는 새롭게 받아들였다고 했다. 수(隋, 581~618)는 백제 것을 제외했다고 했다.

612년(백제 무왕 13)에 백제 사람 미마지(味摩之)가 오(吳)에서 배운 기악을 일본에 전했다는 기사가 〈일본서기〉에 있다. '오'를 남중국의 나라라고 보고 기악은 중국에서 전래되었다고 했으나, 그렇지 않다. '오'는 고구려의 한 지방이고, 기악은 고구려에서 만들었다고 하는 새로운 견해가 대두해 타당성이 인정되고 있다. 그러나 기악이 어떤 놀이인지 밝힐 수 있는 자료는 국내에 없다.

일본에서는 외래악을 좌방악(左方樂)과 우방악(右方樂)으로 정리하고, 좌방악은 당악이라 해서 중국 것들을 포함시키고, 고려악이라고 일컬은 우방악에는 고구려를 위시해 신라나 발해의 것들을 소속시켰다. 우방악 종목 가운데 반수 정도가 가무악이다. 고구려악이 대단했음을 재확인할 수 있고, 고구려에 가무희거나 연극이거나 탈놀이 또는 탈춤이 적지 않았던 것도 추론의 범위를 넘어선 사실로 인정된다. 일본에 전하는 가면까지 아울러 연구한다면 고구려 탈놀이의 모습을 어느 정도까지는 복원할 수 있다.

꼭두각시놀음에 관한 자료는 더욱 분명하다. 801년에 당나라 사람 두우(杜佑)가 편찬한 〈통전〉(通典)에서 중국 꼭두각시놀음의 계보를 설명하면서 고구려에도 꼭두각시놀음이 있어 공연이 민간에서 성행하고 있다고 했다. 당나라 장수 이적(李勣)이 고구려를 치고 고구려 꼭두각시놀음을 자기 나라에 갖다 바쳤다는 말이 13세기 중국문헌 〈문헌통고〉(文獻通考)에 있고, 〈해동역사〉(海東繹史)에 인용되어 있다. 침략의 길에 나섰던 장수가 자기 나라에도 있는 꼭두각시놀음을 전리품으로 가져간 것은 고구려의 꼭두각시놀음이 널리 인기를 모으는 구경거리이고, 중국의 것보다도 더 정교했다는 증거이다.

지금까지 든 고구려의 탈춤과 꼭두각시놀음은 전문적인 예능인이 맡아 공연했다고 생각된다. 다른 나라로 옮겨갈 수 있었던 것이 그 증거이다. 나라가 망하자 공연자들이 큰 타격을 받아 전승이 위태롭게 되었을 것이다. 그러나 국중대회를 이어받은 마을굿에 기존의 탈춤과 꼭두각시놀음이 수용되었을 수 있다. 〈봉산탈춤〉을 위시한 해서탈춤의 차림새나 춤에 농민생활과는 어울리지 않고, 다른 지방 탈춤과 상이한 요소들이 보이는 것이 그 때문일 수 있다.

백제의 놀이나 연극은 자료가 고구려의 것만큼도 남아 있지 않아서 논의를 전개하기 어렵다. 중국의 〈수서〉 동이전에 열거되어 있는 백제 놀이 가운데 〈농주지희〉(弄珠之戲)란 것이 있어 관심거리일 수 있을 따름이다. 이름으로 보아 구슬을 놀리는 놀이이고, 신라의 〈금환〉(金丸)

과 비슷한 것이 아닌가 한다. 연극으로 볼 수 있을지는 의문이다.

기악은 고구려에서 유래했지만 백제에서 독자적인 공연물로 만들었다고 생각된다. 중국의 기록에서 고구려 기악과 백제 기악을 구별해서 말한 것이 그 증거이다. 미마지는 백제 사람이어서 일본에 전했다는 기악이 오에서 배운 것이라고 했더라도 고구려 기악과는 차이가 있는 백제 기악이었을 것으로 생각된다.

일본에는 기악이 무엇인지 말해주는 자료가 있다. 13세기에 이루어진 기록이 전하고 탈이 2백여 개나 남아 있어, 백제 기악의 모습을 어느 정도 재구할 수 있게 한다. 서두는 사자춤이다. 그 다음에는 아홉 인물이 차례로 등장해서 춤을 추는 데 따라서 과장이라고 할 수 있는 것이 구분된다. 이름과 거동이 모두 모호하지만, 여자에게 유혹되어 외도에 빠진 자를 역사(力士)가 나와서 치는 것 정도가 어렴풋하게 드러나는 연극적인 내용이다.

그런 내용을 갖춘 기악은 불교연극이고 무언극이었던 것 같다. 사자가 잡귀를 물리치고 불법을 수호한다고 생각된다. 역사가 징치하는 대상은 불법을 어긴 파계승이 아닌가 한다. 사자춤은 신라의 〈산예〉(狻猊)에서도 보이고, 〈북청사자놀음〉을 위시한 후대의 민속놀이나 탈춤에서도 전승되니 낯선 것이 아니다. 역사는 취발이와 상통하는 데 하는 일은 반대이다. 후대의 탈춤과 연결된다고 할 수 있지만, 불교 옹호의 주제는 이어지지 않고 비판과 풍자로 대치되었다. 그 사이의 경과는 알 수 없어 추정의 타당성을 주장할 수는 없다.

서연호, 《꼭두각시놀음의 역사와 원리》(연극과인간, 2001)에서 고구려의 꼭두각시놀음, 고구려와 백제의 기악에 관해 고찰했다. 기악을 고구려에서 만들었다는 사실을 서연호, 《한국전승연희의 현장연구》(집문당, 1997) ; 成澤勝, 〈신자료군 검증으로 구명된 기악 고지(故地)〉, 《한국연극학》 13(한국연극학회, 1999)에서 논증했다. 기악이 후대 탈춤의 원형이라는 견해를 이혜구는 〈양주산대놀이의 옴·

먹중·연잎 과장), 《예술원논문집》 8(대한민국예술원, 1969)을 위시
한 여러 논문에서 폈다.

5.6.3. 신라 쪽의 상황과 처용극

신라의 놀이와 연극은 이웃나라에 소개될 기회는 적었으나 〈삼국사
기〉에 더 많은 자취를 남기고 있다. 이른 시기인 32년(유리왕 9)에 가
배 명절을 맞이해서 '가무백희'(歌舞百戲)를 두루 했다고 했다. 한가위
행사는 전부터 있었겠는데 나라에서 주최해 규모를 크게 벌인 것이 특
기할 사실이었다.

551년(진흥왕12)에는 팔관회(八關會)를 처음 열었다 하고, 그 절차
를 소개했다. 채붕(採棚)을 둘 맺어놓고, '백희가무'를 하면서 복을 기
원했다. 채붕이란 비단으로 장식된 다락이다. 비단 장막을 화려하게 드
리운 곳에서 온갖 놀이를 벌이는 행사는 고대의 국중대회를 대신해서
중세왕조가 내놓은 나라굿놀이이다. 거기 동원된 장식물이나 행사 내
용에는 고대의 유산, 당대의 민간전승, 그리고 불교가 가져다주고 중국
에서 받아들인 것들이 복합되어 있었다. 그 모든 문화요소를 한 데 모
아 왕조의 번영을 과시하고 축원하는 관습이 후대의 연등회(燃燈會)나
산대희(山臺戲)로 이어졌다.

가무백희 또는 백희가무는 노래와 춤, 그리고 갖가지 놀이의 총칭이
다. 놀이에 해당하는 것에는 곡예와 가장행렬이 있었다. 연극이라고 할
것도 포함되어 있었겠으나 관심의 대상이 되지 않아 실상을 알 수 있는
기록이 남아 있지 않다. 가무백희 공연을 담당한 가척(歌尺), 무척(舞
尺), 우인(優人), 창우(倡優), 배우, 재인 등 이름과 성격이 다양한 무
리는 나라에 매였으면서 독자적인 활동을 벌일 수도 있는 이중의 신분
을 지녀, 자기 나름대로 활동할 때에는 연극을 할 수 있었다고 생각되
지만 그 내역을 알기 어렵다.

신라의 굿·놀이·연극은 그런 것들만은 아니었다. 왕이나 귀족들이

스스로 노래하고 춤추는 관습을 고구려나 백제의 경우보다 더 오래 지속시키면서 별도의 공연물을 마련했던 것으로 보인다. 중세화한 가무백희에는 포함되지 않는 고대의 유산을 이어받아 상층의 연극을 만들어내는 예외적인 현상이 한동안 계속되었던 것으로 보인다.

왕이 차차웅(次次雄)이라고 일컬어지는 무당 노릇을 하는 일이 후대에도 있었다. 향가를 다룰 때 살핀 바와 같이, 강릉 태수의 부인 수로(水路)는 무당 노릇을 하면서 굿으로써 민심을 수습하고자 했다. 화랑의 무리는 노래 부르고 춤추는 것을 수련방법으로 삼아 사방을 돌아다녔으며, 팔관회 같은 것을 할 때에 공연자로 참가했으리라고 생각된다.

화랑이 나라를 위해 싸우다 죽은 동료를 추모할 때 노래를 지어 부르기만 하지 않고 탈춤이라고 할 것을 공연하기도 했다. 〈황창무〉(黃昌舞)에 관한 설명을 그렇게 이해할 수 있다. 황창은 어린 나이에 백제로 들어가 칼춤을 추며 인기를 모으다가 백제왕이 구경을 하자고 부르자 백제왕을 찔러 죽이고, 백제군에게 잡혀 죽었다고 했다. 어머니가 그 소식을 듣고 통곡을 하다가 눈이 멀자, 황창의 모습을 하고 춤을 추어 어머니로 하여금 눈을 다시 뜨게 했다고 한다.

황창의 모습을 한 탈을 만들어 쓰고 춤을 춘 것을 두고 그렇게 말했으리라고 생각된다. 원래 장례를 지내면서 죽은 사람의 가면을 쓰고 춤을 추는 민속이 있었기 때문에 그럴 수 있었을 것이다. 죽었다 되살아난 사람이 황창이고, 나라를 위해 백제왕을 해치워 죽게 되었다고 하려면 민속에는 없던 대사를 추가해 연극을 만들어야 했을 것이다. 〈황창무〉는 〈황창극〉이고 화랑의 연극이었다고 보아도 무리가 없다.

신라 때에 탈춤이 있었음을 알려주는 한층 분명한 증거가 〈삼국유사〉 〈경흥우성〉(憬興遇聖) 대목에 있다. 신문왕 때에 경흥이라는 스님이 근심 때문에 병이 들어 앓고 있을 때 어느 여승이 찾아왔다. 웃으면 나을 수 있다 하고서, 열한 가지 '면모'(面貌)를 만들어 각기 그것대로의 '배해'(俳諧)의 춤을 추어 보였다 한다. 그 모습이 이루 말할 수 없이 우스워 턱이 빠질 지경이었다. 그 여승은 관음보살의 화신으로 생각된다는 말을 뒤에 첨부했다.

열한 가지로 만들었다는 '면모'는 탈이 아닌 다른 무엇일 수 없고, '배해'는 배우의 익살이니 탈춤의 대사이다. 공연한 사람이 관음보살의 화신이라고 한 것은 웃음으로 병을 치료한 공덕을 높이 평가해서 한 말일 것이다. 여승의 모습을 하고 왔다는 데부터 공연이 시작되었다고 볼 수 있다. 불교 교단과 관련이 있는 광대가 그런 탈춤을 공연했으리라고 추정할 수는 있으나 자세한 사정은 알 수 없다.

〈삼국유사〉에 전하는 〈처용무〉(處容舞)에 관한 기록은 굿과 탈춤의 관련 양상을 말해준다고 할 수 있다. 동해용·남산신·북악신·지신 등이 나와서 춤을 추었다는 것은 사람이 그런 탈을 쓰고서 굿을 했다는 말이다. 헌강왕이 남산신의 춤을 추고서 남산신의 모습을 탈에다 새기게 했다는 기록이 그 점을 입증하는 구체적인 증거이다. 처용춤을 추었다고 한 것도 서로 관련된 일련의 행사에 포함된다.

남산신·북악신 이하 서라벌 주변 수호신들의 춤을 추면서 굿을 한 내력은 신라 초기까지 소급된다. 왕이 차차웅이라고 일컬어지던 시기에는 그런 행사를 직접 담당했을 것이다. 그 뒤에는 국가를 떠나 민간에서 이었을 수호신굿을 헌강왕이 특별한 사유가 있어 부활시켰던 것으로 보인다. 사방에서 민란이 일어나 나라가 위태로워지자 각 지방을 순회하면서 동서남북의 수호신굿을 새삼스럽게 거행한 헌강왕의 행적이 지금 볼 수 있는 바와 같이 기록되었다. 헌강왕 시절이 태평성대였다고 한 것은 지나치게 번영해 위기를 불러온 상황의 기록이거나, 나라가 이미 어지러워진 것을 알아 태평성대이기를 바라고 기원한 말이라고 이해된다.

그런데 처용은 특이한 존재이다. 기존의 수호신이 아니며, 헌강왕이 개운포(開雲浦)에 갔다가 데리고 와서 왕정보좌의 임무를 맡긴 신참자이다. 왕정보좌란 재앙을 물리치고 나라를 튼튼하게 하는 것 외에 다른 무엇일 수 없다. 역신(疫神)과의 대결을 맡아야 했다. 역신은 문자 그대로 병을 일으키는 신이다. 그때 문제가 된 병은 나라의 병이다. 왕이 내린 직함을 받아 처용랑(處容郎)이라고 일컬어진 공연자가 처용의 탈을 쓰고 춤을 추면서 역신의 탈을 쓰고 춤을 추는 상대역을 물리치는 굿을 해서 나라의 위기를 극복하고자 했다.

헌강왕은 전부터 섬기던 동해용을 다시 찾아 개운포로 갔다가 그곳에서 전승하는 〈처용굿〉을 보고, 처용이 동해용의 아들이란 구실을 내세워 서라벌로 자리를 옮겨 공연하게 했다. 헌강왕은 처용의 위력에 기대를 걸었으나, 본고장을 떠나 이미 병든 도시인 서라벌로 자리를 옮겨 다시 공연된 〈처용굿〉은 무력했다. 처용이 역신을 힘차게 내몰지 못하는 나약한 인물로 바뀌어, 굿의 효과보다 연극의 내용에 더욱 관심을 가지게 했다.

역신이 처용의 아내를 범하고, 처용이 그 사실을 발견하고 역신과 맞서는 데까지 이르는 과정은 굿이면서 연극이다. 우선 처용과 아내의 혼인은 남녀의 결합으로 자연의 풍요를 도모하는 사고방식의 표현이다. 풍요가 아니고 질병이며, 삶이 아니고 죽음인 역신이 아내를 가로챘다는 것은 도저히 용납할 수 없는 사태이니, 역신을 싸워서 물리쳐야 한다. 여기까지 이어지던 굿과 연극의 동반관계가 다음 장면에서 파탄에 이르렀다. 처용이 역신을 물리치는 위력을 발휘하는 대신에 주저하고 고민하면서 〈처용가〉(處容歌)라는 이름으로 알려진 노래를 불렀기 때문이다.

동경 밝은 달에 밤들이 노니다가
들어 자리를 보니 가랑이 넷이어라.
둘은 내 해였고, 둘은 누구 핸고
본디 내 해다마는 빼앗은 것을 어찌 하리오.

노래는 이렇게 해독될 수 있는 넉 줄 형식인데, 마지막 줄이 문제이다. "본디 내 해인데 어찌 감히 빼앗는가"라고 하는 것이 굿에서 할 말이다. "빼앗은 것을 어찌 하리오"라고 한 것은 좌절과 패배를 나타내는 연극의 대사이다. 굿이 무력하게 되면서 연극이 전면에 나타났다. 〈처용가〉라고 하는 이 노래는 〈처용극〉의 대사 한 토막이라고 생각된다. 가장 요긴한 대사여서 원문 그대로 인용했을 것이다. 밝은 달의 원만한 세계에서 노닐다가 이겨낼 수 없는 시련에 빠져 고민하는 처용의 심정에 〈처용극〉을 관람하는 서라벌 귀족들이 깊은 공감을 느꼈을 것으로 상상할 수 있다. 고민에 빠져 헤매는 동안 후삼국 쟁패가 벌어졌고, 신라는 결국 망하고 말았다.

〈처용굿〉이 서라벌에 옮겨간 뒤에 본고장의 전승이 중단된 것은 아니다. 둘이 갈라져 각기 다른 길을 갔다. 서라벌 궁중의 〈처용극〉은 신라가 아주 망해 미련을 가질 수 없게 되자 〈처용굿〉으로 되돌아가고, 다시 춤을 중요시하는 〈처용무〉가 되어 고려와 조선왕조의 궁중 공연물로 전승되었다. 본고장 개운포의 〈처용굿〉은 〈처용극〉으로 이행하는 과정을 독자적으로 밟아 민속탈춤이 되지 않았던가 한다. 인접 지역에서 공연하고 있는 탈춤 〈야류〉가 재앙을 물리치는 힘을 지닌 배역을 등장시키는 것은 처용의 전례와 연관된다고 할 수 있다.

〈처용가〉 해독은 김완진, 《향가해독법연구》(서울대학교출판부, 1980)에 따랐다. 〈처용극〉에 관한 연극사적 고찰은 《탈춤의 역사와 원리》(홍성사, 1979)에서 했다. 김동욱 외, 《처용연구논총》(울산문화원, 1989)에서 관계 논문을 집성했다.

5.6.4. 다섯 가지 놀이

〈삼국사기〉 악지에 수록되어 있는 최치원의 시 〈향악잡영오수〉(鄕樂雜咏五首)는 〈금환〉(金丸)·〈월전〉(月顚)·〈대면〉(大面)·〈속독〉(束毒)·〈산예〉(狻猊)를 두고 읊은 것이다. 흔히 오기(五伎)라고 일컫는 그 다섯 가지 놀이는 신라 공연예술의 실상을 알려주는 아주 소중한 자료이다. 그런데 놀이 하나마다 일곱 자 네 줄씩 묘사하는 데 그쳐 미비한 내용을 어떻게 보충할 것인가를 둘러싸고 많은 논란이 있다.

오기의 유래에 관해서는 중국을 거친 서역 전래설과 신라 자생설이 대립되어 있다. 사자춤인 〈산예〉는 신라에 사자가 없었으므로 들어온 놀이로 보아야 한다는 주장이 설득력를 가진다. 〈월전〉과 〈속독〉은 등장하는 놀이꾼의 모습이 기이하고 놀이 이름이 서역에 있던 국명과 비슷하다는 점을 전래설의 증거로 삼는데, 과연 그럴까 의문이다. 자생설의 근거는 우선 시 제목에 있는 '향악'이라는 말이다. 다섯 가지 놀이는 당악이 아닌 향악이라고 했으니 밖에서 들어오지는 않았을 것이다. 외래의 요소가 있다 해도 따로 구별할 필요가 없었으리라고 생각된다.

곡예인 것도 있고, 연극적인 내용을 갖추었다고 인정되는 것도 있다. 맨 처음 든 〈금환〉은 금빛 방울을 놀리는 놀이이니 곡예이다. "몸을 돌리고, 팔을 휘둘러 방울을 놀리자, 달이 구르고 별이 뜬 듯하다"고 했다. 이어서, "아무리 이름난 놀이꾼이라도 이보다 나을 수 있겠느냐 하고, 동해바다 파도소리마저 잠잠해진다"고 했다. 그런 놀이라면 민간에서 저절로 생길 수 있는 수준이 아니고, 직업적인 재인이 숙달된 재주를 자랑하면서 공연하는 것이었다.

〈월전〉에서는 놀이꾼의 거동이 가관이다. "어깨가 높고 목은 짧으며 머리털을 오뚝하게 하고서는, 여러 선비가 팔을 뽐내며 술잔을 다툰다", "노랫소리를 듣자 사람들 모두 웃고, 초저녁에 세운 깃발이 새벽까지 나부낀다"고 했다. 놀이꾼의 모습, 공연 내용, 청중의 반응, 무대의 분위기, 공연 시간 등을 짧은 글귀 속에다 다 적어놓았다. 내용으로 보아 연극인 것은 분명하다 할 수 있는데, 과연 어떤 연극인가를 둘러싸고 논란이 분분하다.

"어깨가 높고 목은 짧"은 인물은 서역에서 온 배우라고도 하고, 꼽추라고도 한다. "머리털이 오뚝"하다는 것은 상투를 뜻한다고도 하고, 가발인 다래머리를 두고 한 말이라도 한다. "여러 선비"라고 한 말도 난쟁이라든가 꼽추라든가 하는 다른 뜻으로 풀이되기도 한다. 여러 가지 해석 가능성 가운데 꼽추의 모습을 하고서 선비 흉내를 냈다고 보는 쪽을 택하면 웃음을 자아내는 이유가 분명해진다. 선비라는 사람들이 술잔을 다투느라고 팔을 뽐내는 거동이야말로 풍자적인 희극의 한 장면이라고 할 수 있으며, 민속극으로 이어진다.

〈대면〉은 가면 또는 큰 가면을 뜻하는 말이다. "누런 금빛 가면을 쓴 사람이 방울 달린 채찍을 들고서 귀신을 쫓는다" 하고서, "빠른 걸음 느린 가락에 우아한 춤을 추니 봄날에 봉황이 춤추는 듯하다"고 했다. 가면이나 채찍이 모두 잡귀를 몰아내는 데 소용된다. 장례를 치르거나 〈처용굿〉 같은 것을 힐 때 볼 수 있었던 굉경과 그리 다르지 않아, 성격을 이해하는 데 별다른 어려움은 없다. 춤이 우아하다고 한 것은 굿의 기능보다는 놀이의 흥미가 더욱 긴요하게 변모되고, 연극의 의미도 어느 정도 지녔다는 증거일 수 있다.

〈속독〉은 위에서 든 〈월전〉과 함께 무엇을 뜻하는 말로 놀이 이름을 삼았는지 알 수 없다. 놀이 내용에도 미심쩍은 데가 적지 않다. "쑥대머리에다 남색 얼굴을 한 사람이 무리를 이끌고 뜰에 와서 난새인 양 춤을 춘다" 하고서, "북소리 둥둥 하고 바람은 살살 부는데, 이리 뛰고 저리 뛰며 끝이 없다"고 했다. 여기서 우선 문제가 되는 것은 쑥대머리에다 남색 얼굴을 한 사람의 모습이다. 오기를 외래적인 놀이라고 보려는 쪽에서는 서역 쪽에서 온 배우의 모습을 그렇게 형용했다고 하지만, 탈 쓴 모습으로 보는 것이 좀더 자연스러운 해석이다. 탈을 쓰고 무엇을 나타내 보였는지 짐작하기는 어렵다.

〈산예〉는 이름만 보아도 사자춤이고, 거동 묘사 또한 그렇다. "만 리나 되는 사막을 건너왔으므로 털은 빠지고 먼지가 덮였으나, 머리 흔들고 꼬리 치는 데에도 몸에 밴 어진 덕이 나타나고, 웅대한 기상이 어찌 온갖 짐승의 재주에 비기랴" 하며 사자의 거동을 칭송했다. 만 리나 되는 사막을 건너왔다는 것은 사자춤의 유래를 말해준다고도 볼 수 있고, 사자는 흔히 상상할 수 있는 범위를 넘어서 활동하는 영물이라는 뜻이기도 하다.

사자이든 사자춤이든 밖에서 들어온 것이 사실이지만, 어느 정도 토착화되었는가 하는 점이 오기의 전반적 성격과 관련해서 논란거리이다. 사자가 노는 거동은 오늘날 〈북청사자놀음〉이나 〈봉산탈춤〉에서 볼 수 있는 바와 그리 다르지 않다. 사람 둘이 안에 들어가 머리와 꼬리를 흔들면서 사방으로 움직이도록 하는 수법도 변함없으리라고 생각된다. 사자춤은 잡귀를 물리치고 마을을 깨끗이 하자고 추지만, 인기를 모으는 구경거리이기도 하다. 사자와 몰이꾼 사이의 응답을 곁들이면 연극적인 내용이 마련된다.

이 다섯 가지 놀이가 서로 어떤 관련을 가졌는지 또한 문제이다. 최치원이 내건 시 제목은 "향악을 이것저것 읊어 시 다섯 수를 짓는다"는 것이다. 그 말대로라면 향악의 범위 안에 드는 놀이는 이 다섯 외에 얼마든지 더 있는데, 적당한 것을 골라 시의 소재로 삼다 보니 다섯만 택하게 되었다고 생각된다. 다른 추론도 가능하다. 다섯 놀이는 유래가 다르고 성격 또한 한결같지 않지만, 하나씩 따로 공연하지 않고 한 자리에서 차례대로 공연했을 가능성이 있다.

후대의 탈춤과 견주어보면 뒤의 추정이 타당하고 할 수 있다. 후대의 탈춤은 몇 과장으로 나뉘어 있고, 과장마다 다른 내용이다. 그 가운데 사자춤도 들어있다. 더구나 〈오광대〉(五廣大)는 원래 맨 처음에 〈죽방울받기〉라 해서 〈금환〉 비슷한 곡예부터 했다는 증거까지 들면 추론이 더욱 보완된다. 다섯 놀이를 차례대로 놀았다고 가정해보자. 맨 처음에 방울받기를 하고, 마지막에는 사자춤을 추었으며, 그 사이에 세 과장의 연극이 있어서, 모두 다섯 과장이었다. 그 구성이 〈오광대〉와 흡사하다.

다섯 놀이가 서로 관련이 없는 것들이라고 보면, 최치원이 나라에서 벌이는 가무백희 가운데 몇 가지를 택해서 시로 읊었을 가능성은 적다. 다섯 놀이가 다섯 과장을 이루었다고 보고, 그 전체가 〈오광대〉 같은 민간의 놀이이자 민속극이었다고 하는 편이 한층 타당하다. 다섯 놀이 전체를 무어라고 총칭했는지 최치원은 말하지 않았으므로 〈오기〉라는 용어를 사용할 수 있고, 그래야 〈오광대〉와 짝이 맞는다. 오광대패 같은 공연단체가 자력으로 결성되어 독자적인 활동을 했을까는 의문이다. 후원자가 있었다고 보아 마땅하다.

최치원이 살았던 시대의 상황을 살펴 의문의 해결을 시도해보자. 신라는 전국을 지배하는 힘을 잃고, 사방에서 지방호족들이 독자적인 통치권을 행사하다가 후삼국의 쟁패가 시작되었다. 호족세력이나 후백제나 고려 쪽에서는 새로운 기풍을 놀이나 연극에서도 구현하려고 했을 가능성이 있다. 신라 조정과 맞서는 신흥세력 지도자 가운데 누가 〈오기〉 공연을 후원하거나 주최했을 수 있다.

〈오기〉가 나타내는 기풍은 대체로 보아 구김살이 없고 씩씩하다고 할 수 있다. 〈처용극〉과 견주면 그런 특징이 한층 뚜렷하다. 〈처용극〉이 병든 도시의 연극이라는 추론을 연장시켜, 〈오기〉는 신흥하는 세력이 그 대안이 되는 연극을 육성했다고 보고 싶다. 최치원은 그 두 세계 사이를 방황하다가 어느 쪽에도 들어가지 못하고 자취를 감추었지만, 〈오기〉를 읊은 시를 남겨 역사 기록을 장악하지 못한 쪽을 도와주었다.

외래설은 이두현, 《한국가면극》(문화재관리국, 1969)에서 ; 자생설은 양재연, 《국문학연구산고》(일신사, 1976) ; 윤광봉, 《한국의 연희》(반도출판사, 1992)에서 전개했다.

5.7. 남북국시대의 상황과 문학

5.7.1. 동아시아문학의 판도

589년에는 수나라가, 618년에는 당나라가 중국 대륙에 들어서고 이웃 여러 나라에까지 정치적 문화적 영향력을 크게 행사하기 시작했던 것은 문학사에서도 마땅히 주목하지 않을 수 없는 커다란 전환이다. 그때부터 당나라가 망하고 중국 대륙이 다시 분열된 907년에 이르는 동안 동아시아 전 영역에 동질적인 중세문명이 깊이 뿌리를 내리고, 한문학을 통해 표현되고 구체화되었다.

한문문명권의 당나라는 산스크리트문명권의 굽타제국, 아랍어문명권의 압바시드제국, 라틴어문명권의 샤를마뉴제국에 상응하는 위치를 지녔다. 한문·산스크리트·아랍어·라틴어는 네 세계제국의 공용어이고, 유교와 불교, 불교와 힌두교, 이슬람교, 기독교 등 보편종교의 경전어로 채택되어 확고한 자리를 굳히고 문명 창조와 전파의 주역 노릇을 했다.

그 가운데 어느 한쪽과 관계를 가지지 않고서는 중세문명 창조에 동참할 수 없었다. 우리가 한문문명을 택한 것은 지리상의 위치를 보아 당연했다. 그 때문에 민족주체성이 훼손되었다고 하는 것은 중세를 이해하지 못하는 근대인의 편견이다. 한문을 포함한 네 가지 공동문어문명은 민족문화의 발전을 저해하지 않고 촉진했다.

그 시기 한문문명권은 아랍어문명권이나 라틴어문명권보다 앞서 나가면서 한층 선진인 산스크리트문명권의 불교를 수용하면서 따르고 있었다. 수고를 무릅쓰고 문명권 중심부 당나라 수도 장안(長安)을 왕래한 여러 민족 많은 나라의 지식인들이 문명 창조의 기존 성과를 나누어 가지고 자기네가 가진 것을 보태주어 융합이 더 큰 규모로 이루어지게 했다. 그렇게 하는 데 문명권의 중간부인 우리가 주변부인 일본보다 한층 적극적인 기여를 했다.

그 전후의 시기에 동아시아 각국은 주목할 만한 발전을 이룩했다. 우리 쪽에서는 신라가 668년에 삼국을 통일했다가 935년에 망하고 고려가 대신 들어서서 더 큰 규모의 재통일을 이룩했다. 통일신라는 당나라에서 이룩한 중세문명을 받아들이고 재창조하는 데 앞섰다. 신라와 남북국의 관계에 있었던 발해는 698년에 건국해서 926년까지 지속되는 동안에 당나라와의 교류에서 신라와 경쟁했으며 일본과도 사신을 교환했다. 일본은 646년의 개신을 거쳐 율령국가의 통치자가 된 국왕이 선진 문명을 수입하기 위한 노력을 1192년까지 하다가 무신정권이 들어섰다. 월남은 939년에 중국의 지배에서 벗어나 독립국가를 이룩했다.

당나라에서 이룩한 중세문명에서 문학은 특별한 위치를 차지했다. 위진남북조시대까지 이룩한 성과를 더욱 높은 수준으로 발전시켜 시에서는 근체시, 문에서는 고문이라는 새로운 갈래를 갖추고, 불변의 규범을 마련했다. 사신이 왕래하면서 국서를 전달하고 시를 주고받는 관례를 확립해 한문학에 함께 참여하는 나라라면 어디서나 같은 방식으로 통용되게 했다. 외국인 유학생을 받아들여 공부할 기회를 주고 과거에 응시해 급제하면 벼슬을 주었다. 여러 나라의 인재들이 서로 경쟁하여 급제의 영광을 차지하고 얼마 동안 벼슬을 하다가 자기 나라에 돌아가서 문화의 교류와 이식을 담당하도록 했다.

그 결과 천하가 하나가 되어 태평을 함께 누렸던 것은 아니다. 다른 한편으로는 나라 사이의 싸움 또는 민족문화의 차이 때문에 벌어지는 갈등이 심각했던 것을 잊을 수 없다. 당나라야말로 침략을 일삼는 적대 세력이기도 했으므로, 신라나 발해는 이에 맞서서 나라를 지켜야만 했다. 월남 사람들은 싸워서 독립을 쟁취했다. 당나라와 경쟁하면서 민족 문화를 수립하고자 하는 움직임이 계속 나타났다.

한문을 각기 다르게 읽고, 한문이면서도 각국의 어법을 적지 않게 살린 글도 썼다. 한자를 빌려 민족어를 표기하는 방법을 창안하는 데서는 더욱 적극적인 대응책이 확인된다. 신라의 향찰(鄕札), 일본의 가명(假名), 월남의 자남(字喃)이 모두 그런 구실을 했다. 공동문어로 보편적인 문명을 이룩하는 데 참여하면서 자국어문학을 개척해 민족문화를 발전시키는 이중의 작업을 어디서나 함께 하고, 그 구체적인 양상은 경우에 따라 상당히 달랐다.

《공동문어문학과 민족어문학》(지식산업사, 1999)에서 한문문명권의 공동문어문학과 민족어문학을 다른 문명권의 경우와 비교해 고찰했다.

5.7.2. 발해문학의 위치

발해가 우리 역사의 범위 안에 포함되는가 하는 시비는 많은 논란이 있었으나 아직도 결말에 이르지 않았다. 역사의 소속관계를 판가름하는 기준이 무엇인가 검토해야 해결에 접근할 수 있다. 근대민족국가의 관점을 내세워 견해차를 확대하지 말고, 중세는 근대와 달랐던 점을 이해해야 한다.

발해의 건국과정을 보자. 당나라가 고구려의 옛 터전을 차지하고 주민을 지배하고 있을 때 고구려 유민의 지도자 대조영(大祚榮)은 말갈 추장 걸사비우(乞四比羽)와 함께 당나라의 지배를 거부했다. 당나라가 벼슬을 주고 회유했으나, 두 사람은 항거의 길을 택했다. 진격해오는 당군을 맞이해 걸사비우가 먼저 교전하다가 패배하고, 대조영이 걸사비우 휘하의 말갈족까지 거느리고 규합해 당군을 물리치고 698년에 발해를 건국했다.

대조영이 당군의 침공을 피하면서 고구려 유민을 규합할 때 신라에 원조를 청한 일이 있었는데, 신라 조정에서는 대조영에게 다섯 번째 관등인 대아찬을 내렸다. 대아찬은 진골이라야 차지할 수 있는 직위여서 파격적인 우대를 했다고 할 수 있다. 신라는 790년(원성왕 6)과 812년(헌덕왕 4)에 두 차례 '북국'에 사신을 보냈다고 〈삼국사기〉에 기록되어 있다. 국서가 남아 있지 않아 자세한 사정을 파악할 수 없으나, 두 나라의 관계가 호칭에 나타나 있다. 발해가 '북국'이라면 신라는 '남국'이다. 두 나라가 함께 있던 시대를 '남북국' 시대라고 하는 근거가 여기 있다.

발해와 일본이 주고받은 국서는 일본에 보존되어 있어 발해가 어떤 나라인가 좀더 구체적으로 파악할 수 있게 한다. 726년(무왕 8)에 일본에 보낸 국서에서 발해는 고려의 옛 터전을 회복하고 부여가 남긴 풍속을 간직했다고 했다. 고구려를 내세우는 데 그치지 않고 부여까지 찾으며 유구한 역사를 말했던 것이다. 그 뒤 발해가 일본에 보낸 국서에서뿐만 아니라 일본의 답서에서도 '고려왕'이라는 말이 자주 보인다. 국호를 '고려'라고도 해서 고구려를 계승한 나라임을 분명하게 했다.

당나라와의 교류에는 남북국이 모두 적극성을 띠었다. 발해가 당나라에 사신을 파견한 횟수는 제3대 문왕 때만 해도 54회나 되고 모두 합치면 100회가 넘는 것으로 당나라 기록에 남아 있다. 그렇다면 국서가 오고가는 데 따라 문학의 교류도 활발했을 것이다. 당나라에 보낸 〈하정표〉(賀正表) 초록본이 남아 있는데, 제목에서 알 수 있듯이 새해를 맞이한 것을 축하하는 사연이고, 그런 글이면 흔히 갖추는 수식을 잘 갖추었다.

발해는 당나라에 유학생을 많이 보냈다. 당나라는 산동반도 등주(登州)에 신라관과 발해관을 설치해 두 나라와의 관계를 함께 활성화했다. 과거에서 두 나라 인재가 급제하는 수가 같게 하며 수석과 차석을 교대로 안배하는 정책을 취했다. 발해 문인은 당나라에서 벼슬하기도 하고, 얼마 동안 머물면서 재능을 가다듬고 문단에서 활동하다 귀국하기도 했다. 당나라 문인이 발해인에게 준 시가 몇 편 남아 있어서 그런 사정을 살피는 데 소중한 자료가 된다.

특히 주목할 것이 온정균(溫庭筠)의 〈송발해왕자귀국〉(送渤海王子歸國)이다. 시를 지은 시기는 발해 제11대 이신왕 무렵이고, 9세기 중엽에 해당한다. 시에서 한 말을 보면, 나라는 나누어져 있고 서로 길은 멀어도 시나 글은 본디 한집안이라고 하면서 한문학에서 구현되는 보편주의를 확인했다. 당나라의 이름난 시인으로서의 우월감은 나타나 있지 않다. 오히려 발해의 왕자는 중화라고 한 천하의 중심에서 공훈도 이루고 아름다운 글귀를 남겼다고 칭송했다.

발해는 당나라에서 해동성국(海東盛國)이라고 일컬을 정도로 번영을 누리고, 한문학의 수준을 자랑했다. 발해는 국사를 서술했을 것이다. 시문집을 엮는 데도 열의를 모았을 것으로 생각된다. 그러나 문적이 하나도 남아 있지 않다. 거란족 요나라의 침공으로 나라가 망하고 다시 일어나지 못해, 스스로 정리하고 편찬한 전적을 하나도 후세까지 전할 수 없었던 비운을 겪었다. 발해문학을 이해할 수 있는 자료는 외국에 전해진 시문과 고고학 발굴에서 얻은 성과뿐이며, 그 어느 것이든지 단편에 지나지 않는다.

문학이 한문학만이 아니었으리라는 점도 쉽사리 짐작할 수 있다. 한자를 이용해 자국어를 기록하는 방법이 있었으리라고 추정할 수 있으며 구체적인 증거가 있다. 〈구당서〉에서 발해에는 "자못 문자 및 서기(書記)가 있다"고 한 말을 독자적인 문자를 사용했다는 뜻으로 볼 수 있다. 발해의 옛 터전에서 발견된 수많은 기와에 문양 같기도 하고 글자 같기도 하며, 더러는 한자를 거꾸로 쓴 듯한 것들이 있다. 한자를 이용해서 독자적인 문자를 만들어 쓴 것은 거의 확실한데, 해독하지 못했다.

발해는 고구려의 뒤를 이은 우리 민족의 나라여서 우리 역사에 포함된다. 그러나 고구려 유민은 지배층이었을 따름이고, 말갈인이 주민 다수를 이루었다. 거란족 요나라의 침공을 받고 멸망하고는 다시 일어나지 못해 발해의 강토와 주민은 중국의 판도 안에 들어갔다. 고려로 온 사람들도 있었으나 많지 않았다. 오랫동안 발해를 잊고 있다가 최근에 되찾으려고 한다.

고구려 또한 말갈인을 주민에 포함시킨 다민족국가인 점에서 발해와 다르지 않았지만, 고구려인이 다수였다. 발해에서는 두 민족의 구성비가 역전된 것은 인구 밀집지역인 대동강 이남에 거주하던 고구려인은 신라에 소속되었기 때문이다. 발해의 강역은 고구려의 전례를 넘어서서 북동쪽으로 멀리 뻗어나 고구려계 주민의 비중이 더 낮아졌다.

주민 구성과 계승 관계에서 발해의 역사는 중국사의 일부라고 하는 주장이 부정될 수는 없다. 거란이 발해를 멸망시킨 뒤에 발해의 옛 터전을 줄곧 수준이 낮은 민족들이 지배해 문화유산을 보존하고 이용하지 못했지만, 생활의 역사는 그쪽으로 이어졌다고 인정해야 한다. 발해는 우리가 중국보다 더 많은 지분을 가진 공유영역이라고 하는 것이 최상의 결론이다.

중세국가는 근대국가와 주민이나 강역이 일치하지 않아, 둘 이상의 근대국가 공유영역이었다고 해야 하는 것이 예사이다. 우리 역사는 중세사와 근대사가 거의 일치하기 때문에 이상스럽게 여겨지는 발해의 경우가 오히려 정상이다. 공유영역의 문학은 문명권문학사에서 다루는 것이 바람직하지만, 개별 민족국가문학사의 소관사로 삼을 수도 있다. 과거의 소속을 가리는 다툼을 벌이면서 상대방은 물러나라고 할 것은 아니다. 연구를 많이 해 이해를 깊이 하는 쪽이 오늘날의 지분을 더 많이 가진다.

중국문학통사에서는 발해문학은 다루지 않는 것이 관례이다. 다만 馬淸福, 《東北文學史》(沈陽：春風文藝出版社, 1992)에서는 발해문학을 중국동북지방문학에 포함시켜 고찰했다.

5.7.3. 발해문학의 작품

발해문인 가운데 작품이 오늘날까지 남아 있는 사람은 몇 사람 되지 않는다. 일본에 사신 가서 지은 시가 일본 문헌에 수록되어 전하는 경우에만 이름, 간략한 행적과 함께 작품을 알 수 있다. 발해문학의 전모를 짐작하기에는 많이 부족한 자료이지만 소중하게 다룰 필요가 있다.

사신이 오고가면서 시를 주고받는 것은 동아시아 어디서나 있던 관례였지만, 대개 시로서는 특별한 의의가 없어 기록해두지 않았다. 그런데 일본에 갔던 발해 사신들은 흔히 보기 어려운 환대를 받고, 지은 시를 일본에서 소중하게 보존했다. 왜 그랬는지 다각도로 고찰해야 하지

만, 수준 높은 한문학을 발해와 접촉해 경험하고자 하는 것이 중요한
이유였다고 생각된다.

일본은 신라와도 사신을 주고받았지만, 그리 우호적인 관계는 아니
었다. 일본인들의 소규모 침공이 이어진 전례가 있어 신라는 경계를 늦
추지 않았다. 일본은 백제 편에 서고 고구려 유민도 받아들여 신라를
좋지 않게 여겼다. 당나라와 신라의 연합에 맞서려면 일본은 발해와 손
을 잡아야 했다. 당나라와의 관계가 원활하지 않아 선진문명을 받아들
이기 어려운 일본이 믿을 곳은 발해였다. 일본에 간 발해문인들은 자리
잡기 시작한 일본 한문학에 상당한 자극과 영향을 끼쳤다. 발해가 전해
준 역법을 일본에서 8백 년 동안 사용했다.

일본에 가서 시를 남긴 발해 사신의 선구자는 양태사(楊泰師)였다.
관직이 귀덕장군(歸德將軍)이라고 했으니, 양태사는 무인이라 하겠는
데 시를 잘 지었다. 759년(문왕 23)에 부사(副使)의 자격으로 일본에
갔다가 송별연에서 일본 문인들의 시에 화창했다는 시 두 편이 일본의
한시집 〈경국집〉(經國集)에 수록되어 전한다.

〈야청도의성〉(夜聽擣衣聲)이라는 것을 보자. 기록이 부실해서 빠진
글자도 있고, 불분명한 글자가 있다. 뒷부분은 이본에 따라 아주 다르
게 전하기도 한다. 모두 스물넉 줄로 된 칠언고시인데 처음 여덟 줄을
들기로 한다.

霜天月照夜河明	서리 하늘에 달 비치고 은하수 밝아
客子思歸別有情	나그네는 돌아갈 생각에 남다른 느낌이고,
厭坐長宵愁欲死	긴 밤을 앉았기 지루해 시름도 죽을 지경인데,
忽聞隣女擣衣聲	홀연히 들리나니 이웃 여인의 다듬이 소리로다.
聲來斷續因風至	그 소리 끊어질 듯 이어지며 바람 따라 이르러
夜久星低無暫止	밤 깊어 별이 낮아지도록 잠시도 멈추지 않네.
自從別國不相聞	고국을 떠난 다음에는 들어보지 못했더니,
今在他鄕聽相似	이제 타향에서도 들리는 소리는 비슷하구나.

임무를 마치고 귀국할 시기가 가까운 어느 날 밤이었던 것 같다. 근처에 다른 사람은 없었음인지 창밖의 하늘을 바라보면서 고국 생각을 생각하고 시름에 잠겼다가, 홀연 어디서 다듬이소리가 들렸다고 했다. 다듬이질은 일본에는 없는 풍속이다. 발해나 신라, 아니면 옛적에 고구려에서 건너간 고국의 여인이 향수를 달래듯 다듬이질을 하지 않는가 여겨 관심이 부쩍 커졌다. 그 소리를 듣자 고국 생각이 간절해지고, 그 여인은 누구며 무슨 사연이 있어서 밤이 이슥하도록 다듬이질을 멈출 줄 모르는지 궁금해지는 것을 실마리로 해서 온갖 상념을 떠올렸다.

이 작품을 송별연 석상에서 즉흥적으로 지었을 수 없었다. 홀로 있을 때 생각해두었다가 시를 지어야 할 차례가 되자 좌중에 내놓았을 것 같다. 발해 시인이 일본에 남긴 시 가운데 말하고자 하는 바가 이만큼 뚜렷한 것을 더 찾기 어렵다. 양태사가 남긴 시 다른 한 편은 일본 문인이 눈 내린 경치를 읊자 화창을 한 것이며, 밝고 아름다운 광경을 화려한 문구로 나타냈다. 외교적 만남에서는 그런 시를 짓는 편이 더 어울렸을 것이다.

왕효렴(王孝廉)은 관직이 태수였다고 한다. 814년(희왕 2)에 정사의 임무를 띤 사신이 되어 일본으로 떠나 9월에 상륙하고 12월에 국서를 전했다. 그때 일본을 다스리던 차아(嵯峨) 임금은 자기 자신이 시인이고 〈경국집〉의 편찬을 명하기도 해서 일본 한문학의 발전을 진작시켰다. 왕효렴은 일본에서 크게 환영 받아, 남아 있는 작품이 다섯 수나 된다.

화려하고 질탕한 분위기에 취해서 놀았다고 하는 시도 있고, 일본 문인과 주고받은 시도 있다. 봄날의 경치를 읊은 시에서는 아름다운 나뭇가지에 핀 꽃 빛깔이 아주 밝고 곱다고 칭송하다가, 지다 남은 꽃잎을 나그네의 심정에다 견주었다. 다 같이 경치를 그렸지만 꽃이 아닌 달을 등장시킨 그 다음 작품이 시인 자신의 심정을 나타내는 더욱 깊은 뜻을 지니고 있다. 전편을 들어본다.

寂寂朱明夜	쓸쓸하고 쓸쓸하구나 달 밝은 밤이여
團團白月輪	둥글고 둥글도다 흰 달의 테두리여.
幾山明影徹	몇 산에나 밝은 모습 드리웠는지,
萬象水天新	온갖 모습이 물과 하늘에서 새롭구나.
棄妾看生恨	버림받은 여자가 바라보면 한탄이 생기고,
羈情對動神	나그네 심정으로 마주하니 신명이 움직인다.
誰云千里隔	누가 일렀던가, 보름달은 천 리 밖
能照兩鄉人	두 고장 사람을 다 비추어준다고.

오언율시의 명편이다. 달의 모습, 달빛이 비추는 모든 것들, 달을 보고 가지게 되는 느낌, 달은 멀리 있는 사람들이 함께 바라보게 한다는 것을 두 줄씩 차례대로 말해 단순한 데서 복잡한 데로 나아갔다. 둥근 달은 쓸쓸한 느낌을 주어 한탄이 나오게 하면서, 또한 신명이 나서 움직이게 하는 양면성을 잘 나타냈다. 일본에서 달을 보면서 고국 생각을 한다는 결말이 자연스럽게 도출되었다.

사신의 임무를 맡아 나그네 길에 오른 사람은 화려한 별세계에서 노니는 것 같지만 목숨을 걸고 바다를 건너야 하고, 멀리 두고 온 고국을 애타게 그리워하는 신세이다. 그런 심정이 또 한 작품에 잘 나타나 있다. 북쪽으로 날아가는 기러기를 보니 고국으로 돌아가고 싶은 뜻이 더욱 간절해진다고 했다. 시인은 귀국 길에 풍랑을 만나 표류하던 끝에 병을 얻어 세상을 떠나고 말았다.

왕효렴은 일본에 있는 동안 당나라 유학을 하고 귀국한 일본 승려 공해(空海)와 가까이 지냈다. 왕효렴이 편지와 시를 보내준 데 대해 감사하면서 그것을 익히고 외느라고 게으를 틈이 없다는 편지를 공해가 보낸 것도 남아 있다. 왕효렴이 귀국하다가 세상을 떠났다는 소식을 듣고 공해는 애도의 시를 보내서, 한번 만나 잠시 사귀기만 했어도 차마 듣지 못할 참변인데, 고국에 남아 있는 분들이야 오죽하겠느고 말했다.

배구(裵璆)라는 사람도 일본에 사신으로 가서 시를 잘 지어 높이 평가되었다. 배구와 화창한 일본문인의 시문이 여러 편 전한다. 배구는 시가 놀랍고, 예의가 준엄하며, 생각이 깊다고 하면서 우러러 숭상하는 뜻이 일본인들의 시 여기저기에 나타나 있다. 그러나 배구의 작품은 한 편도 전하지 않는다. 배정(裵頲)이란 사람이 일본에서 지은 시는 한 구절만 남아 있다.

승려들도 사신의 일행이 되어 일본을 왕래하고 시를 남겼다. 인정(仁貞)은 왕효렴이 일본에 갈 때 녹사(錄事)의 임무를 맡아 동행했던 승려이다. 녹사는 명칭을 보건대 기록의 임무를 맡은 벼슬이다. 인정의 시는 한 편 전하는데, 일본 궁중에서 잔치가 벌어질 때 상빈 대접을 받고 즐거워한 사연을 담고 있는 것이다. 정소(貞素)란 승려는 당나라에 머물면서 일본 승려의 죽음을 애도하는 시 한 편을 남겼다.

발해문학의 작품이 국내에 남은 것은 없던 것 같더니, 1949년에 비문이 하나 발견되었다. 〈정혜공주묘비〉(貞惠公主墓碑)라는 것이다. 비를 보면, 위에는 구름을, 언저리에는 화초를 무늬로 새기고 아주 정교하게 다듬었다. 글은 모두 7백 자 정도이며, 반쯤 읽을 수 있다. 서(序)와 명(銘)을 갖춘 형식이다. 서는 5백 자 정도이고, 명은 2백 자 정도이다.

서에 의하면 공주는 제3대 문왕의 둘째 딸이다. 온갖 수식을 동원해 장황하게 설명한 것처럼 공주로 태어나 자랄 때나 시집가서나 재질·용모·부귀를 온전하게 갖추었으나, 불행하게도 명이 짧아 마흔에 세상을 떠났으므로 4년 뒤 장례를 지내고 묘비를 세운다고 했다. 그 해가 774년(문왕 38)이다.

변려문의 격식을 갖춘 서에서도 "하늘이 덮고 땅이 실은 바를 고루 갖추었다"는 말에서 시작해 화려한 문구를 두루 동원해서 칭송을 일삼았지만, 명에서는 공교롭게 아로새기는 작업을 더욱 힘써 했다. 넉 자씩 짝을 맞추고 두 줄을 이어 말을 만들면서, 공주의 일생이 아름다움의 극치를 보여주었다고 했다. 자랑스러운 나라에 태어나 공주는 뛰어난 재질을 갖추고, 성장하고 시집 간 과정, 역사에 남을 덕행, 죽어서 치른 장례 광경, 그 뒤에 남긴 소감이 남달랐다고 했다. 재질을 말한 대목을 보자.

聰慧非常	총명하고 슬기롭기 범상하지 않아
博聞高視	널리 듣고 높게 보았도다.
北禁羽儀	궁중에서 귀하고 모범이 되는
東宮之姊	동궁의 누나가 아니냐.
如玉之顔	옥 같이 고운 얼굴
蕣華可似	무궁화와 같다 하겠다.

자라나 시집을 가서는 군자에게 유순하여 원앙 같은 쌍이란 이름을 얻고, 서로 봉황을 대하듯 했다고 하며 칭송을 계속했다. 그러나 죽음이란 역시 쓸쓸하고 음산하다는 것을 부인할 수 없었다. 아무리 화려하게 장식한다 해도 애통해 마지않을 사연이 남아 있게 마련이다. 장례를 치르는 장면을 나타낸 다음과 같은 대목에서 그 점을 절감하게 한다.

奠殯已畢	장례를 이제 마치었으니,
輀卽還靈	상여는 혼령 싣고 가소서.
魂歸人逝	혼이 돌아가고 사람도 가서,
角咽笳鳴	뿔피리 갈잎피리 흐느끼네.

그 다음에는 옛 숲은 우거져 있고 들녘의 연기는 푸르기만 한데, 공주를 보내고 다시 바라보니 처연한 느낌만 헛되이 쌓인다고 했다. 살았을 때의 화려함과 죽은 다음의 적막함을 서로 대조시켜 뚜렷하게 부각시켰다. 감각과 표현을 최대한 세련되게 갖춘 귀족문학의 기풍을 아주 잘 보여주었다.

그런데 1980년에 묘비가 하나 더 발견되었다. 정혜공주의 동생, 문왕의 넷째 딸 무덤에 세운 〈정효공주묘비〉(貞孝公主墓碑)이다. 두 비에 새긴 글은 고유명사나 숫자 따위만 다르고, 다른 대목은 거의 같다. 고정된 격식을 마련해두고 필요한 대목만 고쳐 사용했음을 알 수 있다. 〈정혜공주묘비〉에서 판독할 수 없었던 글자를 〈정효공주묘비〉를 보고 알아낼 수 있다.

그런 사실은 발해의 한문학에 대한 지나친 평가를 시정하게 한다. 한 번 보고 마음이 움직인 글을 다른 데서 다시 만나면 처음의 감동마저 의심스럽게 된다. 발해문학에는 아름답게 표현하는 격식을 너무 존중하다가 창의력을 잃은 폐단이 있었다고 생각된다. 그것은 문화 발전이 극한에 이르러 쇠퇴하지 않을 수 없게 된 증거이다. 같은 시기 신라에서는 그런 폐단이 생기지 않도록 하는 비판세력이 있었는데 발해는 어떠했는지 의문이다.

본문에서 이용한 시 자료는 金毓黻, 《渤海國志長編》(태학사, 1977 영인본)에 모아놓았다. 책의 성격은 이우성의 해제를 통해 알 수 있다. 방학봉, 《발해문화연구》(이론과실천, 1991)에서 두 공주의 묘지에 대해 자세하게 고찰했다. 이가원, 《조선문학사 (상책)》(태학사, 1995)에서는 요나라와 금나라에서 활동한 발해 유민들의 문학까지 서술에 포함시켰으나, 그럴 수 있다고 생각하지 않는다.

5.7.4. 신라문학과 대외 관계

신라는 당나라와의 밀접한 관계를 가졌다. 신라와 당나라의 관계는 발해와 일본의 관계보다 폭이 더 넓었다. 사신이 오고가면서 국서를 주고받고, 시문을 지어 공감을 나누는 것이 당나라와 신라 사이에는 항구적으로 진행되는 일상사였다. 당나라에 공부하러 가는 유학생이 많이 있어, 그렇게 하는 데 핵심적인 구실을 하면서, 두 나라 사이의 격차를 줄이고 동질성을 확대했다.

당나라 유학의 시초는 640년(선덕여왕 9)에 왕족의 자제들을 보내서 유학 강의를 듣게 한 것이었다. 건국한 지 아직 얼마 되지 않은 당나라는 신라를 친당세력으로 하려고 하고, 신라는 당나라 문화를 수입하는 데 앞장서고자 했으므로 이해가 일치했다. 그러나 유학을 떠나 이름을 떨쳤다는 사람은 무열왕의 아들 김인문(金仁問) 정도이다. 그 점은 같은 시기에 당나라에 갔던 승려들이 대단한 활동을 했던 것과 좋은 대조가 된다.

통일전쟁 기간 동안에는 신라는 당나라와 복잡한 관계를 가졌다. 당군을 끌어들여 통일을 이룩하고서는 몰아내야만 했다. 그때의 외교 관계를 말해주는 국서는 여러모로 흥미로운 자료이다. 전쟁이 끝나자 두 나라는 다시 평화로운 관계를 회복했다. 신라가 전성기를 맞이한 시기의 성덕왕은 당나라에 보내는 국서 작성에 각별히 유의했다. 외교문서를 관장하던 상문사(詳文司)라는 기관을 개편해 통문박사(通文博士)를 두었다. 그 다음의 경덕왕은 통문박사를 한림(翰林)이라고 했다. 유학에 능통하고 문필이 넉넉한 인재가 한림을 맡아 외교문서를 작성했다. 나중에 최치원이 당나라에서 돌아와 한림학사로 임명되었던 것은 그런 관례가 지속되었기 때문이다.

성덕왕 때 당나라에 보낸 국서 〈사당현종문〉(謝唐玄宗文)과 〈사사패강이남토지표〉(謝賜浿江以南土地表)가 〈삼국사기〉에 실려 있다. 당나라와의 국경구획이 끝나고 평화로운 관계가 이루어진 것을 공식적으로 확인한 문서이다. 성당(盛唐)이라고 일컬어진 전성기의 당나라는 난숙한 문화를 자랑하다가 내란으로 흔들렸다. 성덕왕 다음 다음 임금인 경덕왕이 난리를 만나 도망간 당 현종이 처지를 위로했더니 현종이 지었다고 하면서 감사의 뜻을 표시하는 긴 시를 보내왔다. 진덕여왕이 당나라에 보냈던 시와 짝을 이룬다고 할 만한 것이다.

그러는 동안에 당나라 유학의 열의는 더욱 고조되고, 유학 동기가 달라졌다. 당나라 과거에 입신해 재능을 발휘할 기회를 얻자는 풍조가 나타났다. 특히 사회적 진출이 제한된 육두품 귀족은 신라사회에 대한 불만 때문에 과거제를 실시하고 있던 당나라를 동경했다. 유학의 형태는 당나라 쪽에서 비용을 대서 숙위(宿衛)라는 이름으로 머무르게 하는 것, 신라 조정에서 장학금을 지급하는 것, 개인이 사비로 가는 것 등 다양했다. 837년(희강왕 2)에는 당나라에 간 유학생이 한 해에 216명이나 되었다.

유학기간은 10년으로 정하고 그 사이에 과거에 급제하도록 했다. 외국인 급제자를 배출하는 과거는 손님용이라는 뜻으로 빈공과(賓貢科)라고 일컬었으나, 실력이 없어도 보아준 것은 아니다. 신라인 급제자는 모두 85명에 이르렀다고 하는데 그 가운데 지금 확인할 수 있는 인물은 최치원(崔致遠), 박인범(朴仁範), 최승우(崔承祐) 등을 비롯해 20명 정도이다. 급제한 뒤의 행방은 일정하지 않았다. 당나라에서 일생을 보낸 사람도 있고, 신라에 돌아왔다가 다시 간 사람도 있고, 귀국해서 활동한 사람도 있었다.

신라 문인이 당나라에서 활동한 자취는 〈전당시〉(全唐詩) 및 그 속편에서도 확인된다. 여러 가지 연유로 당나라에서 일생을 마친 사람들의 시는 그쪽에만 전한다. 귀국해서 활동한 사실은 확인되지만 시 작품이 국내에는 남아 있지 않는 경우도 있다. 신라인이 당나라에서 지어 중국에 남아 있는 작품은 신라와 당나라에 이중으로 소속된다. 한문학 자체가 공유재산이어서 그래도 이상할 것이 없다.

설요(薛瑤, ?~693)는 당나라에 가서 장군이 된 사람의 딸이다. 열다섯 살 때 머리를 깎고 승려가 되었다가 환속하면서 〈반속요〉(返俗謠)라는 시를 지었다고 한다. 시가 내력 설명과 함께 〈전당시〉에 실려 있고, 생애를 알 수 있는 더 자세한 자료가 별도로 전한다. 마음씨가 온화하고 타고난 자태가 섬세하며 아름다웠다고 한다. 수도생활을 하는 것이 어울리지 않았다. 시에서 나타낸 사연도 그런 것이다. 전문을 들어보자.

化雲心兮思貞淑　　구름 같은 마음 지니고자 정숙함 생각했지만,
洞寂滅兮不見人　　적멸에 통달해도 보이는 사람 없구나.
瑤草芳兮思芬蒕　　아름다운 풀 고우니 고운 향내 그립구나.
將奈何兮靑春　　　장차 어찌 할까, 이 젊은 나이를.

"兮"자가 자주 들어가고 마지막 줄은 글자도 모자라니 육조시대 말기쯤의 시풍이라고나 할까, 당시의 품격을 갖추지는 못했다. 수도하는 생활

이 아름답다 하면서도 적막함을 견디지 못하고 젊은 나이 때문에 세속으로 돌아가야겠다는 생각을 솔직하게 나타낸 점이 관심을 끈다. 그런데 세속으로 복귀해 편안하게 산 것은 아니고, 파란이 많았다고 한다.

김교각(金喬覺, 705～803)은 신라 왕자인데 현종 시절에 당나라에 가서 승려가 되었다. 지장보살의 화신이라고 존숭되어 김지장(金地藏)이라고 일컬어졌다. 〈전당시〉에 〈송동자하산〉(送童子下山)이라고 하는 칠언율시 한 수가 전할 뿐이지만 짜임새와 묘미를 아울러 갖추고 있어서 성당의 작품으로서 손색이 없다고 할 수 있다. 승려의 정신세계며 주변에서 일어난 일이며 모두 여유 있게 나타내면서 그런 경지에 이르러 설요의 시와는 여러모로 대조가 된다.

空門寂寞汝思家	절간이 적막해서 너는 집 생각이 나지?
禮別雲房下九華	구름 방 작별하고 구화산을 내려가려무나.
愛向竹欄騎竹馬	대나무 난간에서 죽마 타기 좋아하고,
懶於金地聚金沙	절간의 뜰에서 게으르게 금을 줍는구나.
添瓶澗底休招月	산골 물을 병에다 채우며 달 부르기 그치고,
烹茗甌中罷弄花	옹이에 차 끓이다가 꽃 희롱도 그만.
好去不須頻下淚	잘 가거라, 눈물일랑 자주 흘리지 말고.
老僧相伴有煙霞	노승의 벗은 안개와 노을이 있지 않느냐.

처음 두 줄과 마지막 줄에서는 이별을 말했다. 혼자 남아 쓸쓸하게 지낼 것을 서운하게 여기면서, 떠나가겠다는 동자를 보내는 것이 아무렇지도 않은 듯이 말했다. 가운데 넉 줄은 이와는 다른 뜻을 나타냈다. 두 줄은 아이, 두 줄은 노승의 세계이다. 아이는 노승에게 매여 지내기보다도 자기대로 죽마나 타고 놀던 시절로 돌아가고 싶어 하는 것이 당연하다. 노승도 어디 머무르는 사람은 아니다. 물 긷고 차 끓이면서 달을 부르거나 꽃을 희롱하다가 그만두는 데 무슨 까닭이 있을 리 없다. 노승은 도를 닦아 아이처럼 순진한 경지에 이르렀다. 밖으로는 이별을

말했으면서도 안짝에서는 노승도 아이와 다름없다고 했다.

김운경(金雲卿)은 821년(헌덕왕 13)에 당나라 과거에 처음 급제한 신라인이고, 841년(문성왕 3)에 문성왕을 책봉하는 국서를 가지고 돌아왔다. 〈삼국사기〉 열전에서 말한 바와 같이 그 밖의 행적은 알 수 없다. 〈전당시〉에 실려 있는 시 한 편은 가을바람에 퉁소 부는 소리를 듣는다는 처량하고 서글픈 사연을 담고 있다. 신라와 당나라 그 어디에서도 안주할 수 없는 심정을 그렇게 나타냈을 수 있다.

김가기(金可紀, ?~859)는 당나라에 가서 급제하고 사신의 임무를 맡아 귀국했다가 다시 돌아가 도사가 되어 일생을 마쳤다 한다. 〈전당시〉에 두 줄 연구(聯句)가 하나 실려 있는데 제목은 〈제유선사〉(題遊仙寺)라고 했다. 국내외 어느 곳에서도 포부를 실현하지 못하고 안주할 곳마저 없는 고국 상실자 국제인의 모습이 그렇게 나타났다고 볼 수 있다.

波衝亂石長如雨　　물결은 어지러이 돌을 쳐서 비 오듯 길어지고,
風激疎松鎭似秋　　바람은 성근 소나무에 부딪혀 가을인 양 누른다.

김입지(金立之)는 825년(헌덕왕 17)에 당나라에 유학생으로 파견되었다는 기록이 〈삼국사기〉에 전하고, 과거에 급제한 것으로 알려졌으며, 귀국해서 관직을 맡고 몇 명 금석문을 쓴 사실이 확인된다. 그런데 시 작품은 나라 밖에서만 전하다가 〈전당시〉 속편에 수록된 것이 두 줄 연구 7수이다. 절간을 노래하거나 승려에게 지어주면서 탈속한 경지를 동경한 것을 특징으로 한다.

이기농, 〈신라 하대 빈공급제사의 출현과 나당 문인의 교환(交驩)〉, 《신라 골품제사회와 화랑도》(일조각, 1984) ; 김세윤, 〈신라 하대의 도당유학생에 대하여, 《한국사연구》 37(한국사연구회, 1982) ; 권덕영, 《고대한중외교사 : 견당사 연구》(일조각, 1997)에 역사학계의 연구가 있다. 유성준, 《한국한시와 당시의 비교》(푸른사상, 2002)에서

《전당시》에 수록된 신라 시인들의 작품을 연구했다. 최치원의 시는
일본인이 편찬한 《全唐詩逸》에 보인다. 김입지의 시는 호승희, 〈김립
지 시 연구〉, 《한국한문학연구》 16(한국한문학회, 1993) ; 김인환,
〈김입지의 연구(聯句)들〉, 《시안》 17(시안사, 2002)에서 고찰했다.

5.8. 신라 한문학의 성숙

5.8.1. 신문왕과 설총

백제와 고구려를 아우른 신라는 문무왕의 아들 신문왕이 다스리는 기간 동안에 통일국가다운 면모를 갖추었다. 몇 갑절로 늘어난 지역과 주민을 효율적으로 통치하기 위해서 지방행정을 정비하고 중앙집권체제를 강화하며, 유학에 입각한 정치를 하는 데 더욱 적극적인 자세를 보였다. 뛰어난 기상을 자랑하던 영웅의 시대는 가고, 유학의 지식을 활용해 행정실무에 종사하는 문신을 특히 육두품 신분에서 양성하고 발탁해야 할 단계에 이르러 한문학의 발전이 촉진되었다.

682년(신문왕 2)에 국학(國學)을 설치할 때 강수(强首)나 설총(薛聰) 같은 육두품 출신의 문신들이 신문왕 주위에서 그 일을 적극 주장하고 실무를 담당했으리라고 생각된다. 국학에서 〈논어〉(論語), 〈효경〉(孝經), 〈주역〉(周易), 〈예기〉(禮記), 〈모시〉(毛詩), 〈춘추좌전〉(春秋左傳), 〈상서〉(尙書), 〈문선〉(文選) 등을 교재로 해서, 경전 이해와 문장 수련에 아울러 힘쓰도록 하는 교육을 실시했다. 17관등 가운데 11등급이나 10등급까지 승진하는 동안에 국학에 재학하도록 했는데, 그 정도의 지위는 진골에게는 매력이 없고, 사두품은 바랄 수 없어, 국학은 육두품이나 오두품, 특히 육두품의 진출을 위한 기관이었다.

788년(원성왕 4)에는 독서삼품과(讀書三品科)를 두어 국학을 거친 인재를 관직에 등용하는 제도를 더욱 정비했다. 독서삼품과는 과거제에 근접된 제도였지만, 인재등용을 개방하는 구실을 한 것은 아니다. 진골귀족이 아니라면 행정실무에 종사하는 기술사 이상의 지위를 차지할 수 없도록 하는 것이 골품제의 엄격한 원칙이었다. 골품제는 철폐될 수 없고, 본격적인 과거제가 끝내 시행되지 않았던 것이 신라사회의 근본적인 한계였다.

유학이 불교를 대신해서 지배적인 이념의 자리를 차지할 수는 없었다. 진골귀족은 유학을 정치의 이념이 아닌 수단으로 삼았다. 유학이나 한문학 전문가는 권력의 핵심과는 거리를 두고 실무적이거나 장식적인 구실을 담당하도록 하는 기본 방침이 변하지 않았다. 그런 지위에 만족할 수 없는 육두품 출신의 문인들은 줄곧 갈등을 느끼고 때로는 비판자 노릇을 했다. 실무를 담당하는 데 필요한 것 이상의 문학을 스스로 개척하고자 했다.

설총(660년경~730년경)은 원효의 아들이다. 어머니는 공주였지만 아버지가 육두품이어서 육두품 신분을 물려받았다. 원효가 불교에서 차지했던 것과 거의 같은 위치를 유학과 문장에서 차지했다고 할 수 있지만, 많은 격차가 있다. 원효는 천지만물의 근본이치를 밝히고 정신세계를 지도할 수 있는 원리까지 제시했지만, 설총은 한문 학습의 방법을 개발하고 국정 수행에 필요한 실용적인 지식을 공급하는 임무를 맡았을 따름이었다.

설총은 영민하고 나면서부터 도리를 깨달았다고 한다. 그러나 그 도리는 세상을 구하는 도리일 수 없고 문신으로 필요한 능력을 갖추어 진출하면서 적절하게 처세하는 데 필요한 지혜 정도의 것이었다. 방언으로 유학의 경전을 풀이하는 법을 가르쳤다고 하는데, 그것은 구결(口訣)을 창안했다는 말로 이해된다. 후세까지 널리 통용되는 한문 공부 방법을 마련했으니 공적이 대단하다. 그러나 경전에 대한 사상적 탐구는 본궤도에 올릴 수 없었다. 글을 잘 지었다고 하지만 심오한 내용을 갖추었던 것 같지는 않다.

설총이 지은 글이 어떤 것들이었는지 구체적으로 확인하기 어렵다. 국내외의 정치문서가 아니면 비문 같은 것들을 맡아 썼으리라고 생각되고, 문집을 만들지는 않았을 것 같다. 〈삼국사기〉에서 남쪽 지방에는 더러 설총이 지었다는 비명(碑銘)이 있는데 문자가 결락되어 읽을 수 없고 뜻이 통하지 않는다고 했다. 그런 비문을 지금 다시 찾아낼 수는 없다. 다만 아래에서 다시 살필 719년(성덕왕 18)의 〈미타조상기〉(彌陀造像記)에 설총이 작자임을 암시하는 것 같은 대목이 보여 주목되지만 사실 여부는 분명하지 않다.

〈화왕계〉(花王戒) 또는 〈풍왕서〉(諷王書)라고 하는 것은 설총이 지었다고 한다. 〈삼국사기〉 열전에서 설총을 다루면서 〈화왕계〉로 이해할 만한 내용을 소개하고, 〈동문선〉에는 신하가 임금에게 올리는 글인 주의(奏議) 편에다 〈풍왕서〉라는 제목을 달고 실었다. 양쪽의 글이 다르지 않은 것을 보면 〈동문선〉에 넣으면서 편자가 제목을 정했을 듯하다.

〈동문선〉에는 〈풍왕서〉보다 먼저 김후직(金后稷)의 〈상진평왕서〉(上眞平王書)를 내놓았다. 진평왕이 사냥에 몰두해 국정을 소홀히 하는 것을 경계한 내용이며, 〈서경〉까지 인용해 유학에 입각한 교훈을 갖추었다. 〈삼국사기〉에서는 김후직이 그런 주장을 진평왕에게 말로 아뢰었다고 했다. 설총도 〈화왕계〉를 말로 했는데, 신문왕이 듣고서 글로 써두어 후대 임금의 잘못을 경계하도록 하라고 했다. 설총은 사전에 써둔 글을 말로 해서 신문왕의 재가를 받은 덕분에 거리끼지 않고 세상에 내놓을 수 있게 되었다고 보는 편이 타당하다.

신문왕은 어느 여름날 밤에 설총더러 무슨 이야깃거리를 들으면서 울적한 마음을 풀고 싶다고 했다. 설총은 재미있는 옛날이야기를 하듯이 말을 꺼냈다. 온갖 꽃이 피어 있는 꽃나라를 다스리는 화왕(花王)이 처음에는 아름다운 여인인 장미에게 마음이 쏠렸다가, 머리 센 할미꽃의 말을 듣고 요망한 무리를 멀리하고 정직한 도리를 숭상하게 되었다고 말을 이었다. 신문왕은 다 듣고 나서 "그대의 우언(寓言)은 참으로 깊은 뜻이 있으니 글로 써두어 임금을 경계하는 말로 하라"고 했다 한다. 우언이란 빗대어서 하는 말이다. 임금의 도리를 화왕에게 빗대어 은근한 풍자를 했을 따름이고 유학의 교훈 같은 것을 앞에다 내세우지는 않았다.

어떤 사나이가 베옷에 가죽 띠를 띠고 머리는 백발이며 손에는 지팡이를 들고 절름거리는 걸음으로 허리를 굽히며 들어와 말했다. "저는 서울 밖 한길 가에 사는데 아래로는 아득한 들 경치를 바라보고, 위로는 우뚝 솟아 삐죽삐죽한 산 빛을 비꼈습니다. 이름은 백두옹이라고 합니다. 그런데 가만히 말씀드리고자 하는 바는, 임금님께 서는 좌우에서 온갖 물건을 넉넉히 공급해서 비록 기름진 쌀과 고기 로 창자를 채우고 아름다운 차와 술로 정신을 맑게 하오나 상자 속 에 깊이 간직된 양약으로 원기를 돋우어야 하고 영사(靈砂)로 독을 제거해야 한다는 것이옵니다.”

머리 센 늙은이 백두옹으로 자처하는 인물이 화왕 앞에 나타나서 생 활태도를 바꾸어야 한다고 충간했다. 행색이 초라하지만 영달한 위치 에 있지 않아 정신이 고결한 선비가 바른 도리를 알고 있으니 받아들여 국정 수행의 지표로 삼아야 한다는 주장을 최초로 폈다. 후대의 유학자 들은 당당하게 전개하는 지론을 우언을 사용해 은근하게 나타내면서 시대 전환을 예고했다.

고려 이후에는 신하가 임금의 잘못을 말하는 주의를 글로 써서 제출 하는 관례가 확립되었다. 그런 글은 논설로 이루어져 있고 우의를 사용 하지 않았다. 〈화왕계〉와 같은 구상을 갖춘 〈화사〉(花史)와 같은 우언 작품군은 주의와는 별개의 것이어서, 흥미를 끄는 독서물 노릇을 하면 서 당면한 과제를 넘어서 정치의 득실에 관한 시비를 광범위하게 폈다.

지준모, 《신라한문학사》(영남대학교 신라가야문화연구소, 1973) ; 이구의, 《신라한문학연구》(아세아문화사, 2002)에서 신라 한문학에 대한 전반적 고찰을 했다. 손정인, 〈설총의 ‘화왕계’〉, 《영남어문학》 20(영남어문학회, 1991)에서 작품론을 했다.

5.8.2. 전성기에 이룬 작품

신문왕 다음 임금은 효성왕이고, 성덕왕이 그 뒤를 이었다. 성덕왕 때부터 경덕왕 때까지 8세기 동안 신라는 전성기에 이르렀다. 당나라와 의 관계가 원활하게 되어 대외적인 안정을 얻었으며, 국내 변란도 일어나지 않았다. 왕통이 순조롭게 계승되고 도전하는 세력은 나타나지 않았다. 국왕을 정점으로 하고 진골귀족이 주요 국사를 관장하며 육두품 출신의 인재도 필요에 따라서 등용하는 정치 형태가 조화를 찾았다. 신라문화를 담당한 여러 집단이 각기 창의력을 발휘하면서 번영을 함께 누렸던 자취가 건축과 조각에서 확인된다. 서적은 남아 있지 않아 문학에 관해서는 알기 어려운 사정을 금석문이 해결해준다.

그 무렵의 문인으로 이름난 인물은 김대문(金大問)이었다. 704년(성덕왕 3)에 한산주(漢山州) 도독(都督)을 지냈다는 경력만 알려진 인물인데 저술했다는 책이 무척 많다. 〈고승전〉(高僧傳)은 신라 고승의 내력을 정리한 것이 아닌가 한다. 〈화랑세기〉(花郎世紀)는 화랑의 역사를 서술한 내용일 듯하다. 〈악본〉(樂本)은 음악을 중심으로 한 공연예술을 다룬 책으로 보인다. 〈한산기〉(漢山記)에서는 저자가 도독 노릇을 하던 지방의 풍물이나 사정을 기록했을 것이다. 〈계림잡전〉(鷄林雜傳)은 신라의 야사일 듯하다. 그렇게 많은 저서가 지금은 하나도 전해지지 않으나, 〈삼국사기〉와 〈삼국유사〉를 저술할 때 많이 이용되었다.

다룬 범위가 무척 넓어 신라문화 전반을 정리했다고 할 수 있다. 그런 일을 개인이 감당한 이유가 무엇이었던지 궁금하다. 저술의 내용을 더듬어 정리하면 세 가지 특징이 드러난다. 신라문화만 집중적으로 다루고, 국왕 중심의 역사가 아닌 진골귀족의 역사를 중요시하고, 유학을 받아들이기 전부터 있었던 전통에 깊은 관심을 보였다. 전제왕권에 불만을 가진 진골귀족의 입장에서 당나라로부터 전래된 문화와 맞서는 신라 자체의 전통을 찾아내고자 했다고 볼 수 있다.

당시에 이룩한 서책은 다 없어졌으나 금석문은 원문 그대로 남아 있다. 719년(성덕왕 18)에 김지성(金志誠)이 절을 짓고 불상 둘을 봉인하는 글을 썼다. 〈감산사미타조상기〉(甘山寺彌陀造像記)와 〈감산사미륵조상기〉(甘山寺彌勒造像記)라고 일컬어지는 것 둘이 〈삼국유사〉에도 실려 있으나 소략하고 오자가 많고, 지금도 볼 수 있는 금석문이 더 명확하다.

그 글에서 아버지는 7등급이었고, 자기 자신은 6등급에 이르렀다고 자랑했으니, 김지성의 가문은 육두품이다. 6등급은 육두품이 올라갈 수 있는 최고 지위이다. 죽은 부모를 위해 불상을 세우고 조상기를 써서 그 사연을 적었다. 육두품 신분으로도 그렇게 할 수 있는 경제적 여건을 갖추었다는 사실과 함께 조상기 본문에 나타나 있는 사연이 주목된다.

불상을 봉안한 내력을 밝히는 데 그치지 않고 김지성 자신이 하고 싶은 말을 많이 적었다. 〈미륵조상기〉를 보자. 태평성대에 나서 영예로운 벼슬을 두루 역임했다 하고 지략이라고는 없으면서 시대를 바로잡는 임무를 맡았다가 형벌을 당하는 것을 겨우 면하고 이제는 물러나고자 한다고 했다. 벼슬을 버리고 전원으로 돌아가 산수 사이에서 노닐며 여생을 보내겠다고 하는 뜻을 감상에 젖어 있는 문구로 술회했다. 불상 조상기로서는 어울리지 않는 말을 해서 당시 사람들의 정신세계를 깊이 들여다볼 수 있게 했다. 그 대목을 들어보자.

천성이 산수와 어울려 노장(老莊)의 소요(逍遙)를 흠모하노라. 뜻이 참된 경지를 존중해 머무르는 데 없는 아득한 적막을 희구하노라. 나이 예순하고도 일곱이라, 맑은 조정에서 임금 섬기는 일을 그만두고 마침내 한가한 들로 돌아가노라. 오천 언 〈도덕경〉(道德經)을 통독하면서, 이름과 지위를 버리고 아득한 경지에 들어가겠노라.

유학의 능력으로 벼슬을 했을 사람이 불상을 봉안하면서 노장의 소요를 흠모한다고 했다. 유가·불가·도가를 한데 아우르면서 도가를 으뜸으로 여겼다. 이름과 지위를 잊고 물러나 전원에 은거하면서 적막을 희구하고 아득한 경지에 이르는 것을 목표로 삼는다고 했다. 신라문학의 폭을 말해주고, 후대에 두고두고 되풀이될 전례를 마련했다.

신라 전성기의 문학이 이처럼 복합적인 문화요소를 아우르면서 품위와 수준을 자랑하는 특징을 〈성덕대왕신종명〉(聖德大王神鐘銘)이 더 잘 보여준다. 경덕왕이 부왕 성덕왕을 위해 만들다가 성덕왕의 손자이고 경덕왕의 아들인 혜공왕이 771년(혜공왕 7)에 완성하고 성덕대왕신종이라고 명명한 그 종은 신라문화의 절정을 보여준다. 예술과 기술 양면에서 최고의 수준을 자랑하는 문화재일 뿐만 아니라 거기 새겨놓은 명문이 내용에서나 표현에서나 으뜸가는 문학작품이다.

먼저 서(序)가 길게 나와 있고, 넉 자씩 짝을 맞춘 명(銘)이 쉰 줄이나 뒤를 이었다. 격식을 제대로 갖추었으며, 분량 또한 상당하다. 서에서 종을 울리면 소리가 멀리 퍼져나가서 모두 한 가지 생각을 갖게 한다면서 그 소리가 무엇인가 설명했다. 그 서두가 이렇게 시작된다.

> 무릇 지극한 도는 형상 밖을 둘러싸고 있어서 눈으로 보아서는 그 근원을 알아볼 수 없다. 큰 소리는 천지 사이에서 진동해 귀로 들어서는 그 울림을 알아들을 수 없다. 그러므로 가설을 세우는 데 의지해 세 가지 진실의 오묘한 경지를 보듯이 신종을 매달아놓고 일승(一乘)의 원음(圓音)을 깨닫는다.

눈으로 볼 수 있고 귀로 들을 수 있는 것들의 한계를 넘어서야 "일승의 원음"이라고 하는 궁극의 진리가 있다 하고, 그 경지를 깨닫게 하려고 종을 매달아 소리를 듣게 한다고 했다. 불교의 이치를 일러주었다고 하고 말 것은 아니다. 보이고 들리는 세계에서는 설사 대립과 갈등이 심각하다고 해도 그 이상의 질서는 온전하다고 하면서 국가적인 단합과 그 이상을 제시했다고 이해할 수 있는 말이기도 하다. 신종의 주인인 대왕의 동지가 최고의 경지에 이르렀다고 여러 상징소를 겹겹으로 모아들여 칭송했다.

東海之上　　동해 바다 위에
衆仙所藏　　뭇 신선이 사는 곳.

地居桃壑　　땅은 복숭아 골짜기에 있고,
界接扶桑　　경계는 해뜨는 곳과 닿았네.
爰有我國　　여기서 우리나라는
合爲一鄉　　합쳐서 한 고장을 이루었네.
元元聖德　　높고 높아 성스러운 덕
曠代彌新　　대가 뻗을수록 새로워라.
妙妙淸化　　오묘하다 청명한 교화여.
遐而克臻　　먼 곳일수록 더 잘 이르네.
將恩被遠　　은혜가 멀리까지 미치어
與物霑均　　모든 것을 고루 적시리라.
茂矣千葉　　천 개 잎사귀가 무성하고,
安乎萬倫　　만 가지 윤리가 온전하도다.

　　서에서는 추상적인 언설을 펴다가 명에서는 신라에 대한 예찬을 이처럼 구체화해서 나타내, 산문과 율문의 용도가 서로 반대가 되게 했다. 자랑스럽기 이를 데 없는 고장에서 통일의 성업을 이룩한 것을 "合爲一鄕"이라는 말을 써서 칭송했다. 나라 구석까지 성스러운 교화를 펴 모든 것이 새롭게 뻗어나가게 하며, 다시는 흔들리지 않을 질서를 기반으로 만대의 번영을 누리리라는 기대를 나타냈다. 진흥왕순수비에 새긴 글에서 보여주었던 웅대한 기상이 더욱 심화되고 세련된 표현을 갖추어 울리는 종소리와 함께 널리 퍼져나가도록 했다.

　　글을 지은 사람은 김필오(金弼奧)이다. 벼슬이 한림랑(翰林郎)이고, 직급은 급찬이라고 했다. 경덕왕 때 통문박사(通文博士)를 한림으로 고쳤다는 말을 기억할 필요가 있다. 외교문서를 포함해 글 쓰는 일이라면 두루 맡는 기관에서 종사한 사람이다. 급찬은 9등급으로 육두품의 직급 가운데서도 하위직이다. 통일신라 전성기를 상징하는 역사적인 작품을 최고관직의 진골이 아닌 하위직의 글 쓰는 전문가가 맡아 지었다. 그런데도 이름을 새겨놓은 것은 전문기술이 평가된 증거이다.

김대문에 관한 연구는 이기백, 〈김대문과 그의 사학〉, 《역사학보》 77(역사학회, 1978) ; 이기동, 〈고대국가의 역사인식〉, 《한국사론》 6(국사편찬위원회, 1981)에서 했다. 〈화랑세기〉라고 하는 것이 발견되고 이종욱 역주해, 《화랑세기》(소나무, 1999)가 출간되었지만 자료가 의심스러워 다루지 않는다. 최신호, 〈한국 종의 명(銘)에 대하여〉, 《동양학》 17(단국대학교 동양학연구소, 1987)에서 〈성덕대왕신종명〉 이하 역대의 종명에 대한 광범위한 고찰을 했다. 《성덕대왕신종 : 종합논고집》(국립경주박물관, 1999)이 나왔으나 종명에 대한 문학적 고찰은 포함되어 있지 않다.

5.8.3. 말기의 상황과 왕거인

혜공왕 때까지 계속된 무열왕계를 대신해서 원성왕대 이후에는 내물왕계가 왕위를 차지하면서 신라는 '하대'라고 한 말기로 접어들었다. 원성왕은 독서삼품과를 실시하고 유학과 한문에 능한 인물을 적극 등용하면서 신라 전성기에 이룩된 문화수준을 더욱 향상시키려고 노력했다. 그 시기 신라는 군자지향(君子之鄕)이니 태평승지(太平勝地)니 하는 자부심이 거의 일반화될 정도로 문화가 난숙한 경지에 이른 반면에, 진취적인 기상 같은 것은 다시 찾아보기 어렵게 되었다. 모든 것이 잘 되어가는 듯한 이면에서 갈등과 고민이 심각해지는 단계로 들어섰다.

그 무렵 문학적 소양을 갖춘 국왕이 적지 않았다. 최치원이 남긴 낭혜(朗慧) 스님 비문에 의하면, 경문왕은 낭혜를 궁중으로 불러 불법을 듣는 자리에서 〈문심조룡〉(文心雕龍)의 의문 나는 대목을 물었다. 낭혜가 모호한 대답을 하니 다시 캐물어서 명확한 설명을 하지 않을 수 없게 했다. 수준 높은 문학이론을 아주 정밀하게 전개한 책을 불교의 승려는 물론이고 국왕까지도 관심을 가지고 탐독했음을 알 수 있다.

경문왕의 아들인 헌강왕도 독서를 좋아해, 국학에 거동해 강론을 듣고, 문신들더러 시를 지으라고 독려했다. 진성여왕마저도 역대 향가를 모아 〈삼대목〉(三代目)을 편찬하라고 지시한 사실을 보건대 문학에 관심이 많았던 것 같다. 나라가 거의 기울어질 무렵 경명왕은 〈진경대사비문〉(眞鏡大師碑文)을 스스로 지어 명문이라고 자랑했다.

그런 문학은 그 자체로 아름답다고 할지 모르나 세상을 돌보지 않는 자기도취의 표현이라는 비판을 면하기 어렵다. 일찍이 원성왕의 손자인 흥덕왕은 앵무새 한 쌍을 기르다가 한 마리만 남아 거울 속의 자기 그림자를 쪼다가 슬피 울며 죽는 것을 보고 〈앵무가〉(鸚鵡歌)를 지었다고 한다. 나라 일을 잊으면 그런 감상에 깊이 빠질 수 있다. 경명왕 다음의 경애왕이 〈번화곡〉(繁花曲)을 지은 것은 더욱 극단에 이른 사태이다. 나라는 망해가는데 경애왕은 따르는 무리와 함께 포석정을 찾아 나날이 잔치를 벌이며 무료함을 달래는 것으로 일삼고 자기 스스로 그런 제목의 꽃노래를 지어 미인들더러 노래하라고 했다.

모두 넉 줄인데 뒷부분에서 "머리를 들어 한번 바라보니 꽃이 언덕에 만발하고, 옅은 안개와 가벼운 구름이 둘 다 몽롱하구나"라고 했으니 감각이 예민하다. 곡조마저 처량하다고 했다. 그러고 있는 동안에 후백제 견훤이 군사를 거느리고 쳐들어와서 놀이판을 덮쳐, 경애왕은 자결을 해야만 했다. 〈번화곡〉은 〈증보문헌비고〉(增補文獻備考)에만 전하니 나중에 누가 지어냈을지도 모르지만, 당시의 분위기를 실감 나게 상상할 수 있게 한다.

사회의 모순은 전례 없이 격화되었다. 왕위를 빼앗는 살육전이 벌어지는 판국에 사치와 낭비가 극성하고, 백성에 대한 수탈이 갈수록 가혹해졌다. 국력이 약화되고, 민심은 이반했다. 육두품 지식인들은 지배체제에 대한 불만을 해소하는 한 방법으로 당나라에 가서 빈공과에 응시해 재능을 발휘하고 진출하는 길을 찾았다. 사방에서 도적이 일어나고, 지방호족은 신라 조정의 지배에서 이탈해 도적의 무리와 합류하기도 하면서 후삼국의 쟁패를 준비했다. 불교도 달라져, 지방호족과 연결된 선문구산(禪門九山)의 여러 교파가 민심을 모았다.

사태가 그렇게까지 전개된 결정적인 계기는 진성여왕의 실정이었다. 미소년들을 궁중에 불러들여 음란한 짓을 하면서 국정을 맡기기까지 한 결과 수탈을 함부로 해 백성을 괴롭히는 사태가 일반화되었다. 비난의 소리가 높았음은 당연한 일이었다. 그럴 때에 어떤 이름 모를 사람이 잘못된 정치를 규탄하는 글을 써서 조정 앞 큰길에다 걸어놓았다 한다. 왕은 그 사람을 찾으려 했으나 뜻을 이루지 못했는데, 누가 나서서 뜻을 이루지 못한 문인의 소행일 것이라고 하고, 대야주(大耶州) 은자(隱者) 거인(巨仁)이 그 사람이라고 지목했다.

대야주는 지금의 경남 합천이다. 은자는 숨어서 사는 사람이다. 거인은 왕거인(王巨仁)이라고도 했다. 왕은 왕거인을 옥에다 가두고 죽이려 했다. 왕거인이 시를 지어 원통함을 하소연하니 갑자기 구름이 끼고 벼락이 치며 우박이 쏟아져, 왕은 크게 두려워 왕거인을 석방했다. 〈삼국사기〉에는 그렇게만 기록되어 있고, 〈삼국유사〉에서는 하늘이 벼락을 쳐서 옥을 깨뜨리고 왕거인을 석방시켰다고 했다. 왕거인이 옥중에서 지었다는 시가 바로 널리 알려진 문제작이다. 〈삼국사기〉·〈삼국유사〉·〈전당시〉에 수록된 것이 각기 조금씩 다른데, 〈삼국사기〉 쪽을 들어보면 다음과 같다.

于公慟哭三年旱	우공이 통곡을 하니 삼 년이나 가뭄이 들고,
鄒衍含悲五月霜	추연이 비분을 머금으니 오월에 서리가 내렸다.
今我幽愁還似古	지금 내가 슬퍼하는 사연이야 옛 일과 흡사하건만
皇天無語但蒼蒼	하늘은 말이 없고 푸르디푸르기만 하구나.

왕거인이 의심을 받은 것은 공연한 일이 아니었을 터이다. 큰길에 걸어 놓았다는 글을 썼을 만한 사람이니 이렇게 외칠 수도 있었을 것이다. 옛사람들의 전례를 드는 데 그치지 않고 하늘에다 호소하기까지 한 것은 자기가 정당하다고 확신했기 때문이다. 하늘이 민심을 상징하기 때문에 벼락을 치고 우박이 쏟아져서 왕을 두렵게 만들었던 것이다. 왕

거인의 시는 예민한 감각도 세련된 수식도 떨쳐버려 거칠다 하겠지만, 〈앵무가〉니 〈번화곡〉이니 하는 것들에서는 도저히 찾을 수 없는 생동감이 있다. 신라는 망해가는 나라였지만 그런 데서 새로운 역사가 시작될 단서를 찾을 수 있었다.

호승희, 〈신라한시연구〉(이화여자대학교 박사논문, 1993)에서 신라 한시에 대한 광범위한 고찰을 했다.

5.8.4. 최치원의 성공과 번민

당나라에 가서 빈공과에 급제하고 문명을 떨치다가 돌아온 육두품 출신의 문인 가운데 대표적인 인물을 든다면 최치원(崔致遠, 857~?)이다. 생애가 〈삼국사기〉 열전에 자세하게 나와 있다. 자는 고운(孤雲)이라고 했다. 서라벌 출신이지만 가계는 뚜렷하지 않다고 했으니 육두품이라고 생각된다. 어려서부터 총명하고 민첩하며 공부를 좋아했다 한다. 12세 때 당나라로 떠나보내면서 아버지는 "십 년 안에 과거에 급제하지 못하면 내 아들이 아니다"라고 했다. 국내에서는 기대할 수 없는 출세를 당나라에 가서 이룩해 누대의 한을 풀어달라고 그렇게 당부했다.

최치원은 18세에 과거에 급제하고, 3년 뒤에 벼슬길에 올라 율수현위(溧水縣尉)가 되었다. 임기가 끝나고 잠시 무직 상태에서 방황하다가, 국가 변란을 수습하는 절도사 고병(高駢)에게 발탁되어 서기의 임무를 맡고 변란의 수괴를 규탄한 〈격황소서〉(檄黃巢書)를 대필해 능력 발휘의 기회를 얻었다. 그 글은 변려문의 격식에 따라 말을 꾸민 솜씨가 뛰어나 천하 명문이라는 평가를 얻고, 최치원의 이름이 널리 알려지게 했다. 당대에 중국에 간 외국인이 한문으로 글을 써서 그렇게까지 인정되는 것은 불가능에 가까운 성공사례여서 후대인이 두고두고 흠모하도록 했다.

그러나 그 이상의 활동은 하지 못했다. 외국인을 불러들여 진출의 기회를 허용하고는 명백한 한계를 두어 계속 머무르지 말고 돌아가 문화

이식을 위해 노력하도록 만드는 것이 당나라가 세계제국을 경영하는 방법이었다. 뛰어난 능력을 가져도 예외자일 수는 없어 최치원은 소외와 고독에 시달리다가 귀국해야 했다. 신라 조정에서는 국위를 선양한 공적을 치하하고 한림학사의 직위를 주었으나, 최치원이 할 수 있는 일은 없었다. 나날이 어지러워지는 정치를 바로잡아야 한다는 글을 올려도 허사였다.

외직으로 나아가 몇 고을을 돌아다니던 끝에 난세를 비관하고 가야산에 들이기 은거히다가 마침내 신선이 되어갔다는 전설을 남겼다. 이미 후삼국의 쟁패가 벌어졌는데 신라를 위하여 끝까지 애써야 할 이유가 없고, 그렇다고 해서 후백제나 고려를 택할 용단도 내리지 못하는 어물쩍한 처지에서 세상에서 물러나 은거하는 것밖에 다른 길은 찾지 못했다. 놀라운 재능을 역사의 방향과 연결시킬 수 없었던 지식인의 본보기를 일찍 보여주었다.

최치원이 지은 글은 아주 많다. 지금까지 남은 것만 해도, 스스로 엮어서 귀국하자 헌강왕에게 바쳤다는 〈계원필경집〉(桂苑筆耕集), 사산비명(四山碑銘)이라고 하는 네 승려를 위한 비문, 여기저기 실리거나 인용되어 있는 작품이 다수가 있다. 〈동문선〉을 보면 거기 실린 신라인의 작품이 모두 192편인데 그 가운데 최치원의 것이 146편이나 된다. 질뿐만 아니라 양에서도 대단한 경지에 이르러 동국문종(東國文宗)이라는 평가가 헛되지 않다.

그런데 최치원이 글을 쓰는 데 힘쓴 동기는 재능을 발휘해서 인정을 받고 영달하자는 데 있었다. 그 점에 관해 〈계원필경집〉 서문에서 스스로 명확하게 말했다. 아버지의 분부를 깊이 명심하고 당나라에 가서 피나는 노력 끝에 마침내 과거에 급제하고, 고병의 막하에서 밀려드는 문서를 감당해내면서 글 쓰는 능력이 크게 인정받았던 사실을 그 글에서 자세하게 밝혔다. 신라 사람 가운데 자기와 같은 인재가 났다는 데 대해서 국왕도 함께 기쁨을 나누며 치하해줄 것을 기대했다. 그러나 그 책에 실려 있는 글은 대부분이 고병을 위해 대필한 것에 지나지 않았다. 작문을 하는 전문기술자의 능력을 자랑했을 따름이고 내심을 토로하는 문학을 하지는 않았다.

그래서 계속 영달한다고 해도 공허한 느낌이 들지 않을 수 없다. 당나라에서 어느 이름 없는 떠돌이 장수에게 준 편지 〈여객장서〉(與客將書)에서 "체모 없이 진출했으므로 물러갈 뜻만 둔다"고 하고, "시로써 성(性)을 기르는 자료로 삼고 글로써 입신의 근본을 삼았지만 비록 녹은 먹어도 가난을 면할 수 없다"고 했다. 여기서 문제되는 가난은 오히려 정신적 가난이다. 심성을 기르며 입신을 한다고 했는데, 그 둘을 한꺼번에 이룰 수는 없었다. 입신에 몰두하다가 마음이 공허해졌다. 체모 없이 진출했으므로 물러갈 뜻만 둔다는 것이 공연한 말이 아니었다.

그렇지만 어떤 결단을 내릴 수 없었다. 자기 사상을 뚜렷이 세우지 못한 채 정신적 방황을 거듭하며 일생을 보냈다. 유학을 내세우기는 해도 확신이 없었으며, 불교에 호감을 가졌지만 미지근한 언설을 늘어놓는 정도였다. 〈난랑비서〉(鸞郎碑序)에서 화랑의 내력을 말하면서 그 사상의 맥락은 유·불·도의 요소를 아우르고 있다고 한 데서는 사상을 찾은 것 같다. 그 정도에 머무르고 더 나아가지 않았다.

신라에 돌아와 사산비명을 쓸 때 네 승려들의 행적에 대해서 깊은 공감을 가진 것은 아니었다. 왕명을 받들어 작문 전문가의 능력을 발휘하면서 어려운 말을 잘 꾸며서 쓰는 것을 자랑으로 삼았다. 그 가운데 오늘날까지 셋이나 남아 위용을 자랑하면서, 뛰어난 문장력은 물론, 글자를 정교하게 새긴 능력, 천년 이상 남을 돌을 고른 안목까지 감탄을 자아낸다. 그러나 글을 애써 읽어 얻을 수 있는 감격이 그 외형을 따르지 못한다.

보령 성주사(聖住寺) 터에 남아 있는 〈낭혜화상백월보광지탑비명〉(朗慧和尙白月葆光之搭碑銘)에 최치원의 문학관을 알아볼 수 있는 대목이 있다. '심학'(心學)을 하는 낭혜화상과 '구학'(口學)을 하는 자기는 당나라에 가서 공부한 것은 다를 바 없는데 차별하는 것이 불만이라고 했다. "心學者高 口學者勞耶"(심학을 하는 사람은 고귀하게 놀고 구학을 하는 사람은 수고롭기만 하단 말인가)라고 한탄하고, "心學者立德 口學者立言"(심학에서 덕을 세우고, 구학에서 말을 세우는 것)이 대등한 평가를 얻어야 한다고 했다.

불교와 문학이 '심'과 '구', '덕'과 '언'을 분담했다고 한 것은 적절한 견해이다. 그런데 세상의 평가가 달라 불만이라고 한 것은 무슨 까닭인지 더 논의하지 않았다. 말을 다듬는 데 그치고 이치를 따지지는 않아 문학이 글쓰기 기술에 머무르게 했다. 자기가 하는 문학이 바로 그 점에서 결격사유가 있다고 생각하지 않았다.

하동 쌍계사(雙溪寺)의 〈진감선사대공탑비〉(眞監禪師大空塔碑)에서는 자기가 유학과 불교 양쪽에 종사한다고 하면서 문학은 그 어느 쪽에 비해보더라도 모자랄 수밖에 없다는 논조를 폈다. "초년에 중원에서 이름을 얻어 장구(章句) 사이에서 아름답고 좋은 것을 맛보았으나 미처 성인의 도리를 마시어 취하지 못했으므로 오직 진흙 속에서 허우적거리는 것이 부끄러울 따름이다"라고 해서, 문장수련에 힘쓰기나 해서는 성인의 도리에 이를 수 없다고 했다. 그 뒤를 이어 불교를 두고 한 말도 거의 같다. "하물며 법(法)은 문자를 떠났으매 말을 붙일 곳이 없으니 기어이 말하려 하면 수레 채를 북으로 두고 남쪽 초나라의 서울로 가려는 셈이다"고 해서, 문장가의 능력으로는 불교의 이치를 파악할 수 없다고 했다.

그렇게 하니 글을 쓰는 일이야말로 대단하다고 할 수 없고, 그리 긴요하지 않은 방편에 지나지 않는다. 문학이란 유학의 본령에도 들지 못하고 불교의 진실에도 미치지 못하는 것이지만 수식하고 꾸며야 할 필요성이 있기 때문에 대단한 가치야 없더라도 힘써 하지 않을 수 없는 부차적인 활동이리고 한 셈이다. 문학과 삶의 관계를 심각히게 문제 삼지 않아 그런 생각에 머무를 수밖에 없었다.

그렇지만 최치원은 뛰어난 문장가였다. 사산비명은 비지문(碑誌文)의 모범으로 삼을 만한 명문이다. 비지문이 문장 실력을 발휘할 수 있는 좋은 매체라고 생각하고 기법을 널리 활용해 뒤의 사람들이 계속 찬탄할 만한 경지에 이르렀다. 주인공의 생애를 실감 나게 부각시키면서 필요한 논의를 전개하는 가운데 자기 생각이 나타나게 했다. 특정 목적을 위한 실용문이 글 자체를 읽어 즐거운 문예문이기도 하게 했다. 말을 많이 꾸미면서 난삽한 표현을 쓴 것이 예술적 가치를 높이는 방법이었다.

최치원이 남긴 글이 그것만은 아니다. 요청을 받고 쓴 공적인 글과는 별도로 자기 스스로 쓴 사적인 글이 있다. 산문에는 앞의 것이 많고, 시는 모두 뒤의 것이다. 앞의 것으로는 문장전문가의 능력을 보여준 것과 달리 뒤의 것에서는 내심의 번민을 털어놓았다. 내심의 번민은 표현의 우수성을 넘어서는 진실성을 가져 최치원이 시인이게 했다. 시인 최치원은 문장가와 다른 의의를 가진다. 〈진정상태위〉(陳情上太尉)를 들어 그 점을 확인해보자.

海內誰憐海外人	해내의 누가 해외 사람을 가엾게 여기리.
問津何處是通津	묻노라, 어느 나루가 건널만한 나루인가?
本求食祿非求利	애초에 먹거리나 구하고 이익을 구하지 않았으며,
只爲榮親不爲身	어버이를 영화롭게 하고, 내 몸 위하려고 하지 않았다.
客路離愁江上雨	나그네 길 이별의 시름이 강 위의 빗소리요,
故園歸夢日邊春	고향에 돌아가는 꿈은 서울 근처의 봄날이다.
濟川幸遇恩波廣	냇물 건너다 요행히 은혜로운 물결 듬뿍 만나
願濯凡纓十載塵	속된 갓끈의 십 년 먼지를 다 씻어버렸으면.

해내는 당나라이고, 해외는 외국이다. 최치원은 외국인임을 절감하면서 깊은 고민에 사로잡혔다. 먹거리나 구하고 어버이를 영화롭게 하려고 했다는 변명으로 그 고민이 해소되지 않았다. 고향으로 돌아가야겠다고 하면서도 머뭇거리기만 하고, 모든 망설임을 한꺼번에 해소하는 길이라도 있는가 하는 기대를 가져보기도 하면서 어떤 해결책도 나서지 않는 상태가 되풀이되었다. 〈촉규화〉(蜀葵花)라는 시에서는, 천한 땅에 태어난 것이 스스로 부끄러워 사람들에게 버림받고도 참고 견디

는 접시꽃에다 자기 처지를 견주기도 했다. 그런 생각을 하게 되자, 자기 자신을 가난하고 미천한 사람으로 의식하고 주위에서 볼 수 있는 민중의 생활에도 관심을 가졌다. 〈우흥〉(寓興)이라는 것은 제목을 보아서는 고답적인 작품 같지만, 진주를 캐려고 목숨을 걸고 바다 밑으로 들어가는 사람에게 하고 싶은 말을 담은 것이다. 널리 알려진 〈강남녀〉(江南女)도 그런 계열의 작품이다.

江南蕩風俗	강남땅은 풍속이 방탕해,
養女嬌且憐	딸을 기르며 아리땁고 예쁘라 하네.
冶性恥針線	되바라져 바느질 따위는 부끄러워하고,
粧成調管絃	단장 마치고 관현을 희롱하네.
所學非雅音	우아한 곡조는 배우지 못했으니,
多被春心牽	그 소리 온통 춘정에 이끌리네.
自謂芳華色	스스로 이르기를, 아름다운 얼굴
長占艶陽年	꽃다운 청춘을 길이 누리리라고.
却笑隣舍女	이웃집 딸을 도리어 비웃나니
終朝弄機杼	아침 내내 베틀에서 북을 놀려도,
機杼縱勞身	북 놀림에 몸만 수고로울 뿐,
羅衣不到汝	비단옷이야 네 차지가 못 된다고.

가련하기는 두 집 딸이 다 마찬가지이다. 배우지 못한 곡조로 관현을 희롱하며 아리땁고 음탕해보았댔자 값싼 기생 노릇이나 하고, 그 짓을 외면하고 종일 베를 짠대도 먹고살 거리가 넉넉히 생기는 것도 아니다. 베틀노래가 아니고 관현에 있어서 부를 사연인 듯 경쾌하게 이어지는 오언고시 열두 줄을 아무런 근심도 없는 양 꾸몄기 때문에 뜻하는 바가 오히려 더욱 심각하다.

그러나 최치원은 당나라에서뿐만 아니라 귀국해서도 항상 영달의 기회를 찾고 재능을 발휘하고자 했다. 그 때문에 현실감각을 계속 가지기 어려웠고, 후삼국의 쟁패가 벌어진 역사의 커다란 전환점에서 할 수 있는 일이 무엇인지 발견하지 못했다. 〈시무책〉(時務策) 10여 조를 올렸다고 하지만, 대단한 내용이 들어 있었을 것 같지는 않다. 역사의 맥락을 짚지 못한 채 세상이 자기를 알아주지 않는다고 한탄하는 심정을 호소하는 것이 만년에 이룬 작품의 특징이다. 다음에 드는 〈추야우중〉(秋夜雨中)이 그런 작품의 좋은 본보기라고 할 수 있다.

> 秋風唯苦吟　가을바람에 괴롭게 읊조리기만 하는데,
> 擧世少知音　온 세상에 내 소리 알아주는 벗 드물구나.
> 窓外三更雨　창 밖에는 한밤중에 비가 오는데,
> 燈前萬里心　등불 앞에서 만 리의 마음 일어난다.

　가을바람에 괴롭게 읊조리기만 한다는 것은 만년의 처지를 잘 나타내주는 말이다. 세상에서 격리되어 할 일이라고는 시를 짓는 것뿐이지만, 시를 알아줄 사람은 드물다. 홀로 고매한 경지에 이르렀기 때문이 아니고, 방안에 들어앉아서 역사의 현장을 외면하면서 스스로 고독을 택한 탓이다. 한밤중에 비가 온다는 말로 밖이 험난하기만 하니 나갈 수 없다는 생각을 암시한다. 등불이 켜져 있어 밝은 방안에다 자기 세계를 설정하고 만 리를 오고가는 행적을 마음속으로 그릴 뿐이다.
　자기의 고독을 동정해달라고 지은 시인데, 독자는 다르게 받아들일 수 있다. 앉아서 만리를 보고 만고흥망의 내력을 소상하게 훑을 수 있다 해도 자기 스스로 역사 창조에 동참하지 않는다면 그 모든 지식이 오히려 번거로운 짐이 되고 번뇌의 원인이 되고 만다는 것을 확인할 수 있다. 무엇 하나 이룬 것 없다고 신세타령한 최치원의 시는 실패의 증언이라는 점에서 소중한 가치를 가진다.
　초년에는 문장 잘 쓰는 것으로 자부하느라고 자기 문제를 돌아볼 겨를이 없었지만, 당나라에서 좌절을 경험하고 신라에 돌아와도 뜻을 이루지 못해 마침내 가야산에서 자취를 감출 때까지 방황과 번민을 시로 나타내면서 자기 나름대로 진실을 토로했다. 한시 가운데서도 격식이 까다로운 근체시를 익혀서 능란한 표현을 갖추는 것도 쉽지 않은 노릇인데, 내면의 고독과 회한을 오묘한 조화를 갖춘 말로 엮어내는 데까지 이르렀다. 처음에는 문장가였다가 나중에는 예술가가 되었다.

성낙희, 《최치원의 시정신 연구》(관동출판사, 1990) ; 최영성, 《최치원의 철학사상》(아세아문화사, 2002) ; 김성룡, 〈신라왕실과 최치원〉, 《한국문학사상사》1(이회문화사, 2004) 등의 총괄적인 연구가 있다. 사산비명에 관해 이우성 교역, 《신라사산비명》(아세아문화사, 1995)에서 자료 이해를 위한 작업을 하고 ; 황의열, 〈사산비명의 문학성에 대한 고찰〉, 《태동고전연구》10(태동고전연구소, 1993)에서 문장의 특징을 논했다. 韋旭昇, 《韋旭昇文集》3(北京 : 中央編譯出版社, 2000)에 중국 시절 최치원의 행적을 자세하게 밝힌 논문이 두 편 있다.

5.8.5. 최광유 · 박인범 · 최승우 · 최언위

최광유(崔匡裕)는 당나라 유학길에 오른 해가 876년(헌강왕 2)이라고만 했고, 생애를 알 수 있는 다른 자료는 발견되지 않는다. 신분은 육두품이었을 것이다. 당나라에서 과거에 급제했는가도 확실하지 않다. 그러나 〈동문선〉에 시 10편이 수록되어 있어 작품세계를 엿볼 수 있다. 모두 칠언율시인데, 평측과 운을 가다듬어 작품을 엮어나가는 솜씨가 능숙하다.

생활 주변에서 일어나는 일을 조용한 마음으로 완성하는 작풍을 보여주었다. 〈어구〉(御溝)가 그 좋은 본보기이서, 아름다우면서도 한적힌 경치를 묘사하면서 흥취를 얻었다. 당나라 서울 장안의 성 안팎을 드나들면서 달이나 꽃을 바라보기도 하고, 멀리 길을 떠나는 느낌도 이따금씩 읊었다. 가벼운 마음을 지니기만 했던 것은 아니다. 고국을 떠나 겪는 고난을 토로하고 함께 당나라에 왔다가 먼저 급제해 고국으로 돌아가는 벗을 전송하면서 비감에 젖기도 했다.

麻衣難拂路岐塵　　베옷으로는 길거리에 나서기 어려운데,
鬢改顔衰曉鏡新　　흰 머리 쇠한 얼굴이라 새벽 거울이 새삼스럽네.
上國好花愁裏艶　　상국의 좋은 꽃은 시름 속에서도 곱기만 한데,
故園芳樹夢中春　　옛 동산의 아름다운 나무는 꿈속의 봄일 뿐.
扁舟煙月思浮海　　편주에 안개 낀 달빛 실어 바다에 떠 놀리라고 하며,
羸馬關河倦問津　　여윈 말 타고 관하에서 나루 묻기도 지쳤네.
祇爲未酬螢雪志　　형설의 처음 뜻은 아직도 이루지 못했으니,
綠楊鶯語大傷神　　푸른 버들 꾀꼬리 소리마저 마음을 상하게 하네.

〈장안춘일유감〉(長安春日有感)이라고 한 시이다. 당나라 서울 장안에 봄이 왔어도 자기는 즐길 처지가 아니라고 제목에서 말했다. 아름다운 것들을 보면 시름이 쌓이고 마음이 상할 따름이라고 했다. 고국을 떠난 나그네의 행색이 초라할 수밖에 없다는 것만이 아니다. 과거에서 뜻을 이루지 못했다. 급제하지 못해 베옷 입고 지내면서 늙고 쇠약해졌다. 편주에 안개 낀 달빛 실어 바다에 떠 논다는 것은 득의한 상태를 상상해서 한 말이다. 그 경지에 이르지 못하고, 나루 묻기도 지쳤다고 하면서 최치원의 시에서 볼 수 있던 말을 여기서도 썼다.

박인범(朴仁範)은 당나라에 가서 급제한 사람이다. 귀국한 다음에 한림학사, 예부시랑 등을 지냈다. 898년(효공왕 2)에 명승 도선(道詵)의 비문을 지었다고 한다. 글 짓는 능력을 발휘할 기회가 보장되었다고 할 수 있다. 〈동문선〉에 실려 있는 작품도 최광유보다 많아, 칠언율시 10편과 찬(贊)두 편이 있다.

박인범의 시는 다른 사람에게 지어준 것이 많다. 승려가 셋이고, 선비가 셋이다. 많은 사람을 사귀는 성미였음을 알 수 있다. 불교에 깊은 관심을 지녔던 사실도 아울러 드러난다. 역사를 회고하고 고사를 다수 동원했다. 삶이 서글프다는 생각에 사로잡힌 경우에도 말하고자 하는

바가 간단하지 않다. 〈기향암산예상인〉(寄香巖山睿上人)이라고 제목을
붙여 향암산에서 지내는 예상인이라는 승려에게 지어준 시를 보자.

却憶前頭忽黯然　지난 일을 생각하니 홀연 아득해지는구나.
共遊江海偶同船　강과 바다에서 함께 놀면서 우연히 같은 배 탔네.
雲山凝志知何日　운산에서 뜻을 모으던 것이 어느 날인 줄 알리오.
松月聯文已十年　송월에서 글 짓던 일이 벌써 십 년 전이라.
自嘆迷津依闕下　나루를 못 찾고 궐하 의지하니 스스로 한탄스러워,
豈勝抛世臥溪邊　차라리 세사를 버리고 시냇가에 누우리.
煙波阻絶過千里　물결로 막힌 길이 천리도 더 되니,
雁足書來不可傳　기러기발에 매인 편지가 와도 전해지지 못하리.

　지난 일을 생각하니 홀연 아득해진다는 것은 만남과 헤어짐이 겹겹
이 얽힌 사연을 미처 깨닫지 못하기 때문이다. 뜻을 모아 함께 글을 짓
던 벗과 헤어지고, 어울리지 않는 벼슬살이를 하면서 본래의 자기를 상
실한 채 고국을 떠나와 소식을 모르고 있다. 나루를 찾아야 한다는 말
이 여기 다시 나타나 잃어버린 것에 대한 아쉬움을 나타내고 있다. 그
러나 우연히 같은 배를 타기도 하고, 만나서 뜻을 모을 수 있고, 끊어진
소식이 올 수도 있다. 이국인끼리 승속이 서로 다르면서도 마음이 통하
는 바 있어 이런 시를 지었다. 아득해지는 마음을 바로잡으려 한다면
불교에 기대를 걸어야 하지 않을까 하고 생각하게 한다.
　찬 두 편은 승려를 기리는 글을 화상에다 써넣은 〈범일국사영찬〉(梵
日國師影贊)과 〈무애지국사영찬〉(無㝵智國師影贊)이다. 둘 다 신라
말에 새로 등장한 선종의 승려이다. 번거로운 교리를 떨쳐버리고 스
스로 깨달을 수 있다고 하는 가르침에 깊은 호감을 가지고 영찬 두 편
을 지어 자기 생각을 나타냈다고 생각된다. 〈범일국사영찬〉 전문을 들
어본다.

最上之法　　가장 으뜸가는 법은
杳杳冥冥　　깊고 깊어 아득하네.
晧月之白　　흰 달의 밝음이고,
長江之淸　　긴 강의 맑음이라.
彼旣有相　　그것들은 모습이 있지만,
我乃無形　　나는 모습이 없어,
無形之形　　모습 없는 모습을
可以丹靑　　단청에다 올렸네.

영찬이라는 글은 화상을 보고 그 인물을 찬양하는 것이다. 넉 자씩 짝을 맞추고 운까지 달아 간결하게 쓰는 것이 원칙이지만, 서(序)가 붙을 수 있고, 꾸미는 말을 늘어놓을 수도 있어, 형식이 한결같지 않다. 〈동문선〉에 이보다 앞서 실려 있는 최치원의 작품은 말이 많고 장황한데, 여기서는 모든 군더더기를 말끔히 제거했다. 범일의 외모가 아닌 마음을 그렸다고 하면서, 그 마음에서 범일과 박인범이 하나가 되었다. 말로는 나타낼 수 없는 경지를 말로 암시해 선(禪)의 진수에 근접하는 표현을 마련해, 전에 볼 수 없던 새로운 문학을 개척했다.

최승우(崔承祐)는 889년(진성여왕 3)에 당나라에 가서 3년 동안 공부를 하고 과거에 급제했다 하니 일찍 성공한 셈이다. 〈호본집〉(餬本集)이라는 문집이 있었다고 하는데 전하지 않는다. 지금까지 남은 작품은 〈동문선〉에 실려 있는 칠언율시 10편과 서(書) 한 편이다. 시는 형식이나 편수뿐만 아니라 당나라 시절의 작품이라는 점에서도 최광유나 박인범의 경우와 상통한다. 그곳 문인들과 교유하면서 지어 나그네의 심정을 담은 것이다. 제목을 〈별〉(別)이라고 한 이별의 노래를 들어보자.

入越遊秦恨轉生　　월에 갔다가 진에서 놀면서 한을 키우다가,
每回傷別問長亭　　슬픈 이별을 할 때마다 장정이 어딘가 묻는다.
三尊綠酒應須醉　　세 동이 푸른 술이면 마땅히 취해야 하고,

一曲丹脣且待聽	붉은 입술의 한 곡조를 또한 들어야 하리.
南浦片帆風颯颯	남포의 돛대 한 폭 바람에 펄럭이고,
東門驅馬草青青	동문을 말로 달리는데 풀이 푸르구나.
不唯兒女多心緒	아녀자 아니어도 마음이 여러 갈래여서,
亦到離筵盡涕零	헤어지는 자리에 이르면 온통 눈물을 흘리노라.

월이나 진은 서로 멀리 떨어진 고장이다. 그런 곳들을 돌아다니느라고 나그네의 신세한탄이 깊어진다. 장정은 십리마다 두어 쉬어갈 수 있게 한 정자이다. 장정이나 찾아 잠시 머무르는 처지라 술동이나 노래 외에 바랄 것이 없다 했다. 배를 타고 말을 달리면서 부는 바람과 자란 풀을 말한 대목에서는 산뜻한 기상을 보이다가, 이별의 눈물을 흥건하게 흘리면서 시를 끝냈다.

뛰어난 시라고 하겠지만 말하고자 하는 바가 무엇인지 모호하다. 같은 시기에 당나라에 가서 공부한 다른 시인들도 섬세한 감각과 아름다운 언어구사를 숭상하는 당나라 말기 이른바 만당(晚唐)의 시풍을 따랐지만, 그런 경향을 최승우의 이런 작품이 특히 잘 보여주었다. 그 때문에 후대에는 좋은 평가를 받지 못했다.

귀국을 한 다음 재능을 발휘할 수 있는 기회를 신라에서 얻지 못하고 후백제 견훤에게로 갔다. 후삼국 가운데서 어느 쪽이 통일을 이룩하느냐 하는 결판을 내야 하는 마당에 한가로이 풍월을 읊고 있을 수 없었다. 강포한 군사를 이끌고 무자비한 정복을 일삼는 견훤이라도 나라를 다스리고 외교전을 펴자니 문신이 필요했다. 최승우가 그 일을 맡아 견훤이 왕건에게 보내는 편지를 썼다. 〈대견훤기고려왕서〉(代甄萱寄高麗王書)라는 이름으로 〈동문선〉에 수록되어 있는 그 편지 한 대목을 들어보자.

족하는 충고하는 뜻을 자세히 알지 못하고서 다만 떠도는 말만 들으며 백 가지 꾀를 엿보고 다방면으로 침략을 했지만, 아직 내 말 머리를 보지 못하고, 내 소 털 하나 뽑지 못했도다. 초겨울에는 도두

(都頭) 색상(索相)이 성산 고을에 친 진 앞에서 손을 묶었고, 이 달에는 좌상 김락(金樂)이 미리사 절간 앞에다 해골을 버렸으니, 죽여 얻은 것이 이미 많을 뿐만 아니라, 추격해 사로잡은 것도 적지 않도다. 강하고 약한 것이 이와 같으니 승부는 알 만하지 않은가. 평양 누각에 활을 걸고 패수의 물을 말이 마시게 하겠다고 기약하노라.

당나라에서 떠돌이 생활을 할 때의 불안한 정서는 찾아볼 수 없다. 명문을 쓰는 역량을 정반대 방향으로 돌렸다. 한창 강성할 때 거듭되는 승리를 자랑하면서 고려를 위협하던 견훤의 포부와 기상을 살기가 서리기까지 한 표현을 구사해 아주 잘 나타냈다. 평양 누각에 활을 걸고 패수의 물을 말이 마시게 하겠다는 대목에서 후백제가 후삼국을 통일하겠다는 의지를 최대의 위엄을 갖추어 천명했다. 그렇게 되었더라면 최승우는 공신의 자리를 굳히고 누대의 영화를 누렸을 것이다. 그러나 후백제는 결국 패망했다. 최승우의 글 쓰는 능력으로 패망을 막을 수는 없었다. 기개가 넘치는 명문만 남아서 그때의 상황을 실감 나게 회상할 수 있게 한다.

최언위(崔彦撝, 868~944)는 처음 이름을 인연(仁渷)이라고 했다. 나고 죽은 해가 밝혀져 있고, 생애도 비교적 소상하게 알려져 있는 점이 지금까지 고찰한 사람들과 다르다. 885년(헌강왕 11)에 당나라 유학을 떠나 과거에 급제했으며, 909년(효공왕 13)에 귀국해 신라의 벼슬을 얻었다가 생각을 바꾸어 고려로 갔다.

신라 말 뛰어난 문장가 삼최(三崔)가 있었다고들 한다. 자료에 따라서 조금 다르기는 하지만, 최치원·최승우·최언위가 그 셋이라고 하는 것이 상례이다. 최치원은 갈 곳을 찾지 못하고, 최승우는 후백제를, 최언위는 고려를 택한 점이 서로 다르다. 후백제의 최승우는 실패했지만 고려에서 같은 구실을 맡은 최언위는 왕건을 도와 통일과업을 성취하는 큰 공을 세웠다. 최고의 관직에까지 이르는 영광을 누리고, 자손이 고려 귀족으로서 당당한 위치를 차지했다. 신라문학이 고려로 이어지게 한 것도 특기할 사항이다.

왕건이 견훤에게 보낸 편지 〈대고려왕답견훤서〉(代高麗王答甄萱書)가 〈동문선〉에 있다. 작가 미상이라 했는데, 최언위가 썼을 것으로 추정된다. 최승우가 쓴 견훤의 편지와 견주어보면 둘 다 명문이지만, 명문인 이유가 정반대이다. 힘을 자랑하지 않고 덕을 내세웠으며 어조가 부드럽다. 한 대목을 보자.

> 요즈음 삼한이 액운을 만나 구토(九土)가 흉년이 들고 황폐해져 많은 백성이 도적의 무리에 들어갔으며, 밭이나 들이 모두 적토가 되었도다. 풍진의 소리를 거의 멈추고 나라의 재난을 구하고자 하는 바 있어, 선린의 관계를 맺어 과연 수천 리 땅에서 농사짓고 길쌈하는 백성이 업을 즐기고 칠팔 년 동안 사졸이 한가하게 잠을 잤다. 그런데 유년(酉年) 시월에 갑자기 일이 생겨 서로 싸우게 되었도다.

마지막에서 한 말을 보면 싸우겠다는 뜻을 나타냈으며 평화를 간청하지는 않았다. 그러나 자기네 쪽은 백성을 생각하고 강토가 풍요해지기를 바라며 싸움을 원하지 않는다고 했다. 힘만 자랑하며 횡포한 짓을 일삼는 상대방을 나무라면서 평화 노선을 천명했다. 백성의 지지가 최상의 전투력이라고 하는 대응논리를 내세웠다. 편지 두 장이 후백제와 고려의 차이점을 잘 나타내준다. 군사력을 뽐내기나 하던 견훤은 너무 강해 망하고, 화해를 주장하고 덕치를 표방한 왕건은 부드러움을 무기로 삼아 새 시대의 주인이 될 수 있었다.

최언위를 위시한 신라 육두품 출신 문인 유학자들은 신라를 버리고 고려를 택한 결과 진골귀족 때문에 억압을 받던 신분에서 벗어나 최고 지배층으로 상승했다. 신라에서는 배척되기만 한 오랜 소망을 실현해, 한문학과 유학으로 통치의 원리를 삼으면서 문치에 힘써서 덕화를 펴는 나라, 골품제를 철폐하고 과거제를 실시한 나라가 바로 고려였다. 신라 육두품 문인으로 쌓은 능력과 당나라에서 공부하고 과거에 급제

해 덧보탠 안목을 물려받아 더욱 키우면서 고려가 중세문명의 완성자
가 되게 한 주역이 최언위와 그 동료들의 후손이었다.

강혜선, 〈박인범·최광유·최승우의 한시 연구〉, 한국한시학회
편, 《한국한시작가연구》 1(태학사, 1995)에서 세 시인을 논했다.

6. 중세전기문학 제2기 고려전기

6.1. 쟁패와 창업의 신화적 표현

6.1.1. 건국신화의 재현

신라말에 국가의 수탈이 심해지면서 통치력이 약화되자, 항거하는 세력이 여러 형태로 도처에서 나타났다. 도적의 무리가 일어나고, 지방 호족이 주변의 불만층을 규합해 장군이라고 칭하면서 독자적인 통치력을 구축하기도 하고, 신라를 부정하고 새로운 왕조를 일으키는 세력도 등장했다. 진성여왕이 정치를 어지럽혔을 때가 분기점이다. 그 뒤 신라는 영토와 주민을 보존하기 어려운 처지로 떨어지고, 전국이 군웅할거의 터전이 되었다. 고대의 영웅시대가 재현되는 것 같았다.

처음에 두각을 나타냈던 반란세력 지도자는 원종(元宗), 애노(哀奴), 기훤(箕萱), 양길(梁吉), 견훤(甄萱), 궁예(弓裔) 등이었는데, 견훤과 궁예가 위세를 떨쳐 각기 백제와 고구려를 재흥한다고 나섰다. 그래서 후삼국시대가 시작되고, 936년에 왕건(王建)의 고려에 의한 재통일이 이루어지기까지 약 반세기 동안 전국에서 치열한 내전이 벌어졌다. 신라·후백제·고려의 싸움은 무력만으로 해결할 수 없었다. 신라가 통치력은 거의 잃어버렸지만 상당기간 존속할 수 있었던 것은 문화의 무게 때문이었다. 후삼국을 통일해서 신라를 대신하는 왕조를 이룩하기 위해서는 정치이념이나 문화역량에서도 신라를 넘어설 수 있어야 했다.

모든 것이 혼란하기만 한 듯한 시대일수록 질서를 창조하는 역량이 요구되었다. 첫 단계의 반란세력은 이념이니 문화니 하는 것을 갖추지 못했으며 백성의 불만을 이용하기나 하고 바람직한 통치방식이 무엇인지 몰랐다. 견훤이나 궁예는 그런 단계를 벗어났으며, 왕건은 그 둘보다 앞섰다. 신라 육두품 출신 문인들이 신라에 대한 기대를 버리고 신흥하는 세력을 찾아 한문학과 유학의 역량을 제공한 것이 전환의 결정적인 계기가 되었다.

필요한 것은 한문학이나 유학만이 아니고, 건국신화 또한 긴요한 구실을 했다. 신라에 맞서는 반란세력의 우두머리는 누구나 설화의 주인공일 수 있고 자기 나름대로 민중영웅이었다. 미천한 처지에서 떨쳐 일어나 용맹을 자랑한 행적을 기리는 이야기가 생겨나는 것은 당연한 일이었다. 저절로 생긴 영웅담에다 의도적인 창작을 보태 힘을 과시하고 백성의 마음을 사로잡는 작전을 폈다. 일반 백성을 상대로 할 때는 설화가 최상의 선전방법이었다.

나라를 세우는 데까지 이르면 민중영웅의 전설을 건국신화로 발전시켜 건국의 유래와 정당성을 입증할 필요가 있었다. 고대의 건국신화가 기억에 남아 있어서 신라의 정통성을 보장할 뿐만 아니라 고구려와 백제에 대한 추억의 원천으로도 작용하기 때문에 그런 것들과 대치될 수 있는 새로운 건국신화를 내놓아야 했다. 고대를 재현하는 듯한 싸움이 벌어져 건국신화가 문학사에 다시금 커다란 구실을 하게 했다.

그러나 이미 신화시대는 아니었다. 신화적 질서를 내세운다 해도 쉽사리 받아들여지지 않았다. 건국의 주인공이 하늘과 통하는 신이한 인물이라고 꾸미기도 어려웠다. 민중영웅의 전설과 건국신화 사이의 중간적 성격을 가진 이야기를 만들어내는 데 그칠 수밖에 없었다.

견훤이나 궁예, 그리고 왕건의 선조들에 관한 전승이 모두 그런 특징을 지닌다. 싸워서 이기는 것을 능사로 삼는 무리는 중세적 질서가 위기에 이른 것을 틈타 고대로 복귀하고자 했지만, 통일을 위한 경쟁에서 승리하는 쪽은 중세적 보편주의를 한층 수준 높게 이룩하는 것이 난국

타개의 적극적인 방안임을 알았다. 건국신화를 고대와는 다르게 마련해 앞으로 나아가는 데 장애가 되지 않게 해야 했다.

견훤을 주인공으로 한 이야기는 네 가지 형태로 전한다. 네 가지 전승의 공통적인 내용은 견훤이 미천한 처지에서 태어난 비범한 인물이라는 것이다. 미천하면서도 비범하다는 이중성이야말로 견훤을 영웅으로 부각시키는 데 핵심적인 구실을 한다. 그러나 미천함과 비범함의 구체적인 내용은 각기 다르다. 〈삼국유사〉에 소개되어 있는 순서대로 들고 요약해보자.

(가) 상주 가은현(加恩縣) 농민 아자개(阿慈介)가 세력을 얻어 장군이라고 칭하게 되었는데, 아들 넷 가운데 견훤이 특히 걸출하고 지략이 많았다. (나) 견훤은 신라 왕실의 혈통을 이었다. (다) 광주(光州) 북촌 어느 부잣집 딸이 자주색 옷을 입은 남자가 밤마다 찾아와 자고 가자, 아버지가 시키는 대로 긴 실을 꿴 바늘을 그 남자의 옷에 찔러두었더니, 바늘이 큰 지렁이의 허리에 꽂혀 있었다. 그런 연유가 있어 임신해 낳은 아들이 견훤이다. (라) 견훤이 젖먹이일 때 아버지는 밭을 갈고 어머니는 밥을 나르느라고 나무 밑에 뉘어놓았더니, 호랑이가 와서 젖을 먹여, 마을사람들이 이상스럽게 여겼다.

넷 가운데 뿌리가 깊은 것은 (다)라고 생각된다. 그 유형은 백제 무왕의 탄생설화에서도 보이던 것이고, 오늘날까지 파다하게 전해지고 있다. 충남 연기군에서 조사한 자료에서는 찾아온 남자가 뱀이었다 하고, 뱀이 죽은 자리에 절을 세웠다는 말과, 태어난 아이가 마을의 신으로 숭앙되었다는 내력이 덧보태져 있다. 백제 지역에서 마을 수호신의 신이한 탄생을 나타내주던 이야기가 건국신화로 부각되기도 해서 후백제가 그 전통을 이었다고 볼 수 있다. (라)는 미천하면서 비범한 양면성을 잘 보여주는 일화이다.

견훤은 백제 지역의 전승을 잇고 그곳의 민심을 얻는 데 만족할 수 없어 서라벌과 가까운 지방까지 진출해서 거점을 마련할 필요가 있었다. 기존의 반란세력을 규합해서 성장해야만 했다. (가)는 그렇게 해서 생겼으리라고 본다. 실제인물 아자개를 등장시켜 견훤과 부자간이라는 말을 꾸며내는 것이 필요한 작전이었다. (나)에서 말한 신라 왕실의 혈통은 견훤을 높이기 위해 필요했을 것이다.

견훤을 주인공으로 한 후백제 건국신화는 미완성이다. 이야기가 단편적인 것들에 그치고 한데 모아지지 않았으며, 통치이념 같은 것을 갖추지 못하고 있다. 그 이유에 관해서 두 가지 추론이 가능하다. 후백제가 일찍 망하자 애써 이룩한 건국신화가 와해되어 소박한 민간전승으로 되돌아갔을 수 있다. 견훤은 물론이고 이름을 신검(神劍)·양검(良劍)·용검(龍劍)이라고 한 세 아들도 자기 나름대로 신화의 주인공이고자 했지만, 시대적인 여건이 달라지고 견문이나 상상이 모자라 뜻하는 바를 제대로 이루지 못하고 있다가 파국이 닥쳤을 수 있다.

궁예를 두고 한 이야기는 한 가지의 것만 〈삼국사기〉 열전에 전한다. 여러 삽화가 일관된 질서를 갖도록 정리되어 있다. 신라 제47대 헌안왕 또는 제48대 경문왕의 아들이라고 했다. 고귀한 혈통을 지니고 비정상으로 출생했다. 왕자이면서도 외가에서 출생했다고 했으니 모계는 천했다는 뜻이다. 범인과는 다른 탁월한 능력을 타고났다. 태어난 날이 중오일(重午日)이었는데, 집 위에 흰 빛이 어리어 긴 무지개 같았다. 날 때부터 이빨이 이미 다 나 있었다.

장차 나라를 해치리라는 예언이 있어, 왕은 갓 태어난 궁예를 죽이라고 했다. 다락에서 떨어뜨렸는데 유모인 종이 받아서 살아났으나, 한쪽 눈이 멀게 되었다. 구출하고 양육하는 사람을 만나 죽음의 위기에서 벗어난다는 공식에 맞게 유모가 데리고 도망가서 키웠다. 집을 나가서 승려가 되었다. 시련을 투쟁으로 극복하고 승리자가 되었다. 군주가 된 궁예는 이 세상에 내려온 미륵불이라고 자처하고, 아들은 보살이라고 선전했다. 사람의 마음을 꿰뚫어보는 능력을 갖추고 있다고 자처했다.

이렇게 이야기된 궁예의 생애는 고대 건국신화에서 보이던 전례와 일치한다. 저절로 생긴 소재들을 모아 영웅의 일생을 재현하는 작업을 제대로 해내고, 불교에서 가져온 미륵신앙까지 보탰다. 그 작업을 스스로 했다고 생각되는 궁예는 걸출한 통치자이고 위대한 창조자였기 때문에 파탄을 자초했다. 신화를 쉽사리 인정하지 않으려는 시대에 이르렀다는 사실을 무시하고, 불신의 기미가 나타나자 누구든지 서슴지 않고 죽이는 횡포로 방어책을 삼았다. 반발 세력을 키운 결과 왕위에서 물려나 도망을 가다가 이름 없는 백성에게 살해되었다. 고대 건국신화의 주인공과는 반대가 되는 결말을 보여주었다.

궁예는 중세의 위기를 고대로 돌아가 해결하는 방안을 완벽하게 마련하려고 하다가 실패했다. 중세에 들어선 지 이미 오래 되어 일반 백성들에게도 널리 자리잡은 합리적이고 비판적인 의식을 꺾지 못해 패배했다. 고대와 중세의 차이가 무엇인지 명확하게 알려주는 사례를 마련했다. 신화시대 이후의 신화가 정치적인 목적과 관련해서 다시 만들어질 때 부딪히게 되는 한계도 잘 보여주었다.

김철준, 〈후삼국시대의 지배세력의 성격〉, 《한국고대사회연구》(지식산업사, 1975)에서 한 시대상황 분석을 참고하면서, 후삼국시대에 고대에서 중세로 넘어왔다는 주장은 받아들이지 않는다. 충남 연기군의 자료는 장덕순, 〈야래자전설〉, 《한국설화문학연구》(서울대학교출판부, 1970)에서 보고하고 고찰했다.

6.1.2. 고려의 건국신화

〈고려사〉 서두의 〈고려세계〉(高麗世系)에 시조의 내력이 있다. 본문에서 왕건은 즉위 다음해에 삼대를 추존해 시조(始祖)·의조(懿祖)·세소(世祖)를 각기 원덕(元德)·경강(景康)·위무(威武)대왕이리고 히고, 부인들은 각기 정화(貞和)·원창(元昌)·위숙(威肅)왕후라 했다고 간략하게 기록해놓았다. 거기다 주에 해당하는 글을 길게 첨부했는데, 김관의(金寬毅)의 〈편년통록〉(編年通錄)을 인용해 6대조 호경(虎景), 5대조 강충(康忠), 4대조 보육(寶育), 3대조 진의(辰義), 할아버지 작제건(作帝建), 아버지 용건(龍建)에 관한 이야기를 소개한 내용이다.

삼대를 추존한 격식은 유교에서 가져오고, 6대조 이래의 내력에 관한 설화는 신화적인 요소를 많이 지니고 있어 서로 다른 문화요소가 공존했다. 둘 사이에는 주목할 만한 불일치가 있다. 추존 명단에서 시조 원덕대왕과 부인 정화왕후라고 한 두 인물이 설화에서는 4대조 보육과 3대조 진의이다. 딸을 아내로 만들어 한때는 모계로 이어온 가계를 모두 부계로 바꾸었다. 유교에서 인정할 수 있는 족보를 마련하기 위해서 그렇게 하지 않을 수 없었다.

궁예를 내몰고 왕위에 올라 후삼국을 통일한 왕건을 위대한 인물이라 하면서 조상들까지 들먹이는 이야기가 자연스럽게 생겨날 수 있었을 것임은 짐작하기 어렵지 않다. 자연적인 전승에다 의도적인 개작을 보태면 고려 건국신화가 될 수 있었다. 그런데 왕건은 등장시키지 않은 점이 견훤이나 궁예의 경우와 아주 다르다. 6대에 걸친 선조들의 행적은 신화로 이야기하고 왕건의 투쟁과 승리는 경험적 세계를 서술하는 역사의 소관사로 삼아, 건국신화의 위광과 합리적 통치의 설득력을 아울러 갖추었다.

삼대의 유교 방식으로 선조를 추존한 것과 왕건 자신은 신화의 주인공이 아니라고 한 것은 동일한 의의를 가진다. 고대로의 복귀를 희구하는 난세의 민심에 호응하는 경쟁에서 견훤이나 궁예 쪽보다 뒤떨어지지 않는 것을 능사로 삼지 않고, 위기 해결의 더욱 적극적인 방안이 중세이념 재정립임을 분명하게 한 처사이다. 그렇기 때문에 고려가 통일전쟁에서 승리해 다음 시대를 열 수 있었다.

선조들의 이야기를 전하는 〈편년통록〉의 저자 김관의(金寬毅)는 건국 후 260여 년이나 지난 제18대 의종 때의 인물이니 기술한 내용의 신빙성에 관해 의문을 가질 수 있다. 그러나 건국 시조 선조들의 이야기를 함부로 지어낼 수 있는 것은 아니다. 〈고려사〉의 편자들이 이제현(李齊賢)의 말을 인용하고 자기네 의견을 덧붙여 이치에 맞지 않아 납득하기 어렵다고 길게 거론한 문제점들이 오랜 전승을 기록한 증거이다. 내용을 요약하고 검토하기로 한다.

6대조 호경은 성골장군(聖骨將軍)이라고 칭하며 백두산에서부터 유람을 시작해 부소산 골짜기에 자리를 잡고 살았다. 어느 날 사냥을 나갔다가 날이 저물어 바위굴에서 밤을 새우는데 호랑이가 나타났다. 동행 열 사람이 일제히 갓을 던져 호랑이가 무는 갓 주인이 잡아먹히기로 했다. 호랑이는 호경의 갓을 물었고, 다른 사람들은 굴 안에 있다가 굴이 무너져 죽었다. 죽은 사람들을 장사지내면서 산신에게 제사를 올리니, 산신이 나타나 자기는 과부였다가 이제 호경과 부부가 되어 함께 신정(神政)을 편다고 했다. 그 고장 사람들이 호경을 대왕이라 칭하고 산신과 함께 받들었다.

5대조 강충은 풍수를 잘 보는 사람이 집터를 옮기고 온 산에 나무를 심으면 삼한을 통합할 인물이 태어나리라고 해서 그렇게 했으며, 천금을 축적한 부자가 되었다. 4대조 보육은 출가해 지리산에서 도를 닦고, 질녀를 아내로 삼았으며, 당나라 천자가 와서 사위가 되리라는 예언을 듣고, 두 딸을 낳았다. 산에 올라가 눈 오줌이 천하에 넘쳤다고 하는 큰딸의 꿈을 3대조가 되는 작은딸 진의가 샀다. 장차 당나라 숙종이 될 귀인이 바다를 건너와 진의와 관계해 왕건의 할아버지가 되는 작제건을 낳았다.

작제건은 활을 잘 쏘았다. 16세가 되자 아버지를 찾아 바다를 건넜다. 배가 어느 곳에 이르자 앞으로 나아갈 수 없었다. 점을 쳐보니 고려 사람을 내리게 해야 한다는 것이었다. 섬에 내려 바위에 섰노라니 용왕이 늙은이의 모습을 하고 나타나 부처로 둔갑한 여우를 퇴치해달라고 했다. 활을 쏘아 여우를 죽이고, 여러 가지 보물을 얻고 용녀를 데리고 와서 아내를 삼았다. 작제건과 용녀는 아들 넷을 낳았다. 맏아들 용건은 꿈에 본 미인을 아내로 맞이해서 왕건을 낳았다.

그렇게 이어지는 이야기가 신화라고 할 수 있는 증거는 신과 사람을 동일시한 데 있다. 호경은 산신의 남편이 되어 함께 신정을 베풀었고, 작제건은 용녀를 아내로 맞이해서 아들을 낳았다. 자손대대로 몸에 용

손(龍孫)의 혼적이 있다고 했다. 여신이 아니더라도 예사롭지 않은 아내를 맞이해야 영웅이고, 위대한 자식을 낳을 수 있다고 해서 전설의 층위를 함께 갖추었다. 신화적인 상징을 보완하고 영웅을 높이려고 백두산·부소산·지리산을 등장시키고, 서해의 용왕을 끌어들였다. 갖가지 신이로운 요소들이 장차 삼한을 통일할 인물이 태어나리라는 예언과 연결되어 고려 건국신화를 이루면서, 개개의 인물에 관한 일화는 영웅전설의 특징을 지녔다.

특히 주목할 만한 인물은 호경과 작제건이다. 호경이 성골장군이라고 한 것은 신성한 혈통을 힘의 원천으로 삼았다는 말이다. 백두산에서 부소산까지 명산을 순례하고, 호랑이의 남편이 되어 함께 신정을 베풀었다는 것은 호경이 오랜 내력을 가진 산신 신앙을 이은 무당임을 암시한다. 작제건은 거타지(居陀知) 이야기에서도 볼 수 있던 요괴를 퇴치한 영웅이다. 뛰어난 용력을 가지고 해상활동을 전개해 손자의 건국을 가능하게 하는 기반을 다졌다. 종교적 권능을 출발점으로 삼은 신화가 군사적 위력의 소재를 입증해 전설이 되었다.

작제건이 당나라 숙종의 아들이라고 한 것을 어떻게 이해할 수 있는가는 논란거리이다. 중국에 대한 사대적인 굴종이라고 하는 것은 적절한 해석이 아니다. 왕건의 선조들이 서해를 건너다니면서 중국과 밀접한 관련을 가진 사실을 흥미롭게 나타냈다. 영웅은 고귀한 혈통을 지니고 비정상의 상태에서 태어난다는 화소를 실제의 상황인 것처럼 구체화했다. 이 두 가지 추론이 동시에 타당하다고 하면 의문이 거의 해소된다.

유사한 설화가 다른 여러 곳에도 있으므로 비교고찰이 필요하다. 동아시아 및 동남아시아 여러 곳에서, 문명권 중심부의 귀인이 건너와 현지의 여성과 관계해 낳은 아들이 나라를 세웠다고 한다. 그것은 고대에 흔히 볼 수 있던 시조하강건국신화와는 다른 새로운 형태의 시조도래건국신화이며, 중세로 들어서서 역사가 달라지게 된 내력을 설명한다. 고려는 중세화를 독자적으로 새롭게 진척시킨다고 자부해 건국신화 개조 작업을 했다고 할 수 있다.

신라의 전통을 버린 것은 아니다. 신라 왕권의 상징인 옥대(玉帶)를 전해 받은 사건을 말하면서 왕건이 주인공으로 나섰다. 신라의 보물을 모두 거두었으나 옥대는 찾을 수 없어 안타까워할 때, 90세가 넘은 황룡사의 고승이 있는 곳을 알려주었다. 왕건이 창고를 열자 갑자기 풍우가 일어나고 대낮인데도 어두워서 안을 볼 수가 없었으므로, 날을 받아 제사를 지내야 했다. 신라 신성왕권의 상징물을 받아 유구한 전통을 잇게 되었다고 했다.

옥대의 신화는 이었지만, 왕건은 신화의 주인공으로 등장하지 않고 합당한 처사를 했을 따름이다. 왕건은 신화에 기대를 걸지 않는 합리적인 군주였다. 수십 년 동안 싸움터에 나가서 승리와 패배를 거듭하다가 두고두고 예언된 바와 같이 삼한을 통합하기에 이르렀지만, 선대 신화와의 연결을 최소한으로 줄이고, 자기 자신은 영웅전설의 주인공 노릇도 하려고 하지 않았다. 왕건을 두고 한 이야기는 모두 건국신화와는 거리가 먼 단순한 전설이고, 하나로 모아지지 않고 각기 독립되어 전한다. 불교 사원에서 기원을 하고, 풍수지리를 따르라고 하는 유훈을 남긴 것은 국가 통치에 필요하다고 판단했기 때문이다.

선조들의 혼인은 모두 신이하다고 했는데, 자기 대는 전혀 그렇지 않았다. 수많은 아내가 모두 평범한 인물이라고 소개되고, 만날 때 있었다는 사건이 사실에 입각해서 기록되어 있다. 흥미로운 전설일 수 있는 기이한 일이 있어도 아주 지어낸 것은 아니다. 어쩌다가 정을 통하게 된 처녀가 왕건은 임신을 바라지 않아 이부자리에 사정하자 정액을 핥아먹고 다음 임금이 될 혜종을 잉태하게 되었다고 한 사건이 그 좋은 예이다. 통치자의 위엄을 아주 부정할 정도로 비속한 지경에 이르렀다.

왕건의 인품과 위업을 칭송하는 것은 구전되는 설화가 아닌 품격 높은 작문의 소관이었다. 최승로(崔承老)가 제6대 군주 성종에게 올린 글에서 태조의 공덕을 온갖 수식을 갖추어서 칭송했다. 예종 때 처음 제정한 〈태묘악장〉(太廟樂章), 그리고 그 뒤에 고친 것이 〈고려

사〉〈악지〉에 전한다. 거기 보면 건국서사시라고 할 수 있는 사연이
몇 마디씩 응결된 표현 속에 나타나 있다. 예종 때의 것 처음 몇 줄을
들어본다.

受天靈符　　하늘의 신령스런 표적을 받으시어,
寵綏多方　　사방을 사랑하여 편안하게 하셨도다.
德合三無　　덕은 천·지·일월이 사심 없음과 같고,
功超百王　　공은 뭇 임금을 모두 넘어섰도다.

〈고려사〉〈악지〉에 전하는 〈풍입송〉(風入松)은 잔치에서 부르는 노
래인데, 고려의 제왕을 더욱 높여 칭송했다. 부처와 하늘의 도움을 받
고 세상을 다스리는 은덕이 고금의 으뜸이어서 외국에서도 일제히 받
들고, 중국의 성군들보다 더욱 위대하다고 했다. "해동천자"(海東天子)
라고 했으니 중국 천자의 자리를 차지한 것은 아니지만, 치적이 으뜸이
어서 최상의 칭송을 받아 마땅하다고 했다.

海東天子當今帝　　해동천자이신 지금의 임금님은
佛補天助敷化來　　부처와 하늘의 도움 받고 교화 펴려 오셨네.
理世恩深　　　　　세상 다스리시는 은혜 깊어
遐邇古今稀　　　　원근에도 고금에도 드물도다.
外國躬趨盡歸依　　외국에서 직접 찾아와 모두들 의지하고,
四境寧淸罷槍旗　　사방이 조용해 창이나 깃발이 없어졌네.
盛德堯湯難比　　　성덕이 요임금 탕임금도 견주기 어렵도다.
且樂太平時　　　　태평세월이 또다시 즐겁도다.

〈고려사〉〈악지〉에는 고려의 제왕을 칭송한 백성들의 노래도 있다고
소개했다. 〈송산〉(松山)은 태조가 개경에 도읍한 것을, 〈장단〉(長湍)은
태조가 장단석벽(長湍石壁)에서 노닐면서 민풍을 살핀 것을 백성이 찬

양한 노래라고 했다. 〈금강성〉(金剛城)에서는 현종이 거란의 침공을 피해 강화도로 피란했다가 개경으로 돌아온 일을 치하하고, 개경의 성벽이 금강석으로 만든 듯이 굳건하기를 기원했다.

신라 〈도솔가〉(兜率歌)에서 시작된 악장(樂章) 제정 작업을 고려에서 한층 적극적이고 본격적으로 진행해 통치이념을 노래로 알리는 데더욱 힘썼다. 건국신화가 수행하던 기능을 궁중예악으로 가져와, 고대 자기중심주의를 넘어선 중세 보편주의로 주체성 선양의 새로운 이론을 제시했다. 백성이 군주를 찬양하는 노래를 스스로 지어내 즐겨 부른 것을 들어, 애민 노선의 중세화가 뿌리를 내렸다고 입증했다. 다음 시기의 조선왕조가 힘써 본받아야 할 전례를 만들었다.

그런데 민간에서 전하는 설화는 통제 밖에 있어, 제왕의 위엄을 존중하지 않고 허황되게 변질시킬 수 있었다. 공민왕 때에 성균관 생원들이 상소를 올려 불교가 세상을 속인다고 규탄한 사건이 〈고려사〉〈열전〉 김자수(金子粹) 대목에 전하는데, 거기에 이상한 말이 보인다. 승려들이 태조 왕건이 아홉 번 세상에 태어났을 때의 모습이라는 것을 만들어 놓고 말하기를, 전생 어느 때는 탑을 세우고, 언제는 소가 되고, 다시 보살이 되고 어쩌고 했다고 했다. 공민왕이 그 말을 깊이 믿었다 하니, 공식적인 전승이 흔들리자 고려의 위기가 닥쳤다고 할 수 있다.

고려 건국신화를 장덕순, 《한국설화문학연구》; 김열규, 《한국신화와 무속연구》(일조각, 1977) ; 조현설, 〈고려건국신화 '고려세계'의 신화사적 의미〉, 《고전문학연구》 17(한국고전문학회, 2000)에서, 고려 악장은 김시황, 〈고려 악장문학 연구〉, 《대구한의과대학논문집》 2(1984) ; 구사희, 〈한국악장문학연구〉(동국대학교 박사논문, 1991)에서 고찰했다. 〈시조도래건국신화의 중세 인식〉, 《하나이면서 여럿인 동아시아문학》(지식산업사, 1999)에서 외국의 사례와 비교연구를 했다.

6.1.3 왕실 혈통의 위기

태조 왕건이 세상을 떠났을 때 통일은 불완전하고 왕권은 안정되지 못했다. 지방호족들이 반독립적인 통치력을 유지하고 있었으며, 왕후족의 자리를 차지한 호족은 중앙정계에서 대단한 세력을 행사했다. 왕건은 왕실의 번영과 결속을 다짐하려고 배다른 자녀들이 혼인하게 하고, 딸은 외가의 성을 따르게 했다. 그런데 딸들이 드셌다. 성을 물려받은 외가세력을 업고 오빠이거나 아들인 왕을 억누르기도 하고, 외간 남자와 사통하기도 했다. 그런 것이 모두 이야깃거리가 되어 많은 왕실비화를 만들어냈다.

제2대 혜종, 제3대 정종 때에는 혼란을 겪었다. 제4대 광종은 호족을 누르고 왕권을 강화하는 시책을 철저하게 밀고나가 제6대 성종 때까지는 어느 정도 안정이 이루어졌다. 제7대 목종이 똑똑하지 못해서 정국은 다시 흔들렸다. 목종은 즉위할 때 이미 나이가 들었는데, 어머니인 천추태후(千秋太后) 황보씨(皇甫氏)가 섭정을 해 일련의 비정상적인 사태가 벌어졌다. 천추태후는 왕건의 손녀인데 외가의 성을 따서 황보씨가 되었다. 김치양(金致陽)이라는 사람과 사통해서 낳은 아들이 다음 왕이 되게 하려고 갖은 책동을 부렸다. 그 뒤 제8대 현종이 등극하기까지에 이르는 사건은 왕위쟁탈 궁중비화가 복잡하기 이를 데 없이 전개된 좋은 예이다.

현종은 이름이 순(詢)이다. 아버지는 왕건의 아들 욱(郁)이다. 어머니는 왕건의 손녀이고 아버지의 질녀인데, 천추태후와는 자매간이고 황보씨로 일컬었으며 천추태후와 함께 경종의 비였다. 경종이 죽은 뒤에 욱과 사통해서 순을 낳았다. 순은 그처럼 고귀한 혈통을 지니고 정상이 아닌 처지에서 태어나 불운의 주인공이 될 조짐을 보였다. 거듭 닥쳐온 시련을 물리치고 마침내 왕위에 오르게 되었다는 것이 사건의 개요인데, 그렇게 되기까지의 있었던 복잡한 사연을 〈고려사〉에 아주 자세하고 흥미롭게 적어 소설 한 편이 착실하게 될 정도이다.

어머니 황보씨는 오줌이 온 나라 안에 가득 넘치는 꿈을 꾸었다. 조상대의 할머니 진의도 꾸었다는 꿈이다. 아들을 낳으면 임금이 될 꿈이라고 했다. 과부의 처지에 삼촌인 욱과 사통해 임신하고, 박해를 당하다가 아들을 낳고 바로 죽었다. 바로 그 날 욱은 자기 조카인 성종의 노여움을 사서 귀양 갔다. 아이는 성종이 궁중에 데려다 기르다가 욱에게 보냈다. 욱은 자기가 죽거든 기이한 방법으로 장사를 지내라고 어린 아들에게 당부하고서 귀양이 풀리지 못한 채 세상을 떠났다.

고아가 된 순은 천추태후 때문에 쫓겨나 절에 가 중이 되었다. 천추태후는 그래도 안심이 되지 않아서 몇 번 죽이려 했지만, 별이 떨어져서 용이 되고 용이 변해서 사람이 되는 꿈을 꾼 노승이 구해주었다. 천추태후가 김치양과의 사이에서 낳은 아들을 왕위에 올리려고 할 때 서북쪽에 나가 있던 강조(康兆)가 군사를 이끌고 와서 천추태후와 김치양 부자를 죽이고 목종을 폐위시켜 자살하게 한 뒤, 순을 받들어 왕위에 오르게 했다. 고려가 김씨왕조가 될 위기를 모면했다.

현종은 즉위하자 자기 부모를 왕과 왕후로 추존했다. 아버지의 유해를 개경으로 모셔 어머니 무덤 곁에 안장해 사후에는 온전한 부부가 되게 했다. 부모 무덤 근처에다 거대한 사찰 현화사(玄化寺)를 창건하고, 부모의 명복을 빌 곳을 마련했다. 사비(寺碑)를 스스로 써서, 부모의 내력과 수난 사실을 미화해 기록했다.

현종은 태조에 이어서 고려를 다시 일으킨 두 번째의 창업주라고 할 수 있어 두고두고 칭송되었다. 넘어갈 뻔한 고려를 다시 일으킨 공적을 예종 때의 〈태묘악장〉에서 크게 일컬으며 건국서사시에나 걸맞은 문구를 동원해 노래를 이어나갔다. 모두 열여섯 줄인데, 후반부 서두의 여섯 줄을 늘어보기로 한다.

於穆聖祖　　아름답도다 성스러운 조상이여,
潛躍陟元　　숨어 있다 비약해서 으뜸이 되셨도다.
拔亂反正　　반란을 다스려 바른 길을 되찾으셨나니,

神武睿文	무덕 신령스럽고 문덕 뛰어나도다.
中興王業	왕업을 중도에서 다시 일으켜서
啓佑後昆	후손에게 길을 열어주셨도다.

결말이 좋다고 이렇게 칭송했지만, 현종이 수난을 당한 과정에 얽혀 있는 사연은 유학의 관점을 택하지 않더라도 패륜의 연속이고 추잡하기 이를 데 없는 궁중음모이다. 그런 일이 고려가 계속되는 동안에 이따금 다시 나타났으며, 그때마다 〈고려사〉 편찬자들은 실제로 보고 들은 듯이 자세하게 서술했다. 고려의 잘못을 비판하고 조선왕조 건국이 정당하다고 하기 위해 패륜의 현장을 생동감 있게 말하는 설화를 대거 동원했다고 생각된다.

또 한번 그런 일이 벌어진 대표적인 사례를 하나 든다면 원나라에서 온 왕비가 죽은 다음 공민왕이 이상한 짓을 거듭한 것이다. 신돈(辛旽)을 믿고 변태적인 환각에 사로잡히고, 깡패 같은 무리를 불러들여 다시 맞은 왕후를 범하도록 충동질했다. 그런 사태를 실감나게 그리고, 우왕과 창왕은 신돈의 아들이라고 주장해, 고려를 대신해 조선왕조가 들어서지 않을 수 없게 된 내력을 누구나 인정하도록 했다.

고려의 신화는 건국신화로 시작해서 망국신화로 끝났다. 정반대가 되는 양쪽 신화에서 왕족의 혈통은 신성하다고 하는 것이 공통된 요소를 이루었다. 고려의 왕족은 몸에 용의 후손임을 말해주는 흔적이 있다고 했다. 왕건은 신성한 혈통을 유지하려고 자녀들이 부부가 되도록 하는 특단의 조처까지 했지만 결과가 좋지 않았다. 후손들끼리 사통해 도덕적으로는 비난 받아도 신성함은 유지된다는 것은 설득력이 모자란다. 왕비가 외간남자와 관계하는 데까지 이르러서 혈통이 아주 더럽혀져서 나라가 망하지 않을 수 없게 되었다고 할 만하다.

혈통신화는 고려가 망하자 왕씨를 다 잡아 죽였다고 하는 데까지 연장된다. 그것은 사실일 수 없고, 신성혈통을 없애야 고려의 역사를 완전히 종식시킨다는 생각에서 나온 신화이다. 고려의 신화를 청산해야 다음 시대가 시작될 수 있었다. 조선왕조에서는 왕족의 혈통이 신성하다고 하지 않았고, 동성불혼의 원칙을 왕족에게도 철저하게 적용했다. 혈통의 신화와 관련해서 왕조의 흥망을 풀이하는 신비적인 역사철학은 다시 등장하지 않았다.

혈통신화는 고대의 유산이다. 고려가 중세국가로서 커다란 발전을 이룩하는 문화를 창조했으면서 왕족은 신성하다는 것을 낡은 방식으로 입증해 극복하기 어려운 장애를 만들었다. 조선왕조의 창업자들은 그런 잔재를 완전히 없애고 유교 이념을 충실하게 구현해 널리 모범이 될 만한 중세국가를 만들었다.

현종이 왕위에 오르기까지의 사연은 장덕순, 《한국설화문학연구》에서 《고려사》 소재 설화를 분류한 데 나타나 있으나, 설화로 고찰하는 작업은 여기서 처음 시도했다.

6.2. 향가 전통의 행방

6.2.1. 고려전기의 향가

고려전기의 지배층은 두 갈래였다. 한쪽은 서라벌의 전통을 이은 문신귀족인데, 원래 신라 육두품 출신으로서 신라에 대해서 상당한 불만을 품고 있다가 고려가 들어서자 최고의 지위에까지 오를 수 있는 신분을 획득하고, 문화창조를 주도했다. 골품제 철폐를 요구하던 오랜 소원을 이룰 기회를 얻어 신라와 결별했으면서도, 신라문화의 유산과 수준을 자랑해야 새 왕조에서 발언권을 강화할 수 있었다.

또 한쪽은 신라말 지방호족으로서 세력을 키우다가 왕건을 도와 고려를 건국하고 귀족의 신분을 획득한 사람들이다. 진취적인 기상을 자랑하고, 고구려나 발해의 전통을 내세웠으나, 문화적인 역량에서는 서라벌에서 온 문신과 경쟁할 수 없는 처지였다. 지방호족 출신이라도 문화활동에 참가하고자 하는 경우에는 일단 신라의 전례를 따르면서 새로운 방향을 찾지 않을 수 없었다.

불교계의 움직임 또한 그런 각도에서 이해할 수 있다. 신라말에 각 지방에서 선종이 일어났다. 선종은 신라의 질서를 해체하고 다음 시대를 여는 데 적지 않은 작용을 했다. 그런데 고려의 통일이 이루어지고, 중앙집권적인 통치체제의 확립이 추진되자 지방호족 세력과 밀착된 선종보다는 왕권강화의 이념을 제공하는 화엄종 같은 교종이 더 긴요하게 되었다. 신라 불교의 정통적인 맥락을 계승하자는 움직임이 일어났다. 균여(均如)는 바로 그런 임무를 담당해, 신라의 화엄종과 함께 향가를 고려의 것으로 이었다.

한시와 향가가 아울러 존재했던 신라문화의 이원성은 고려에 와서도 유지되었다. 한시는 귀족 상호간의 정감 전달방식이라면, 향가는 귀족과 민중 사이의 교류를 담당해 둘 가운데 어느 하나를 소홀하게 할 수 없었다. 또한 한시로는 흡족하게 나타낼 수 없는 감격, 노래를 불러야만 풀릴 수 있는 고조된 느낌을 호소하려고 하면 우리말 노래인 향가가 필요했다.

그러면서 한시와 향가의 관계 양상이 신라 때와 달라졌다. 고려의 향가 또는 그 잔존 형태는 한시로 번역된 것과 함께 전해, 한시의 영역이 더욱 확대되었던 사정을 말해준다. 한시는 신라 때에 비해 월등한 발전을 보였는데, 향가는 오히려 쇠퇴했다. 표기법에 문제가 있었던 것은 아니다. 신라에서 물려받은 향찰이 고려말까지 통용되고, 노래뿐만 아니라 산문을 적기 위해서도 이용되었음을 확인할 수 있는 자료가 적지 않다.

한문학을 숭상하다가 민족정신이 위축되어 우리말 노래가 타격을 입게 되었다고 해야 할 것 같으나, 그런 것만도 아니었다. 고려말에 이르면 한문학이 한층 더 발전했어도 시조가 나타나서 한시와 우리말 노래 사이에 균형이 다시 이루어졌다. 한시에 비해서 향가가 약화된 현상은 고려전기 문화구조의 전반적인 양상을 다시 살피면서 이해할 필요가 있다.

문화담당층이 연속되면서 신라문화가 계승된 것이 고려전기문화의 기본특징이라고 할 수 있는데, 이미 절정에 이르렀던 앞 시대 문화를 이어서는 그 성과를 넘어선 창조를 이룩할 수 없게 마련이다. 개혁을 해야 마땅한데, 그럴 수 있는 세력이 온갖 진통을 겪은 끝에 고려후기인 13세기 이후에야 나타났다. 그럴 수 있기까지 향가가 지속되다가, 시조시대로 들어서는 전환을 겪었다. 향가가 지속되는 동안은 중세전기이고, 시조시대는 중세후기이다.

고려전기 향가가 신라에서만큼 떨치지 못했던 것은 어쩔 수 없는 일이었다. 균여의 향가만 하더라도 원래의 모습을 그대로 지니지 못하고 불교적인 교화를 표방하는 쪽으로 기울어져 교술적 서정시가 되었다. 균여의 향가는 그렇다고 해도 다섯 줄의 짜임새를 갖춘 사뇌가이지만, 그 뒤에는 그런 것이 다시 나타나지 않은 듯하다. 예종이 지었다는 〈도이장가〉(悼二將歌)는 넉 줄 향가의 모습을 하고 있어 사뇌가의 범위에는 들 수 없고, 전반부와 후반부가 나누어져 있다는 점에서 민요에 다시 접근했다. 정서(鄭敍)의 〈정과정곡〉(鄭瓜亭曲)은 사뇌가와 거의 같은 형식을 갖추고 있어 함께 고찰할 수 있지만, 후대의 국문표기로 전할 따름이다.

〈도이장가〉와 〈정과정곡〉은 향가의 잔존형태라고 할 수 있다. 두 작품이 있어 향가는 12세기까지 없어지지 않았다는 것을 입증해주며, 향가가 이미 원래의 모습을 그대로 유지할 수 없게 되었던 사정도 함께 알아볼 수 있게 한다. 이 양면성이야말로 고려전기 문학의 특징을 아주 선명하게 나타내준다. 향가는 적극적인 구실을 할 수 있는 능력을 갖추지 못하고 쇠퇴의 길에 들어섰지만, 향가를 대신할 새로운 서정시는 좀처럼 나타나지 않은 시기가 고려전기였다.

조윤제, 《한국문학사》(동국문화사, 1963)에서는 고려전기를 문학사의 "위축시대"라 하고 ; 장덕순, 《국문학통론》(신구문화사, 1963)에서는 고려 문학의 특징은 "과도기적 성격"에 있다고 했다. 그런 견해는 국문문학의 양상을 살필 때 타당성이 인정된다 하겠으나, 다른 한편으로 한문학이 발전을 보인 점을 주목해야 한다.

6.2.2. 균여의 〈보현시원가〉

균여(923~973)가 태어난 해는 신라 경명왕 7년이고, 고려 태조 6년이다. 태어난 곳인 황주는 고려 판도 안에 들어 있었다. 열세 살 때 고려가 신라를 아울렀다. 균여는 신라 사람으로서 망국을 경험하지 않았으므로, 신흥하는 나라 고려에서 자기의 사명을 찾는 데 아무런 장애도 없었다. 출가해서 승려가 된 다음에는 화엄종을 택해 고려전기의 사상적인 통일과 국가체제 정비에 적극 기여하는 방향으로 나아갔다.

견훤 지지세력도 있어 분열된 화엄종을 통일시키면서, 교리를 다시 가다듬고 체계화해 광종이 호족세력을 누르고 왕권을 강화할 때, 균여는 정신적인 지주로 삼을 수 있는 이념을 제공했다. 신라 문무왕 때 의

상이 그랬듯이, 균여는 현상계의 모든 차별상을 하나로 귀일시킬 수 있는 화엄의 원리를 제시해 국왕을 중심으로 한 국가 질서 수립에 기여했다. 균여가 의상의 〈화엄일승법계도〉(華嚴一乘法界圖) 해설에 열을 올린 것이 당연한 일이었다.

그러나 균여는 의상처럼 귀족불교의 고고한 영역에 머무를 수 없었으며, 선종과의 관계를 잘 조절해야 했다. 신라말에 지방호족 세력과 관련되어 일어났던 선문구산(禪門九山)의 전통을 이은 선종이 고려 통일 이후에도 계속 민심을 장악하고 있어, 통치자 위주의 귀족불교를 이룩하는 데 그치지 않고, 하층에 접근할 필요가 있었다. 화엄사상의 철학적인 영역을 풀이하는 방대한 저술을 남기는 한편 누구나 이해하고 욀 수 있는 우리말 노래 사뇌가를 짓는 데 열을 올린 이유가 거기 있다.

균여의 사뇌가는 〈화엄경〉의 한 대목을 풀이한 것이다. 〈화엄경〉 제40권에 〈보현행원품〉(普賢行願品)이라 해서, 보현보살이 열 가지 긴요한 행실을 소원으로 한다고 말한 대목이 있다. 보살이 아니더라도 부처를 믿는 사람이라면 마땅히 해야 할 수행 사항이라고 이해해야 누구나 보살일 수 있다는 주장이 타당하게 된다. 〈화엄경〉에서도 보현보살의 말로 그 열 가지 소원을 자세하게 이른 다음에 게송(偈頌)으로 다시 풀이했는데, 균여는 한문 경전을 읽을 수 없는 사람이라도 그 요점을 이해하고 마음에 새겨둘 수 있게 하기 위해 사뇌가를 지었다. 노래를 짓게 된 연유를 밝힌 서문에서 그 점을 분명하게 했다.

대개 사뇌(詞腦)란 세상 사람들이 희롱하며 즐기는 도구요, (보살의) 소원이란 보살이 행실을 닦는 데 긴요한 것이다. 그러므로 얕은 곳을 건너야 깊은 데로 들어가고, 가까운 곳에서 출발해서 먼 데 이르게 되듯이, 세속의 도리를 따르지 않고서는 둔한 바탕을 인도할 길이 없으며, 세속적인 말에 기탁하지 않고서는 크고 넓은 인연을 나타낼 수 없다. 이제 쉽사리 알 수 있는 가까운 일에 의거해서 생각

하기 어려운 먼 뜻을 깨치도록 하려고, 열 가지 큰 소원을 말한 글에
따라서 열한 수의 거친 노래를 짓는다.

사뇌는 세상 사람들이 희롱하는 도구요, 세속적인 말로 된 거친 노래
라고 한 데서 사뇌가가 당시에 널리 유행하던 사정을 알아볼 수 있다.
사뇌가는 아무리 불교적인 내용을 충실하게 갖춘다 하더라도 게송을
대신할 수는 없다고 본 균여의 생각도 함께 확인된다. 그렇지만 널리
유행하는 노래를 방편으로 삼아 교화를 펴고자 하는 것은 새로운 시도
였다. 신라의 사뇌가에는 경전에 의거해서 지은 것이 없었는데, 균여는
자기심성을 자유롭게 표현하는 대신 이미 정해져 있는 교리를 담은 교
술적 사뇌가를 내놓았다.

균여의 작품은 다섯 줄씩인 사뇌가 11편이다. 이름은 정해놓지 않아
〈보현시원가〉(普賢十願歌)라고도 하고, 〈보현십종원왕가〉(普賢十種願
往歌)라고도 한다. 11편 가운데 10편은 〈화엄경〉의 한 대목을 순서대로
풀이하고, 마지막 한 편에다 자기 나름대로 총괄하는 말을 나타냈다.
노래의 제목과 내용을 차례대로 들어보면 다음과 같다.

〈예경제불가〉(禮敬諸佛歌)에서는 여러 부처에게 두루 절하자고 했
다. 〈칭찬여래가〉(稱讚如來歌)는 석가여래가 훌륭하다고 기리는 노래
이다. 〈광수공덕가〉(廣修功德歌)는 부처 공양하는 공덕을 널리 닦자는
사연을 갖추었다. 〈참회업장가〉(懺悔業障歌)는 스스로 잘못을 저질러
그르친 바를 참회하면서 부르자고 했다. 〈수희공덕가〉(隨喜功德歌)에
서는 다른 사람이 공덕 닦는 것을 기뻐하자고 했다.

〈청전법륜가〉(請轉法輪歌)는 법륜을 굴려서 설법해주기를 부처에게
청하자는 노래이다. 〈청불주세가〉(請佛住世歌)는 부처가 항상 세상에
머물기를 바라고, 〈상수불학가〉(常隨佛學歌)는 항상 부처를 따라 배우
고, 〈항순중생가〉(恒順衆生歌)는 항상 중생의 뜻을 따르고, 〈보개회향
가〉(普皆廻向歌)는 스스로 닦은 공덕을 모두 다른 사람에게 돌려주자는
노래이다. 마지막 열한 번째에 〈총결무진가〉(總結無盡歌)를 두어서 끝

없는 사연을 마무리한다고 했다.

> 마음의 붓으로 그리온 부처 앞에
> 절하는 몸이여, 법계 없어지도록 일러다오.
> 티끌마다 부첫절이며, 절마다 모셔놓은
> 법계 차신 부처께 구세(九世) 내내 절하옵고자.
> 아아, 몸·말·뜻의 업(業)에 싫지 않게 이리 되어 있노라.

〈예경제불가〉를 미흡한 대로 현대역해 보이면 이렇다. 신라사뇌가를 표기했던 바와 같이 다섯 줄로 잡았다. 〈화엄경〉에서는 부처가 무수히 많다는 것을 강조하고 그 모든 부처를 눈앞에 대한 듯이 깊이 믿으라고 하기만 했는데, 마음의 붓으로 그리는 부처라는 말을 앞에다 내놓았다. 내면적인 인식을 소중하게 여기면서 서정적 표현의 독자적인 영역을 마련하고자 했다.

> 미혹과 깨달음 한 몸임을 연기의 이치에서 찾아보니,
> 부처 되어 중생 없어질 때까지 내 몸 아닌 사람 있으랴.
> 닦으심은 바로 내 닦음인저, 얻으실 이마다 사람이 없으니,
> 어느 사람의 선업(善業)들이야 기뻐함 아니 두리까.
> 아아, 이리 견주어 나가면, 질투의 마음이 이르러 올까.

이것은 〈수희공덕가〉이다. 다른 사람이 공덕을 닦는 것을 질투하지 말아야 한다고 쉬운 말로 일렀지만, 깊은 이치를 갖추고 있다. 나와 다른 사람의 구별이 연기의 이치에서 본다면 있을 수 없어, 남의 공덕이 나의 것이고, 공덕 닦아 얻은 바가 다른 사람이라고 따로 분별해놓은 누구에게 돌아가지는 않는다고 했다. 과연 그렇구나 하는 데까지 이르러야 비로소 이해되는 철학시이다.

보리수 임금은 미혹을 뿌리로 삼으시니라.
큰 자비의 물로 젖어서 이울지 아니하는 것이더라.
법계 가득 구물구물하거늘 나도 함께 나고 함께 죽어,
생각이 이어져 그치지 않으며 부처 되려 하느냐 공경했도다.
아아, 중생이 편안하면 부처 바로 기뻐하시리로다.

〈항순중생가〉는 이렇다. 다른 사람의 공덕을 나의 것으로 여기자고 하는 데서 더 나아가, 여기서는 항상 중생의 뜻을 따라주어야 한다면서 대승불교에서 소중하게 여기는 보편적인 사랑을 말했다. 부처를 보리수 임금이라고 한 착상이 미혹을 뿌리로 삼는다는 기발한 표현과 이어지고, 자비의 물에 젖어 이울지 않는다는 그 다음 말과 호응되어 격조 높은 심상을 마련했다. 밑에서 구물거리는 뭇 중생과 동류의식을 가지는 것이 부처의 가르침이라고 했다. 일반 백성까지도 널리 사랑으로 보살핀다는 이념을 내세울 필요가 있었던 사정과 경전에서 이미 말한 바가 잘 맞아들어간다.

삶의 영역 다한다면 내 원 다할 날도 있으리오마는,
중생 갱생시키고 있노라니, 가를 모르는 소원의 바다요.
이처럼 여겨 저리 행해 가니 향한 곳마다 선업의 길이요,
보현이 행하는 원이 또 부처 일이로다.
아아, 보현 마음에 괴어 저 밖의 다른 일 버릴진저.

마지막의 〈총결무진가〉를 들어본다. 여기 해당하는 내용은 경전에 없다. 열 가지로 나누어 노래했던 바를 총괄했다. 보현보살은 중생이 다 없어지도록 제도하겠다는 소원을 실행하려고 하니, 보현보살의 마음에 잔잔하게 괴어 있는 자비를 따를 일이지 다른 생각은 버리라고 끝으로 강조해서 말했다. 그동안 노래해온 사연이 모두 확고부동한 신심의 발로임을 재확인했다.

그런데 보현보살을 따르며 다른 생각은 하지 말아야 한다는 결론이 신앙의 자세에 관한 것만은 아니다. 세속에서도 국왕의 통치에 따르기만 하고 사사로운 주장을 하지 말아야 한다는 방침과 정확하게 대응된다. 그 점은 지방호족의 잔존세력과 밀착되어 있던 선종에서 내세우던 이념과 불교적인 면에서나 세속적인 면에서나 대립된다. 중생이라고 지칭되는 일반백성을 어느 쪽이 더 잘 살 수 있게 하는가를 두고 경쟁이 벌어졌기에, 항상 중생의 뜻을 따르겠다는 노래까지 지었다고 보아도 좋겠다.

〈삼국유사〉에 전하는 향가가 14수에 지나지 않는데, 〈보현시원가〉는 모두 11수이니 비중이 대단하다고 할 수 있다. 그렇게 많은 작품을 남긴 사람이 신라 때에는 없었다. 〈보현시원가〉 덕분에 향가가 생명을 이었을 뿐 아니라 깊은 이치를 갖춘 철학시의 경지에 이를 수 있었다. 그러나 고독한 시인이 세상과 부딪치면서 느끼는 갈등을 승화시킨 순수한 서정의 모습은 다시 나타나지 않았다.

〈보현시원가〉는 최행귀(崔行歸)의 한역시와 함께 전한다. 최행귀는 균여와 같은 시대의 사람이고, 균여의 노래가 이루어지자 바로 번역했던 것 같다. 한시 번역은 명역으로 평가되었으며, 번역을 통해서 이 노래를 안 중국 사람들이 균여를 높이 우러러보았다는 말도 전한다. 신라 향가에는 그렇게까지 알려진 것이 없다.

최행귀는 〈고려사〉 〈열전〉에서 최언위(崔彦撝)의 아들이라 했다. 중국 오월국(吳越國)에 유학하고 돌아와 광종을 섬겨 총애를 받다가 벌을 받아 죽었다고 했다. 한문학에 상당한 소양이 있었기에 번역을 맡았을 것이다. 번역의 의도를 밝힌 〈역가서〉(譯歌序)에서 한시와 향가의 관계를 두고 아주 주목할 만한 논의를 전개했다.

먼저 한시는 중국말로 지으면서 5언 7자로 다듬고, 향가는 우리말을 3구 6명으로 배열한다고 했다. 말의 음성을 논하면 중국 쪽과 우리 쪽이 쉽사리 분별되고 거리가 멀지만, 시를 짓는 이치를 보면 실력이 서로 맞서 있어서 강약을 가리기 어렵다고 했다. 그런데 우리는 중국글을 아는데, 중국 사람들은 우리글 향찰을 모른다고 했다.

이렇게 요약할 수 있는 세 가지 논의를 차례로 전개했는데, 그 어느 것도 예사롭게 여길 수 없는 중대한 발언이다. 향가가 3구 6명으로 짜여 있다는 것은 향가 율격의 규칙을 지적한 말이다. 한시와 향가가 강약을 가리기 어려울 정도라고 한 말을 실감 나게 나타내기 위해서 창과 방패가 서로 맞서고 있다는 비유를 들었다. 우리는 중국글을 아는데 중국 사람들은 우리글을 모른다고 한 말에서는, 문화 인식의 폭과 능력에서 우리가 앞선다는 논리가 도출된다. 그 모든 논의가 민족문학의 의의를 처음으로 분명하게 제시한 의의가 있다.

이상에서 서술한 바는 모두 〈균여전〉에 자료가 전한다. 〈균여전〉은 혁련정(赫連挺)이 편찬한 균여의 전기이다. 혁련정은 성이 혁련이고 이름이 정이며, 진사였다는 것 외에는 행적이 알려지지 않았다. 1075년(문종 29)에 균여에 관한 자료를 모아 탄생에서 사망까지의 행적을 10장으로 나누어 서술했다. 제7장 〈가행화세분〉(歌行化世分)에서 균여가 노래를 지어 세상을 교화했음을 말하고 노래 원문을 실었다. 제8장 〈역가현덕분〉(譯歌現德分)에서는 최행귀의 한역시를 소개했다.

균여를 숭앙하자는 것이 서술태도였으며, 신이로운 행적을 들어서 숭앙의 이유를 대고자 했다. 노래를 실은 데 이어서, 균여의 노래가 세상에 전파되어 담이나 벽에도 적혀 있었다고 하고, 노래를 외니 병이 나았던 일도 있었다고 했다. 향가를 숭앙하는 신라 이래의 전통에다 균여는 고명한 스님이고, 노래한 내용은 〈화엄경〉에서 유래했다는 사실까지 보태 숭앙이 그 정도까지 이르렀다고 생각된다. 그 기록은 또한 저자 혁련정은 물론이고, 11세기의 일반 사람들이 한 세기 전에 이루어진 균여의 향가를 어렵지 않게 해독할 수 있었던 사실을 말해주는 증거이다.

작품 해독은 김완진, 《향가해독법연구》(서울대학교출판부, 1980)에 의거했다. 양희철, 《고려향가연구》(새문사, 1988)에서 총괄적인 연구를 했다.

6.2.3. 예종의 〈도이장가〉 및 관련 작품

고려 향가에 관한 다음 기록은 1021년(현종 12)에 이루어졌다. 현종 (顯宗, 992~1031)이 불행하게 세상을 떠난 부모를 추모하기 위해 창건 한 현화사(玄化寺) 낙성식을 거행할 때, 신하들과 함께 향가를 지었다 는 사실이 채충순(蔡忠順)이 지은 〈현화사비음기〉(玄化寺碑陰記)에 기 록되어 있다. 작품은 하나도 남아 있지 않으나, 기록만으로도 소중한 자료이다.

그 비문에서 먼저 한시가 아닌 향가를 지은 이유를 말했다. 향가는 한시와 달라 "방언을 겸했으니 풍속은 비록 찬(讚)과 같지 않으나, 사 실을 서술하고 뜻을 나타내는 점에서는 다를 바 없다" 하고, "시(詩)에 서 이른 바 '차탄하는 것으로 족하지 않으면 노래하고, 노래하는 것으 로 족하지 않으면 바로 땅에서 뛰어오르면서 춤을 춘다'고 한 뜻이 이 것이다"라고 했다. 한시로는 감당하기 어려운 감격을 나타내려면 노래 부르면서 춤도 출 수 있는 향가가 필요하다고 했다.

향가 창작에 관해 말한 대목은 "왕이 향풍체가(鄕風體歌)의 노래를 친 히 짓고, 신하들에게 경축하고 찬양하는 시뇌가(詩腦歌)를 지어 바치 도록 하고 12인의 것을 판자에 써서 법당 밖에 붙였다"고 한 것이다. '향풍체가'와 '시뇌가'는 향가를 일컫는 말이다. 신라 때에 쓰이던 두 용 어를 계속 사용하면서 뜻을 구별했다고 생각된다. '시뇌가'는 '사뇌가'와 같은 말이다. '향풍체가'는 '사뇌가'가 아닌 다른 형식의 향가가 아닌가 싶다. 그 시절에는 임금이건 신하건 향가를 지을 수 있었다. 고려 향가 의 작품은 지금 남아 있는 것보다 훨씬 많았다.

현화사 낙성식 때 경축하고 찬양하느라고 노래를 지었다고 한 말을 주목할 필요가 있다. 경축해야 할 일은 절을 창건한 깃이고, 친양헤야 할 대상은 부처일 터이니, 노래의 내용을 짐작할 수는 있다. 현종 부모 의 명복을 비는 사연도 갖추었을 만하다. 그때 지은 향가가 멀리는 〈제 망매가〉(祭亡妹歌)의 전통을 잇고, 가까이로는 균여의 작풍을 따랐을 것 같다.

현종 자신이 노래를 먼저 지었다는 사실은 예종(睿宗, 1079~1122)이 지은 〈도이장가〉(悼二將歌)를 이해하는 데도 도움이 된다. 향가를 지은 왕이 둘이나 되는 것은 신라 때에 없던 일이다. 현종도 작품을 몇 편 남겨 한시 창작 능력을 입증하지만, 예종은 문신들과 어울려 놀며 한시를 즐겨 화답했다. 그런데 아주 감격스러운 일이 있자, 한시만으로는 직성이 풀리지 않아 버려두었던 향가를 찾았다. 현종은 부모의 명복을 빌고자 해서, 예종은 건국 공신을 추모하면서 향가를 지어 창작동기가 상통한다.

〈도이장가〉를 지은 사연은 자세하게 전한다. 예종이 1120년(예종 15)에 서경에 가서 팔관회(八關會)를 보는데, 허수아비 둘이 관복을 갖추어 입고 말을 타고 뛰면서 뜰을 돌아다니더라고 했다. 이상하게 여겨 묻자, 좌우에서 "이분들은 신숭겸(申崇謙)·김낙(金樂)입니다"라고 했다. 그러자 슬픔에 잠겼던 예종은 감격해 두 공신의 후예를 묻고, 한시와 함께 향가를 지었다. 그런 내력과 지은 작품이 〈평산신씨고려태사장절공유사〉(平山申氏高麗太師壯節公遺事), 약칭 〈장절공유사〉에 기록되어 있다.

신숭겸과 김낙은 태조 왕건이 팔공산(八公山)에서 견훤과 싸우다가 궁지에 몰렸을 때 왕건을 대신해서 죽은 공신이다. 그 공적을 높이 치하해서 추모하는 행사를 태조 때에 시작했다. 태조가 팔관회를 열고 뭇 신하와 함께 즐기다가 두 공신이 그 자리에 없는 것을 애석하게 여겨, 허수아비를 만들어 복식을 갖추고 자리에 앉게 했다고 한다. 그랬더니 두 공신은 술을 받아 마시기도 하고, 생시와 같이 일어나서 춤을 추기도 했다 한다. 누가 두 공신의 가면을 덮어쓰고 허수아비 춤을 추는 놀이를 했던 것이다. 그런 놀이가 팔관회의 절차에 편입되어 예종 때에도 공연되었다.

나라를 위해 죽은 사람을 추모하는 춤을 추면서 노래도 지어서 부른 전례는 신라 때에도 있었다. 〈황창무〉(黃昌舞)·〈해론가〉(奚論歌)·〈양산가〉(陽山歌) 같은 것들이 그래서 이루어졌다. 예종이 두 공신을 생각하면서 노래를 부른 것은 새삼스러운 일이 아니다. 그런데 예종은 두 공신의 모습을 보고서 한시를 먼저 짓고 이어서 향가를 지었다.

見二公臣像	두 공신의 모습을 보니
汎濫有所思	생각이 흘러넘치는구나.
公山蹤寂寞	공산에 남긴 자취 적막하지만,
平壤事留遺	평양에서 하는 행사는 남아 있구나.
忠義明千古	충의는 천고에 밝아 있고,
死生惟一時	생사는 다만 한 순간이다.
爲君蹄白刃	임금 위해 흰 칼날 받아,
從此保王基	나라의 기틀 보존하게 했네.

이처럼 오언 여덟 줄 한시에서 할 말을 다 했다. 공신이 죽은 곳 공산과 기념행사를 벌이는 평양을 대조해 과거와 현재를 연결시키고, 한 순간의 죽음과 천고에 빛나는 충의를 나란히 든 대조법이 훌륭하다. 이어서 지은 향가는 '단가이장'(端歌二章)이라고 했다. 형식을 제대로 갖추지 않은 두 토막 노래여서, 향가로서도 손색이 있고 한시에 비하면 격이 많이 떨어진다. 그런데도 한시로 만족할 수 없어 향가를 지었다.

님을 온전케 하온 마음은 하늘 끝까지 미치니,
넋은 가셨으되 몸 세우고 하신 말씀.

직분 맡으려고 활 잡는 이 마음 새로워지기를.
좋다, 두 공신이여, 오래오래 곧은 자취를 나타내신저.

첫 줄에서 "님을 온전케 하온 마음은 하늘 끝까지 미치니"라고 한 것이 임금을 위해 죽을 때의 심정을 나타낸 공신의 말이라는 것을, "넋은 가셨으되 몸 세우고 하신 말씀"이라고 한 다음 줄에서 밝혔다. 공신의 배역을 맡고 놀이를 하는 사람이 그런 대사를 했다는 것이다. "직분 맡으려고 활 잡는 이 마음 새로워지기를"도 공신의 대사이다. 이번에는 공신 배역을 맡고 놀이하는 후계자에게 그렇게 당부한다고 했다. 그 광경을 보고 예종은 "좋다, 두 공신이여, 오래오래 곧은 자취를 나타내신저"라고 외쳤다.

한시는 설명문이라면, 향가는 참여기이다. 두 공신이 되살아나 움직이고 말하는 현장의 감격은 한시가 감당하지 못해, 직접 참여하는 향가가 필요했다. 극중인물인 두 공신, 극중인물의 모습을 하고 놀면서 극중인물의 대사를 하는 공연자, 그 광경을 보고 감격하는 관중의 관계를 잘 나타냈다. 극중인물이 공연자에게 말을 하는 특이한 공연방식까지 생생하게 전했다. 향가를 기존 형식에 맞게 다듬어 지으려고 하지 않아 전에 볼 수 없던 표현 효과를 확보했다. 두 토막으로 나누어져 있어 선후의 진행을 잘 나타냈다.

공연 현장에서 지어, 시상이 정교하지 않은 것은 아니다. 마음 · 넋 · 몸 · 자취를 나누어서 말한 것을 주목하자. 죽어서 넋이 갔으나 마음은 하늘 끝까지 미치고, "직분 맡으려고 활 잡는" 후계자의 마음을 새롭게 할 수 있다고 했다. 몸을 세웠다는 것은 공연의 외형이다. 공연자의 몸을 빌려 공신의 몸이 나타났다. 오래오래 나타내라고 한 "곧은 자취"는 그 외형을 통해 보여주는 공신의 삶의 자세이다.

넋과 몸, 마음과 자취가 서로 짝이 된다. 공신의 넋은 가고, 공연자가 자기 몸으로 공신의 몸을 보여주는 것은 현실 자체이고 공연의 실상이다. 공신의 마음이 하늘 끝까지 미치는 공간적 확장과, 곧은 자취가 오래오래 나타나는 것은 공연에서 말하고자 한 바이며 이루고자 하는 목표이다.

〈도이장가〉는 네 줄 향가라고 할 수 있으나 앞뒤가 나누어져 있는 점이 특이하다. 나타내고자 하는 바와 밀착되어 있어 널리 이용할 만한 형식을 제공하지는 못했다. 홀로 뛰어나 향가를 다시 일으키는 데는 기여하지 못했다. 쇠잔기의 향가 또는 향가의 잔존 형태에 해당한다는 견해가 타당성을 갖는다.

예종은 〈벌곡조〉(伐谷鳥)라는 노래도 지었다. 〈고려사〉 〈악지〉를 보면 예종이 자기 잘못이나 정치의 득실을 알고자 해서 언로(言路)를 크게 열었으나 신하들이 두려워 말을 하지 않자, 그 노래를 지어 신하들을 풍자했다고 한다. 벌곡이란 잘 우는 새라고 했으니 뻐꾸기라고 볼 수 있다. 그런 유래 설명만 있고 사설은 전하지 않아 어떤 노래인지 자세히 알 수 없는데, 〈시용향악보〉(時用鄕樂譜)에 〈유구곡〉(維鳩曲)이라고 하고, 〈비두로기〉라고도 하는 노래가 전해서 그것이 바로 〈벌곡조〉가 아닌가 하는 추정을 낳게 한다.

    비두로기 새는 비두로기 새는 우루믈 우루더,
    버곡댱이사 난 됴해 버곡댱이사 난 됴해.

    비둘기 새는 비둘기 새는 울음을 우는데,
    뻐꾸기야 난 좋아 뻐꾸기야 난 좋아.

원문과 현대역을 함께 적으면 이와 같다. 두 줄 향가로 부각되었던 민요 형식이라고 할 수 있다. 〈도이장가〉에 견주면 두 부분 가운데 한 부분만인 셈이다. 비둘기도 울음을 울지만 뻐꾸기가 좋다고 했을 뿐 다른 말은 없으나, 〈벌곡조〉의 유래 설명과 연결시켜 이해하면 숨은 뜻을 알 수 있다. 국왕의 잘못이나 정치의 득실을 솔직하게 말하면서 신하들이 뻐꾸기처럼 울어줄 것을 기대했는데, 비둘기인 양 소리를 낮추고 말았다고 풍자한 뜻이라고 이해된다.

〈비두로기〉는 민요였을 수 있다. 비둘기 같은 사람이 사랑하자고 하지만, 자기는 뻐꾸기 같은 연인이 더 좋다는 뜻으로 보는 것이 자연스럽다. 그 때문에 예종과의 관련설을 배제할 필요는 없다. 예종이 이미 있는 민요를 이용해 자기 심정을 나타냈을 수 있기 때문이다. 민요라도 상층의 관심사에 따라 원래의 것과는 다른 뜻으로 받아들여지고, 향찰로 표기되었으면 향가이다. 민요인 〈비두로기〉를 향찰로 표기해 향가 〈벌곡조〉를 마련했다고 할 수 있다.

장연우(張延祐, ?~1015)의 〈한송정곡〉(寒松亭曲)에 관한 기록에서도 향가 소식을 들을 수 있다. 〈고려사〉〈악지〉에서 말하기를, 슬(瑟)이라는 악기 밑바닥에 씌어져 중국 강남으로 흘러간 그 작품을 그곳 사람들이 뜻을 알지 못했는데, 광종 때에 장진공(張晋公)이라는 이가 사신으로 갔다가 시를 지어 풀이해주었다고 했다. 향찰로 표기되었기 때문에 그래야 했을 것이다.

지금 남아 있는 〈한송정곡〉은 장진공의 한역시라고 보아 마땅하다. 내용은 가을밤의 고적한 경치를 읊은 것이다. 그런 작품도 있었다고 한다면 고려전기 향가의 성격을 좀더 확대해서 생각할 필요가 있다. 〈고려사〉〈악지〉에 소개해놓은 노래 가운데 원래 향찰로 표기되었던 향가가 더 있었을지 모르나 구체적으로 확인할 수는 없다.

현화사 낙성 때 지은 향가에 관해 김동욱, 《한국가요의 연구》(을유문화사, 1961)에서 고찰했다. 〈도이장가〉 해독은 김완진, 《향가해독법연구》를 따랐다. 권영철, 〈유구곡고〉, 《고려시대의 가요문학》(새문사, 1982)에서 〈유구곡〉을 예종의 작품이라고 보았다.

6.2.4. 정서의 〈정과정곡〉

정서는 생몰연대가 기록에 남아 있지 않으나, 여러 자료를 종합해 보면 예종·인종·의종·명종 4대에 걸쳐서 살았던 사람이다. 이자겸(李資謙)의 권세에 맞서고, 묘청(妙淸)의 난이 일어났을 때는 개경 쪽에서 공을 세운 아버지 정항(鄭沆, 1080~1136) 덕분에 음서로 진출했다. 동서간인 인종의 총애를 받으면서, 정5품인 내시낭중(內侍郎中)에 이르렀다. 〈고려사〉〈열전〉 서술자는 성격이 경박하나 재주가 있다고 평했다.

인종에 이어서 자기 이질인 의종이 왕위에 오르자, 의종의 아우를 추대하려는 음모에 가담했다는 참소를 입어 1151년(의종 5)에 고향인 동래로 귀양 가게 되었다. 의종은 조정 의논에 핍박되어 어쩔 수 없으니, 가서 있으면 마땅히 소환하겠다고 했는데, 아무리 기다려도 소식이 없었다. 귀양에서 풀려난 것은 무신란이 일어나 의종이 쫓겨나고 명종이 즉위한 뒤의 일이었다.

소환한다는 명령을 기다리다가 거문고를 어루만지며 슬픈 노래를 지었다는 말이 〈고려사〉〈열전〉에 보인다. 정서가 스스로 호를 과정(瓜亭)이라 했으므로, 후세 사람들이 그 노래를 〈정과정〉(鄭瓜亭)이라 이름 지었다고 했다. 노래를 지은 연대는 1156년(의종 10) 전후가 아닌가 한다. 원래는 향찰로 표기되었을 수 있다. 이제현(李齋賢)의 소악부(小樂府)에 한역이 있다.

국문으로 표기된 사설이 16세기 문헌 〈악학궤범〉(樂學軌範)에 전하는데, 곡조 이름을 따서 〈삼진작〉(三眞勺)이라고 했다. '진작'이란 곡조의 빠르기를 나타내는 말로 이해된다. '일진작'이 가장 느리고, '삼진작'이 가장 빠른 것으로 보인다. 〈삼진작〉이 노래 사설 이름은 아니어서 작품명이 따로 있어야 하므로, 〈정과정곡〉이라는 말이 널리 쓰인다.

> 내 니믈 그리슷와 우니다니
> 山졉동새 난 이슷ᄒ요이다.
> 아니시며 거츠르신둘 아으
> 殘月曉星이 아르시리이다.
> 넉시라도 님은 ᄒᆞᆫ ᄃᆡ 녀져라 아으,
> 벼기더시니 뉘러시니잇가.
> 過도 허믈도 千萬 업소이다.
> 믈힛마리신뎌.
> 술읏브뎌 아으.
> 니미 나를 ᄒᆞ마 니즈시니잇가.
> 아소 님하 도람 드르샤 괴오쇼셔.

음악의 악조 구성을 나타내는 전강(前腔)·부엽(附葉) 같은 말을 빼고 사설만 적어보면 전문이 이와 같다. 악조 구성을 나타내는 말이 나올 때마다 줄을 바꾸어 적어 열한 줄이 되었다. 다섯 줄 사뇌가의 형식에 준해서 줄 바꾸기를 하고 현대역을 하면 다음과 같다.

> 내 님을 그리워 해서 울고 있으니 산접동새와 난 비슷합니다.
> 아니며 거짓인 줄을 잔월효성이 아실 것입니다.
> 넋이라도 님은 한 데 가고 싶어라, 어긴 것이 누구였습니까?
> 과도 허물도 천만 없소이다. 말짱한 말씀이었군요,
> 죽고 싶습니다. 님이 나를 하마 잊으셨습니까?
> 아소 님아, 돌려 들으시어 사랑하소서.

다섯 줄로 모아지지 않고 여섯 줄이어서 사뇌가와 다르다. 마지막 줄 서두에 감탄구가 오는 것까지 같지만, 한 줄 정도 늘어났다. 사뇌가 형식이 이어져오다가 느슨하게 되었다고 할 수 있다. 사뇌가의 잔존형태라고 보는 견해가 타당하다.

처음 두 줄에서는, 님을 그리워하며 울고 있는 모습이 산에 사는 접동새와 비슷하다고 했다. 그 다음 두 줄은 님은 죽어도 한 곳으로 가자고 하더니, 그 말을 어긴 것은 누구냐고 묻고, 과도 허물도 전혀 없는데 버렸으니, 전에 한 말이 말짱한 거짓말이라고 했다. 마지막 두 줄에서는, 죽고 싶은 심정이라고 하고, 자기를 하마 잊었는가 물으면서, 말을 돌려 듣고 사랑해달라고 했다. 간절한 호소와 설득으로 말을 이어나가면서, 더 보태고 싶은 사연이 많지만 형식이 산만해지지 않도록 줄였다.

내용의 맥락을 따지면, 이 노래는 〈원가〉(怨歌)와 연결된다 할 수 있다. 자기를 돌보아주겠다고 한 임금의 약속이 지켜지지 않는다고 한 것이 서로 같다. 그러나 원망보다는 하소연이 앞섰다. 신하의 위치를 아주 낮추고, 버림받았더라도 님을 그리워하는 마음에는 변함이 없다고 했다. 그 점에서 충신연주지사(忠臣戀主之詞)로 이해되고, 조선시대의 가사나 시조에서 흔히 보이는 후속작품과 유사하다고 인정되어 상당한 평가를 받았다.

그러나 자기의 처지를 하소연하면서 모함이 부당하다고 했을 따름이지, 군주를 위해 자기를 바치는 충신의 도리를 다하겠다는 것은 아니다. 그렇게 할 수 있는 이념적이거나 윤리적인 사고가 결여되어 있는 점이 조선시대의 노래와 아주 다르다. 귀양 간 곳인 동래는 자기의 고향이지만, 거기서 자연을 벗 삼아 심성을 기르겠다는 것은 결코 아니다. 조정에서 권력을 다투며 부귀를 누리는 경쟁에서 패배했기에 원래의 상태로 되돌아가고 싶다는 생각만 나타나 있다.

정서가 귀양을 가고, 이 노래를 짓고 할 때는 고려전기의 마지막 시기이다. 그 사이에 귀족사회의 모순이 날로 격화되어 이자겸의 난과 묘청의 반역을 겪고, 두 차례의 싸움에서 승리한 세력은 지배질서의 재확립보다 권력 장악에 더욱 관심을 두었다. 의종이 국정을 돌보지 않고 행락을 일삼다가 마침내 1170년(의종 24)에 이르러 무신란이 터진 것은 당연한 결말이다.

정서의 노래는 그런 시기에 권력 다툼에서 밀려난 쪽이라도 이미 역사적 사명을 다한 귀족의 생리를 벗어나지 못하고 자기 부귀에만 집착하는 의식을 가졌음을 알려준다. 향가 특히 사뇌가는 6세기에서 12세기까지 7세기 동안에 걸쳐 이어오면서 발전과 변모를 보이다가 마침내 종말을 고하게 되었다. 그래서 문학사의 한 시기가 끝났다.

권영철, 《'정과정가' 신연구》(형설출판사, 1974) ; 정무룡, 《'정과정' 연구》(신지서원, 1996) : 이승명, 《'정과정'의 종합적 새 연구》(이회문화사, 2003)에서 총괄연구를 했다. 박노준, 〈'정과정곡'의 역사적 배경 연구〉, 《한양어문학》 7(한양대학교 한양어문학회, 1989)에서 배경을 ; 양태순, 〈'정과정'(진작)의 연구〉(서울대학교 박사논문, 1991)에서 음악과의 관련을 고찰했다.

6.3. 과거제 실시와 한문학

6.3.1. 고려 한문학의 출발점

고려가 후백제와 신라를 아우르고 통일을 성취하기 위해서는 문무 두 가지 힘이 필요했다. 무력이 강성한 후백제를 물리친 것은 문(文)이라고 지칭되는 문화적·정신적 역량이 크게 앞선 덕분이다. 왕건 자신은 지방 출신의 호족이고 호족세력을 규합해서 나라를 일으켰지만, 문신을 적극적으로 포용하여 건국의 이념을 수립하고 문학적으로 표현하도록 하는 데 줄곧 힘을 기울였다.

고려 건국기의 대표적인 문인은 최언위(崔彦撝, 868~944)이다. 당나라 과거에 급제해 이름을 얻은 육두품 출신의 문인 이른바 삼최(三崔) 가운데 최언위는 고려를 택해 신라에서는 펼 수 없는 포부를 실현했다. 왕건의 정치철학을 충실하게 대변해 민심을 모으고 난국을 수습하는 방향을 제시하면서, 신라 한문학의 수준을 새 왕조가 이어받아 더욱 발전시킬 수 있게 했다.

최언위의 작품 가운데 지금도 볼 수 있는 것은 10여 편의 비문이다. 당시에 지방에서 활동하던 선승들의 비문을 즐겨 써서, 최치원의 사산비명과 상통하는 것들을 남겼다. 그러나 지향점에서는 뚜렷한 차이가 있었다. 고려를 지지한 선승들의 행적을 칭송해 선종을 이념으로 하던 지방 호족의 세력이 중앙정부를 따르도록 유도하는 과업을 문장가의 능력을 발휘해 수행했다.

문학하는 것을 그 자체로 옹호하려고 하지 않고 가치관 수립을 감당하려고 한 점도 최치원의 경우와 달랐다. 새로운 왕조의 이념 수립을 위해 불교와 유학이 힘을 합치도록 하면서, 유학을 더욱 긴요하게 여겼다. 광종이 태자일 때 사부 노릇을 하면서 많은 영향을 끼쳐, 과거제 실시를 준비하게 한 것으로 보인다.

최응(崔凝, 898~932)은 궁예 밑에서 벼슬하다가 고려의 신하가 되었다. 건국의 이념 수립에 최언위와 함께 큰 기여를 하다가 통일을 보지 못하고 세상을 떠났다. 신라에서 구층탑을 세웠던 전례에 따라서 왕건이 개경에 칠층탑을 세워 국가의 정신적 상징으로 삼고 통일을 기원할 때, 최응은 〈통삼한위일가발원소〉(統三韓爲一家發願疏)를 맡아 지었다. 최고의 명문으로 부처의 마음을 움직여 삼한이 한 집안이 되게 해달라고 했다.

태조 왕건이 최언위와 최응, 그밖의 다른 여러 문인의 도움으로 건국의 방향을 정한 것은 아니다. 정치철학 정립에서는 자기 자신이 앞서 나가면서 지도력을 발휘했다. 발해 사람들이 대거 귀순해오고 후백제를 아우르자, 후백제의 땅이었던 오늘날의 논산 지방에 개태사(開泰寺)를 창건하고, 부처가 통일과업을 도와주는 데 감사하며 앞으로의 가호를 기원하는 뜻을 담은 발원문을 지었다.

〈보한집〉(補閑集) 서두에 남아 있는 그 글은 왕건이 직접 지었다고 하는 말을 그대로 믿을 수는 없더라도, 왕건의 생각과 포부를 잘 나타내준다. 먼저, 거듭되는 전란 때문에 백성이 참혹한 고통을 겪었음을 절절하게 말했다. 누구나 원하는 대로 살지 못하고 울타리가 성한 집이 하나도 없는 것을 보고, 도적을 평정하고 백성을 구하겠다고 맹세하고 부처의 힘을 믿고 하늘의 위세에 의지했다고 했다.

나는 24년 동안 물로도 싸우고 불로도 싸워, 몸에 화살과 돌을 맞으면서 천리 원정길에 올라 남쪽을 정벌하고 동쪽을 토벌하고, 창과 방패를 베개 삼아 잠을 이루었다. …… 한번 함성을 울리니 흉하고 미친 무리가 무너지고, 다시 북을 치니 반역의 도당이 얼음 녹듯 쓰러졌다. 승리의 함성이 하늘에 퍼지고 환호의 부르짖음이 땅을 울렸다.

대서사시로 옮길 만한 내용과 표현이 갖추어져 있다. 역사의 방향을 크게 휘어잡아 새 질서를 수립하는 승리의 영광이 범연하게 이루어지지 않았음을 알 수 있게 한다. 그런데 인용한 대목 다음에서는 무찔러 이긴 승리를 자랑하는 데서 한 걸음 더 나아가 패배한 쪽까지 포용해 화합을 이룩하겠다는 포부를 나타냈다. 민족 대단합을 위해 부처의 가호를 빌고 하늘이 돌보아주기를 간절히 바란다는 말로 결말을 삼았다.

왕건은 통치이념을 확고하게 하고 나라의 기초를 튼튼하게 하는 과업에 다각도로 관심을 가지고 〈정계〉(政誡)·〈계백료서〉(誡百僚書) 같은 지침을 펴내고, 유언을 받아쓰게 해서 〈훈요십조〉(訓要十條)라는 것을 남기기도 했다. 삼국통일을 이룩한 신라 문무왕의 전례가 생각나게 하는 일을 한층 분명한 생각을 가지고 더욱 수준 높게 이룩했다. 중세 보편주의를 새롭게 정립해 국가 운영의 지침으로 삼는 구체적인 방안을 제시했다. 그렇게 하는 데는 여러 문신의 도움도 적지 않았겠지만, 자기 경륜 정립의 주체는 왕건 자신이었다고 생각된다.

〈훈요십조〉를 보면 나라를 다스리는 데 필요한 초합리적인 사고와 합리적인 방안이 함께 나타나 있다. 정성껏 기원해 신불(神佛)의 도움을 얻고, 또한 백성을 편안하게 해서 민심을 얻어야 한다고 했다. 불교를 믿어 신불의 가호를 빌고, 풍수지리설을 근거로 삼아 민심의 이반을 살펴야 한다고 했다. 백성을 부리되 때를 보아서 하고, 부역은 가볍게 세금은 적게 하며, 농사의 어려움을 알아야 한다고 했다.

문명권의 보편주의와 민족문화의 주체성을 함께 중요시해야 한다는 사고형태이다. 당풍(唐風)을 사모해 문물이나 예악은 그쪽을 따르는 것이 좋다고 한 데서는 보편적인 규범을 존중했다. 그러면서 고장에 따라 사람 성품도 한결같지 않다고 말하고 민족문화의 독자성을 개발하는 데 힘써야 한다고 했다. 거란은 금수의 나라이므로 영향을 받지 말고 투쟁의 대상으로 삼아야 한다고 했다.

김성룡, 〈나말여초 신흥지식인의 문학관〉, 《국어교육》 90(한국국어교육연구회, 1995) ; 〈고려왕실과 최언위〉, 《한국문학사상사》 1(이회문화사, 2004) ; 김영미, 《나말여초 최언위의 현실인식》, 《사학연구》 50(한국사학회, 1955)에서 고려초기의 한문학을 고찰했다.

6.3.2. 과거제 실시

문무 양면에서 국가의 기틀을 잡은 태조가 세상을 떠나자 그 다음 몇 대의 임금은 통일과업을 정착시키기는커녕 자기 지위도 유지하기 어려웠다. 호족 연합정권이라고 불리는 엉성한 통치방식의 약점이 거듭 노출되었다. 그러다가 제4대 광종이 들어서자 호족의 세력을 누르고 왕권을 강화하는 시책을 계속해서 폈다.

광종은 949년부터 26년 동안이나 왕위에 있으면서 많은 일을 했다. 956년(광종 7)에는 노비를 다수 양민으로 되돌리도록 해서 호족의 세력을 약화시키고 국가의 기반을 튼튼하게 했다. 958년(광종 9)에는 과거제를 실시해 중앙정부를 위해 일할 새로운 인재를 등용하는 길을 열었다. 960년(광종 11)에는 백관의 공복을 제정하고 수도 개경을 황도(皇都)라고 일컬었다.

과거제를 실시해 신분이 아닌 능력에 따라 인재를 등용하는 것은 진골의 특권이 없는 신라 때 육두품이 간절하게 바라던 바이다. 신라에서 설치한 독서삼품과(讀書三品科)는 불완전한 제도이고, 인재 등용을 개방하는 데는 명확한 한계가 있었다. 골품제의 제약을 넘어서서 능력과 포부를 발휘하자는 소망을 이루려고 당나라로 가서 그곳 과거에 급제하는 길을 택해 국내의 문제를 해결할 수 있는 것은 아니었다. 고려가 신라를 아우르자 골품제는 철폐되고, 과거제 실시가 필연적인 추세로 등장했다.

과거제 실시의 직접적인 동기는 지방에 할거하고 있는 호족세력을 누르고 중앙정부를 강화하는 데 필요한 자기 주변의 인재를 얻자는 데 있었다. 과거제는 신라 육두품 계통의 지식인을 적극 등용하고, 지방호족의 사제라도 가능하면 중앙정부로 포섭해서 지배층 구성을 바꾸어놓는 데 긴요한 구실을 할 수 있었다. 많은 난관과 반대를 무릅쓰고 광종이 결단을 내려 과거제를 실시하자 고려는 새로운 나라가 되었다.

과거제는 천인이 아닌 양인이라면 누구에게나 개방되어 있는 능력시험을 거쳐 관직에 나아갈 수 있도록 하는 제도이다. 중국에서는 589

년부터, 한국은 958년부터, 월남은 1075년부터 과거제를 실시해 동아시아 중세문명이 다른 곳들보다 앞서 나갈 수 있었다. 그렇게 하는 데 동참하지 않은 일본은 신분에 따라 관직을 담당하는 낡은 관습을 유지해, 문명권 주변부의 낙후한 모습을 오랫동안 지녔다.

과거제를 실시하면서 문벌을 배경으로 관직을 얻는 것을 아주 막지는 못했다. 5품 이상의 지위에 오른 사람이면 자기 자식을 과거를 거치지 않고서도 진출시킬 수 있는 음서제(蔭叙制)가 고려 때 마련되어 조선시대까지 지속되었다. 그러나 과거 급제자라야 명예를 누리면서 높이 올라갈 수 있었다. 과거제는 기회 균등의 명분을 그대로 실현하지는 못했어도, 신분의 고착을 완화하는 데 상당한 기여를 했다. 과거제를 실시한 중세사회가 그렇지 않은 곳들보다 한층 역동적인 특징을 지녔다.

과거제가 잘못 운영되고 폐단을 자아내기도 했다고 해서 비판의 대상으로 삼는 것은 부적절하다. 과거제가 없는 곳에서는 무력 다툼과 신분 세습으로 관직을 이어나가, 그 혜택을 보지 못하는 학자나 문인은 능력이 아무리 뛰어나도 신라의 육두품처럼 실무기술자의 지위에 머물렀다. 획기적인 의의를 가진 역사의 창안물이 다 그렇듯이, 과거제에서도 긍정적인 기여가 차츰 줄어들면서 부정적인 작용이 나타났다.

과거제를 철폐해야 한다는 요구가 드세게 일어날 때 유럽인들이 그 가치를 인식했다. 동아시아에 와서 자기네는 생각하지도 못한 제도를 발견하고 놀라 근대 고시제도를 만드는 데 이용했다. 일본이 선두에 서서 동아시아 각국이 유럽의 고시제도를 받아들여 아직까지 실시하고 있으면서 지난 시기의 과거제는 나무라는 것은 본말전도의 잘못이 있다. 동아시아문명의 우위를 확인하고 입증하는 데 고시제도로 이어진 과거제가 계속 소중한 증거력을 가진다.

동아시아 중세의 과거제와 유럽에서 만들어낸 근대 고시제도의 가장 두드러진 차이는 시험과목에 있다. 문학과 법학이 각기 기본과목이어서, 한쪽은 문학고시이고 다른 쪽은 법학고시이다. 문학고시에서는 법

학은 하위과목으로 취급해 행정실무를 담당하는 하급급제자를 뽑는 데
이용했다. 법학고시 쪽에서는 문학은 아무 소용도 없다고 여겨 아주 배
제한다.

문학과 법학 가운데 어느 것이 나라를 다스리는 데 더욱 긴요한가 하
는 질문을 제기하면 두말할 필요가 없이 법학이라고 하는 것이 근대인
의 식견이다. 그러나 동아시아 중세인은 생각이 달랐다. 사람을 알아야
나라를 다스리는데, 사람을 아는 일은 문학에서 가장 잘 할 수 있다고
했다. 문학은 삶의 변두리에 있는 장식물이 아니고 사람이 하는 모든
일 가운데 가장 값지다고 하는 중세인 공통의 생각을 동아시아에서 가
장 명확하게 나타내 제도화했다.

법에 따라 움직이는 실무활동 상위에 가치관을 정립하고 정신을 개
발해 사리를 종합적으로 판단하는 문학이 있어야 한다고 해서 과거제
를 문학고시로 만들었다. 실정법과 자연법이라는 용어를 사용해 법학
의 측면에서 문제를 다시 논하면, 실정법 위에 자연법이 있다고 여기
고, 실정법 전문가를 자연법에 관해 최상의 판단을 내릴 수 있는 문학
인이 지도해야 바람직한 사회가 이루어진다고 했다. 철학자가 국가를
통치해야 한다고 한 공상을, 철학자를 문학인으로 바꾸어 실현했다.

과거제에서 필요로 하는 문학은 민족어문학이 아닌 공동문어문학이
다. 공동문어문학은 문명권 전체에 통용되는 의사소통의 수단이며, 문
화 수준을 비교할 수 있는 척도를 제공했다. 공동의 경전에 근거를 두
고 인간성이나 가치관에 대한 이해를 함께 갖추고, 감수성에서도 서로
가까워지게 하면서, 법률과 제도에 관한 지식이나 실생활에 필요한 기
술을 제공하는 구실도 했다. 공동의 유산을 지켜나가고 문어가 구어에
휩쓸리지 않게 하기 위해, 글쓰기 방법을 엄격하게 정비해 개인차를 줄
이고, 시대변화를 거부했다. 그렇게 하는 것이 처음에는 놀라운 발전이
었다가 점차 보수화되고 인습이 되는 폐단을 자아내게 되었다.

고려의 과거는 두 등급 네 영역으로 이루어졌다. 상위의 '진사'(進士)
와 '명경'(明經)에서는 최고관직에까지 오를 수 있는 인재를 선발했다.

'진사'에서 한시문 창작 능력을 시험하고, '명경'에서는 유학의 경전에
대한 이해를 물었다. 하위의 '복업'(卜業)과 '의업'(醫業)은 점을 치고
병을 치료하는 전문 분야 관료를 충원하는 데 필요했다. 그런 쪽의 지
식은 하위직에게 맡겼다.

'진사'와 '명경' 가운데 더욱 중요시된 것은 '진사'였다. 우선 급제자
수를 보아도 그 점은 잘 드러난다. 광종 때 급제자가 '진사'는 27명이고,
'명경'은 6명이었다. 그 다음 성종 때는 그 수가 85명과 35명이었다. 고
려 일대의 급제자는 '진사' 6천 명 정도, '명경' 450명 정도였다. '진사'
의 압도적인 우세는 고려 과거제의 특징이다.

그 이유를 어렵지 않게 찾을 수 있다. 한문학 창작은 고려전기에 자
랑할 만한 수준에 이르러 '진사'를 계속 배출할 수 있었으나, 유학 경전
에 대한 이해는 그리 깊지 못했으며 소중하게 여기지 않았다. 한당(漢
唐) 유학의 기풍을 따르고 있어 유학의 경전이 문장의 모범이라고 생각
한 점이 송대의 신유학을 받아들인 조선시대와 달랐다.

'진사' 시험과목은 시(詩)·부(賦)·송(頌)·시무책(時務策)으로 늘
어나기도 하고, 시와 부만이기도 했다. 시무책은 정치적 식견을 알아보
는 글인데, 시험과목에 항상 들어 있지 않은 경우가 많았다. 문학 창작
능력을 평가하는 데는 긴요한 구실을 하지 않은 산문이기 때문이었다.
송은 구체적인 대상을 칭송하는 글이다. 율문으로 된 본문 앞에다 산문
으로 된 서문을 두어, 쓰게 된 내력과 대상을 설명하는 것이 상례이다.
건국과 통일을 정착시키는 사업을 찬양해야 할 기간 동안에는 긴요한
갈래였다가 차차 뒤로 밀렸다. 나중에는 시와 부만 소중하다고 생각해
과거가 문학고시임을 분명하게 했다.

'진사' 과거를 일명 제술(製述)이라고도 했는데, 그 말은 글을 짓는다
는 뜻이다. 글 짓는 능력은 한문학의 정수인 시와 부를 시험해야 측정
할 수 있다고 했다. 시와 부를 잘 지으면 나머지 글이야 저절로 따른다
고 여겼다. 시와 부를 짓는 능력은 과거 급제 후에도 계속 평가의 대상
이 되었다. 월과법(月課法)이라는 것을 실시해 관직에 있는 사람은 누

구나 달마다 시와 부를 정해진 편수만큼 지어 바치게 하고 그 수준 평가를 근무평점에 반영했다.

시와 부 가운데 더 중요한 것은 시였다. 시는 옛사람의 격식을 배우고 수법을 따르면서 자기 스스로 느낀 바를 참신하게 표현해야 잘 지을 수 있었다. 통제가 창조를 방해하지 않는다는 것을 입증하고, 마음에 간직한 바를 표출하는 데 공유의 형식이 소중한 기여를 한다는 것을 보여주었다. 서정시가 으뜸이고, 율문이 산문보다 우위에 있다고 하는 것은 중세문학과의 공통된 특징인데, 과거 과목 설정에서 제도화했다.

시는 엄격한 형식을 기본속성으로 삼았다. 당나라 때 한번 정해진 근체시 형식이 계속 절대시되었다. 부는 율문의 특징을 많이 지니고 있어 비교적 상위의 갈래라고 인정되었다. 산문으로 된 것들은 자수와 대우를 잘 갖추어 율문에 근접한 변려문이라도 길게 늘어지게 마련이니 대단하게 여기지 않았다. 통제하기 어려운 것이 산문의 약점이었다. 격식에 매이지 않는 좀더 자유로운 산문을 요구하는 움직임을 막을 수 없어 혁신을 허용해야 했다.

과거의 시험관을 지공거(知貢擧)라고 했다. 과거에서 요구되는 능력을 갖추고 널리 숭앙받는 사람이어야 지공거가 되는 영광을 누리는 것이 원칙이었다. 고려 문인은 일찍이 과거에 급제하고 나중에는 지공거가 되어서 자기 손으로 많은 급제자를 내는 것을 이상으로 삼았다. 지공거와 급제자는 좌주(座主)와 문생(門生)의 관계를 가지고 평생토록 가깝게 지냈다.

최종 판정자는 국왕이어야 한다는 주장이 대두해 제도를 바꾸기도 했으나 지공거 체제로 곧 되돌아갔다. 지공거가 과거를 좌우한 것이 고려시대 과거의 특징이다. 응시한 사람의 글이 기준에 합낭한시 판정하면서 지공거는 자기 취향을 적지 않게 개입시켰다. 그래서 문학의 풍조를 결정하다시피 하고, 정계의 판도까지 좌우했다. 지공거 자리를 독점하는 문벌귀족은 급제자를 많이 내서 득세하게 마련이었다.

과거제를 실시하면서 교육에 힘썼다. 광종의 뒤를 이어서 과거제를 정착시킨 성종은 태조가 개경과 서경에 학교를 세워 문치의 기반을 다지고자 한 전례를 더욱 발전시켜, 992년(성종 11)에 국자감(國子監)을 창설했다. 국자감에 국자학(國子學)·태학(太學)·사문학(四門學)의 과정을 두고 각기 3품 이상, 5품 이상, 7품 이상의 자손이 입학하게 했다. 그 밖에 율학(律學), 서학(書學), 산학(算學) 등을 교육하는 기관을 따로 두어 지체가 낮은 사람도 입학할 수 있게 했다. 과거 응시자격은 원칙적으로 제한하지 않았지만, 교육에 차등을 두어 상층이 급제에 유리하도록 했다.

관학의 제도를 그렇게 마련했어도, 누대 급제해 집권세력의 지위를 굳힌 기득권층은 자기네 자손만 이용하는 사학을 별도로 마련했다. 사학 덕분에 유학과 문학의 수준이 향상되었다고 긍정적으로 평가할 것은 아니다. 과거 급제를 위해 유리한 조건을 마련하는 것이 사학의 기능이었다. 사학이 발전하자 관학은 자연 격이 낮아지고 부실하게 되었다.

사학을 근거로 해서 문벌귀족이 더욱 득세하는 것을 국왕은 그대로 두고 볼 수 없어 관학을 강화해야 했다. 예종은 사태를 역전시키는 방법을 찾아, 국학에 칠재(七齋)를 두고 각 재에서 유학의 경전을 하나씩 맡아 전문적인 교육을 실시하는 제도를 창안했다. 무예를 가르치는 교육기관도 설치했다.

그러나 개혁의 효과가 나타날 수 없었다. 국왕이 귀족을 누를 만한 힘을 지니지 못했으며, 기강을 바로잡을 만큼 이념이 성숙되지 않았다. 당시 사회를 지배하는 귀족세력이 유학이나 문학을 진지한 자세로 하지 않고 부귀를 유지하는 수단으로 삼아, 과거제의 이상과 문학의 의의를 무색하게 했다.

조종업, 〈과거제와 한문학〉, 《한국문학연구입문》(지식산업사, 1982) ; 이병혁, 〈한국 과문(科文) 연구〉, 《동양학》 16(단국대학교 동양학연구소, 1986)에서 전반적인 문제를 논의했다. 고려의 과거제는 허흥식, 《고려과거제도사연구》(일조각, 1981)에서 자세하게 고찰

했다. 김승룡, 〈좌주·문생을 통한 고려후기 한시 연구〉(고려대학교 박사논문, 2001)에서 과거제 운용의 실상을 고찰했다. 이혜순, 《고려전기 한문학사》(이화여자대학교출판부, 2004)에서 전반적인 고찰을 했다.

6.3.3. 조익 · 왕융 · 최승로

광종은 쌍기(雙冀)의 건의를 받아들여 과거제도를 실시했다. 쌍기는 원래 중국 후주(後周)의 사람인데 956년(광종 7)에 사신으로 왔다가 병으로 돌아가지 못하고 머물러 고려에 귀화했다. 958년(광종 9)에 과거를 처음 실시할 때, 그리고 그 뒤 두 번 더 지공거를 맡았다. 쌍기의 건의가 있자 광종이 비로소 과거제 설치에 착안했다고 생각되지는 않는다. 제도를 구체화하고 실행하는 데 경험 있는 실무자가 필요해 쌍기를 등용했을 것이다. 귀화인은 기존세력의 이해관계에서 벗어날 수 있는 이점도 고려했을 수 있다.

쌍기가 지공거를 맡을 만한 능력을 갖추었던지는 의문이다. 글이 하나도 남아 있지 않아 작가로 다룰 수는 없다. 〈고려사〉〈열전〉에는 당시의 여론이 쌍기가 지나치게 중용되었다고 보았던 것으로 기록되어 있다. 최승로(崔承老)는 쌍기가 관직의 순서를 밟지 않고 승진하고, 광종이 쌍기와 함께 과거제 설치를 너무 서둘러 강행한 것이 잘못이라고 했다.

광종 때에는 모두 여덟 번 과거가 실시되었다. 네 번째 964년(광종 15)에는 조익(趙翌)이, 다섯 번째 966년(광종 17) 이후에는 계속 왕융(王融)이 지공거를 맡았다. 그 두 사람은 당시 조정에서 지공거로서의 자격을 다른 이느 누구보다도 잘 갖추고 있었던 듯한데, 그 점을 구체적으로 확인할 수 있는 자료는 남아 있지 않다. 〈고려사〉〈열전〉에 그 두 사람이 등장하지 않는다.

조익에 관한 기록은 〈보한집〉에 보이고, 이름을 "趙翼"이라고 표기했다. 광종이 우아한 기풍을 숭상해서 어진 문인들을 등용했다 하고, 천년이나 살아서 깃털이 검어졌다는 현학(玄鶴)이 날아와 모두들 찬양하는 글을 지었다고 하고서, 조익의 송(頌)을 들었다. 서두에는 현학의 모습을 그려 찬양하다가 그 대상을 광종으로 바꾸었다. 그 대목을 들어본다.

惟我后德　　오직 우리 임금님의 덕이야
過百皇王　　어느 황제나 왕보다 뛰어나도다.
崇文重道　　글을 숭상하고 도를 중히 여기사,
急用賢良　　어진 이들 긴요하게 등용하시네.

왕융은 오월(吳越)에서 온 귀화인이 아닌가 하는 추측을 자아내는 인물이다. 후주에 사신으로 간 적도 있고, 광종 다음의 경종 때에도 두 번, 그 다음 성종 때에도 여섯 번이나 지공거를 역임했으며, 성종 말년에는 벼슬이 평장사에 이르렀다. 그런데 남긴 작품은 〈동문선〉에 실린 것 한 편밖에 더 찾을 수 없다. 신라왕 김부(金傅)의 직위를 높여 나라를 들어 고려에 투항했던 공적을 다시금 치하한다는 교서(敎書)이다. 그런 글에 필요한 품격을 잘 갖추고 있으며 공적을 치하하는 말도 설득력 있다.

지공거를 거듭 맡았던 것으로 보아 왕융은 문학을 이해하고 판별하는 식견에서 쌍기나 조익보다 앞섰던 것 같다. 그런데 지위가 높아져도 정치 일선에는 나서지 않고 조용하게 지내면서 국왕의 신임을 얻은 듯하다. 성종이 죽을 무렵 명을 빌기 위해 죄수를 풀어주기를 청하니, 성종이 생사는 하늘에 달렸으니 죄지은 무리를 풀어주면서까지 명을 빌 것은 없다고 했다는 말이 〈고려사〉에 전한다.

그 시절 활동이 가장 두드러진 문인은 최승로(927~989)이다. 육두품 출신인 아버지가 신라에 벼슬한 내력이 있는 집안에서 태어났다. 재능이 알려져, 열두 살 때 고려 태조에게 불려가 〈논어〉를 읽고 칭찬을 크게 받았다는 말이 〈고려사〉〈열전〉 최승로 대목 서두에 보인다. 그래서 태조는 최승로에게 글 다루는 일을 맡겼다고 하는데, 나이로 보아 그럴 수 있었던가 의문이다. 그 뒤의 행적이 보이지 않다가 바로

성종 때의 일을 실어 놓았다. 〈보한집〉에서는 최승로가 광종에게 지어
바친 시 네 편을 소개했다. 한 편을 들면 이렇다.

多幸千年遇至尊　다행히 천년 만에 나타날 지존을 만나서,
不才忝職在西垣　재주는 없으면서 서원 벼슬에 참여했나이다.
文章敢望同諸彦　문장이야 어찌 여러 선비와 같기를 바라리오만,
寵渥須誇示後昆　임금님이 사랑하심을 후손에게 자랑하겠나이다.
銘感極來徒有淚　느낌이 지극하니 다만 눈물이 흐를 뿐이고,
喜歡深處却無言　기쁨이 깊은 곳에서 문득 말을 잊었나이다.
尋思報答終難得　은혜에 보답하고자 해도 길을 찾지 못해,
但祝南山拜聖恩　남산 같이 장수하시기를 빌면서 성은에 절하옵니다.

　서원은 중서성(中書省)의 별칭이다. 그때 중서성에서 벼슬을 했음을
알 수 있으나, 크게 영달한 것 같지는 않다. 광종을 이렇게까지 칭송하
고 은혜를 거듭 일컬어야 했을 정도로 미미한 위치에 있지 않았을까
싶다. 다른 작품 세 편에서는 두견화, 새로 돋은 대나무, 흰 까치 등을
읊으면서 그런 상서롭고 진기한 것들을 보니 임금을 우러르고 싶은 생
각이 더욱 간절해진다고 했다.
　최승로의 시는 〈동문선〉에도 한 편 실려 있는데, 앞에서 든 것과는
얼핏 보면 아주 딴판이다. 제목을 〈대인기원〉(代人寄遠)이라고 하고,
먼 곳에 나가 있는 임을 그리워하는 여성화자의 노래를 지었다. 정감
에 이끌리는 모습을 보이면서, 나라를 생각하는 마음을 나타냈다.

一別征車隔歲來　가는 수레를 한 번 이별하고 해가 바뀌었어요.
幾勞登覩倚樓臺　누대에 올라 바라보느라고 많이 애쓴답니다.
雖然有此相思苦　그러나 상사의 괴로움 이렇게까지 커도,
不願無功便早廻　공을 이루지 못하고 일찍 돌아오기를 바라지 않아요.

남편은 나라를 위하는 사명을 떠어, 아내와 이별하고 멀리 떠나갔다. 아내는 남편을 기다리며 바라보느라고 애를 태우며 상사의 괴로움에 시달리고 있으니 가엾다. 인정으로 보아서는 아내에게 동조해야 한다는 생각에서 아내의 말로 시를 엮었다. 그러나 공을 이루지 못하고 일찍 돌아오는 것은 바라지 않는다고 한 마지막 대목에서는 사사로운 인정보다 나라를 위하는 도리가 우선한다고 했다.

최승로의 이름이 길이 남도록 한 것은 시가 아닌 산문이다. 성종이 즉위하자 그 동안 겪고 생각한 바를 정리해 정치에 관한 소견을 적어 올린 문이 널리 알려진 명문이다. 〈고려사〉〈열전〉 최승로 대목에 길게 실려 있고, 〈동문선〉에도 뽑아 넣었다. 〈동문선〉에서는 제목을 〈상시무서〉(上時務書)라고 했는데, 내용을 들어 〈시무이십팔조〉(時務二十八條)라고 일컫기도 한다. 서두에서 한 말을 보자.

> 신은 초야에서 생장하고, 성격이 어리석고 어두우며, 학술이라고는 없습니다. 다행히 밝은 때를 만나 오랫동안 임금님을 가까이 모시는 직책을 욕되게 하고 여러 차례 예사롭지 않은 은혜를 입었습니다. 대단한 계책으로 시대를 바로잡을 수는 없사오나, 일편단심은 있어 나라에 보답하고자 합니다.

신하가 임금에게 글을 올려 정치를 바로잡도록 하는 것은 유학을 표방하는 정치에서 반드시 갖추어야 할 절차이지만 실행하기가 쉽지는 않았다. 신라 때에는 설총(薛聰)이 〈풍왕서〉(諷王書)라고도 하고, 〈화왕계〉(花王誡)라고도 하는 글을 남겼지만, 은근히 빗대서 간했을 따름이다. 임금의 바른 도리를 조목조목 갖추어서 제시한 글은 최승로가 처음 지었다. 말은 지극히 공손하지만 유학의 높은 경지에 이른 선비는 임금의 스승일 수 있다는 확신을 은근하게 내비쳤다.

다섯 임금을 받드는 동안 있었던 일을 자기는 다 알고 있다고 자부하면서, 국정의 잘못을 지적하고 바로잡으려고 한 것이 구체적인 내용이다. 태조의 위업은 서사시적인 수식을 갖추어 서술한 다음, 뛰어난 군주가 나라를 이끌던 시대는 가고 바른 도리를 애써 따르지 않으면서 정치가 혼미해지게 되었다고 했다. 제왕을 바르게 이끄는 것이 유학의 임무라고 여겨, 구체적인 사례를 충고의 자료로 들었다.

광종은 과거제를 창설해 오랜 소망을 이루었으나, 왕권을 지나치게 강화하고 신하의 발언권이 위축되게 한 것이 잘못이라고 했다. 그런 잘못을 되풀이하지 말고, 하루하루를 삼가는 마음으로 살면서 교만하지 말고 아랫사람을 공경하라고 했다. 제왕이 유학의 가르침을 따라야만 질서가 확립된다고 했다. 태조의 〈훈요십조〉를 존중한다고 하고서 그 대안이 되는 새로운 이념을 제시해 중세이념을 한층 높은 수준에서 재정립했다. 나라를 다스리는 이념을 신하가 주도해 이룩한 것이 획기적인 전환이다.

불교를 유학과 함께 숭상하거나 그 이상으로 여겼던 점이 마땅하지 않다 하고, 유불 비교론을 전개했다. 불교는 몸을 닦는 근본이고, 유학은 나라를 다스리는 근원이라고 했다. 몸을 닦는 것은 내세를 위하는 일이지만, 나라를 위하는 것은 지금 당장 긴요한 과업이니, 먼 데 소홀하더라도 가까운 데 힘쓰는 것이 마땅하다고 했다. 신불의 가호를 비는 허황한 생각을 버리고 합리적인 통치방안을 강구하는 데 힘써야 한다는 유학의 정치이념을 제시했다.

유학을 하려면 중국을 따라야 한다는 생각은 잘못되었다고 했다. 예악 · 시서(詩書) · 도리 같은 것들에서는 이루어져 있는 전범을 지켜야 하지만, 거마(車馬)나 의복은 고려의 풍속을 그대로 유지해야 한다고 했다. 문명권 전체의 보편적인 규범과 민족문화의 독자적인 특성을 함께 갖추어야 한나고 하는 이중구조의 이론을 분명하게 했다.

이기동, 〈나말여초의 근시(近侍) 기구와 문한(文翰) 기구의 확장〉, 《신라 골품제사회와 화랑도》(일조각, 1984) ; 이혜순, 〈고려초기의 문풍과 해외교류〉, 《이화어문논집》 10(이화여자대학교 한국어문연

구소, 1988)에서 전반적인 동향을 고찰했다. 왕융이 귀화인이라는 견해를 이기동의 논문에서 폈다. 개별 문인들을 지준모, 〈고려한문학사상〉, 《어문학》 38(한국어문학회, 1979) ; 김성언, 〈한국 관각시(館閣詩) 연구〉(서울대학교 박사논문, 1989)에서 고찰했다.

6.3.4. 현종 · 최충 · 박인량

시는 과거를 보는 데 소용되는 것이기 전에 마음에 절실하게 품은 바를 호소하자는 노래이다. 훌륭한 일을 해서 시로 찬양받아야 할 사람이 임금만인 것도 아니다. 몰려나 죽을 뻔하다가 고려왕조를 소생시킨 현종은 자기 아버지 대부터 그 두 가지 진실을 말해주는 시를 남겼다. 수법이야 대단치 않다 할 수 있으나, 과거 보는 데 소용되는 격식을 갖출 필요가 없는 자유로운 시도 있었음을 입증하는 의의가 있다.

현종의 아버지 왕욱(王郁)은 태조의 아들인데 귀양 가서 죽었다. 〈고려사〉 〈열전〉에서 글을 잘한다고 소개하고, 시를 한 편 실었다. 귀양 가게 된 사연은 이미 밝혀 논한 바 있어 재론하지 않기로 하고, 떠나면서 지어 자기를 압송하는 사람에게 주었던 시는 처음 든다. 절실한 사연을 애절하게 나타내서 마음을 움직인다. 모두 여덟 줄인데 중간의 넉 줄만 들어본다.

旅檻自嗟猿似鏁	수레에 실려 가는 묶인 원숭이 꼴을 차탄하고
離亭還羨馬如飛	이별 정자에서는 나는 듯이 닫는 말이 부럽다.
帝城春色魂交夢	제성의 봄빛은 넋에 엇갈리는 꿈이고,
海國風光泪滿衣	해국 풍광을 보니 눈물이 옷에 가득하다.

수레에 실려 압송되는 처지가 갇혀 있는 원숭이 꼴이라고 차탄했다. 이별하는 정자에 이르자, 나는 듯이 달리는 말이 부럽다고 했다. 떠나온 제성과 이제 막 당도한 해국을 견준 대목은 절실한 체험이 없으면

생각해낼 수 없는 표현이다. 부귀가 보장된 것 같은 왕족이라도 험한 지경에 이르면 감동을 주는 시를 지을 수 있다. 유배문학의 첫 작품인지는 확실하지 않으나 나중 사람들이 쉽게 이를 수 없는 경지를 미리 보여주었던 것만은 사실이다.

부모를 잃고 궁중에서 몰려나 몇 번이나 죽을 고비를 넘긴 현종(顯宗, 992~1031)은 설화의 주인공일 뿐만 아니라 시인으로서도 화제에 오를 만하다. 어려서 승려 노릇을 할 때 지었다는 시 두 편이 〈고려사〉 본문에 전한다. 하나는 시냇물이 흘러가는 것을 보고, 다른 하나는 작은 뱀을 발견하고 지었다. 그때가 열두 살이었다. 시냇물이건 작은 뱀이건 모두 신기하게 여겨 동시다운 착상을 했으면서, 표현이 다듬어져 있어 장차 크게 될 기상을 보여주었다.

小小蛇兒遶藥欄　　작고 작은 새끼 뱀이 약초 밭 난간을 감도니,
滿身紅錦自班爛　　온몸에 붉은 비단이 저절로 아롱지네.
莫言長在花林下　　언제까지나 꽃 수풀 아래 있다고 하지 마세요.
一旦成龍也不難　　하루아침에 용이 되기 어렵지 않을 거예요.

뱀과 꽃이 아이들 그림답게 찬란한 원색이다. 그런데 그런 그림만 그리며 놀고 있지 않고, 새끼 뱀이 하루아침에 용이 될 수 있다고 했다. 새끼 뱀만 보아도 그렇게 화려하니 용이라면 어떨까 하는 상상이 그대로 실현되어 현종은 마침내 왕위에 오르고 기울어져가던 왕가를 중흥시켰다.

왕위에 올라 이룬 업적 가운데 거란의 침입을 물리친 것은 무엇보다도 자랑할 만하다. 강감찬(姜邯贊) 같은 영웅이 나섰기 때문에 그럴 수 있었다. 현종은 강감찬을 칭송하는 시를 지어서 어려서부터 지녔던 창작력을 다시 발휘했다. 〈보한집〉에 그 작품이 있다.

庚戌年中有虜塵　　경술년에 오랑캐 소란 떠는 사태가 벌어져,
干戈深入漢江濱　　병장기가 깊숙이 한강 가까지 들어왔다.

當時不用姜君策　　그 때 강군의 계책을 쓰지 않았더라면,
舉國皆爲左袒人　　온 나라 사람 모두 오랑캐 옷을 입을 뻔했다.

　문학의 주류는 과거제와 밀착되어 있었다. 그 중심에서 활동한 최충(崔沖, 984~1068)은 20세에 장원급제하고, 여러 차례 지공거를 역임했으며, 최고관직에 이르렀다가 1055년(문종 9) 72세에 이르자 치사했다. 그 뒤 가까운 관계에 있는 귀족 자제들을 모아 가르치는 사학을 열었다. 나중에 최충의 시호를 따서 문헌공도(文憲公徒)라고 부른 그 무리는, 열둘로 늘어난 사학의 동문 가운데 으뜸가는 위치를 차지했다.

　최충이 자기 사학에 둔 구재(九齋)에 성명재(誠明齋)니 솔성재(率性齋)니 하는 것들이 있다. '성명'이나 '솔성'은 〈중용〉(中庸)에 나오는 말이다. 〈중용〉을 독립된 경전으로 인정하는 새로운 견해를 일찍 채택하지 않았던가 하는 추측을 자아낸다. 중국에서 성리학이 일어나 〈중용〉을 중요시하기 전의 일이다. 최충은 '해동공자'(海東孔子)라고 칭송될 만큼 유학의 높은 경지에 이르렀다고 하는데, 이것 외의 다른 증거는 남아 있지 않다.

　최충은 후대의 도학자처럼 행실을 닦는 데 힘쓰라고 하지 않고, 영달의 길을 올바르게 찾으라고 했다. 두 아들더러 선비라는 사람이 세력을 빙자하고 출세하면 끝이 좋지 못하게 마련이고, 문학과 행실이 훌륭해 높이 올라가야 경사스럽다고 했다. 그 방침대로 노력을 해서 아들이나 후손도 자기 대의 영화를 이어야 한다고 했다. 〈보한집〉에서 그런 사실에 관해 알린 다음, 자손을 훈계한 시를 소개했다.

家世無長物　　집안 대대로 무용지물은 없고,
唯傳至寶藏　　값진 보배만 전해 간직했노라.
文章爲錦繡　　문장이야말로 비단이 되고,
德行是珪璋　　덕행이 바로 귀한 그릇이도다.

今日相分付	오늘 나누어 가지게 하니,
他年莫敢忘	나중에라도 잊지 말지어다.
好支廊廟用	잘 간직해서 조정에서 쓰면,
世世益興昌	대대로 더욱 번창하게 되리라.

　최충의 맏아들 최유선(崔惟善, ?~1075)은 아버지의 기대가 헛되지 않게, 일찍 과거에 급제해, 지공거를 역임하고 최고관직에 이르렀다. 지은 글은 적지 않게 남아 있다. 〈걸환압강동안위계장〉(乞還鴨江東岸爲界狀)은 거란족의 요나라가 고려를 힘으로 누를 때 공손하기 이를 데 없는 국서를 보내 빼앗아간 땅을 돌려달라고 간청한 글 가운데 하나이다. 글재주를 조정에서 썼으니 아버지가 바라던 바였으나, 명문으로 평가할 것은 아니다.

　후대의 문인들은 문장의 효용을 역설하면서 고려 때에 북방민족의 요나라나 금나라에 보낸 국서를 잘 써서 크게 도움이 있었다는 사실을 자주 상기시켰다. 그러나 그것은 스스로 그릇되게 한 사태의 소극적인 수습책이었다. 건국 초기에는 문무의 균형이 이루어졌었는데 문을 내세우는 세력이 국권을 장악하면서 국방력이 약화되었다. 서희(徐熙)나 강감찬 같은 무장들이 나서서 강력한 대응책을 마련하고자 하는 데 스스로 제약을 가한 쪽이 숭문(崇文)주의자들이었다. 문학이란 이따금씩 그런 역기능을 했다.

　박인량(朴寅亮, ?~1096)도 과거에 급제해 관직에 나아가서 국서를 잘 써서 이름을 얻고 후세의 칭송을 받았다. 요나라와 송나라 사이에서 고려 입장이 곤란하게 되었을 때 외교적인 노력을 기울여 문제를 해결했다. 1075년(문송 29)에 요나라가 압록강 동쪽을 국경으로 삼으려고 하자, 그 땅을 돌려달라고 하는 최유선의 것과 비슷한 국서를 썼다. 상대를 높이고 이쪽을 낮추면서 목적을 달성하려는 사연이 간절하고 꾸밈새가 야단스러웠다. 요나라 임금이 그 문장이 훌륭하다고 감탄해서 자기네 주장을 철회했다.

박인량은 1080년(문종 34)에는 김근(金覲)이라는 사람과 함께 송나라에 사신으로 가서 그곳 문인들과 시를 주고받아 대단한 평가를 얻었다. 송나라에서 그 두 사람의 시를 모아서 〈소화집〉(小華集)이라는 책을 펴냈다고 한다. 그것은 변방의 한문학이 문명권 중심부와 대등한 수준에 이른 것을 입증한 성공사례여서 후대 문인들이 오래 두고 흠모할 만했다. 책은 전하지 않지만 명성은 잊혀지지 않는다.

박인량이 송나라에 가서 지은 시 두 편이 〈동문선〉에 전한다. 하나는 칠언절구 〈오자서묘〉(伍子胥廟)이다. 춘추시대의 비극적 충신 오자서의 무덤을 찾아가서 추모의 시를 지으면서 고려의 처지를 오자서의 나라에 견주려고 했다고 할 수 있다. 또 한 편은 칠언율시 〈사송과사주구산사〉(使宋過泗州龜山寺)라고 하는 것이다. 송나라에 사신으로 가서 사주 구산사에 들러 다음과 같이 읊는다고 했다.

巉巖怪石疊成山	험한 바위 괴이한 돌이 겹쳐 산을 이루고,
上有蓮坊水四環	그 위에 절 연못 있어 물이 사방 둘렀네.
塔影倒江翻浪底	탑 그림자 강에 거꾸로 드리워 물 속에서 일렁이고,
磬聲搖月落雲間	풍경 소리 달을 흔들면서 구름 사이에서 떨어지네.
門前客棹洪濤疾	문 앞에 나그네 배에서 물결 사나운데,
竹下僧碁白日閑	대나무 밑에서 중이 바둑을 두니 한낮이 한가롭다.
一奉皇華堪惜別	사신으로 오가는 몸이나 이별을 애석하게 여겨,
更留詩句約重攀	시 한 수 써두고서 다시 찾기 기약하네.

무슨 전할 말이 있어서 쓴 시는 아니다. 경치를 본 인상을 나타내기만 했는데, 험하고 사나운 움직임과 고요하고 한가한 느낌이 함께 나타나 구석구석 생기가 돈다. 마음에 지닌 기백을 느낄 수 있게 한다. 송나라에서 대단한 평가를 얻을 만했다.

박인량은 〈수이전〉(殊異傳)을 엮었다고 한다. 신라 이래의 설화를 모아 자유로운 환상을 펼치고자 했을 만하다. 〈고려사〉 열전에서는 〈고금록〉(古今錄) 10권을 지어 은밀한 곳에 간직했다는 말로 박인량에 관한 서술의 마무리를 삼았다. 그 내용이 무엇인지 알 수 없으나, 함부로 세상에 내놓을 수 없는 역사의 내막이 아닌지 추측해볼 수 있다.

이종문, 〈고려전기 문학관의 한 국면 : 해주최씨가의 학문적·문학적 성격에 관한 한 고찰〉,《한국학논집》13(계명대학교 한국학연구소, 1986)에서 최충의 문학을 그 가문의 성격과 관련시켜 고찰했다.

6.3.5. 김황원

김황원(金黃元, 1045~1117)은 일찍 과거에 급제하고, 문장으로 이름을 얻었다. 궁중에서 잔치하면서 부르는 노래인 구호(口號)라는 것을 잘 지어 요나라 사신이 탄복하게 했다고 했다. 글 쓰는 직책 한림(翰林)을 맡았으며, 임금이 책을 보다가 의심나는 것이 있어 물으면 대답했다고 한다. 이런 경력을 보면 성공하고 득의하기만 한 것 같으나, 사실은 그렇지 않다.

〈고려사〉〈열전〉에 실린 짤막한 전기에 사람됨이 나타나 있다. 타협할 줄 모르는 성격이어서 거듭 배척되고, 청직한 선비라 권세에 아부하지 않고, 매인 데 없이 분방하며 성색(聲色)을 좋아한다고 했다. 청직하다는 것과 성색을 좋아한다는 것은 서로 어긋나는 말인 듯한데, 권세를 장악해서 부귀를 누리는 무리와 맞서서 맑고 곧은 자세를 굽히지 않았다. 윤리적인 구속을 거부하고 자유로이 행동하고자 해서 음악과 여색을 즐긴다는 평을 들었다.

그런 성격 때문에 관직생활이 순조롭지 않았다. 지방관으로 나갔다가 백성들에게 많은 혜택을 베풀었는데 뇌물을 바치지 않았다 해서 파직되었다. 죽어서 시호를 내리자는 건의가 있었으나 좋아하지 않는 자가 조정에 있어 저지되었다. 배격의 대상이 된 탓에 김황원의 작품은 거의 남아 있지 않다. 문은 한 편도 남아 있지 않고, 시도 온전하게 전하는 것이 거의 없다.

김황원의 문장에 관한 기록이 몇 줄 있어 소중한 자료가 된다. 고문 (古文)을 잘 지어 해동 제일이라는 평을 들었다. 어느 재상이 김황원의 문장은 당대에 숭앙하는 바가 아니므로 한림에 오래 두면 반드시 후생을 그르칠 것이라고 임금에게 고해 물러나게 했다. 김황원을 지지하는 사람은 "학문은 부박하지 않고 반드시 옛날로 돌아가야 하며, 도리는 굽힐 수 없거늘 어찌 지금의 세력에 아첨하리요"라고 했다.

그 정도의 자료를 가지고도 김황원이 무엇을 하려고 했는지 알 수 있다. 유학의 경전에서 사용하던 문장을 재현하고자 한 글이 고문이다. 국내외 정치문서에 사용되는 변려문을 당대에는 크게 숭앙했다. 변려문은 헛된 수식에 힘쓰면서 내용은 빈약하다고 나무라고, 고문을 다시 써서 그런 잘못을 시정하자는 운동이 중국의 전례에 자극을 받아 고려에서도 일어날 때 김황원이 앞장섰다. 과거제가 정착되면서 문학 기술을 영달의 수단으로 삼게 된 것이 잘못이라고 하고, 들뜬 풍조에서 벗어나 옛날로 돌아가는 학문을 하고, 당대의 세력에 아첨하지 않으면서 진지한 자세로 도리를 추구하는 문학을 하자고 했다.

전편을 얻어볼 수 있는 시는 오직 한 수뿐이다. 지방으로 좌천되어 가는 길에 사신 갔다 돌아오는 이재(李載)라는 사람을 만나 지은 시가 〈파한집〉에 전한다. 삶이 허전하고 한탄스럽다는 감회를 절실하게 나타냈다.

分行樓上豈無詩	분행역 누각에 어찌 시가 없으랴,
留與皇華寄所思	사신 갔던 그대와 함께 한 생각 남기노라.
蘆葦蕭蕭秋水國	갈대는 가을 물가에 쓸쓸하게도 서 있고,
江山杳杳夕陽時	강산은 해 질 녘에 아득하기만 하구나.
古人不見今空嘆	옛 님을 못 본다고 지금 공연히 탄식하고,
往事難追只自悲	지난 일 되돌릴 수 없어 다만 슬퍼하노라.
誰信長沙左遷客	누가 믿으리, 장사로 좌천 가는 나그네
職卑年老鬢毛衰	벼슬 낮고 나이 많아 귀밑 털 쇠잔한 것을.

처지가 서로 다른 두 사람이 만난 곳은 경기도 죽산에 있던 분행역(分行驛)이다. 역 이름이 행방이 서로 달라 나누어지다는 뜻을 지녔다. 자기는 좌천되어 가는 처지가 되어, 쓸쓸하고 아득한 주위의 정경을 보니 아무것도 이루지 못하고 나이만 든 것이 더욱 한탄스럽다고 했다.

시를 짓던 일화는 더러 남아 있다. 한번은 기이한 재주를 지녔다고 자처하는 두 사람과 함께 누각에 올라 달을 보며 시를 지었는데, 끝으로 자기 차례가 되자 김황원은 다음과 같이 읊었다. 그 두 사람은 참으로 감탄을 자아내는 절묘한 구절이라고 하면서 무릎을 꿇었다고 했다.

日暮鳥聲藏碧樹　　날이 저무니 새소리가 푸른 나무에 감추어지고,
月明人語上高樓　　달이 밝으니 사람 소리가 높은 누각에 오르네.

더 널리 알려진 일화는 평양을 찾아 부벽루에 올랐을 때 있었다는 일이다. 누각 위에 걸어놓은 명사의 시라는 것들이 모두 너절하다고 나무라더니 거두어 불사르고, 자기가 나섰다. 그 아래 펼쳐져 있는 경치를 내려다보며 용솟음쳐 오르는 감격을 다음과 같은 말을 써서 단숨에 나타냈다.

長城一面溶溶水　　긴 성벽 한 면은 넘실넘실 흐르는 물이고,
大野東頭點點山　　넓은 들 동쪽에는 한점한점 산이로구나.

여기서 그치고 뒤를 잇지 못했다고 했다. 남의 말이나 본뜨며 행세차로 짓는 시라는 것들은 구역질이 난다고 반발하고 자기는 완벽하게 시를 지으려고 했는데, 풍경이 아름답고 감격이 클수록 시가 따를 수 없었다. 불가능한 시도를 하다가 좌절한 김황원은 어리석다고 할 수 있지만, 어구 배열의 요령이나 갖추어 시를 함부로 만들어내려는 사람들에게 큰 경고를 남겼다.

김황원의 시는 지준모, 〈고려말까지의 한시, 그 대표적인 작가들〉, 《한국시가연구》(형설출판사, 1981)에서 모두 들고 풀이했다.

6.4. 불교문학의 재정립

6.4.1. 고려전기 불교의 판도

고려는 불교국가였다. 태조는 통일과업이 부처의 힘으로 이루어졌다고 하고서 도처에 절을 세우고 고승을 받들어 스승으로 섬기며, 국가이념 수립에서 불교가 지도적인 구실을 하도록 했다. 그런 시책이 그 뒤에도 거의 변함없었다. 오늘날까지 남아 있는 대장경, 사원, 불상, 불화 등에서 불교가 융성했던 자취를 역력히 알아볼 수 있다. 그러나 불교가 번영을 누렸던 이면에 적지 않은 문제점이 있었음을 간과할 수 없다. 신라의 경우와 비교해보면 한층 심각한 진통을 겪었다.

신라 불교는 원래 종파가 뚜렷이 나누어지지 않았다. 여러 경전을 두루 공부하면서 통합적인 불교를 독자적으로 이룩하고자 하는 기풍이 두드러졌다. 왕실불교나 귀족불교의 한계를 넘어 민중불교를 이룩하자는 운동이 나타나서 생기를 얻었다. 그런데 통일을 하고 백여 년이 지나자 사정이 달라졌다. 서라벌에다 온갖 재화를 모아들이며 부귀에 탐닉하는 귀족과 그 때문에 희생이 가중된 민중이 서로 불신하게 되자 불교 또한 분열되어, 한편으로는 귀족불교의 아성을 이루고 다른 한편으로는 지방호족이나 반란세력이 민중의 불만을 이용하면서 혁신을 표방했다.

불교가 분열된 구체적인 모습은 이른바 선문구산(禪門九山)에서 찾을 수 있다. 중앙의 귀족불교가 교종으로 굳어진 데 반기를 들고 지방호족 세력과 깊이 연결된 선종의 고승들이 여기저기서 각기 독자적인 교단을 연 것이 모두 아홉이나 되었다. 불교가 여러 종파로 분리되고, 한 종파 안에서도 내부적인 봉일을 기할 수 없는 선에 볼 수 없던 현상이 그때부터 나타났다. 후삼국의 지배자들은 선종세력과 동맹을 맺어 세력 기반을 확대하면서, 통치체제를 수립하고 통일을 지향하기 위한 이념은 교종의 어느 맥락을 새롭게 하는 데서 찾고자 했다.

통일을 이룩한 고려는 그런 상태를 청산하고 불교를 통합하는 데 힘썼으며, 그 일도 광종이 맡아 나섰다. 958년(광종 9)에 과거제를 실시할 때 승과(僧科)제도를 창설하고 국가에서 공인하는 승려의 직위를 정했다. 고려를 지지하는 북악(北岳)의 화엄종(華嚴宗)이 후백제 쪽에 선 남악(南岳)을 아우르게 했다. 선문구산으로 나누어져 있는 선종을 법안종(法眼宗)으로 통합하고자 했다.

그런데 현종은 자기 부모의 명복을 빌고자 법상종의 사찰 현화사(玄化寺)를 창건했다. 그 때문에 법상종이 일어나 화엄종과 교종 안에서 대립되는 사태가 벌어졌다. 화엄종이 공(空) 또는 '없음'에 관한 이론을 전개하면서 사람이나 만물의 차별이 모두 하나로 귀결된다고 하는 데 맞서서, 법상종은 색(色) 또는 '있음'을 자세하게 분별해서 논하면서 사람이 누구나 성불할 수 있는 것은 아니라고 했다.

현종은 법상종을 내세워 왕실불교의 우월성을 입증하려 한 것 같은데, 시간이 경과하자 사정이 달라졌다. 문벌귀족이 득세해서 불교의 어느 종파를 각기 자기네의 세력 근거지로 삼을 때, 법상종은 최강자 인주이씨(仁州李氏)네와 깊이 연결되었다. 문벌귀족끼리의 경쟁과 다툼이 불교의 분열을 더욱 확대해, 보편적인 교리가 특수화된 이해관계를 위해 이용되는 폐단을 빚어냈다.

문종의 아들인 의천(義天)은 귀족불교를 누르고 고려 국가 전체의 불교를 일으켜, 주장하는 바와 이해관계가 각기 달라 분열된 정신을 하나로 통일시키고자 노력했다. 화엄종이 교리만 내세우고 수행에는 힘쓰지 않아 열세를 자초했다고 비판하고 혁신을 꾀하다가, 선종과 교종의 대립을 넘어서는 길을 천태종(天台宗)에서 찾았다. 그러나 다른 쪽에서는 그 노선을 따르지 않았으며, 천태종의 등장으로 교파가 하나 더 늘어나는 결과를 초래했다.

불교통합 운동으로 귀족불교와 민중불교를 아우를 수는 없었다. 선종이라도 민중불교라고 할 수 있는 생기를 갖추지 못하고 있었다. 화엄종이나 법상종은 물론, 천태종도 각기 특정 귀족세력과 밀착되어 서로 경쟁을 했다. 귀족세력을 누르고 국가 전체의 질서를 확립하는 불교를 육성하려고 하는 노력은 성과를 거두지 못하고, 왕실도 귀족세력 집단의 하나가 되어 자기 교단을 갖추는 데 이르렀다. 불교 종파 사이의 경쟁이 정치세력 다툼과 밀착되어 복잡하게 전개되면서 내세우는 이론이 더욱 번잡해졌다.

이렇게 파악할 수 있는 고려불교를 문학의 측면에서 고찰하려면 방대한 저술을 주목해야 한다. 교리를 두고 논란이 거듭되어 말이 많고, 다룬 내용이 복잡해진 것이 한 시대의 풍조였다. 걸출한 승려는 누구나 자기 입장에서 불교의 이치를 탐구한 바를 밝혀 논하는 데 힘써, 무엇을 어떻게 다루었는지 관심을 가지지 않을 수 없다. 교리에 대한 견해가 달라지면서 글을 쓰는 태도나 방식이 어떻게 변했던지 살피는 것이 긴요한 과제이다.

불교 교리를 둘러싼 논란은 문학의 문제와 깊이 연결되었다. 균여(均如)나 의천은 한문과 우리말 사이의 간격을 깊이 의식하고, 사변적인 글과 문학작품이 서로 보완적인 구실을 해야 한다고 했다. 균여가 사뇌가를 짓고, 의천은 일반 문인의 경우와 같이 문집을 남겼다. 선종 쪽에서는 교리에 관한 논의보다 시 창작을 더욱 중요시하는 풍조를 보여주었다.

최병헌, 〈고려 중기 현화사의 창건과 법상종의 융성〉,《한우근박사 정년기념 사학논총》(지식산업사, 1981) ; 허흥식,《고려불교사연구》(일조각, 1986)에서 전반적인 동향을 파악할 수 있다.

6.4.2. 균여와 제관

균여(923~973)는 사뇌가를 짓고, 화엄종의 교리를 풀어 밝히는 방대한 저술을 남겼다. 〈균여전〉 제4·제5 두 대목에서 교리를 세우고 종지(宗旨)를 정했다든가, 불경의 여러 장을 해석했다든가 하는 활동을 다루면서 방대한 저술을 거론했다. 그 가운데 절반 정도가 해인사의 대장경 보판(補板)에 남아 있는데, 불교연구나 역사연구에 미루어두고 문학에서는 관심을 가지지 않는 것이 잘못이다.

먼저 〈균여전〉의 해당 대목을 요약해보자. 균여는 북악(北岳)의 법손(法孫)이라고 했다. 신라말에 해인사에 있던 화엄종의 두 고승 가운데 관혜(觀惠)는 견훤을 지지하고, 희랑(希朗)은 왕건을 도왔다. 두 쪽을 각기 남악과 북악이라고 했다. 균여는 두 파가 계속 다투는 것을 탄식하고 북악의 입장에서 남악까지 아우르고자 했다. 나라에서 왕륜사(王輪寺)에다 자리를 정하고 승과를 열 때 균여를 정통으로 삼고 나머지는 방계로 했다. 이런 서술은 균여가 광종의 시책에 따라서 불교통합을 추진하고 국가의 이념을 수립하기 위해 힘썼음을 알려준다.

광종과 균여의 관계가 언제나 밀착되어 있던 것은 아니다. 〈균여전〉의 다른 대목에서는 균여가 딴마음을 먹고 수행하고 있다는 말을 듣고 광종이 죽이려 했다고 했다. 광종의 꿈에 키가 열 자 가량이나 되는 신인이 나타나 법왕(法王)을 능욕했으니 반드시 불상사가 일어날 것이라고 해서, 균여를 석방시키고 참소한 사람을 목 베게 했다. 그 때문에 송악산 소나무가 저절로 넘어지는 등 재앙이 거듭 일어나 균여가 나서서 노래 한 수를 지어 붙이자 무사하게 되었다는 것이 사건의 결말이다.

균여는 신라말부터 선종이 대두해 화엄종을 비판한 데 맞서서 교리를 강화하고자 했다. 신라 화엄종은 독립된 종파라고 표방하지 않았으며 독자적인 교리를 자세하게 풀어 밝히지 않아도 되었으나, 균여 시대에 이르러서는 사정이 달라졌다. 화엄종으로 국가불교를 이룩하는 작업을 고도의 이론을 갖추어 진행해야 광종의 인정을 받고 다른 종파에 대한 우위를 확보할 수 있었다.

저술은 모두 화엄종을 일으킨 고승들의 선행업적을 해설한 것들이다. 화엄종을 정립한 당나라 지엄(智儼)에 관한 것이 다섯 종인데, 〈십구장원통기〉(十句章圓通記) 두 권이 남아 있다. 지엄의 후계자 법장(法藏)의 업적을 논한 것이 네 종 가운데 세 종이 남아 있다. 지엄의 제자이고 법장과는 동문수학한 신라 화엄종의 시조 의상(義湘)이 남긴 저술에 관한 것 하나가 〈일승법계도원통기〉(一乘法界圖圓通記)이다.

여러 대가의 저작 가운데 이해하기 어려운 것에 주해를 붙여 불법을 널리 펴고 중생을 이롭게 하려고 한 것이 저술을 한 동기라고 〈균여전〉에서 말했다. 번잡한 것은 요긴한 대목만 취하고, 은미한 것은 상세하게 궁구해서 그 뜻을 드러냈다고도 했다. 그러나 상당한 식견을 가진 사람만 읽을 수 있는 전문서적이다. 이해하기 어려운 대목을 풀어 밝힌다면서, 많은 말을 해서 더 어렵게 만들었다.

책 제목을 보면 '원통기'라고 한 것이 넷이고, '원통초'(圓通鈔)라고 한 것도 하나 있다. '원통'이란 막힘이 없이 두루 통달한다는 뜻이다. 논의의 대상으로 삼은 저술을 그렇게 이해한 내용을 서술하면서 불교의 이치는 하나로 회통될 수 있다는 생각을 나타냈다고 할 수 있다. 그러나 다룬 내용이 여간 까다롭지 않아, 쉽게 이해할 수 있는 결과를 얻은 것은 아니다.

균여는 책에 적은 내용을 먼저 말로 풀이했다. 균여가 말한 것을 제자가 받아 적으면서, 이두가 적지 않게 섞인 한문을 사용했다. 고종 때 어느 승려가 계룡산 갑사(甲寺)에 오래 보관하고 있던 문서 더미에서 균여의 저술을 발견하고 '방언'을 삭제하고 글을 다듬었다는 내력이 〈십구장원통기〉 후기 같은 데 있다. '방언'을 '나언'(羅言)이라고도 했다. 신라 전래의 표기법으로 적혀 있어서 그렇게 일컬었다고 생각된다.

균여는 난해하기 이를 데 없는 경전 해설이라도 널리 이해될 수 있기를 바랐던 것 같다. 한시가 아닌 사뇌가를 지었던 것과 같은 생각이다. 그런데 이두가 섞인 저술이나 사뇌가를 귀족불교에서는 대단치 않게 여겼다. 의천이 불교관계 저술을 모을 때 균여의 것은 하나도 넣지 않았다. 구석신 사찰에 남아 있는 문서 너미에서 균여가 쓴 글이 발견되었다는 것은 푸대접받은 증거이다. 균여의 저술은 의천의 영향력이 사라진 뒤에 비로소 평가되어 대장경에 포함되고, 그때 이두 표기의 우리말은 삭제되었다.

균여는 상반된 성향을 지녔다. 중생을 널리 이롭게 한다면서 아주 난해한 이론을 내놓고, 신이한 설화와 깊은 관련을 가지면서 엄정한 논리를 전개했다. 〈일승법계도원통기〉를 보면 그 점이 잘 드러난다. 의상의 〈화엄일승법계도〉(華嚴一乘法界圖)를 풀이하면서 의상을 누구보다도 존경하고 그 학문을 잇고자 했다. 의상이 간결하게 표현했던 바를 널리 이해할 수 있게 자세하게 풀이해 어디에도 치우치지 않은 원만한 이치에 이르려고 했다.

그런 경지를 원교(圓敎)라고 하고, 도달하는 과정을 밝혀 논했다. 색성(色聲)의 단계를 넘어서서는 무유색성(無有色聲)에도 머물지 않아야 마침내 유무무애(有無無碍)에 이른다고 했다. 색성의 단계란 있음의 이치를 밝히는 유식(唯識) 이론의 소관이다. 색성을 부정한다고 해서 무유색성이라 부른 쪽은 없음만 지나치게 강조한 것이니 다른 한편에 치우쳤다고 보았다. 화엄 계통이 아닌 공관론(空觀論)이 거기 해당한다. 끝으로 내세운 유무무애는 있음과 없음 어느 쪽에도 구애되지 않는 원교가 성상융회(性相融會)의 경지에 이른 화엄이라고 했다.

이렇다고 하면 말하고자 한 바는 어느 정도 알아차리게 할 수 있으나, 균여 글쓰기의 방식과는 아주 멀어진다. 간추리기 무척 어렵고, 간추리면 진면목이 사라지고 마는 것이 균여 저술의 특징이다. 화엄학이 본래 그렇다고도 하겠지만, 균여는 번거로운 이론을 자세하게 따지는 학풍을 철저하게 밀고나가 글을 쓰는 데 지칠 줄 모른 사람 같았다. 남의 글을 풀이하면서 미진한 구석이라고는 없이 다 밝히려고 했으니 수고가 여간 아니었다.

제관(諦觀) 또한 광종 때의 승려인데 생몰연대를 알 수 없다. 송나라 시절에 나온 어느 저술에 생애가 보이고, 〈천태사교의〉(天台四敎儀)라는 책을 남겨 세상에 알려졌다. 특별한 연유가 있어서 중국으로 건너가 거기서 세상을 떠났다.

당시 중국 오월(吳越)의 왕이 불교문헌을 보다가 모르는 말이 있어 여기저기 물어보니, 그것은 천태종의 용어인데 당나라 말기에 천태종의 전적이 모두 해외로 나가버려서 이제는 풀어 밝히기 어렵게 되었다는 대답을 얻었다. 예물을 갖추어 사자를 고려로 보내 도움을 청하자, 960년(광종 11)에 광종이 제관을 보냈다고 한다. 광종은 제관더러 소중한 책 몇 가지는 가지고 가지 말고 가지고 간 것들이라도 스승이 될 만한 사람을 찾아 물어보고 대답하지 못하거든 다시 가져오라고 했다.

중국 쪽의 기록에다 이렇게 적어놓은 것을 보면, 고려불교는 자료뿐만 아니라 이론에서도 중국을 오히려 능가하는 수준에 이르렀음을 알수 있다. 천태종은 고려에 널리 정착되지 않았지만, 높은 수준으로 이해하는 고승들이 있었다. 의통(義通, 927~988)이라는 승려가 제관보다 먼저 947년(정종 2)에 중국에 건너가 천태종의 제13대 교조 의적(義寂) 문하에서 공부하고 후계자로 발탁되어 제14대 교조가 되었다. 제관은 의적을 만나 스승으로 삼고 10년 동안 공부를 했지만, 자기가 지은 〈천태사교의〉는 내놓지 않았다고 한다.

제관은 어느 날 앉은 채로 죽었다고 했다. 사용하던 상자에서 빛이 나서 이상스럽게 여겨 열어보니 〈천태사교의〉가 들어 있더라고 했다. 본디 두 권이라고 했는데 지금 전하는 것은 한 권뿐이고 분량이 얼마 되지 않지만, 대단한 가치를 가졌다고 평가된다. 천태종을 처음 연 수나라 지의(智顗)가 지은 12권짜리 〈천태사교의〉가 먼저 있었는데 이용하기 번거로웠다. 제관이 그 내용을 간략하게 간추려 핵심을 밝혀 천태학을 공부하려면 누구나 제관의 저술부터 보아야 하는 것으로 되어 있다. 중국이나 일본에서 주석서가 거듭 나왔다.

제관이 말한 내용을 최대한 간명하게 간추려보자. 석가가 처음에는 대승의 이치만 말하다가 다시 소승의 이치를 말해서 범부를 끌어들이고사 하고, 나시 소승을 배격하고 대승만 내세우는 두 단계를 거쳐 마침내 소승과 대승이 하나임을 밝혔다고 했다. 마지막 단계에 설한 경전이 천태종이 근거로 삼는 〈법화경〉(法華經)이라고 했다. 논리와 상징을 함께 사용하는 방법으로, 설법순서와 수행단계를 일치시켜 논했다.

천태종이 불교의 최고경지임을 입증하고, 중생을 널리 포용할 수 있는 방안을 갖추어 더욱 훌륭하다고 했다. 제관이 힘들여 강조한 천태종의 교리는 '회삼귀일'(會三歸一)이라는 말로 요약된다. 사람은 등급이 나누어지지만, 모자라는 쪽이라도 함께 성불을 할 수 있다는 점에서는 보살과 같은 경지에 이른다고 한 것이다. 마음이 부처이고 중생이 부처라고 해서 미천한 중생을 존중해야 하는 이유를 밝혔다.

 그렇게 전개되는 천태종의 교리는 고려 광종 무렵의 상황에서 새삼스러운 설득력을 가질 수 있었다. 의통이나 제관이 중국에 가서 천태학을 깊이 연구한 이면에 광종의 지원이 있었다고 보면 시대상황과 불교교리의 구체적인 연결이 가능하다. 두 사람 다 귀국하지 못하고 중국에서 죽은 까닭이 광종대가 지나자 지방호족이 다시 득세해서 그동안의 개혁에 반동이 일어났기 때문이라는 견해가 있다.

 김두진, 《균여화엄사상연구》(일조각, 1983) ; 김철준, 〈고려초의 천태학 연구〉, 《한국고대사회연구》(지식산업사, 1975)에서 긴요한 연구를 했다.

6.4.3. 의천

 의천(1055~1101)은 문종의 넷째 아들이다. 11세에 출가하고, 13세에 우세승통(祐世僧統)이라는 칭호를 받았다. 31세에는 송나라로 건너가 여러 교단의 사상동향을 파악하고 많은 문헌을 수집했다. 이듬해 귀국해 흥왕사(興王寺)에 머물면서 그 목록을 작성하고 1천여 부 4천여 권에 이르는 불교 여러 종파의 저작을 간행하는 데 힘썼다. 천태종에 입각한 불교통합과 혁신운동을 일으키다가 세상을 떠났다. 죽기 바로 전에 국사로 책봉되어 대각국사(大覺國師)로 널리 알려졌다.

 왕실불교를 다시 일으키는 것을 첫째 과제로 삼았다. 문벌귀족이 득세해 왕실을 약화시키고 있던 판국을 역전시키기 위해 불교에서 할 일을 찾았다. 귀족불교의 대표적인 교파 법상종이 특히 인주이씨 가문과 깊이 연결되어 세력을 떨치고 있는 데 맞서서 화엄종을 내세웠다. 때로는 서울에서 추방되기도 했지만, 왕자의 지위에 힘입고 탁월한 능력을 발휘해 마침내 뜻한 바를 성취할 수 있었다. 그 다음 단계에는 교파의 대립을 넘어서는 국가불교를 이룩하고자 해서, 화엄종보다 한 걸음 더 나아간 천태종을 주장했다.

김부식(金富軾)은 1125년(인종 3)에 쓴 〈영통사대각국사비〉(靈通寺大覺國師碑)에서, 의천의 노력과 식견을 극력 칭송했다. 밤낮으로 쉬지 않고 노력해, 불도가 있는 곳이면 찾아가 공부해 불교 여러 종파의 문헌을 두루 섭렵하고, 유가나 도가의 책이며 그 밖에 백가의 설이라도 정수를 취하지 않음이 없었다고 했다. 근저를 캐고 논의를 종횡으로 펴는 데 막힘이 없는 경지에 이르렀다고 했다. 자기가 비문을 지어 이름을 적어 넣는 것이 영광이라고 했다.

의천은 다방면에 걸친 편찬과 저술 활동을 부지런히 했다. 불교 자료를 집성한 〈신편제종교장총록〉(新編諸宗敎藏總錄)이라는 목록이 오늘날까지 남아 있다. 방대한 분량의 화엄학의 총서 〈원종문류〉(圓宗文類) 두 권이 전한다. 고금 승려들의 문학 창작을 모아 〈석원사림〉(釋苑詞林)을 간행하려 했으나 뜻을 이루지 못했다. 본집 20권과 외집 13권으로 이루어진 〈대각국사집〉(大覺國師集)이 몇 권씩 결본된 채 전하는데, 시문이 큰 비중을 차지해 일반 문인의 문집과 그리 다르지 않다. 임금에게 올리는 글이나 국제적인 교섭에 필요한 서신도 적지 않고, 화폐 사용을 청한 논설도 있다.

　　지극한 이치는 그윽하고 미묘해 갖가지 주장이 복잡해서 문답할 때 인용하기 아주 어렵다. 더구나 근래에 이상한 것을 좋아하는 우리 종파의 무리들이 근본을 버리고 지말(枝末)을 좋아해 언설을 어지럽게 벌이는 탓에 마침내 조사(祖師)님들의 그윽한 뜻이 옹색하고 난해해졌다. 교관(敎觀)에 정통한 사람이라면 어찌 큰 병통이라 생각하지 않겠는가.

　문집 서두의 〈신집원종문류서〉(新集圓宗文類序)에서 이렇게 말했다. 지극한 이치는 원종이라고 일컬은 즉 화엄종의 원리이다. 지엽말단적인 것들만 늘어놓는 학풍이 성행해 근본이 불분명해졌다고 개탄하고, 그것은 말법(末法) 시대에 이른 징후라고 했다. 그렇게 말한 데 균여에 대한 비판이 포함되어 있다. 교리를 풀이한 관점과 저술의 문체가 모두 마땅하지 않다고 여겼다. 균여와는 다른 길을 택해, 의천은 번거롭고 장황한 논의를 더 보태지 않으면서 핵심을 찾으려고 애썼다.

　균여는 의상의 맥락을 이으려고 하고, 의천은 원효의 후계자이기를 바랐다. 경주 분황사까지 가서 원효의 자취를 찾고 〈제분황사효성문〉(祭芬皇寺曉聖文)을 지었다. "법을 구하는 사문 의천이 해동교주(海東敎主) 원효보살에게 글을 올립니다"라고 하고서, 풍속이 야박하고 어지럽게 되자 사람은 떠나고 도는 자취를 감추어 끼친 가르침을 이을 수 없었다고 했다. 원효가 나서서 백가가 다투는 실마리를 화합시키고 일대의 공정한 논의를 폈다고 찬양하고, 수많은 고승의 저술을 두루 보았으나 더 나은 이가 없다고 했다. 마지막 대목에서는 이렇게 말했다.

　　미묘한 말씀이 그릇됨을 슬퍼하고 지극한 도가 쇠잔함을 애석히 여겨, 멀리 이름난 산을 찾고 없어진 책을 두루 구하다가, 지금은 계림의 옛 절터에서 다행히 살아 계시는 듯한 모습을 우러르고, 취령(鷲嶺)의 옛 봉우리에서 그때의 법회를 만난 것 같습니다.

　원효의 소(疏)에 따라 〈금강경〉을 강하고 지은 〈의해동소강금강경경이유작〉(依海東疏講金剛經慶而有作)에서도 원효를 찬양했다. 불법을 닦자는 것은 의혹을 없애기 위함인데, 그동안 수많은 책을 공부했으나 어둠 속에서 헤맸다고 했다. 그러다가 원효를 만나 크나큰 감격을 느꼈다고 다음과 같이 말했다.

義語非文契佛心　올바른 말씀은 글로 꾸미지 않아도 불심에 맞나니,
芬皇科教獨堪尋　분황사 스님 가르침에 따라서만 경의 뜻을 찾으리.
多生孤靈冥如夜　거듭 나기나 하는 외로운 혼령 어두운 밤을 헤매다,
此日遭逢芥遇針　오늘 만남은 겨자가 바늘을 찾은 듯한 기적이로다.

원효의 민중불교를 잇고자 한 것은 아니다. 왕실불교에서 국가불교로 나아가면서 폐쇄성을 극복하고 포용성을 가지고자 한 것이 기본 방침이었다. 의천이 바라는 바는 '교관병수'(教觀幷修)로 집약되었다. '교'라고 하는 교종의 이론과 '관'이라고 하는 선종의 수행을 함께 해야 비로소 그 어느 쪽에서도 막히지 않는다고 했다. 귀족불교를 누르고 국가불교를 이룩하는 데 선종과의 제휴가 절실하게 요망되었다. 천태종에서 이미 개척한 그 방향을 자기 자신의 깨달음을 통해 철저하게 확인했다.

　법(法)은 말이나 형상이 없지만 말이나 형상을 떠난 것은 아니다. 말이나 형상을 떠나면 미혹에 빠지고, 말이나 형상에 집착하면 진실을 모른다. 다만 세상에는 온전한 재능이 없고 사람은 온통 아름답기 어려우므로 교리를 배우는 사람은 흔히 마음속은 버리고 밖의 것만 구하고, 참선을 익히는 사람은 도움이 될 수 있는 것은 버리고 마음속만 밝히고자 하니, 둘 다 지나친 고집으로 변두리에 머문다.

〈강원각경발사〉(講圓覺經發辭) 두 번째 글 서두에서, 경전공부와 참선수행 어느 한 쪽만으로는 온전할 수 없는 한계를 극복해야 한다고 이렇게 말했다. 교관병수는 그 양쪽을 아우르는 불교 탐구의 자세일 뿐만 아니라 글쓰기의 방법이기도 했다. 이론 논술만 하는 글을 남기던 단계와, 역설이나 비유에 가득 찬 언설을 애용하며 시를 중요시하던 단계의 중간 위치에 서서 그 둘 다 풍부하게 보여주었다.

海印森羅處	고요하게 만물을 다 비추는 바다
塵塵大道場	티끌 같은 세계마다 커다란 도량이다.
我方傳教急	나는 바로 교를 전하기에 급하고
君且坐禪忙	그대는 또한 참선하기에 바쁘다.
得意應雙美	뜻대로 된다면 둘 다 좋겠지만,
隨情卽兩傷	기분대로 하다가는 양쪽이 잘못되리라.
圓融何取捨	원융을 해야 하지 어찌 취하고 버릴 것이냐.
法界是吾鄉	법계가 바로 내 고향이 아닌가.

제목을 〈기현거사〉(寄玄居士)라고 한 시이다. 교를 전하는 사람이 참선하는 승려를 상대로 해서, 교종과 선종이 각기 자기대로의 길만 주장하는 것은 잘못이라고 한 말이 최상의 짜임새를 갖춘 오언율시를 이루었다. 처음 두 줄에서는 진리가 무한하다는 것을 말했다. 두 번째와 세 번째 두 줄은 대립과 분열의 영역이다. 마지막 두 줄에서는 생각을 바꾼다면 누구나 무한한 진리와 합치될 수 있다고 했다. 분열과 무한이 어떤 관계인가 따지는 교종의 작업을, 분열에서 무한으로 나아가는 선종의 각성과 함께 제시했다.

조명기, 《고려대각국사와 천태사상》(동국문화사, 1964)에서 사상을 ; 이종찬, 《한국불가시문학사론》(불광출판사, 1993) ; 인권환, 《한국불교문학연구》(고려대학교출판부, 1999)에서 문학을 고찰했다.

6.4.4 계응 · 혜소 · 탄연

의천의 뒤를 이은 이름난 제자는 혜소(惠素)와 계응(戒膺)이다. 둘 다 생몰연대 미상이지만, 생애를 알 수 있는 자료가 약간은 남아 있다. 혜소는 흥왕사에서 머물러 의천의 후계자 노릇을 했다. 김부식과 특히 가까이 지내 화답한 시가 많았다. 계응은 국사의 시호를 받아 무애지국사(無碍智國師)로 알려져 있다. 멀리 태백산 각화사(覺華寺)에 들어갔다. 예종이 불러서 대궐로 오게 되자, 소나무나 학과 벗을 하다가 하루 아침에 장에 갇힌 새처럼 되었다고 한탄하는 시를 짓고 돌아가기를 염원했다.

의천 사후의 상황이 노선 분열의 원인이 되었다. 의천이 국가불교를 수립하겠다는 이상은 이루어지지 않았으며, 귀족불교가 아닌 왕실불교가 따로 있기도 어려웠다. 의천이 이룩해놓은 교단의 세력을 그대로 지니고자 하면 문벌귀족과 제휴를 할 수밖에 없었다. 혜소는 그쪽이었다. 의천이 희망했던 바를 불교 이론에서나마 살리자면 타협을 거부하고 차라리 산속으로 들어가야 할 판이었다. 계응은 그 길을 택했다.

오늘날의 강원도 명주군의 동해안에 한송정(寒松亭)이 있었다. 그 곁의 우람한 솔숲은 신라 때 사선(四仙)이라고 한 화랑 넷이 따르는 무리 3천과 함께 한 사람이 한 그루씩 심었다고 하는 말이 전해졌다. 몇백 년 지나, 계응과 혜소가 거기 가서 그 솔숲을 보고, 각기 오언절구한 수씩 지어 소나무의 의미를 두고 깊이 생각한 바를 나타냈다. 두 작품이 〈파한집〉에 함께 실려 있어 흥미롭다.

> 千古仙遊遠　아득한 시절에 놀던 신선은 멀리 갔어도
> 蒼蒼獨有松　푸르고 푸른 소나무는 남아 있도다.
> 但餘泉底月　오로지 샘물 밑에 달은 남아서,
> 髣髴想形容　그 모습을 어렴풋하게 생각하게 한다.

이 시를 지은 혜소는 멀리 가고 없는 사람들을 흠모해 그 모습을 찾고자 했다. 푸른 솔숲이 남아 있어 거기서 놀던 화랑의 무리가 어떤 마음을 지녔던지 짐작할 수 있다고 했다. 소나무는 천년의 수를 누리므로 과거를 현재로 잇고 있다. 푸르름을 보고 놀라워 과거를 다시 보면서 현재의 왜소한 생각에서 벗어나게 하는 충격이 크다. 소나무만으로는 부족하다고 여겨 우물 밑에 비친 달에서도 가고 없는 사람들의 모습을 찾았다. 이 시에서 소나무는 훌륭한 인물의 자랑스러운 모습을 상징한다.

在昔誰家子　　그 옛날 어느 집 아들들이
三千種碧松　　삼천 그루나 푸른 솔을 심었던가.
其人骨已朽　　사람의 뼈야 이미 썩었지만,
松葉尙茸容　　솔잎은 더욱 무성하기만 하다.

계응은 이 시에서 솔을 심은 사람이 누구든, 어떤 부귀를 누렸다 하더라도 죽어 없어지는 것은 어쩔 수 없을 뿐만 아니라 당연하다고 했다. 뼈가 이미 썩었다고 하는 끔찍스러운 말까지 구태여 해서 생각이 빗나가지 않게 했다. 없어지고 만 것에 대한 회고야 너절하기만 하니 이미 이룬 바에 집착하지 말고 어떤 방식으로든지 삶을 연장시키려는 생각을 아예 버려야 푸르고 무성한 솔숲 같은 자랑스러운 경지에 이를 수 있다고 했다. 이 시에서 소나무는 물질이나 육체의 조건에 매이지 않는 고결한 정신을 나타낸다고 할 수 있다.

이 두 시를 비교해 고찰한 이인로(李仁老)의 말이 적절하다. 혜소의 시가 비록 짜임새가 있기는 하지만, 계응이 천취(天趣)를 자연스럽게 갖춘 경지를 따를 수 없다고 했다. 천취란 애써 찾아내 말을 꾸미지 않아도 저절로 나타나는 생각이자 표현이다. 그것이 시가 이를 수 있는 최고의 경지라고 할 수 있다.

선종의 승려 가운데 이름과 작품을 남긴 사람도 있었으니 탄연(坦然, 1070~1159)이다. 그동안 선종은 궁지에 몰렸다. 선문구산으로 분열되었다가 교종의 비판을 받고 밀려났다. 문벌귀족과 제휴하지 않아 세력을 얻을 수 없었다. 선종을 다시 일으킬 만한 고승은 좀처럼 나타나지 않았다. 다만 탄연은 선종도 왕실과 가까울 수 있음을 입증해 대감국사(大鑑國師)라는 시호를 얻었다.

탄연은 사상적인 활동이 알려져 있지 않고 명필로 이름을 얻었으며,

격조 높은 시인이라는 평을 들었다. 선종에서 소중하게 여기는 마음의 각성을 사상적인 논설로 펴기보다는 예술적 감각으로 표현하는 데 더 힘썼음을 알 수 있다. 불교의 높은 경지에 이르렀기에 설명하거나 주장하려고 애쓰지 않는다는 것을 시를 지어서 나타내려고 했다. 〈보한집〉에 전하는 〈문수사〉(文殊寺)를 보자.

一室何蓼廓	방이 하나 어찌 그리 휑한지,
萬緣俱寂寞	온갖 시름이 모두 잠잠해지네.
路穿石罅通	길은 돌 사이로 통하고,
泉透雲根落	샘물은 바위틈에서 솟아 떨어지네.
晧月掛簷楹	흰 달이 처마 기둥에 걸려 있고,
凉風動林壑	서늘한 바람 숲 골짜기를 움직이네.
誰從彼上人	누가 저 어른을 따르면서
淸坐學眞樂	맑은 자리에 앉아 참 즐거움 배우리.

언뜻 보면 절간 풍경을 읊었다. 절에 가니 높은 스님을 따라 배우고자 하는 마음이 일어난다는 뜻을 나타낸 것 같지만, 그 정도는 아니다. 어느 말이든 자체로서 생동하는 맛을 지니면서 은근하게 풍기는 바가 놀랍다는 것을 알아야만 온전하게 이해할 수 있다. 방이 밝고 커서 온갖 시름을 잠잠하게 한다는 대목은 있는 그대로의 대상을 묘사한 것이면서 스님의 높은 정신세계를 암시했다. 절에 이르자면 돌구멍을 뚫어 통하는 길을 거쳐 샘물이 떨어지는 곳을 가로질러야 한다는 말은 험난한 편력을 나타냈다. 흰 달이나 서늘한 바람은 깨달은 경지이다. 참 즐거움은 새삼스럽게 배워야 할 무엇이 아니고 시를 제대로 읽으면 서절로 알 수 있다.

앞에서 든 이종찬, 《한국불가시문학사론》; 인권환, 《한국불교문학연구》를 다시 참고할 수 있다.

6.5. 설화와 역사 사이

6.5.1. 민간전승의 저류

고려의 통치체제가 확립되고 이념 정립도 아울러 이루어지자 설화는 적지 않은 타격을 받았다. 화엄종이나 천태종으로 대표되는 이론불교가 초경험적인 영역에 대해 함부로 상상하는 것을 허용하지 않았으며, 유학에 입각한 합리주의 또한 인간 만사를 설화로 풀이하는 데 대해 비판하고 나섰다. 귀족문화를 확립하면서 하층의 움직임은 관심의 대상에서 벗어났다. 민간전승을 파악할 수 있는 자료가 크게 줄어든 점이 전후의 시기와 많이 다르다.

그런 가운데 단편적인 기록은 이따금 있어 숨겨져 있는 저류를 짐작할 수 있게 한다. 〈고려사〉 열전에, 김인존(金仁存, ?~1127)이라는 재상이 화를 면한 일화가 있다. 관청으로 출근하다가 거리에서 부르는 동요를 듣고 타고 가던 말에서 떨어져 몸져누운 덕분에 자리에서 물러나 권신의 박해를 피할 수 있었다고 했다. 마땅한 거취를 알 수 있게 하는 지혜가 동요에 나타나 있다고 여긴 것이 별난 생각이 아니었다. 김인존은 다른 몇 사람과 함께 음양과 지리의 비결을 모은 〈해동비록〉(海東秘錄)을 지었다고 하는데 전하지 않는다.

민간전승을 살펴 민심의 동향을 파악하는 것은 중세 통치자가 당연히 해야 하는 일로 여겼다. 상하층 사이의 통로가 거의 닫혀버린 고려 전기에도 그런 국왕이 있었다. 권신들에게 둘러싸여 사치와 방탕을 일삼다가 무신란을 만나 쫓겨나는 결과를 초래했다고 알려진 의종이, 뜻밖에도 무엇이 잘못되었는지 알아차리려고 자기 나름대로 애쓴 자취가 나타난다. 전국에 관원을 파견해 정자나 역사(驛舍)처럼 행인이 많은 곳에 써 붙여 놓은 시가 있으면 모두 기록해 오라고 시켜, '풍요'(風謠)와 '민물'(民物)이 잘되고 못되는 바를 살피는 자료로 삼았다고 〈파한집〉에 기록되어 있다.

적어다가 보고한 시는 한시이지만 백성들이 마음속에 간직한 생각을
전한다고 인정해 풍요라고 일컬었다. '민물'이란 백성의 물질생활이다.
노래를 들으면 사는 형편을 알 수 있다고 여겨 그 둘을 나란히 들었다.
수집된 시를 보다가 임금이 한참 동안 말이 없어, 신하들이 어쩔 줄 몰
라 했다는 것이 두 편 있었다고 했다. 첫 번째 것을 들면 다음과 같다.

終日曝背耕　　뜨거운 햇빛 등에 받고 종일 밭 갈아도
而無一斗粟　　곡식이라고는 한 말도 남아 있지 않네.
換使坐廟堂　　맡은 일을 바꾸어 묘당에 앉으면,
食穀至萬斛　　먹을 수 있는 곡식이 만석이나 된다.

묘당에 앉은 관원이라고 해서 곡식 만석을 다 먹어치우는 것은 아니
다. 당시에는 곡식이 돈이니 만석이 있으면 소비생활을 마음대로 할 수
있었다. 곡식을 생산하는 농민은 연명하기도 어려운 것과 극과 극의 대
조를 이루었다. 한시 모습을 갖추고 있지만 표현이 다듬어지지 않았다.
민요를 그대로 옮겼다고 보는 편이 타당하다. 임금도 그렇게 여겨 말이
없었다. 말뿐만 아니라 대책도 없어 무신란이 터지고 이어서 민란이 거
듭되는 것을 막지 못했다.

　　이 대목의 자료를 정홍교, {고려시가유산연구}(과학·백과사전출
판사, 1984)에서 얻었다.

6.5.2. 화풍과 국풍

성종이 '화풍'(華風)을 즐겨 따르자 반론이 일어났다는 말이 <고려
사> 열전 서희(徐熙) 대목에 보인다. 이지백(李知白)이 선두에 나서서
연등회(燃燈會)와 팔관회(八關會)를 다시 열고 선랑(仙郎)을 두는 풍
속도 이어야 나라를 보존할 수 있다고 했다. '화풍'의 반대말은 문면에

나타나 있지 않으나 '국풍'(國風)이라고 할 수 있다. 중국 전래의 문화 규범인 '화풍'에 치우쳐 민족문화의 전통인 '국풍'(國風)을 버리지 말아야 한다고 한 것이다.

'화풍'과 '국풍'을 함께 갖추고 나란히 발전시켜야 한다는 것이 고려의 건국이념이었다고 할 수 있다. 그런데 광종 때의 개혁을 거치면서 균형이 깨어지기 시작했다. 통치체제를 정비하면서 내세운 상층의 사상은 화풍을 존중하는 쪽으로 기울어졌으므로 불만을 가진 쪽에서 반론을 했다.

성종은 이지백의 제안을 일단 따른 것으로 되어 있으나, 문제는 표면에 나타난 정도 이상의 심각한 양상을 띠었다. 북방민족의 침입이 계속되는 상황에서 나라를 보존하려면, 화풍을 수준 높게 이룩하고 외교에 힘쓸 것인가 아니면 국풍을 존중해 진취적인 기상을 길러야 할 것인가 하는 두 주장이 접합점을 찾지 못하고 극단으로 치달았다. 문벌귀족으로 자리잡은 지배층은 종잡을 수 없는 설화 따위를 일소하고 명분과 도리를 갖춘 역사의식을 가져야 한다고 했다. 상층이라도 기존체제에 불만을 가진 세력은 하층의 민간전승과 연관을 가지고 신이한 설화를 이으면서 민족의식을 드높이고자 했다.

<고려사>는 양쪽의 움직임을 다 보여주는 것을 임무로 했지만, 엮은 사람들의 사고방식이 앞쪽에 동조하고 있어 뒤쪽은 허탄하다든가 요사스럽다든가 하는 인상을 주도록 다루고, 정치적인 사건을 일으키는 경우가 아니면 자세하게 취급하지 않았다. 그런데 중국 사신이 와서 남긴 견문기 <고려도경>(高麗圖經)은 아주 다른 자료를 남겨 주목된다. 사우(祠宇) 대목에서 도교사원과 불교사원을 소개한 끝에 나라에서 존중한 민간신앙의 제당을 넷 들고 그 유래를 설명했다.

동신사(東神祠)에서는 동신성모(東神聖母)를 제사지낸다고 했다. 나무로 깎은 여인의 모습을 하고 있는 그 신은 부여(夫餘)의 아내이고 하신(河神)의 딸이며, 주몽(朱蒙)을 낳아 고려의 시조가 되게 해서 받든다고 했다. 건국시조 신앙을 지속시켜 고려가 고구려를 이은 나라임을 분명하게 했다.

숭산묘(崧山廟)의 신은 산신이다. 거란군이 침입했을 때 숭산묘의 신이 밤중에 소나무 수만 그루로 변해서 사람 소리를 내자, 원군이 있는가 의심하고는 물러갔다고 했다. 그 뒤 나라에서 제사를 지낼 뿐만 아니라, 백성들이 재난이나 질병이 생기면 옷을 시주하고 좋은 말을 바치며 빌기도 한다고 했다. 신이 옷을 입고 말을 탄다고 믿었기 때문에 그랬던 것이다. 그런 절차는 단순한 기도가 아닌 제대로 된 굿이다. 합굴룡사(蛤窟龍祠)와 오룡묘(五龍廟)의 신은 용신이다. 산신과 용신을 함께 숭앙했다.

동신성모나 숭산산신을 수호신으로 섬기는 쪽에서는 설화를 통해 역사를 이해했다. 신의 내력이나 활동이 의심할 바 없는 사실이라고 믿으면서 고구려 이래의 신앙을 잇고 국난을 극복하는 신이한 행적이 재현되기를 바랐다. 그런 사람들이 신화적 질서를 재현할 수는 없었지만, 사사로운 관심사를 넘어선 공동의 전설이 풍부하게 전승되고 다시 생겨나게 하는 데 적극적인 기여를 했을 것이다.

고려전기에도 역사를 취급한 책이 여럿 이루어졌다. 그 시절에 이루어진 〈삼국사〉(三國史)가 있어 나중에 〈삼국사기〉(三國史記)로 개작하는 저본 노릇을 했다. 박인량은 〈수이전〉(殊異傳)을 편찬하거나 다듬고, 〈고금록〉(古今錄)을 지어 비밀스러운 곳에 간직했다고 한다. 앞에서 말한 바와 같이, 김인존은 〈해동비록〉을 편찬했다. 문종 때 누가 지었다고 하는 〈가락국기〉(駕洛國記), 의종 때 김관의(金寬毅)가 편찬한 〈편년통록〉(編年通錄)도 소중한 저작이다.

그런 책은 대부분 설화에 가까운 역사이거나 설화집이었다. 〈삼국사〉는 설화에 더 많이 의존한 점이 개작본 〈삼국사기〉와 달랐을 것이다. 〈가락국기〉에서는 가락국의 역사를 설화나 민속을 대폭 수용해 정리했다. 〈수이전〉은 전승된 설화를 다양하게 모았다. 〈편년통록〉은 고려 건국신화를 전한다. 〈고금록〉이나 〈해동비록〉은 전하지 않으나, 고대부터 그 당시까지의 비정통적인 자료나 전승을 수록했다고 생각된다.

〈삼국사〉를 제외한 나머지 책은 국풍 계통의 전승에 깊은 관심을 가졌으므로, 화풍을 더욱 존중하는 지배적인 이념과는 맞지 않아 이단으로 취급되었으리라고 생각된다. 그래서 배격되고, 배격되는 데 맞서서 더욱 치열한 반론을 펴기도 했을 것이다. 묘청이 중앙정부에 반기를 들었을 때 호국백두악(護國白頭岳) 태백선인(太白仙人)을 비롯한 여덟 성인을 모셨다고 하는 것을 보면, 민간전승과 깊은 연관을 가진 이단적인 역사관이 반역의 사상적 배경이다. 묘청의 반란을 진압한 김부식은 이단 청산의 필요성을 절감하고 올바른 역사관을 정립하려고 〈삼국사기〉를 지었다.

〈삼국사기〉에서 논쟁이 끝난 것은 아니다. 〈삼국사기〉에 구애되지 않고 역사를 이해하는 민간전승이 이어지고 늘어나는 것을 막을 수 없었다. 고려후기에 이르면 〈동명왕편〉(東明王篇)이나 〈삼국유사〉(三國遺事)가 나와 〈삼국사기〉에 반론을 제기했다.

《문명권의 동질성과 이질성》(지식산업사, 1999)에서 중세 역사서술의 특징과 변이를 세계 전체의 범위에서 살폈다.

6.5.3. 비범한 인물의 탄생

고려는 국가 통치에서 신화를 청산하는 방향으로 나아갔다. 왕실의 선조는 신이한 내력을 갖추어 태어나고 신화적인 과업을 이루었다 하고, 태조 이하의 군주는 큰 공적이 있어도 실제의 행적을 어느 정도 상상을 보태 소개하는 데 그쳤다. 신화를 멀리하고, 영웅전설이 지닐 수 있는 설득력도 동원하지 않으면서 중세국가의 통치이념을 이룩하고자 한 것이 커다란 발전이다.

그러나 국가 시책에 따라 민간전승까지 바뀐 것은 아니다. 군주가 아니며 행적이 비범하다고 할 정도의 인물에 관한 이야기가 이따금 신화적인 요소까지 지닌 영웅전설의 모습을 갖추어 전해졌다. 그 주인공에 문신, 승려, 장군 등이 두루 보이는데, 탄생이 신이하다고 해서 그 뒤의 활동이 반드시 놀라운 것은 아니다. 선택된 인물이 위대하다는 사실에 이야기 형성의 이유가 있다기보다는, 민중영웅을 희구하는 전통이 어떻게 하다보니 특정 인물과 결부되었으리라고 보는 편이 타당하다.

태조를 도와 건국과 통일을 이룩한 인물들 가운데 특별히 두드러진 위치를 차지하지는 않는 최응(崔凝)의 탄생이 예사롭지 않다고 이야기를 했다. 〈고려사〉 열전 최응 대목의 서두에 전하기를, 어머니가 임신을 했을 때 그 집의 오이 줄기에 참외가 맺혀 고을 사람들이 궁예에게 고하니, 점을 쳐보고 생남하면 나라에 불리하니 없애라고 했다 한다. 그 점은 궁예 자신과 같다. 궁예가 시키는 대로 하지 않고 부모는 최응을 숨어서 길렀다. 궁예가 최응을 발탁하고 성인을 얻었다고 좋아했다가 낭패를 보았다.

궁예가 왕건을 죽이고자 할 때 최응이 지혜를 발휘해 왕건이 위기를 모면했다는 이야기가 이어져, 궁예에 대한 최응의 반역을 실증했다. 반역해 나라를 세운 지배자 밑에 다시 반역을 하는 인물이 있어 나라가 거듭 뒤집어졌다. 나라에 반역을 할 조짐이 있다고 죽이라고 했다는 아이에 관한 이야기가 이리저리 돌아다니다가 최응과 결부되었다고 보는 편이 적합할 것 같다. 아기장수이야기의 원형이라고 할 수 있는 것이 비극적으로 끝나지 않았다.

신라 때에는 많던 고승의 신이한 행적에 관한 이야기가 고려에 들어와서는 찾아보기 어렵게 되었다. 더러 있어도 신이한 행적과는 거리가 먼 내용이다. 불교가 체계적인 교리를 통해 설득력을 확보하는 방향으로 나아가면서 설화의 개입을 배제했다. 민중불교가 자취를 감추어 고승 이야기를 파격적으로, 희극적으로 전개하지 않았다.

그런데 균여(均如)는 특이한 데가 있다. 의천(義天)과 견주어보면, 의천에 관한 설화는 그 많은 자료에서 찾을 수 없으나 〈균여전〉에는 설화라고 할 것들이 이어져 나온다. 탄생, 수난, 지은 노래의 영험 등을 설명할 때 신이한 사연이 곁들여 있어, 균여가 고답적인 이론을 전개하는 데 그치지 않고 예사 사람들과 가까워지고자 한 면모를 확인할 수 있게 한다.

탄생설화가 특히 흥미롭다. 잉태할 때 어머니가 꿈을 꾸니 누런 봉 한 쌍 보였다는 것이 서두이다. 봉이 하늘에서 내려와 품에 들어, 나이 60인 어머니가 임신을 하고 7개월이 채 못 되는 20순만에 출산했다. 태몽이 예사롭지 않아 위대한 인물임을 말하고서, 임신 기간은 예외적으로 짧았다고 했다. 균여를 예사 사람 이상이라고 높이면서 그 이하라고 낮추기도 했다. 탄생한 다음에 일어났다고 하는 다음 사건은 낮추는 쪽이다.

> 스님은 처음 탄생하자 용모가 너무 추해서 비할 데가 없었다. 부모는 기뻐하지 않아 길거리에 버렸더니 까마귀 두 마리가 날개를 이어서 몸뚱이를 덮어주었다. 길손이 이상한 광경을 보고 집을 찾아가 자세하게 이야기했다. 부모는 뉘우치고 한탄해 거두어 기르면서 모습을 숨겼다. 상자 속에 넣어 숨겨두고 젖을 먹이다가, 두서너 달 후에야 동네 사람들에게 보여주었다.

이 대목은 신화의 주인공이 겪던 수난을 되풀이했다. 내다버렸더니 새가 덮어서 보호했다는 것은 주몽에게서부터 보던 바이다. 상자는 탈해를 넣어 떠내려 보낼 때 쓰던 것을 생각나게 한다. 그러나 모습이 추했다는 것은 많이 약화된 비정상이다. 나중에는 그냥 길렀다고 해서 긴장이 해소되었다. 그 다음에 강보에 있을 때부터 화엄(華嚴)의 게(偈)를 잘 읽었다고 한 것 같은 비범함은 영웅다운 행적과 연결되지 않는다. 영웅의 일생을 서두만 갖추었다.

이 자료는 신화에서 물려받은 유산인 영웅의 일생이 계속 구전되면서 해당되는 인물을 찾고 있었다는 증거라고 할 수 있다. 비정상적으로 태어나서 바로 버림받은 아이가 죽을 고비에서 벗어나 거듭되는 고난을 물리치고 위대한 승리를 이룩했다는 사건 유형이 실제 인물 균여와 잘 맞아들어갔다고 하기는 어렵다. 서사무가에서 잇고 있었다고 생각되는 오랜 전승의 저류가 새로운 의미를 지니고 부상하려면 미흡하더라도 구체적인 예증이 있어야 했다.

균여의 생애에서 그 뒤에도 이따금 일어났다고 하는 신이한 사건은 하늘이 돌보아주는 승려의 도술로 설명할 수 있는 것들이어서, 이야기의 양상이 달라지고 있었음을 알 수 있게 한다. 그런 사건은 후대의 소설이 풍부하게 갖추게 된다. 균여는 수난의 주인공이면서 도승이기도 한데, 후대의 소설에서는 그 둘이 분리되었다.

거란의 침입을 물리치고 나라를 구한 강감찬(姜邯贊)을 주인공으로 삼은 이야기가 많은 것은 당연하다. 강감찬이 무슨 기이한 연유로 태어났다든가 도술을 어떻게 부렸다든가 하는 말도 파다하게 전해졌는데, 그 연원이 생존 당시에 이미 마련되었을 수 있다. 그런데 〈보한집〉에 보이고 〈고려사〉에서도 받아들인 이야기는 다음과 같은 것뿐이다.

> 세상에 전하기를 사신(使臣)이 밤에 시흥군에 들어가 큰 별이 인가에 떨어지는 것을 보고 관리를 보내 알아보게 하니, 마침 그 집 며느리가 아이를 낳았다고 했다. 사신이 마음속으로 이상하게 생각해서 데리고 돌아와 기른 그 아이가 강감찬이다. 강감찬이 재상이 되자 송나라 사신이 보고서 자기도 모르게 절을 하며, "문곡성(文曲星)이 보이지 않은 지가 오래 되었더니, 지금 여기 계시는구나"라고 했다고 한다.

강감찬이 시흥군의 어느 인가에서 태어났다고 했을 뿐이고, 가문이 어떻고 아버지는 누구라는 말은 하지 않았다. 〈고려사〉 열전 강감찬 대목 앞쪽에서 아버지가 태조를 섬겨 최고 공신의 지위를 차지했다고 분명히 밝혔는데, 세상에 전하는 이야기는 그런 사실에 관심을 두지 않았다. 강감찬이 이름 없는 백성의 자식인 듯이, 그래서 태어난 집에서 자라지 못하고 누가 데려다 길러 나라에 알려질 수 있었던 것으로 꾸며놓았다.

출신을 미천하게 한 것은 강감찬을 민중영웅으로 만들고자 한 개변이어서, 국풍의 발상이라고 할 수 있다. 천상의 무슨 별이 떨어져 강감찬이 태어났다고 하고, 다시 문곡성이 지상에 와서 강감찬이 되었다고 한 것은 도교적인 발상에 근거를 두고 중국에서 먼저 생겨난 설화의 수용이어서, 화풍이라고 할 수 있다. 후대에도 강감찬이 미천한 영웅임을 강조하는 전설이 널리 관심을 끄는 한편, 별이 떨어졌다는 곳을 낙성대(落星垈)라고 부르면서 명소로 삼고 있다. 강감찬 전승에는 그처럼 국풍과 화풍이 공존했다.

천상의 별이 강감찬으로 태어났다는 것은 이른바 적강소설(謫降小說)의 근간을 이루는 설정의 기원이라 할 수 있다. 신라 때의 설화에서는 찾을 수 없던 그런 요소들이 나타나 후대의 소설과 연결된 것은 주목할 만하다. 고려전기는 화풍이 국풍의 영역인 설화에까지 진출해 귀족적 영웅을 그리는 이야기의 원형을 마련했다고 생각된다.

〈고려사〉 열전 서희(徐熙) 대목에서 서희의 할아버지 신일(神逸)이 겪었다는 사건을 말한 것도 흥미로운 설화이다. 사냥꾼에게 쫓기는 사슴을 보고 신일이 화살을 뽑은 다음 숨겨주었더니, 꿈에 신인이 나타나서 "사슴이 내 아들인데 그대 덕분에 죽지 않았으니, 그대의 자손이 대대로 정승이 되게 하리라"라고 했다고 했다. 강감찬보다 앞서 거란의 침입을 물리친 구국의 영웅 서희가 그렇게 해서 태어났다고 했다.

그런 보은담은 대대로 높은 지위를 누리는 것이 보은의 결과라고 하고 있어 득세한 귀족에게는 참으로 매력이 있고, 그렇지 못한 쪽은 선망하면서 귀를 기울였을 만한 이야기이다. 나중에 고종 때 박세통(朴世通)이 자라를 살려주고 대대로 정승이 되는 보은을 받았다는 것도 같은 유형이다. 부귀를 누리는 가문은 그만한 이유가 있다고 하고, 상하의 구분을 무너뜨리지 못하게 막는 작업을 설화에서 한 것이 전에 없던 일이다.

최철·안대회 역주, 《균여전》(새문사, 1986)에 자세한 해제도 있다. 정하영, 〈균여전의 전기(傳記)문학적 성격〉, 《한국언어문학》 20

(한국언어문학회, 1981) ; 김승호, 《한국서사문학사론》(국학자료원, 1997)에서 균여 설화를 고찰했다. 박세통 설화는 《인물전설의 의미와 기능》(영남대학교출판부, 1979)에서 다루었다.

6.5.4. 〈가락국기〉

〈삼국유사〉에 실려 있는 〈가락국기〉(駕洛國記)는 서두에 저술 연대와 저자에 관한 말이 있다. "문종 시절 대강(大康) 연간에 금관(金官) 지주사(知州事)였던 문인이 지은 것인데, 여기 그 개요를 간추려 싣는다"고 했다. '대강'은 요나라의 연호이며 1075년에서 1083년까지, 고려 문종 29년에서 순종 1년까지이다. '금관'은 지금의 김해이다. '지주사'는 지방수령이다. 그 문인의 이름은 전하지 않고 〈가락국기〉의 원본은 볼 길이 없으나 그런 책이 이루어졌다는 것은 주목할 만한 일이다.

문종 때라면 중앙집권적 통치질서가 이미 확고하게 이루어진 시기이다. 지방호족 세력은 몰락하고, 호족을 대신한 향리는 정치적으로 무력할 뿐만 아니라 독자적인 문화를 이룩할 능력이 없었다. 수도 개경의 귀족문화는 날로 융성해지고 지방문화는 보잘것없게 되는 것이 어쩔 수 없는 추세였으리라고 생각된다. 그런데 중앙정부에서 파견된 수령이 예사롭지 않은 책을 저술했다.

지금의 김해인 금관은 옛적 가락 또는 가야 가운데 으뜸인 나라가 번영을 누리던 터전이다. 가야는 신라에 망하고 신라가 고려에 합병된 다음 백여 넌이 지났으니 모두 과거일 따름이라고 하기 쉬우나, 그런 것만은 아니었다. 건국시조 수로왕의 후예라고 자처하는 사람들이 그곳에서 향리 노릇을 하면서도 위대한 전통을 이어 자기네 오랜 전승을 자랑하면서 지방문화를 육성하고 있었다. 수령으로 간 사람이 그 사실을 발견하고 감명을 받아 〈가락국기〉를 저술했다.

〈가락국기〉는 분류하자면 역사서지만 문화의 총체적인 내용을 담고 있다. 기존 역사서를 따르지 않는 다각적인 서술을 했다. 문헌기록의 미

비점을 현지조사를 통해 보충하는 방법을 썼다. 건국신화가 당시의 놀이
와 연결되어 있는 사실에 깊은 관심을 보이고, 그 지방 사람들이 자랑하
는 것이라면 무엇이든 의미 있게 받아들였다. 개요라고 하는 것이 풍부
한 내용을 갖추고 있어 원본이 전하지 않는 아쉬움을 더 크게 한다.

여기에 또한 놀이로 수로왕을 추모하는 일이 있다. 해마다 7월 29
일이면 지방 사람 서리·군졸들이 승점(乘岾)이라는 곳에 올라가
장막을 설치하고, 술과 음식을 들며 즐기고 떠들다가, 동서편이 서
로 눈짓하고 건장한 사나이들이 좌우로 나누어져 망산도(望山島)로
부터 말굽을 빨리 달려 육지로 향한다. 뱃머리 둥실거리며 물에서
서로 밀다가 북쪽으로 고포(古浦)를 가리키며 달린다. 대개 이 행사
는 옛날에 유천간(留天干), 신귀간(神鬼干) 등이 허후가 오는 것을
바라보고 수로왕에게 급히 알리던 일의 유습이다.

이 대목을 특히 주목할 필요가 있다. 수로왕이 허황옥(許黃玉)을 왕
후로 맞이한 내력을 가락국 시절에 놀이로 보여주던 풍속이 〈가락국
기〉 저술 당시까지 생생하게 전승되고 있어, 현장에서 관찰한 바를 기
록했다. 가락국 최고 귀족이 거행하던 국중대회를 후대의 서리·군졸
들이 맡아 지방민의 축제로 이어받았다.

두 패로 나뉘어 경쟁을 벌였다는 말이 여기저기에 보인다. 동서편이
라고도 하고, 좌우라고도 했다. 겨울이나 재앙을 물리치고 봄이나 풍요
를 가져오고자 하는 절차가 가락국 이전부터 있다가 건국신화 놀이와
합쳐져 후대까지 계승되었다고 할 수 있다.

수로왕을 모신 사당은 후세에 두고두고 영험을 보인 사실을 신라말
의 일이었다고 하면서 전했다. 금관성을 쳐서 빼앗은 자가 제사를 함부
로 지내다가 사당의 대들보가 무너져 치여 죽고, 수로왕의 화상에서 피
눈물이 한 말 가량이나 흘러 땅에 괴었다. 제사를 받드는 후손이 격식
에 어긋나게 제물을 차리다가 죽었다. 도적떼가 들어와 사당 안의 보물

을 훔쳐가려고 하다가 어떤 장수가 나타나 활을 쏘아 7·8명이 죽고 나머지는 달아났다. 그런 전설을 여럿 수록하고, 사당이 조금도 허물어지지 않고 보존되어 있다고 새삼 감탄했다. 예로부터 망하지 않은 나라, 파괴되지 않은 무덤이 있겠느냐고 하지만 가락국은 망했어도 수로왕의 무덤은 온전하게 남아 있다고 했다.

〈가락국기〉는 다양한 자료를 이것저것 모은 책이어서 서술에 체계가 없다. 민간전승을 충실하게 보고하는 작업을 계속해서 하지 않고, 약간 남은 기록을 중국의 전례에다 견주어 연대를 고증하고 사실을 정리하는 데 힘썼다. 책 전체가 주는 인상이 잡다하다. 그러고 말 수 없다고 여겨 "명왈"(銘曰)하고 넉 자씩 60줄의 시를 지어 마무리했다. 그 앞까지의 서술은 모두 명(銘) 앞에다 써놓은 서(序)에 해당한다. 금석문은 아닌데 서에 이어서 명이 나오는 형식을 취했다.

천지가 처음 생기고 해와 달이 빛을 내기 시작할 때부터 비롯해, 수로왕이 나타나 나라를 다스린 다음 후손이 제사를 받들고 끼친 규범이 허물어지지 않는다는 것까지 말했다. 다룬 내용을 보면 가락국 건국서사시라고 할 수 있으나, 흔히 있는 문구를 동원해 앞에서 이미 서술한 내용을 다시 음미했을 따름이어서 새삼스러운 가치를 가지지는 않는다.

〈가락국기〉에 기록되어 있는 놀이에 관해 김열규, 《한국민속과 문학연구》(일조각, 1971)에서 고찰했다. 정성진, 〈가락국기' 명 고찰〉, 《한국전통문화연구》 1(효성여자대학교 한국전통문화연구소, 1985)도 있다.

6.5.5. 〈수이전〉

〈수이전〉은 설화집이다. 전문이 남아 있지 않아, 여기저기 수록되고 인용된 부분을 모아 고찰의 대상으로 삼을 수 있을 따름이다. 언제 누가 만들었는지 확실하지 않다. 언급하거나 인용한 후대의 문헌에서 이점을 두고 한 말이 엇갈린다.

그러나 전체적인 성격은 쉽게 규정할 수 있다. 역사적 사실을 찾거나 사상에 관한 주장을 펴는 데 이용하려고 하지 않고, 설화를 그 자체로 모았다. 국풍을 존중하는 문인이 민간전승에 깊은 관심을 가진 자취를 나타내주어, 고려전기문학의 판도에서 〈삼국사기〉와 대립되는 위치를 차지한 것은 쉽게 인정할 수 있는 사실이다.

각훈(覺訓)의 〈해동고승전〉(海東高僧傳)에서는 〈수이전〉의 자료를 이용하고 작자가 박인량(朴寅亮)이라고 했다. 〈삼국유사〉 〈원광서학〉(圓光西學) 대목에 〈고본수이전〉을 참고로 한다는 말이 있다. 또한 김척명(金陟明)이라는 사람이 항간에 떠도는 말로 원광법사의 전을 잘못 보완해서 그 폐단이 〈해동고승전〉으로 이어졌다고 했는데, 문제되는 자료는 〈수이전〉에서 따왔다는 것이다. 권문해(權文海)의 〈대동운부군옥〉(大東韻府群玉)에서는 〈신라수이전〉을 인용하면서 최치원의 저작이라고 했다.

그런 사실을 종합하면, 〈수이전〉에는 원본과 개작본이 있었다. 원본은 신라 때 최치원이 지었을 듯하다. 고려로 넘어오자 〈고본수이전〉 또는 〈신라수이전〉으로 일컬어진 원본을 보완한 개작본이 이루어졌다. 최치원을 주인공으로 한 이야기도 들어 있는 것이 바로 보완의 증거이다. 개작본의 작자는 박인량이었으리라고 생각된다. 각훈이 그렇게 말했으며, 행적이나 글재주를 보아 박인량은 그럴 수 있을 만한 사람이다. 개작이 한 차례 이루어지고 만 것은 아닌 듯하다. 〈삼국유사〉에서 향인(鄕人)이라고 한, 누군지 모를 김척명이 〈수이전〉을 다시 개작했을 수 있다.

〈수이전〉은 여러 사람이 오랜 기간에 걸쳐 계속 보태고 다듬었다. 신라 이래의 설화 가운데 신기해서 흥미로운 것들을 모으고 새로운 구전을 보태고 하는 동안에 단계적으로 형성되었고, 문학적 윤색을 좋아하는 사람들이 개작에 참여했다. 그러는 동안에 분량이 늘어났다. 누적되고 개작되는 것이야말로 설화의 특징이다. 설화를 글로 적어 다듬는 것은 비정통의 기록문학을 풍부하게 하는 적절한 방법이다.

지금 전하는 것은 부스러기뿐이다. 〈해동고승전〉에서 〈대동운부군옥〉에 이르기까지 여러 책에 흩어져 있는 단편을 다 모아보면 모두 13 편이다. 어느 것이나 설화이거나 설화에 근거를 두고 다듬어 쓴 글이다. 대부분 짤막한 것은 요약했기 때문이라고 생각된다. 최치원이야기 한 편만은 분량이 상당하고, 요약된 것이 별도로 전한다.

가장 이른 시기의 인물은 탈해(脫解)이다. 그 다음은 연오랑(延烏郎)과 세오녀(細烏女)이다. 그 두 자료는 〈삼국유사〉에 실린 것과 그리 다르지 않다. 승려로는 아도(阿道)와 원광의 이야기가 있어 〈해동고승전〉에 전재되었다. 선덕여왕을 등장시킨 〈화왕〉(花王)은 〈삼국유사〉에서도 볼 수 있는 것이지만, 〈심화요탑〉(心火繞塔)에서는 〈삼국유사〉에서 한마디로만 언급한 사건을 전후의 내용을 갖추어 이야기했다.

김유신(金庾信)이 겪은 기이한 사건을 말한 두 편은 역사적인 사실과 거리가 멀고 다른 데서는 찾아볼 수 없다. 김현(金現)이라는 사람이 호랑이처녀와 사랑을 나누었다는 이야기는 〈삼국유사〉에 실린 것의 이본이다. 그 밖에 보개(寶開)니 최항(崔伉)이니 하는 인물도 주인공으로 등장시켰는데 이름을 무어라고 붙여도 그만일 예사 사람이다.

제왕·고승·명장에서부터 일반 백성에 이르기까지 두루 등장시켰는데, 공통점은 기이한 행적을 보여주는 것이다. 자료선정의 기준이 주인공의 성격에 있지 않고 사건전개 방식에 있다. 〈수이전〉이라는 표제와 걸맞게 일상적이고 합리적인 사고의 한계를 깨고 미처 상상할 수 없었던 경험을 전하는 이야기를 모았다. 대부분 잘 알려진 인물과 결부시켜 전설적 증거력과 신빙성을 갖추도록 하면서 그런 인물이 훌륭했다는 통념을 뒤엎는다.

아도와 원광의 이야기는 알려진 것과는 다른 특이한 내용이다. 중국 사람을 아버지로 하고 고구려사람을 어머니로 해서 태어난 아도는 이인인 어머니의 말에 따라 신라에 불법을 폈다고 했다. 원광은 늙은 여우가 신으로 둔갑해 도와주어 공부를 할 수 있었다고 했다. 고승이 자기 노력으로 위대한 경지에 이르렀거나 부처나 보살의 도움을 받았다고 하지도 않았다. 이인인 어머니나 늙은 여우가 신통력을 가졌다고 하는 민간전승을 불교에다 끌어들였다.

신라의 인물 가운데 여자는 선덕여왕이, 남자라면 김유신이 특히 인기가 있어 이야기의 주인공 노릇을 거듭 했다. 그런데 〈수이전〉의 김유신은 〈삼국사기〉나 〈삼국유사〉를 근거로 이미 알고 있는 바와 아주 다르다. 우연히 만난 이름 없는 백성이 놀라운 도술을 보이는 것을 김유신이 목격하고 놀랐다고 했다. 〈죽통미녀〉(竹筒美女)에서는 대나무 통에 미녀를 넣고 짊어지고 다니는 사람이 있다고 했다. 〈노옹화구〉(老翁化狗)는 더 짧으면서 한층 놀라운 바가 있다.

> 신라 때에 어느 노옹이 김유신의 집 밖에 이르렀다. 유신이 손을 이끌고 집에 들어가 잔치를 베풀었다. 유신이 노옹에게 말했다. "변화가 예전과 같습니까?" 노옹은 호랑이로, 닭으로, 다시 독수리로 변했다. 마침내 집에서 기르는 개로 변해서는 밖으로 나갔다.

단순한 변신담이라고 할 수 있으나, 상대가 김유신이어서 뜻하는 바가 단순하지 않다. 누구나 우러러보아야 할 김유신 집에 찾아온 노옹이 김유신을 놀라운 구경을 하는 아이로 만들 만큼 무궁한 도술을 지녔다. 기존의 가치 서열을 깨고 이름 없는 백성이 지니고 있는 잠재적인 가능성을 나타냈다고 할 수 있다.

아들이 장사하러 바다를 건너가 소식이 없자 보개라는 여자가 관음보살에게 기도를 드리니 아들이 와서 손을 잡더라고 한 〈보개〉는 불교설화에 흔히 있는 영험담이다. 그런데 아들이 파선을 당해 익사할 뻔하다가 겨우 살아나 중국 사람의 종이 되어 밭갈이를 하는 신세가 되었다고 하면서 고생스럽게 사는 사람들의 처지에 관심을 가지게 했다. 〈수삽석남〉(首揷石枏)에서는 최항이라는 사람이 부모의 반대로 사랑을 이루지 못하다가 죽은 다음에 여자를 찾아가 뜻을 이루었다고 했다. 사람 사이의 애틋한 정을 소중하게 여긴 점이 〈심화요탑〉이나 〈보개〉와 상통한다.

다른 각도에서 살피면, 〈수삽석남〉은 죽은 사람과 사랑을 나누었다는 '시애설화'(屍愛說話) 또는 '명혼설화'(冥婚說話)이다. 최치원에 관한 이야기도 같은 유형으로 이루어져 있다. 최치원이 중국에서 오래 전에 죽어 묻힌 여자의 무덤 곁에 머물다가 하룻밤의 사랑을 나눈 내력이 〈선녀홍대〉(仙女紅袋)에 짤막하게 요약되어 있고, 〈최치원〉에는 자세한 사건, 장황한 수식, 많은 시를 갖추어 소개되어 있다.

〈최치원〉은 정감 어린 미문으로 작품을 이끌어나가 독자가 빠져들게 한다. 서두에서 최치원이 중국 어느 고장에 들러 객관에 머물렀는데 객관 앞에 쌍녀분(雙女墳)이라고 하는 오래 된 무덤이 있는 것을 보고, 여자 둘이 거기 묻혀 적적하게 원망스러운 봄을 보낸 것이 모두 몇 해나 되었는가 하는 수작으로 시를 지었다. 그 날 밤에 두 여자의 시녀가 찾아와 화답하는 시를 전해서 만나는 계기가 마련되었다.

하룻밤을 즐겁게 보내고, 두 여자는 사라지면서 그곳을 다시 지나거든 황량한 무덤을 보수해달라고 했다. 최치원은 이튿날 무덤가에서 길게 이어지는 시를 다시 지어서 인생이란 쓸쓸하고 덧없다느니 하고 탄식을 늘어놓았다. 그 때문에 신라로 돌아온 다음에는 세상에서 자취를 감추었다고 했다. 세상이 허무하다는 느낌이 작품 전편의 주제를 이루었다.

객고에 시달리던 나그네가 우연히 지나던 고장의 미녀와 뜻하지 않게 인연을 이루는 과정이 후대의 염정소설에서 흔히 볼 수 있는 바와 같이 그려져 있다. 주고받는 시가 많고, 하소연한 사연이 장황하다. 그러나 무덤 속의 여자와 사랑을 나누다가 날이 밝자 모두 다 허망하다는 것을 알았다는 기이한 전설의 기본 설정은 그대로 두고, 거기다가 문학적 수식을 덧붙이거나 해서 서사적 대결이 뚜렷하게 나타나지 않았다.

그런 특징을 가진 〈최치원〉은 전기(傳奇)이다. 신라말쯤에 생겨나 고려에 들어와서도 계속 나타났으리라고 생각되는 전기의 좋은 본보기이다. 〈삼국유사〉에 실려 있는 〈조신〉(調信)보다 수법이 더욱 능란하다고 할 수 있다. 전기는 소설이 아니고, 설화를 기록하면서 문학적 수식을 보탠 작품이다. 그 점에서 김시습(金時習)이 처음 내놓은 소설과 커다란 차이가 있다.

최강현, 〈신라수이전소고〉, 《국어국문학》 25 · 26(국어국문학회,
1962 · 3) ; 지준모, 〈신라수이전 연구〉, 《어문학》 35(한국어문학회,
1976) ; 장경남, 〈수이전연구〉, 《숭실어문》 8(숭실대학교 숭실어문연
구회, 1991) 등의 연구가 있다. 최치원에 관한 이야기와 김시습이 지
은 소설의 차이점을 《한국소설의 이론》(지식산업사, 1977)에서 고찰
했다.

6.5.6. 〈삼국사기〉

〈삼국사기〉는 〈수이전〉과 많이 다르다. 설화와 구별되는 역사를 서
술하고, 역사 이해를 위한 자료로 필요한 범위 안에서 설화를 가려서
이용했다. 설화와 역사를 구태여 구별할 이유가 없는 것으로 여기던 풍
조를 청산하는 새로운 규범을 마련했다. 설화냐 역사냐 하는 논란을 역
사의 견지에서 해결하고 설화에 대한 역사의 우위를 입증했다.

〈삼국사기〉가 이루어지기 전에, 지금은 흔히 〈구삼국사〉라고 하는
〈삼국사〉가 있었다. 고려가 후삼국을 통일하자 새 왕조의 입장에서 앞
시대의 역사를 정리하는 것이 당연한 일이었다. 삼국에서 각기 편찬한
국사를 서로 연결시켜 하나로 묶으면서 민족 통일을 이룩한 자부심을
나타내고 국가의 이념을 정립했으리라고 생각된다. 편찬의 시기는 10
세기말 광종 또는 성종 때가 아니었을까 한다.

〈삼국사〉는 본기(本紀)만 갖추고 지(志)는 없는 편차를 택하지 않았
던가 싶다. 본기에다 〈삼국사기〉에서는 채택하지 않은 자료를 적지 않
게 수록했던 것 같다. 이규보(李奎報)의 〈동명왕편〉(東明王篇)을 보면,
동명왕에 대한 자세한 사적을 〈삼국사〉 동명왕 본기에서 가져왔다고
했다. 그래서 동명왕이라고 한 주몽이 태어나고 수난을 겪고 마침내 나
라를 세운 과정을 두고 신이한 이야기를 길게 이을 수 있었는데, 〈삼국
사기〉에서는 그 대부분을 생략하거나 요약했다.

인종 때 김부식(金富軾, 1075~1151)이 주동이 되어 묘청(妙淸)의 서경천도운동을 무력으로 진압한 다음에 〈삼국사〉를 개작해 〈삼국사기〉를 만들어 이념 정립을 다시 했다. 1135년(인종 13)에 승리를 거두고, 1145년(인종 23)에 〈삼국사기〉를 완성해 10년이 소요되어, 힘든 작업을 하느라고 시간이 많이 걸렸음을 알 수 있게 한다. 〈삼국사〉와 〈삼국사기〉의 차이점은 정통론, 가치관, 문체 등의 측면에서 고찰할 수 있다.

고려는 나라 이름에서부터 고구려를 이었다고 표명하면서 신라문화의 계승자 노릇도 해서, 고구려 정통론과 신라 정통론이 대립되었다. 그 때문에 벌어진 논란이 지배세력 내부의 갈등과 관련되어 자못 치열했다. 묘청 쪽에서 내세우는 고구려 정통론을 물리치고 김부식 쪽이 승리하고서 신라를 앞세우는 〈삼국사기〉를 만들었다.

사실 서술보다 관점 제시에서 정통론이 더 잘 나타났다. 삼국의 역사를 모두 다 본기라고 하고, 각기 자기 쪽을 주체로 하고 다른 두 나라를 객체로 서술한 내용을 그대로 살렸다. 그러면서 신라가 가장 오랜 역사를 지녔다고 하고 서두에 등장시켰다. 고구려와 백제가 망한 것은 여러 모로 당연한 일이라고 했다.

정통론은 과거에 대한 평가를 넘어서서 당대의 가치관을 정립하는 과제를 맡았다. 고구려의 유산인 자주적인 기상을 자랑하는 무력보다 신라에서 기반을 닦은 유학이나 한문학을 핵심으로 하는 문화역량이 더욱 소중하다는 것이 〈삼국사기〉에서 말하고자 한 바이다. 김부식이 직접 쓴 〈진삼국사기표〉(進三國史記表)를 보자. 인종이 〈삼국사기〉 편찬을 명하면서 다음과 같이 말했다고 하는 데 역사를 다시 쓰는 기본 취지가 명확하게 나타나 있다.

고기(古記)는 문자가 거칠고 졸렬하며 사적도 빠져 있는 까닭으로 군후(君后)의 선악, 신하의 충사(忠邪), 나라의 안위, 인민의 이란(理亂)이 모두 드러나지 않아, 권계(勸戒)를 할 수가 없다.

〈고기〉라고 일컬은 〈삼국사〉의 결점을 셋 들었다. 문자가 거칠고 졸렬하다는 것은 문장에 대한 불만이다. 중국 고전의 전례에 맞는 전아한 고문이 아니기 때문에 고쳐야 한다고 여겼다. 사적이 빠져 있어 보완해야 한다는 것은 당연한 말이지만, 사실이 아니거나 잡다하다고 생각하는 내용은 오히려 삭제하고서 서술의 의도와 부합되는 자료는 애써 찾았다. 선악·충사·안위·이란을 밝혀 선하고 충성스럽고 편안하고 다스려지는 것을 권장하고, 악하고 사특하고 위태롭고 어지럽게 되는 것을 경계하자고 했다. 문장이나 내용을 바로잡아 그러한 의도를 살리고자 하는 데 그치지 않고, 이따금씩 직접적인 논평을 삽입하기도 했다.

역사 진행의 방향을 두고 거듭된 논란을 종식시키는 확고한 방침을 표명한 셈이다. 화풍으로 국풍까지 아울러서 독자적 전통의 의미도 유교적인 보편주의에 따라 해석했다. 민간전승에 근거를 둔 하층문화의 개입을 되도록이면 줄이고 상층문화가 국가의 규범을 확립해야 바람직한 질서가 이루어진다고 했다. 체제비판의 의미까지 지닐 수 있는 허황한 설화에 쏠리지 않아야 사실 위주의 역사가 온전하게 서술되어 가치판단의 근거가 될 수 있다고 했다.

〈삼국사기〉에서 내세우는 화풍의 가치관은 중세보편주의이다. 중세보편주의를 문명권의 중심부와 대등하게 구현하는 것을 목표로 삼아, 그 점에서는 결격사유가 있는 낡은 역사서를 고쳐 써야 했다. 중국에서 940년에 이루어진 〈당서〉(唐書)를 1060년에 고쳐 써 〈신당서〉(新唐書)를 다시 만들고, 앞의 것은 〈구당서〉(舊唐書)라고 했다. 그런 전례를 85년 뒤에 재현했다.

동아시아문명권의 다른 일원인 월남에서도 같은 일을 했다. 1272년에 만든 〈대월사기〉(大越史記)를 1479년에 개작해 〈대월사기전서〉(大越史記全書)를 만들었다. 개작의 취지를 밝힌 글이 〈진삼국사기표〉와 문구조차 비슷해 주목된다. 그때 월남에서는 명나라의 침공을 물리치고 독립을 되찾아 새 왕조를 이룩했다. 중세보편주의를 수준 높게 갖추어 주권을 지키고 나라를 발전시키고자 해서 역사서를 다시 썼다.

역사서를 다시 써서 사실을 재정리하고, 유학의 가치관을 정립하며, 고문을 사용해 문체를 바로잡고자 한 점에서 세 나라가 모두 같다. 세 역사서에서 일제히 이룩하고자 한 중세보편주의는 그 당시로서는 진보적인 의의를 가졌으나, 계속 타당성을 가지지는 못했다. 〈삼국사기〉를 비판하고 한층 새로운 역사서를 내놓고자 한 다음 시대의 노력은 정당하다. 그러나 〈삼국사기〉가 다음 시대의 역사관을 앞질러 구현하지 못했다고 나무라는 것은 잘못이다.

48년이 지나자 이규보가, 130여년 뒤에는 일연(一然)이 〈삼국사기〉에서 민족문화의 주체성을 충분히 선양하지 못한 점을 불만스럽게 여기고 중세보편주의를 독자적으로 구현하는 중세후기의 새로운 역사관을 마련하고자 했다. 중세에서 근대로의 이행기에는 〈삼국사기〉에서 버려두었던 발해를 우리 역사 안에 받아들이고자 하는 노력이 있었다. 나중에 신채호(申采浩)가 김부식의 역사관을 심하게 나무란 것은, 시대가 더 많이 달라져 근대민족주의가 새로운 이념으로 등장했기 때문이다.

〈삼국사기〉의 미비점을 나무라기만 하지 말고, 자료 부족이 커다란 고민이었음을 이해해야 한다. 〈삼국사〉에서 채택되지 않고 별도로 전하는 자료가 거의 없고, 중국문헌을 원용해 보완 작업을 하는 성과도 크지 못했다. 이미 수집되고 이용된 자료를 살려나가면서 새로운 작업을 한 고민이 여기저기서 역력하게 보인다. 역사 이해에 도움이 되는 다양한 형태의 글을 무엇이든지 수록해 한문학 작품집의 성격을 지녔다. 설화는 역사가 아니라고 하면서도 사실에 근거를 두었다고 생각되는 것들은 적극 이용했다.

설화는 방계의 자료로 취급되는 데 그치지 않고 서술의 중심에 들어서기도 했다. 사람의 전기를 소개한 열전(列傳) 대목은 설화 소재를 잘 다듬어 쓴 작품집이라고 할 수 있다. 〈사기〉(史記) 이래의 중국 역대 사서에서 열전을 두어 역사 창조자들의 모습을 다양하고 생동하게 보여준 것은 다른 문명권이 따르지 못한 큰 자랑거리이다. 그런 열전을 〈삼국사〉에서는 갖추지 않았던 것 같고, 월남이나 일본은 끝내 받아들이지 않았다. 수준 높은 역사서를 제대로 쓰려면 열전이 있어야 한다고 판단하고 뛰어난 수준의 작품집을 마련한 것이 〈삼국사기〉 편찬의 가장 빛나는 성과이다.

열전은 권41에서 권50까지에 들어 있어, 전체 분량의 5분의 1을 차지한다. 취급한 인물은 모두 86인이다. 52인은 독립되어 있고, 34인은 다른 사람 뒤에 붙여 간략하게 소개했다. 중간제목은 내놓지 않았지만, 수록한 순서에 원칙이 있다. 처음에는 가장 뛰어난 인물을 명장에서 찾았다. 명신, 학자, 충의지사 등을 그 다음 훌륭한 인물로 들었다. 그 다음에는 특별한 위치에 있지 않았지만 행실이 아름답거나 기억할 만한 일을 한 사람들을 다루었다. 끝으로 반신과 역신을 소개했다. 신라인이 가장 많고, 그 다음은 고구려인이고, 백제인이 가장 적다는 이유에서 서술자의 관점을 나무랄 것은 아니다. 자료 사정 때문에 그럴 수밖에 없었다고 생각된다.

서두의 김유신을 세 권에 걸쳐 다루었다. 삼국통일을 이룬 영웅을 누구보다도 먼저 소개하고 충성심과 통일의 의지를 특히 강조했다. 신라인의 평가를 이은 처사이면서, 묘청의 난을 진압한 다음 반역과 분열을 배격하고 충성과 통일을 내세울 필요가 있어서 그랬다고도 할 수 있다. 자료가 풍부한 것도 중요한 이유이다.

말미에 적어놓기를, 김유신의 현손인 신라 집사랑 장청(長淸)이 지은 〈행록〉 10권이 세상에 전하는데 번거로운 말이 많으므로 추려서 가히 쓸 만한 것만 뽑았다고 했다. 번거로운 말은 대부분 설화였으리라고 생각된다. 추리고 줄였어도 김유신이 중악 석굴에 들어가서 기도를 하다가 노인을 만나 무슨 비법을 전해 받았다든가 하는 것은 남아 있다.

내용은 대부분 역사적 사실로 채워져 있다. 삼국이 치열한 싸움을 벌이던 시기에 김유신이 맹활약을 하던 모습을 정확하면서도 실감나게 서술했다. 긴요한 사건마다 서술의 묘미를 갖추었다. 장면을 묘사하고, 오고간 대화를 길게 삽입해 이해를 도왔다. 김춘추(金春秋)에 관한 일도 본기에서 처리하기 어려운 것은 흥미로운 내용을 갖추어 함께 다루었다. 다양한 성격을 갖춘 종합적인 전기를 마련해 후대의 소설에 상당한 영향을 끼쳤다. 김유신처럼 뛰어난 지혜와 용맹으로 충성심을 발휘해 외적을 물리치고 나라를 구한 영웅을 계속 찾게 했다.

을지문덕(乙支文德)은 자세한 자료는 얻지 못해서 길게 다룰 수 없어, 한 대목을 잘 살렸다. 수나라 침략군을 물리친 사건을 핍진하게 보여주어 을지문덕이 누구이고 무엇을 했는지 미루어 알 수 있게 했다. 박진감 있는 구성과 적절한 묘사에다 수나라 장수에게 지어준 시까지 보태, 서사문의 모범 사례를 마련했다. 박제상(朴堤上)이 일본에 억류되어 있는 왕자를 구출하면서 겪은 고난을 핍진하게 그린 솜씨가 탁월하다. 그 밖의 여러 인물의 훌륭한 행실도 도덕적 평가를 앞세우지 않고 사건 자체가 필요한 말을 하게 했다.

온달(溫達) 이야기는 설화의 유형을 역사적 인물과 결부시켜 문학작품으로 만든 좋은 예이다. 온달이 바보라고 놀림을 받으면서 살았다는 서두, 뜻하지 않게 공주를 아내로 맞이해 사람이 달라진 내력, 신라와 싸우다 죽은 결말로 이어지는 사태를 고문의 장기를 살린 적절한 표현으로 선명하고 인상 깊게 그려, 널리 칭송되는 명문을 만들었다. 전기(傳奇) 작품으로 평가하면, 〈수이전〉의 〈최치원〉이나 〈삼국유사〉의 〈조신〉보다 뛰어나다.

일반 백성에 속한 미천한 인물이라도 행실이 아름다우면 열전에 등장시켰다. 신라 설씨녀(薛氏女)는 한문단족(寒門單族)의 딸이지만 자기를 위해 희생한 사람들에 대한 사랑과 신의를 지켰다. 편호소민(編戶小民)에 속하는 백제사람 도미(都彌)의 아내는 국왕의 압력에 굴복하지 않고 정절을 지켰다. 하층민의 의지를 보여주면서, 여성이 사려 깊고 믿음직한 자세로 고난을 타개하는 적극적인 행동을 한다는 것도 알려주었다.

반역을 저지른 인물들의 행적도 소개해 잘못을 나무라고 후대인을 경계하려고 했는데, 결과가 의도한 바와 다를 수 있었다. 고구려 봉상

왕 때의 정승인 창조리(倉助利)는 왕을 몰아내 죽게 한 역적인데, 왕이
백성을 지나치게 억압하고 수탈해서 그렇게 하지 않을 수 없었던 사정
을 자세하게 이야기했다. 개소문(蓋蘇文)은 안에서 임금을 죽이고 밖
으로는 당태종을 능욕해 도리에 어긋난 짓만 했다고 한 것이 자세하게
살피면 사실과 어긋나 평가가 달라진다. 궁예(弓裔)와 견훤(甄萱)의 행
적을 마지막으로 소개하면서 건국의 영웅을 높이려 했던 흥미로운 설
화를 거두어두었다.

  〈삼국사기〉는 겉과 속이 상반된다고 할 수 있다. 유교적인 가치관 확
립의 의도가 본기에서도 충분히 관철되었다고 하기는 어려운 데서 더
나아가, 열전에는 지배질서와 어긋나는 내용이 적지 않게 들어가 있으
며, 설화를 소재로 해서 창작한 작품이 상당한 비중을 차지한다. 인물
의 행적을 실제로 다룬 데서는 겉으로 표방한 주장과는 다른 이면적인
주제가 발견된다. 문장도 격식과 품위를 유지하기만 한 것은 아니고,
미천한 인물이 나날이 겪는 세상살이를 박진감 있게 묘사하는 데까지
나아갔다. 〈동문선〉 같은 데 전하는 김부식의 다른 글에서는 찾을 수
없는 생동감이 나타나 있다.

  그 이유가 무엇인가 하는 의문을 풀고자 하면 두 가지 대답을 생각해
낼 수 있다. 열전에서 이용한 자료에 사회 저변에서 받아들인 현실인식
을 생동하게 형상화한 성과가 상당한 정도로 축적되어 있어 받아들여
정착시켜야 했다. 많은 작가가 그렇듯이 김부식 또한 다면적인 성격을
가져, 정치인이나 이념담당자와는 다른 작가의 자아가 삶의 실상과 폭
넓게 부딪히는 충격을 받으면 별도의 활동을 할 수 있었다. 이 둘이 택
일의 관계에 있다고 하지 않고 합치려고 노력하면 정답에 접근한다고
생각된다.

  《삼국사기》에 관한 사학계의 연구는 신형식, 《삼국사기 연구》(일
  조각, 1981) ; 정구복, 《한국중세사학사연구 1》(집문당, 1999) 등에서
  이루어졌다. 윤영옥, 〈삼국사기 열전 김유신고〉, 《동양문화》 14 · 15

(영남대학교 동양문화연구소, 1974) ; 이혜순, 〈김부식의 여성관과 유교주의〉,《고전문학연구》11(한국고전문학회, 1996) ; 정민, 〈고전 문장이론의 편장구법으로 본 '온달전'의 텍스트 분석〉,《텍스트언어학》9(한국텍스트언어학회, 2000) ; 임형택, 〈삼국사기 열전의 문학성〉,《한국문학사의 논리와 체계》(창작과비평사, 2002)에서 열전을 문학으로 고찰했다. 이동근, 〈삼국사기의 한문학적 검토〉,《어문학》77(한국어문학회, 2002)에서는 수록된 한문학 자품을 살폈다.《삼국사기》를 다른 나라 역사서와 비교해 고찰하는 작업을《한국문학과 세계문학》(지식산업사, 1991) ;《문명권의 동질성과 이질성》(지식산업사, 1999)에서 했다.

6.6. 고려전기 귀족문학의 결산

6.6.1. 예종 시절의 풍류

고려전기의 문화발전이 절정기에 이른 시기의 군주 예종(睿宗, 1079~1122)은 태평성대의 풍류를 누렸다고 널리 알려져 있다. 〈도이장가〉(悼二將歌)를 지었을 뿐만 아니라, 한시 창작을 더욱 즐겨 〈고려사〉에 제목이 전하는 것만 해도 20여 편이나 된다. 혼자 읊조리기만 하지 않고, 신하들과 화창(和唱)하는 것을 좋아했다. 시뿐만 아니라 사(詞)에도 능해, 잔치를 하다가 사를 지어서 노래로 부르도록 했다.

예종이 신하들과 격의 없이 화창하던 일은 후대 문인들이 두고두고 흠모했다. 이인로(李仁老)는 불운한 시대에 태어나 인정을 받지 못한다고 통탄하면서, 예종 시절과 같은 전성기가 다시 오기를 간절하게 바랐다. 이규보(李奎報)는 예종이 신하들과 주고받던 작품을 모아 〈예종창화집〉(睿宗唱和集)을 편찬하고, 그 발문에서 예종은 총명을 하늘에서 타고나 신명과 같은 수법을 발휘하고 태평의 경사를 누렸다고 찬양했다.

그 시절이 태평성대였던 것은 아니다. 지배층 상호간의 경쟁에서 우위를 차지하며 하층민에 대해서 횡포를 자행하는 이자겸(李資謙) 일파를 비롯한 몇몇 문벌귀족의 득세로 통치질서가 위태롭게 되었다. 예종은 사태를 진정시키고자 했을 따름이고, 기울어가는 왕조를 다시 일으킬 방책을 찾지는 못했다. 시를 화창하고 풍류를 찾는 데 지나칠 정도로 열중하면서, 문제의 소재는 파악하고서도 해결은 하지 못하는 고민을 발산했다고 할 수 있다.

예종은 국정을 장악할 수 있는 힘을 찾고자 했다. 문벌귀족의 교육기관인 사학을 누르면서 국가가 직접 운영하는 국학을 육성하는 데 힘쓰고, 국학에서 무예까지 가르치도록 했다. 서경에 거둥해 일찍이 태조를 위해 목숨을 버린 공신을 추모하는 〈도이장가〉를 지은 것도 그런 노력의 하나이다. 그래도 사태를 휘어잡을 수 없자 자기 자신이 예외자가 되고 말았다. 자주 궁중을 떠나 산천을 찾고 스스로 시인 노릇을 하며 관인의 문학이 아닌 처사의 문학을 동경했다. 유교는 멀리하고 불교와 도교를 좋아하면서, 불교를 도교로 대치하려고 했다.

중국 사신이 와서 견문한 바를 기록한 〈고려도경〉(高麗圖經)에는, 예종이 신하들의 반대를 물리치고 도교 사원을 짓고 도사를 받들면서 도교를 국가 종교로 삼으려 했다고 했다. 그러다가 뜻을 이루지 못해 무언가 막연하게 기다리고 있는 듯한 거동을 보였다는 말까지 했다. 자기와 뜻을 같이하는 문인들과 제왕의 위엄을 버리고 깊이 사귀면서, 무언가 기다리는 심정을 함께 나타냈다. 군신이 함께 어울렸다고 후대 사람들은 못내 칭송했지만, 유학에서 설정한 규범에서 일탈했다.

그런 사정을 알아야 예종과 곽여(郭輿, 1058~1130)의 친분을 이해할 수 있다. 곽여는 과거에 급제했으나 벼슬은 하지 않고 처사로 자처하면서 신선과 같이 살아 당시 사람들이 금문우객(金門羽客)이라고 일컬었다고 한다. 예종은 왕위에 오르기 전부터 가까이 지낸 곽여를 궁중으로 청하기도 했지만 곽여가 은거하고 있는 곳을 찾는 것을 더 즐겼다. 한 번은 곽여를 찾아갔으나 만나지 못하자 시를 적어두고 왔다 한다. 그 시 몇 대목을 들어보자.

方丈無人守	방장에는 지키는 이 아무도 없고,
仙扉盡日開	신선이 사는 집 사립은 온종일 열려 있네.
園鸎啼老樹	동산의 꾀꼬리는 늙은 나무에서 울고,
庭鶴睡蒼苔	뜰 안의 학은 푸른 이끼에서 잠자네.
道味誰同話	도의 맛을 누구와 함께 이야기 나누리,
先生去不來	선생은 나가고서 돌아오지 않으니.
深思生感慨	깊은 생각에서 감개가 일어나고,
回首重徘徊	머리를 돌이키며 거듭 머뭇거리네.
把筆留題壁	붓을 잡고 벽에다 시를 써두고서,
攀欄懶下臺	난간을 잡고 느릿느릿 대에서 내려오네.

　제목은 〈하처난망주〉(何處難忘酒)라고 했다. 곽여는 어디 가서 술을 잊지 못해 하는가 한탄하면서 곽여를 선생이라고 일컬었다. 그 뒤에 곽여는 이 시에 화답해, 잠시 티끌세상에 나갔다가 예종을 맞이하지 못한 것이 아쉽다고 했다. 예종과 곽여가 어울리면서 주고받은 시는 이 밖에 여럿 전한다.

大平容貌恣騎牛	태평스러운 모습에 멋대로 소를 타고,
半濕殘霏過壟頭	쇠잔한 비에 반쯤 젖은 채 밭머리 지나는구나.
知有水邊家近在	물가 가까이에 집이 있는 줄 알겠으니,
從他落日傍溪流	지는 해에 개울을 끼고 가는 대로 두어라.

　이것은 곽여의 시이다. 〈예종창화집〉은 없어졌지만, 이인로가 〈파한집〉(破閑集)에다 깊은 감명을 느낀다고 하고 적어 놓은 것들이 있다. 한번은 석양에 시골 노인이 소를 타고 오는 것을 둘이서 보았다. 예종이 시를 지으라고 하니 곽여가 이렇게 읊었다고 한다. 예종과 곽여는 그 노인처럼 살았으면 했다. 호화롭기 이를 데 없는 생활에 지쳐 전혀 반대되는 생활을 동경했다.

　그런 사정은 이자현(李資玄, 1061~1125)의 경우에 더 잘 나타난다. 이자현은 이자겸의 사촌이다. 일족이 세력을 떨치며 부귀를 누리고 있을 때 홀연히 벼슬을 버리고 춘천 청평산(淸平山)에 들어가 자취를 감추었다. 개경의 귀족문화에 반발하면서 자기파의 법상종이나 반대파의 화엄종 같은 귀족불교를 멀리하고 선종을 택했다. 참선에 몰두하면서 노장사상도 숭상했다.

　예종이 여러 차례 불렀으나 이자현은 다시는 개경 땅을 밟지 않겠다고 맹세했으므로 응할 수 없다고 했다. 산림에 묻혀 사는 즐거움을 자랑하면서, 마음을 다스리려면 욕심을 적게 해야 한다고 했다. 곽여가 청평산에 들렀다가 이자현을 만나 지은 시가 전하고 있어 둘 사이에 오고간 마음을 나타내준다. 제목은 〈증청평이거사〉(贈淸平李居士)라고 했다.

清平山水冠東濱	청평의 산수는 해동에서 으뜸인데,
邂逅相逢見故人	뜻밖에도 옛 벗을 만났네그려.
三十年前同擢第	삼십 년 전 함께 과거에 뽑혔는데,
一千里外各棲身	일천 리 밖에서 제각기 몸을 두는구나.
浮雲入洞曾無累	뜬 구름이 골짜기에 드니 더러움이란 없고.
明月當溪不染塵	밝은 달 냇물에 이르러 티끌에 물들지 않게 하네.
擊目忘言良久處	눈으로는 보면서도 말을 잊고 한참 있다가,
淡然相照舊精神	해맑게 서로 비추나니 옛적 정신이로다.

이자현은 골짜기에 든 뜬 구름이나 시내에 비친 밝은 달처럼 더러움도 티끌도 없는 마음을 가진다고 했지만, 은거한 것을 두고 후대에 논란이 있었다. 인색한 성미여서 자기 토지를 경작하는 농민을 괴롭히면서 홀로 고귀한 척했다는 비판이 나왔는가 하면, 은거를 표방하고 이름을 얻으려 했다는 말도 들었다. 그런데 이황(李滉)은 윤리를 저버리고 함부로 노니는 도가적인 은거는 싫어했으면서도 이자현을 나무라는 것이 잘못이라고 했다. 나중에 벌어진 그런 논란에 미리 대답이라도 하듯이, 이자현은 가야산에 은거하면서 최치원이 지은 것 비슷한 시를 남겼다.

家住碧山岑	집은 푸른 산 멧부리에 두고
從來有寶琴	보배로운 거문고 지녀왔도다.
不妨彈一曲	한 곡조 켜도 무방하겠으나,
祇是少知音	다만 알아들을 사람 적구나.

제목은 〈낙도음〉(樂道吟)이라고 했다. 도를 즐기면서 읊는다고 했으니 대단한 말이다. 보배로운 거문고 소리로 상징되는 득도의 경지를 들려주려고 해도 알아들을 사람이 적어 푸른 산 멧부리에 숨어 지낸다고 했다. 세상은 온통 혼탁한데 홀로 깨끗하다고 하려면 이런 시를 지어야 했다. 이자현이 선례를 남긴 은거와 도피의 문학이 조선시대에는 더 많

아지고 오늘날까지 이어진다.

　　곽여의 〈증청평이거사〉는 《파한집》의 것과 좀 다른 《동문선》의 것을 취했다. 이자현에 대한 이황의 견해는 최진원, 《국문학과 자연》(성균관대학교출판부, 1977)에서 고찰했다. 조재연, 《고려시와 신선사상 연구》(아세아문화사, 1989)에서 고려전기 한시의 한 측면을 고찰했다. 이혜순, 《고려전기 한문학사》(이화여자대학교출판부, 2004)에서 전반적인 고찰을 했다.

6.6.2. 동조자와 비판자

예종이 곽여 같은 사람과 어울려 다닐 때 그 주변에는 다른 문인도 많았다. 임금을 칭송하고, 나라를 빛내고, 국정을 수행하는 데 필요한 문학을 수준 높게 하는 진용을 잘 갖추고 있었다. 그런 문인 가운데 생애를 어느 정도 알 수 있고 작품이 남아 있는 몇몇은 특별히 드러내 살필 만하다.

박호(朴浩)는 생몰연대를 알 수 없다. 1100년(숙종 5)에 과거에 급제하고 예종 때 학사 노릇을 했다. 〈동문선〉에 시 2편과 문 19편이 실려 있어서 문장이 상당한 수준에 이르렀음을 알 수 있다. 문을 보면, 왕조의 위엄을 빛내고 국왕이 하는 일을 찬양하는 문학을 담당한 것 같다. 동지나 신년을 맞이하거나 절후가 바뀔 때면 때맞추어 하례하는 글을 올렸다.

국왕이 어디 거둥해도 따라다니면서 하는 일마다 훌륭하다고 글을 지어 칭송했다. 〈하팔관회표〉(賀八關會表)를 보면, 만세에 전할 아름다운 모임을 개최하니 사방이 함께 기뻐하고, 국운을 한층 빛낸다고 했다. 더 없는 태평성대에 이른 것 같은 말을 했다.

권적(權適, 1094~1146)은 태조 때 공을 세운 공신의 후예이며, 송나라에 가서 과거에 급제하고 1117년(예종 12)에 귀국했다. 정치의 득실을 논했다지만 무슨 심각한 주장을 편 것 같지는 않다. 청평산에 은거하고 있는 이자현과 깊이 사귀었다고 하지만 벼슬을 버리지는 않았고, 지공거가 되었다. 송나라와 요나라에 사신으로 가기도 했다. 송나라 행로에 지은 〈조송로상기제우〉(朝宋路上寄諸友)를 보자.

別離眞細事	이별이야 참으로 작은 일이라지만,
此別竟難窮	이번의 헤어지는 사연 다 말하기 어렵다.
客路波濤外	나그네 가는 길이 물결치는 곳 저쪽이라,
家鄕夢寐中	고향은 꿈속에서나 다시 보겠네.
出門纔暑雨	문을 나설 때는 무더운 날 비가 오더니,
倚棹已秋風	돛대에 기대니 벌써 가을바람이네.
他日江湖興	나중에 강호의 흥을 싣고서,
扁舟復欲東	조각배 다시금 동쪽으로 오리라.

　서글픔이나 갈등이 느껴지기는 하지만 그 어느 것도 심각하지는 않다. 무엇이든지 안온하게 감싸며 조화를 되찾을 수 있는 마음가짐이 마련되어 있다. 나그네 길과 고향이 엇갈린다고 하다가, 중국에 가서 맛보는 강호의 흥도 좋고 다시 돌아오겠다는 기약도 흐뭇하다고 했다. 예종을 도와 국학을 일으키고자 할 때 〈국학예의규식〉(國學禮儀規式)을 짓고 운영 책임자인 좨주(祭酒)가 되었던 사람이다. 국내외에 걸쳐서 질서와 규범이 마련되었으니 큰 근심이 없다는 것을 입증하고자 했다.

　최약(崔瀹) 또한 생몰연대를 밝힐 자료가 남아 있지 않다. 최충(崔沖)의 증손이니 가문의 위세를 이었을 듯하지만 그렇지 않았다. 사회비판의 의식을 가지고, 문벌귀족의 득세로 나라가 위태롭게 되었다고 경고했다. 예종더러 놀이만 일삼지 말고 위기를 인식하라고 했다. 예종이 자주 서경에 거둥하면서 대동강 뱃놀이나 하고 풍류를 즐기자 이렇게 비판했다.

제왕은 마땅히 경술(經術)을 숭상하고 날마다 유아(儒雅)의 무리
와 경사(經史)를 토론하며 백성을 교화하고 풍속을 바로잡기에 겨
를이 없어야 합니다. 어찌 어린아이들이나 하는 조충(雕蟲)을 일삼
아 자주 경박한 사신(詞臣)들과 풍월이나 읊으면서 마음속의 순수
하고 올바른 것을 잃어버릴 수 있겠습니까.

강경한 주장을 당당하게 폈다. 예종이 도가의 취향에 빠져서 스스로
지배질서를 어지럽히지 말고, 유학에 입각한 도리를 명확하게 해야 나
라를 지킬 수 있다고 했다. 글재주나 자랑하는 무리와 어울려 세월을
보낸다면 얻는 바가 무엇이겠는가 하고 따졌다. 글재주는 '조충'이라는
말로 나타냈듯이, 무슨 벌레 같은 것을 아로새기는 짓에 지나지 않는다
고 했다. 경전과 역사를 깊이 탐구한 바를 근거로 삼아, 밖으로 현실 문
제를 해결하는 방책을 찾고 안으로 순수하고 올바른 마음을 찾는 올바
른 문학을 해야 한다고 했다.

예종이 국학을 세워 유학을 가르친다고 새삼스러운 노력을 기울였지
만, 유학을 문장학으로 이해하고 통치 질서의 장식물로 여기는 것이 고
려전기 유학의 실정이었다. 그런데 최약은 고려후기에 나타날 도학 또
는 성리학에 입각한 문학관을 미리 보여주면서 그 노선에 따라 위기를
극복해야 한다고 했다. 유학을 스스로 혁신하는 선구적인 작업을 해서
시대 비판의 논거로 삼았다.

최약은 자기 시대의 예외자였다. 주장에 동조하는 사람을 찾을 수 없
었다. 무신란을 겪고 문벌귀족이 온통 몰락한 다음 고려후기에 새로운
문인들이 등장하자 비로소 최약의 문학관이 재발견되었다. 최자(崔滋)
는 자기 선조이기도 한 최약의 행적을 〈보한집〉(補閑集)에다 자랑스럽
게 소개했다.

정극영(鄭克永, 1067~1127)의 비판은 한층 더 절실했다. 글 짓는 솜
씨가 세련되어 송나라에 갔을 때 칭찬을 받았다고 한 사람이며, 예종
때에는 좌간의대부였다. 〈고려사〉와 〈동문선〉에 예종에게 올린 〈청연

방조신표)(請延訪朝臣表)가 수록되어 있는데, 위기에 처한 나라를 구할 수 있는 어진 신하를 찾아서 맞이하라는 내용이다.

임금에 대한 정중한 예의를 갖추어 문장을 품위 있게 다듬고, 중국의 고사를 인용해 논거를 삼는 등으로 표문의 요건을 잘 갖추고서, 놀라운 항변을 했다. 백성이 굶주리며 시달리고 있는데 위에서는 원망을 알지 못한다 하고, 정치는 문란해지고 군신의 도리는 무너졌다고 했다. 나라를 어지럽히는 무리만 득세를 하고 임금은 고립되어 커다란 변란이 일어나지 않을 수 없다고 했다. 뜻있는 신하마저도 탄식만 하고 감히 아뢰는 자 없기에 주먹으로 가슴을 치고 피눈물로 대궐문을 두들기며 글을 올리기를 거듭한다고 했다. 위기 상황을 이렇게 말했다.

> 섶을 쌓은 곳 밑에다 불을 놓고 그 위에서 자면서 아직은 타오르지 않으니 편안하다고 합니다. 마음속에 병이 들었으면서도 찾아낼 의원이 없으니 나중에는 고질이 되더라도 우선은 알 수 없습니다.

예종은 경고를 심각하게 받아들이지 않았다. 받아들인다 하더라도 해결책을 마련할 수는 없었다. 역사의 한 시대가 끝날 무렵이면 물러나게 될 쪽은 사태의 추이를 바로 인식하지 못하고 마음을 부담스럽지 않게 가지는 데만 연연하는 것이 상례이다. 설사 무슨 일이 일어난다 해도 정극영이 그 글 다른 대목에서 꼬집어 말했듯이, 난리에 익숙해지고 위태로움을 편안하게 여기고자 할 따름이었다.

문벌귀족이 지배하는 고려사회는 수많은 모순이 누적되어 그대로 지속될 수 없었다. 결국 무신란이 일어나 중세 전기사회가 중세 후기사회로 개편된 것이 필연적 추세였다. 예종이 국정을 소홀하게 하고, 인종 때 이자겸의 난과 묘청의 난이 일어나고, 의종이 방탕한 짓을 일삼다가 무신란을 자초했다. 삼국시대의 전례를 넘어서서 중세화를 한층 수준 높게 이룩하는 과업을 수행한 대가로 고려왕조는 병들어 시대 전환이 요청되었다.

6.6.3. 격동의 와중에서

나라를 온통 뒤흔들던 이자겸의 난이 겨우 평정된 다음에 개경파와 서경파 사이의 대립이 생겼다. 개경파는 김부식을 중심으로 한 유서 깊은 문벌귀족세력이며, 서경파는 서경을 기반으로 하여 진출한 신진세력이었다. 김부식 일파는 가장 큰 경쟁자인 이자겸 일당이 제거된 것을 계기로 삼고, 문벌귀족의 기존 이익을 옹호하는 방향에서 질서를 회복하고자 했다. 서경파는 때맞추어 획기적인 전환을 꾀해, 안으로는 하층민과의 유대를 되찾고 밖으로는 자주 노선을 천명하자고 했다. 위기를 덮어두고 현상유지를 할 것인가 아니면 드러내 해결해야 할 것인가 하는 논란이 심각했다.

서경은 고조선과 고구려의 수도이고 북방의 중심지여서, 건국초부터 중요시되었다. 그곳 출신은 자기 고장에 대한 자부심을 가지고, 개경에 진출해서도 기존세력에 대한 비판자 노릇을 해왔다. 개경의 운수가 다했다고 생각될 때마다 서경으로 도읍을 옮겨 나라를 중흥해야 한다는 주장이 계속되다가, 이자겸의 난으로 개경이 황폐해지자 서경천도운동이 본격적으로 일어났다. 예종은 서경에 자주 거둥하면서 거기서 새로운 가능성을 찾으려고 했으며, 이자겸의 난을 겪은 예종의 아들 인종은 그래야 할 필요성을 더욱 절감했다.

그러나 문벌귀족은 기득권을 포기하려고 하지 않았으며, 인종을 자기네 편으로 끌어들여 서경천도운동을 막으려고 했다. 그러자 묘청(妙淸)을 지도자로 한 천도파가 서경을 근거지로 해서 반란을 일으켰다. 개경 쪽에서는 김부식이 선두에 나서서 먼저 천도에 동조한 관원들을 숙청하고, 힘들게 싸워 반란군을 진압했다. 그 해가 1135년(인종 13)이었다. 싸움은 무력전이기 이전에 사상전이었다. 무력 투쟁의 승패가 곧 사상전의 결말은 아니었다.

묘청이 앞서서 주장하고 정지상(鄭知常), 백수한(白壽翰) 등이 가담한 서경파는 고구려 정통론을 내세우고, 자주적인 기상을 드높이자고 하며, 민간신앙과 깊은 관련을 가진 불교를 숭앙해 국풍의 기치로 삼았다. 문벌귀족의 지배체제에 불만을 가진 세력을 하층민까지 동원하는 데 필요한 상징적이거나 주술적인 방법을 써서 큰 인기를 얻었다. 고대의 사상과 표현 형태를 때늦게 가져와서 중세사회의 위기를 극복하려 했을 따름이고, 중세전기를 청산하고 중세후기로 나아가는 데 필요한 강령을 갖추지 못했다.

김부식이 이끈 개경파는 신라 정통론을 재확인하고 사대의 의의를 강조하며, 귀족불교와 제휴한 유학으로 이단을 물리쳐야 한나는 화풍 노선을 천명했다. 불교와 유학에서 제공하는 최상의 이론을 갖추고 이미 오랜 기간에 걸쳐 다듬어 논리적 우위가 뚜렷했으며, 서경파를 물리치고 승리를 거둔 다음에 <삼국사기>를 이룩해 역사 이해를 확고하게 하는 논거를 보탰다. 그러나 중세전기를 지속시키는 것 이상의 생각을 하지 못해 서경파의 도전을 물리친 다음 무신란을 만나 무너졌다.

그 둘 가운데 어느 쪽이 옳다고 쉽게 판정할 수는 없다. 서경파의 주장은 개경파가 부정하고, 개경파의 주장은 다음 시대에 부정해, 둘 다 거부한 다음 새로운 노선이 다시 정립되었다. 이규보가 선도한 중세후기의 대안은 김부식의 이론 수준을 넘어서면서 묘청의 주장까지 포함해 커다란 설득력을 가지고 역사 발전을 선도했다. 그런 사실을 알지 못하고 김부식을 비난하고 묘청을 옹호하기만 하는 근대인의 단견을 이제 시정해야 한다.

자기 자신이 문벌귀족에 속하지 않더라도 과거를 통해 진출해서 지위와 이름을 이미 얻은 인물이라면 개경파의 입장에 설 수밖에 없었다고 하겠지만 반드시 그런 것은 아니다. 몇몇 주목할 만한 문인은 소극적으로든 적극적으로든 서경파에 동조했다. 그 세력 중간 어디쯤에 서 있다가 사태의 추이에 따라서 태도를 바꾼 예도 있다.

이지저(李之氐, 1092~1145)는 인주이씨이고, 이자현의 조카였다. 독서를 좋아하고 글을 잘 짓는다는 평가를 얻어 순조롭게 진출한 사람이지만, 인성이나 취향이 쉽게 이해하기 어려운 복합적인 성격을 지녔다.

〈고려사〉 열전에서, 자질이 훌륭하지만 인색하다고 말했다. 이자겸이 득세했을 때에는 오히려 미움을 받아 좌천되었다가, 이자겸이 망한 다음에 다시 발탁되었다. 인종의 서경 거둥에 동행해 구호(口號)와 치어(致語)를 여럿 지었다.

구호와 치어는 서로 구별되기도 하고 혼용되기도 하는데, 둘 다 당악정재(唐樂呈才)라는 중국 전래의 춤을 추고 놀이를 할 때 부르는 노래이다. 사(詞)인 것이 원칙이지만 즉석 창작일 때에는 시도 허용되었다. 인종이 천도파의 주장에 귀를 기울이며 서경에 거둥해서 새로 지은 궁전에서 잔치를 벌이고 당악정재를 공연하게 할 때 이지저가 노래를 짓는 일을 맡았다.

大同江水瑠璃碧　　대동강물은 유리인 양 푸르고
長樂宮花錦繡紅　　장락궁의 꽃은 비단처럼 붉도다.
玉輦一遊非好事　　임금님 거둥 놀이 일을 벌여 즐기려는 것 아니고,
太平風月與民同　　태평스러운 풍월을 백성과 함께 하려 함이네.

〈서도구호〉(西都口號)에서 이렇게 노래했다. 처음 두 줄에서는 서경이 아름다운 곳이라고 찬양하면서, 인종의 뜻을 받들어 서경파의 노선을 따랐다. 다음 두 줄에서는 임금이 거둥해 놀이를 벌이는 것은 일을 만들어 즐기자는 것이 아니고 태평성대의 풍월에 백성과 동참하려고 한다고 했다.

〈서경대화궁대연치어〉(西京大花宮大宴致語)라는 것에서는 세상에 사람이 생겨난 이래로 자기 시대처럼 좋은 시절이 일찍이 없었다고 했다. 인종이 아직 나타나지 않은 기미까지 꿰뚫어 아는 신명한 도를 지닌 성인이라 했다. 그런 서론을 장황하게 늘어놓은 다음, 감히 구호를 바친다고 하고 이렇게 찬양했다.

玉輦西巡第六春　　임금님 거둥 서경 순행이 여섯 번째 봄이니

周邦雖舊命惟新　주나라는 비록 오래 되었으나 명은 오직 새롭도다.
乾元用九群龍合　건괘가 아홉을 쓰는 것은 뭇 용의 모임이고,
离照當中四國賓　이괘가 가운데를 비추니 사방 나라 조공한다.
帝所已驚聞廣樂　임금 계신 곳에서 대단한 음악 듣고 놀라고,
鹿鳴還賦宴群臣　녹명을 다시 읊으며 뭇 신하와 잔치하네.
太平父老爭相賀　태평함을 부로들이 다투어 하례하면서,
五色雲中望北宸　오색 구름 가운데서 북신을 바라보네.

이런 말을 늘어놓으면서 인종이 하는 일을 극구 찬양했다. 잔치를 하는 것이 〈주역〉(周易)의 이치로 보더라도 상서로운 조짐이라고 했다. 괘를 풀이해보니, 사방 여러 나라에서 조공을 할 조짐이라고 했다. 〈녹명〉은 임금과 신하가 함께 즐기며 불렀다는 노래이다. '북신'은 임금이다. 서경에서 당악정재를 공연하면서 이런 노래를 불렀다.

〈고려사〉 열전에서, 이지저는 서경파가 요술로 민심을 현혹하자 홀로 강경하게 배척하고, 천도론에 동조한 사람을 숙청하도록 하는 데 주동적인 구실을 했다고 한다. 어째서 그럴 수 있었던가 기이하게 생각할 것은 아니다. 인종을 찬양했을 따름이고 서경파의 주장에 동조한 것은 아니다. 인종이 돌아서고 사태가 싸움으로 치닫자, 개경파의 강경한 입장을 택했다. 전쟁이 끝난 다음에는 서경을 다스리는 일을 맡았다.

윤언이(尹彦頤, ?~1149)는 서경파의 칭제건원에 동조했다가, 전쟁이 벌어졌을 때에는 김부식을 도와 공을 세웠다. 그런데 정지상과 내통했다는 김부식의 탄핵을 받고 좌천되었다. 격동의 와중에서 어쩌다 피해자가 되었다고 할 것은 아니다. 자기 나름대로 일관된 견해를 지니고 관철시킬 수 없어 희생자가 되었다.

윤언이는 윤관(尹瓘)의 아들이다. 윤관 부자가 속한 가문인 파평윤씨는 당시 대표적인 문벌귀족의 하나이면서 이자겸의 인주이씨네와 김부식의 경주김씨네와는 취향이 달랐다. 대외 관계에서 자주적인 방침

을 택하자고 주장하고, 윤관 자신이 원수가 되어 출전해 여진을 정벌하고 국경수비를 위한 아홉 성을 쌓았다. 김부식 일파의 횡포를 제어하려해서 서로 반목하는 사이가 되었다.

윤관은 자기가 지은 대각국사(大覺國師) 비문을 김부식이 함부로 고쳐 불만을 품었다 하고, 그 뒤에 윤언이가 김부식의 〈주역〉 강의를 논박해 설분했다는 사건이 알려져 있다. 김부식은 지도적인 위치를 차지한 유학자이며 경전 연구가 어느 누구보다도 깊다고 자부했는데, 윤언이가 그럴 수 있었다는 것은 주목할 만한 일이다. 윤언이는 〈주역〉을 풀이하는 〈역해〉(易解)라는 책을 지었다고 한다.

윤언이는 이자겸의 난이 끝난 다음에 정지상과 함께 인종에게 정치개혁을 진언하면서 서경천도파의 노선에 동조했다. 문벌귀족의 발호 때문에 병든 나라를 구하기 위해서는 자주노선을 택하고 내부 혁신도 아울러 꾀해야 한다고 주장했다. 그러나 전쟁이 일어났을 때에는 개경파에 가담했다. 김부식의 막료로 출전해서 현지에서 공을 세웠으나 김부식은 그 공로를 인정하지 않았다. 정지상과 내통했다고 김부식이 탄핵해 광주 목사로 밀려났다.

그때 인종에게 올린 글 〈광주사상표〉(廣州謝上表)가 〈고려사〉 열전과 〈동문선〉 양쪽에 실려 있다. 그 글에서 김부식의 규탄에 항변했다. 김부식은 윤언이가 정지상과 함께 사사로운 당을 만들어 칭제건원하자고 청하면서 그렇게 되어 금나라가 침입해오는 틈을 타서 반역을 꾀하려 했다고 했다. 이에 대해서 윤언이는 독자적인 연호를 세우는 일은 신라와 발해, 그리고 태조와 광종 때의 전례를 보더라도 부당하지 않다하고 그 나머지 말도 근거 없는 비방임을 조리를 갖추어 논박했다. 서경천도파를 무력으로 타도했어도 김부식의 주장이 일방적인 승리를 거둔 것은 아니었음을 알 수 있다.

윤언이는 또한 그 글에서 강호로 밀려나 고생하던 시절의 처참한 처지를 길게 하소연했다. 거처할 곳을 잃고, 먹고 입을 것을 마련하기 어려워 몰골이 마른 나뭇가지처럼 되고 혼백은 놀라 꿈속을 헤매는 것

같다고 했다. 인종의 마음을 움직여 다시 등용되었지만 만족을 얻을
수 없었다. 사태의 역전을 꾀하는 방책을 세울 수 없었으며, 종래의
주장을 굽힐 터이니 부귀를 함께 나누자고 타협을 제안할 처지도 아니
었다.

만년에는 벼슬을 버리고 불교를 깊이 믿으며 참선에 몰두하는 것으
로 위안을 삼았다. 관승선사(貫乘禪師)라는 선승과 깊이 사귀고, 성안
으로 들어갈 때에는 소를 탔다. 그러다가 마침내 관승의 암자를 찾아가
서 다음 게송을 쓰고 숨을 거두었다고 한다.

春復秋兮	봄이 다시 가을로 바뀌고
花開葉落	꽃이 피자 잎이 떨어지는구나.
東復西兮	동쪽에서 다시 서쪽으로 가며,
善養眞君	진군을 잘 봉양하는구나.
今日途中	오늘 길을 가면서,
反觀此身	이 몸을 돌이켜보노라.
長空萬里	긴 하늘 만 리에,
一片浮雲	한 조각 뜬 구름.

모든 것이 상대적이니 세상에서 뜻을 이루지 못했어도 원망할 것은
없다는 말이다. 임금을 섬겨 득세하는 데에는 실패했기에 오히려 진군
인 조물주는 잘 봉양한다고 하면서 외딴 암자에서 죽어가는 외로움을
달랬다. 이 게송을 〈보한집〉에서 소개한 최자는 다른 사람의 말을 빌
려, 윤언이는 상도에 어긋난 짓을 하고 괴상한 풍속을 조장했다고 나
무랐다.

정지상(?~1135)은 서경의 한미한 가문 출신이며, 편모슬하에서 자
랐다고 한다. 예종 때에 과거에 급제해 중앙정계에서 활약하면서 서경
출신의 기대를 모았다. 이자겸의 난이 평정되자 이자겸을 죽인 척준경
(拓俊京)을 탄핵해 이자겸을 대신해 국권을 장악하지 못하도록 했다.

윤언이와 함께 정치개혁을 단행할 것을 촉구했다. 인종이 정지상에게 곽여를 추모하는 <동산재기>(東山齋記)를 짓도록 한 것을 보면, 능력을 인정하고 개인적인 호감도 가졌던 것 같다.

묘청을 인종에게 천거한 사람이 정지상이다. 서경천도운동을 본격적으로 추진할 때 묘청과 정지상이 주동자 노릇을 했다. 서경에 여덟 성인을 모신 팔성당(八聖堂)을 짓고, 제문은 정지상이 맡아 썼다. 여덟 성인은 호국백두악(護國白頭嶽) 태백선인(太白仙人)을 으뜸으로 하고, 민간신앙·불교·도교의 신을 두루 받아들여 선정했다. 그렇게 해서 민족 수호신의 계보를 정하고 천도운동의 정신적 상징을 마련하고자 했다. 그런데 정지상은 전쟁이 시작되었을 때 마침 개경에 머무르고 있다가 김부식 일파에게 참살되었다.

김부식과 정지상은 여러모로 대조가 되며, 문학하는 역량을 두고서도 상당한 경쟁을 했다. 후대의 시화 같은 데서는 김부식이 정지상의 시를 시기해서 정지상을 죽였고, 정지상의 귀신이 김부식에게 나타나 시를 가지고 시합을 걸 때 김부식은 당해내지 못하고 죽었다고 했다. 김부식은 문학창작에서 고답적인 규범을 수립하고자 했다면, 정지상은 향토의 정서를 살리면서 절실하고도 아름다운 표현을 구사하는 데 막힘이 없고자 했다. 김부식이 노력해서 향상을 보였다면, 정지상은 타고난 재질이 뛰어났다.

정지상의 시에는 자기 고장인 서경에 대한 자부심과 서경에 사는 사람들의 고난이 함께 나타나 있다. <서도>(西都)라는 칠언절구에서는 거리는 번화하고 집에는 푸른 창과 붉은 문이 달려 있다고 하면서, 거기서 들려오는 노랫소리가 흐느낀다고 했다. 서경의 경제력이나 인재가 개경을 위해서 동원되는 불만을 나타냈다고 할 수 있다.

속악가사의 하나인 <서경별곡>(西京別曲)에서도 잘 나타나는 바와 같이, 서경의 정서를 노래하는 데 이별이 무엇보다도 큰 비중을 차지하는 것은 우연한 일이 아니다. 정지상이 읊은 이별의 노래 <송인>(送人)은 널리 알려졌다. 천년을 두고서 그 이상 가는 것이 없는 절창이라고 하면서 수많은 사람이 차운(次韻)한 작품이다.

雨歇長堤草色多	비 갠 긴 언덕에는 풀빛이 푸르기도 한데,
送君南浦動悲歌	남포로 님 보내며 슬픈 노래 울먹이네.
大同江水何時盡	대동강물은 어느 때라야 다 없어질 것인가.
別淚年年添綠波	이별의 눈물이 해마다 푸른 물결에 덧보태지니.

　무슨 사연 때문에 님을 보내야 하는지는 말하지 않았지만 이별을 늘 겪었으니 새삼스러운 설명이 오히려 군더더기일 수 있었다. 슬프고도 원통한 심정을 그냥 털어놓으면서, 마를 날이 없고 계속 보태지기만 하는 대동강물로 가락을 삼아 절실한 공감을 얻었다. 품격 높은 시를 지으려고 잘 알려진 본보기를 따르고 어디서 좋은 구절을 따오고 해서는 도저히 이를 수 없는 경지이다. 전례가 있었다면 그것은 바로 민요일 따름이다.

　정지상이 민중의 경험을 받아들이면서 현실을 비판한 작품도 적지 않게 내놓았으리라고 짐작되지만, 지금 전하는 것에서는 그런 예를 찾기 어렵다. 역적이라고 처형된 처지여서 작품을 모아 간직할 방도를 차릴 수 없었을 것이다. 수법이 놀랍다고 평가되는 작품만 후대 시인들이 즐겨 읊다가 여기저기에 남아 있게 되었다.

　다른 한편으로 생각하면, 서경천도운동 같은 과격한 노선을 택하기는 했어도 느낌이 섬세하고 기질이 표일하기만 한 시인이어서 어느 정도 굳건한 현실인식을 할 수 있었는지 의문이기도 하다. 남은 작품은 거의 다 떠돌이 신세의 서글픔을 하소연하는 것을 두드러진 특징으로 삼고 있다. 〈송인〉이라고 제목을 붙인 노래 또 한 편을 들어보자.

庭前一葉落	뜰 앞에 잎 하나 떨어지고
床下百虫悲	마루 밑에 온갖 벌레 슬프구나.
忽忽不可止	홀홀히 떠남을 말릴 수 없네만,

悠悠何所之   유유히 가면서 어디로 향하는가?
片心山盡處   한 조각 마음은 산이 끝난 곳,
孤夢月明時   외로운 꿈은 달 밝을 때.
南浦春波綠   남포에 봄 물결 푸를 때면,
君休負後期   그대는 뒷기약 어기지 말게나.

누구를 보내는 노래이면서 자기 자신이 떠나가고 싶은 심정을 절실하게 나타내고 있다. 무슨 목표가 있어서 떠난다는 것은 아니다. 그대로 머무를 수 없고 어디 가서라도 풀어야 할 시름을 지니고 떠돌이 나그네가 되는 외로움을 맛본다는 것이다. 정신적 방황을 청산할 수 있는 다른 방도는 없다. 다만 다른 데서는 이별의 강이라고만 하던 대동강을 만남의 강으로 삼자는 것이 크나큰 희망이다.

한문학이 정착된 이래로 정지상에 이르기까지 수많은 시인이 나왔으며, 시작의 수준이 계속 높아졌다. 그러나 대단하다는 작품마저 중국의 전례를 따르려고 하고, 삶의 진실성을 스스로 추구하려고 하지 않았다. 그 이유가 한시는 격식이 까다로워 짓기 어렵다는 데만 있지 않다. 나타내야 할 절실한 체험이 없이 좋은 시를 바라고, 말을 다듬느라고 순수한 마음을 저버리기 때문이다.

정지상은 그런 관습에 대해서 반발했다. 유가의 기풍을 버리고 노장적인 취향을 지녔다든가, 서경천도운동으로 표명된 자주의식을 지녔다든가 하는 것만으로는 설명하기 어려운 깊은 층위의 진솔하고도 예민한 내면의식을 지니고 시를 지었다. 한시를 우리말 노래처럼 지어 자기 세계를 이룩했다.

이지저와 윤언이는 지금까지 그리 관심을 끌지 못했고, 정지상에 관해서는 박성규, 〈정지상론〉, 《한국한문학연구》 3·4(한국한문학연구회, 1979) ; 이종문, 〈정지상의 시세계〉, 《한문학연구》 6(계명한문학연구회, 1990) ; 박수천, 〈정지상론〉, 《한국한시작가연구》 1(태학

사, 1995) 같은 연구가 이루어졌다.

6.6.4. 김부식의 시대

고려전기 대표적인 문벌귀족의 하나인 경주김씨 가문의 김부필(金富弼), 김부일(金富佾), 김부식, 김부의(富儀 또는 富轍), 이 네 형제는 모두 걸출한 인물이었다. 나란히 과거에 급제해서 높은 관직에 올랐으며, 문장이 뛰어나서 일세를 풍미할 만한 위세를 떨쳤다. 지공거를 역임하면서 한 시대의 문풍을 좌우했다.

유학의 이념을 분명하게 해서 정치를 하거나 문학을 하는 기준으로 삼았다. 화(華)로써 이(夷)를 변혁시켜야 한다고 하면서, 화풍이냐 국풍이냐를 두고 오랫동안 계속되는 논쟁에 종지부를 찍으려고 했다. 칭제건원이란 상상도 할 수 없는 일이다. 서경의 반란을 진압하고 사상의 통제와 통합을 한층 더 적극적으로 해야 한다고 판단했다.

김부일은 〈상대송황제견학생청입국학표〉(上大宋皇帝遣學生請入國學表)에서 유학생을 파견하니 송나라 국학에 입학하도록 해달라고 청하면서 "민속의 변화는 태학의 가르침으로 말미암아 될 수 있고, 화로써 이를 변혁시키려면 선왕의 경술을 신빙해야 한다"고 했다. 선왕이라고 한 중국 고대의 이상적인 제왕이 기틀을 마련하고 공자가 풀이해 백대의 가르침으로 내놓은 가치기준이 분명하게 있다고 했다. 그것을 배우고 따르려 하지 않으니 개탄할 일이라는 사고방식을 굳게 지녔다.

김부의는 여진족이 금나라를 세워 고려에 사대의 예를 요구하자, 주위의 반대를 물리치고 응낙할 것을 주장했다. 송나라에 대한 사대는 도리에 합당하다고 할 수 있어도 상대가 금나라라면 그럴 수 없을 것 같은데, 경우가 달라져도 말이 막히지 않았다. 고려가 스스로 지니고 있는 능력을 과소평가하고 문벌귀족의 지배체제를 연장하기 위해 그런 굴욕을 자청했다는 반론을 제기한다고 해도 굽히지 않을 논리는 갖추었다.

그러나 김부식 일가는 이자겸 쪽과 달랐다. 최상의 위치에 올라서면 도덕적 · 정신적 의무가 있다는 것을 알고 실천했다. 세력을 자랑하며 횡포를 표면에 드러내는 대신에 사상을 가다듬고 문화의 수준을 높이는 것이 무엇보다도 긴요한 과제임을 강조하고 그렇게 하는 데 모범을 보이고자 했다. 최충의 전례를 따라 유학을 심화시키면서 문학도 아울러 가다듬는 데 진전을 이룩했다. 고려전기 귀족문화의 절정을 마련해 더 올라가지 못하고 하강선을 긋지 않을 수 없게 했다.

김부식은 형제들 가운데 가장 우뚝했다. 서경천도파를 정벌할 때에는 원수가 되어 출전하고, 최고의 지위를 차지해 신하가 바랄 수 있는 영광은 다 누렸다. 그런 지위에 상응하는 임무를 자각하고 이념 수립을 위해 각별한 노력을 했다. 문학은 부귀영달을 위해 필요한 수단이 아니고, 가치관을 바로잡고 질서를 이룩하는 근본이라고 여겼다.

문학이 유학의 경전을 모범으로 삼아야 한다고 했다. 김부식이 이렇게 말한 데 문학의 기능 · 내용 · 표현에 관한 주장이 다 들어있다. 기능을 말하면, 문의와 명분을 바르게 하는 데 소용된다고 했다. 내용에서는 널리 규범이 될 수 있는 바를 갖추어야 한다고 했다. 표현에서는 공허한 수식을 삼가고 질박하면서도 전아한 고문을 택해, 변려문을 대단하게 여기는 그릇된 풍조에서 벗어나야 한다고 했다. 그 세 주장 가운데 표현을 특히 중요시한 것이 성리학으로 나간 후대의 문학관과 두드러진 차이점이다.

> 보잘것없는 선비는 대대로 내려오는 푸른 전(氈)을 일찍 물려받았으나 아로새긴 붓은 아직 꿈꾸지 못한다. 어려서 장구와 수식을 공부하고 장년에 이르러서는 전모(典謨)를 즐기며 음풍(吟諷)하고 남기신 기풍을 못내 찬양하며 기어이 봉(鳳)에 붙은 영광을 차지하려고 한다.

〈중니봉부〉(仲尼鳳賦)에서 이렇게 말했다. "푸른 전"이라고 한 것은 대대로 내려오는 가문의 보배이다. 그것을 물려받아 공자의 가르침을 이어받았다고 자부했다. 공자의 가르침이니 남긴 기풍이니 하는 것은 문장을 일컫는다. 어려서 장구와 수식을 공부하다가 장년에 이르러서는 전모라고 한 경전을 즐기며 글을 짓게 되어 바른 길에 들어선 데 만족하지 않고 더욱 분발하겠다고 했다. 공자가 가르친 문장술을 한층 수준 높게 이어받아 아로새기는 붓을 가지기를 원하고, 봉에 붙은 영광을 차지하려고 한다고 했다. 후대의 성리학자들이 배격하게 되는 문장 위주의 유학관을 폈다.

김부식은 말을 겸손하게 하려 했지만, 자기 문장에 대해 대단한 자부심을 가졌다. 재주가 없고 대단치 못한 수준에 머무르고 있다고 거듭 말해 사실은 그 반대임을 알 수 있게 했다. 〈사지공거표〉(辭知貢擧表)에서 "천성이 우둔하고 국량이 천박"한 사람이 과분한 직책을 맡아 "낡은 편목과 떨어진 서책을 이리저리 찾아다니기나 했으니" 송구스러워 물러나기를 청한다는 뜻을, 유식하고 난삽하기 이를 데 없는 언사를 동원해서 나타냈다.

겸양을 나타내 보이려고 한 말임을 쉽사리 알아낼 수 있다. 누구나 우러러보아야 할 경지에 이른 김부식이 자기를 최대한 낮추면서 극력 겸양을 하는데 누가 감히 재주를 자랑한단 말인가 하고 나무라는 말을 아주 효과적인 방법으로 나타냈다. 그러나 다시 읽으면 한계를 시인하는 말이기도 하다. 글을 한다면서 평생 동안 낡은 책이나 뒤적이며 지냈으니 내심으로 만족할 수 없다. 옛것을 본받기만 하고 자기 말은 하지 못하면서 국왕이 알아주고 다른 사람들이 칭송하는 것을 기대하면서 사는 힘겨운 짓거리를 그만두고 싶은 심정이 생길 수 있었다.

서경천도파를 정벌하러 나갔을 때 군막에서 지은 시 두 편 가운데 〈정서군막유감〉(征西軍幕有感)이라고 한 것이 있다. 군막에서 시를 읊으면서 회포를 푼다고만 한 범속한 내용이다. 〈군막우음〉(軍幕偶吟)에서는 싸움터에 나설 수밖에 없었던 사연을 말하고 번민도 좀 곁들이고자 했다. 처음 몇 마디를 들어본다.

誰道朝廷好用兵	누가 말하는가 조정이 군사 쓰기를 좋아한다고.
只因臣妾變豺狼	다만 신하가 승냥이로 변한 때문이 아닌가.
心緣思慮恒冰蘗	생각이 얽힌 마음 얼음물이나 소태 같고,
髮爲憂煎盡雪霜	시름이 복닥거려 머리털은 모두 눈과 서리라.

그 다음 대목은 번역해 소개하기 어렵다. 어려운 말이 고사와 얽혀 있어 애써 풀이해도 이해를 얻지 못한다. 시는 자기 혼자 생각한 바를 나타내는 데 그치는 것이 아니다. 공무를 띠고 군막에서 짓는 시는 위엄 있는 자세를 보여야 한다. 읽는 사람에게 도움이 되도록 하자면 전고를 존중하고 교훈을 담아야 한다. 지나쳐서 잘못되는 것보다야 차라리 모자라면서 계속 힘쓰는 편이 낫지 않은가. 이런 식견이 배어나도록 했다고 지적하는 것이 내용 설명보다 유익하다.

김부식의 시에도 내심을 솔직하게 나타낸 것도 있다. 공무를 떠지 않고 자유로운 몸이 되기를 바랄 때는 어조가 달라졌다. 〈관란사루〉(觀瀾寺樓)라고 한 것을 보자.

六月人間暑氣融	유월 인간 세상은 무더위로 녹아나도,
江樓終日足清風	강 다락에는 종일 청풍이 흡족하네.
山容水色無今古	산 모습 물빛은 예나 이제나 변함없지만,
俗態人情有異同	속태나 인정은 이랬다저랬다 한다.
舴艋獨行明鏡裏	작은 배는 홀로 가누나 맑은 거울 속으로.
鷺鷥雙去畫圖中	해오리는 쌍으로 그림 속으로 들어간다.
堪嗟世事如銜勒	아아, 세상일이 재갈과 굴레이런가,
不放衰遲一禿翁	쇠약하고 더딘 대머리 늙은이 놓아주지 않으니.

세상에서 벗어나고 싶은 심정을 나타냈다. 더위가 한창인 인간세상을 떠나 속태나 인정을 멀리하고, 모든 것이 맑고 깨끗하며 아름답기만 한 정경과 자기 자신을 합치시키고자 했다. 관란사의 높은 다락에 올

라, 낮은 데서는 이룰 수 없는 소망을 실현하고자 했다. 관란사는 자기 집안의 원찰(願刹)이다. 누릴 수 있는 영화는 다 차지했기에 새삼스럽게 생기는 번민마저 해소하려고 유학보다 더 높은 정신세계를 구현하고 있는 불교에 귀의해서 기원을 했다. 절을 세워서 기원을 하는 데서도 특권을 누렸다.

김부식은 유학의 도리를 내세워 세상을 다스리려고 하면서, 불교가 유학보다 우위에 있다는 것을 인정했다. 일찍이 〈대각국사비문〉을 지을 수 있었던 것은 커다란 영광이라고 했다. 대각국사 의천(義天)은 고려전기 사상계에서 최고의 위치를 차지한다고 인정하고, 그 다음으로 자부하고 싶은 자기를 낮추면서 비문을 짓고 비문에 이름을 남기는 것이 감격스럽다고 했다. 의천의 절 흥왕사(興王寺)에 가서, 법륜이 항상 굴러 나라가 번성해지기를 기원하는 글을 짓기도 했다.

성현자, 〈김부식의 현실인식과 시세계〉,《이화어문논집》4(이화어문학회, 1981) ; 이종문, 〈고려 전기의 문풍과 김부식의 문학〉,《한문학연구》2(계명한문학연구회, 1982) ; 최신호, 〈김부식론〉,《한국문학작가론》(현대문학사, 1991) ; 김성언, 〈김부식의 삶과 시〉,《한국한시작가연구》1 ; 김성수,《한국 사부(辭賦)의 이해》(국학자료원, 1996)에서 김부식을 연구했다.《한국문학사상사시론》(지식산업사, 제2판 1998)에서 김부식의 문학관을 고찰했다.

6.6.5. 무신란 직전의 상황

인종의 아들 의종이 왕위를 계승하자 김부식이 바란 안정이 유지될 수 없었다. 의종은 방탕한 놀이를 일삼고 정사를 돌보지 않아 일반 백성은 물론이고 집권층 내부에서도 불만이 거세게 일어났다. 그러다가 마침내 1170년(의종 24)에 무신난이 일어나 고려전기의 지배체제를 무너뜨렸다. 의종이 정치를 망치는 기간 동안 주위의 문인들은 비판하다

가 박해를 당하기도 했고 함께 휩쓸려 정신을 차리지 못하다가 정권과 운명을 같이하기도 했다

정습명(鄭襲明, ?~1151)은 인종 때에도 이미 정치를 바로잡아야 한다고 주장했으며, 인종의 각별한 부탁을 받아 의종을 돌보아야 하는 처지였다. 의종의 잘못을 거침없이 간하다가 왕의 미움을 사고 마침내 자결했다. 사태는 이미 충직한 신하가 되돌려놓을 수 없는 지경에 이르렀다. 남긴 시문이 몇 편 〈동문선〉에 전한다. 그 가운데 〈석죽화〉(石竹花)가 있어 무엇을 생각했는지 알 수 있게 한다.

世愛牧丹紅	세상 사람들이야 붉은 모란 좋다고들
栽培滿院中	심어서 뜰을 가득하게 하지만,
誰知荒草野	누가 알리 거친 풀 벌판에도
亦有好花叢	또한 좋은 꽃포기가 있는 줄을.
色透村塘月	빛은 마을 연못 달에 스며들고,
香傳隴樹風	향기는 언덕 나무 바람에 풍기네.
地偏公子少	궁벽한 땅이라 귀공자가 적으니,
嬌態屬田翁	아름다운 모습 농사짓는 늙은이 것이구나.

자연으로 돌아가는 것을 동경한 점이 앞에서 든 김부식의 시와 같다 하겠지만, 찾고자 하는 바는 정반대이다. 더 높이 올라가려고 하지 않고 아래쪽으로 방향을 돌렸다. 부귀를 자랑하는 귀공자들의 세계에서 멀리 벗어나 거친 들판에 남모르게 피어 있는 패랭이꽃을 농사짓는 늙은이와 함께 바라보면서 즐긴다고 했다. 한적한 곳에서 소박하게 살아가는 진실된 자세를 되찾고자 했다.

의종 때는 내시가 득세한 시기였다. 내시가 자기 집을 온갖 사치스러운 장식으로 꾸미고, 관례를 무시한 벼슬을 얻어 건들거렸다. 뜻있는 선비라면 그런 무리를 내치라고 간하지 않을 수 없었다. 신숙(申淑, ?~1160)이 그 일을 맡아 나섰다. 처음 보는 변괴 때문에 먹어도 맛을 알지

못한다 하고, 말이 옳지 못하면 차라리 자기를 죽이라고 했다. 그래서 좌천되자 스스로 벼슬을 버리고 시골로 돌아갔다. 그때 그가 지은 시가 〈고려사〉 열전에 전한다.

耕田消白日   밭을 갈아 한낮을 보내고
探藥過青春   약을 캐며 청춘을 넘긴다.
有水有山處   물이 있고 산이 있는 곳에서,
無榮無辱身   영화도 없고 욕도 없는 몸이로다.

하고 싶은 말을 오언절구 20자 속에 다 넣었다. 조정과는 반대가 되는 산수에 묻혀 세월을 보낸다고 했다. 영화를 단념하는 대신에 욕을 보지 않고 세월을 보내는 것이 다행이라고 했다. 잘못되어가는 세상을 바로잡을 길이 어디에 있는지 찾아내 싸우려고 하지는 않았다.

최유청(崔惟淸, 1093~1174)은 높은 지위를 누리면서도 횡포를 저지르지 않으려고 했다. 무신란을 일으킨 장수들이 문신을 숙청할 때 최유청의 덕망에 평소부터 감복한 바 있어서 그 집에는 아무도 들어가지 못하게 했다는 것이 후일담이다. 그래서 무엇을 했다는 것인지 알기 어렵다. 〈우서〉(偶書)라는 시를 보면, 늘그막까지 책을 뒤적인다 하고서 "슬프다 사업은 마침내 성취한 바가 무엇인가?" 하고 스스로 탄식했다. 시골 마을을 찾아가서도 마음의 위안을 얻지 못했다.

里閭蕭索人多換   마을은 쓸쓸하고 사람은 많이도 바뀌었구나.
墻屋傾頹草半荒   담도 집도 기울고 황량해 풀이 반이나 솟았다.
唯有門前石井水   다만 문 앞에 있는 돌우물 물맛은,
依然不改舊甘凉   옛적의 달고 시원함을 의연히 바꾸지 않았네.

〈초귀고원〉(初歸故園)이라 해서 처음으로 고향을 찾았다는 시에서 이렇게 읊었다. 시골 마을도 아름답기만 한 곳은 아니다. 삶의 고난이

역력히 나타나 있다. 미천하고 가난한 백성들이 시달리다 못해 뿔뿔이 떠나가, 담도 집도 퇴락했다. 다른 것은 모두 변해버려 달고 시원한 것을 우물의 물맛에서나 찾는다고 했다.

의종 때 득세한 인물을 들자면 김돈중(金敦中, ?~1170)을 빼놓을 수 없다. 김돈중은 바로 김부식의 아들이다. 과거를 보아 차석으로 석차가 정해지게 되었는데, 인종이 김부식을 위로하고자 해서 수석으로 삼도록 했다. 궁중에서 놀이를 하는 날 저녁에 촛불로 정중부(鄭仲夫)의 수염을 그슬려 원한을 샀다는 일화에서 알 수 있듯이 방자한 행동을 서슴지 않는 성격이었다. 그런데 시를 짓는 흥취가 어지간해서 작품을 몇 편 남겼다. 농촌의 장마를 걱정하는 것도 있지만, 절간을 찾아 모든 근심을 떨어버린다고 하는 〈숙안락군선원〉(宿安樂君禪院) 같은 작품이 제격이다. 무신란이 나자 도망치다가 잡혀 죽었다.

이종문, 〈고려전기 한문학 연구〉(고려대학교 박사논문, 1992)에서 총괄적인 검토를 했다.

6.6.6. 제주시인 고조기

시골 사람이 과거에 급제해서 개경의 귀족이 된 것은 자랑할 만한 성공사례이다. 전에는 독립국이었던 제주도가 가장 먼 시골이다. 탐라고씨 고조기(高兆基, ?~1157)가 그런 출세의 주인공이었다. 한문학 작품으로 당대의 평가를 얻고, 문학사에 오르는 최초의 제주도인이 고조기이다. 그 뒤를 잇는 제주도인은 한참 동안 나타나지 않았다.

탐라고씨는 탐라국의 왕족이다. 탐라국이 본토의 지배 아래 들어가 주권을 상실한 다음에도 토착 지배세력으로 상당한 특권을 누리면서 성주(星主)라는 칭호를 세습했다. 고조기의 아버지 대에 이르러서 처음으로 중앙 정계의 벼슬을 얻고, 고조기는 과거에 정식으로 급제했으며 벼슬이 평장사에 이르렀다. 시를 잘 짓고 특히 오언시에 능하다는 평을 들었다. 〈동문선〉에 수록된 시가 7수나 된다. 〈진도강정〉(珍島江亭)이라고 한 것을 들어보자.

行盡林中路	숲 속 길에서 행로가 끝나자,
時回浦口船	때맞추어 포구의 배를 돌리네.
水環千里地	물은 천 리나 되는 땅을 둘렀고,
山礙一涯天	산은 하늘 끝을 막아섰네.
白日孤槎客	대낮에 외로운 뗏목 탄 나그네
靑雲上界仙	청운에 올리 선게로 향했네.
歸來多感物	돌아오는 경치에 느낀 바가 많아,
醉墨灑江煙	취중에 시를 읊어 강 안개에 뿌리네.

개경에서 제주도로 돌아가는 도중에 진도에서 배를 타면서 지었다. 개경과 제주도라는 양극의 중간 지점에서 두 세계에 함께 속한 자신을 돌아보면서, 개경에서 높은 벼슬을 한 것이 자랑스러워 청운에 올라 선계로 향한다고 했다. 보는 경치마다 득의한 마음을 더욱 흥겹게 해서 술을 마시고 시를 짓는다고 했다. 있을 만한 갈등은 찾기 어렵고 희열만 있다.

고조기를 두고 〈고려사〉 열전에서 처신이 훌륭했다고 하지는 않았다. 이자겸의 잔당을 규탄하다가 좌천된 바도 있으나, 의종 때에는 권신에게 몸을 굽혀 영합하니 당시의 공론에서 나쁘게 여겼다고 했다. 제주도 사람들은 고조기가 만년에 귀향해서 세상을 떠났다고 하는데, 사실 여부는 확실하지 않다. 개경의 후손들은 고려 귀족의 지위를 물려받고 대대로 본토에서 살았다.

《제주선현지》(제주도, 1988)에서 고조기는 제주도에서 세상을 떠나 무덤이 그곳에 있다고 했다.

조동일저서 18

세계문학사의 전개

조동일 지음/신국판/양장 540쪽/책값 23,000원

한국문학사에서 걸출한 연구 성과를 올린 조동일 교수가 그 성과를 동아시아 문학사에, 다시 다른 여러 문명권 문학사에 적용하고 확장하여 여덟 가지 언어로 된 38종의 세계문학사를 검토하고 비판하였다. 단순한 문학사의 나열에 그치지 않고 세계사에 대한 거대한 전망을 제시하고 있는 이 책은, 전 세계의 문학사를 완전히 새롭게 구성한 진정한 의미에서 최초의 세계문학사라 할 수 있다.

조동일저서 17

소설의 사회사 비교론 1·2·3

조동일 지음/신국판/반양장 ①286쪽 ②364쪽 ③264쪽/책값 ①③15,000원 ②20,000원

우리 시대가 낳은 빼어난 인문학자 조동일 교수가, 세계의 소설사를 문학사의 차원을 넘어 사회사·철학사를 원용해 비교 분석한 거작이다. 기존의 소설 이론의 쟁점을 분석하고 소설작품의 실상을 파헤치며 소설의 형성과정과 소설을 산출한 시대, 소설의 생산·유통·소비 및 소설에서 문제된 신분과 계급, 소설에 나타난 남녀관계, 소설에서 추구한 의식의 각성 등을 두루 살핀 다음, 엄밀한 고증과 치밀한 분석, 생극론의 역사철학 이론을 동원해 소설의 위기극복을 모색하고 있다.

조동일저서 16

철학사와 문학사 둘인가 하나인가

조동일 지음/신국판/양장 504쪽/책값 25,000원

철학사와 문학사의 상관관계를 세계적인 범위에서 고찰한다는 점에서 세계문학사 이해의 이론을 새롭게 정립하기 위한 저자의 일련의 작업에 포함된다. 시대순으로 '원시의 신화에서 고대의 철학으로', '중세전기의 철학시', '중세후기철학에 대한 시인의 대응', '중세에서 근대로의 이행기 철학에서 문학으로', '근대를 넘어서는 철학과 문학의 새로운 관계'라는 제목 아래 여러 문명권의 철학사와 문학사를 다룬다.

조동일저서 12-14

중세문학의 재인식 1 하나이면서 여럿인 동아시아문학
중세문학의 재인식 2 공동어문학과 민족어문학
중세문학의 재인식 3 문명권의 동질성과 이질성

조동일 지음/신국판/양장 ①504쪽 ②476쪽 ③510쪽/책값 각권 22,000원

중세문학에 관한 해명을 기본과제로 삼아, 문학사와 문명사를 연결하는 3부작시리즈. 1권은 공동문어문학과 민족어문학의 관계를 동아시아 범위 안에서 다루고, 2권은 다른 여러 문명권과 비교론을 전개한다. 3권은 여러 문명권의 중세문학이 어떻게 같고 다른가를 해명하고자 문학사의 범위를 넘어선 문제까지 다루고 있다.

조동일저서 8

한국의 문학사와 철학사

조동일 지음/신국판/양장 536쪽/책값 15,000원

이 책의 백미는 결론에 해당하는 맨 마지막 논문 〈생극론의 역사철학 정립을 위한 기본구상〉에 있다고 할 수 있다. 저자는 이 글에서 문학·사학·철학을 연결하려는 야심을 드러내고 있다. 이 논리의 타당성 여부는 차치하고라도, 문학사를 통해서 총괄적인 역사를 서술하고, 세계문학사의 역사철학을 정립해서 인류의 과거·현재·미래를 투시하고자 하는 이른바 거대이론의 새로운 구축을 노리는 저자의 큰 꿈이 담긴 설계도라 할 수 있다.

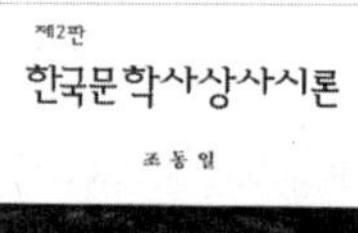

조동일저서 11

제2판 한국문학사상사시론

조동일 지음/신국판/양장 480쪽/책값 18,000원

우리 文學研究史上 韓國文學의 思想을 다루어본 적이 아직 없었던 터에 새로운 구상과 그에 알맞은 방법론으로 國文學의 大體系를 세우려는 著者 특유의 一連의 著作 가운데 하나로서 이 책은 우리 역사상에 문학사상을 편 인물들을 뽑아 집중조명하여 시대별로 체계화를 시도한 力著이다.

조동일저서 1

韓國小說의 理論

조동일 지음/신국판/반양장 476쪽/책값 18,000원

이른바 한국 고전소설의 작품 구조의 사상적·사회적 의미를 종래의 西歐的 分析論理가 아닌 우리 傳統思想의 하나인 理氣哲學의 이론을 원용하여 한국문학 연구의 총체적인 관점을 개척한 이론서인 이 책은, 국문학 研究史上 새로운 章을 열었던 저작으로 학계의 주목을 받을 뿐만 아니라 계속 논의가 진행 중인 화제의 책이다.

조동일저서 20

학문에 바친 나날 되돌아보며

조동일과 75인 제자 지음/신국판/반양장 448쪽/책값 15,000원

조동일 교수가 36년 남짓한 대학교수 생활을 되돌아보며 쓴 회고록. 필자가 가르쳤던 네 학교(계명대학, 영남대학, 정문연, 서울대학) 시절을 되돌아보고 제자들과 만난 인연, 그리고 그 시절에 공부했던 제자들이 스승과 만나서 얽힌 이야기를 회고하는 이 책은 매 시기마다 거의 같은 주제를 갖고 있음에도 양상이 각각 다른 재미와 함께 우리 대학사회의 희망과 갈 길을 뚜렷하게 보여주고 있다.